BASTEI
LÜBBE

Pressestimmen:

»Eileen Goudge liefert Romantik und Hochspannung in einem. Eine mitreißende Lektüre.«
LIBRARY JOURNAL

»Die Charaktere bei Eileen Goudge sind lebensnah und einprägsam geschildert.«
THE DENVER ROCKY MOUNTAIN NEWS

»Eine Autorin, die zu unterhalten weiß.«
KIRKUS REVIEWS

»Wenn es um Erzähltempo, Spannung und eine überzeugende Geschichte geht, ist Eileen Goudge unschlagbar.«
NEWS DAY

»Eine hochbegabte Autorin mit dem Blick für die wesentlichen Details.«
THE CHICAGO TRIBUNE

*Über die Autorin:*

*Eileen Goudge* lebt in New York City. Ihr erfolgreicher Familienroman IM GARTEN DER LÜGEN wurde in über zwanzig Ländern veröffentlicht und hat weltweit ein Millionenpublikum gefunden. Von der Autorin sind in der Verlagsgruppe Lübbe außerdem SCHWESTERN, LABYRINTH DER LIEBE, DORNEN DER WAHRHEIT und EIN LETZTER TANZ erschienen.

Eileen Goudge

# Früchte des Schweigens

Ins Deutsche übertragen
von Cécile G. Lecaux

BASTEI LÜBBE

BASTEI LÜBBE TASCHENBUCH
Band 14 775

1. Auflage: September 2002

Vollständige Taschenbuchausgabe

Bastei Lübbe Taschenbücher ist ein Imprint
der Verlagsgruppe Lübbe

Deutsche Erstveröffentlichung

Published by Arrangement with Eileen Goudge
Originalausgabe *The Second Silence* bei Viking, Penguin Inc., New York
Dieses Werk wurde vermittelt durch die
Literarische Agentur Thomas Schlück GmbH, 30827 Garbsen.

Umschlaggestaltung: Gisela Kullowatz
Titelbild: Corbis/Stock Market
Satz: hanseatenSatz-bremen, Bremen
Druck und Verarbeitung: Ebner & Spiegel, Ulm
Printed in Germany
ISBN 3-404-14775-8

Für die vielen Leser, die mir im Laufe der Jahre geschrieben haben. Ihre freundlichen Worte und Ihr Enthusiasmus haben mir über manches Schlagloch auf meinem holprigen Weg hinweg geholfen. Ihre persönlichen Schicksale haben mich dazu inspiriert, meine eigene Geschichte niederzuschreiben.

Ihre Anmerkungen sind mir jederzeit willkommen. Sie erreichen mich unter meiner Website www.eileengoudge.com oder auf dem Postweg unter der Anschrift Eileen Goudge, P.O. Box 1396, Murray Hill Station, New York, NY 10016, USA.

Es gibt drei Arten des Schweigens: das erste ist jenes der Sprache, das zweite ist jenes des Verlangens und das dritte jenes der Gedanken ...

HENRY WADSWORTH LONGFELLOW

# Danksagungen

Meinen herzlichen Dank an folgende Personen für ihre Unterstützung bei der Entstehung dieses Buches: Susan Ginsburg und Maja Nikolic von Writers House, Molly Stern von Viking, Louise Burke von Signet, sowie meinen Freundinnen Catherine Jacobes, die meine Website entworfen hat, und Kathee Card, deren tägliche E-Mails ein Lächeln auf meine Lippen zaubern und mir immer wieder neuen Auftrieb geben.

Und *last but not least* möchte ich meinem lieben Mann Sandy danken, der sich als ebenso guter Redakteur wie Lebensgefährte, Helfer und Navigator erwiesen hat ... und der jeden Abend etwas zu essen mitgebracht hat, während ich rund um die Uhr mit meinem Buch beschäftigt war.

# *Burns Lake*

New York, 1969

# Prolog

Mary Jeffers starrte entgeistert auf den Mann, der durch die Haustür stürmte. Sie erkannte ihren Ehemann kaum wieder. Zum einen war erst früher Nachmittag, und gewöhnlich arbeitete Charlie bis fünf. Zweitens glänzte sein raspelkurzes schwarzes Haar von Schweiß, und er war hochrot im Gesicht, so als hätte er den Heimweg zu Fuß zurückgelegt anstatt in ihrem alten Ford Pickup, der bergauf zischte wie eine Dampflock und auch bei umsichtigster Fahrweise Benzin schluckte, als hätte er ein Loch im Tank. Als er vor ihr ruckartig zum Stehen kam, registrierte sie, dass sogar seine Ohrläppchen gerötet waren: ein denkbar schlechtes Zeichen. Genauso hatte Charlie ausgesehen, als sie ihm gesagt hatte, sie sei schwanger, was ihr inzwischen vorkam, als wäre es eine Ewigkeit her.

Gänsehaut krabbelte ihre Arme hinauf wie eine ganze Schar Feuerameisen. Sie blieb reglos mit dem schlafenden Säugling in den Armen in ihrem Schaukelstuhl am alten Holzofen sitzen und wagte kaum zu atmen. Sie hatte nicht die leiseste Ahnung, was Charlie dazu gebracht hatte, mitten am Tag wie von Furien gehetzt heimzufahren, aber seltsamerweise hatte sie schon die ganze Zeit eine Ahnung drohenden Unheils gehabt. So war das, wenn man arm war: Jeden Tag stürzte ein weiteres Stück Himmel auf einen herab.

Sie legte eine Hand auf ihr Herz, um dessen wildes Klopfen

zu beruhigen, und fragte mit leiser, bebender Stimme: »Charlie, um Himmels willen, was ist denn passiert?«

Er öffnete den Mund, um zu antworten, und schloss ihn gleich wieder. Der Ausdruck auf seinem eingefallenen, von Sorgen gezeichneten Gesicht war der gleiche wie jedes Mal, wenn er unter die Motorhaube ihres Ford schaute, um einen Blick auf die Benzinpumpe zu werfen, die jeden Moment den Geist aufzugeben drohte. Abgesehen von seiner schlaksigen Gestalt und dem rabenschwarzen Haar, das in feuchten Stacheln von seinem Kopf abstand, hätte er ein alter Mann sein können. Und dabei war er erst siebzehn! Er hielt die Schultern ständig gebeugt, und an seinem alten Ledergürtel war eine schwarze Vertiefung zu sehen, dort, wo er ihn kürzlich erst ein weiteres Loch enger geschnallt hatte. Nach einer kurzen Verschnaufpause richtete er sich auf und trat einen Schritt auf sie zu, wobei seine Stiefel weitere Schneespuren auf dem Fußboden hinterließen.

»Corinne ist tot.« Er sprach sehr langsam, als hätte er es mit einem Ausländer zu tun, der nur bedingt Englisch verstand. Sie sah, dass seine von der Kälte blau angelaufenen Hände, die aus den viel zu weiten Ärmeln seiner Jagdjacke ragten, zitterten.

Seine Worte fielen wie eisige Schneeflocken auf sie nieder. Mary senkte den Blick und sah, dass an seiner Jacke ein Knopf fehlte und das karierte Hemd, das er darunter trug, völlig zerknittert war. Sie fragte sich beiläufig, ob man Flanell normalerweise bügelte. Nicht dass es eine Rolle gespielt hätte; sie hatte noch kein einziges Teil gebügelt, seit sie im vergangenen Oktober geheiratet hatten, einen Tag nach ihrem siebzehnten Geburtstag. Damals war die Schwangerschaft bereits so weit fortgeschritten gewesen, dass ihre Fußknöchel anschwollen, wenn sie längere Zeit stand. Dann war das Baby gekommen, und sie hatte kaum eine Minute gehabt, um ...

Da traf sie die Bedeutung seiner Worte wie ein Keulenschlag. Sie holte zittrig Luft, wobei ihr Atem stockte wie ein Motor, der nicht anspringen wollte. »Nein«, flüsterte sie. »Nein ... nicht Corinne. Das muss ein Irrtum sein.«

Aber Charlie schüttelte den Kopf. »Mary, es tut mir Leid. Gott, wie Leid mir das tut.«

Ihre Lippen formten sich wie von selbst um das Unaussprechliche. »Wie?«, hauchte sie mit brüchiger Stimme.

»Man hat sie in einem Motel an der I-88 gefunden, in der Nähe von Schenectady. Ihre Handgelenke waren ...« Er räusperte sich. »Es heißt, es wäre Selbstmord gewesen.«

Marys Arme zuckten reflexartig hoch, wie um einen Schlag abzuwehren. Das Fläschchen, das an ihrer Brust gelehnt hatte, der Nuckel an den rosigen Lippen ihres Töchterchens, landete mit einem gedämpften Laut auf dem Flickenteppich zu Marys Füßen. Noelle zuckte im Schlaf, und ihre blassrosa Augenlider, deren Farbe an die Innenseite von Muscheln erinnerte, öffneten sich leicht.

*Wach nicht auf. Bitte wach nicht auf,* betete Mary stumm. Seit Noelle sich Anfang dieser Woche eine Erkältung zugezogen hatte, war sie weinerlich. Sie hatte fast den ganzen Tag über immer wieder geschrien. *Wenn sie wieder anfängt, drehe ich durch. Dann flippe ich wirklich aus.*

Mary war wie erstarrt. Die Neuigkeit vom Tod ihrer besten Freundin wickelte sie ein wie Stacheldraht, der sich bei der geringsten Bewegung in ihr Fleisch bohren würde. Seltsamerweise sah sie in Gedanken aber nicht Corinne in einer Wanne voll blutigem Wasser vor sich, sondern eine Szene aus dem vergangenen Dezember. Sie und Corinne hatten die Pferde vom Trog verjagt, während Charlie mit einem Spaten die gefrorene Oberfläche zerschlagen hatte, wobei sie sich halbtot gelacht hatten, weil die Tiere immer wieder von neuem nach vorn drängten und versuchten, Charlie wegzuschubsen. Sie selbst war kurz vor der Geburt unförmig gewesen wie ein Wal, sodass Corinne trotz ihrer Größe neben ihr geradezu zierlich gewirkt hatte. Ihr dickes glattes Haar schimmerte wie polierte Eiche vor dem hochgeschlagenen Kragen ihres marineblauen Kolani. Ihre Wangen waren von der Kälte gerötet, und sie lachte.

Als hätte sie keine Sorgen auf der Welt.

Marys Herz zog sich zusammen, als hätte jemand einen spitzen Gegenstand hineingestochen, und sie fing an, unkontrolliert zu zittern. Instinktiv streckte sie eine Hand nach Charlie aus. »Schnell, gib mir deine Hand.« Als sie seine langen Finger fühlte, mit den Knöcheln, die hervorstanden wie Knoten in einem Seil, ließ das Zittern nach. »O Charlie. Sag, dass das nicht wahr ist. Sag, dass du dich vielleicht verhört hast.«

»Die Nachricht ist vor nicht ganz einer Stunde in der Redaktion eingegangen.« Er wandte den Blick ab, als könnte er nicht mit ansehen, was ihr diese Nachricht antat. »Ed Newcombe hat sogar beim Sheriff nachgefragt.«

»O Gott ... die arme Corinne«, schluchzte sie.

»Ich wollte es dir selbst sagen. Ich wollte nicht, dass du es am Telefon erfährst.« Mit der freien Hand strich er ihr zärtlich über das Haar. Sie konnte die Wärme seiner Handfläche durch das Haar hindurch auf der Kopfhaut fühlen.

Sie nickte dankbar. Charlies Hand und das Gewicht des warmen Bündels auf ihrem Schoß gaben ihr irgendwie Halt. Als sie sprach, fühlte ihre Zunge sich geschwollen und steif an wie nach einem Zahnarztbesuch. »Wissen ... wissen ihre Eltern es schon?«

»Inzwischen müsste sie jemand informiert haben.«

Mary rieb mit dem Daumen über seinen Handrücken und fühlte die raue Stelle, dort wo er sich die Knöchel am Tor des Korrals aufgeschürft hatte bei dem Versuch, es in dem dreißig Zentimeter hohen Neuschnee gewaltsam zu öffnen. Seine kantigen Züge und das blasse Gesicht, auf dem sich jede Emotion abzeichnete wie der Abdruck einer Hand nach einer Ohrfeige, erinnerte sie an die Gesichter mit den gequälten Augen auf den Daguerreotypien von Mathew Brady, Aufnahmen von Soldaten aus dem Bürgerkrieg, die als unschuldige junge Burschen in die Schlacht gezogen und als Männer heimgekehrt waren. Sie wollte ihn irgendwie trösten. Aber wie? Was konnte sie sagen? Dass alles wieder gut werden würde? Im Augenblick kam es ihr selbst so vor, als würde nie wieder alles gut sein.

*Ich war nicht für sie da.* Der Gedanke versetzte ihr einen so schmerzhaften Stich, dass sie zusammenzuckte. Mary schämte sich, wenn sie daran dachte, wie sehr sie sich in den vergangenen Monaten entfremdet hatten. Es war nicht Corinnes Schuld gewesen. Sie selbst hatte sich verändert. Ihre Tage waren nicht länger von der Schule, Proben des Gesangsvereins und endlosen Telefonaten ausgefüllt gewesen. Sie konnte sich nicht erinnern, wann sie das letzte Mal einen Gedanken an anderer Leute Beziehungen oder Klausurergebnisse verschwendet hatte ... oder auch nur an die Demonstrationen gegen den Vietnamkrieg, an denen sie und Corinne vom vergangenen Frühling an mehrfach teilgenommen hatten. Als ihre Freundin in der letzten Woche angerufen hatte – oder war es in der Woche davor? –, war Mary viel zu beschäftigt gewesen, um mit ihr zu plaudern. Sie hatte versprochen zurückzurufen, sobald ihre kleine Tochter eingeschlafen war. Aber hatte sie das auch getan? Mary konnte sich beim besten Willen nicht erinnern.

*O doch, das kannst du,* meldete sich eine grausame innere Stimme zu Wort. *Du erinnerst dich sogar noch sehr genau. Sie klang, als hätte sie geweint. Und warst du insgeheim nicht ein ganz klein wenig genervt? Hast du nicht gedacht, dass worum auch immer es ginge – ein weiterer Streit mit ihrem idiotischen Freund zweifellos –, es sich nur um einen Maulwurfshügel handeln könne verglichen mit dem Berg, den du selbst jeden Tag von neuem erklimmen musst? Und darum hast du nicht zurückgerufen. Du wolltest es ... aber irgendwie bist du nie dazu gekommen.*

Und jetzt war es zu spät.

»Ich glaube es einfach nicht. Ich kann nicht glauben, dass Corinne ...« Die Worte schmolzen auf ihren Lippen dahin wie der Schnee, der dunkle Ränder auf dem Teppich hinterließ. Die Wahrheit war in mancher Hinsicht noch schmerzlicher als die nackte Tatsache, dass ihre Freundin tot war: Mary hatte keine Ahnung, was Corinne zu einer so verzweifelten Tat getrieben haben könnte. Das Chaos, das sie in ihrem eigenen Leben angerichtet hatte, hatte sie viel zu sehr in Anspruch genommen.

Jeden Morgen wurde sie noch vor Morgengrauen vom hungrigen Geschrei ihres Babys geweckt. Anfangs hatte sie es mit dem Stillen versucht, aber Noelle war nicht satt geworden. »Nervöse Milch«, hatte der Doktor gesagt, was bedeutete, dass sie nicht genügend Milch produzierte: ihr erstes Versagen als Mutter. Und so galt es jetzt, neben den unzähligen Windeln, die sie wechseln und waschen und nach draußen zum Trocknen hängen musste, auch noch Fläschchen warm zu machen. Und wenn Noelle schlief, musste sie den Holzofen befeuern und aus dem Wenigen, das der Kühlschrank hergab, Mahlzeiten zaubern. Ach ja, und dann waren da noch die verwöhnten Töchter reicher Eltern, die die Pferde ritten, die sie und Charlie versorgten, wofür sie mietfrei wohnen durften. Zwölf- und Dreizehnjährige in eleganten Reithosen und 200-Dollar-Stiefeln, die regelmäßig an die Hintertür klopften und immer neue Anliegen hatten, von einem Pflaster über ein Glas Wasser bis hin zur Benutzung des Telefons. Wenn es Abend wurde, fühlte Mary sich dann so leer wie die Fläschchen, deren Inhalt Noelle gierig bis auf den letzten Tropfen verschlang.

Aber jetzt, da Mama und Daddy sich endgültig von ihr abgewendet hatten, waren Charlie und das Baby alles, was sie hatte. Als ihr Mann vor ihr in die Hocke ging, fühlte Mary, wie etwas in ihrer Brust aufflackerte, wie ein Funke aus einem der ausgefransten Kabel, die wie Christbaumbeleuchtung an den Wänden ihrer Hütte verliefen.

Charlie war groß und sehnig wie ein Langstreckenläufer, sodass er sich jetzt in der Hocke mit ihr auf Augenhöhe befand. Als sie in sein längliches, kantiges Gesicht schaute, sah sie seine Irokesen-Vorfahren in den gemeißelten Zügen und hohen Wangenknochen. In ihrem zweiten Jahr auf der Lafayette, als sie zusammengekommen waren, hatte ihm sein rabenschwarzes Haar bis zum Hemdkragen gereicht; inzwischen hatte er sich auf Anweisung seines Chefs, Mr Newcombe, einen Bürstenhaarschnitt zugelegt. Charlie war das kurze Haar verhasst, das wusste sie, vor allem deshalb, weil es ihm aufgezwungen worden war. Aber insgeheim freute sie sich. Das hob ihn von den langhaarigen Jungs ab, die damit prahlten, ihren Einberufungsbefehl verbrannt zu haben, während ihre Mütter daheim ihre Betten machten und ihnen Pausenbrote schmierten.

Aber das Beeindruckendste an ihm waren seine Augen. Weit auseinander stehend und leicht schräg, dazu ocker und grün, eine Farbe, die sie an das kühle Wasser eines schattigen Teiches erinnerte. Mary lehnte sich an ihn, schmiegte die Wange an seine Schulter und beugte dabei den Oberkörper so weit vor, dass sich eine Kuhle bildete, in der Noelle ungestört weiter schlummern konnte. *Wir sind wie die Sparren der Scheune,* dachte sie. *Wir stützen uns gegenseitig und verhindern, dass der andere fällt.*

»Was tun wir jetzt?«, fragte sie leise, wie ein Kind, das sich im Dunkeln verlaufen hat.

Normalerweise hätte sie jemanden angerufen. Aber wen? Seit sie von der Schule abgegangen war, hatte Mary nicht mehr viel von ihren Freundinnen gesehen. Beth Tilson war von ihren

Eltern verboten worden, sie zu besuchen – wahrscheinlich glaubten sie, Mary sei von irgendeinem Virus befallen, der auf ihre Tochter überspringen könnte. Jo Ferguson arbeitete nach der Schule und an den Wochenenden bei SuperSave, um das College zu finanzieren, und hatte nie Zeit. Sogar Lacey Buxton, die Letzte, die eine Freundin in der Not hängen ließ, hatte eigene Sorgen, nachdem sie mit einem Freund der Familie – einem Mann, der alt genug war, ihr Vater zu sein – nackt im Chorgestühl der Methodistenkirche erwischt worden war und man sie zu Tante und Onkel nach Buffalo geschickt hatte, wohl um sie auf den Pfad der Tugend zurückzuführen.

»Es wird eine Beerdigung geben, ganz sicher.« Eine tiefe Falte wie von einer verdeckten Naht hatte Charlies dunkle Brauen über dem knochigen Nasenrücken zusammengezogen.

Mary sah Corinnes Eltern und ihre drei Brüder trauernd an ihrem frischen Grab stehen. Dann veränderte sich das Bild plötzlich. Es war ihr eigenes Grab, und Mama und Daddy standen am Rand der Grube. Daddy stand von Krankheit und Resignation gezeichnet mit hängenden Schultern da, und die kalkweiße Kopfhaut schimmerte hinten durch sein schütteres Haar. Und an seiner Seite Mama, unerschütterlich und alterslos wie das Haus an der Larkspur Lane, dem Zuhause, aus dem Mary verbannt worden war.

Und da kamen die Tränen, die an ihren Wangen herabrannen, während sie auf das schlafende Kind in ihren Armen blickte. Die schwarze geschwungene Haartolle in der Stirn war scheinbar das Einzige, was Noelle von Charlie geerbt hatte. Die graublauen Augen und die Oberlippe in Form eines Amorbogens unter der schmalen Nase irgendeines blaublütigen Vorfahren: Mary hätte ebenso gut auf sich selbst im Alter von drei Monaten herabsehen können. Sie fühlte eine Woge der Liebe in sich aufsteigen, die jedoch sofort überdeckt wurde von einer noch größeren Welle der Verzweiflung.

Charlie, der dies zu spüren schien, richtete sich auf und streckte die Arme aus. »Gib sie mir. Ich kann eine Weile auf sie aufpassen, bis du ...« Er sprach den Satz nicht zu Ende.

Zorn loderte in ihr auf. »Bis ich was? Mich gefasst habe?« Sie wusste, dass es nicht fair war, ihre Wut an Charlie auszulassen, aber sie konnte einfach nicht anders. Er war nicht nur ein leichtes Ziel, er war auch das einzige.

»Mr Newcombe hat mir den Rest des Nachmittags frei gegeben.« Ruhig fuhr er fort, als hätte sie gar nichts gesagt. »Ich könnte in den Waschsalon gehen und auf dem Rückweg etwas einkaufen. Mir ist aufgefallen, dass keine Milch mehr da ist.« Er sprach leise, um das Baby nicht zu wecken, das sich unruhig in ihren Armen bewegte.

»Nicht nur die Milch ist alle. Es ist überhaupt nichts da.« Sie hatte noch genau 9 Dollar und 38 Cents im Portemonnaie, und das sollte bis zu Charlies nächster Gehaltszahlung Freitag in einer Woche reichen.

Noelle fing an zu wimmern. Mary legte sie über eine Schulter und fing an, heftig zu schaukeln. Sie vergrub das Gesicht in der süß duftenden Halsbeuge ihres Kindes, um nicht zu ertrinken.

Einmal, auf einer Schwimmparty in der achten Klasse, hatte einer der Jungs sie vollständig angezogen von einem Anleger in den See gestoßen. Sie würde nie das panikartige Gefühl vergessen, unter Wasser gezogen zu werden, ganz gleich, wie sehr sie auch mit den Beinen strampelte. Genauso empfand sie auch jetzt. Es war Monate her, dass sie ein Buch gelesen oder einen Fernsehfilm bis zum Ende gesehen hatte. Und abgesehen von Ausflügen in den Waschsalon oder Supermarkt oder um die Pferde zu füttern und zu tränken verließ sie das Haus praktisch nie. Wenn sie in der großen altmodischen gusseisernen Wanne badete, deren Leitungen durch ein Loch im Fußboden, durch das die unkrautüberwucherte Erde zu sehen war, nach draußen führten, hatte sie nicht immer Zeit, sich das Haar zu waschen. Es fiel ihr in zerzausten kastanienbraunen Wellen über die Schultern wie etwas Verschüttetes, das sie noch keine Gelegenheit gehabt hatte aufzuwischen.

Sie wusste, dass es nicht Charlies Schuld war. Er hatte alle Hände voll zu tun, den eigenen Kopf über Wasser zu halten. Er hatte den ersten Job angenommen, den er finden konnte, als Bürogehilfe beim *Burns Lake Register*. Er fegte die Böden und leerte die Abfalleimer; er sprang, wenn der fette alte Mr Newcombe mit den Fingern schnippte. Und das alles für den fürstlichen Lohn von sechzig Dollar in der Woche.

Sie sah zu, wie er mit knackenden Gelenken aufstand, und einen flüchtigen Moment kam es ihr vor, als müsse sie ihm folgen. Sie sehnte sich danach, dass Charlie sie wieder so hielt, wie er es früher getan hatte, unbehindert von Baby oder dickem Bauch. Sie wollte wieder dieses Gefühl erleben, nicht am Rande einer Katastrophe zu stehen, sondern kurz vor etwas wunderbar Schamlosem. Es war über eine Woche her, seit sie das letzte Mal miteinander geschlafen hatten.

»Ich füttere die Pferde, bevor ich fahre.« Seine Stimme klang dumpf und resigniert.

»Ich könnte ...«, begann sie.

»Nein.« Er ging zur Tür. »Du hast im Augenblick genug mit dir selbst zu tun.«

Mary fühlte, wie ihre Panik anschwoll, bis sie drohte, sie zu ersticken. Würde Corinnes Tod in diesem bodenlosen See untergehen, in dem sie selbst sich abstrampelte, ohne irgendwelche Spuren zu hinterlassen?

»Warte!«, rief sie ihm verzweifelt nach. »Was ist mit Robert? Er müsste doch wissen, warum Corinne ... warum sie so etwas tun sollte.«

Corinnes Freund war einer der Gründe, weshalb die beiden Freundinnen auf Distanz zueinander gegangen waren. Mary war der Meinung, dass Robert Van Doren Scherereien der schlimmsten Art verkörperte, auch wenn hiervon auf den ersten Blick nichts zu merken war. Er war ein herausragender Schüler und Star des Football-Teams, der sprichwörtliche nette Junge von nebenan. Väter, sogar solche mit so strengen Moralvorstellungen wie der Corinnes, vertrauten ihm ihre Töchter an. Die besten Hochschulen des Landes umwarben ihn. Aber weder die Eltern noch diese Eliteschulen ahnten etwas davon, dass er und seine Kumpels sich sturzbetrunken an der armen, geistig zurückgebliebenen Margie Rittenhouse vergangenen hatten.

Sie sah ihn jetzt noch vor sich, wie er sich im Sommer nach ihrem ersten Highschool-Jahr bei Doug Eastmans Barbecue draußen am See damit gebrüstet hatte. Sie sah ihn noch am Bug von Dougs eleganter neuer Sunfish lehnen – so groß wie Charlie, aber gebaut wie ein junger Stier und mit dem Aussehen eines griechischen Gottes. Er war nackt bis auf ausgebleichte Shorts und strahlte, so wie reiche Jungen strahlen, die von ihren Müttern verhätschelt werden. Robert schüttete ein Rolling Rock in sich hinein, während er mit der anderen Hand eine imaginäre Brust wog. Corinne war unterwegs, um Bier-Nachschub zu besorgen, und Robert schilderte einem lüsternen Publikum Margies Vergewaltigung (denn genau das war es gewesen).

»Mann, ihr hättet mal ihr Gesicht sehen sollen, als Toomey gegangen ist«, erzählte er mit einem verächtlichen Lachen. Offensichtlich hatte er Mary nicht bemerkt, die sich in Hörweite befand. »Sie hat um mehr *gebettelt,* Mann, gebettelt, sage ich. Aber er sagte, er ficke keine Kühe.«

»Sie hat wohl mehr um Gnade gebettelt«, tönte der fette, picklige Wade Jewett, der Robert von seinen Gefolgsleuten am hündischsten ergeben war. »Ich habe gehört, sie sei ziemlich am Ende gewesen.«

Das Lächeln wich so abrupt aus Roberts Gesicht wie eine Kaltwetterfront über dem See aufzog. Mit beeindruckender Lässigkeit wandte er sich verächtlich an Wade. »Als ob ausgerechnet du mitreden könntest. Herrgott, Jewett, wenn du nicht ständig damit beschäftigt wärst, dir zu Hause einen runter zu holen, wärst du dabei gewesen.«

Das war Robert. Im einen Moment ganz heiß, im anderen eiskalt. Wie Eis, auf dem man wunderbar seine Kreise ziehen konnte, um sich gleich darauf bei einem Sturz die Knochen zu brechen.

Mary schüttelte die Erinnerung ab und blickte zu Charlie auf.

Er hatte sich an der Tür nach ihr umgedreht und musterte sie stirnrunzelnd. »Robert, ja. Newcombe hat ihn angerufen, um zu hören, was er dazu zu sagen hätte.« Charlies Kiefer spannten sich, und ein Ausdruck des Abscheus vertiefte die senkrechte Falte zwischen seinen Brauen. »Weißt du, was das Arschloch gesagt hat? ›Himmel, hat die verrückte Schlampe es tatsächlich durchgezogen.‹«

Mary musste schockiert zusammengezuckt sein, da Noelle abrupt die Augen aufriss und sofort anfing zu schreien. Mary weinte ebenfalls. Lose Schluchzer, die aus der Tiefe ihrer Seele auftauchten wie ertrunkene Geschöpfe, Eichhörnchen und Waschbären größtenteils, die auf dem See trieben nach einem der schweren Gewitter, die jedes Frühjahr über den Burns Lake hinwegfegten wie eine biblische Plage. Nicht einmal Charlie wusste, wie er sie trösten sollte. Und so stand er nur beklommen an der Tür, die Fäuste so tief in den Jackentaschen vergraben, dass sie einen weißen Knöchel durch die zerrissene Naht schimmern sah wie einen blassen Knochen in einer tiefen Wunde.

Mary erhob sich mühsam, eine Hand um den Kopf ihres Babys gelegt. Noelle hatte sich in hysterisches Kreischen hineingesteigert, das in Abständen von ersticktem Luftholen unterbrochen wurde. Mary begann, auf und ab zu gehen und fühlte sich dabei wie erschlagen vor Verzweiflung.

»Still, es ist alles in Ordnung, alles wird wieder gut«, sagte sie, wobei ihr heiße Tränen über das Gesicht liefen.

Als ihr Mann zu ihr kam, um ihr sachte das Baby aus den Armen zu nehmen, war Mary zu erschöpft, um zu protestieren. Der Anblick der beiden drang ihr tief ins Herz: Charlie und Noelle vor der Kulisse des spartanischen Wohnzimmers, das wie ein Baumhaus mit Möbeln vom Sperrmüll eingerichtet war. Noelle mit dem kleinen verzerrten roten Gesicht und dem Haar, das von ihrem Kopf abstand wie ein Ausrufezeichen ... und Charlie mit einem Ausdruck zärtlicher Bestürzung auf dem altjungen Gesicht, mit der gleichen Miene, mit der er seiner Mutter nach oben ins Bett half, wenn Pauline zu betrunken war, um es allein zu schaffen. Nachdem er einige Minuten auf und ab gegangen war, blieb er stehen und legte dem Säugling eine Hand auf die Stirn.

»Sie fühlt sich heiß an«, sagte er.

»Das liegt daran, dass sie Fieber hat.« Mary ging zu ihm hinüber, um Charlie zu zeigen, dass zumindest einer von ihnen die Situation halbwegs im Griff hatte. Vor einer Stunde hatte Noelles Temperatur nur knapp über 37,5 gelegen. Als sie jedoch jetzt eine Hand an die Wange ihrer Tochter legte, war ihr sofort klar, dass ihr Zustand sich drastisch verschlechtert hatte.

Mary stürzte ins Bad, um das Thermometer zu holen. Das Bad war Anfang der 30er Jahre angebaut worden, als der alte Schuppen in ein Wohnhaus umfunktioniert worden war. Der Fußboden war schräg, was darauf zurückzuführen war, dass die Stützen, auf denen der Anbau ruhte, im Laufe der Zeit tiefer im Erdreich versunken waren. Als sie noch mit dem altmodischen Schließmechanismus des Medizinschränkchens kämpfte, erhaschte Mary einen Blick auf ihr Gesicht in dem fleckigen Spiegel: Riesige Augen starrten ihr aus einem angespannten bleichen Gesicht entgegen – ein Gesicht wie jenes der Menschen in den Abendnachrichten, denen irgendein furchtbares Unglück widerfahren war.

Vorsichtig legte Charlie seine brüllende Tochter bäuchlings auf seinen Schoß, während Mary die Träger des Frottee-Stramplers öffnete und ihr das Plastikhöschen und die Windel abnahm. Sie hielten beide die Luft an, als das Quecksilber immer höher kletterte. Nach einigen Minuten hielt Mary das Thermometer ins Licht. 40 Grad!

»Mein Gott, sie glüht ja! Charlie, wir müssen etwas tun. Wir müssen sie zum Arzt bringen.« Mary stürzte in die Ecke neben dem Ofen, wo neben dem Schlafsofa, das ihr und Charlie als Bett diente, auch Noelles Bettchen stand. Sie schnappte sich die gehäkelte Wolldecke, die die gutherzige Frau ihres Vermieters ihnen geschenkt hatte, und wickelte das Baby hinein.

Charlie blieb jedoch reglos an der Tür stehen. Rote Streifen hoben sich von seinen Wangenknochen ab. »Die Heizung im Truck ist kaputt. Sie ... Himmel, *wir alle* könnten erfrieren.«

Er brauchte sie nicht erst daran zu erinnern, dass der nächste Doktor in Schenectady war, eine Fahrt von zwanzig Minuten. Aber was hatten sie für eine Wahl? »Wenn wir hier bleiben, könnte sie Krämpfe kriegen und *sterben*!«, entgegnete Mary mit unnatürlich hoher, atemloser Stimme.

Charlie überlegte einen Moment und fuhr sich mit der Hand von vorn nach hinten über den Kopf, so wie er es immer getan hatte, als sein Haar noch um vieles länger gewesen war. Die stacheligen Spitzen glänzten wie der seidige Pelz eines geschmeidigen Wildtieres. Sein Gesicht war so gespenstisch weiß wie die nackte Glühbirne an der Decke. Dann, als hätte er einen Entschluss gefasst, riss er die Tür auf. »Wir haben keine andere Wahl.«

Mary folgte ihm nach draußen, das Baby fest an die Brust

gedrückt. Sie merkte nicht, dass ein Ende der Decke über den verschneiten Boden schleifte. Ihre Panik ließ ein wenig nach. *Er wird sich einen Wagen borgen ... oder jemanden finden, der uns fährt. Natürlich, warum habe ich nicht gleich daran gedacht?*

Das Schneetreiben, das schon am Morgen begonnen hatte, hielt unverändert an. In jenem Teil ihres Gehirns, der noch funktionierte, erinnerte sie sich daran, dass es im Wetterbericht geheißen hatte, bis zum Abend würden noch mehrere Zentimeter Schnee fallen. Das Problem war, dass sie noch nicht einmal die Berge von Schnee bewältigt hatten, die ihnen der letzte Sturm vor zwei Tagen beschert hatte. Vereiste Schneewehen türmten sich entlang des Zauns, und matschige Reifenspuren in der Auffahrt waren festgefroren. Auf der anderen Seite des Weges schnupperten die Pferde mit ihrem zotteligen Winterfell an den wie mit Puderzucker bestäubten Bohlen ihrer verschneiten Koppel. Der Truck, ein Ford Pickup Baujahr 59, einstmals grün, aber inzwischen von der undefinierbaren Farbe eines moosbewachsenen Felsens, stand Nase an Nase mit dem Traktorpflug vor der Scheune.

Charlie half ihr ins eisige Führerhaus und trottete dann um den Wagen herum. »Wir bringen sie zu deiner Mutter«, verkündete er, als er sich hinter das Lenkrad schwang. Sein Atem bildete weiße Dampfwolken in der kalten Luft, als er den Motor anließ.

Mary fühlte, wie ihr Magen sich verkrampfte. Sie packte seinen Arm. »Das geht nicht«, sagte sie durch zusammengebissene klappernde Zähne.

Charlie schüttelte ihre Hand ab und blickte nach hinten durch die Heckscheibe. »Deine Mutter ist doch Krankenschwester, oder?« Er legte knirschend den Rückwärtsgang ein, und der Truck machte einen Satz zurück.

»*Pensionierte* Krankenschwester. Sie hat Jahre nicht mehr gearbeitet. Seit Dad krank geworden ist. Sie wird uns nicht helfen.

Sie will nichts mehr mit mir zu tun haben ... oder mit dem Baby. Charlie, bitte. Wir können zu *deiner* Mom fahren. Sie wird wissen, was zu tun ist.«

»Vielleicht, wenn sie gerade nüchtern ist.« Die Muskeln an Charlies Kiefer zuckten, und Mary wusste, dass sie jetzt besser nichts mehr sagte. Bald darauf wurden sie kräftig durchgerüttelt, als sie durch das tiefe Schlagloch am Ende der Zufahrt rumpelten. Marys Zähne schlugen aufeinander, und sie biss sich auf die Zungenspitze. Ein stechender Schmerz durchzuckte sie. Sie sog die Wangen ein und schmeckte Blut. »Das ist verrückt. Hast du vergessen, was beim letzten Mal passiert ist?«

Am Weihnachtsmorgen, als Noelle gerade mal eine Woche alt gewesen war, hatte Mary in einem Anflug von Festtagsstimmung und Optimismus daheim angerufen. Sie wusste, dass ihre Eltern über die Geburt informiert waren, weil eine Krankenschwester im Krankenhaus beiläufig erwähnt hatte, eine gewisse Mrs Quinn habe vorbeigeschaut, um einen Blick ins Säuglingszimmer zu werfen. Aber am Telefon war ihre Mutter dann gerade mal höflich gewesen. Die Heizung sei nicht in Ordnung, aber Mr Wilson habe versprochen, gleich am nächsten Morgen rauszukommen, um danach zu sehen, berichtete sie. Und nein, sie würden nicht nach Binghamton zum Truthahnessen bei Tante Stella fahren. Daddys Gesundheitszustand lasse die lange Fahrt nicht zu; er habe schon die ganze Woche einen schlimmen Husten. Trish könne auch nicht an den Apparat kommen, sagte sie – keine zehn Pferde könnten sie von ihrem neuen Transistorradio losreißen.

Nach ein paar Minuten steifer Konversation hatte Mama sich dann entschuldigt, um nach Daddy zu sehen. Sie hatte sich weder nach ihrem Enkelkind erkundigt noch danach, wie Mary zurecht kam. Es war, als existiere Noelle gar nicht, ja als wäre sie selbst nur eine verschwommene Erinnerung. Für Mary war es schlimmer gewesen, als hätte ihre Mutter einfach aufgelegt.

»Diesmal kann sie uns nicht ignorieren.« Charlie lehnte sich über das Lenkrad und wischte mit dem Handrücken über die beschlagene Windschutzscheibe.

Mary warf einen besorgten Blick auf das gerötete Gesicht ihres Babys zwischen den Falten der alten Wolldecke. Wie durch ein Wunder hatte das Poltern des Trucks auf der abschüssigen gewundenen Straße zur Stadt Noelle eingeschläfert. *Charlie hat Recht,* dachte sie. Das war die einzig vernünftige Entscheidung. Und Mama war ja nicht völlig herzlos. War sie nicht heimlich ins Krankenhaus gekommen, um einen Blick auf ihre Enkelin zu werfen?

Fünf Meilen die Straße hinunter, dort wo die Route 30A auf die Route 30 traf, tauchten die ersten Häuser auf: große, kastenförmige, mit Holzschindeln verkleidete Häuser aus den dreißiger Jahren mit gepflegten Rasenflächen und ordentlich geschnittenen Buchsbaumhecken. Marys Elternhaus befand sich Ecke Larkspur und Cardinal. Das Haus sah exakt so aus wie jene rechts und links davon, stand im Schatten großer ausladender Ulmen und Ahornbäume und war auf drei Seiten von einer tiefen Veranda umgeben.

Als Charlie den Truck vor dem Haus zum Stehen brachte, überkam Mary eine Welle der Nostalgie. Es war alles so wunderbar vertraut: das handgemalte Schild über dem Briefkasten, die Spechtmeisen, die um das Vogelhäuschen herumflatterten, die Schaukel auf der Veranda, auf der sie manch faulen Nachmittag mit einem Buch verbracht hatte. Ein Hauch von Heimweh befiel sie beim Anblick der immer noch losen Regenrinne, die seitlich vom Haus abstand wie ein Wachtposten, der im Dienst eingenickt war – eine der vielen Arbeiten, zu denen ihr Vater aufgrund seiner Erkrankung nicht mehr gekommen war.

Charlie beugte sich zu ihr herüber und legte eine Hand über ihre. »Möchtest du hier warten, während ich klingeln gehe?«

Mary blickte wieder auf Noelle und fühlte, wie ihre Kehle sich verengte. »Nein, ich komme mit.« Mama wäre ein Ungeheuer, wenn sie ihrer Enkeltochter in dieser Situation ihre Hilfe verweigerte.

Auf dem Weg zur Haustür, das Baby in den Armen und Charlies Arm fest um ihre Taille, zwang Mary sich, den Kopf hoch zu halten. *Ich wäre nicht hier, wenn es nicht um Noelle ginge,* sagte sie sich. *Ich komme nicht als Bittstellerin in eigener Sache.*

Trotzdem schlug ihr Herz, als sie draußen auf der Veranda wartete, so laut, dass Mary überzeugt war, man könne das Pochen durch die schwere Eichentür hindurch hören, so sicher wie sie die leisen, gemessenen Schritte ihrer Mutter hörte.

Die Tür schwang auf. Mama starrte sie verdattert an, völlig unvorbereitet, so als hätten sie sie bei der Hausarbeit oder beim Kochen gestört. Sie trug Hosen mit einer Schürze darüber und eine rosa Strickjacke. Einzelne Strähnen ausgebleichter rötlicher Haare hatten sich aus den Kämmchen an ihren Schläfen gelöst. Obwohl sie immer noch deutlich Übergewicht hatte, hatte sie in letzter Zeit stark abgenommen. Ihr kantiger Kiefer und die Wangenknochen traten deutlicher hervor. Sie kniff die blauen Augen zusammen gegen das grelle winterliche Sonnenlicht, so als wäre es einige Zeit her, seit sie das letzte Mal einen Fuß vor die Tür gesetzt hatte.

In den ersten Sekunden sagte keiner von ihnen ein Wort. Lediglich ihr Atem erwärmte die frostige Luft, und die Stille wurde nur vom Tropfen schmelzender Eiszapfen entlang der Verandaüberdachung gestört. Schließlich legte Mama eine Hand auf ihren imposanten Busen und rief aus: »Großer Gott, Mary Catherine. Was um alles in der Welt ist mit dir passiert?«

Mary, die in den sechsunddreißig Stunden Wehen durch schiere Willenskraft kein einziges Mal nach ihrer Mutter gerufen hatte, setzte zu einer Erwiderung an. Sie wollte Mama darauf hinweisen, dass sie das wüsste, wenn sie sich nicht von ihrer eigenen Tochter abgewandt hätte. Aber noch bevor sie auch nur einen Ton hervorbringen konnte, brach sie in Tränen aus.

Sie fühlte, wie Charlies Arm sich fester um ihre Taille schloss. »Das Baby ist krank«, sagte er. Sein Tonfall klang dringlich, aber nicht flehend. Er hielt sich sehr gerade und blickte ihrer Mutter fest in die Augen. Mary war nie stolzer auf ihn gewesen, als in diesem Moment.

Mamas Blick fiel auf das dunkle Haarbüschel, das oben aus der Decke hervorschaute. Obwohl ihr breites Gesicht ausdruckslos blieb, schien sie einen inneren Kampf auszutragen. Schließlich presste sie die Lippen missbilligend zu einem feinen roten Strich zusammen und trat brüsk beiseite, um sie hereinzulassen.

»Ich weiß nicht, was ihr euch dabei gedacht habt, bei solch einem Wetter mit einem Baby das Haus zu verlassen. Ihr hättet anrufen sollen«, hielt sie ihnen vor. »Gib sie mir. Mein Gott, sie glüht ja!«

Marys Knie wurden weich, so als hätte nur das Bündel, das ihr jetzt abgenommen worden war, ihr die Kraft gegeben, sich zusammenzureißen. Als sie hinter ihrer Mutter her die Treppe hinaufstieg, fühlte sie, wie das Haus sie einhüllte wie eine warme, tröstliche Umarmung. Allein die vertrauten Gerüche weckten so lebhafte Erinnerungen, dass sie sie beinahe greifen konnte: Streifen knusprig gebratener Speck auf fettgetränkten Papiertüchern, auf der Leine getrocknete Laken, die so steif waren, dass sie knisterten, tiefe Schubladen, die nach getrocknetem Lavendel dufteten.

In ihrem alten Zimmer, das, wie sie erleichtert feststellte, noch unverändert war, sah sie zu, wie ihre Mutter das vom Fieber ganz benommene Baby vorsichtig auf das Bett legte.

Mary blieb unsicher auf Distanz, so als hätte ihre Mutter die ganze Zeit über das Zepter in der Hand gehabt und als nähme sie jetzt nur den ihr zustehenden Platz ein. Sie betrachtete ihre Mutter, die gezielt und selbstsicher handelte, in ihren bequemen Schuhen und mit der karierten Schürze mit den vielen Taschen, die Kleingeld, Knöpfe und Bonbonpapier enthielten, die sie zwischen Sofapolstern und unter den Betten aufgelesen hatte.

Mama schälte mehrere Lagen Decke und Kleidung ab, bis das Baby nackt auf dem rosa Bettüberwurf lag. Noelle war jetzt hellwach und ruderte mit den Armen, das kleine Gesichtchen ganz verzerrt vor Zorn. Mary trat instinktiv mit ausgestreckten Armen vor, aber wie gewöhnlich war ihre Mutter ihr einen Schritt voraus. Mama legte Noelle fest eine Hand auf die Brust, und das Baby beruhigte sich sofort. Offenbar spürte die Kleine, dass sie es mit jemandem zu tun hatte, der wusste, was er tat, auch wenn das für sie im Moment ein wenig unbequem war. Noelle richtete die glänzenden Augen auf die fremde Frau, die über sie gebeugt war.

»Mary Catherine, lauf in die Küche und hol etwas Eis«, befahl Mama. »Wir müssen das Fieber herunterkriegen.« Sie selbst eilte ins angrenzende Bad und kehrte gleich darauf mit Handtüchern, einem Waschlappen und der Kunststoffwanne zurück, die dazu benutzt wurde, jene Körperteile zu waschen, die sie als »unaussprechlich« bezeichnete.

Mary tat wie geheißen. Es wäre ihr gar nicht in den Sinn gekommen, in einer solchen Angelegenheit Anweisungen ihrer Mutter in Frage zu stellen. Während sie unten in der Küche eine Tupperdose mit Eiswürfeln füllte, musste sie immer wieder daran denken, dass sie selbst hätte wissen müssen, was zu tun war. Was, wenn Noelle ihretwegen gestorben wäre?

Bei diesem Gedanken wurde ihr ganz schwach vor Entsetzen, und sie starrte wie gebannt auf das Regal über dem gelben

Resopaltisch. Darauf stand eine Sammlung von Tellern, die ihre Mutter von irgendwoher als Souvenirs mitgebracht hatte. Es dauerte eine Weile, ehe sie wieder normal atmen konnte.

In den folgenden Wochen erkannte Mary, wenn sie an diesen Tag zurückdachte, dass die Saat in diesem Moment in ihr gekeimt war, genährt von Schuldgefühlen, Scham und schlichter Erschöpfung. Tief im Innersten musste sie, schon als sie wieder nach oben ging, gewusst haben, dass sie bleiben würde.

Charlie musste es ebenfalls gespürt haben. Sie konnte seinen besorgten Blick auf sich spüren, als sie das Eis zum Bett trug, so gehorsam wie sie einst vor den Altar von St. Vincent getreten war, um ihre erste Kommunion zu empfangen.

Mary wagte nicht, ihn anzusehen, sondern hielt den Blick stattdessen auf das Baby geheftet. Als sie zusah, wie Mama den Waschlappen in das Eiswasser tauchte und damit Noelles kleinen im Fieber glühenden Körper abwusch, schüttelte sie sich, als könnte sie die Kälte auf der eigenen Haut spüren. Sie konnte sich noch exakt daran erinnern, wie die Hand ihrer Mutter sich auf ihrer eigenen heißen Stirn angefühlt hatte, wenn sie krank im Bett gelegen hatte. Das gekochte Ei und der in Dreiecke geschnittene gebutterte Toast, den Mama ihr ans Bett gebracht hatte. Die Sonnenstrahlen, die durch die heruntergelassene Jalousie gefallen waren.

Ihre Mutter war nicht immer so gewesen. Mary erinnerte sich noch daran, wie Daddy sich in der Küche von hinten an sie herangeschlichen hatte, um sie zu packen und von der Spüle wegzuziehen, wobei er irgendein altes Lied summte, zu dem sie früher getanzt hatten. Sie tat dann so, als sei sie ärgerlich, schlug mit einer seifigen Hand nach ihm und rief: »Ted, lass den Unsinn!«, aber dann fing sie an zu kichern, und schließlich wirbelten sie durch die Küche, als befänden sie sich im Tanzsaal des Starlite.

Mary erinnerte sich ebenfalls noch sehr genau an den Tag,

an dem ihre Eltern von ihrer Schwangerschaft erfahren hatten. Sie hatten alle gemeinsam den Mittagsgottesdienst in St. Vincent besucht. Sie hatte seit dem Vorabend nichts mehr gegessen, und gleich nach der Eucharistiefeier, als sie die Zunge herausstreckte, damit der Pfarrer die Hostie darauf legte, wurde sie ohnmächtig. Als sie auf den kühlen Steinfliesen der Sakristei wieder zu sich kam, hatte Mama darauf bestanden, dass sie sofort einen Arzt aufsuchten. Mary, die bereits wusste, was mit ihr los war, hatte das Gesicht in den Falten von Mamas bestem Sonntagskleid vergraben – Mama hatte das Kleid aus marineblauem Pikee mit weißen Paspeln, die sich rau anfühlten an Marys Wange und nach Maiglöckchen dufteten, selbst genäht. Dann hatte sie geweint. Christus mochte ihr ihre Sünden vergeben, das wusste sie, und irgendwann würde auch Daddy sich wieder beruhigen. Aber was Mama betraf, war das ihr Ende.

Daddy hatte die Einverständniserklärung unterzeichnet, damit sie und Charlie heiraten konnten. Und ihre kleine Schwester Trish hatte ihr geholfen, ihre Sachen zu packen, schweigend und mit verweinten Augen. Mary hatte nichts mehr von ihrer Mutter gehört oder gesehen, seit sie im fünften Monat schwanger und mit fünfzig Dollar in der Tasche das Haus verlassen hatte.

Als sie jetzt auf der Schwelle ihres alten Lebens stand und auf ihr Töchterchen blickte, so rosig und nass wie bei seiner Geburt, kam es ihr vor, als würde sie selbst nackt und strahlend aus einem dunklen Loch aufsteigen.

Sogar die Art, wie Mama Noelles Temperatur maß, war beruhigend. Anschließend hielt sie es hoch, damit sie alle sehen konnten: ganze drei Grad weniger! Sogar Charlie atmete hörbar auf.

Erst jetzt gestattete Mary sich, ihn anzusehen. Charlie trug immer noch seine Jagdjacke von Black Watch. Er hob sich wie ein Fremdkörper von der verblichenen Blümchentapete ab: ein müder Wanderer, der kurz Halt gemacht hatte, um zu rasten, bevor er seinen Weg fortsetzte.

Seine ausdrucksvollen wasserhellen Augen schienen sie in ihren Bann zu ziehen. Und trotz allem, was sie durchgemacht hatten, verspürte sie die Anziehung von etwas Reinem, Freiem, Unschuldigem. Sie dachte an die lauen Sommerabende, an denen sie zum See rausgefahren waren. Einmal war Charlie auf das Dach des Impala seines Vaters gestiegen und hatte sie zu sich herauf gezogen. Seite an Seite ausgestreckt hatten sie in die Sterne geblickt, und Mary hatte Charlie einzelne Konstellationen gezeigt. Sie war damals noch Jungfrau gewesen, und er hatte ihr ins Ohr geflüstert, dass er, wenn die Zeit gekommen war, nicht wollte, dass es auf dem Rücksitz eines Autos passierte. Sie hätte etwas Besseres verdient.

Das erste Mal hatte in eben diesem Zimmer stattgefunden, auf eben dem Bett, auf dem jetzt ihre Tochter lag. An einem Sonntagmorgen hatte Mary Kopfschmerzen vorgetäuscht, um daheim bleiben zu können, während der Rest der Familie zur Kirche ging, und sobald die anderen das Haus verlassen hatten, hatte sie Charlie hereingelassen. Sie erinnerte sich daran, wie wunderschön es gewesen war, überhaupt nicht schmerzhaft, sondern wunderbar und rein wie eine Taufe, und sie fühlte eine Sehnsucht, die sie zu ihm hinzog.

»Eins steht fest: Ihr könnt sie unmöglich wieder in die Kälte mitnehmen. Du kannst tun, was du willst, Mary Catherine, dieses Baby bleibt, wo es ist.« Mamas Stimme hinter ihr klang schroff und bestimmt. Mary brauchte sie nicht anzusehen, um zu wissen, dass sie die Lippen wieder zusammengepresst und die Arme verschränkt hatte.

Die Einladung war, wenn auch versteckt, deutlich: Mary und das Baby waren willkommen zu bleiben, nicht aber Charlie.

Er trat sofort mit blitzenden Augen vor und sagte mühsam

beherrscht: »Vielen Dank, Mrs Quinn. Ich weiß zu schätzen, was Sie getan haben, und wenn Sie meinen, Noelle sollte noch eine Weile hier bleiben, möchte ich in diesem Punkt nicht mit Ihnen streiten. Aber zu Hause wartet ein hübsches warmes Bettchen auf sie. Es wird ihr an nichts fehlen.«

Mama antwortete nicht darauf. Sie würdigte ihn nicht einmal eines Blickes. Stattdessen musterte sie Mary, als wollte sie sagen: *Du hast einen Fehler gemacht, aber du bist immer noch meine Tochter. Noch ist es nicht zu spät, alles wieder einzurenken.*

Mary wickelte das Baby in ein Handtuch und hob es vom Bett. Es waren exakt sechs Schritte bis zur Tür, von der aus Charlie erwartungsvoll zu ihr herüber sah; sie hatte einmal mitgezählt, sechs Schritte zwischen ihr und der Freiheit. Das Problem war nur, dass sie nicht mehr sicher war, in welcher Richtung die Freiheit lag.

Früher einmal hatte sie geglaubt, sie läge bei Charlie. Aber das war gewesen, bevor die unerbittliche Realität der frühen Mutterschaft sie eingeholt hatte. Bevor sie erfahren hatte, was es hieß, arm zu sein. Bevor sie gezwungen gewesen war, die Schule abzubrechen. Bevor ...

*Corinne sich umgebracht hatte.*

Mit Blicken flehte sie Charlie an, sie zu verstehen. Warum musste das nur so schwer sein? Sie liebte ihn, Gott wusste, wie sehr. Aber irgendwie war das nicht genug. Denn das war die versteckte Wahrheit, die Gummischlange, die einem aus einer falschen Erdnussdose entgegensprang, das, was einem vorenthalten wurde in den Liebesromanen, die sie früher verschlungen hatte, und in den Filmen, die endeten, bevor die Wirklichkeit die Helden einholen konnte: Liebe zahlte nicht die Miete, sie hielt den Wind nicht davon ab, durch die Ritzen in den Wänden zu pfeifen, und sie verhinderte auch nicht, dass die Rechnungen sich im Briefkasten türmten.

»Wie geht es Daddy?«, fragte sie in dem verzweifelten Bestreben, die schreckliche Entscheidung, die ihr abverlangt wurde, hinauszuschieben.

»Er hat gute und schlechte Tage.« Mama zuckte die Achseln, um die Bettdecke glatt zu streichen. In diesem Moment erhaschte Mary einen ganz flüchtigen Blick auf etwas, das ebenso tief und stark war wie ihre Liebe zu Charlie. Und sie sah Furcht: Daddy ging es nicht so gut wie Mama alle glauben machen wollte.

»Mary ...« Charlie bedachte sie mit einem grimmigen Blick.

»Und was ist mit Trish? Hat sie den Algebra-Test bestanden, den zu verhauen sie solche Angst hatte?« Mary schloss die Augen, blendete ihn aus.

»Wie man's nimmt. Drei minus. Es hätte wohl auch schlimmer kommen können.« Mama fragte nicht, woher sie von der Klausur wusste, und Mary erzählte ihr nichts von ihren Telefonaten mit Trish, die das Geld, das sie mit Babysitten verdiente, darauf verwandte, ihre Schwester von öffentlichen Fernsprechern aus anzurufen.

Tränen quollen unter Marys geschlossenen Lidern hervor. »Mama? Wusstest du, dass Corinne Lundquist sich umgebracht hat? Gestern Abend. Ich habe es eben erst erfahren.«

Sie hörte, wie ihre Mutter nach Luft schnappte. »Corinne? Großer Gott. Warum um alles in der Welt sollte sie so etwas tun?«

Es brauchte schon einiges, um Doris Quinn aus der Fassung zu bringen, aber diese Nachricht haute sie um. Als Mary die Augen aufmachte, stand ihre Mutter stocksteif vor ihr, die Füße leicht gespreizt, wie um sich für einen Schlag zu wappnen.

»Ich wünschte, ich wüsste es«, entgegnete Mary. Aber in gewisser Weise wusste sie es. Sie konnte sehr gut nachvollziehen, dass ein Mädchen von siebzehn Jahren so verzweifelt sein konnte, dass es ...

»Mary. Kommst du jetzt mit oder nicht?« Charlies Stimme klang barsch, aber in seinen Augen lag ein flehentlicher Ausdruck.

Sie antwortete lange nicht. Sogar Noelle war ausnahmsweise einmal still. Mary konnte nur dasitzen und stumm den Kopf schütteln, während ihr die Tränen über das Gesicht liefen. Ihr war bewusst, dass es kein Zurück geben würde, egal, in welche Richtung sie sich wandte.

Letztlich gab ihr Vater den Ausschlag. Sie hörte ihn aus seinem Zimmer gleich gegenüber mit schwacher Stimme rufen: »Mary Catherine, bist du das?«

Mary wandte ihrem Mann ihr tränenüberströmtes Gesicht zu. »Es tut mir Leid, Charlie.« Mehr war nicht nötig. Erklärungen oder Lügen über die Dauer ihres Aufenthaltes erübrigten sich. Was immer ihr ins Gesicht geschrieben stand, spiegelte sich in grausamer Deutlichkeit auch auf Charlies Gesicht.

Er würde nicht betteln, das wusste sie. Dazu war er viel zu stolz. Er starrte sie eine Weile schweigend an und schluckte mehrmals. Als er schließlich sprach, klang es, als wäre er den Tränen nah. »Ich rufe dich in ein, zwei Tagen an, okay? Dann reden wir.«

Sie nickte. Aber sie wussten beide, dass jeder Tag, den sie unter diesem Dach blieb, ein weiterer Nagel im Sarg des Lebens war, von dem sie in ihrer Naivität geglaubt hatten, sie könnten es sich gemeinsam aufbauen.

Als sie seine schweren Schritte auf der Treppe hörte, wäre sie ihm am liebsten nachgelaufen, um ihm zu versichern, dass sie zurückkommen würde – in ein oder zwei Tagen, sobald das Baby sich erholt hatte. Sobald sie selbst wieder zu Kräften gekommen war (im Augenblick fühlte Mary sich, als könnte sie ein ganzes Jahr durchschlafen). Und sie wäre ihm nachgelaufen, jawohl, allen Widrigkeiten zum Trotz, wenn sie geahnt hätte, dass sie ihm die nächsten dreißig Jahre, also fast doppelt so lange wie ihr bisheriges Leben, in Gedanken nachlaufen würde, immer wieder diese Treppe hinunterrennen würde, ohne je unten anzukommen, bis in alle Ewigkeit dem Traum dessen nachjagen würde, was ihr Leben hätte werden können.

# *Burns Lake*

1999

# Kapitel 1

Noelle hatte Tage geprobt, was sie sagen wollte, hatte sich exakt die Worte zurechtgelegt, die sie frei machen würden. Nicht nur von ihrer Ehe, sondern vor allem von dem Pflichtgefühl, das sie inzwischen als etwas albern betrachtete, so wie im Übrigen ihren Diamantring, der ständig an Pullovern und Strumpfhosen hängen blieb und ganz lose an ihrem Finger saß, seit sie so stark abgenommen hatte. Einmal hatte sie sich sogar beim Eincremen der Beine daran geschnitten. Es war nur ein Kratzer gewesen, aber immerhin hatte er geblutet.

Aber jetzt, da sie ihrem Ehemann gegenüberstand, fiel ihr keiner der ausgefeilten Sätze ein. Und so beschränkte sie sich auf die harten Fakten.

»Ich werde nicht mit dir gehen, Robert.« Sie sprach so ruhig sie nur konnte, wobei das Pochen ihres Herzen klang wie Ziegelsteine, die einer nach dem anderen aus großer Höhe fallen gelassen wurden und auf hartem Boden aufschlugen. »Genau genommen werde ich gar nicht mehr nach Hause kommen.«

Sie standen vor dem Haus ihrer Großmutter, wo sie die vergangenen drei Wochen gewohnt hatte, seit Nana aus dem Krankenhaus entlassen worden war. Aber jetzt waren Noelle die Ausreden ausgegangen. Außerdem musste sie auch an Emma denken. Ihre gemeinsame Tochter hatte es verdient, die Wahrheit zu erfahren.

»Das ist doch lächerlich. Natürlich kommst du mit«, entgegnete Robert bestimmt, als hätte er es mit einem Angestellten zu tun, der aus der Reihe tanzte. Gereizt warf er einen Blick auf seine Armbanduhr. »Mach schon, hol deine Sachen. Eigentlich müsstest du längst abfahrbereit sein.«

»Hast du nicht gehört, was ich sagte? Hörst du mir überhaupt zu?« Noelle war plötzlich von Panik erfüllt, als würde sie gleich wie ein abgebrochener Zweig vom Sog seiner Beharrlichkeit erfasst und fortgerissen werden. »Ich weiß, dass es eigentlich nur vorübergehend sein sollte, aber ich ... ich habe es mir anders überlegt.«

Jetzt trat Robert zurück und musterte sie abschätzig, einen leichten Haarriss in seiner ansonsten perfekten Erscheinung. Er stand mit dem Rücken zur Buchsbaumhecke: ein gut gebauter Mann in den Vierzigern, der größer wirkte als seine tatsächlichen ein Meter achtzig, mit vollem tiefbraunen Haar, das ihm in jungenhaften Strähnen in die Stirn fiel wie bei JFK, und dazu blassblaue Augen, die eine kalte Hitze zu erzeugen schienen, wie das Sonnenlicht, das von seinem silbernen Audi 100 reflektiert wurde, der nur ein paar Meter entfernt am Straßenrand parkte. Er trug olivgrüne Shorts und ein leicht gestärktes hellblaues Hemd, das am Kragen offen stand und dessen Ärmel aufgerollt waren. Aber das alles wirkte aufgesetzt, nur dazu ersonnen, den Anschein von Entspanntheit und Lässigkeit zu erwecken, Eigenschaften, die, wie jeder wusste, der ihn kannte, Robert Van Doren völlig fremd waren. Sogar die grauen Strähnen an seinen Schläfen waren das Werk eines talentierten Visagisten.

Eine Hand steckte in der Hosentasche, die andere hielt einen Schlüsselbund umklammert. Sie sah, wie er mehrmals hintereinander die Faust öffnete und schloss, wobei er die Fingerknöchel abwechselnd an- und entspannte. Der Tic an seinem rechten Auge, den er die meiste Zeit unter Kontrolle hatte, wurde sichtbar. Er erinnerte sie an einen peitschenden Katzenschwanz – eine Erinnerung daran, dass man bei Robert nie genau wusste, woran man war. Das war seine Art, bei Freund und Feind gleichermaßen die Oberhand zu behalten, einfach indem er sie ständig im Ungewissen ließ.

»Das kann nicht dein Ernst sein.« Ein Lächeln umspielte kurz seine Mundwinkel, erlosch aber gleich wieder. »Das ist ein Witz, richtig?«

Sie holte tief Luft, ein Atemzug, der sich anfühlte, als hätte sie etwas verschluckt, das jetzt in ihrer Kehle festsaß. Die schwüle Julihitze schien sie wie eine verschwitzte Hand zu umschließen. »Irgendwann werde ich mir natürlich etwas Eigenes suchen. Aber bis auf weiteres denke ich, ist es das Beste, wenn Emma und ich hier bleiben.«

Hierauf folgte eine Stille, in der nur das Surren der Insekten und das leise Plätschern eines Rasensprengers ein paar Häuser weiter zu hören waren. Dann brach Robert das Schweigen. »Ist es wegen Jeanine? Willst du mich immer noch bestrafen? Ich sagte dir doch, dass es aus ist zwischen uns. Eigentlich war da nie etwas. Es war nur ein einmaliger Ausrutscher. Ein Fehler. Ein dummer Fehler.«

Das war natürlich gelogen. Seine Augen verrieten ihn. Er hatte schon lange, bevor sie ihn erwischt hatte, herumgeschlafen. Das Klischeehafte des Ganzen war beinahe komisch: eine billige Affäre mit seiner zweiundzwanzigjährigen Sekretärin. Aber war sie nicht selbst einmal in derselben Position gewesen? Ein Mädchen frisch vom College, geblendet von seinem gut aussehenden viel älteren Boss. Außerdem ging es längst nicht mehr um Jeanine. Sie hatte Noelle nur die Ausrede geliefert, die sie brauchte, um auszubrechen. In gewisser Weise war sie Jeanine sogar dankbar.

»Es geht nicht nur um Jeanine«, sagte sie.

»Davor war doch alles bestens«, beharrte er.

»Für dich vielleicht.«

Es war nicht nur ihre Ehe. Es war auch das Haus in Ramsey Terrace mit dem philippinischen Hausmädchen, das viermal die Woche kam. Es waren der Country Club und die Junior-League-Teepartys, die Komitees, Wohltätigkeitsveranstaltungen und endlosen Cocktailpartys.

»Hat die alte Dame dir diesen Floh ins Ohr gesetzt?«, fragte Robert mit zusammengekniffenen Augen.

»Nana hat nicht das Geringste damit zu tun.« Ihre Großmutter hatte Robert nie leiden können, das stimmte, aber was die Ehe betraf, war sie altmodisch. »Sie hat sogar gesagt, ich solle noch einmal alles mit dir durchsprechen, bevor ich mich endgültig entscheide.«

»Es klingt aber, als hättest du dich bereits entschieden.«

»Ja.« Sie schluckte hart. »Ja, so ist es auch.«

Sie blickte auf seinen langgezogenen Schatten, der die Zufahrt in zwei Hälften teilte. Die Sonne zauberte Tigerstreifen auf den Rasen, und die Nachmittagshitze schien so erstickend wie unter einer großen Glaskuppel. Vögel zwitscherten am Vogelhäuschen, und aus den Augenwinkeln erhaschte sie einen flüchtigen Blick auf einen Kardinalvogel. Als sie wieder zu Robert aufblickte, sah sie schockiert, dass er Tränen in den Augen hatte.

»Gott.« Er stieß zischend die Luft zwischen zusammengebissenen Zähnen aus. »Gott, Noelle, wie zum Teufel konnte es nur soweit kommen?«

Ja, wie? Und das, nachdem noch vor acht Jahren ihr erster Gedanke beim Aufwachen jeden Morgen gewesen war: *Womit habe ich nur solches Glück verdient?* Die schüchterne, hagere Noelle Jeffers, mit einundzwanzig noch Jungfrau, hatte irgendwie die Aufmerksamkeit ihres begehrten Chefs erregt. Eines Mannes, der ebenso gut Filmstar hätte sein können, so wie im Büro getuschelt wurde, und in Anbetracht der zahllosen Herzen, die höher schlugen, wenn er in der Nähe war. Sie erinnerte sich noch gut an das erste Mal, als er an ihrem Schreibtisch Halt gemacht hatte, um mit ihr zu plaudern. Ihr Puls hatte gerast, und sie war so einsilbig gewesen, dass sie bereits gefürchtet hatte, sich lächerlich gemacht zu haben. Aber zwei Tage später hatte er sie dann zum Essen eingeladen.

»Ich weiß nicht. Vielleicht hat es schon falsch angefangen«, sagte sie zögernd. »Ich war noch so jung ...« Sie fand Ausreden leichter als Schuldzuweisungen.

»Es hat doch nicht falsch angefangen. Ich habe eine Dummheit gemacht, das ist alles«, widersprach er beinahe zornig.

»Ich will dich nicht bestrafen, Robert.« Vielleicht schuldete sie ihm Jeanine. Immerhin war es sicher nicht leicht für ihn gewesen, die ersten Jahre mit einer Trinkerin zusammenzuleben. Aber das war nicht der Punkt.

»Tatsächlich? Es kommt mir aber so vor.« Da war er wieder, dieser hässliche, vorwurfsvolle Unterton, wie eine alte rostige Konservendose in einem gepflegten Blumenbeet.

»Da kann ich auch nichts machen.« In Gedanken hörte sie den sachlichen knappen Kommentar von Penny Cuthbertson, ihrer Therapeutin in Hazelden: *Machen Sie sich klar, Noelle, dass es viel schwieriger ist, Macht neu zu übernehmen, als an bestehender Macht festzuhalten.*

Aber Noelle konnte sich nicht erinnern, sich je gegen Robert durchgesetzt zu haben. Von Anfang an hatte er das Sagen gehabt, zuerst als ihr Boss und später als ihr Ehemann. Sie hätte gerne in St. Vincent geheiratet, aber Robert hatte auf einer pompösen Zeremonie und Feier im Country Club bestanden. Und als sie mit Emma schwanger gewesen war, hatte er sie nicht zum lieben alten Dr. Matthews gelassen, der seit ihrer frühesten Kindheit ihr Hausarzt gewesen war. (Was machte es schon, dass der hoch bezahlte Frauenarzt in Schenectady im Skiurlaub in Aspen war, als bei ihr die Wehen einsetzten.) Und auch als ihr Alkoholkonsum so schlimm geworden war, dass sie ihn nicht länger verbergen konnte, hatte Robert die Sache in die Hand genommen. Er kannte jemanden im Vorstand von Hazelden, einen alten Kumpel aus Stanford, und innerhalb weniger Stunden war ein Zimmer für sie frei gewesen.

Aber jetzt nahm sie die Dinge in die Hand, und das gefiel Robert gar nicht. Noelle konnte seinen inneren Aufruhr beinahe körperlich spüren und wich instinktiv zurück, als er einen Schritt auf sie zu machte. In acht Jahren Ehe hatte er kein einziges Mal die Hand gegen sie erhoben, aber aus einem unerfindlichen Grund hatte sie plötzlich Angst vor ihm. Und erst jetzt ging ihr auf, dass sie schon immer ein wenig Furcht vor ihm gehabt hatte. Vielleicht hatte sie es deshalb nicht gewagt, sich seinen Wünschen zu widersetzen; sie hatte lieber nicht herausfinden wollen, wozu er im Extremfall fähig war.

Aber er hob die Hand in einer versöhnlichen Geste. »Noelle, bitte. Wenn es dir schon egal ist, was aus mir wird, aus uns, denk wenigstens an Emma.« Seine Stimme klang tief, beschwichtigend.

Sie fühlte eine Woge des Zorns in sich aufsteigen. »Wag es ja nicht, Emma da reinzuziehen. Das ist nicht fair.«

»Ist es denn fair, eine Familie auseinander zu reißen?«

Plötzlich fühlte Noelle sich sehr müde. Ihr Kopf begann zu pochen. »Lass uns damit aufhören, ja? Es liegt nicht an dir und nicht an mir, sondern einfach an allem. Vielleicht war Jeanine nur der Tropfen, der das Fass zum Überlaufen brachte.«

»Es ist noch nicht zu spät. Wir könnten noch einmal von vorne anfangen.«

Sie schüttelte den Kopf. »O Robert, du weißt, dass ich nie für diesen Lebensstil geschaffen war. Diese vielen Partys und Komitees. Ich glaube, wenn ich mir noch ein einziges Mal hätte anhören müssen, wie Althea Whitehead von ihrer Skihütte in Teluride erzählt, hätte ich einen Schreikrampf bekommen.« Sie erwähnte nicht, dass ihre alten Schulfreundinnen, Mädchen, mit denen sie praktisch aufgewachsen war, sich ebenso wenig wohl gefühlt hatten mit ihr in ihrer Rolle als Mrs Van Doren, sodass sie sich über die Jahre eine nach der anderen aus ihrem Leben zurückgezogen hatten.

Er bedachte sie mit einem vernichtenden Blick. »Was glaubst du, wie mein Dad unsere Firma aufgebaut hat? Indem er seine acht Stunden von neun bis fünf abgesessen hat wie die armen Schlucker, die nach der Stechuhr arbeiten? Er hat Partys geschmissen, ist Organisationen beigetreten, hat die richtigen Leute zum Essen eingeladen. Und daran hat sich bis heute nichts geändert. Glaubst du, ich hätte die Kredite für die Cranberry Mall bekommen, wenn ich nicht Carl Devlins Golf-Handicap gekannt hätte oder gewusst hätte, dass Reese Braithwaite lieber Habana Gold-Sterlings raucht als Honduran Excaliburs?«

»Hör auf.« Sie hielt sich die Ohren zu. »Hör einfach nur auf!«

Robert verstummte abrupt und rieb sich mit zitternder Hand das Gesicht. Plötzlich sah er aus, als gäbe er sich geschlagen. »Gott, Noelle, was willst du von mir? Soll ich auf die Knie fallen und betteln?«

Noelle überlegte einen Moment. Was genau wollte sie eigentlich von ihm? »Ich will die Scheidung.«

Seine Züge verhärteten sich, und er musterte dieses neue, potenziell bedrohliche Wesen, das seine bis dahin so gefügige Frau abgelöst hatte, prüfend. Als er sprach, war jegliche Weichheit aus seiner Stimme gewichen, die jetzt ganz rau klang von unterdrückter Wut.

»Tu doch, was du willst«, knurrte er und zeigte mit dem Finger auf sie, »aber bilde dir ja nicht ein, dass ich dir Emma überlasse. Ich werde dich bekämpfen, Noelle. Ich werde alles tun, was nötig ist.« Er trat ganz dicht an sie heran, bis sein Gesicht nur noch Zentimeter von ihrem entfernt war. Sein rechtes Augenlid zuckte unkontrolliert, und sie musste an Dorian Gray denken, hinter dessen makelloser Maske sich eine monströse Fratze verbarg. »Glaubst du, irgendein Richter, der noch ganz bei Verstand ist, würde dir das Sorgerecht übertragen? Einer Frau, von der alle wissen, dass sie trinkt?«

Noelle fühlte, wie ihr alle Farbe aus dem Gesicht wich. Er stand so dicht vor ihr, dass sie die Härchen in den Löchern seiner perfekten aristokratischen Nase sehen konnte und die Narbe am Kinn, dort, wo sein älterer Bruder ihn versehentlich mit einem Hockeyschläger verletzt hatte, als er zehn war. Und diese Augen, blassblau mit einem schwarzen Rand um die Pupillen, Augen, die so starr zu sein schienen wie jene eines sibirischen Huskys. Einen Moment war sie sicher, dass er sie schlagen würde.

Kalter Zorn flammte in ihr auf und schenkte ihr neue Kraft. Es erforderte all ihre Selbstbeherrschung, ihn nicht anzuschreien, ihm vorzurechnen, dass sie seit sechs Jahren keinen Tropfen mehr angerührt und ihn vor nicht ganz sechs Monaten mit einer anderen erwischt hatte. Aber das war genau das, was Robert erreichen wollte, ein offener Kampf, für den er zweifellos besser gerüstet war als sie.

Und so zwang sie sich stattdessen, vernünftig mit ihm zu reden. »Du würdest sie nur benutzen, um mir eins auszuwischen, und ... ich weiß, dass du das Emma nicht antun würdest. Du bist ein guter Vater, Robert. Du wirst sie auch weiterhin sehen. Wir werden eine Einigung finden.«

Lange Zeit behielt er seine versteinerte Miene bei, dann fiel die Maske des Unerbittlichen. Er blinzelte und rückte leicht von ihr ab. Die Faust, in der er seinen Schlüsselbund hielt, öffnete sich langsam. Fast verwundert blickte er auf seine offene Hand. Noelle konnte die roten Druckstellen sehen, die die Schlüssel in seiner Handfläche hinterlassen hatten.

»Du hast Recht«, sagte er. »Gott, Noelle, es tut mir Leid. So Leid.« Er schlug die Hände vor das Gesicht und fing lautlos an zu weinen. Sie hatte ihn noch nie weinen sehen, nicht so, und sie war so betroffen, dass sie mitfühlend eine Hand auf seinen Arm legte. Als er den Kopf hob, waren seine hellen Augen blutunterlaufen, und seine Qual stand ihm in das von Selbstverachtung gezeichnete Gesicht geschrieben. »Es ist alles nur meine Schuld. Ich habe alles vermasselt. Du hast jedes Recht, mich zu hassen.«

»Ich hasse dich nicht«, entgegnete sie und fühlte, wie ihre eigene Kehle sich zusammenzog.

Er starrte sie mit leerem Ausdruck flehentlich an. »Darf ich dich nur um einen Gefallen bitten? Würdest du mir so viel zugestehen?«

Sie traute ihm nicht ganz, und so wartete sie schweigend ab.

»Geh morgen Abend mit mir essen. Ich reserviere einen Tisch im Stone Mill.« Hastig fuhr er fort. »Wir reden über Emma, darüber, was das Beste für sie ist. Das ist alles, versprochen. Wie du sagtest, wir sind ihre Eltern, wir beide. Daran wird sich nie etwas ändern.«

Noelle zögerte. Sie zweifelte nicht daran, dass er Emma ehrlich liebte. Und wenn er es so ehrlich meinte wie es den Anschein hatte, dann war sie es ihrer Tochter schuldig, die Einladung anzunehmen. Aber eine innere Stimme warnte sie: *Das ist eine Falle. Lass dich nicht darauf ein.*

Das ist doch albern, sagte sie sich. Was kann es schaden, wenn zwei zivilisierte Erwachsene gemeinsam essen gehen? Sie würden sich an einem öffentlichen Ort befinden, und falls ihr Treffen unerfreulich verlief, konnte sie jederzeit gehen. Im Übrigen war Robert viel zu sehr auf seinen guten Ruf bedacht, um eine hässliche Szene zu riskieren.

*Dazu sind Anwälte da,* ließ sich ihre innere Stimme wieder vernehmen. *Glaubst du wirklich, er wird dir kampflos geben, was du willst?*

Vielleicht nicht. Aber für Anwälte war es noch zu früh. Was

konnte es schon schaden, sich wenigstens anzuhören, was er zu sagen hatte? Sie musterte ihn forschend, hielt Ausschau nach einem Anzeichen dafür, dass er ihr etwas vormachte. Aber alles, was sie sah, war nacktes Flehen.

Trotzdem entgegnete Noelle nur sehr widerstrebend: »Ich werde sehen, ob ich Tante Trish überreden kann, auf Emma aufzupassen. Nana ist noch nicht gesund genug.«

Robert lächelte dankbar. »Ich hole dich gegen sieben ab, okay?«

»Nein, wir treffen uns dort.« *Wenn ich meinen eigenen Wagen nehme, kann ich wenigstens flüchten, falls es nötig sein sollte.* Aber auch dieser Gedanke vermochte ihr Unbehagen nur bedingt zu vertreiben.

Ins Stone Mill an der Route 30, fünf Meilen nördlich der Stadt, hatte Robert sie auch bei ihrem ersten Rendezvous ausgeführt. Im Laufe der Jahre waren sie oft dort gewesen, und obgleich sie die dortige Küche jener des Country Clubs vorzog, empfand Noelle das Restaurant als ebenso steif wie protzig. Als sie ihren Wagen auf den Parkplatz lenkte, sah sie die übliche Auswahl von brandneuen Luxuskarossen, deren Verzierungen vorn am Kühlergrill glitzerten wie Miniatur-Trophäen im Schein der Lichterketten, die zwischen den Glyzinen über dem etwas zurückgesetzten Eingang der alten Mühle angebracht waren.

Als sie das Foyer betrat, schlug ihr Stimmengewirr entgegen. Sie ließ den Blick über die Bruchsteinmauern und die niedrigen Decken mit den offen liegenden Balken schweifen, und nickte einem älteren Ehepaar zu, das an einem Tisch in der Nähe des Empfangs saß. Der stämmige grauhaarige Mann und seine nicht minder stämmige Gattin kamen ihr irgendwie bekannt vor. Woher kannte sie sie nur? Robert wäre ärgerlich gewesen, dass sie sich nicht erinnern konnte.

Sie entdeckte ihn an einem Fenstertisch. Er sah sie im selben

Moment, erhob sich und kam auf sie zu. Sie konnte nicht umhin, zu registrieren, wie umwerfend er aussah. Sein taillierter anthrazitfarbener Anzug umschmeichelte seinen muskulösen Körper wie eine zweite Haut. In seinem braunen Haar schimmerten goldene und silberne Reflexe, als er sich unter einem angestrahlten Balken bückte. Und sie war nicht die Einzige, die ihn beobachtete. Köpfe drehten sich in seine Richtung und verfolgten jede seiner Bewegungen. In den Augen der anderen Gäste standen Bewunderung und Neid.

Einen kurzen Augenblick fühlte Noelle sich wieder wie bei ihrem ersten Treffen: privilegiert, die Gesellschaft eines solchen Mannes genießen zu dürfen. Als würde etwas von seinem Glanz auf sie abfärben.

Aber sie wusste etwas, wovon die anderen nichts ahnten: nämlich, dass er den strahlenden Charme ausknipsen konnte wie eine Lampe und darauf nur zu oft eisige Stille folgte oder auch beißende Kritik. Ihr Kleid war zu kurz oder zu lang, sie trug zu viel Make-up, auf der Party am Vorabend war sie zu redselig gewesen oder nicht lebhaft genug. Und um Himmels willen, konnte sie nicht endlich etwas mit diesem *Haar* machen?

»Grant, wie ist das Steak heute Abend?« Robert machte Halt, um Bürgermeister Grant Iverson zu begrüßen; dabei klopfte er ihm mit einer vertraulichen Geste auf den Rücken, die auch den anderen Gäste nicht entging. Iverson und seine spindeldürre blonde Frau Nancy strahlten zu ihm auf und schlossen Noelle in ihr Lächeln mit ein.

»Blutig, genauso wie ich es mag.« Der Bürgermeister lachte selbstgefällig. Er war ein untersetzter Mann Anfang fünfzig mit hängenden Wangen und einem breiten Grinsen, das sie an den feigen Löwen in »Der Zauberer von Oz« erinnerte. Er nickte in ihre Richtung. »Noelle, wie schön, Sie zu sehen. Robert hat erzählt, Sie wären in letzter Zeit nicht ganz auf der Höhe gewesen ...«

»Das war meine Großmutter ...«

Aber er hatte sich bereits wieder Robert zugewandt. Er senkte die Stimme und raunte Robert von Mann zu Mann zu: »Sie sind zum Feiern hier, was? Sie Teufelskerl. Sie haben es also tatsächlich geschafft.«

Robert zuckte bescheiden die Achseln. »Es stand auf der Kippe.«

»Ach was.« Iverson zwinkerte ihm komplizenhaft zu.

Nancy hob ihr Glas, wobei ihre eckigen Fingernägel sich rubinrot abhoben von der dunkleren Schattierung des Weins, eines Weins, von dem Noelle früher eine ganze Flasche hatte trinken müssen, um einen Abend wie diesen durchzustehen. »Auf den Mann der Stunde.«

Noelle setzte ein Lächeln auf, als wüsste sie, wovon sie alle sprachen. Offensichtlich war irgendeine geschäftliche Transaktion erfolgreich abgeschlossen worden. Robert hatte immer irgendein Geschäft am Laufen, das aus alten Beziehungen zu Männern wie Iverson heraus zustande gekommen war, der ohne Van Dorens Unterstützung nicht hier sitzen würde – oder zumindest nicht als Bürgermeister auf sein fettes Spesenkonto schlemmen könnte.

Als sie an ihrem Tisch Platz nahmen, blickte sie aus dem Fenster auf das Wasser draußen, das im fahlen Mondlicht so glatt über das Mühlrad floss wie Robert Lügen über die Lippen kamen. Sie konnte ihr Spiegelbild in der Fensterscheibe sehen – tief in den Höhlen liegende Augen in einem Gesicht mit markanten Zügen, umgeben von einer Wolke schwarzen Haars, das mit der Dunkelheit hinter ihr verschmolz. Noelle sandte ein Stoßgebet zum Himmel: *Lieber Gott, hilf mir, das hier durchzustehen.*

»Worum geht es überhaupt?«, fragte sie und setzte eine, wie sie hoffte, freundlich neutrale Miene auf.

»Um den neuen Super-Highway. Heute Nachmittag wurde

in Albany über den Bau entschieden. Zwanzig Millionen aus der Staatskasse und steuerliche Förderung für örtliche Anbindungen.« Er grinste triumphierend.

»Gratuliere«, murmelte sie. Sie brauchte nicht erst zu fragen, um zu wissen, dass die Ausfahrt Burns Lake nur einen Katzensprung von dem Einkaufszentrum liegen würde, das er gerade errichtete.

»Iverson ist im siebten Himmel allein bei dem Gedanken an die vielen Steuergelder. Sieh ihn nur an.« Sie registrierte die unterschwellige Verachtung in seiner Stimme für den Mann, dem er eben noch herzlich auf die Schulter geklopft hatte.

Noelle fragte sich, wie ihr Vater reagieren würde. Nur ihr zuliebe hatte Dad sich sehr zurückgehalten bei den Artikeln im *Register* über Van Doren & Sons. Aber das Vorgehen der Firma, die skrupellos historische Gebäude abriss und ganze Wälder abholzte, um Wohnblocks und Malls zu errichten, war ihm seit Jahren ein Dorn im Auge. Ihre Scheidung wäre für ihn ein willkommener Anlass, zum Angriff zu blasen.

Der Ober kam, ein schlanker junger Mann mit so kurzem Bürstenhaarschnitt, dass seine rosige Kopfhaut durch das sehr helle Haar schimmerte. Sie bestellten beide das Übliche: Diätcola für sie und Scotch mit Soda für Robert.

Während sie auf ihre Getränke warteten, langte Robert über den Tisch und nahm Noelles Hand. »Ich hätte auch Champagner bestellt, aber es ist nicht dasselbe, wenn man ihn alleine trinken muss.«

Stirnrunzelnd entzog sie ihm ihre Hand und spielte mit ihrer Serviette. Warum machte Robert diese Andeutungen auf ihre Vergangenheit? Er hatte sie zu oft sturzbetrunken ins Bett tragen müssen, als dass er schöne Erinnerungen mit dieser Zeit hätte verknüpfen können. Und warum tat er so, als hätte ihre gestrige Unterhaltung gar nicht stattgefunden?

Sie zwang sich, ihm in die Augen zu sehen. »Emma hat heute Morgen gefragt, wie lange wir noch bei Nana wohnen bleiben, und ich habe ihr die Wahrheit gesagt: dass wir nicht mehr nach Hause zurückgehen werden.«

Roberts Lächeln erlosch. Er nahm das Messer, das neben seinem Teller lag, in die Hand und betrachtete es ausgiebig. Die polierte Klinge reflektierte das Kerzenlicht. »Und was hat sie dazu gesagt?«

»Sie hatte Angst, du würdest wütend sein.« Noelles Kehle verengte sich, als sie daran zurückdachte, wie ihre fünfjährige Tochter verwirrt zu ihr aufgeblickt hatte, Tränen in den blauen Augen.

Robert warf ihr einen bösen Blick zu. »Herrgott, Noelle«, fluchte er leise. »Was hast du erwartet? Hast du geglaubt, ich würde mich darüber freuen?«

Sie zögerte mit ihrer Antwort. »Nein, natürlich nicht. Aber wird sich denn für dich wirklich so viel ändern? Wir haben dich doch so gut wie nie zu Gesicht bekommen.«

»Was willst du damit andeuten?«

»Ich will gar nichts andeuten.«

Er funkelte sie einen Moment zornig an und atmete dann geräuschvoll aus. »Okay, du hast nicht ganz Unrecht. Ich weiß, dass ich in letzter Zeit nicht viel zu Hause war. Ich hatte so viel zu tun mit dem Einkaufszentrum und Sandy Creek ... na ja, du weißt ja, wie das ist.« Er breitete in einer hilflosen Geste die Hände aus. »Aber du hast Recht, verdammt. Ich hätte dir und Emma wirklich mehr Zeit widmen müssen. Dann hätte es vielleicht keiner so drastischen Maßnahmen bedurft, um mich daran zu erinnern, was wirklich zählt.« Seine demütige Selbstkritik war Übelkeit erregend in ihrer Unaufrichtigkeit.

Sie verkniff sich die Frage, wie viel von seiner kostbaren Zeit er Jeanine gewidmet hatte. Kühl sagte sie: »Warum belassen wir es nicht dabei, von Emma zu sprechen?«

Er lehnte sich zurück, sichtlich verblüfft, dass sie nicht auf sein Theater hereingefallen war. »Und wie hast du dir das vorgestellt?«

»Was hältst du von zwei Nächten in der Woche und jedem zweiten Wochenende?«

»Wunderbar. Für dich.« Robert bleckte in einem kalten Lächeln die Zähne.

Noelle schauderte, als wäre sie von einem kalten Luftzug erfasst worden. Als ihre Getränke kamen, konnte sie sich nicht einmal überwinden, ihr kaltes Glas anzufassen. Stattdessen nahm sie ihren ganzen Mut zusammen und sagte: »Sicher werden wir diesen Punkt früher oder später zusammen mit Anwälten besprechen. Ich dachte nur, na ja, als eine Art provisorische Regelung.«

Sie senkte den Blick auf die flackernde Kerze in dem rubinroten Glasständer. Sie erinnerte sie daran, wie sie als kleines Kind in der Kirche gebetet hatte. Ihr Gebet war immer dasselbe gewesen: dass eines Tages ihre Mutter da sein würde, um sie jeden Abend zu Bett zu bringen und nicht nur gelegentlich. Bei ihr und Emma war das ganz anders. Noelle verspürte einen schmerzhaften Stich bei dem Gedanken daran, von ihrer Tochter getrennt zu sein, sei es auch nur eine Nacht.

»Du hast völlig Recht, was die Anwälte betrifft ... dazu ist es noch viel zu früh. Ich schätze also, ich habe keine große Wahl. Wenn ich die geringste Chance haben will, dich zurückzugewinnen, werde ich mich wohl damit einverstanden erklären müssen.« Sein Ausdruck war aalglatt, nachdenklich. Sie musste ein überraschtes Gesicht gemacht haben, denn er lachte knapp und freudlos. »Hattest du Angst, ich würde eine Szene machen? Wirklich, Liebling, du müsstest mich eigentlich besser kennen.«

»Sagen wir eher, du bist es gewohnt, deinen Willen durchzusetzen.« Das war keine Beleidigung; Robert war sogar sehr stolz darauf.

»Ich habe nicht die Absicht, mich meiner Verantwortung dir oder meiner Tochter gegenüber zu entziehen.« Er hob das Scotch-Glas an den Mund und musterte sie über den Rand hinweg.

Sie fühlte, wie sie errötete. Geld war ein heikles Thema für sie, zumal sie kein eigenes besaß. Noelle glaubte manchmal, ihre glücklichste Zeit wäre jene gewesen, da sie als Teenager im Sommer und in den Schulferien beim *Register* gejobbt hatte. Aber was hatten ihr die Hoffnungen auf eine Karriere als Journalistin gebracht, nachdem sie nur eine Hand voll Artikel vorweisen konnte, die in Magazinen erschienen waren, von denen noch nie jemand gehört hatte?

»Du bist immer großzügig gewesen.« Wenigstens in dieser Hinsicht brauchte sie nichts zu beschönigen.

»Du bist die Mutter meines Kindes. Daran wird sich nie etwas ändern.« Er griff nach der Speisekarte. »Sollen wir jetzt bestellen ... oder nachdem du daheim angerufen hast, um zu hören, ob mit Emma alles okay ist?«

Sie zögerte, unsicher, wie sie darauf reagieren sollte. War das eine Art Test? Noelle glaubte nicht, dass sie als Mutter irgendetwas zu beweisen hatte, andererseits war Robert es gewohnt, dass sie sich übertrieben gluckenhaft benahm – das Ergebnis der Vernachlässigung durch ihre eigene Mutter, wie sie annahm.

»Tante Trish ist bei ihr«, entgegnete sie. »Ich bin sicher, dass alles bestens ist.«

»Ich auch.«

Aber die Saat war aufgegangen, und nach einigen Minuten wurde Noelle unruhig. »Vielleicht höre ich doch mal nach. Nur ein ganz kurzer Anruf, um ›Gute Nacht‹ zu sagen.«

Sie entschuldigte sich, aber als sie daheim anrief, meldete sich ihre Großmutter. Nana berichtete, dass Trish und Emma ganz in ein Kartenspiel vertieft waren. Emma würde viel länger aufbleiben, als sie es normalerweise durfte, aber Tante Trish war eben großzügiger. Noelle musste lächeln. In gewisser Weise war ihre Tante ein ebenso großes Kind wie Emma.

Als sie an den Tisch zurückkehrte, hatte der Ober Robert bereits seinen zweiten Scotch mit Soda gebracht. Sie selbst hatte ihre Pepsi noch nicht angerührt, griff aber jetzt nach dem Glas.

»Ich hätte mir den Vierteldollar sparen können.« Noelle lächelte und nippte an ihrem Getränk. »Emma war zu beschäftigt, um an den Apparat zu kommen. Scheint ganz so, als würde meine Tante sie zu einer richtigen kleinen Zockerin machen.«

»Sie ist ja auch blitzgescheit.«

»Manchmal schlauer als gut für sie ist.« Noelle musste daran denken, wie Noelle im Alter von nur drei Jahren einen Weg ersonnen hatte, auf die Arbeitsfläche in der Küche zu klettern, wo die Keksdose stand: indem sie die Herdklappe als Tritt benutzte. »Im Moment kann Nana sie kaum bändigen.«

»Wie ich deine Großmutter kenne, wäre sie die Letzte, die das zugeben würde.« Er schmunzelte. »Wo wir gerade beim Thema sind, was hat denn der gute alte Doktor gesagt?«

Noelle ärgerte sich über den herablassenden Tonfall, in dem er von Hank Reynolds sprach – als wäre der alte Landarzt unter seiner Würde. »Es geht ihr den Umständen entsprechend gut.« Noelle hatte ihm nichts von der Entscheidung ihrer Großmutter erzählt, die medizinische Behandlung abzubrechen. Er würde es doch nicht verstehen ... und es wäre ihm auch egal.

Einige Minuten später tauchte ein zweiter Ober auf, um ihre Bestellung aufzunehmen, ein Mann mittleren Alters mit blassem Teint und Glatze, die er sorgfältig mit drübergekämmten seitlichen Strähnen kaschierte. Als Noelle den Blick auf die Speisekarte richtete, verschwammen die Buchstaben vor ihren Augen. Sie blinzelte und kniff die Augen zusammen, um besser sehen zu können. Plötzlich fühlte sie sich schwindlig, fast betrunken. Eine Welle der Panik stieg in ihr auf, eine Reaktion auf die Jahre, in denen Ausgehen nur eine willkommene Ausrede gewesen war, sich zu betrinken.

»Liebling, ist mit dir alles in Ordnung?« Roberts Gesicht war dicht vor ihr.

»Ich bin fit wie ein Turnschuh«, entgegnete sie – eine von Nanas liebsten Redensarten, die ihr plötzlich sehr albern vorkam. Sie fing an zu kichern und konnte gar nicht mehr aufhören.

Robert musterte sie mit demselben gequält-geduldigen Ausdruck, den sie noch aus alten Tagen kannte, aber diesmal war da noch etwas anderes, etwas, das sie nicht ganz durchschaute. Abwesend rieb sie sich den Arm bei der Erinnerung an seinen stählernen Griff um ihren Ellbogen die unzähligen Male, die er sie aus einem Restaurant oder von einer Party hatte wegführen müssen, wobei er die ganze Zeit lächelte und plauderte, als wäre alles bestens.

»Bist du sicher? Du siehst blass aus.«

Der Raum drehte sich. Sie musste sich am Tisch festhalten, um nicht von ihrem Stuhl zu kippen. »Ich muss etwas gegessen haben, das mir nicht bekommen ist.« Aber das Mittagessen lag Stunden zurück, und seitdem hatte sie keinen Bissen mehr zu sich genommen.

»Entweder das, oder du hast dir einen Virus eingefangen. Die Hälfte meiner Angestellten liegt mit Grippe im Bett.« Er legte seine Hand auf ihre, und diesmal entzog sie sie ihm nicht. Der Raum drehte sich langsam, ganz verträumt, wie ein Karussell. »Komm, ich bringe dich nach Hause. Schaffst du es bis zum Wagen?«

»Ich ... ich glaube schon.« Aber als sie aufstand, schwankte der Boden unter ihren Füßen, und sie ließ sich sofort auf ihren Stuhl zurückfallen. Sie beugte sich über den Tisch und fragte ängstlich: »Robert, was ist das? Was ist los mit mir?«

»Es geht dir bald wieder gut. Wir müssen dich nur nach Hause schaffen, das ist alles.«

Sie nickte, und ihr Kopf kam ihr dabei vor wie ein Ballon am Ende eines Seils. Ihr dämmerte, dass sie diese Worte nicht zum ersten Mal hörte. Genau dasselbe hatte Robert immer gesagt, wenn sie zu betrunken gewesen war, um allein zurecht zu kommen. Dabei hatte sie keinen Tropfen angerührt.

*Er hat etwas in mein Glas getan. So muss es sein.*

Irgendwo in ihrem Kopf schrillte eine Alarmglocke. Sie öffnete den Mund und wollte um Hilfe rufen, aber es war zu spät. Der Raum schrumpfte rasend schnell vor ihren Augen, so als sähe sie durch eine sich rasch schließende Linse. Auch die Helligkeit ließ nach, bis alles in samtenes Grau getaucht war, gesprenkelt mit winzigen Lichtpunkten. Das Letzte, das Noelle sah, bevor sie zu Boden sank, war der nur allzu vertraute angewiderte Ausdruck auf dem bleichen Gesicht des älteren Obers.

# Kapitel 2

Mary, der Ü-Wagen von Channel Two hält gerade vor dem Haus, CNN steht vor der Tür, und eine Lady hält den Kopf ins Waschbecken und kreischt, dass ihre Kopfhaut brennt wie Feuer.«

Im Handy knisterte es kräftig, und Brittanys Stimme wurde abwechselnd lauter und leiser wie das ferne Zwitschern eines aufgeregten Vogels. Mary gestattete sich nur einen kurzen Moment der Panik, dann antwortete sie ruhig: »Kannst du sie hinhalten, Brit? Nur fünf Minuten. Ich bin Park Ecke Fiftyninth, und es sieht aus, als würde der Stau sich langsam auflösen.«

»Wird schon irgendwie gehen.« Brittany lachte zynisch, diesmal ohne Störungen in der Leitung. »He, ich sehe schon die morgige Schlagzeile der *Post* vor mir: *Dame der Gesellschaft verklagt Friseursalon.* Das nenne ich Werbung.«

»Halt den Rand.« Mary beendete das Gespräch und stopfte das Handy in ihre große Prada-Tasche. Einen halben Block weiter vorn sprang die Ampel auf Rot um. Sie beugte sich vor und schrie, um die Übertragung des Yankee-Spiels im Radio zu übertönen: »Lassen Sie mich an der Ecke raus. Ich gehe zu Fuß weiter.«

Gehen war nicht ganz richtig, *laufen* traf es schon eher, aber war das nicht der Fluch ihres Lebens? Der Salon befand sich Ecke Madison und Sixty-first – noch ein langer Block und zwei kurze. Wenn die Ampeln mitspielten, würde sie dort sein, bevor der Taxifahrer erfahren hatte, ob Mike Stanton Sammy Sosa im achten Lauf übertrumpfen konnte.

Sie bog gerade um die Ecke in die Madison ein, keuchend und betend, dass ihr Deo sie nicht im Stich ließ, als sie den Ü-Wagen von Channel 2 sah. Ihr rasendes Herz trug sie mit wenigen Sätzen, die ihr vorkamen wie ein einziger großer die letzten paar Meter bis zur Tür.

Ernesto Garmendia war der angesagteste Haarstylist der Gegend und in aller Munde; sie hatte ihn bereits für kurze Berichte in *Today und Live with Regis and Kathie Lee* gebucht. Aber negative Publicity über seine Künste konnte ihn von einem Tag zum anderen in den Abgrund stürzen – wofür man letztlich sie verantwortlich machen würde. Immerhin war es Marys geniale Idee gewesen, ein Event aus der Eröffnung der neuen Filiale seines schicken SoHo-Salons »Ne Plus Ultra« zu machen, die mit einem ganztägigen »Haar-a-thon« einherging, im Rahmen dessen jeder bedient wurde, der bereit war, zweihundert Dollar für einen Haarschnitt auszugeben, die als Spende an die Kinderstation der Spezialklinik für Brandopfer weitergeleitet wurden. Mary hatte Petrossian überredet, Kaviar und Blinis zu stiften, und der Champagner wurde von Sokolin & Co gestellt. Es gab sogar einen Preis zu gewinnen: zwei Karten für das Andreas-Schiff-Konzert in der Carnegie Hall.

Alles war arrangiert, und das Datum in ihrem Kalender rot angestrichen. Dann war vor zwei Tagen ein Autor auf Promotion-Tour für seine wenig schmeichelhafte Elvis-Presley-Biographie in Memphis eingetroffen, wo Dutzende aufgebrachter Elvis-Fans vor dem Buchladen demonstrierten, in dem er seine Autogrammstunde abhalten wollte. Mehrere Fernsehsender hatten abgesagt. Mary hatte im letzten Moment rüberfliegen müssen, um ihren Kunden zu besänftigen und nervöse Produzenten zu beruhigen. Hiernach hatte ihr Rückflug Verspätung, sodass sie schließlich keine Stunde vor Ernestos Eröffnung auf dem JFK-Flughafen gelandet war. Und jetzt das ...

Mary bahnte sich einen Weg durch die Presseleute und Paparazzi, die den mit einem roten Teppich ausgelegten Eingang belagerten in Erwartung der Prominenten, die jeden Moment erwartet wurden, Reporter, die Mary für gewöhnlich anbetteln und erst überreden musste, ein Event zu kommentieren, und die jetzt von ihrer Assistentin an der Panzerglastür hingehalten wurden. Brittany ragte wie eine Fackel aus der brodelnden Menge, ihre Wangen gerötet und ihr rotes Haar lodernd im harten Licht der Blitzlichter. Als sie Mary entdeckte, die sich mit Ellbogeneinsatz mühsam einen Weg durch die Reporterschar bahnte, sprach der erleichterte Ausdruck auf ihrem Gesicht Bände: Die Marines waren gelandet.

Mary setzte ein strahlendes Lächeln auf. Sie wandte sich den Reportern zu, hob eine Hand und rief scheinbar unbekümmert: »Noch etwas Geduld, Leute! Nur zwei Minuten, versprochen!« Dann wandte sie sich ihrer Assistentin zu, deren hübsches junges Gesicht von einem Schweißfilm überzogen war, und zischte: »Halt sie noch etwas hin. Ich sehe mal nach, was da los ist.«

Im Inneren des Salons bot sich ihr eine Szene, die ihr im Film sicher ein Lächeln entlockt hätte. Eine füllige ältere Dame stand mit tropfnassen Haaren mitten in dem eleganten im Stil Louis XIV. eingerichteten Salon, in einen kurzen schwarzen Kimono gehüllt, der ihr bis zu den ausladenden Hüften reichte. Sie kreischte hysterisch.

»Das nennen Sie eine Dauerwelle? Ich habe Verbrennungen dritten Grades auf der Kopfhaut davongetragen! Ich kenne Anwälte, die aus geringerem Anlass einen Prozess anstrengen! Und Sie werden von meinem Anwalt hören, darauf können Sie Gift nehmen.« Sie drohte den Angestellten, die reglos vor einer Reihe barocker Spiegel mit Goldrahmen Aufstellung genommen hatten, mit erhobener Hand, deren manikürte Fingernägel lila lackiert waren.

Mary warf einen Blick auf Ernesto, der sein Bestes versuchte, die Frau zu beruhigen, aber ganz offensichtlich kurz davor stand, die Geduld zu verlieren. Seine Nasenflügel bebten, und eine Hand ruhte auf einer schmalen Hüfte, die er in einer Haltung angewinkelt hatte, die an Impertinenz grenzte. »Señora, was Sie da behaupten ist ... *unmöglich.* Niemals, nie würde so etwas in meinem Salon vorkommen!«

Mary fühlte, wie ein neuer Schub Adrenalin ihren Körper durchströmte. Wenn sie diese Auseinandersetzung nicht sofort unter Kontrolle brachte, würde die verbrannte Kopfhaut der Dame Ernesto ruinieren, und Mary konnte ihr Honorar in den Wind schreiben.

Aber zwanzig Jahre im PR-Geschäft hatten sie einiges gelehrt, was sich in einer einzigen Faustregel zusammenfassen ließ: In einer Welt, in der Murphys Gesetz regiert, musst du in jeder Minute auf das Schlimmste vorbereitet sein.

Sie wandte sich an die junge Frau, die das Buffet betreute, und befahl brüsk: »Bringen Sie etwas davon raus zu den Reportern. Wenn nötig, holen Sie noch einmal Nachschub.« Das Mädchen, eine unerfahrene Blondine, warf Mary einen unsicheren Blick zu, bevor sie sich Tabletts mit Blinis und in Schinken gewickelte Spargelspitzen schnappte und zur Tür ging.

Während die Meute draußen besänftigt wurde, eilte Mary zu der tobenden Kundin und zog diese höflich aber unerbittlich beiseite. »Ich glaube, ich hatte noch nicht das Vergnügen.« Mit einem warmen Lächeln reichte sie der Frau die Hand. »Mary Quinn. Quinn Communications«.

»Ich, also, mein Name ist Harriet Gordon.« Die Frau war so verblüfft, dass sie ihre Hand schüttelte, aber ihre kleinen engstehenden Augen blieben misstrauisch, und ihre kurzen abstehenden blonden Haare erinnerten an das nasse Fell eines Pudels.

Mary führte sie in eine einigermaßen ruhige Ecke, zu einem Sessel mit vergoldeter Lehne und flaschengrünem Polsterbezug neben einer antiken Vitrine mit diversen Haarpflegeprodukten. »Ich kann Ihnen gar nicht sagen, wie sehr ich diesen Zwischenfall bedaure. Selbstverständlich werden wir Sie entschädigen.«

»Ich wüsste nur nicht, wie.« Harriet Gordons Empörung, die einen Moment in den Hintergrund gerückt war, flammte wieder auf. »Mit Geld kann man kein neues Haar kaufen, oder? Sehen Sie doch selbst, es ist völlig hinüber!« Sie krallte sich eine Handvoll nasser Haare und hielt sie ihr hin.

*Mit Geld lässt sich auch Glaubwürdigkeit nicht erkaufen,* dachte Mary. Sie bezweifelte, dass die Frau mehr hatte erdulden müssen als ein leichtes Brennen. Ihr Instinkt sagte ihr, dass Harriet Gordon eine Szene machte, weil sie wusste, dass sie an diesem speziellen Tag damit durchkommen würde. Irgendwann in ihrem Leben hatte ihr jemand ein furchtbares Unrecht angetan, und dafür sollte nun die ganze Welt bezahlen.

Mary war dieses Verhalten nicht fremd. Sie dachte an ihre Mutter. Eine solche Situation wäre für Doris ein gefundenes Fressen. Nur dass es bei ihr keine Möglichkeit der Wiedergutmachung gäbe, nichts würde sie zufrieden stellen.

»Sie haben allen Grund, so aufgebracht zu sein.« Mary tätschelte der Frau mitfühlend den Arm. »Aber ich denke, es ist in unser beider Interesse, wenn wir diesen Zwischenfall nicht an die große Glocke hängen, nicht wahr?«

Harriet Gordon musterte sie argwöhnisch. »Ich wüsste nicht, welchen Nutzen *ich* davon hätte. Diese Reporter da draußen sollten erfahren, was hier drinnen vor sich geht. Man sollte die Leute *warnen.*«

Mary fühlte wieder Panik in sich aufsteigen, und lächelte rasch, um ihre Angst zu überspielen. »Harriet. Ich darf Sie doch Harriet nennen? Ich arbeite im PR-Bereich. Glauben Sie mir, wenn ich mich mit etwas auskenne, dann mit der Presse. Ernesto wäre nicht der Einzige, der schlecht dastünde. Es würde mich nicht im Mindesten wundern, wenn einer von diesen Skandalreportern Sie beschuldigen würde, sich vor der Spende für die armen kranken Kinder drücken zu wollen.« Sie schüttelte den Kopf in Abscheu vor solch miesen Methoden.

Der Frau klappte die Kinnlade herunter. »Warum um alles in der ...«

»Sie wissen doch, wie leicht die Wahrheit verdreht wird, und hier handelt es sich immerhin um eine Aktion zu einem wohltätigen Zweck«, fuhr Mary hastig fort. »Für uns alle steht viel auf dem Spiel. Es geht nicht nur um den Erfolg des Salons, sondern auch darum, diesen armen Kindern in St. Bartholomew zu helfen. Wussten Sie, dass viele von ihnen kein Zuhause mehr haben? Es ist so tragisch. Wir sollten wirklich alles in unserer Macht Stehende für sie tun.«

Harriet machte den Mund wieder zu. Sie blinzelte mehrmals in rascher Folge und betrachtete sich Mary sehr genau, als wolle sie ganz sicher gehen, dass diese sie nicht auf den Arm nahm. Als die Prüfung offenbar zu Marys Gunsten ausfiel, räusperte sie sich. »Nun ja«, sagte sie, nun schon mit deutlich geringerer Vehemenz. »Wenn man es von diesem Standpunkt aus betrachtet.«

Eilig, bevor die Frau es sich anders überlegen konnte, fischte Mary eine Visitenkarte aus ihrer Handtasche. »Rufen Sie mich doch am Montag im Büro an. Dann unterhalten wir uns in aller Ruhe, in Ordnung?« Heute war Samstag, sie hatte also das restliche Wochenende Zeit, sich eine Entschädigung auszudenken – vielleicht Karten für eine Filmpremiere?

Trotzdem atmete Mary erst erleichtert auf, nachdem sie Hurricane-Harriet mit einem Berg kostenloser Haarpflegeprodukte aus dem Laden komplimentiert hatte. Wie sich herausstellte, hätte ihr Timing nicht perfekter sein können. Die Nervensäge war gerade draußen, als eine schwarze Stretchlimousine vor dem Salon hielt. Abgelenkt von der Hoffnung, eine Berühmtheit vor die Linse zu bekommen, rannte die Presse Harriet fast über den Haufen in ihrer Hast, sich um die Limousine zu scharen.

Drinnen liefen die Haartrockner wieder, und über das Surren hinweg konnte Mary hören, wie Ernesto sich auf Spanisch Luft machte. Zwei Frauen, die vor den Spiegeln saßen, lachten, als wäre das Ganze nur eine speziell für sie inszenierte Show gewesen. Ein Champagnerkorken knallte. Bildhübsche junge Frauen in irisierenden blauen Seidentops und schwarzen Caprihosen begannen, Champagner und Kaviar zu reichen.

Stunden später, als Mary schließlich wieder zu Hause war, nachdem sie ihre leicht mitgenommene Assistentin ins Jojo's eingeladen hatte, war sie so erschöpft, dass sie kaum noch geradeaus sehen konnte. Sie legte ihre Handtasche auf den Tisch gleich neben der Tür und blickte mit solchem Widerwillen auf das blinkende Licht an ihrem Anrufbeantworter, als handelte es sich um ein kleines bissiges Tier. Sie wollte nicht Simons von statischem Knistern unterlegte Stimme vom Flughafen hören. Oder sich noch einen Kunden anhören, der sich darüber ausließ, was sie eigentlich tun sollte und angeblich nicht tat. Sogar der Anruf ihres Steuerberaters, dass die Quartalssteuern sie doch nicht in den Ruin treiben würden, wäre jetzt zu viel.

Mary ging den Flur hinunter und durch das Wohnzimmer, ohne der spektakulären Aussicht auf den East River von ihrem Penthouse im 34. Stock aus mehr als einen flüchtigen Blick zu gönnen. Im Schlafzimmer zog sie ihr salbeifarbenes Leinenkostüm aus, die cremefarbene Bluse, Strumpfhose und schließlich BH und Slip. Sie ließ die Kleidungsstücke achtlos fallen, sodass sie eine Spur bildeten, die zu dem imposanten Doppelbett führte, auf das sie sich fallen ließ, um augenblicklich in tiefen Schlaf zu fallen.

Es kam ihr vor, als wären nur ein oder zwei Minuten vergangen, als das Läuten des Telefons sie weckte. Sie tastete nach dem Apparat und warf schlaftrunken aus zusammengekniffenen Augen einen Blick auf den Wecker auf ihrem Nachttisch. Halb sieben. Um Himmels willen, wer war nur so dreist, sie an einem Sonntag um diese Zeit anzurufen? Simon? Sie verspürte einen Anflug von Vorfreude, bis ihr einfiel, dass ihr Freund sich in Seattle aufhielt, wo es noch früher war. Außerdem war er nicht der Typ für solche spontanen Gesten. Simon war Investment-Berater für Großunternehmen, das allein sagte schon alles.

Sie nahm ab. »H'lo.«

»Mary Catherine, bist du das?«

Niemand außer ihrer Mutter nannte sie bei ihrem vollen Namen. Mary setzte sich schwerfällig auf und zog sich die Bettdecke über die nackten Brüste. Doris würde missbilligen, dass sie nackt schlief – wovon ihre Mutter selbstverständlich nichts wissen konnte. Im Übrigen hatte es nichts Unanständiges an sich, da Mary sich nicht einmal erinnern konnte, wann Simon das letzte Mal über Nacht geblieben war. Er war immer unterwegs, in Boston ... Chicago ... oder San Francisco.

»Wer sollte es denn sonst sein?« Mary konnte ihre Verärgerung nicht verhehlen. War das nicht wieder einmal typisch für ihre Mutter? Erst ließ sie Wochen nichts von sich hören, nicht einmal, um sich für die Rosen zu bedanken, die Mary ihr zum Geburtstag geschickt hatte, und dann riss sie sie an einem Sonntagmorgen aus dem wohlverdienten Schlaf. *Zweifellos in der Hoffnung, mich dabei zu erwischen, wie ich gerade meine unsterbliche Seele der Hölle überantworte.* Als ob sie nicht längst bis in alle Ewigkeit verdammt wäre.

»Kein Grund, gleich schnippisch zu werden. Das ist kein mütterlicher Kontrollanruf«, schalt Doris, deren Stimme allerdings der übliche Biss fehlte. Sie klang alt und müde.

Mary hatte sogleich Gewissensbisse. Ihre Mutter mochte ja

eine Nervensäge sein, aber sie hatte in letzter Zeit viel durchgemacht – zwei Operationen in sechs Monaten und dazu noch die Bestrahlungen und die Chemotherapie. Es musste etwas passiert sein. Warum sonst sollte sie um diese Zeit anrufen? Mary war plötzlich hellwach.

»Entschuldige, Mama. Du hast mich aus dem Schlaf gerissen, das ist alles. Was gibt es denn?«

Marys Herz raste plötzlich, als sie dem leicht pfeifenden Atem am anderen Ende der Leitung lauschte. Dann wieder die Stimme ihrer Mutter, schwach aber streitsüchtig. »Mir geht es gut. Es geht um deine *Tochter.* Noelle.« Als ob an den Namen ihrer Tochter erinnert werden müsste.

»Mit ihr ist doch alles in Ordnung, oder?«, fragte Mary angespannt, und ihre Finger krallten sich in das Laken, das sie sich vor die Brust hielt. Vielleicht lag es an ihrer katholischen Erziehung, aber ein Teil von ihr lebte in der ständigen Furcht, dass ihr die Tochter genommen wurde – zur Strafe dafür, dass sie eine so miserable Mutter gewesen war.

Hierauf entstand eine kurze Pause. Dann antwortete Doris tonlos: »Du kommst besser her und siehst selbst nach ihr. Sie liegt bewusstlos auf dem Sofa.«

Mary sog scharf die Luft ein, als hätte man ihr die Matratze unter dem Hintern weggezogen. »Willst du damit sagen, sie ist *betrunken*?«

»Das ist noch nicht alles.« Nach kurzem Zögern fuhr Doris fort. »Emma ist weg. Robert hat sie gestern Abend mitgenommen, nachdem er Noelle hergebracht hat. Oder genauer, nachdem er sie abgeliefert hat.« Sie schniefte.

Mary erschauerte, als wäre die Klimaanlage über Nacht eingeschaltet gewesen. Aber im Zimmer war es warm, sogar stickig, und es versprach ein weiterer Tag mit Temperaturen um die 27 Grad zu werden. »Ich bin schon unterwegs ... ich ziehe mir nur etwas an«, sagte sie und tastete bereits mit den nackten

Füßen nach ihren Pantoffeln. Es war noch nicht einmal ganz hell draußen, und schon war der Tag weggeglitten von dem, was er hätte sein können, zu dem, was aus ihm geworden war: etwas, womit sie extrem vorsichtig umgehen musste.

»Fahr vorsichtig«, sagte Doris. »Es fehlte noch, dass du zu allem Überfluss einen Unfall baust.«

*Nein, das wollen wir ganz sicher nicht,* dachte Mary mit einem Anflug der alten Bitterkeit. *Ich habe dir auch so genug Kummer bereitet, nicht wahr?* Es war dreißig Jahre her, aber wenn sie mit ihrer Mutter sprach, hatte Mary immer noch das Gefühl, in ihrer Schuld zu stehen, einer Schuld, die nie abgegolten werden konnte.

»Keine Sorge, ich halte mich exakt an die Geschwindigkeitsbegrenzungen«, versprach sie müde. Was würde es auch für einen Unterschied machen, wenn sie raste? Burns Lake lag gute drei Stunden Fahrt nördlich, und auch wenn sie fuhr wie der Wind würde Noelle ihren Rausch ausgeschlafen haben, bis sie dort war.

Die Frage war nur: Was dann? Der Kater würde noch Noelles geringste Sorge sein. Mary wusste von ihrem Entschluss, Robert zu verlassen, und das würde die Sache sicher nicht leichter machen. Was, wenn er nicht die Absicht hatte, Emma wieder herzugeben? Ihr Magen verkrampfte sich vor Furcht.

Mary stolperte ins Bad und stieg unter die Dusche. Als sie das Wasser aufdrehte, konnte aber auch der heiße Strahl die Kälte nicht vertreiben, die ihr in die Glieder gefahren war. Was immer sie erwartete, sie hatte so eine Ahnung, dass es noch schlimmer sein würde, als sie ohnehin befürchtete.

Mary fuhr über die Brücke an der First Avenue auf die I-87 und von dort aus zweieinhalb Stunden bis zur Ausfahrt zur Route 23. Zwanzig Minuten später bog sie ab auf die 145. Vier Fahrbahnen verengten sich zu zwei, und Mautstationen und Raststätten wichen sanften Hügeln und sonnigen Weiden, auf denen Kühe und Pferde grasten. Die Ortschaften schienen nahtlos ineinander überzugehen, waren kaum voneinander zu unterscheiden. Athens. South Cairo. Cairo. Cooksburg. Hauptstraßen gesäumt von niedrigen Backsteinhäusern, dazwischen einstmals prunkvolle viktorianische Herrenhäuser und weiße Kirchen mit hohen Glockentürmen gleichen Baustils.

Sogar die Menschen in den einzelnen Orten sahen gleich aus: Männer und Frauen, die offenbar von Mode noch nie etwas gehört hatten, auf dem Weg zur Kirche oder zu ihrem Lieblings-Café. Alte Leute, die draußen auf der Veranda Kaffee tranken. Als sie Preston Hollow durchquerte, musste sie lächeln beim Anblick eines sommersprossigen Jungen, der auf einer Holzbrücke mitten im Ortskern saß und angelte.

An einer Tankstelle nördlich von Livingstonville, an der sie Halt machte, um zu tanken, fragte ein dickbäuchiger grauhaariger Mann im Overall, dem eine struppige Promenadenmischung überall hin folgte, ob er nach dem Öl sehen solle. Überrascht bejahte Mary, obwohl der Lexus erst in der vergangenen Woche in der Inspektion gewesen war. Frisch aus der Stadt kommend, wo solcherlei Service-Leistungen schon vor Ewigkeiten ausgestorben waren, brauchte sie immer ein oder zwei Tage, um sich daran zu gewöhnen, dass in diesem Teil der Welt die Zeit zwar nicht stillstand, aber doch ein völlig anderer Rhythmus herrschte.

Dieses Wissen war ebenso tröstlich wie beunruhigend, weil das gemächlichere Tempo nur zu unterstreichen schien, wie sehr sie sich verändert hatte. Mary war sicher, dass sie das Mädchen kaum wiedererkennen würde, wenn sie sich selbst als Teenager begegnete. *Ich war ja so jung,* dachte sie. Sie hatte ein Baby zu versorgen, während ihre Freundinnen mit Büchern und Rucksack über irgendeinen College-Campus schlenderten. Aufstehen bei Morgengrauen, um eine schmutzige Windel zu wechseln nach einer Nacht, in der sie Logarithmen und Longfellow auswendig gelernt hatte, Molekularformeln und Melville. Und immer, immer war da ihre Mutter.

Sie hatte gedacht, nach Hause zurückzugehen, wäre die Lösung, aber tatsächlich hatten sich die Probleme nur verlagert. *Du hättest auf Charlie hören sollen,* flüsterte eine Stimme, Worte, die im Laufe der Jahre zur Litanei geworden waren. Er hatte an sie geglaubt, war überzeugt davon gewesen, dass ihre kleine Familie eine Chance hatte, wenn sie nur zusammenhielten.

*Charlie.* Auch nach all diesen Jahren verspürte sie beim Gedanken an ihn dumpfes Bedauern. Ihre Erinnerungen waren keineswegs verblasst, sondern so klar, als wäre es erst gestern gewesen. Charlie an ihrem Hochzeitstag in seinem schlecht sitzenden Anzug, strahlend, als hätte man ihm gerade einen Preis überreicht. Charlie, der ihr eben erst geborenes Kind in den Armen hielt und Freudentränen weinte.

Aber eine ganz bestimmte Erinnerung übertraf an Klarheit alle anderen. Sie würde nie sicher wissen, ob es die Nacht gewesen war, in der Noelle gezeugt wurde, aber sie glaubte es gerne. Denn es machte einfach Sinn, dass aus etwas so Wunderbarem ihre Tochter entstanden war. Mary ließ ihre Gedanken zurückwandern zu jener lauen Frühlingsnacht. Mühelos fand sie den Weg, der zu einem richtigen Trampelpfad geworden war, seit sie ihn so oft ging. Sie sah sich selbst barfuß im Mondlicht die Uferböschung hinunterlaufen auf dem Weg zu Charlie. Ihr schlug das Herz bis zum Hals, denn sie wusste, was geschehen würde. Dasselbe, das schon zweimal zuvor zwischen ihnen geschehen war, einmal in ihrem Zimmer, als ihre Eltern und ihre Schwester in der Kirche gewesen waren, und einmal auf dem Rücksitz von Charlies Auto. Und doch war es heute irgendwie anders. Vielleicht lag es am Mondlicht oder auch an dem Ausdruck auf Charlies Gesicht: die Liebe, die es ausdrückte, war so rein, dass sie sie am liebsten abgefüllt hätte, wie Parfum, an dem man sich Tropfen für Tropfen erfreute. *Er wird mir niemals weh tun, hatte sie gedacht. Ganz egal, was auch passiert, darauf werde ich mich immer verlassen können.*

Charlie hatte eine alte Decke aus dem Kofferraum seines Wagens unter einer Trauerweide ausgebreitet, deren herabhängende Äste sie abschirmten wie ein grüner Spitzenvorhang. Fahles Licht war hindurchgefallen und hatte silberne Münzen auf den Sand geworfen. Als Charlie sie in die Arme genommen hatte, war sie erschauert, aber Charlies Küsse waren warm gewesen und die Luft erfüllt vom Quaken der Frösche, deren Chor ihr Tun zu billigen schien. Sie konnte sich nicht mehr daran erinnern, wie sie sich entkleidet hatten; in ihrer Erinnerung waren sie immer nackt: Adam und Eva, wie Gott sie geschaffen hatte. Charlie streichelte zärtlich die Gänsehaut von ihren zitternden Gliedern. Und sie breitete die Arme aus, um ihm zu bedeuten, dass sie nicht aus Furcht zitterte. Obwohl sie es damals noch nicht gewusst hatte, war das Gefühl, das sie erfüllt hatte wie das Flattern von tausend Schmetterlingsflügeln, Verlangen gewesen. Anders als die Flamme, die bei den ersten beiden Malen nur kurz aufgelodert war, ein wachsendes Sehnen, das sie nicht benennen konnte.

Charlie, der zu spüren schien, was in ihr vorging, nahm sich Zeit. Er küsste sie, bis ihre Lippen weich und geschwollen waren, bevor seine Hände abwärts wanderten, um sie zwischen den Schenkeln zu streicheln. Mary hatte in den Büchern, die sie nachts im Licht der Taschenlampe unter der Bettdecke verschlang, von Orgasmen gelesen – sie musste an »Lady Chatterley« denken –, und sie hatte erlebt, was mit Jungen geschah. Aber sie selbst hatte noch keinen Höhepunkt erlebt, es sei denn, es war geschehen, ohne dass sie etwas davon gemerkt hätte. Nach den Lehren der katholischen Kirche galt es ja bereits als Sünde, sich selbst zu berühren.

Aber während Charlie sie zärtlich liebkoste, loderte die

Flamme mit jeder Berührung seiner geschickten Finger höher auf, bis Mary schließlich gierig seiner Hand entgegendrängte. Ihr Mund war geöffnet, und ihre Kehle brannte von der Luft, die sie einsog, um die aufsteigende Hitze zu kühlen. Sie nahm Charlies harte Männlichkeit an ihrem Schenkel kaum wahr. In diesem Augenblick konzentrierte sich das ganze Universum auf den einen glühenden Punkt zwischen ihren Beinen. Dann schrie sie auf, und gleichzeitig drang Charlie in sie ein, und alles um sie herum verschwamm, wie die Landschaft in einem schnellen Wagen an einem vorbeihuschte. Und ja ... zweifellos ... ganz ohne Frage ... o Gott ... sie hatte einen Orgasmus.

Hinterher sank sie erschöpft auf die Decke zurück, schlaff wie jemand, der kurz vor dem Ertrinken aus dem Fluss gezogen worden war. »Woher ... woher hast du das gewusst?«, stammelte sie.

Charlie hielt sie so fest, dass sie sicher war, ihr nackter Körper würde einen Abdruck auf seinem hinterlassen, wie ein Daumenabdruck auf einer Fensterscheibe. »Ich wusste es einfach«, entgegnete er leise.

Und genau das machte Charlie aus. Er wusste Dinge einfach. Er hatte immer gewusst, was richtig für sie war ... auch wenn sie nicht immer auf ihn gehört hatte.

Die Straße vor ihr verschwamm, und Mary wischte sich eine Träne aus dem Auge. Für Simon empfand sie ganz sicher nicht das, was sie damals bei Charlie gefühlt hatte. Und sie hatte auch bei keinem der Männer, in die sie sich über die Jahre verliebt hatte, diese Ekstase gespürt, in die Charlie sie versetzt hatte. Sie sagte sich, dass die erste große Liebe eben immer die schönste war – wenn sie sich zu einem andere Zeitpunkt in ihrem Leben getroffen hätten, wäre alles anders gekommen –, aber sie wusste es besser. Charlie war anders. Er war etwas Besonderes. Seit damals hatte sie sich unzählige Male gefragt, wie ihr Leben aussehen würde, wenn sie sich in jenem Winter vor all diesen Jahren anders entschieden hätte.

O ja, sie hatte zu ihm zurückgehen wollen, in ein, zwei oder auch drei Tagen, aber irgendwie waren aus Tagen Wochen geworden und aus Wochen Monate. Ihre Mutter, die sich gern als Märtyrerin aufspielte, hatte das Baby versorgt, während Mary ihren Schulabschluss nachgeholt hatte. Als Mary eine Teilzeitstelle im Hollywood Dress Shop angenommen hatte, hatte sie sich gesagt, dass es ihr nur darum ging, etwas Geld zu sparen, damit Charlie nicht mehr sechzig Stunden in der Woche schuften musste. Sie sahen einander noch, meist an den Wochenenden, aber selten allein. Doris weigerte sich strikt, das Baby zu hüten, um ihnen ein paar gemeinsame Stunden allein zu ermöglichen. Hatte sie nicht auch so schon genug zu tun mit der Pflege eines Säuglings und ihres kranken Mannes?

Mary hatte nicht die Kraft gehabt, zu widersprechen. Sie hatte auch so schon zu große Gewissensbisse gehabt. Außerdem hatte ihre Mutter schon immer für alles eine Gegenleistung verlangt, und Mary hatte nichts mehr zu geben. Und so hockten sie und Charlie im Wohnzimmer und spielten mit dem Baby, während Doris sie im Auge behielt, indem sie immer wieder hereinkam und vorgab, irgendetwas zu suchen, das sie angeblich verlegt hatte.

Ihr Hauptgesprächsthema war Noelle gewesen. Wie groß sie geworden war, dass sie sich neuerdings ganz allein aufsetzen konnte, dass sie Laute von sich gab, die wie Worte klangen. Charlie erwähnte nie, wie einsam er sich fühlte. Das brauchte er auch nicht: Es stand ihm ins Gesicht geschrieben, zusammen mit Stolz, Verletztheit und Sehnsucht. Sie wusste, dass er niemals um etwas bitten würde. Mary musste ihn von sich aus so sehr wollen, dass sie von allein zu ihm zurückkehrte.

Aber letztendlich hatte ihr hierzu der Mut gefehlt.

Mary erinnerte sich noch lebhaft an den Tag, als sie erfahren hatte, dass er sich mit einem anderen Mädchen traf. Sechs Monate, nachdem sie wieder bei ihren Eltern eingezogen war, zog er in ein großes viktorianisches Haus, in dem bereits zwei Frauen und drei junge Männer wohnten. Zwischen ihm und Sally war nichts gewesen, zumindest anfangs nicht. Das hatte Charlie ihr jedenfalls erzählt, und sie hatte ihm geglaubt. Immerhin lebten sie in Zeiten einer völlig neuen Freizügigkeit. Männer und Frauen wohnten zusammen und teilten sich sogar ein Bett, ohne darüber nachzudenken, wohin das führen konnte. Und Charlie war einsam und allein. Rückblickend war wohl unausweichlich gewesen, dass er und Sally ein Paar wurden, und doch war es ein unerträglicher Schock für sie gewesen. Eine Tür, die, wenn auch nur einen Spalt breit, offen gestanden hatte, war endgültig zugefallen.

Die Beziehung hielt kein Jahr, aber als Charlie und Sally sich trennten, war seine Scheidung bereits rechtskräftig. Dann, im Frühjahr 1973, war Marys Vater gestorben. Hiernach war erst recht keine Rede mehr davon, dass sie auszog; alle gingen einfach davon aus, dass sie blieb. Tatsächlich hatte Mary das ungute Gefühl, ihrer Mutter etwas sehr Wichtiges zu nehmen, wenn sie jetzt ging. Denn auch wenn Doris sich oft und bitterlich über die zusätzliche Arbeit beklagte, hatte Marys Sündenfall ihr etwas beinahe ebenso Kostbares gegeben wie die Enkelin, die sie anbetete: ein Kreuz zu tragen.

Mary war so in Gedanken vertieft, dass sie beinahe die Abfahrt nach Burns Lake verpasst hätte. Nach nur einem flüchtigen Blick in den Rückspiegel auf die leere Straße hinter ihr, bog sie scharf nach rechts in die Abfahrt ein. Sie folgte der Kurve, die die Route 30 an dieser Stelle beschrieb, und wurde sogleich empfangen von einem Patchwork von Maisfeldern mit dem gewundenen Flusslauf, der sich durch sie hindurchschlängelte wie ein ungleichmäßiger Saum. Am Horizont schulterten niedrige grüne Hügel Schäfchenwolken an einem Himmel, der so strahlendblau war, dass er einen blendete. Minuten später fuhr sie rumpelnd über die Holzbrücke. Weniger als eine halbe Meile entfernt, dort, wo die Straße sich aufwärts krümmte wie ein winkender Arm, lag der steile Hügel, der zur Main Street führte.

*Zuhause,* dachte sie ... was immer das heißen mag.

Sie kurbelte das Fenster herunter, weniger um sich Kühlung zu verschaffen als der vertrauten Gerüche und Geräusche wegen, die für sie untrennbar verbunden waren mit Burns Lake. Frisch gemähtes Gras und der trockene, prickelnde Geruch von Luzerne; das Surren von Insekten und das Zischen der Rasensprenger. Als sie an der Flower Mill zur Linken vorbeikam, wehte ihr der Duft der Rosen zu, die gebündelt entlang des Gewächshauses aufgereiht waren wie bunte Geburtstagskerzen. Ein Traktor mit Anhänger, auf dem sich Strohballen türmten, ächzte vor ihr den Hang hinauf, wobei er eine Spur von Strohhalmen hinterließ, die vom Wagen rieselten wie Konfetti. Als sie die Main Street erreichte, bot sich ihr ein vertrauter Anblick: der achtzigjährige Elmer Driscoll in seiner Uniform aus dem Zweiten Weltkrieg stand auf dem Rasen vor dem Golden-Meadow-Seniorenheim Wache und salutierte.

Inzwischen war die Sonne über die Baumwipfel gestiegen, und das kupferne Dach des Kirchenturms von St. Vincent glitzerte wie frisch poliert. Als sie in gemächlichem Tempo durch den Ort fuhr, kam sie an der American Legion Hall vorbei mit ihrer fröhlich wehenden Flagge und dem Geschütz aus dem Bürgerkrieg, das Generationen von Kindern als Klettergerüst gedient hatte. Das strahlende Morgenlicht verlieh den gedrungenen Backsteingebäuden rechts und links der Straße ein altehrwürdiges Aussehen, und auf dem Marktplatz blickte die Bronzestatue des Gartenbauexperten Luther Burbank, Schöpfer der Burbank-Kartoffel, die Jahrzehnte das Erzeugnis in der Region gewesen war, väterlich von ihrem Sockel, Haar und Bart weißfleckig vom Kot der Vögel, die in den Bäumen ringsum nisteten.

Der Spielplatz im Park war um diese Zeit verwaist, und mit wachsender Sorge dachte Mary an ihre Enkeltochter. Bei ihren seltenen Besuchen in Burns Lake war sie mit Emma hierher gekommen. Ihre Enkelin liebte vor allem das hölzerne Fort mit der Rutsche und der Reifenschaukel. Immer, wenn Mary mit ihr die kleineren Rutschen angesteuert hatte, hatte Emma diese verächtlich als »Babykram« bezeichnet und entschieden auf die höchste gezeigt mit den Worten: »Ich will auf *die* Rutsche, Oma.«

Marys Herz zog sich zusammen ... so als stünde auch sie am Rand eines steilen Hangs. Was sollte sie mit Noelle anfangen? Die Therapeutin ihrer Tochter in Hazelden hatte sich gegen eine Einmischung ihrerseits ausgesprochen und gemeint, dass Alkoholiker sich den Konsequenzen ihres Handelns ganz allein stellen müssten – das wäre ihre einzige Chance, die Sucht zu überwinden. Aber bedeutete das auch, dass sie tatenlos mit ansehen sollte, wie ihr einziges Kind Selbstmord auf Raten betrieb?

Seufzend bog sie in die Bridge Road und tauchte in die tiefen Schatten ein, die der Eisenbahnviadukt auf die Straße warf. Warum war es nur so verflucht kompliziert, Mutter zu sein? Es war nicht nur dieses eine Problem, sondern ihr ganzer langer und mit Schwierigkeiten gepflasterter Weg. Vielleicht hatte alles damit angefangen, dass Doris die Mutterrolle übernommen hatte, als Noelle noch ein Baby gewesen war. Oder mit dem Umzug nach Manhattan, als Noelle zehn gewesen war, ein Umzug, den ihre Tochter ihr zutiefst verübelt hatte. Was immer der Grund war: Sie und ihre Tochter hatten sich nie besonders nahe gestanden. Sie kamen miteinander aus, ja, aber eine enge Bindung gab es nicht.

Mary fuhr nach links auf die Larkspur Lane, die der Sommer Anfang Juli fest im Griff hatte. Die Bäume bildeten einen grünen Baldachin über ihr, und Bartnelken und fleißige Lieschen wucherten bis auf die Gehwege. Purpurwinde umrankte die Geländer der Veranden, auf denen Sofas und Liegestühle standen, die die Bewohner dort aufgestellt hatten, um am Abend auch die kleinste frische Brise einzufangen. Das Pffft-pffft-pffft der Rasensprenger erfüllt die Luft, und im Garten der Inklepaughs kündigte sich eine reiche Ernte an Zuckererbsen und Stangenbohnen an. Doris' Nachbarin würde im August alle Hände voll zu tun haben mit Einmachen.

Das schlichte mit Schindeln verkleidete Haus ihrer Mutter sah noch genauso aus wie bei ihrem letzten Besuch, nur dass damals die Bäume nackt gewesen waren und der Rasen braun und stellenweise mit Schnee bedeckt. Jetzt, da das Sonnenlicht durch die Ulmen und Ahornbäume auf den tiefgrünen Rasen fiel und die Rosen in voller Blüte standen, sah es aus wie eine lebendig gewordene Illustration von Norman Rockwell. Mary rechnete fast damit, dass eine weißhaarige alte Dame mit einem frischgebackenen Kuchen auf die Veranda trat.

Aber als sie in der Auffahrt hielt, kam niemand heraus, um sie zu begrüßen. Sie stieg aus dem Lexus und streckte ihre verspannten Glieder, bevor sie durch das noch vom Tau feuchte Gras zum Haus ging. Als sie die knarzenden Verandastufen hinaufstieg, fiel ihr die unnatürliche Stille auf. Um diese Zeit, kurz nach zehn, hätten gedämpfte Geräusche aus dem Haus nach außen dringen müssen. Das Rauschen von Wasser in den Rohren, das Plärren des Radios auf Kanal WMYY.

Sie klingelte und wartete mit klopfendem Herzen darauf, dass ihre Mutter ihr öffnete. Ihre Reaktion auf dieses Haus war immer dieselbe. Jedes Mal, wenn sie nach langer Abwesenheit vor der Tür stand, empfand sie eine Mischung aus Heimweh und Verzweiflung. Nie veränderte sich etwas, und doch kam es ihr jedes Mal wieder vor, als würde sie eine Reise ohne Wiederkehr antreten.

Sie hörte Schritte, dann das Klicken des Türschlosses. Die schwere Eichentür schwang auf. Eine alte Dame stand in der Tür und musterte sie blinzelnd. Mary erkannte ihre eigene Mutter kaum wieder. Doris sah in ihrer türkisfarbenen Strickhose und dem passenden geblümten Oberteil aus, als wäre sie gerade einem Ausflugsbus entstiegen, zusammen mit einer Gruppe ähnlich gekleideter Senioren auf dem Weg zur Akropolis oder zum Old Faithful. In der Sonne blinzelnd hielt sie den Blick auf Mary gerichtet, als müsse sie sich erst orientieren.

»Hallo, Mama.« Mary beugte sich vor und drückte ihr einen Kuss auf die trockene Wange, die einen leichten Talkumduft verströmte – sowie einen leichten unangenehmen medizinischen Geruch.

Zu sehen, wie sehr ihre Mutter in nur sechs Monaten gealtert war, war ein Schock. Doris einstmals rotblondes Haar war schneeweiß geworden, und ihre Krankheit hatte sie ausgezehrt; das Fleisch in ihrem Gesicht schien wie Talg von den darunter liegenden Knochen wegzuschmelzen. Nur die Augen waren unverändert, scharf und blau wie Feuersteinsplitter.

»Das ging aber schnell«, sagte sie und trat beiseite, um Mary hereinzulassen.

»Es war nicht viel Verkehr.« Mary senkte die Stimme. »Ist sie schon wach?«

»Eben aufgewacht. Sie ist oben und versucht, Robert ans Telefon zu bekommen.« Mary entging der flüchtige besorgte Ausdruck nicht, der über das Gesicht ihrer Mutter huschte, bevor diese wieder die übliche Miene aufsetzte, eine Mischung aus stoischem Erdulden und einem Hauch Verachtung.

Langsamer als früher, mit dem ungelenken Gang eines Kranken, ging Doris voraus den Flur hinunter, wobei die Gummisohlen ihrer Schuhe laut auf den dunklen fleckigen Bodendielen quietschten. Mary folgte ihr widerwillig. Ein Blick in das abgedunkelte Wohnzimmer ergab, dass Noelle tatsächlich die Nacht dort verbracht hatte; der Couchtisch war beiseite geschoben worden, und an einem Ende des Brokatsofas lag eine zerknüllte Decke.

In der Küche nahm Doris eine Tasse aus dem Abtropfgitter neben der Spüle. »Du siehst aus, als könntest du einen Kaffee brauchen«, sagte sie. »Im Kühlschrank steht Milch. Bedien dich.«

»Danke, aber ich trinke ihn lieber schwarz.« Das war ein altes Spielchen zwischen ihnen, bei dem ihre Mutter so tat, als wüsste sie nicht, wie Mary ihren Kaffee trank, und Mary vorgab, zu glauben, ihre Mutter hätte es nur vergessen.

Sie sah zu, wie ihre Mutter den Kaffee aus der Kanne mit dem altmodischen Filteraufsatz auf dem Herd in die Tasse füllte. Die Küche war so ordentlich wie immer; das grüne Linoleum und die Resopaloberflächen glänzten. Sogar die Souvenirteller auf dem Regal über dem Tisch glänzten wie frisch gespült. Noelle musste sich ganz schön ins Zeug gelegt haben, um alles in Schuss zu halten, wohl wissend, wie wichtig ihrer Großmutter Ordnung und Sauberkeit waren. Mary verspürte einen völlig unsinnigen Stich der Eifersucht.

Sie setzte sich an den Tisch vor dem Fenster. Von dort hatte man einen Blick auf den Garten, in dem eine alte Reifenschaukel von einem kräftigen Ast der Linde baumelte, deren Wipfel ein langgestrecktes Oval auf das buschige Gras darunter warf. *Hier bleibt immer alles beim Alten,* dachte sie. Auch jetzt, da das Leben, so wie sie es bisher gekannt hatte, drohte, in die Luft zu gehen wie ein schlafender Vulkan, folgte ihre Mutter derselben Routine wie an Tausenden von Morgen zuvor, wischte den Herd sauber, auf dem sie ein paar Tropfen Kaffee verschüttet hatte, spülte dann sorgfältig den Schwamm aus und steckte einen Finger in die Erde des Usambaraveilchens auf der Fensterbank, um zu sehen, ob es Wasser brauchte. Mary hatte plötzlich das unangenehme Gefühl, ihre Vergangenheit sei etwas Greifbares, ein Buch, das sie nach Belieben aufschlagen konnte und in dem ihr Leben niedergeschrieben war, vorbestimmt und unveränderlich. Ihr Gesicht musste ihre Gedanken widergespiegelt haben, denn Doris hielt inne und musterte sie einen Moment forschend, bevor sie die dampfende Tasse an den Tisch brachte.

»Hast du Hunger? Ich könnte dir ein Rührei machen.«

*Wie sollte ich in einem Moment wie diesem auch nur einen Bissen herunterkiegen?*, wollte Mary sie anschreien. Aber sie sagte nur: »Nein, nicht nötig. Sollte ich später Hunger bekommen, mache ich mir ein Brot.« Als sie über sich Dielen knarren hörte, hielt sie mit der Tasse auf halber Höhe zum Mund inne. Langsam und zögernd fragte sie: »Hat sie erzählt, was gestern Abend passiert ist?«

Doris schüttelte den Kopf. »Nein, sie hat nur nach Emma gefragt. Als ich ihr sagte, dass Robert sie mitgenommen hätte, wurde sie kreidebleich und rannte nach oben, um ihn anzurufen.«

Sie ließ sich Mary gegenüber bedächtig auf einen Stuhl sinken. Sonnenlicht strömte durch die Baumwollgardinen herein und fiel auf das goldene Kreuz, das sich am oberen Knopf ihrer Bluse verhakt hatte. Es schien zu blinzeln wie ein allwissendes Auge und erinnerte Mary daran, dass sie seit Jahren nicht mehr in der Kirche gewesen war. Plötzlich war ihr nach Beten zumute; am liebsten wäre sie niedergekniet, um Gott zu bitten, die ganze verfahrene Situation wieder in Ordnung zu bringen.

Mary seufzte und legte beide Hände um die Tasse. »Hat sie ihm schon gesagt, dass sie ihn verlassen wird?«

Doris nickte. »Sie waren gestern Abend zusammen essen, um zu besprechen, was das Beste für Emma wäre.« Sie presste die Lippen zusammen. »Ich habe sie gewarnt. Ich hatte gleich ein ungutes Gefühl. Und ich habe Recht behalten.«

Mary fühlte Ärger in sich aufsteigen. Das war es, was am meisten zählte, nicht wahr? Ihre Mutter musste stets Recht behalten, das hatte vor allem anderen Vorrang. Nun, Doris war nicht die Einzige, die nicht viel von Robert hielt. Mary konnte sich noch gut erinnern, wie entsetzt sie vor neun Jahren gewesen war, als Noelle ihr eröffnet hatte, sie habe sich verlobt ... mit Corinnes Ex-Freund. Einem Mann, der vom Alter her ihr Vater hätte sein können. Einem Mann, von dem Mary bis heute glaubte, dass er ihre Freundin in den Selbstmord getrieben hatte.

Im Schock dieses Augenblicks hatte sie etwas gesagt, das Noelle ihr jahrelang nicht verziehen hatte. Völlig verdattert und ungläubig hatte Mary ausgerufen: »Das kann doch nicht dein Ernst sein! Der Mann ist ein Ungeheuer. Er wird dich vernichten, so wie er Corinne zerstört hat.«

Ihre Worte waren wie eine spitze Nadel gewesen, die die Seifenblase ihrer Tochter zum Platzen brachte. Der rosige Hauch war aus Noelles Wangen gewichen, und ihre Augen hatten in ihrem aschfahlen Gesicht geglüht wie Kohlen. »Ich kann mich nicht erinnern, dich nach deiner Meinung gefragt zu haben«, hatte sie frostig erwidert. »Ich habe schon vor langer Zeit gelernt, dass es nichts bringt, dich um *irgendetwas* zu bitten.«

Mary verspürte tiefes Bedauern, dass sie Recht gehabt hatte. Anders als ihre Mutter hätte sie alles darum gegeben, sich geirrt zu haben. In den Jahren war ihr nicht entgangen, wie unglücklich Noelle war, und als Noelle ihr dann kürzlich anvertraut hatte, hatte sie ihr zugeredet ...

»Er hat mich nicht einmal mit ihr sprechen lassen.«

Mary fuhr auf ihrem Stuhl herum. Ihre Tochter stand in der Tür, barfuß, kreideweiß im Gesicht und mit unnatürlich großen graublauen Augen. Das lockige schwarze Haar fiel ihr unordentlich über die Schultern, und sie trug immer noch das Kleid vom Vorabend, ein blaues Etuikleid aus hellblauer Seide, völlig verknittert, nachdem sie darin geschlafen hatte. Sie warf einen Blick auf Mary, als wäre sie nicht weiter überrascht, ihre Mutter, obwohl diese über hundert Meilen entfernt wohnte, in Nanas Küche anzutreffen.

Mary wollte aufspringen und sie umarmen, aber etwas an

Noelles Gesichtsausdruck sagte ihr, dass es besser war, wenn sie sitzen blieb. »O Schatz«, rief sie leise aus.

Noelles Stimme klang, als wäre sie in Trance. »Er sagt, ich hätte Emma nicht *verdient,* sie wäre bei ihm besser aufgehoben.« Erst jetzt schien sie die ganze Tragweite des Geschehens zu begreifen, und sie ließ sich kraftlos auf den Stuhl neben Mary fallen. »Er hat mir vorgeworfen, ich wäre gestern Abend betrunken gewesen«, flüsterte sie heiser.

»Und, warst du es?«, zwang Mary sich zu fragen.

Noelle warf ihr einen vernichtenden Blick zu. »Würdest du mir glauben, wenn ich es abstreite?«

»Natürlich.«

Noelles eben noch versteinerte Miene drückte plötzlich hilflose Verwirrung aus. »Ich weiß nicht, was passiert ist. Im Restaurant wurde mir plötzlich schwindlig, und ehe ich mich versah, bin ich umgekippt.« Sie fuhr sich mit einer zitternden Hand über das Gesicht. »Ich weiß es nicht sicher, aber ich glaube, Robert hat etwas in meine Cola gemixt.«

Mary zweifelte keine Sekunde daran, dass Robert zu so etwas fähig wäre. Trotzdem klang es wie eine Intrige aus einer Seifenoper. In der sonnigen Küche mit den Usambaraveilchen auf der Fensterbank und der Schweinchen-Dick-Keksdose neben dem Brotkasten auf der Arbeitsfläche kam ihr die Vorstellung ziemlich absurd vor.

Und doch wusste sie, dass sehr viel von ihrer Reaktion abhing. »Zuzutrauen wäre es ihm«, sagte sie angespannt. »Wie fühlst du dich jetzt?«

»Als hätte man mir mit einem Krocketschläger eins übergezogen.« Mary machte Anstalten aufzustehen, aber Noelles Hand schoss blitzschnell vor und legte sich mit eisernem Griff um ihr Handgelenk.

Aber es waren ihre gequälten Augen, die Mary zurückhielten. »Ich weiß, wie es aussieht, aber du musst mir glauben.« Noelles Finger gruben sich in ihr Fleisch. »Er will alle glauben machen, dass ich betrunken war. Das gehört zu seinem Plan.«

»Was ist mit der Polizei? Glaubst du, es würde etwas bringen, sie einzuschalten?« Aber noch während sie das sagte, erkannte sie, wie sinnlos das wäre. Deputy Sheriff Wade Jewett war ein alter Kumpel von Robert.

»Damit habe ich bereits gedroht.« Noelle ließ die Hand sinken und lehnte sich zurück. Ihre Augen schwammen in Tränen. »Robert hat nur gelacht und gesagt, ich solle mich an seinen Anwalt halten. Er behauptet, er wäre im Besitz eines richterlichen Beschlusses, der ihm das einstweilige Sorgerecht zusichert.«

Doris fuhr hoch. »Dieser widerliche, dreckige ...«

»Glaubst du, das stimmt?«, fragte Mary.

»Ich zweifle keine Sekunde daran. Er hat das Ganze geplant. Er hat mir eine Falle gestellt. Und ich ... ich bin mit offenen Augen hineingetappt.« Noelle ließ die Schultern hängen und vergrub das Gesicht in den Händen. Als sie den Kopf wieder hob, waren ihre Wangen nass von Tränen.

»Du wirst einen eigenen Anwalt brauchen«, sagte Mary.

Noelle machte ein entmutigtes Gesicht. »Die einzigen Anwälte, die ich kenne, arbeiten für Robert.« Sie biss sich auf die Unterlippe und runzelte die Stirn, nicht nur auf Robert wütend, sondern auch auf sich selbst und ihre Naivität.

Plötzlich fiel Mary ihre alte Freundin Lacey Buxton ein. Der Kontakt war zwar abgebrochen, aber sie hatte gehört, dass Lacey sich inzwischen als Anwältin in Burns Lake niedergelassen hatte. »Ich kenne da jemanden, der uns vielleicht helfen kann«, meinte sie. »Eine alte Schulfreundin.« Sie sprach zurückhaltend, um keine falschen Hoffnungen zu wecken. »Hoffen wir, dass ihre Privatnummer im Telefonbuch steht.«

»Ich sehe gleich nach.« Doris erhob sich und schlurfte zum Wandtelefon, um dann das Telefonbuch aus einer darunter angebrachten Schublade zu nehmen: Es war dünner als Marys Adressbuch.

»Sieh unter Buxton nach«, wies Mary sie an. »Lacey Buxton.«

Doris blickte abrupt auf, die Lippen missbilligend aufeinander gepresst. »Wenn das deine Vorstellung einer Rettungsleine ist, können wir ebenso gut den Leichenbestatter anrufen.«

»Was hast du gegen Lacey?«, wollte Mary wissen.

»Als ob du das nicht wüsstest.« Ihre Mutter schnaubte verächtlich.

Ein lautes *Pling* ertönte in Marys Kopf, wie von einer gerissenen Saite. Flammender Zorn brandete in ihr auf. »Du meinst, weil Lacey Buxton vor dreißig Jahren nackt mit dem besten Freund ihres Vaters erwischt wurde? Mama, meinst du wirklich, dass in der heutigen Zeit noch ein Hahn danach kräht?«

Doris presste die Lippen so fest zusammen, dass sie zitterten. Mary wappnete sich für eine selbstgerechte Tirade, aber dann, ganz plötzlich, erschlafften die Lippen ihrer Mutter und verzogen sich zu einem Ausdruck tiefster Resignation. Mit hohler Stimme sagte sie: »Wahrscheinlich hast du Recht.«

Mary und ihre Tochter tauschten einen Blick. In diesem Moment waren sie Verbündete, wenn auch nur ganz kurz. Zwei Frauen, die im selben Haus aufgewachsen waren und sich an derselben Mauer spießiger Moral und Vorurteile gestoßen hatten. Mary wusste, dass es sicher nicht leicht für Noelle gewesen war, wie sehr diese ihre Großmutter auch lieben mochte.

Ihr Beschützerinstinkt meldete sich mit solcher Gewalt, dass ihre Knie ganz weich wurden. Ihr eigenes Kind war einmal in Gefahr gewesen, und Mary, die damals zu verängstigt und unerfahren gewesen war, um anders zu handeln, hatte ihrer Mutter gestattet, das Ruder an sich zu reißen. Jetzt wusste sie jedoch sehr genau, was sie zu tun hatte.

»Warum ziehst du dich nicht an, während ich anrufe?«, schlug sie vor. »Wenn Lacey zu Hause und bereit ist, mit uns zu sprechen, fahre ich mit dir rüber. Ich denke, wir werden uns alle besser fühlen, wenn wir erst wissen, wo du stehst.«

# Kapitel 3

Im Wagen sah Noelle zu, wie Mary in ihrer Handtasche nach dem Schlüssel kramte. *Ich sollte mich bei ihr bedanken,* dachte sie. Dafür, dass sie überhaupt gekommen ist, und dafür, dass sie sich so viele Umstände macht. Aber etwas hielt sie davon ab. Sie wusste selbst nicht genau, warum, aber schon als Kind hatte sie das Gefühl gehabt, ihrer Mutter etwas Kostbares vorzuenthalten, etwas, das man nicht ans Licht holt, aus Angst, es könnte zu Staub zerfallen. Sie legte Mary eine Hand auf den Arm.

»Du brauchst das nicht zu tun.« Es klang gestelzter, als es ihre Absicht gewesen war, und so fügte sie eilig hinzu: »Ich meine, ich weiß deine Hilfe zu schätzen, aber ich habe nicht erwartet, dass du ...«

»Unsinn. Mir würde nicht im Traum einfallen, dich alleine hinzuschicken. Außerdem bin ich den ganzen Weg nicht gefahren, um dann die Hände in den Schoß zu legen.« Mary klang entschlossen und fest.

Auf der Fahrt entlang der Cardinal herrschte angespanntes Schweigen. *Wir sind wie zwei Hälften von etwas Kaputtem,* dachte Noelle. *Ständig reiben wir uns aneinander in dem sinnlosen Versuch, es wieder zusammenzufügen.* Vielleicht strengten sie sich ja nicht genug an. Oder zu sehr. Jedenfalls würde es zwischen ihnen nie so sein können wie zwischen ihr und Emma ...

Noelle dachte daran, wie ihre Tochter in dem Haus in Ramsey Terrace aufwachte und verwirrt und verängstigt nach ihr rief. Was würde Robert ihr sagen? Dass Mommy krank war? Das wäre zumindest nicht gelogen. Noelle fühlte sich grässlich, in ihrem Magen rumorte es, und ihr Kopf fühlte sich an, als wäre er falsch aufgeschraubt worden. Aber um Emma zurückzubekommen, wäre sie auch barfuß über Glasscherben gelaufen. Sie betete, dass die Freundin ihrer Mutter ihr helfen konnte.

Lacey Buxton wohnte am anderen Ende des Ortes am Egremont Drive, weniger als eine Meile von Ramsey Terrace entfernt. Als sie der langen, gewundenen Straße hügelan folgten, dachte sie: *Angenommen, sie kann nichts tun. Was dann?*

Einen schrecklichen Moment fragte sich Noelle, ob es nicht doch so gewesen war, wie Robert behauptete. In den Anfangstagen ihrer Ehe hatte es zu viele Morgen gegeben, an denen sie sich nur verschwommen an den Vorabend hatte erinnern können. Morgen, an denen Panik über sie hinweggespült war wie eine schmutzige graue Flut, die Scham und Gewissensbisse als Treibgut mit sich brachte.

Dann dachte sie: *Nein, ich würde mich an diesen ersten Drink erinnern.* Und sie hätte am Morgen als Erstes Verlangen nach Alkohol verspürt.

*Er spielt mit mir. Er versucht, mich glauben zu machen, ich wäre verrückt.*

Als ihr wieder bewusst wurde, mit was für einem Gegner sie es zu tun hatte, stieg Verzweiflung in ihr auf. In diesem Kampf David gegen Goliath hatte sie nicht die geringste Aussicht, zu gewinnen. Wie konnte sie sich auch nur die geringste Chance ausrechnen?

Mary warf ihr einen besorgten Blick zu. »Soll ich rechts ran fahren? Du siehst aus, als wäre dir übel.«

»Nein, alles klar. Ich brauche nur etwas frische Luft.« Sie

kurbelte das Fenster herunter. Sie fühlte sich alles andere als gut, aber wozu sollte es gut sein, darüber nachzudenken, was in ihr vorging? Ihre Mutter würde es niemals verstehen. Noelle war sicher, dass Mary in ihrem ganzen Leben keine Sekunde ihretwegen verzweifelt gewesen war.

Als der Fahrwind ihr ins Gesicht wehte, ließ die Übelkeit langsam nach. Aber der Kloß der Panik in ihrem Hals blieb. Was, wenn es nicht genügte, einen Anwalt zu nehmen? Was, wenn sie Emma heute nicht zurückbekam? Oder morgen?

Unvorstellbar.

»Du wirst Lacey mögen.« Die Stimme ihrer Mutter drang wie aus weiter Ferne an ihr Ohr. »Ich habe sie seit der Highschool nicht mehr gesehen, aber sie hat sich schon damals von niemandem etwas gefallen lassen. Nicht einmal, als man sie zur Maria Magdalena von Burns Lake gebrandmarkt hat.«

»Stimmt es, dass sie von einem Freund ihres Vaters verführt wurde?«

Mary lachte leise. »Sie hat geschworen, dass sie es genauso gewollt habe wie er, aber ich denke, das hat sie nur gesagt, um ihrem Vater eins auszuwischen.« Sie verlangsamte das Tempo, als sie an der Clover Patch-Kindertagesstätte vorbeikamen, die über das Wochenende geschlossen hatte. »Wenn ich mich recht erinnere, war Mr Buxton nicht unbedingt jemand, der nach dem Prinzip lebte ›Leben und leben lassen‹. Jedenfalls wurde Lacey zu Onkel und Tante nach Buffalo geschickt. Ich habe sie seit damals nicht mehr gesehen, war aber nicht überrascht, als ich hörte, sie wäre Rechtsanwältin geworden.«

»Ich hoffe nur, sie ist bereit, mich zu vertreten.« Noelle warf ihrer Mutter einen verstohlenen Seitenblick zu. »Du glaubst mir doch, oder? Wegen gestern Abend?«

Sie fuhren Chatham Hill hinauf, vorbei am Antiquitätenladen und dem Maklerbüro. Mary schaute kurz zu ihr herüber und sagte fest: »Ich muss gestehen, dass ich auf der Herfahrt meine Zweifel hatte, aber jetzt nicht mehr.«

Noelle fühlte eine Welle der Erleichterung in sich aufsteigen. Damit hatte sie neben Nana zumindest eine Verbündete. Und mit etwas Glück würde bald noch eine weitere hinzukommen. Der Gedanke veranlasste sie, nach ihrer Handtasche zu greifen. Sie hatte sich umgezogen, sich aber nicht die Zeit genommen, ihr Haar zu bürsten. Wenn sie sich nicht einigermaßen herrichtete, würde Lacey sie für eine Bekloppte halten.

Ihre Mutter ihrerseits war wie immer perfekt gestylt mit cremefarbener Hose und pfirsischfarbenem Shirt, einen passenden Pullover kunstvoll um die Schultern geschlungen. Noelle wappnete sich für den unausweichlichen Vergleich. Die Leute meinten immer, dass sie und ihre Mutter mehr aussahen wie Schwestern, aber tatsächlich meinten sie, dass Mary hübscher und eleganter war.

»Ich muss ständig an die anderen Gäste denken und daran, was sie davon gehalten haben.« Ihre Augen sahen in dem Taschenspiegel, den sie sich vorhielt, verquollen aus, von dunklen Schatten umgeben. »Nicht, dass es mich meinetwegen kümmern würde. Aber wenn es zum Prozess kommt ...«

»Ich wette, genau das hat Robert bezweckt«, bemerkte Mary bitter.

»Weißt du noch, wie du mich gewarnt hast, dass es der größte Fehler meines Lebens wäre, ihn zu heiraten?«

»Nichts wäre mir lieber gewesen, als mich zu irren.«

»Aber du hattest Recht. Trotzdem hätte ich nie gedacht, dass er so weit gehen würde, einen Meineid zu leisten.« Noelle ließ den Spiegel zuschnappen und steckte ihn zurück in die Handtasche.

»Vielleicht musste er ja gar nicht lügen. Vielleicht war der Richter ihm ja einen Gefallen schuldig.«

Noelle empfand einen ganz neuen Respekt für ihre Mutter.

Manchmal benahm sich Mary, als hätte sie nie einen Fuß in eine Kleinstadt gesetzt, geschweige denn, dass sie in einer aufgewachsen wäre, aber ganz offensichtlich wusste sie sehr gut darüber Bescheid, wie die Dinge hier liefen.

»Jeder in Burns Lake ist ihm etwas schuldig.« Für Noelle war dieser Umstand längst so selbstverständlich wie das Blau des Himmels. »Nicht nur die Bauunternehmen, die sich um Aufträge von ihm reißen. Er kann in Sachen Pacht oder Miete einiges drehen. Er verleiht Geld. Er sorgt sogar dafür, dass eine bestimmte Person in ein bestimmtes Amt gewählt wird. Es würde mich also kein bisschen wundern, wenn Robert den Richter in der Tasche hätte.« Sie ließ den Kopf an die Stütze sinken, wieder überwältigt von der Macht ihres Kontrahenten.

»Mal sehen, was Lacey dazu zu sagen hat.«

Mary hielt vor einem bescheidenen, dunkelbraun mit Grün abgesetzten Holzhaus. Die Farbe an den Fensterläden blätterte ab, und der ältere Datsun in der Auffahrt hatte ganz offensichtlich schon einige Meilen auf dem Buckel. Sofern Lacey eine Kapazität war, war davon nicht viel zu sehen. Noelle hegte erste Zweifel, als sie den Weg zum Haus hinauf ging und den Rasen sah, der ebenso dringend wie die Hecke einiger Pflege bedurft hätte.

Ihr wurde schwindlig, und als ihre Mutter sie unterhakte, stützte sie sich dankbar auf sie. *Wie ein Säufer mit einem kräftigen Kater.* Die Zeiten lagen noch nicht so weit zurück, dass sie sich nicht mehr erinnert hätte, dass ihr Kopf sich morgens angefühlt hatte wie mit öligen Lumpen ausgestopft, die jeden Moment in Flammen aufzugehen drohten. Bei der Erinnerung straffte sie die Schultern und ließ den Arm ihrer Mutter los. Mary, die ihr Abrücken missverstand, machte ein verletztes Gesicht.

*Trittst du auf 'nen Spalt, wird deine Mutter nicht alt,* dachte Noelle. Wie oft war sie als Kind vorsichtig über Ritzen im Boden hinweggestiegen? Und dabei hatte sie gewusst, dass sie es nicht tat, um ihre Mutter zu beschützen; tief im Innersten war ihr klar gewesen, dass es nur ein alberner Aberglaube war. Vielleicht war es ihr ja darum gegangen, ihre zerbrechliche Beziehung zu bewahren. Sie hatte ihre Mutter nur selten zu Gesicht bekommen, und bei den wenigen Gelegenheiten, da Mary daheim gewesen war, hatte sie nie viel Zeit für ihre Tochter gehabt.

Noelle wollte nicht, dass Emma so aufwuchs. Dass sie von einem kostbaren Augenblick zum nächsten lebte und nur auf den großen Tag wartete, an dem sie endlich für immer zusammen sein konnten, anstatt nur ab und an. Und was sollte *sie* ohne Emma anfangen? *Abgesehen von Nana ist sie alles, was ich habe.*

Als sie die abgetretene Fußmatte vor der Tür sah und die aufgestapelten Kartons an einem Ende der Veranda, wandte sie sich nervös Mary zu. »Was hat sie denn am Telefon für einen Eindruck gemacht?«

»Sie klang, als hätte ich sie aus dem Bett geholt. Und ich bin ziemlich sicher, dass sie nicht allein war.« Sie schenkte Mary ein schiefes Lächeln. »Ich schätze, manche Dinge ändern sich eben nie.«

Die Frau, die ihnen die Tür öffnete, entsprach dann jedoch überhaupt nicht Noelles Vorstellung. Sie hatte eine vollbusige Blondine in wallendem Seidenmorgenmantel erwartet, eine Art Mae-West-Verschnitt. Stattdessen war Lacey Buxton zierlich und hatte ein sommersprossiges Gesicht, kurzes, von Grau durchzogenes dunkles Haar und braune Augen, die von Lachfältchen umgeben waren. In ihren Jeans und dem blau-weiß gestreiften T-Shirt sah sie eher aus wie eine »Berufsmutter« als eine gewiefte Scheidungsanwältin.

»Hallo, ihr beiden. Kommt rein.« Sie legte den Kopf schräg, um an ihnen vorbeizusehen, und pfiff dann durchdringend. »Samantha! Hierher, Mädchen! Lass ja die arme alte Katze in Ruhe!« Das Volumen der Stimme, die in diesem zierlichen Körper steckte, überraschte Noelle; sie klang laut und polternd wie die eines Hafenarbeiters.

Ein riesiges haariges Ungetüm stürmte an ihnen vorbei ins Haus, und als Lacey sie ins unordentliche Wohnzimmer führte, sprang der Hund gerade mit schlammigen Pfoten auf das Sofa. Lacey schien es gar nicht zu bemerken. Sie war viel zu sehr damit beschäftigt, Mary zu mustern.

»Sag nichts ... Du hast deine Seele dem Teufel verkauft, um so auszusehen?«

Mary verdrehte die Augen. »Danke für das Kompliment. Dafür war ich die Einzige in unserer Klasse, die ihren Abschluss mit einem Jahr Verspätung gemacht hat – und das mit Ach und Krach.«

Die jungenhafte Anwältin lachte und wandte sich dann Noelle zu. »Du musst Marys Tochter sein. Grundgütiger, ist es möglich? Als ich dich das letzte Mal gesehen habe, warst du ein winzigkleines Baby.« Sie reichte ihr die Hand. Kein Wort davon, dass sie aussähen wie Schwestern: Ein Punkt für Lacey.

Noelle gab ihr einen weiteren Punkt für ihren festen Händedruck. »Danke, dass Sie uns so kurzfristig empfangen.«

Lacey lächelte mitfühlend. »Schade, dass wir uns unter solch unerfreulichen Umständen kennen lernen müssen. Dazu kommen wir gleich. Setzt euch, wenn ihr irgendwo Platz findet. Was möchtet ihr trinken? Kaffee, Tee? Ich fürchte, mehr habe ich nicht. Ich bin erst vor einer Woche eingezogen, und wie ihr seht, bin ich noch etwas desorganisiert.«

Noelle musste an sich halten, um Lacey nicht anzuschreien. *Sind Sie noch bei Verstand? Meine Tochter wird als Geisel festgehalten, und ich soll hier herumsitzen und Smalltalk halten?* Sie zwang sich zu einem Lächeln und murmelte: »Eine Tasse Tee wäre nett.«

»Für mich Kaffee«, sagte Mary.

Kurz darauf rief Lacey mit ihrer volltönenden Stimme aus

der Küche herüber: »Mary, ich habe gehört, du hättest deine eigene PR-Firma mitten im Großstadtdschungel. Ich? Ich war achtundzwanzig Jahre in Cincinnati – frag nicht, das ist eine lange Geschichte –, und bin den Kleinstadtmief immer noch nicht losgeworden. Als meine Mutter gestorben ist und mir dieses Haus hinterlassen hat, dachte ich mir, das wäre ein Fingerzeig Gottes, dass ich zurückkommen sollte.«

»Tut mir Leid wegen deiner Mutter«, sagte Mary, als Lacey ein paar Minuten später mit einem leicht verbeulten Metalltablett zurückkam, auf dem drei dampfende Tassen gefährlich wackelten. »Was ist mit deinem Vater? Lebt er noch?«

»Das kommt darauf an, wie man Leben definiert. Er ist in einem Pflegeheim und kriegt nicht mehr viel mit.« Trotz der Zwistigkeiten in der Vergangenheit schien Lacey ehrlich bekümmert. »Und was ist mit deinen Eltern?«

»Dad ist gestorben, als Noelle noch ganz klein war«, entgegnete Mary. »Meiner Mutter geht es aber noch recht gut.« Sie erwähnte Nanas Krankheit nicht. Noelle fragte sich, ob sie überhaupt eine Ahnung hatte, wie krank Nana tatsächlich war.

Mit einem Turnschuh in Kindergröße schob Lacey den Hund beiseite, um auf dem Sofa Platz zu schaffen. Dann ließ sie sich auf das mit Hundehaaren übersäte Polster fallen, beugte sich vor, stützte die Ellbogen auf die Knie und richtete den Blick auf Noelle.

»Okay, kommen wir zur Sache. Ich weiß, dass du nicht gekommen bist, um dir langatmiges Gequatsche über alte Zeiten anzuhören. Also hol tief Luft und schieß los.«

Sie klang so ehrlich mitfühlend-interessiert und gleichzeitig beruhigend sachlich, dass Noelle an sich halten musste, um nicht in Tränen auszubrechen. »Es geht um meine Tochter. Sie ist fünf. Ihr Name ist Emma.« Sie schluckte hart. »Mein Mann und ich ... wir haben uns vor ein paar Wochen getrennt. Ich dachte, wir könnten die Trennung auf zivilisierte Art vollziehen.

Aber gestern Abend ist er gekommen und hat sie geholt, als ... als ich schlief.« Noelle verzichtete bewusst auf die Einzelheiten; es hätte doch nur zu fantastisch geklungen. Sie wollte abwarten, bis Lacey entschieden hatte, ob sie sie überhaupt vertreten wollte oder nicht. »Jetzt behauptet er, er wäre im Besitz eines richterlichen Beschlusses, der ihm das einstweilige Sorgerecht zusichere. Ich wusste gar nicht, dass so etwas überhaupt möglich ist, ohne dass beide Parteien gehört werden.«

Lacey nickte nachdenklich. »Das bezeichnet man als Exparte-Anhörung. Sie wird nur in extremen Fällen angewandt, wenn die Gesundheit des Kindes akut gefährdet ist.«

Noelle versteifte sich. »Ich bin eine gute Mutter, Miss Buxton. Ich würde meinem Kind niemals irgendeinen Schaden zufügen.«

»Bitte nenn mich doch Lacey.« Sie lächelte beruhigend. »Hör zu, ich werde ganz offen zu dir sein. Ich kenne dich nicht, wohl aber deinen Ehemann aus unserer gemeinsamen Schulzeit.« Sie tauschte einen wissenden Blick mit Mary. »Er hat damals schon in jeder Situation seinen Willen durchgesetzt.«

»Die Frage ist: Können Sie ... kannst du mir helfen?«

Noelle hielt die Luft an. Was, wenn Lacey Nein sagte? An wen sollte sie sich dann wenden? Sie blickte auf die Umzugskartons und die Bücher, die sich überall stapelten, und ihr kam der Gedanke, wenn jemand, der sie kannte, hereinkam, er ganz automatisch annehmen würde, dass sie, Noelle, deren Haus immer tipptopp war, die organisiertere der beiden war. Und doch schlug ihr Herz so laut wie ein überlasteter Motor, und sie hoffte von ganzer Seele, dass die Bewohnerin dieses chaotischen Hauses mit den schlammigen Pfotenabdrücken auf dem Sofa voller Hundehaare einen Weg finden würde, ihr aus ihrer misslichen Lage herauszuhelfen.

In banger Erwartung sah sie zu, wie Lacey an ihrem Kaffee

nippte, den Blick wie in weite Ferne gerichtet, als wäge sie alles ab, was dagegen sprach, sich gegen einen so mächtigen Mann wie Robert zu stellen. Schließlich stellte sie ihre Tasse entschlossen mit lautem Klappern auf dem Couchtisch ab.

»Ich bin siebenundvierzig Jahre alt. Ich reiße mir den Arsch auf, fast solange, wie du auf der Welt bist. Alles, was ich je gewollt habe, war etwas Frieden und eine nette kleine Kanzlei. Wenn ich diesen Fall übernehme, steht es Christen gegen Löwen.« Ihre Augen funkelten zornig, wobei sie jedoch niemanden speziell zu meinen schien, und dann hob sie abrupt beide Hände in einer Geste, die besagte, dass sie sich geschlagen gab. »Andererseits hat man mir noch nie nachsagen können, immer auf Nummer Sicher zu gehen.«

Noelle atmete zittrig aus. »Heißt das, Sie ... du übernimmst den Fall?«

Lacey wandte sich abrupt Mary zu. »Erinnerst du dich noch an Buck, Roberts älteren Bruder?«

Mary runzelte die Stirn. »Ist er nicht bei irgendeinem Unfall ums Leben gekommen?«

»Sein Wagen ist von der Straße abgekommen und in einen Abgrund gestürzt. Er war sofort tot.« Lacey schüttelte bei der Erinnerung traurig den Kopf. »Er war erst neunzehn. Kein schöner Abgang, was?« Ehe Noelle dazu kam zu fragen, was Roberts toter Bruder mit der Sache zu tun hatte, fuhr Lacey fort: »Wir sind zusammen ausgegangen, damals auf der Highschool, als er bereits Senior war und ich im ersten Jahr. War ein wirklich netter Kerl. Aber so wie seine Eltern sich aufgeführt haben, hätte man meinen können, ich wäre die Hure von Babylon. Himmel, wir haben nicht einmal miteinander geschlafen. Wir sind nur ein paar Monate miteinander gegangen, und in Anbetracht des Drucks, den man ihm zu Hause machte, bin ich rückblickend überrascht, dass er nicht schon viel früher Schluss gemacht hat.«

Noelle konnte sich lebhaft vorstellen, was damals geschehen war. Wie lange hatten Roberts Eltern gebraucht, um mit *ihr* warm zu werden? Und auch nach neun Jahren war die Beziehung unterkühlt, wenngleich Gertrude in letzter Zeit freundlicher gewesen war als sonst. *Wahrscheinlich, weil ich die Mutter ihres einzigen Enkelkindes bin.* Roberts Mutter betete Emma förmlich an.

»Meine Schwiegereltern haben nur sehr selten von Buck gesprochen«, gestand sie. »Ich nehme an, die Erinnerung schmerzt immer noch zu sehr.«

»Was ich damit sagen wollte, ist, dass ich aus eigener Erfahrung weiß, was die Van Dorens für Menschen sind. Ich weiß, mit wem ich mich anlege.« Sie musterte Noelle eindringlich, der Blick aus ihren braunen Augen war offen und klar. »Ich sollte meinen Verstand untersuchen lassen, aber Ja, ich werde den Fall übernehmen.« Sie hob abwehrend eine Hand. »Aber bevor du dich bei mir bedankst, muss ich dich warnen: Es wird nicht leicht werden. Und auch nicht billig. Soviel steht von vornherein fest.«

Noelle war hin und her gerissen zwischen Erleichterung und Sorge. »Und was geschieht als Nächstes?«

»Gleich als Erstes morgen früh werde ich ein paar Anrufe tätigen. Wer vertritt deinen Mann?« Lacey griff nach Kugelschreiber und Notizblock, die auf dem Couchtisch bereit lagen.

»Brett Jordan von Jordan, Torrance und Sanders«, entgegnete Noelle. »Aber die haben bisher nur Immobilien-Angelegenheiten für ihn geregelt und dergleichen.«

»Sie werden ihn an einen Kollegen verwiesen haben, der auf Familienrecht spezialisiert ist.« Lacey machte sich eine Notiz. »Sobald ich ein paar Antworten habe, rufe ich dich an. Bis dahin solltest du versuchen, dir keine allzu großen Sorgen zu machen. Es wäre sinnlos, sich aufzuregen, bevor wir überhaupt wissen, wie der Stand der Dinge ist.« Sie sah auf und bedachte Noelle mit einem strengen Blick. »Und wie groß die

Versuchung auch sein mag, versuche nicht, ich wiederhole, versuche auf *gar keinen Fall,* noch einmal mit deinem Mann in Verbindung zu treten. Du hast auch so schon genug Probleme. Capisce?«

Noelle nickte widerwillig. Aber der Gedanke an ihre kleine Tochter, die nachts weinte und nach ihr rief, hatte sich in ihren Kopf eingebrannt. Wenn sie Emma nur sehen könnte, nur für eine Minute, um ihr zu sagen, dass alles wieder gut werden würde ...

»Kannst du uns sagen, was uns in etwa erwartet?« Mary richtete den Oberkörper auf und balancierte die Tasse auf einem Knie.

»Die gute Nachricht ist, dass Schutzgewahrsam, der eigentliche Zweck der richterlichen Verfügung, mit der Robert das Sorgerecht übertragen wurde, nur eine vorübergehende Maßnahme ist.« Lacey tätschelte abwesend Samantha, die an ihrer Seite schnarchte wie ein Bär im Winterschlaf. »Sobald es zur Anhörung kommt, wirst du deinen Senf dazugeben können, glaub mir. Das Wichtigste ist also, einen Termin festzusetzen, und zwar möglichst kurzfristig.«

Noelle kam sich vor wie ein Verhungernder, dem man ein paar Krumen zuwarf. Aber da war noch etwas, das sie wissen musste, etwas, das sie veranlasste, mit aller Macht an diesen Krumen festzuhalten. »Wie stehen meine Chancen, Emma zurückzubekommen?«

Lacey lächelte bedauernd. »Wenn ich das wüsste, wäre ich Wahrsagerin geworden und nicht Rechtsanwältin. Morgen wissen wir mehr. Halte bis dahin durch, ja?« Sie stand auf und brachte sie zur Tür, wo sie solidarisch Noelles Hand drückte. »Denk daran, wir schießen erst, wenn wir das Weiße ihrer Augen sehen können.«

Für Noelle, die am Rande des Nervenzusammenbruchs stand, klang das wie eine Kampfansage.

Doris Quinn saß in ihrem Lieblingssessel am Fenster und mühte sich, eine Nadel durch ihre Stickerei zu stechen, ohne sich in den Finger zu piksen. Normalerweise hielt sie um diese Zeit ihren Mittagsschlaf. Aber heute war kein normaler Tag, nicht wahr? Und so müde sie auch war, an Schlaf war nicht zu denken. In Anbetracht der Schwierigkeiten ihrer Enkelin konnte sie sich diesen Luxus nicht leisten.

Außerdem gab es da etwas, das Vorrang hatte. Etwas Wichtiges.

Als sie Marys Wagen in der Auffahrt hörte, straffte Doris die Schultern und legte ihre Stickerei beiseite. Als sie jedoch versuchte aufzustehen, gaben ihre Knie nach, und sie fiel mit einem wütenden Seufzer zurück. Sie zitterte, und ihr Herz fühlte sich an, als würde ein Küken sich durch die dünne Schale ihres Brustkorbs den Weg in die Freiheit picken. Eine Welle der Ungeduld durchströmte sie.

Sie hasste es, krank zu sein. Es schwächte sie. Und zwang sie, sich mehr auf sich selbst zu konzentrieren – jede neue Herausforderung, die sich ihren Lieben stellte, war wenig mehr als ein Test ihrer eigenen Zähigkeit. Wie würde sie die Anspannung aushalten? War das der Tropfen, der das Fass zum Überlaufen brachte? Als wären die Schwierigkeiten ihrer Enkelin nicht Sorgen genug!

Doris kramte in der Tasche ihres Morgenmantels nach ihrem Rosenkranz. Sie schloss die Augen, und ihre Lippen bewegten sich, als sie lautlos rezitierte: »Heilige Maria, Mutter Gottes, bete für uns Sünder, heute und in der Stunde unseres Todes ...«

Ja, die Heilige Mutter würde ihr Kraft schenken. Als sie ihr erstes Kind erwartete, hatte der Arzt sie gewarnt, dass es zu einer Frühgeburt kommen könne. Sie hatte damals viel gebetet, und hatte Mary Catherine nicht schreiend und mit allen Fingern und Zehen das Licht der Welt erblickt? Dankbar hatte Doris sie nach der gebenedeiten Jungfrau benannt. Marys zweiter Vorname, Catherine, war der von Doris' eigener Mutter gewesen, die, obwohl sie fünf Kinder zu versorgen hatte, nie auch nur eine Sonntags- oder Freitagsmesse versäumt hätte. Und doch hätte Doris sich kein eigensinnigeres Kind vorstellen können. Ganz anders als ihre Schwester, die so anschmiegsam und unkompliziert gewesen war wie ein Kätzchen.

Dieser Unterschied hatte sie bewogen, Mary gegenüber besonders streng zu sein, um ihre starrsinnige Älteste auf den Pfad der Tugend zu führen. Aber sie hatte versagt, nicht nur als Mutter, sondern auch vor den Augen Gottes.

O ja, sie hatte im christlichen Geiste gehandelt, als sie Mary und ihr Baby vor all diesen Jahren aufgenommen hatte. Aber hatte nicht Eifersucht ihre Beziehung zur Tochter ihres eigenen Kindes geprägt? Hatte sie nicht Noelle dezent dahingehend beeinflusst, dass sie sich enger an sie selbst band als an ihre leibliche Mutter? Doris war ihr Verhalten damals nicht bewusst gewesen, aber als sie krank geworden war und sich abgezeichnet hatte, dass ihre Zeit auf Erden sich dem Ende zuneigte, war sie gezwungen gewesen, ihre Fehler einzusehen.

Das Schlimmste war die Erkenntnis, dass sie genauso gehandelt hätte, auch wenn man ihr die Chance geboten hätte, noch einmal von vorn anzufangen. Sie hatte sich der Tatsache stellen müssen, dass ihr ein großer charakterlicher Makel anhaftete. Und doch hatte eben dieser Makel dafür gesorgt, dass sie ein Dach über dem Kopf und genug zu essen hatten. Ihr Mann, Gott hab ihn selig, war ein guter Mensch gewesen, aber schwach. Sie hatte ihn vom Anfang bis zum Ende antreiben müssen, damit er nicht übergangen wurde, als Mr Evans, sein Boss in der Fabrik, einen neuen Generaldirektor brauchte. Und wessen Idee war es gewesen, die Lebensversicherung abzuschließen, damit sie und die Kinder nicht mittellos dastanden, wenn ihm etwas zustieß?

Aber jetzt war es an der Zeit, zumindest einen Teil des Schadens, den sie angerichtet hatte, wieder gutzumachen. Sie durfte Mary Catherine nicht länger in dem Glauben lassen, dass sie im Leben ihrer Tochter nur eine untergeordnete Rolle spielte. Noelle brauchte sie. Heute mehr denn je. Es war höchste Zeit, einiges zu klären.

Als sie Schritte an der Tür hörte, hievte Doris sich aus ihrem Sessel, ungeachtet der Schmerzen, die ihre Seite durchzuckten. Ihr Blick fiel auf das Gemälde über dem Sofa, Christus am Kreuz, das Gesicht dem Himmel zugewandt mit einem beinahe entrückten Ausdruck. Aber sie hatte festgestellt, dass das Sterben nichts Glorreiches an sich hatte. Tatsächlich war es eher etwas ... Gewöhnliches. Sogar ein klein wenig peinlich. Der Magen grummelte in den unpassendsten Momenten, und nachts stiegen seltsame Gerüche unter der Bettdecke auf. Man fror leicht und wurde reizbar. Man verbrachte seine halbe Zeit auf der Toilette und die andere Hälfte im Bett. Man wurde von Menschen abhängig, die man zuvor nach Kräften gemieden hatte.

»Also los, spannt mich nicht auf die Folter«, rief sie, als Mary und Noelle hereinkamen. »Was hat sie gesagt? Wenn ich eure Gesichter anschaue, kann es nicht sehr ermutigend gewesen sein.«

Noelles Gesicht war unter der wallenden schwarzen Mähne, die Doris' seit Noelles Kindheit ein Dorn im Auge war, weiß wie ein Laken. »Es ist ganz gut gelaufen, denke ich.« Sie seufzte und trat ans Fenster, als erwarte sie, jeden Moment Emma den Weg herauflaufen zu sehen. »Morgen erfahren wir mehr.«

Doris schnaubte verächtlich. »Dieser Mistkerl. Ich würde am liebsten persönlich zu ihm fahren und ihm die Meinung ...«

»Mama.« Mary warf ihr einen warnenden Blick zu. »Nicht jetzt, bitte.«

Doris verstummte verblüfft. Wie konnte sie es wagen! Es hatte Zeiten gegeben, da hätte eine solche Frechheit ihrer

Tochter einen Klaps auf den Allerwertesten eingebracht. Aber Mary war kein Kind mehr, und sie, Doris, musste ihre Munition für das bevorstehende Gefecht aufsparen.

Sie schluckte ihren Ärger herunter und sagte: »Ich habe Thunfischsalat im Kühlschrank. Soll ich uns ein paar Brote machen? Es sind auch noch von mir selbst süß-sauer eingelegte Mixed-Pickles vom letzten Sommer da.«

Noelle schüttelte müde den Kopf. »Danke, Nana, aber ich bekomme jetzt keinen Bissen runter. Wenn ihr nichts dagegen habt, gehe ich rauf und lege mich ein Weilchen hin.«

»Ich möchte auch nichts.« Mary warf einen Blick auf ihre Armbanduhr – schmal, golden, sichtlich teuer. »Ich muss zurück. Ich möchte auf der Heimfahrt nicht in den Stoßverkehr geraten.« Sie umarmte Noelle voller Wärme und mütterlichem Mitgefühl. »Ruf an, sobald du etwas hörst. Wenn du mich brauchst, bin ich blitzschnell wieder da.«

Frust stieg in Doris auf. Sie bezweifelte gar nicht, dass Mary es ernst meinte, aber das war nicht der Punkt. Als ihre Enkelin antwortete: »Danke, Mom. Mach ich«, hätte sie am liebsten beide geschüttelt.

*Um Himmels willen, Kind, du musst lernen, auszusprechen, was du brauchst.*

Doris folgte ihr auf die Veranda. »Also, es war nett von dir, herzukommen.« In ihrer Stimme schwang ein beißender Unterton mit. »Ich habe morgen früh eine wichtige Besprechung. Mit einem potentiellen Kunden. Ich muss ...« Auf halber Höhe der Treppe blieb Mary stehen und wirbelte herum. »Warum rechtfertige ich mich eigentlich vor dir? Ich fahre, weil es im Augenblick nichts gibt, was ich noch tun könnte. Es ist ja nicht so, als würde ich nicht zurückkommen. Meine Güte, Mama, was willst du denn *noch*?«

»Du könntest zur Abwechslung mal versuchen, eine Mutter zu sein.«

Doris sah, wie die fein geschnittenen Züge ihrer Tochter sich spannten, als würden sie gestreckt, um durch einen viel zu schmalen Spalt zu passen. Ihre Wangen glühten vor Empörung. Von ihren beiden Töchtern hatte Mary äußerlich die größere Ähnlichkeit mit Ted. Sie hatte seine hohe Stirn und die unschuldigen blaugrauen Augen, sein seidiges, aber widerspenstiges kastanienbraunes Haar, und sogar diese unerträgliche Angewohnheit, im Stehen einen Fuß nach außen zu drehen, so als wäre sie auf dem Sprung. Allerdings besaß ihre Tochter im Gegensatz zu ihrem Vater einen eisernen Willen.

Doris wünschte, sie könnte die Uhr zurückdrehen bis zu jenem Tag, als Mary ihr gebeichtet hatte, dass sie schwanger war. Wenn sie nur wenig verständnisvoller reagiert hätte. Wenn sie nur diese schrecklichen Dinge nicht gesagt hätte ...

»Ich brauche niemanden, schon gar nicht dich, der mich daran erinnert, dass ich Noelles Mutter bin.« Marys Augen glitzerten in der Sonne wie Eis.

Es sah aus, als wollte sie noch etwas sagen, Worte, die sie dazu veranlassten, die Lippen zu schürzen, als hätte sie auf etwas Saures gebissen. Doris wünschte beinahe, sie würde es rauslassen, denn erst wenn einige Dinge ausgesprochen wurden, konnten sie sie abhaken.

»Offenbar doch«, sagte sie.

Mary schob störrisch das Kinn vor. »So magst du es am liebsten, habe ich Recht? Wenn ich mit dem Rücken an der Wand stehe.«

»Es geht hier nicht um *dich,* Mary Catherine. Es geht um Noelle.«

»Willst du mich immer noch bestrafen? Geht es darum?«

Doris seufzte. Das hatte sie wohl verdient. Aber, Gott, warum musste es auch so schwer sein? Der Schmerz, der in der Seite begonnen hatte, pochte inzwischen in jedem Quadratzentimeter ihres geschwächten Körpers. Und gegenüber fiel Betty

Keenan fast aus dem Fenster im ersten Stock, so weit lehnte sie sich heraus, um auch ja alles mitzubekommen. Doris verspürte einen Anflug von Verärgerung, bis ihr einfiel, dass Betty in den zwei Wochen, die sie im Krankenhaus gewesen war, ihren Rasen gesprengt und die Post reingeholt hatte.

»Du bist es, die nicht verzeihen kann«, sagte sie. »O ja, ich weiß, es ist leichter, mir die ganze Schuld in die Schuhe zu schieben, mich dafür verantwortlich zu machen, dass du dich aus dem Leben deiner Tochter ausgeschlossen fühlst. Aber das hilft dir auch nicht weiter.« Ein flehender Unterton schlich sich in ihre Stimme. »Komm nach Hause, Mary Catherine. Sie braucht dich, ihre Mutter, und nicht eine alte kranke Frau, die ihr nur noch mehr Sorgen bereitet.«

Mary blieb hart. »Du scheinst zu vergessen, dass ich ein eigenes ausgefülltes Leben habe, ganz zu schweigen von meinem Terminkalender.«

»Mir brauchst du nichts zu erklären. Sag das Noelle.«

»Du hast immer genau gewusst, was das Beste ist, nicht wahr?«

Der Hass, der in den Augen ihrer Tochter aufloderte, ließ Doris zurückweichen. Das also waren Marys wahre Gefühle – hinter der höflichen Fassade, den sorgfältig ausgewählten Geschenken zum Geburtstag und Muttertag – für sie. Das war ihr Erbe. Resigniert entgegnete sie: »Ich weiß, dass ich dir gegenüber nicht immer richtig gehandelt habe, Mary Catherine. Darum bitte ich dich ja auch, für *deine* Tochter das Richtige zu tun. Um ihretwillen, bitte ... komm heim. Sie braucht dich.«

Eine Weile schwiegen sie beide. Dann sagte Mary: »Ich muss los.« Ihre Stimme war kalt. Sie hängte sich die Handtasche über die Schulter und wandte sich ab.

Doris blickte ihr nach, als sie eilig und mit steifen Beinen zu ihrem Wagen ging und sich dabei eine Hand schützend über die Augen hielt. In der sengenden Julihitze schien es, als wäre dem

Garten alle Farbe entzogen worden. Mary sah aus wie ein Bild aus alten Tagen, ein verblasster Schnappschuss aus dem Familienalbum.

Dann war sie fort, und das dumpfe Zuschlagen ihrer Autotür hallte in der Stille wider. Doris atmete tief die nach Geißblatt duftende Luft ein. Erst jetzt gestattete sie sich, sich auf den Rattanstuhl neben der Tür fallen zu lassen. Sie atmete schwer und presste die Hand gegen die schmerzende Seite. Sie war froh, dass ihre Tochter sie nicht sehen konnte. Mary ahnte ja nicht, wie krank sie wirklich war. Sie dachte, der Krebs wäre vollständig entfernt worden. Aber wenn sie die Wahrheit erfahren hätte, hätte sie sich nur verpflichtet gefühlt »das Richtige« zu tun, was immer das sein mochte.

*Ich will nicht, dass sie aus den falschen Gründen zurückkommt,* dachte Doris. Im Grunde war das albern. Hatte ihre Tochter nicht klipp und klar gesagt, dass sie nicht nach Burns Lake zurückkommen würde?

Mary hatte sich für die malerische Strecke entschieden, die um den See herum führte, bevor sie wieder auf die Hauptstraße stieß. Früher hatte das auf sie gewirkt wie Balsam, eine kühle Hand an ihrer fiebrigen Stirn. Aber heute blieb die erhoffte Wirkung aus. Der See glitt unbeachtet vorbei. Die schmale, von Erlen und Kiefern gesäumte Straße, die das grelle Sonnenlicht abfingen, sodass es ihr beinahe vorkam, als fahre sie durch den Midtown-Tunnel.

*Wie kann ausgerechnet sie mir vorwerfen, ich würde meine Tochter im Stich lassen!* Das war mehr als nur unfair; das war eine bodenlose Unverschämtheit. Selbstverständlich würde sie, Mary, alles in ihrer Macht Stehende tun, um zu helfen, aber musste sie deshalb gleich alles stehen und liegen lassen? Das Ganze konnte sich über Wochen und Monate hinziehen. Und wie sollte sie ihr Geschäft aus hundert Meilen Entfernung leiten?

Noelle hätte das nie von ihr verlangt, sie wäre von der Vorstellung sogar entsetzt gewesen. War das nicht der Hauptgrund gewesen, weshalb Mary in der Vergangenheit so zurückhaltend gewesen war? Sie war nie sicher, wie ihre Annäherungsversuche aufgenommen werden würden. Nicht, dass Noelle einen Groll gegen sie gehegt hätte. Das wäre zu einfach gewesen. Nein, ihre Beziehung war wie eine Pflanze, die zu wenig Licht bekommen hatte. Blass und ein bisschen mickrig. Sie würde leben und konnte sogar Früchte tragen, aber sie würde nie Rekorderträge bringen.

Bei diesem Gedanken verspürte sie einen Stich des Bedauerns. Sie hätte mehr für Noelle tun müssen, damals, als es noch eine Rolle gespielt hätte. Und das hätte sie auch getan ... wenn sie nicht so erpicht darauf gewesen wäre, es zu etwas zu bringen. Ihre einzige Fluchtmöglichkeit hatte darin bestanden, hart zu arbeiten und noch fleißiger zu lernen. Und sie hatte getan, was sie tun musste. Auf Kosten ihrer Tochter, wie sich herausgestellt hatte.

Aber war es fair, die ganze Schuld auf sie abzuwälzen? Sie war so jung gewesen. Und damals hatte sie ehrlich geglaubt, es wäre ebenso zu Noelles wie zu ihrem eigenen Besten. Zu spät hatte sie erkannt, dass ein Kind etwas anderes war als einen Hund oder eine Katze zu haben. Kinder konnte man nicht irgendwo »parken«.

Heute sah sie klarer. Sie sah eine erwachsene Tochter, die ihr verziehen hatte, aber nicht vergessen konnte. Sie wusste, dass manches sich reparieren und manches nur notdürftig flicken ließ. Und eine Wahrheit hob sich deutlich aus dem Nebel der »hätte« und »was wäre wenn« heraus: Zeit, die man nicht mit einem Kind zusammen verbracht hatte, ließ sich nicht aufholen.

Verdammt, ihre Mutter hatte nicht Unrecht. Noelle brauchte sie, auch wenn es ihr noch so widerstrebte, es zu zeigen. Und Mary würde sie nicht im Stich lassen.

*Vergiss nicht, dass sie auch einen Vater hat.*

Marys Gedanken kreisten mal wieder um Charlie. Sie hatte ihn seit Jahren nicht mehr gesehen, seit Emmas Taufe, um genau zu sein. Sie erinnerte sich noch gut, wie elegant er ausgesehen hatte in seinem dunklen Anzug mit der Krawatte, der frischgebackene Chefredakteur des *Register*. Bronwyn, seine Tochter von seiner zweiten Frau, war damals noch ein kleines Mädchen gewesen. Wie alt mochte sie heute sein? Sechzehn? *Nur ein Jahr jünger als ich bei Noelles Geburt.*

Sie wusste noch, wie ihre Blicke sich über das Taufbecken hinweg begegnet waren. In Charlies Augen hatte Belustigung gestanden, vermischt mit einem Hauch der alten Trauer, als hätte er daran denken müssen, wie jung sie beide gewesen waren, als sie Eltern wurden, sodass sie heute, während ihre Freunde noch die eigenen Kinder großzogen, bereits Großeltern waren. In diesem Augenblick hätte sie gern seine Hand genommen, aber natürlich hatte sie nichts dergleichen getan.

Mary fuhr weiter, beruhigt von der Erinnerung. Nach und nach gingen die Landstraßen wieder in zwei-, dann vierspurige Hauptstraßen über. Sie würde nicht mehr an Doris denken. Sie würde tun, was sie selbst für das Beste hielt. Sie kannte einen Scheidungsanwalt, den besten in Manhattan. Sie würde ihn anrufen und um Rat fragen ...

Wieder innerhalb der Stadtgrenzen, als sie auf die 34th Street fuhr, der East River ein dunkler Schimmer im Rückspiegel, hörte sie jedoch wieder die Worte ihrer Mutter. Prompt fing ihr Kopf an zu pochen. Der Verkehr kam ihr vor wie eine Zwangsjacke, die sich immer enger um sie zog.

*Hat Doris auch nur die geringste Ahnung, was sie da von mir verlangt?* In ihrer Branche konnte sie es sich nicht erlauben, für Tage oder gar Wochen einfach von der Bildfläche zu verschwinden. In ihrem Geschäft musste man ständig am Ball bleiben, immer auf dem Sprung. Ihre Kunden würden sich vernachlässigt fühlen, einige könnten sogar abspringen. Und auch wenn ihre Angestellten überaus kompetent waren, wäre es zu viel verlangt ...

Entsetzt wurde ihr bewusst, dass sie den absurden Vorschlag ihrer Mutter wahrhaftig in Erwägung zog. Die Erkenntnis war so schockierend, dass sie ungläubig lachte. *Ich muss verrückt sein,* dachte sie.

Als sie vor Jahren für immer von zu Hause weggegangen war, hatte sie sich geschworen, nie wieder zurückzukehren. Wenn sie das tatsächlich durchzog, würde sie mit ihrer Mutter unter einem Dach schlafen, und das nicht nur ein oder zwei Nächte, sondern über längere Zeit. War denn überhaupt eine von ihnen dazu bereit?

Andererseits, was war, wenn ihre Mutter Recht hatte? Was, wenn sie Noelle andernfalls im Stich ließ? *Es stimmt schon, dass ich aus der Ferne nicht allzu viel tun kann ...*

Mary merkte erst, dass sie weinte, als sie sich eine Haarsträhne aus dem Gesicht strich und heiße Tränen an der Handinnenseite fühlte. Warum musste sie überhaupt eine solche Entscheidung treffen? Warum mussten die wirklich wichtigen Entscheidungen im Leben immer jene sein, die einem am schwersten fielen?

# Kapitel 4

Der Montag kam und ging mit einem nur kurzen Anruf von Lacey. Sie berichtete lediglich, dass sie mit Roberts Anwalt gesprochen hatte, der eine Kopie der Eilverfügung von Richter Ripley gefaxt hatte. Robert hatte nicht geblufft, soviel stand fest.

»Dein Mann behauptet, der Zwischenfall vorgestern Abend sei kein Einzelfall gewesen. Er behauptet, du würdest seit Monaten trinken.« Laceys Stimme klang nüchtern und sachlich.

Noelle sank das Herz. Sie lehnte sich auf dem oberen Treppenabsatz an die Wand, ließ sich langsam zu Boden gleiten und landete mit einem Plumps auf dem Steißbein. »Er lügt.«

»Das Problem ist, dass Aussage gegen Aussage steht. Er besitzt eidesstattliche Erklärungen zweier Zeugen, die behaupten, dich mehrfach sturzbetrunken erlebt zu haben. Außerdem sollst du deine Mutterpflichten vernachlässigt haben.«

Ein Krampf veranlasste Noelle, sich zu krümmen und die Arme um die angezogenen Knie zu schlingen. »Mein Gott, wer denkt sich so etwas aus?«

»Sag du es mir.«

Sie überlegte einen Moment, einen Handballen gegen die Stirn gedrückt, während ihr von mangelndem Schlaf aufgewühlter Verstand Purzelbäume schlug. »Jeanine«, sagte sie zähneknirschend. »Einer dieser Zeugen muss Jeanine sein. Ich wette, er hat sie dazu überredet.«

»Wer ist Jeanine?«

»Seine Sekretärin. Freundin. Such dir eins aus.«

»Das Komplott zieht Kreise.« Noelle hörte, wie eine Schublade zugeknallt wurde, gefolgt von Papierrascheln. »Was ist mit den Nachbarn? Gibt es jemanden, der Gelegenheit gehabt hätte, dich ziemlich regelmäßig zu Hause zu beobachten?«

Da war Judy Patterson – sie und Noelle hatten abwechselnd die Kinder zur Schule gefahren und waren im Verschönerungsverein ihres Viertels, aber das war dasselbe wie sich vorzustellen, dass Kathie Lee Gifford einen Supermarkt ausraubte. »Ich wüsste niemanden, der so niederträchtig wäre.«

Lacey seufzte. »Nun, wer immer diese angeblichen Zeugen sind, das Ganze entpuppt sich als Büchse der Pandora. Bist du bereit, Kleines?«

»Habe ich denn eine Wahl?«

»Ich ziehe die Frage zurück.« Am anderen Ende der Leitung entstand eine Pause, als wäge die Anwältin verschiedene Optionen ab. »Okay, wo machen wir weiter? Ich sage es dir. Hör gut zu, das wird dir nämlich vorkommen wie das Schwerste, was man je von dir verlangt hat.«

Noelle versteifte sich. »Ich höre.«

»Ich will, dass du schwörst, dich so fern von deinem Kind zu halten wie es jemandem möglich ist, der in Burns Lake mit seinen achtzehntausend Einwohnern lebt.« Laceys Tonfall klang bitterernst. »Wir können es uns nicht leisten, deinem Mann noch mehr Munition zu liefern.«

Noelle antwortete nicht gleich. Das konnte sie nicht. Laceys Worte schmerzten wie eine Gräte, die in ihrem Hals steckengeblieben war.

Wie um alles in der Welt sollte sie die nächsten Stunden durchstehen, ohne ihre Tochter zu sehen, ganz zu schweigen von Tagen oder gar Wochen! Robert erlaubte ihr nicht einmal, am Telefon mit Emma zu sprechen. Mindestens ein Dutzend

Mal hatte Noelle sich seit gestern dabei ertappt, wie sie nach den Wagenschlüsseln griff. Einmal war sie schon halb durch die Tür gewesen, ehe sie es sich anders überlegt hatte – auch wenn die Anstrengung, kehrtzumachen, beinahe ihre Kräfte überstiegen hatte.

»Morgen um diese Zeit müsste ich den Termin der Anhörung kennen«, fuhr Lacey brüsk fort. »Dann können wir über dein Besuchsrecht verhandeln.«

Noelle war, als würde ihr Brustkorb von einer eisernen Faust zusammengedrückt. »Besuchsrecht? Ich will sie nicht besuchen, Emma gehört *hierher,* zu mir. Ich bin ihre *Mutter.*«

»Das weiß ich. Glaub mir, ich tue alles, damit du sie zurückbekommst.« Laceys Stimme klang düster wie die eines Arztes, der einem mitteilte, dass man nur noch sechs Monate zu leben hat. Sanft fügte sie hinzu: »Einstweilen musst du mir vertrauen, Mädchen. Kann ich mich darauf verlassen, dass du keine Dummheiten machst?«

Noelle zögerte. »Ja«, hauchte sie schließlich.

»Gut. Ich rufe dich an, sobald der Termin feststeht.« Lacey legte auf.

Noelle blieb noch eine Weile sitzen und lauschte dem Summen des Telefons, bevor sie sich schwerfällig aufrappelte. Sie zitterte derart, dass sie mehrere Versuche brauchte, um den Hörer auf die Gabel zurückzulegen. *Es ist real,* dachte sie. *Das passiert alles wahrhaftig.* Es war nicht damit getan, dass sie zum Richter gingen und Roberts Behauptungen als Lügengebäude entlarvten. Das würde ein langer und erbitterter Kampf werden.

Am folgenden Nachmittag, als es immer noch nichts Neues gab, steigerte sich ihre Nervosität zu Verzweiflung. Seit Sonntag hatte sie kaum geschlafen, war immer wieder hochgeschreckt mit klopfendem Herzen und einem Pochen hinter den Augen. Appetit hatte sie ebenfalls keinen. Wenn sie sich zwang, doch etwas zu essen, wurde ihr schlecht. Schlimmer noch, zum ersten Mal seit Jahren verspürte sie Sehnsucht nach Alkohol, um den Schmerz zu betäuben.

Die Sirenen, die ihr anfangs noch verführerisch ins Ohr gesäuselt hatten, dass ein Brandy – nur ein einziger, und nur zu rein therapeutischen Zwecken – so wunderbar wäre, fingen an zu fragen, was so falsch daran wäre, zu ihrem alten Zuhause zu fahren. Sie war noch nicht einmal offiziell ausgezogen. Ihre Kleider hingen noch in den Schränken und der Hausschlüssel befand sich noch an ihrem Schlüsselbund. Wenn Robert da war, würde sie ihm keine Szene machen. Sie würde nur völlig ruhig darum bitten, Emma sehen zu dürfen.

*Na klar, und warum nicht gleich bitten, dass er dir die Sterne vom Himmel holt?*

Ironischerweise hielten sie nicht die zu erwartenden Konsequenzen ihres Handelns von einer Kurzschlussreaktion ab, sondern das Versprechen, das sie ihrer Anwältin gegeben hatte. Ihre Tochter, die im Oktober sechs Jahre alt wurde, glaubte noch an den Nikolaus. Wie würde Emma sich fühlen, wenn sie miterlebte, wie ihre Mutter an der Tür abgewiesen wurde?

Andererseits, was musste ihre kleine Tochter davon halten, dass ihre Mutter sich nicht meldete, kein Wort, kein Brief, kein Anruf?

»Nana? Tue ich das Richtige?« Noelle stand am Herd und wärmte einen Topf Suppe auf. Es war Dienstagmittag, und ihre Großmutter war gerade von ihrem Mittagsschlaf aufgestanden. »Ich fühle mich, als würde ich verrückt werden. Als müsste ich sterben, wenn ich nicht bald wenigstens mit Emma sprechen kann.«

Ihre Großmutter setzte sich an den Tisch, die Hände schlaff im Schoß, das Haar von ihrem Kopf abstehend wie Drähte eines defekten Schaltkreises. Ihre blassen spindeldürren Beine, die unter dem Saum ihres dunkelroten Hausanzugs hervorschauten, waren von blauen Adern durchzogen. »Manchmal kommt es einem tatsächlich vor, als würde der liebe Gott einem zu viel aufbürden«, sagte sie seufzend.

»Das hat nichts mit Gott zu tun.«

Nana richtete sich auf und entgegnete streng: »Gott hat mit allem zu tun. Vergiss das nie.« Nach einer Weile stand sie auf und durchquerte die Küche, wobei die verschlissenen Sohlen ihrer rosa Pantoffeln über den Linoleumboden schlappten. Noelle hatte gar nicht registriert, dass die Suppe angefangen hatte zu kochen. Nana schaltete die Herdplatte aus. »Gott hilft denen, die sich selber helfen. Wenn du mich fragst, bringt es nicht viel, wenn du herumsitzt wie ein Trauerkloß.«

Noelle legte den Löffel hin, mit dem sie in der Suppe gerührt hatte. »Ich würde Robert gern eine Kostprobe seiner eigenen Medizin verabreichen.«

»Und was hält dich davon ab?« In Nanas blauen Augen, tief eingebettet in der pergamentartig dünnen faltigen Haut, flammte etwas von ihrem alten Feuer auf.

»Zum einen meine Anwältin.«

Nana schnaubte verächtlich. »Lacey Buxton stellt allem nach, was Hosen trägt, aber was weiß sie schon davon, was es heißt, eine Mutter zu sein?«

»Nana ...«

»Ich hätte nicht üble Lust, selbst rüber zu fahren!«

Noelle war verärgert, musste aber gleichzeitig denken: *Wenigstens ist sie berechenbar.* Als sie aufgewachsen war, hatte sie immer gewusst, dass sie sich auf ihre Großmutter verlassen konnte. Anders als Mary, die immer in Eile gewesen war, um irgendeinen Bus zu kriegen, oder einfach, weil sie spät dran war. Immer eine gute Ausrede auf den Lippen, ein atemloser Kuss ... und das Versprechen, dass bald alles besser werden würde.

Sie legte die Arme um ihre Großmutter und ließ den Kopf

an deren knochiges Schulterblatt sinken. Nana roch nach Seife und frisch gebügelter Wäsche.

»Kannst du dich noch daran erinnern, wie die Wohnzimmergardinen Feuer gefangen haben und du den Brand mit dem Gartenschlauch gelöscht hast?«, fragte Noelle leise.

»Hmmmm. Wer braucht schon eine Horde von Männern in schlammigen Stiefeln, die ein Chaos veranstalten? Jeder, der auch nur halbwegs bei Verstand ist, hätte genauso reagiert.«

Noelle verkniff sich die Bemerkung, dass das Haus ebenso gut bis auf die Grundmauern hätte abbrennen können. »So empfinde ich, wenn ich an Emma denke. Als säße sie in einem brennenden Haus fest ... und als könnte ich nicht zu ihr.« Ihre Kehle zog sich zusammen.

Nana wandte sich ihr zu und umfasste Noelles Gesicht mit beiden Händen, als wolle sie solche Gedanken aus ihrem Hirn zwingen. Die Handflächen fühlten sich auf Noelles Wangen glatt an wie polierte Steine. »Nun, Liebes, dann müssen wir das Feuer eben löschen.«

»Aber Robert ...«

»Er ist nur ein Mann. Ich habe außer deinem Großvater nie einen Mann getroffen, der sich nicht eingebildet hätte, dass sein Ding ihn uns überlegen machte. Aber das heißt ja nicht, dass wir das auch glauben müssen.«

Noelle musterte ihre Großmutter überrascht. Sie hatte Nana noch nie so reden hören, und erst recht hatte sie nie erlebt, dass sie sich auf männliche Geschlechtsteile bezog. Ihre Welt stand wahrhaftig Kopf. Dann flüsterte eine Stimme: *Sie könnte Recht haben, weißt du. Vielleicht bist du die Sache bis jetzt ja ganz falsch angegangen. Vielleicht solltest du tatsächlich handeln.*

Plötzlich war Noelle von wilder Entschlossenheit erfüllt; jede Faser ihres Körpers zog sie in ein und dieselbe Richtung: zu ihrer Tochter.

Sie schnappte sich ihre Wagenschlüssel von der Arbeitsfläche gleich neben der Hintertür. »Ich bin rechtzeitig für deinen Termin bei Dr. Reynolds zurück«, versprach sie. »Kommst du eine Stunde allein zurecht?«

»Ich bin ja nicht völlig hilflos. Jedenfalls noch nicht«, entgegnete Nana abwehrend. Aber in ihren Augen lag ein besorgter Ausdruck – nicht um ihrer selbst willen, sondern wegen Noelle. »Sei vorsichtig, hörst du?«

Als Noelle in ihrem grauen Volvo durch den Ort fuhr, wobei sie sich strikt an die Geschwindigkeitsbegrenzung hielt, kam es ihr vor, als würden die Knöchel ihrer um das Lenkrad gekrallten Finger jeden Moment die Haut sprengen. Die eindringlichen Warnungen ihrer Anwältin blinkten wie gelbe Lichter in ihrem Kopf, aber der Drang, ihr Kind zu beschützen, war noch stärker. Ich werde damit fertig, sagte sie sich. Wenn es eine schlimme Wende nimmt, werde ich einfach ... gehen.

Sie rumpelte über die Brücke auf die Iroquois Avenue, als eine neue Furcht sich Bahn brach: Was, wenn niemand daheim war?

Jetzt da ihr eigenes Leben aus den Fugen geraten war, hatte sie gar nicht darüber nachgedacht, dass das für den Rest der Welt ein ganz normaler Tag war. Robert würde um diese Zeit bei der Arbeit sein, und warum auch nicht? Er hatte ja alles, was er wollte. Und er würde auch nicht das Risiko eingehen, ihre Tochter in der Obhut eines Babysitters zu lassen. Es gab nur eine Person, der er Emma anvertrauen würde.

Als sie in die Auffahrt von 36 Ramsey Terrace einbog, rechnete Noelle fest damit, dass der weiße Cadillac ihrer Schwiegermutter vor dem Haus stand. Und so war es ein ziemlicher Schock für sie, als dort stattdessen Roberts Audi parkte. Als sie ausstieg, betrachtete sie den breiten gepflasterten Weg zur Haustür, als handle es sich um ein Hochseil.

Das imposante Herrenhaus im Tudor-Stil mit den zweiflügeligen Fenstern, den massiven Eichenbalken und den Stuckverzierungen schien sie zu verhöhnen. Warum war sie nicht schon früher ausgezogen? Warum hatte sie gewartet, bis ein äußeres Ereignis den Bruch herbeiführte? Noelle dachte an die zahllosen Mahlzeiten, die sie hastig zubereitet hatte, nachdem Robert angerufen und angekündigt hatte, er brächte zum Abendessen ein paar Geschäftsfreunde mit. Und die Sonntage nach der Messe, an denen ihre Schwiegereltern zum Brunch gekommen und fast den ganzen Tag geblieben waren. Wenn sie geklagt hatte, sie wäre müde oder überfordert, hatte Robert sie ungeduldig daran erinnert, dass sie eine Haushaltshilfe und einen Gärtner hatte, die die meiste Arbeit taten. Und sie konnte auch eine Kinderfrau haben, wenn sie nicht darauf bestünde, die ganze Last von Emmas Versorgung allein zu tragen. Als wäre Emma eine Bürde gewesen!

Sie wusste, dass sie selbst schuld war. Niemand hatte ihr die Pistole auf die Brust gesetzt. Und war sie nicht in gewisser Weise Roberts Komplizin gewesen darin, das passive Wesen zu erschaffen, das so naiv in seine Falle getappt war?

*Mag sein, aber diesmal wird er nicht damit durchkommen.*

Sie ging den Weg hinauf und fühlte sich plötzlich schwerelos, als würde sie abheben, wenn sie allzu kraftvoll auftrat. Sie ließ den Blick über die Fenster im Obergeschoss schweifen, in der Hoffnung, ihre Tochter zu entdecken, aber sie starrten blind zurück. Aus dem Garten der Pattersons drangen die Stimmen von Kindern herüber, die im Pool planschten. War Emma bei ihnen? Bei dem Gedanken ging ihr das Herz auf. Noelle stellte sich vor, wie sie ihre kleine Tochter aus dem Wasser zog, nackt und glänzend wie unmittelbar nach ihrer Geburt.

Robert musste sie gehört haben; sie hatte kaum einen Fuß auf die Veranda gesetzt, als auch schon die Haustür aufschwang. In beigefarbener Hose und gelbem Poloshirt sah er unwillig auf sie herab, mit einem Blick, der ebenso gut einem Vertreter oder ungebetenen Gast hätte gelten können.

»Was willst du denn hier?«, fragte er eisig.

»Ich denke, das ist ziemlich offensichtlich.« Noelle war ein wenig überrascht, die schnippische Stimme ihrer Großmutter aus ihrem eigenen Mund zu hören. Sie blickte an ihm vorbei ins Haus. »Ich bin gekommen, um Emma zu sehen.«

»Sie schläft.«

»Dann warte ich.«

»Das ist nicht nötig. Es geht ihr gut.«

»Davon würde ich mich gerne selbst überzeugen, wenn du nichts dagegen hast.«

»Ich habe aber etwas dagegen.« Auf den attraktiven patrizischen Zügen ihres Gatten tobte ein Sturm. Als sie in seine blassen Husky-Augen schaute, spürte sie, wie die Temperatur vom Siedepunkt abrupt auf den Gefrierpunkt abfiel. Sie fröstelte in der schwülen Julihitze, als stünde sie vor einem offenen Kühlhaus.

*Sei stark,* sagte ihr eine innere Stimme. *Für Emma.* Sie konnte sich den Luxus, klein bei zu geben, nicht erlauben. Diesmal nicht.

»Wie kannst du es wagen.« Ihre Stimme bebte von unterdrückter Wut. »Wie kannst du es wagen, mir den Kontakt zu meinem eigenen Kind zu verwehren.«

»Jemand muss ja die Verantwortung übernehmen.« Roberts grausamer Blick glitt über sie hinweg, und seine Lippen zuckten angewidert. »Herrgott, Noelle, wann hast du das letzte Mal in den Spiegel gesehen? Du bist am Ende und weißt es nicht mal.«

Sie zuckte zusammen, ließ sich aber nicht einschüchtern. »Du kannst alles behalten. Dieses Haus und alles, was drin ist.« Sie breitete in einer ausholenden Bewegung die Arme aus. »Lass mir nur Emma.«

Er lachte knapp und böse. »Du bietest mir an, was mir ohnehin schon gehört. Und ich rutsche nicht betteln auf den Knien, oder?«

»Was ich sehe, ist ein Mann, der glaubt, er könnte mit einem Mord davonkommen«, konterte sie hasserfüllt. »Aber das wirst du nicht, Robert ... diesmal nicht.«

Er lächelte kalt, aber sie sah ihm an, dass ihre Worte ihn getroffen hatten. Sein Augenlid begann zu zucken. »Hör zu, ich habe keine Zeit für so was. Wenn du noch etwas zu sagen hast, erzähl es meinem Anwalt.« Er machte Anstalten, die Tür zu schließen.

»Nein!« Noelles schriller Aufschrei hallte laut in der Stille der friedlichen Sackgasse wieder, in der nur sehr selten jemand die Stimme erhob oder auch nur hupte. Der letzte »Skandal«, der den Frieden der Nachbarschaft erschüttert hatte, war das neutrale Päckchen gewesen, das an den halbwüchsigen Sohn der Whitleys adressiert gewesen war und irgendwie in die Hände der achtjährigen Lindsey Amberson von nebenan gelangt war. Als Robert zögerte, nutzte sie den Moment, um vorzuspringen und den Fuß in die Tür zu stellen. »Ich werde nicht gehen, bevor ich nicht Emma gesehen habe.«

»Du bist betrunken«, sagte er mit erhobener Stimme.

Noelle schwankte und hätte beinahe die Balance verloren, behielt aber den Fuß in der Tür. Damit hatte sie nicht gerechnet. Wollte er sie glauben machen, sie wäre verrückt? Oder war er derjenige, der den Verstand verloren hatte?

*Ja, er ist verrückt. Völlig durchgedreht.* Noelle blickte zur Seite, als gerade Judy Patterson auf die Veranda trat. Über den manikürten Rasen zwischen ihren Häusern hinweg konnte sie den argwöhnischen Ausdruck auf dem Gesicht der Nachbarin sehen. Im ersten Moment kam ihr gar nicht in den Sinn, dass der misstrauisch-feindselige Blick der Nachbarin ihr gelten könnte. Sie waren doch Freundinnen, oder? Na ja, sie waren nicht wirklich *eng* befreundet ... aber immerhin. Als Judys Mutter im vergangenen Winter verstorben war, wer hatte da einen ganzen Nachmittag bei ihr gesessen, um sie zu trösten? Und wer hatte ihre Jungs versorgt in den vier Tagen, die sie und ihr Mann bei der Beerdigung in Boston gewesen waren? Erst als Robert einen Arm hob und Judy signalisierte – *keine Bange, sie ist im Grunde harmlos* – ging ihr ein Licht auf.

»Es würde dir gut in den Kram passen, wenn ich tatsächlich betrunken wäre, habe ich Recht?«, fragte sie leise, zu leise, als dass Judy hätte mithören können. »Als wir essen waren, hast du mir etwas in die Cola getan, stimmt's? Du wolltest, dass alle glauben, ich wäre rückfällig geworden. Aber es wird nicht funktionieren, Robert. Nicht einmal du stehst über dem Gesetz.«

»Das Gesetz wird entscheiden, was das Beste für Emma ist. Und soweit ich weiß, hat Richter Ripley nicht viel übrig für Mütter, die ihre Kinder vernachlässigen.«

»*Ich* soll Emma *vernachlässigt* haben?« Noelle erstickte beinahe an den Worten. »Du weißt, dass das Unsinn ist. Hör auf damit. Um Emmas willen. Bitte.«

Roberts Züge wurden eine Spur weicher, und Noelle fragte sich, ob sie vielleicht endlich zu ihm durchgedrungen war ... bis sie sah, wie er verstohlen zu den Nachbarn hinübersah. *Das ist nur Theater,* erkannte sie entsetzt. Tatsächlich würde es sie nicht wundern, wenn das Ganze inszeniert wäre. Warum sonst wäre er an einem Wochentag daheim geblieben? Er hatte gewusst, dass es nur eine Frage der Zeit war, bis sie auftauchen würde.

»Geh nach Hause, Noelle. Schlaf dich aus. Du willst sicher nicht, dass Emma dich so sieht.« Seine tiefe, autoritäre Stimme wehte über die Fliederbüsche bis zu Judy Patterson.

Noelle hätte ihm am liebsten ins Gesicht geschlagen. Und doch hätte sie wahrscheinlich trotz ihres brodelnden Zorns seinen Rat befolgt und wäre gegangen, bevor die Situation eskalierte ... wenn sie nicht in eben diesem Moment einen spitzen Schrei gehört hätte.

»Mommy!«

Durch die zur Hälfte geöffnete Tür konnte sie bis ins Wohnzimmer blicken, wo sie einen Blick auf dunkle Zöpfe und ein überraschtes Gesicht erhaschte. Ihr Herz tat einen Sprung. »Emma! O meine Süße! Geht es dir g ...«

Ihr Fuß glitt aus der Tür, die krachend ins Schloss fiel.

Noelle hämmerte mit beiden Fäusten dagegen. In dem polierten Messingklopfer spiegelte sich ihr wutverzerrter Mund. Sie sah aus wie eine Wahnsinnige.

»Lass mich rein! Verdammt, Robert, öffne die Tür. Mach auf, oder ... oder ...« Sie verstummte. Oder was? Wollte sie die Polizei rufen? Die Ironie des Ganzen ließ sie innehalten.

Dann fiel ihr ein, dass sie noch einen Hausschlüssel besaß. Sie fischte ihn aus ihrer Handtasche und steckte ihn ins Schloss. Der Knauf bewegte sich. Sie hatte die Tür zur Hälfte geöffnet, als sie unsanft zurückgestoßen wurde. Die Tür schlug zu, und von innen wurde der Sicherheitsriegel vorgeschoben. Noelle stolperte und stürzte, wobei sie sich den Ellbogen auf dem rauen Betonboden der Veranda aufschürfte. Drinnen konnte sie Emma weinen hören und Robert, der versuchte, sie zu beruhigen. Durch die Büsche seitlich am Haus registrierte sie eine Bewegung.

Im ersten Augenblick glaubte sie, Judy käme, um ihr zu helfen.

Aber stattdessen zog die Nachbarin sich in ihr Haus zurück.

Noelle rappelte sich auf und lehnte sich erschöpft gegen die Tür. Tränen liefen ihr über das Gesicht. »Emma? Liebes? Ich bin's, Mommy. Ich komme dich holen, sobald ich kann, versprochen.«

Von drinnen war nur das leise Geräusch von Schritten zu hören, die sich entfernten. Eine Woge der Verzweiflung brach über sie herein. Sie stellte sich vor, wie Robert sich ins Fäustchen lachte, noch während er die Tränen ihrer Tochter trocknete. Wie viele Lügen hatte er ihr erzählt? Wie viel Schaden würde er noch anrichten, bis das alles vorbei war?

Glühender Zorn brodelte in ihr.

»Damit wirst du nicht durchkommen!«, kreischte sie, ohne sich darum zu scheren, was die Nachbarn hörten oder dachten. Wider jede Vernunft. »Robert, hörst du mich? Du kannst das nicht tun! Ich werde es nicht zulassen!«

Wieder warf sie sich gegen die Tür und bearbeitete sie mit Schlägen und Tritten, bis ihre Fingerknöchel wund waren und sie einen heftigen Schmerz im Fuß spürte. War ein Knochen gebrochen? Speichel tropfte von ihren gebleckten Zähnen. Und ihre hysterische Stimme durchschnitt die ansonsten friedliche Stille. »Du *Mistkerl!* Lass mich rein. Lass mich rein!«

*Du spielst ihm in die Hände, das weißt du doch, oder?*

Eine innere Stimme, die auf unheimliche Weise Laceys ähnelte, ernüchterte sie. Abrupt verließ sie der Kampfeswille. Noelle taumelte mit schmerzendem Fuß zurück. Ihre Knie gaben nach, und sie sank kraftlos ins Gras. Sie zitterte unkontrolliert. *Was habe ich getan?*, stöhnte sie innerlich. *O Gott, was habe ich getan?*

»Du solltest mit dem Knöchel zu Dr. Reynolds gehen«, sagte Nana besorgt. Noelle, die ausgestreckt auf dem Sofa lag, machte eine tapfere Miene. »Mach' ich, sobald ich in der Lage bin, bis zum Wagen zu humpeln und hinzufahren.« Sie bewegte ihren Fuß, der auf einem dicken Kissen ruhte, und zuckte sofort zusammen vor Schmerz. Die Riemen ihrer Sandale hatten sich tief in die geschwollene gerötete Haut ihres Knöchels gegraben, aber sie wagte nicht, den Schuh auszuziehen. Sie würde ihn nicht wieder über den Fuß bekommen.

»Unsinn«, schalt Nana. »Du bist sowieso nicht in der Verfassung zu fahren.«

Es war nicht nur der Fuß. Noelle brauchte gar nicht erst in den Spiegel zu sehen, um zu wissen, dass sie aussah wie ein Wrack. Es grenzte an ein Wunder, dass sie es heil bis nach Hause geschafft hatte. »Also, eins steht fest, zu Fuß gehe ich nicht.«

»Ich werde ihn bitten herzukommen.«

»Ein Arzt, der Hausbesuche macht? Nana, so etwas gibt es nicht mehr, seit das Automobil die gute alte Pferdekutsche abgelöst hat.« Wenn sie sich nicht so elend gefühlt hätte, hätte Noelle gelächelt über das Weltbild ihrer Großmutter, das sich seit Truman nicht mehr verändert hatte.

»Mag sein, aber Hank Reynolds ist anders als andere Ärzte«, entgegnete Nana stur.

»Weil er nicht versucht, dich zu einer neuen Chemotherapie zu überreden?«

»Unter anderem.«

»Was denn noch?«

»Er ist nicht hinter dem Geld her. Wenn er reich hätte werden wollen, hätte er in einem Großstadtkrankenhaus gearbeitet, die einem schon für eine einfache Untersuchung ein Vermögen abknöpfen. Ich wäre nicht überrascht, wenn er nicht einen Cent mehr für die Anfahrt berechnen würde.«

Hank Reynolds hatte die Praxis des alten Dr. Matthews übernommen, als dieser in den Ruhestand gegangen war, aber Noelle hatte ihn erst kennen gelernt, als sie Nana zu ihren Arztterminen begleitet hatte. Der junge Internist hatte sie so beeindruckt, dass sie schon daran gedacht hatte, von ihrem Hausarzt in Schenectady zu ihm zu wechseln.

Aber im Augenblick hatte sie andere Sorgen. Sie konnte an nichts anderes denken als daran, wie dumm sie gewesen war. Den Rat ihrer Anwältin in den Wind zu schlagen und Robert in die Falle zu gehen ... *zum zweiten Mal.* Was in Gottes Namen hatte sie sich nur dabei gedacht?

»Vergiss meinen Fuß. Ich sollte mir vielmehr den Kopf untersuchen lassen.« Stöhnend setzte sie sich auf. »O Nana, ich habe wirklich alles falsch gemacht, nicht wahr?«

»Du hast getan, was du tun musstest«, sagte ihre Großmutter brüsk. Sie war nicht gewillt, die geringste Mitschuld an der

Situation auf sich zu nehmen. »Sofern es einen sauberen Weg gibt zu kämpfen, ist er mir nicht bekannt.«

»Hast du Mom oder Tante Trish gegenüber irgendwann einmal so gefühlt? Ich meine, dass du dir lieber einen Arm ausreißen würdest, als sie leiden zu sehen?«

»Trish hat mich nie auch nur eine schlaflose Nacht gekostet. Bei deiner Mutter war das allerdings anders ... sie hat immer alles überstürzt, wollte laufen, bevor sie gehen konnte.« Nana schürzte bei der Erinnerung die Lippen. »Aber ja, es gab eine Zeit, da hat es mir sehr zugesetzt, zu wissen, was sie durchmachte, ohne ihr helfen zu können.«

»Du meinst, als sie mit mir schwanger war?« Noelle horchte auf. Bisher kannte sie nur die Version ihrer Eltern. Nana sprach nicht gerne darüber. Wenn man ihr zuhörte, konnte man meinen, der Storch hätte ihre Enkelin gebracht.

Nana nickte mit abwesendem Blick. »Ich dachte, es wäre richtig, mich zurückzuhalten und zu warten, bis sie von sich aus kam. Heute bin ich mir da nicht mehr so sicher ...«

»Aber *sie* ist zurückgekommen.«

Nana spielte gedankenverloren mit dem obersten Knopf ihrer Bluse. Sie hatte sich für ihren Arzttermin herausgeputzt, hatte sogar Lippenstift aufgetragen. Aber der hellblaue Hosenanzug schlotterte um ihren abgemagerten Körper und ließ sie nur noch zerbrechlicher aussehen.

»Es war im Winter, im Winter neunundsechzig. Ein ziemlich harter Winter, wenn ich mich recht erinnere. Deine Eltern waren bettelarm. Was hätte sie sonst tun sollen? Sie hatte keine andere Wahl.« Nana schüttelte den Kopf.

*Sie hätte bei meinem Vater bleiben können,* dachte Noelle. Das war das Problem mit ihrer Mutter; das Einzige, worum sie je gekämpft hatte, war darum, wegzukommen. Vielleicht hätte sie sich ernsthafter bemühen sollen, es hier in Burns Lake mit Dad zusammen zu schaffen.

Mühsam stand sie auf und humpelte zur Tür. In ihrem geschwollenen Fuß pochte ein glühender Schmerz. Sie blickte auf die Uhr. »Viertel nach zwei. Wir sollten uns beeilen, sonst kommen wir zu spät zu deinem Termin. Und wenn hinterher noch Zeit ist, werde ich Dr. Reynolds bitten, sich meinen Fuß anzusehen.«

»Ich fahre«, erklärte Nana mit Unschuldsmiene.

»Kommt nicht in Frage. Du weißt, was der Augenarzt gesagt hat.«

»Der graue Star betrifft doch nur ein Auge. Ich sehe sehr gut«, protestierte sie.

»Also gut.« Noelle konterte mit der gleichen Sturheit. »Wenn du so gut sehen kannst, sag mir doch mal, was auf diesem Transporter steht?« Sie zeigte aus dem Fenster auf einen Lieferwagen, der gegenüber vor dem Haus der Keenans parkte. Auf der Seite prangte die Aufschrift FIGUERA POOL MAINTENANCE.

Nana kniff die Augen zusammen und presste die Lippen fest aufeinander. »Das ist der Schädlingsbekämpfer. Ich weiß noch, dass Betty erwähnt hat, sie hätten Termiten.«

»Hol deine Tasche, Nana. Ich warte draußen.«

Ihre Großmutter wusste, wenn sie ausgetrickst worden war. Schnaubend entfernte sie sich den Flur hinunter, um ihre Tasche zu holen, dieselbe unförmige große Tasche, die sie schon benutzt hatte, als Noelle noch klein gewesen war, als eine Art Reiseapotheke mit einem scheinbar unerschöpflichen Vorrat an Kleenex-Tüchern, Pflastern, Münzen und Bonbons.

*O Nana, mit was für einem Trostpflaster kannst du jetzt aufwarten?*, dachte Noelle verzweifelt und mit schwerem Herzen. Was gab es für ein Heilmittel dafür, dass man so blöd gewesen war, sich das eigene Kind vor der Nase wegschnappen zu lassen? Und dass man den guten Rat seines Anwalts in den Wind geschlagen hatte?

Als sie wenig später in Dr. Reynolds schäbigem kleinen Wartezimmer saßen, begann Noelle, sich zu fragen, ob sie nicht besser den Rat ihrer Großmutter befolgt hätte und daheim geblieben wäre. War es nur Einbildung, oder starrten sie tatsächlich alle an? Yvonne Lynch sogar ganz ungeniert. Und Mona Dixon, die mit ihrem zweiten Kind schwanger war ... Sie waren zusammen zur Schule gegangen, aber so wie Mona sich benahm, hätte man meinen können, dass sie sich kaum kannten. Als Monas zweijährige Tochter in Noelles Richtung stakste, sprang Mona förmlich auf, um sie zu holen, als fürchte sie, ihre alte Schulkameradin würde ihr etwas antun.

Mona und Yvonne waren aber nicht die Einzigen. Gestern bei Shop'n Save war Noelle einer Nachbarin begegnet. Während sie geplaudert hatten, hatte Karen Blaylock immer wieder verstohlene Blicke auf den Inhalt von Noelles Einkaufswagen geworfen – als rechne sie damit, einen Sechserpack Bier oder Wein zwischen den Lebensmitteln zu entdecken. Es spielte offenbar keine Rolle, dass die Leute, die hinter ihrem Rücken über sie tuschelten, keinerlei Beweise für irgendwas hatten. In einer Kleinstadt wie Burns Lake war man schuldig, bis man seine Unschuld bewiesen hatte.

Noelle war plötzlich zu warm. Es kam ihr vor, als wären im klimatisierten Wartezimmer fast vierzig Grad. Sie griff nach einer der abgegriffenen Zeitschriften auf dem Beistelltisch, um sich Luft zuzufächern, als sie mitten in der Bewegung inne hielt. Sylvia Hochman ihr gegenüber musterte sie eindringlich; die übergewichtige Silvia, deren Hals vollständig hinter ihrem Doppelkinn verschwand und die sie an eine fette alte Katze erinnerte, mit Warzen, auf denen stachelige Haare wuchsen. Als Inhaberin des einzigen Geschenkladens der Stadt würde sie in Windeseile verbreiten, dass Noelle Van Doren geschwitzt hatte wie eine Verurteilte auf dem Weg zu ihrer Hinrichtung.

In diesem Moment schwang die Tür zum Behandlungszimmer auf, und Hank Reynolds betrat das Wartezimmer. Er sah ein wenig unordentlich aus in der verknitterten Hose und dem zerknautschten Arztkittel, hatte aber ein Lächeln aufgesetzt, das auch einen Säugling mit Kolik auf der Stelle beruhigt hätte. Sogar Sylvias sauertöpfische Miene erhellte sich.

Noelle schätzte den Arzt auf Mitte dreißig. Er war mittelgroß und hatte hellbraunes Haar, das begann, sich an der Stirn zu lichten. Aufgrund eines leichten Überbisses konnte man ihn nicht als wirklich gut aussehend bezeichnen, aber sein Gesicht war so freundlich – ein sanfter Mund, den ständig ein nachdenklicher Zug umspielte, die intelligenten braunen Augen, die von unzähligen Lachfältchen eingefasst waren, wenn er lächelte –, dass man gar nichts anderes wahrnahm.

Noelle konnte es plötzlich gar nicht mehr erwarten, nach nebenan zu gehen und auf der Behandlungsliege Platz zu nehmen. Sie erinnerte sich, wie in ihrer Kindheit Dr. Matthews mit dem Stethoskop ihre Brust abgehorcht hatte, eine große fleckige Hand auf ihrer Schulter. Sie wünschte, es könnte auch heute noch so einfach sein, alles, was in ihrem Leben schief gelaufen war, ließe sich mit einem Rezept kurieren, mit einem wohlmeinenden Rat und einem Kirschbonbon aus dem Glas am Empfang.

Hank ließ den Blick durch den Raum schweifen, bis er auf Noelles Großmutter ruhte. »Mrs Quinn, ich glaube, Sie sind als Nächste dran.«

Aber Nana schüttelte den Kopf und blieb sitzen. »Danke, Doktor, aber ich wäre Ihnen dankbar, wenn Sie erst nach meiner Enkelin sehen könnten.«

Sein Blick glitt zu Noelle. »Und wo liegt das Problem?«

Noelle streckte den Fuß aus, der sich bereits lila verfärbte, dort wo die Sandalenriemen tief in das geschwollene Fleisch eingeschnitten hatten. »Wahrscheinlich nur verstaucht. Ich glaube nicht, dass etwas gebrochen ist.« Sie registrierte, dass aller Blicke auf sie gerichtet waren, und entsetzt wurde ihr bewusst, dass sie kurz davor stand, in Tränen auszubrechen.

»Dann lassen Sie mich mal sehen.« Hank trat vor, half ihr auf die Füße und führte sie untergehakt nach nebenan.

Der Behandlungsraum hatte sich seit ihrer Kindheit nicht verändert. Derselbe braune Ledertisch mit der dicken Papierrolle am Fußende. Dieselben grauen Metall-Aktenschränke und der lachsfarbene Linoleumboden. Es roch sogar noch so wie zu Dr. Matthews Zeiten: eine Mischung aus Franzbranntwein und Kirschbonbons.

»Ich hätte einen Termin vereinbart«, entschuldigte sie sich, als sie sich auf den Tisch setzte, »aber da ich sowieso mit Nana herwollte, dachte ich ...«

Sie brach ab und zuckte zusammen vor Schmerz, als er den Verschluss der Sandale öffnete und vorsichtig ihren Knöchel abtastete. Hank saß auf einem niedrigen Schemel, den Kopf über ihren Fuß gebeugt, und sie starrte auf seinen Hals, der sonnenverbrannt war bis zum Kragen seines hellblauen Baumwollhemdes. Das braune Haar hätte einen Schnitt vertragen können, und der Flaum im Nacken verlieh ihm irgendwie etwas Verletzliches.

Als er den Kopf hob, funkelten seine braunen Augen. »Wollen Sie zuerst die gute oder die schlechte Nachricht hören?«

»Wenn die schlechte Nachricht ein gebrochener Knochen ist, ist das nicht die schlechteste dieses Tages, das können Sie mir glauben«, versicherte Noelle ihm grimmig.

Er bedrängte sie nicht, ihm mehr zu erzählen. »In diesem Fall hat sich das Blatt vielleicht gewendet. Ich kann röntgen, um ganz sicher zu gehen, aber ich bin zu neunundneunzig Prozent sicher, dass es sich nur um eine schlimme Verstauchung handelt.« Sein Lächeln wurde breiter. »Die schlechte Nachricht ist, dass das, wogegen Sie getreten haben, wahrscheinlich einen irreparablen Schaden genommen hat.«

Bei der Erinnerung an die grässliche Szene mit Robert verkrampfte sich ihr Magen, aber Hank lächelte so ehrlich mitfühlend, dass sie sich zwang, zurückzulächeln. »Es war eine Tür«, gestand sie. »Und leider ist sie heil geblieben.«

»Da hat derjenige auf der anderen Seite ja noch mal Glück gehabt.«

Sie musterte ihn misstrauisch. »Ich wusste gar nicht, dass Sie auch Psychiater sind.«

»Bin ich nicht. Aber manches verrät einem der gesunde Menschenverstand.«

Noelle wurde unangenehm bewusst, wie sie aussehen musste. Bevor sie das Haus verlassen hatte, hatte sie sich damit begnügt, sich hastig das Haar zu kämmen und Wasser in das verweinte Gesicht zu spritzen. Hatte Hank sie bereits als labil eingestuft, als Hysterikerin, die so verrückt war, Türen einzutreten? *Die dreißig Jahre alte Patienten schien an einem psychotischen Schub zu leiden, möglicherweise ausgelöst durch Drogen- oder Alkoholkonsum.*

Aber nein, so war es nicht. Hank blickte mit ehrlichem Interesse zu ihr auf, ja sogar mit einem Hauch von Bewunderung. Sie beschloss, ihm zu vertrauen. »Es war mein Mann. Wir lassen uns scheiden.«

»Keine freundschaftliche Trennung, wie ich annehme.«

»Sie meinen das hier?« Sie hob den Fuß. »Ich wollte ihn nicht angreifen, wenn Sie das meinen. Genau genommen verhält es sich genau anders herum.« Sie seufzte tief. »Das ist eine lange Geschichte.«

»Scheidung ist hart, das weiß ich. Sie haben eine kleine Tochter, nicht wahr? Das tut mir Leid für Sie, ich weiß, wie weh das tut.« Einen mitfühlenden Ausdruck im Gesicht, zog er ihr die Sandale aus. »Wie nimmt sie es auf?«

Noelle zögerte. Sie wusste nicht recht, wie viel sie preisgeben sollte. »Das lässt sich noch nicht sagen. Sie ist erst fünf.«

»Während meiner Assistenzzeit habe ich es mit vielen Kindern dieses Alters zu tun gehabt.« Er sprach sanft und schien ihr Bedürfnis nach beruhigenden Worten zu verstehen. »Es ist überraschend, wie widerstandsfähig sie sind.«

Sie nutzte die Gelegenheit, um das Thema zu wechseln. »Wo haben Sie Ihre Assistenzzeit absolviert?«

»Am Columbia Presbyterian.«

Noelle war verblüfft. Ein so renommiertes Krankenhaus! Ehe sie sich zurückhalten konnte, platzte sie damit heraus: »Entschuldigen Sie, aber was hat Sie dann nach Burns Lake verschlagen?«

Sofort bereute sie ihre Neugier. Sie war unhöflich, und seine Beweggründe gingen sie nichts an.

Aber Hank schien sich nicht im Mindesten daran zu stören. Er lächelte nur wie jemand, der Fragen in dieser Richtung gewohnt war. Aus der Nähe sah sie, dass seine Augen haselnussbraun waren, fast wie starker Tee. Im grellen Licht der Leuchtstoffröhre warfen seine langen Wimpern Schatten auf seine leicht sommersprossigen Wangenknochen. Er sah aus, als verbrächte er ziemlich viel Zeit im Freien, und sie fragte sich unwillkürlich, welche Hobbys ein viel beschäftigter Hausarzt haben mochte, der nicht einmal Zeit hatte, zum Friseur zu gehen. Fischen? Nein, dazu war er nicht der Typ. Joggen vielleicht.

*Sportlich gebaut ist er ja.* Sie errötete bei der Richtung, die ihre Gedanken nahmen.

»Der beste Weg, darauf zu antworten, ist der, zu fragen, was ich überhaupt in der Park Avenue gemacht habe.« Er lachte freudlos. »Ich habe neun Jahre dort praktiziert, neun nicht so tolle Jahre, aber es war einfach nicht mein Ding. Ich bin in einer Kleinstadt in Kansas aufgewachsen, einem Ort, dem ich mein ganzes Leben entfliehen wollte. Und jetzt bin ich freiwillig in den verhassten ›Kleinstadtmief‹ zurückgekehrt. Na, ist das kein Klischee?«

»Dann sind wir schon zwei«, gestand sie ihm. »Ich bin hier in Burns Lake geboren und aufgewachsen und im Alter von zehn Jahren mit meiner Mutter nach New York gezogen. Verstehen Sie mich nicht falsch; es war in vieler Hinsicht eine großartige Erfahrung. Trotzdem konnte ich es in der ganzen Zeit dort nicht erwarten, zurückzukommen.« Noelle war überrascht, als sie realisierte, dass sie lächelte. »Haben Sie Kinder?«

Er schüttelte den Kopf. »Meine Frau wollte keine.«

Noelle war absurderweise enttäuscht, als sie erfuhr, dass er verheiratet war.

»Nicht jede Frau ist zur Mutter geboren«, entgegnete sie lahm.

»Wir hatten eine Familie geplant, aber nachdem wir ein paar Jahre verheiratet waren, änderte sie ihre Meinung. Offen gestanden war das einer der Gründe für die Scheidung.« Diesmal erreichte das Lächeln seine Augen nicht. »Kathryn ist Dozentin für Frauen-Fortbildung an der Universität von New York. Unnötig, darauf hinzuweisen, dass sie sehr politisch ist. Irgendwann gelangte sie zu der Überzeugung, dass Kinder nur ein Werkzeug wären, mit dessen Hilfe Männer ihre Frauen versklaven.«

»Was für eine schreckliche Sichtweise.« Er war also geschieden. Nicht, dass es eine Rolle hätte spielen dürfen, aber irgendwie freute es sie.

»Das finde ich auch.« Hank stand auf und ging zu einem Schrank. Er kramte in einer Schublade. »Es wird nicht lange dauern«, sagte er. »Ich lege nur eine elastische Bandage an. Kühlen Sie den Knöchel mit Eis. Die Schwellung müsste bis morgen weg sein. Wenn nicht, möchte ich, dass Sie noch einmal herkommen. Bis dahin ...« – er warf ihr einen schelmischen Blick zu – »... sollten Sie nicht versuchen, weitere Türen einzutreten.«

Noelle hätte ihm gerne noch mehr erzählt. Der Gedanke, nur eine weitere Patientin zu sein, die sich an seiner Schulter ausweinte, war mehr, als sie ertragen konnte. Aber sie zwang sich zu einem Lächeln und entgegnete schlicht: »Versprochen.«

Mit bandagiertem Knöchel glitt sie vom Tisch und achtete darauf, den verstauchten Fuß möglichst wenig zu belasten. Sie humpelte bereits auf die Tür zu, als Hank einen altmodischen hölzernen Stock aus einem Schrank nahm, den er ihr zwinkernd reichte. »Hier, den brauchen Sie vielleicht. Der eignet sich wunderbar dazu, Ex-Ehemännern den Schädel einzuschlagen.«

Als sie und Nana auf der Heimfahrt waren, hatte das Pochen in Noelles Fuß Gott sei Dank nachgelassen. Sie war nicht sicher, inwieweit dies der Bandage oder Hank selbst zu verdanken war. Sie spielte ihr Gespräch in Gedanken noch einmal durch. War er nur nett, ein Arzt, der gern ein wenig mit seinen Patienten plauderte, oder war sein Interesse echt gewesen? Sie konnte einen Freund brauchen. Vor allem jetzt. Aber wenn er mehr wollte, würde sie ihm sagen müssen, dass sie im Augenblick unmöglich ...

Als sie in die Larkspur Lane einbog, verflogen alle Gedanken an Hank Reynolds schlagartig, als sie den blauen Lexus ihrer Mutter in der Auffahrt stehen sah.

Mary, in engen Jeans und einer weißen Baumwollbluse, hob gerade einen offenbar sehr schweren Karton aus dem Kofferraum. Als sie Noelles Wagen hörte, richtete sie sich auf und drehte sich um.

Noelle stieg aus, um sie zu begrüßen, und verzog das Gesicht, als sie zu fest mit dem bandagierten Fuß auftrat. »Mom, was tust du denn hier? Und was ist das?« Sie zeigte auf das Gepäck und die Kisten auf dem Rasen.

Sie musste nicht eben begeistert geklungen haben, da ihre Mutter sich sichtlich versteifte. »Wonach sieht es denn aus? Ich ziehe ein.« Sie lachte scheinbar sorglos, womit sie aber niemanden täuschen konnte. »Natürlich nicht für immer. Nur bis alles vorbei ist.«

Noelle war zu verdutzt, um hierauf etwas zu erwidern. Ihre Situation war ihrer Mutter so wichtig, dass sie ihre Karriere dafür auf Eis legte? Dass sie ihre Meinungsverschiedenheiten mit Nana zurückstellte? Unglaublich. Erstaunlich. Fast ...

... *zu schön, um wahr zu sein.* Auf die erste Freude folgten prompt Zweifel. Ganz sicher meinte Mary es gut, aber wie lange würde sie durchhalten? Bis zur ersten Krise im Büro? Bis ein Kunde laut genug krähte, sodass sie zu ihm eilte? Unbehagliche Stille senkte sich herab. Als Noelle schließlich sprach, klangen ihre Worte lahm und unaufrichtig. »Wow. Klasse.«

Marys Lächeln war nicht minder gezwungen. »Ich habe meinen Computer bereits im Gästezimmer aufgestellt. Ich kann von hier aus arbeiten und im Bedarfsfall in die Stadt fahren.«

Noelle nickte in Richtung der Kartons. »Ich würde dir ja tragen helfen, aber ich habe mir den Knöchel verstaucht.«

Mary blickte auf Noelles Fuß. Der Ausdruck gezwungener Fröhlichkeit auf ihrem Gesicht wurde von einem ehrlicher Sorge abgelöst. »O Liebes, wie um alles in der Welt ... bist du sicher, dass nichts gebrochen ist?«

»Ich bin sicher«, entgegnete Noelle kurz angebunden.

Sie warf einen Blick auf ihre Großmutter. Sofern Nana wusste, was es mit dem plötzlichen Entschluss ihrer Mutter auf sich hatte, ließ sie sich hiervon nichts anmerken. Nana begrüßte ihre Tochter mit einem Kuss auf die Wange. »Du siehst aus, als könntest du ein Glas Eistee vertragen. Wie war die Fahrt?«

»Ganz okay.« Mary schien sich etwas zu entspannen. »Und, ja, ich habe wirklich Lust auf ein Glas Eistee.«

Als ihre Mutter ihre ganzen Sachen nach oben gebracht hatte, humpelte Noelle, schwer auf das Geländer gestützt, die Treppe hinauf. Mary hatte das Zimmer gegenüber von ihrem belegt, ihr altes Kinderzimmer. Noelle ließ sich auf das Bett sinken und sah schweigend zu, wie ihre Mutter mit beinahe militärischer Ordnung ihre Kleider in den Schrank räumte: Kleider auf der einen Seite, Hosen in der Mitte und dann Blusen nach Farbe sortiert. Nach einigen Minuten hielt sie die greifbare Spannung nicht länger aus.

»Es tut mir Leid, wenn ich nicht gerade in Begeisterungsstürme ausgebrochen bin«, sagte sie. »Du hast mich nur überrumpelt. Als du sagtest, du wolltest mir helfen, hätte ich nie erwartet ...« Noelle brach ab; sie wagte nicht, auszusprechen, was sie dachte. Es konnte Tage, ja Wochen dauern, bis alles geklärt war. Konnte sie tatsächlich darauf bauen, dass ihre Mutter bis zum Ende ausharrte?

»Ich bin hier. Das ist alles, was zählt, oder?« Mary öffnete eine weitere Kiste und nahm einen Schuhkarton heraus, dunkelblau mit dem unverwechselbaren Polo-Logo. Ein Lederkoffer lag offen neben Noelle auf dem Bett; er roch ganz leicht nach Sonnenmilch. Eine Erinnerung an den Urlaub, den Mary erst kürzlich in St. Maarten verbracht hatte.

Noelle ließ den Blick durch das Zimmer gleiten, auf die Chintz-Vorhänge und die passende Tagesdecke, das Einbauregal mit den gesammelten Ausgaben von *Reader's Digest* und *National Geografic.* Auf der Kommode standen verschiedene teure Parfumflaschen auf einem Spiegeltablett, eine für jedes Weihnachtsfest, an dem Tante Trish nichts Originelleres eingefallen war.

Ihrer Mutter musste dieses Zimmer, dieses Haus, wie ein paar Schuhe vorkommen, das nicht mehr passte. Abgesehen vom Curlycue Café, das das genaue Gegenteil von elegant war, gab es in ganz Burns Lake kein einziges annehmbares Restaurant. Schon für einen Càffelatte musste man zwanzig Minuten Fahrt bis zum Starbucks in Schenectady in Kauf nehmen. Wie lange würde es dauern, bis sie in die Stadt zurückkehrte?

»Also, es ist wirklich lieb von dir, herzukommen«, sagte Noelle linkisch.

»Ich tue das nicht, um ›lieb‹ zu sein.« Marys Tonfall klang freundlich, aber sie hielt den Blick abgewandt. Sie bewegte sich in einem nahtlosen Rhythmus, der auf unheimliche Art an Nana erinnerte, zwischen Koffer, Kommode und Schrank.

»Wir alle können nicht viel tun, bis wir von Lacey hören.«

»Du brauchst Hilfe hier im Haus. Und bei Nanas Pflege. Außerdem wirst du mit deinem Fuß in deiner Bewegungsfreiheit eingeschränkt sein.« Mary klang etwas schroff.

»Die Schwellung wird in ein paar Tagen weg sein.«

Mary wandte sich langsam ihrer Tochter zu. In diesem Augenblick hätte sie wahrhaftig Noelles ältere, elegantere und weltgewandtere Schwester sein können. Dann registrierte Noelle die kleinen Fältchen um Augen und Mund, wie Knitterfalten in feiner Leinenwäsche, und die einzelnen silbernen Haare in ihrem rotbraunen Haar. Sie sah traurig aus.

»O Liebes, ich weiß, dass ich nicht immer ...« – Mary schluckte – »... nicht immer da war, wenn du mich gebraucht hast. Aber ich möchte jetzt für dich da sein. Gibst du mir diese Chance?«

Noelle wünschte, sie könnte wieder Kind sein und sich auf dem Schoß ihrer Mutter zusammenrollen. Sie sehnte sich danach, Marys Hand auf ihrer Stirn zu fühlen und den Singsang ihrer Stimme zu hören, die ihr eine Gutenachtgeschichte vorlas. Ihre Mutter hatte sie geliebt ... in kleinen, lieblichen Augenblicken, die wie Blumen waren, die erst erblühten und dann rasch welk wurden. Vielleicht war es gut, dass sie gekommen war. Vielleicht konnte sie ihr wirklich helfen. Tränen traten Noelle in die Augen, und sie ließ hastig den Kopf sinken, damit Mary sie nicht sah.

»Natürlich«, sagte sie leise. Sie war froh, dass Mary keine Anstalten machte, sie zu umarmen. Fürs Erste war es genug, dass sie in diesem Zimmer saßen, ein offener Koffer zwischen ihnen.

Das Flurtelefon läutete. Noelle nahm ihren Stock und rappelte sich auf, um ranzugehen.

Es war Lacey. Gott sei Dank. »Wir haben einen Termin.« Sie klang atemlos und war vor lauter statischem Knistern kaum zu verstehen. *Verdammte Handys; es sollte zur Regel werden, dass man wichtige Anrufe von einem festen Apparat aus tätigte.* »Donnerstagmorgen ganz früh. Wir treffen uns Mittwochnachmittag in meinem Büro, um die Einzelheiten zu besprechen.«

»Lacey, ich ...« Noelle setzte an, ihr von der furchtbaren Szene bei Robert zu erzählen, kniff aber im letzten Moment. »Danke.«

Ihr Verstand und ihr Herz rasten gleichermaßen. Noch zwei Tage, dachte sie. Noch zwei ganze Tage ohne Emma. Würde sie diese endlose Zeit durchstehen?

# Kapitel 5

Mary starrte fassungslos auf den offenen Karton vor ihr auf dem Fußboden. Was um alles in der Welt hatte sie nur bewogen, herzukommen? In ihrem Büro in der Madison Avenue, als sie es ihren Angestellten erklärt hatte, war ihr noch alles einigermaßen vernünftig erschienen. Aber hier in ihrem Kinderzimmer in der Larkspur Lane, auf ihrem Jungmädchenbett mit dem Kopfende aus Ahorn mit dem Namen Mrs Charles Jeffers, den sie mit vierzehn mit dem Taschenmesser in das Holz geritzt hatte, kam es ihr lächerlich vor.

In ihrem Job konnte sie sich keine längere Abwesenheit erlauben. Sie hatte Konten zu überwachen. Kunden, die von ihr abhängig waren. Lucianne Penrose zum Beispiel. Lucianne mit ihren fünfundzwanzig Diätzentren und einem sechsundzwanzigsten, das im kommenden Monat eröffnen sollte. Wenn Lucianne sie zum allerersten Mal in einem so genannten Notfall nicht würde erreichen können, würde sie ausrasten. Im Fernsehen mochte die einstmals fettleibige Hausfrau, die heute Kleidergröße 36 trug, wie die heilige Schutzpatronin der Dicken wirken, aber im wirklichen Leben war sie eine Plage.

Und Lucianne war nicht die Einzige. Da war noch Madison Phillips von Phillips, Reade & White, ein Investment-Unternehmen, das sich auf »intergenerationelle Transfers« spezialisiert hatte. Es war ihr Job, die Publicity der Firma zu managen, ohne dass man etwas davon merkte, vornehmlich indem sie Artikel in der *Daily News* und dem *Wall Street Journal* platzierte. Madison mit seiner silbernen Mähne und seiner Vorliebe für kubanische Zigarren, der einmal beim Blick aus dem Fenster seines Wall-Street-Büros im 34. Stock in Bezug auf den Anleger der Fähre von Staten Island bemerkt hatte: »Es ist eine verdammte Schande, dass nichts gegen diesen Schandfleck unternommen wird.« Es würde dem alten Mann nicht gefallen, zu erfahren, dass sie vorübergehend ihr Büro in eine Stadt verlegt hatte, die nach seinem Verständnis auf keiner Karte zu finden war.

Und sie wollte gar nicht an die potentiellen (oder wahrscheinlichen) Katastrophen denken, die sich bei einer Organisation des Banketts in Rene's Room aus der Ferne ergeben würden. Hollywood-Mogul Howard Lazarus hatte die Wohltätigkeitsstiftung im Namen seiner geliebten Frau Rene gegründet, die an Brustkrebs gestorben war, und das alljährliche Bankett, mit dem Ziel, Spenden für die Stiftung aufzubringen, galt als *die* Veranstaltung der Saison. In diesem Jahr wurden über zweitausend prominente New Yorker erwartet, ganz zu schweigen von einigen Hollywood-Größen. Und wer war mit der Planung des Events beauftragt worden? Eine falsche Bewegung, und die Veranstaltung geriet zum Fiasko und stürzte sie ins Verderben.

Der einzige Mensch, der sie zu verstehen schien, war Simon, aber was sagte das über ihr Leben aus? »Lass dir so viel Zeit, wie du brauchst«, hatte ihr Freund ihr über das Telefon aus Seattle ins Ohr geschnurrt. »Ich bin sowieso bis Monatsende hier, und wer weiß, wohin ich danach muss. Wenigstens habe ich dann nicht das Gefühl, dich zu vernachlässigen.«

»Hältst du mich für verrückt?«, hatte sie gefragt.

»Nicht verrückter als die meisten anderen«, entgegnete Simon eilig, was sie jedoch nicht hatte beruhigen können.

*Verrückt?*, sagte sie sich jetzt mit einem trockenen, spöttischen Lachen. *Wenn Wahnsinn an der Börse gehandelt würde, wäre ich einer der größten Aktionäre.* Wann hatte sie das letzte Mal auf den Rat ihrer Mutter gehört? Sie hätte wenigstens vorab mit Noelle sprechen sollen, die keinen Hehl daraus gemacht hatte, dass sie nicht eben begeistert war von ihrem Einfall. Hätte sie das getan, würde sie jetzt nicht hier sitzen und sich vorkommen, wie der Welt größter Idiot.

*Was hast du erwartet, dass dir zu Ehren ein Blasorchester die Main Street heruntermarschiert?*, spottete eine Stimme. Dreißig Jahre ließen sich nicht an einem Tag wieder gutmachen. Im Übrigen war ihr Herz am richtigen Fleck, auch wenn man das von ihr selbst nicht unbedingt behaupten konnte.

Sie würde die Stürme, die ihr bevorstanden, durchstehen müssen. Und Robert würde sicher nicht für alle Schwierigkeiten verantwortlich sein. Doch zuerst galt es, das weitere Auspacken auf später zu verschieben, um sich ein Bild der Lage zu machen.

Mary erhob sich seufzend. Sie war verschwitzt von der Fahrt und so durstig, dass sie einen ganzen Krug Eistee in sich hätte hineinschütten können. Die Aussicht auf einen langen heißen Sommer in Burns Lake war in etwa so verlockend wie ein Marsch durch den ecuadorianischen Urwald. Hinzu kam, dass ihre Mutter eine fast pathologische Abneigung gegen Klimaanlagen hegte. Doris meinte, diese Luft »aus der Dose« sei der beste Nährboden für allerlei Keime. Mary und ihre Schwester hatten sich in stickigen Sommernächten, in denen sie keinen Schlaf gefunden hatten, mit dem Ventilator abgewechselt, der von der Fensterbank aus warme Luft auf das eine oder andere Bett geblasen hatte.

Mary überlegte, ob sie ihre Schwester anrufen sollte. Oder sollte sie nach dem Mittagessen gleich rüberfahren, um Hallo zu sagen? Trish würde sich jedenfalls ehrlich freuen, sie zu sehen. Außerdem war der Buchladen klimatisiert. Trish hatte es zwar nicht geschafft, Burns Lake zu verlassen, so wie sie es sich in ihrer Kindheit erträumt hatte, aber wenigstens war es ihr gelungen, viele der antiquierten Wertvorstellungen abzustreifen, mit denen sie aufgewachsen waren.

Mary stieg gerade die Treppe hinunter, als sie aus der Küche eine tiefe männliche Stimme hörte, die sie sofort wiedererkannte. *Charlie.* Ihr Herz tat einen Sprung. Sie schloss die Augen und lehnte sich gegen den Treppenpfosten. Aber warum sollte sein Besuch sie überraschen? Er war Noelles Vater. Es war nur natürlich, dass er helfen wollte. Charlie würde niemand sagen müssen, was zu tun war.

Auf dem Weg den Flur hinunter zur Küche war Mary jeder einzelne Schritt bewusst, so wie damals, in einer anderen Zeit, da sie Wiesen und Bach überquert hatte auf dem Weg zu Charlie. In der Küchentür blieb sie einen Moment stehen beim Anblick ihres Ex-Mannes, der locker am Tisch saß, seinen Stuhl auf den zwei hinteren Beinen balancierend und ein langes in Jeans gekleidetes Bein auf der Armlehne des Nebenstuhls aufstützend. Doris und Noelle saßen ihm gegenüber, instinktiv vorgebeugt wie erschöpfte Wanderer, die sich an einem kalten Abend am Feuer wärmten. Sie unterhielten sich leise, eine Familie, die ein Problem besprach und Möglichkeiten abwog. Mary wurde plötzlich von Verzweiflung erfasst und fühlte sich wie ein Außenseiter, ja fast wie ein *Eindringling*.

Charlie sah auf, und ihre Blicke trafen sich. Der Moment schien sich endlos hinzuziehen. Schließlich räusperte er sich.

»Mary.«

Sein Stuhl schabte über das abgewetzte grüne Linoleum, er stand auf und kam zu ihr. Er war größer, als sie ihn in Erinnerung hatte. Immer noch schlank und geschmeidig, wenn auch mit breiterer Brust und etwas fülliger um die Taille. Sein kurzes schwarzes Haar war von Grau durchzogen. Die Jahre hatten auch auf seinem schmalen kantigen Gesicht ihre Spuren hinterlassen und manche Falte in die dunkle Haut gegraben. Nur die faszinierenden ocker-grünen Augen von der Farbe eines schattigen Teiches waren unverändert.

»Hallo, Charlie.« Etwas anderes fiel ihr nicht ein. Vielleicht lag es an der langen Fahrt oder an der Sorge, was die kommenden Wochen bringen mochten ... Oder es lag an Charlie selbst, der leibhaftigen Erinnerung an ihre Jugend, an die glücklichste und gleichzeitig schmerzlichste Zeit ihres Lebens.

Charlie zögerte, als überlegte er, ob er sie auf die Wange küssen sollte oder nicht. Schließlich reichte er ihr die Hand. Sein Händedruck war fest und trocken. »Ich habe deinen Wagen in der Auffahrt gesehen. Noelle sagte, du wolltest eine Weile bleiben.«

»Je nachdem.« Mary warf einen schüchternen Blick auf Noelle. »War das Lacey am Telefon?«

Ihre Tochter nickte. Sie wirkte angespannt. »Wir haben am Donnerstag einen Gerichtstermin. Aber auch wenn der Richter zu meinen Gunsten entscheidet, wäre das nur vorübergehend. Der eigentliche Scheidungsprozess kommt erst noch. Robert meint es ernst – er wird mir Emma nicht kampflos überlassen.«

Charlie legte ihr seine kräftigen Hände auf die Schultern. »Vergiss nicht, Liebes, dass Justitias Waage zwei Waagschalen hat. Außerdem wird er es nicht nur mit dir zu tun bekommen.« Als sie den harten Ausdruck auf seinem Gesicht sah, fragte sich Mary, was er wohl tun würde, wenn Robert in diesem Moment hereinkäme. Er warf einen Blick auf Doris. »Ich möchte auf Ihr Angebot mit dem Eistee zurückkommen, Mrs Quinn, ohne Zucker bitte und mit viel Eis.«

»Ich weiß schon, wie du deinen Tee magst.« Doris klang brummig, war aber sichtlich erfreut, sich nützlich machen zu können. Sie stemmte sich aus ihrem Stuhl. In ihrem blassblauen Hosenanzug, das weiße Haar zu einem strengen Knoten geschlungen, hätte sie auch unterwegs sein können zu einem Treffen des Damen-Kirchenvereins. Und auch wenn sie sich langsamer bewegte als in den vergangenen Jahren, strahlte sie dabei doch eine Art steifer Würde aus.

Welche Ironie, dachte Mary, dass der einstmals verstoßene

Charlie hier inzwischen mehr zu Hause ist als ich selbst. Doris wusste sogar, wie er seinen Tee mochte. Andererseits war das ganz natürlich. Während Mary jahrelang zwischen Burns Lake und dem vierzig Meilen entfernten Danville College hin und her gependelt war, hatte sich Charlie nicht weggerührt, war im Ort verwurzelt geblieben wie ein Baum. Er hatte zweifellos hart gearbeitet und doch immer Zeit für Noelle gehabt. Und auch jetzt, da sie längst erwachsen war, bestand zwischen beiden noch eine enge Bindung. Das Gleiche galt für Emma. Bei der Taufe war Mary das Strahlen ihrer Enkeltochter nicht entgangen, als ihr Großvater sie auf den Arm genommen hatte. Und sie war ein wenig neidisch gewesen, weil sie selbst für das kleine Mädchen wenig mehr gewesen war als eine Fremde.

Sogar Doris schien eine widerwillige Zuneigung zu ihm entwickelt zu haben. Lag es an Charlies natürlichem Charme? Oder wurde ihre Mutter im Alter milder? Woran auch immer es lag, jedenfalls kamen sie heute deutlich besser miteinander aus, woran sie selbst sich allerdings erst noch gewöhnen musste.

»Und, hat Lacey schon ein Gefühl, wie es laufen wird?«, fragte sie.

Noelle schüttelte den Kopf und blickte mit bedrückter Miene zu Charlie auf. »Dad, ich habe solche Angst. Emma muss glauben, ich hätte sie im Stich gelassen.«

Er drückte mit einer Hand ihre Schulter. »Nein, Liebes. Dazu kennt sie dich zu gut. Außerdem wirst du sie sehen. Auch wenn ...« – er räusperte sich – »... es nicht gleich so läuft wie wir alle hoffen.«

Seine Worte hingen in der schwülen Luft. Noelle antwortete nichts darauf. Das brauchte sie auch gar nicht. Die nackte Angst stand ihr ins Gesicht geschrieben. Marys Herz zog sich zusammen. Sie kannte dieses Gesicht. Vor langer Zeit hatte es ihr aus dem Spiegel entgegengeblickt.

»Denk immer daran, dass du nicht allein bist«, sagte sie sanft und streichelte tröstend den Arm ihrer Tochter. »Dein Vater und ich, Tante Trish und Nana ... wir alle werden dir nicht von der Seite weichen.«

»Und deine Schwester«, sagte Charlie schmunzelnd. »Als Bronwyn erfahren hat, dass du dir den Knöchel verstaucht hast bei dem Versuch, Roberts Tür einzutreten, musste ich sie beinahe gewaltsam davon abhalten, rüberzufahren und zu beenden, was du angefangen hast.«

So war es also passiert. Mary fühlte mütterlichen Stolz in sich aufsteigen und dachte: *Gut gemacht, Noelle.* Gleichzeitig verletzte es sie, dass ihre Tochter sich zuerst Charlie anvertraut hatte. Tatsächlich kam ihr das alles vor wie ein grausamer Witz. Wie oft hatte sie sich diese Szene vorgestellt – sie drei an einem Küchentisch wie eine ganz normale Familie. Und jetzt war die Realität, diese Realität, schmerzlicher als die Jahre der Trennung.

Mary holte tief Luft und zauberte ein Lächeln auf ihr Gesicht. »A propos Schwestern, ich wollte zu Trish rüberfahren.« Sie wandte sich Noelle zu und fügte beiläufig, vielleicht zu beiläufig, hinzu: »Möchtest du nicht mitkommen?«

»Danke ... aber ich bin etwas müde.« Noelle senkte den Blick.

Sie sieht tatsächlich müde aus, dachte Mary. Und wie auch nicht, in Anbetracht des Tages, der hinter ihr lag. Vielleicht war es sogar unsensibel von ihr gewesen, zu fragen.

»Das ist dann mein Stichwort.« Charlie kippte den Rest seines Tees hinunter und stellte das Glas zurück auf den Tisch. »Danke, Mrs Quinn. Tut mir Leid, dass ich nicht länger bleiben kann, aber ich muss zurück in die Redaktion und mich dem Layout für die morgige Ausgabe widmen.«

»Ich bringe dich noch zum Wagen, Dad.« Noelle machte Anstalten aufzustehen.

Charlie drückte sie sanft aber bestimmt zurück auf ihren Stuhl. »Nein, Liebes. Du schonst deinen Fuß. Ich rufe dich heute Abend an, nachdem ich wie besprochen ein bisschen nachgeforscht habe.«

Nachgeforscht? Suchten sie nach schmutzigen Machenschaften von Robert? Mary erinnerte sich vage, dass da etwas gewesen war, aber es wollte ihr nicht einfallen. Sie hätte Charlie liebend gern gefragt, was er genau gemeint hatte, aber er hatte es offensichtlich eilig. Und so brachte sie ihn nur zur Tür.

»Sehen wir uns Donnerstag?«

»Hast du nicht Lust, mich jetzt gleich auf eine kurze Führung durch die Räume des *Register* zu begleiten«, bot Charlie ihr locker an. »Ich glaube, du würdest die Büros nicht wiedererkennen.«

»Der ganze Ort ist gewachsen«, bemerkte Mary.

»Das liegt an den neuen Ferienwohnungen um den See. Das hat viele Sommergäste hergebracht.« In Charlies Stimme schwang ein bitterer Unterton mit, und sie erinnerte sich, dass Van Doren & Sons hinter dem Bauboom der letzten Jahre steckte.

»Na ja, jedenfalls hätte ich große Lust mitzukommen.« Die Worte waren ihr herausgerutscht, ehe sie wusste, was sie da sagte. »Ich kann vom *Register* aus zu Fuß zum Buchladen gehen.«

Erst als sie das Haus verließen, wurde ihr bewusst, wie angespannt sie gewesen war. Sie atmete hörbar aus.

Charlie, der ihr voraus ging, warf ihr über die Schulter hinweg einen wissenden Blick zu. »Es macht dir immer noch zu schaffen, oder?«

»Was?«

»Dieses Haus. Deine Mutter.«

»Nur wenn ich nach unten sehe.«

»Warte ein paar Tage, dann wird es dir nicht mehr vorkommen wie ein Drahtseilakt.«

»Wer sagt das?«

»Ich habe damit so meine Erfahrung gemacht.«

Mary wusste, dass er an seine Eltern dachte. »Ich habe von

deiner Mom gehört«, sagte sie leise. »Es tut mir Leid. Ich hoffe, sie hat nicht gelitten.«

»Gott sei Dank nicht. Am Ende ist sie friedlich eingeschlafen. Und vor allem nüchtern.«

Mary ging durch den Kopf, welch grausame Ironie des Schicksals es doch war, dass Pauline Jeffers nach zehn Jahren bei den AA an Leberversagen gestorben war. Sechs Jahrzehnte als starke Trinkerin waren eben nicht spurlos an ihr vorbeigegangen. »Und wie geht es deinem Dad?«

»Er verbringt die meiste Zeit im Seniorenzentrum und zieht alten Freunden beim Poker das Geld aus der Tasche, aber er packt es. In dieser Hinsicht ist Dad wie deine Mutter, nicht kleinzukriegen.« Charlie nickte in Richtung des Hauses. »Sie sieht ein wenig besser aus, findest du nicht? Es gab eine Zeit, da waren wir nicht sicher, ob sie es schafft.«

»Doris? Die wird uns noch alle überleben.« Mary lachte trocken, was aber den Tumult widerstreitender Gefühle angesichts der Tatsache, dass sie wieder ihrer Mutter ausgeliefert war, nicht verdecken konnte.

Charlie ließ sich schon gar nicht täuschen. Er spürte, was in ihr vorging, und setzte zu einer Erwiderung an, überlegte es sich dann aber im letzten Moment noch anders. »Der Rasen müsste gemäht werden«, bemerkte er, als er durch den Vorgarten abkürzte auf dem Weg zu seinem dreckbespritzten Chevy Blazer. »Ich schicke einen von den Jungs vorbei.«

Mary brauchte einen Moment, um zu realisieren, dass er einen der Bürojungen vom *Register* meinte, eine Stelle, die er selbst in seiner Anfangszeit in der Redaktion innegehabt hatte. Eine weitere Ironie in seinem Leben.

»Ich komme mit meinem Wagen nach«, rief sie ihm zu.

Er zuckte die Achseln. »Du kennst ja den Weg.«

Minuten später hielt sie vor dem vertrauten Backsteingebäude in der Chatsworth Avenue. Vor fünf Jahren, als Charlie Ed

Newcombe ausbezahlt hatte, war das Haus leicht heruntergekommen gewesen. Inzwischen war die alte Fassade sandgestrahlt und die Fensterläden und -umrandungen waren leuchtend grün gestrichen worden. Sogar das mickrige Efeu, mit dem früher die Blumenkästen bepflanzt gewesen waren, war bunten Geranien und Kapuzinerkresse gewichen.

Auch im Inneren des Gebäudes hatte sich die verschlafene Atmosphäre in rege Betriebsamkeit verwandelt. In der Redaktion im ersten Stock standen mindestens ein Dutzend Schreibtische, und an einer Wand befanden sich mehrere durch Glaswände abgetrennte kleine Büros. Sie dachte zurück an die alten Zeiten, während Charlie ihr von den Reporter-Veteranen erzählte, die sich nichts dabei gedacht hatten, zwei oder drei Stunden Mittagspause zu machen. Heute arbeitete in der Redaktion ein Team dynamischer Männer und Frauen, von denen die meisten aussahen, als kämen sie frisch vom College. Der Lärm war unbeschreiblich, eine Kakophonie von Tastengeklapper, Telefonschrillen und Stimmen, die einander über unordentliche Schreibtische hinweg zuriefen. Sie wollte sich lieber nicht vorstellen, was sie noch erwartete, wenn Charlie ihr die Druckerpressen im Untergeschoss zeigte.

»Gestern Nacht hat es im Lagerhaus von Mackie Foods gebrannt.« Charlie erhob die Stimme, um sich über den Lärm hinweg verständlich zu machen. »Es heißt, es könnte Brandstiftung gewesen sein. Ich habe zwei meiner besten Reporter rausgeschickt. Stan!« Er winkte einen jungen Mann mit hängenden Schultern und einem rostfarbenen Haarschopf herbei. »Was hast du vom Nachtwächter erfahren? Hat er irgendetwas Verdächtiges bemerkt?«

Der junge Bursche trat von einem Fuß auf den anderen und kratzte sich mit dem Radiergummi seines Bleistifts die sommersprossige Nase. »Ich habe mit beiden Wachleuten gesprochen. Dem Typ, der die Schicht von fünf bis zwölf macht, und seinem

Kollegen, der ihn um Mitternacht ablöst«, berichtete er. »Ersterer, ein Mr Bluestone, behauptet, er hätte die ganze Zeit im Kontrollraum gesessen und die Aufnahmen der Überwachungskameras verfolgt, ohne dass ihm das Geringste aufgefallen wäre. Der zweite, ein gewisser Mr ...« – Stan warf einen Blick in das Notizbuch, das er in der Hand hielt – »T.K. Reston, seine Freunde nennen ihn Tuck, hat mir im Vertrauen gesteckt, dass dieser Bluestone bei der Arbeit schon mal einnickt.«

»Versuch Kopien der Bänder aus den Überwachungskameras vom Brandmeister zu bekommen«, befahl Charlie. »Möglicherweise ist was Interessantes drauf.«

»Bin schon dabei, Chief.« Stan salutierte lässig und steuerte dann seinen Arbeitsplatz an.

In Charlies Büro, das aufgrund der Glasscheiben ringsum an ein Aquarium erinnerte, war es etwas ruhiger. »Setz dich.« Er zeigte auf den Stuhl vor seinem zerschrammten Eichenschreibtisch, ein Überbleibsel seines Vorgängers. Die Ablagen quollen über von unerledigtem Papierkram, und überall türmten sich Zeitungen. Rechts vom Computer stand eine alte Underwood-Schreibmaschine.

Mary zeigte auf sie. »Sag nicht, dass du das Ding noch benutzt.«

Charlie lachte in sich hinein. »Du wärst überrascht. Im vergangenen Winter, als bei dem schweren Sturm der Strom ausfiel, hat sie mir gute Dienste geleistet. Aber eigentlich behalte sich vor allem aus sentimentalen Gründen. Sie erinnert mich an die Zeit, als ich selbst nur ein Laufbursche hier war.«

»Ich bin beeindruckt. Und ich bin nicht leicht zu beeindrucken.« Mary blickte sich mit unverhohlenem Staunen um. »Du hast eine richtige Zeitung aus dem alten Blatt gemacht. Mit echten Journalisten und allem Drum und Dran.« Sie lächelte. »Keine Artikel mehr über Katzen, die aus irgendwelchen Bäumen gerettet wurden, nehme ich an.«

»Es gibt reichlich echte Nachrichten, auch in einer Stadt dieser Größe – man muss nur wissen, wo man suchen muss.« Er nahm einen Briefbeschwerer in die Hand, eine Geode mit glitzernden Kristallen auf der Innenseite, die an winzige spitze Zähne erinnerten. Er betrachtete das Gestein mit abwesendem, nach innen gekehrten Blick.

Sie dachte wieder an seine Bemerkung gegenüber Noelle. »Übrigens, in welche Richtung willst du Nachforschungen anstellen? Geht es um etwas, das ich wissen sollte?«

Seufzend stellte Charlie den Briefbeschwerer zurück und lehnte sich mit verschränkten Armen an seinen Schreibtisch. Sie kam nicht umhin, zu bemerken, dass er keinen Ring trug. Gab es eine neue Frau in seinem Leben? Oder hatte er beschlossen, dass er ihn lange genug getragen hatte? Immerhin war seine Frau schon acht Jahre tot.

»Ich weiß noch nicht recht. Vielleicht ist es ja nichts«, sagte er mit unergründlicher Miene. »Mein erster Impuls war der, rüberzufahren und den Mistkerl umzubringen. Gott sei Dank habe ich dann doch davon abgesehen und stattdessen etwas herumgeschnüffelt. Alles über Robert Van Doren, bis in seine Highschool-Zeit hinein.«

»Und?« Ihr Puls beschleunigte sich.

»Was ich bisher ausgegraben habe, wirft mehr Fragen auf als es Antworten liefert, fürchte ich.« Er drehte sich um und nahm eine Akte oben von einer überquellenden Ablage. »Hier, sieh selbst.«

Die Akte enthielt eine Reihe von Zeitungsartikeln, die von Mikrofilm kopiert worden waren. Der oberste stammte aus dem *San Francisco Examiner* vom 12. April 1972:

JUNGER MANN WEGEN VERGEWALTIGUNG ANGEKLAGT

Gestern Morgen hat die Polizei in Palo Alto einen Studenten der Stanford Universität verhaftet. Dem einundzwanzigjährige Justin McPhail wird die Vergewaltigung seiner 18-jährigen Kommilitonin Darlene Simmons zur Last gelegt. Beide hatten eine Party der Kappa-Alpha-Verbindung besucht. Als Simmons die Party mit McPhail und zwei seiner Freunde verließ, hatten alle reichlich Alkohol konsumiert. Simmons beschuldigt McPhail, sie auf dem Heimweg zu ihrem Wohnheim vergewaltigt zu haben.

Bei dem Polizeiverhör sagten McPhails Freunde, die zur Tatzeit nicht zugegen waren, der 21-jährige King Larrabie und der 20-jährige Robert Van Doren, dass sie nichts von dem angeblichen Verbrechen wüssten. McPhail sagte nur: »Wir hatten beide viel getrunken und fingen an, herumzualbern. Ich habe sie zu nichts gezwungen.« Zurzeit sitzt McPhail in U-Haft; ein Kautionsantrag wurde abgelehnt. Die Campus-Polizei in Stanford hat die Ermittlungen aufgenommen.

Die vage Erinnerung von vorhin nahm plötzlich Gestalt an: Corinnes Selbstmord. Was, wenn es ihnen gelang, einen Weg zu finden, ihn gegen Robert zu verwenden? Zusammen mit diesem Artikel würde es zumindest Argwohn gegen ihn wecken. Die Leute würden sich – so wie sie damals – fragen, ob er tatsächlich so unschuldig an Corinnes Tod gewesen war, wie er immer behauptet hatte.

»Wie kommt es, dass wir damals nichts davon gehört haben?«, fragte sie.

»Zum einen war es keine Lokalnachricht.« Charlie zählte die Gründe an den Fingern ab. »Zweitens gab es keinen Beweis dafür, dass Robert direkt in die Sache verwickelt war. Ich kann mich erinnern, damals Gerüchte gehört zu haben, dass es in Stanford Schwierigkeiten gegeben habe, aber ich brauche dir ja nicht erst zu sagen, dass die Van Dorens ein ziemlich zugeknöpfter Haufen sind.«

»Aber wenn er nichts mit der Sache zu tun hatte, warum dann diese ganze Geheimniskrämerei?«

»Gute Frage.«

»Glaubst du, er verbirgt etwas?«

»Vielleicht, vielleicht auch nicht. Könnte auch nur ein Zufall sein. Noch weiß ich nicht, was aus McPhail geworden ist, aber interessant ist, wo Larrabie heute ist.« Charlie nahm einen anderen Ausschnitt aus der Akte, diesmal aus dem Burns Lake *Register* vom 16. November 1998. Die Überschrift lautete:

REPUBLIKANER-KANDIDAT KING LARRABIE
IN DEN SENAT GEWÄHLT

Mary blickte auf. »Wie kommst du darauf, dass es eine Verbindung zwischen beiden gibt?«

»Wie ich schon sagte, zu viele Zufälle. Und ich glaube nun einmal nur sehr bedingt an Zufälle.« Er legte den Zeitungsausschnitt zurück in die Akte. »Hast du von dem neuen Super-Highway gehört, für den in Albany gestimmt wurde? Rate mal, wer der prominenteste Fürsprecher des Projektes war.«

»Larrabie?«

»Bingo. Und wer in Burns Lake wird am meisten von dem neuen Highway profitieren?«

Mary brauchte gar nicht erst zu fragen. Ihr Schwiegersohn hatte in den letzten Monaten von nichts anderem gesprochen als von der Cranberry Mall. Der Highway würde für die entscheidende Anbindung zu den umliegenden Orten sorgen, und das wiederum würde das Wachstum Burns Lakes ankurbeln. Aber was steckte noch dahinter, abgesehen vom geschäftlichen Umsatz? Mary überlegte angestrengt.

»Das Ganze klingt nicht ganz astrein«, sagte sie. »Aber das macht es noch nicht illegal.«

Charlie wölbte eine Braue. »Nein, aber was wäre, wenn Robert und Larrabie seit damals unter einer Decke stecken? Was, wenn sie mehr über die Vergewaltigung dieses Mädchens wissen, als sie zugegeben haben? Dann hätten sie allen Grund, aufeinander zu achten.«

Plötzlich fiel Mary etwas ein, es war wie ein kalter Luftzug, der durch einen Spalt weht. Robert hatte behauptet, am Abend von Corinnes Tod zu Hause gewesen zu sein. Was, wenn seine Eltern ihm ein falsches Alibi verschafft hatten?

Und sie erinnerte sich an noch etwas, an eine Bemerkung, die ihre Freundin ihr gegenüber gemacht hatte. Sie hatten in ihrem Zimmer auf dem Bett gesessen und von Robert gesprochen. Corinne hatte ein komisches Gesicht gemacht, so als wäre sie verwirrt und gleichzeitig etwas verängstigt. Sie hatte gesagt: »Alles lässt ihn völlig kalt, Mary. Ich will damit nicht nur sagen, dass er sich nicht kleinkriegen lässt, sondern dass ihn nichts, aber auch rein gar nichts, *berührt.*«

Was genau hatte sie gemeint? Dass ihm nie etwas Negatives widerfahren war? Oder dass er völlig gewissenlos war? In Anbetracht der Vorkommnisse der letzten Tage tippte sie eher auf Letzteres. Aber Skrupellosigkeit bei einer Scheidung war eine Sache, Mord hingegen ein völlig anderes Paar Schuhe.

Trotzdem fühlte Mary, wie sich ihre Nackenhaare sträubten. Es war dasselbe prickelnde Gefühl, wie wenn sich ihr beruflich eine einmalige Chance bot. »Ich dachte gerade an Corinne«, grübelte sie laut. »Erinnerst du dich an ihre Beerdigung? Wie kühl Robert war? Fast so, als wollte er sich von allem distanzieren.«

»Um ehrlich zu sein, kann ich mich genau nur noch an den Tag erinnern, an dem wir von ihrem Tod erfahren haben«, sagte er achselzuckend.

Natürlich, dachte sie. Wie sollte *einer* von ihnen diesen Tag je vergessen können? Das war der Tag gewesen, an dem sie Charlie verlassen hatte. Und auch wenn es nie ihre Absicht gewesen war, ihm wehzutun, ließ sich nicht leugnen, dass sie ihm großes Leid zugefügt hatte. Sie glaubte sogar, einen Funken des alten Schmerzes in seinen Augen aufflackern zu sehen.

Mary kämpfte gegen den Drang an, den Blick abzuwenden. »Was, wenn Robert mehr weiß, als er zugibt, nicht nur über die Vergewaltigung, sondern auch über Corinnes Tod?«

Abgesehen von einem kaum merklichen Anspannen des Unterkiefers, blieb Charlies Gesichtsausdruck neutral, nachdenklich. »Daran habe ich auch schon gedacht. Aber auch wenn wir Recht haben, können wir es nicht beweisen.«

»Und wenn doch?«

So war es zwischen ihnen immer gewesen. Immer wenn einer von ihnen einen Gedanken ausgesprochen hatte, hatte sich herausgestellt, dass der andere bereits ähnliche Überlegungen angestellt hatte. Früher hatten sie darüber gelacht. Heute fühlte sie sich unbehaglich bei der Erkenntnis, dass sich offenbar so wenig geändert hatte.

»Als Zeitungsmann müsste ich schon ziemlich überzeugende Beweise haben«, sagte er. »Und nach all den Jahren halte ich die Wahrscheinlichkeit, Licht ins Dunkel zu bringen, für sehr gering.«

Trotzdem hielt Mary daran fest. Sie lehnte sich eifrig vor. »Lass mich helfen, Charlie. Ich habe reichlich Zeit. Und ich bin weiß Gott vertraut mit der Sache.«

Charlie schüttelte den Kopf. »Sei mir nicht böse, aber du wärst nur im Weg. Und wie ich schon sagte, es ist lange her. Falls es je eine Spur gegeben hat, ist sie längst eiskalt.«

Mary runzelte ärgerlich die Stirn. »Ich mag ja nicht im Zeitungsgeschäft sein, das stimmt, aber ich verstehe etwas von Background-Recherchen. Wenn Robert etwas zu verbergen hat, weiß ich, wo ich suchen muss, das kannst du mir glauben.«

Er musterte sie nachdenklich. Im staubigen Licht, das schräg durch die Jalousien fiel, wirkte sein kantiges Gesicht aus demselben Stein gehauen wie die Pfeilspitzen seiner Irokesen-Vorfahren. Hatte er Bedenken, so eng mit ihr zusammenzuarbeiten? Fürchtete er genau wie sie, dass die alten Gefühle wieder durchbrechen könnten?

*Es ist dreißig Jahre her,* sagte eine innere Stimme verächtlich. *Wie kommst du darauf, dass du ihm noch etwas bedeutest?* Er hatte geheiratet, nicht sie, und aus dieser Ehe war ein Kind hervorgegangen. Im Übrigen ging es in dieser Sache nicht um sie und Charlie, sondern um ihre gemeinsame Tochter. Und um Emma. Das allein waren die Gründe, weshalb sie zurückgekehrt war und nicht, um Vergangenes aufzuwärmen.

Sie wusste, dass sie gewonnen hatte, als Charlie ganz beiläufig fragte: »Nur so, rein theoretisch, wo würdest du ansetzen?«

Mary überlegte angestrengt, und der Lärm um sie herum verblasste zu einem gedämpften Summen. Seltsamerweise stieg in ihr eine Erinnerung an Charlie und sie auf ihrem ersten Highschool-Ball auf. Sie trug ein blaues Satinkleid mit Spitzenrock darüber. Eine Lichtkugel warf silberne Lichtpunkte auf den Fußboden und an die Wände. Sie tanzten zu den Righteous Brothers, und Charlie hielt sie ganz fest. Er sagte etwas, das sie aufgrund der lauten Musik nicht ganz verstehen konnte. Sie nahm nur die Berührung seiner Lippen an ihrem Ohr wahr, seinen warmen Atem auf ihrer Wange. Sie erinnerte sich, ihn in diesem Moment so sehr geliebt zu haben, dass es wehtat, und ein süßer Schmerz war bis in ihre durch die ungewohnten hohen Absätze angespannten Wadenmuskeln gewandert.

Es gab noch andere Erinnerungen: an ihre von der Milch prallen Brüste, an die hungrigen Schreie ihres Babys in der Nacht, daran, wie sie unter der warmen Bettdecke hervorgekrochen war in die eisige Kälte. Erinnerungen, die die früheren unschuldigen so unwirklich erscheinen ließen wie Träume. Aber nie würde sie jenen Abend vergessen, an dem sie eng umschlungen mit Charlie getanzt hatte.

Als sie aus ihrer Träumerei erwachte, konnte sie ihm im ersten Moment nicht in die Augen sehen. Denn wenn er an ihren Augen ablesen konnte, was sie dachte, würde er auch wissen, wie oft sie in den vergangenen Jahren diese Erinnerungen hatte Revue passieren lassen, wie oft sie sich, wenn sie mit anderen Männern zusammen gewesen war, vorgestellt hatte, sie wären er.

»Ich könnte damit anfangen, dass ich mit Corinnes Mutter spreche«, sagte sie schließlich brüsk. »Vielleicht kann Nora sich an etwas erinnern, das uns weiterhilft.«

Charlie nickte und tippte sich mit der lockeren Faust gegen das Kinn. »Einen Versuch ist es wert.«

»Ich rufe sie an, sobald ich wieder zu Hause bin.« Sie stand auf und steuerte auf die Tür zu. Plötzlich hatte sie es eilig, loszulegen. »Ich habe mich ohnehin viel zu lange nicht mehr bei ihr gemeldet. Ich bin ihr einen Besuch schuldig.«

»Gib mir Bescheid, falls sich etwas ergibt. Dann können wir entscheiden, ob es sich lohnt, die Sache weiter zu verfolgen.« Charlie folgte ihr zur Tür und berührte leicht ihren Ellbogen, als sie sich ihm zuwandte, um sich zu verabschieden. »Übrigens, ich bin ebenfalls beeindruckt. Ich habe gehört, wie erfolgreich deine Firma ist. Immer wenn ich mich nach dir erkundige, redet Noelle von nichts anderem.«

Mary fühlte, wie sie errötete. Sie wusste nicht, was sie verlegener machte: dass Charlie sich nach ihr erkundigt oder dass Noelle offenbar stolz von ihren Erfolgen berichtet hatte. Verlegene Stille senkte sich herab, die sie eilig beendete. »Danke, Charlie. So wie du, habe ich hart gearbeitet.«

»Dann müssten wir ein gutes Team abgeben.«

Sein Blick schien den ihren etwas länger festzuhalten als nötig, und einer seiner Mundwinkel verzog sich zu einem leisen ironischen Lächeln. Dann war der Augenblick vorbei, und er war wieder ganz der besorgte Vater.

»Sie ist unsere Tochter, Mary, deine und meine.« Er sprach

sehr langsam und betonte jedes einzelne Wort. »Ich weiß, dass du sie ebenso sehr liebst wie ich. Und Emma auch. Was immer in der Vergangenheit zwischen uns passiert ist, sie sind es, die *jetzt* zählen.«

Tief berührt entgegnete Mary leise: »Ich bin nicht immer so für Noelle da gewesen, wie ich es hätte sein müssen, das weiß ich. Aber ich bin jetzt hier. Und ich werde nirgendwo hingehen, bis Emma wieder zu Hause ist, wo sie hingehört.«

Bis zum Buchladen ihrer Schwester waren es zu Fuß nur wenige Minuten, aber als Mary die Main Street entlangging, kam es ihr vor, als wate sie durch die stickige Gluthitze, die flimmernd vom Bürgersteig aufstieg. Und doch war die Vertrautheit tröstlich. Das rosa gestrichene Curlycue Café in seinem verspielten Pfefferhäuschenstil, das so wenig zu den nüchternen Backsteinfassaden der umliegenden Geschäfte passte wie eine viktorianische Valentinskarte mit Spitzenrand zwischen moderne Werbeflyer. Und Cochrans Delikatessengeschäft, das mit den »Weltbesten Doughnuts« warb, was sogar stimmte. Sie bemerkte die Traube schlanker sonnengebräunter Männer und Frauen in Tenniskleidung vor dem Laden – Wochenendgäste, die durch die Ferienwohnungen am See angelockt worden waren, von denen Charlie so abfällig erzählt hatte. Sie fragte sich unwillkürlich, wie lange Burns Lake wohl noch das verschlafene Nest ihrer Kindheit bleiben würde.

Der Hollywood Dress Shop Ecke Main und Freemont, in dem sie früher gejobbt hatte, verriet ihr, dass wenigstens die Mode sich nicht verändert hatte. In der Auslage standen noch dieselben Schaufensterpuppen aus den fünfziger Jahren in Kleidern, die schon vor Jahrzehnten mit dem Hula-Hoop aus der Mode gekommen waren. Der Schuhladen gleich nebenan sah ebenfalls noch genauso aus wie damals, als Doris jeden Herbst mit ihr und Trish dort gewesen war, um neue Buster Browns zu kaufen. Sogar das Benjamin Franklin auf der anderen Straßenseite, das Letzte einer aussterbenden Gattung, hielt sich unverändert mit der Beharrlichkeit einer alten Jungfer. Soweit sie wusste, konnte man noch immer am Sodabrunnen sitzen und eine hausgemachte Limo bestellen.

Der Buchladen ihrer Schwester war in einem schmalen Ladenlokal zwischen dem Snip-Shape Beauty Salon und Peterson's Lebensmittelgeschäft untergebracht. Vor zehn Jahren, als das »Dog-eared Page« eröffnet hatte, hatten Zyniker seine Pleite prophezeit. Warum 19 Dollar 99 für ein gebundenes Buch ausgeben, wenn Peterson's ein Regal mit Taschenbüchern im Laden stehen hatte? Aber Trish hatte sich allen Unkenrufen zum Trotz durchgesetzt, hatte sich eine Nische geschaffen und verkaufte heute neue wie gebrauchte Bücher. Da sie keine eigene Familie hatte, hatte sie ihre ganze Energie darauf verwandt, ihre Lieblingsautoren und -themen zu fördern.

Als Mary eintrat, fiel ihr als Erstes das handgemalte Schild auf der Staffelei neben der Kasse auf. Dort stand in großen Lettern: RETTET UNSERE TEICHROHRSÄNGER. Darunter waren aus Zeitschriften ausgeschnittene Bilder der gefährdeten Vogelart aufgeklebt. Auf einem kleinen Tisch neben der Staffelei lagen ein Stapel Flyer und ein Klemmbrett mit einer Unterschriftenliste. Bevor Mary einen Blick darauf werfen konnte, eilte ihre Schwester ihr entgegen.

Trish, die selbst eine gewisse Ähnlichkeit mit einem kleinen braunen Vogel nicht verleugnen konnte mit ihrem weichen runden Gesicht und dem seidenfeinen Haar, das ihre Schläfen umwehte, stellte sich auf die Zehenspitzen, um sie zu umarmen. Sie verströmte einen fruchtigen Duft, der Mary an die Zitronenbonbons erinnerte, die sie als Kind so gerne gelutscht hatte. Ein Buch, das sie sich unter einen kräftigen Arm geklemmt hatte, bohrte sich in Marys Rippen.

»Ich glaube es ja nicht. Es stimmt also wirklich!«, rief Trish aus. »Mama hat angerufen, um dich anzukündigen, aber ich wollte es nicht glauben. Und sieh dich nur an. Zwei Stunden am Steuer und keine Knitterfalte weit und breit!«

Mary lachte atemlos und ließ den Blick über die Regale voller liebevoll ausgestellter Bücher und die gerahmten Stickereien an den Wänden schweifen. Seit ihrem letzten Besuch hatte sich nichts geändert. Kunden hockten zufrieden auf Trittleitern oder saßen im Schneidersitz auf dem Fußboden und schmökerten. In der Kinderabteilung, die mit einem Spielteppich ausgelegt war, zog ein kleiner Lockenkopf fröhlich Bücher aus den Regalen. Sogar Homer, Trishs Kater, lag wie gewöhnlich zusammengerollt in einem Sessel und musterte Mary verschlafen aus halb geöffneten Augen.

Es gab nur eine Neuerung. Mary zeigte auf die Staffelei und bemerkte trocken: »Wie ich sehe, versuchst du immer noch, die Welt zu retten.«

Trish runzelte die Stirn und strich sich eine Strähne aus den Augen, die so rein und blau waren wie die eines Neugeborenen. »O nein, so leicht kommst du mir nicht davon. Mam hat erzählt, du hättest mit allem Drum und Dran, einschließlich Laptop, dein altes Zimmer bezogen. Los, spuck's aus, ich will alles wissen, in allen Einzelheiten. War das deine Idee, oder hat sie dir die Pistole auf die Brust gesetzt?«

»Ehrlich gesagt ein bisschen von beidem.« Mary senkte die Stimme. »Aber erzähl bitte nicht herum, dass ich wieder da bin. Ich möchte nicht, dass die Leute auf falsche Gedanken kommen.«

»Himmel, nein. Welcher vernünftige Mensch würde schon freiwillig in Burns Lake bleiben wollen?«

Mary entging Trishs spöttischer Tonfall nicht, und sie fühlte sich sofort angegriffen. »Ich wollte nicht ... ach, du weißt genau, was ich gemeint habe. Also, die Wahrheit ist, dass Noelle nicht gerade begeistert ist von meiner Anwesenheit. Und ich weiß nicht, wie Mama und ich miteinander auskommen werden ... nachdem der Reiz des Neuen verblasst ist.«

»Dann glaubst du nicht, dass die Angelegenheit in ein paar Tagen erledigt sein wird?«

»So wie ich Robert kenne, wohl nicht.«

Trish, die händeringend dastand, sah aus wie eine Figur aus einem ihrer Romane, einem von der Sorte Edelfräulein in Gefahr. »Arme Noelle. Ich wünschte, ich könnte irgendwie helfen.«

Mary fühlte Ärger in sich aufsteigen. Am liebsten hätte sie ungnädig entgegnet: *Wenn du Robert die Stirn geboten hättest an dem Abend, an dem du auf Emma aufpassen solltest, würden wir jetzt diese Diskussion nicht führen müssen.* Das war typisch Trish – großartig, wenn es um Unterschriftensammlungen ging, aber wenn sich eine echte Krisensituation ergab, bekam sie sofort weiche Knie.

»Die Anhörung ist Donnerstag um zehn«, sagte Mary. »Kannst du kommen?«

»Ich werde da sein«, sagte sie ohne zu zögern.

Mary schämte sich, so vorschnell über sie geurteilt zu haben. Trish hatte ein Herz aus Gold. Das Problem war nur, dass sie nicht wusste, wohin damit. Sie war seit einer Ewigkeit verlobt – inzwischen schon acht Jahre – und hatte keine eigenen Kinder. Und dass Gary und sie in wilder Ehe zusammenlebten, kam selbstverständlich nicht in Frage. Nicht, solange Doris noch auf dieser Erde weilte.

»Ich weiß allerdings nicht, ob Mama dem gewachsen sein wird. Sie behauptet zwar, es ginge ihr besser aber ...« Mary ließ den Satz unvollendet.

Trish zuckte die Achseln. »Du kennst doch Mama. Sie könnte mit zwei gebrochenen Beinen unter einem Auto liegen und würde sich den Kopf darüber zerbrechen, was sie zum Abendessen kochen soll.«

Die zwei unterschiedlichen Schwestern lachten trocken. Rein

äußerlich hätten sie – Trish in ihrem Zopfpullover und den Birkenstock-Sandalen und Mary in ihren Designer-Jeans und den handgemachten Schuhen – nicht verschiedener sein können.

»Wo wir gerade von Abendessen sprechen, was gibt es eigentlich morgen Abend?« Mary nahm ein Buch von einem Auslagentisch und blätterte darin.

»Ich kann mich nicht erinnern, dich eingeladen zu haben.«

»Ich komme trotzdem. *Du* musst ja nicht jeden Abend Mama gegenübersitzen.« Als Mary aufblickte, sah sie das belustigte Blitzen in den Augen ihrer Schwester.

»Nichts Besonderes. Ich werfe ein paar Steaks auf den Grill.«

»Seit wann isst du Fleisch?« Mary konnte sich noch gut an die Zeit erinnern, da ihre Schwester sich streng vegetarisch ernährt hatte. Tofu statt Fleisch, war ihr Wahlspruch gewesen.

Trish warf ihr einen Blick zu, der so viel besagte wie: *Wo warst du eigentlich all diese Jahre?* Aber sie zuckte nur unbekümmert die Achseln. »Du kennst doch Gary – Mr Fleisch und Kartoffeln. Irgendwann war ich es leid, immer nur gebackene Kartoffeln zu essen.«

»Wo wir gerade von Gary sprechen ... wie geht es ihm?« Mary setzte eine Miene höflichen Interesses auf. Die Wahrheit war, dass sie den Mann nie besonders hatte leiden können. Nicht, seit er bei Noelles Abschlussfeier unter dem Tisch ihr Knie befingert hatte.

Trish wandte sich ab und rückte einen Stapel Bücher zurecht. »Ach, du weißt ja, wie das ist. Wir sind beide so beschäftigt. Wir sehen einander nicht annähernd so oft wie wir es gerne würden.«

Mary schluckte die Erwiderung herunter, die ihr auf der Zunge lag. *Was ist denn so stressig an der Stelle eines Grundschullehrers?* Aber stattdessen sagte sie nur: »Das Geschäft scheint ja gut zu laufen.«

Trish blickte auf. »Ganz okay. Wenigstens komme ich allein

zurecht. Um ehrlich zu sein, mache ich mir aber schon etwas Sorgen wegen des neuen Ladens, der in der Mall eröffnen wird.« Trish senkte den Kopf, aber Mary konnte sehen, dass sie an ihrer Unterlippe kaute, eine alte Gewohnheit aus Kindheitstagen.

»Was für ein Laden?«

»Bigelow Books. Ich dachte, ich hätte dir davon erzählt.«

Mary horchte auf. »Wie viele Quadratmeter?«

Sie wusste von PR-Aktionen für Autoren, die sie betreute, dass Bigelow Books fünfzehnhundert Buchläden im ganzen Land unterhielt. Sie schätzte, dass der kleine Buchladen ihrer Schwester mindestens dreißigtausend Quadratmeter Konkurrenz bekommen würde, die darüber hinaus Bücher mindestens zwanzig Prozent billiger anbieten würden.

Trish war sichtlich bedrückt. »Ich ... ich weiß es nicht. Als ich das erste Mal davon hörte, war ich so entsetzt, dass ich gar nicht daran gedacht habe, zu fragen. Und Robert hat sich nicht dazu geäußert.«

Mary wurde flau im Magen. Sie hätte gleich wissen müssen, wer dahinter steckte. War diesem Mann denn überhaupt nichts heilig? »Nun, es hat wohl keinen Zweck, sich jetzt schon verrückt zu machen. Bis zur Fertigstellung der neuen Mall vergehen noch Monate.« Ihr Versuch, Trish zu ermutigen, klang auch in ihren eigenen Ohren lahm. Bestrebt, das Thema zu wechseln, zeigte sie auf das Schild neben der Kasse. »Was hat es eigentlich mit den Vögeln auf sich?«

Trish straffte die Schultern, in einer Art, die Mary nur zu gut kannte. Sie ahnte, dass ihr ein Vortrag in politischer Korrektheit bevorstand. »Wie du vielleicht gehört hast, ist das Gebiet um den Sandy Creek Stausee zur Bebauung freigegeben worden und soll, von du weißt schon wem, erschlossen werden. Das allein ist schon schlimm genug, aber dazu kommt, dass dort die seltenen Teichrohrsänger nisten. Wenn die Stadt das Erschließungsprojekt nicht stoppt, wird die gesamte Vogelpopulation ausgelöscht werden.« Ihre Wangen färbten sich rot vor Empörung, und in diesem Moment sah sie überlebensgroß aus. Dann ließ sie abrupt die Schultern hängen. »Das Problem ist, dass der Teichrohrsänger nicht auf der offiziellen Liste der bedrohten Tierarten steht.«

Auf dem College hatte Trish Proteste gegen die chilenische Junta und die US-amerikanische Intervention in Nicaragua organisiert. In den Jahren danach hatte es noch eine größere Anzahl ähnlicher Protestfälle gegeben, zuletzt das Green Earth Recycling-System, für das sie sich stark gemacht hatte, sowie der Kampf um die Restaurierung des alten viktorianischen Bahnhofs, der kurz vor dem Abriss gestanden hatte.

Und jetzt, da ihre eigene Existenz auf dem Spiel stand, konzentrierte sie sich auf den Schutz einer Vogelart, die sich zweifellos auch ohne die Unterstützung von Patricia Ann Quinn aus Burns Lake, New York, ins nächste Jahrtausend retten würde.

Aber trotz ihrer grundverschiedenen Charaktere liebte Mary ihre Schwester von Herzen. Sie setzte ihre Unterschrift auf die Liste. »Lang lebe der Teichrohrsänger.« Dann betrachtete sie eingehend das Foto eines kleinen olivfarbenen Vogels mit einem Hauch von Gold im Gefieder und meinte abschätzig: »Nicht gerade eine Schönheit, was?«

»Das macht ihn nur noch liebenswerter«, entgegnete Trish bestimmt. »In was für einer Welt würden wir leben, wenn nur das Schöne und Exotische eine Daseinsberechtigung hätte.«

»So kann man es auch sehen, denke ich.« Mary fragte sich, ob ihre Schwester sich selbst als hässliches Entlein betrachtete, als eine durchschnittliche Frau in einer Welt, die viel zu oft wegsah.

Ein Mann in Jeansjacke und mit einer Schirmmütze trat mit einer Bibel an die Kasse. Trish schenkte Mary einen Blick des Bedauerns. »Ich muss. Können wir uns später weiter unterhalten?«

»Ich rufe dich heute Abend an«, versprach Mary. »Bist du zu Hause?«

Trish verdrehte die Augen. *Wo sonst?* Dann eilte sie davon, um den Kunden zu bedienen. Abende auswärts oder beschauliche Abende daheim zusammen mit ihrem Verlobten schien es nicht zu geben. Gary Schmidt hatte es offensichtlich nicht eilig, Nägel mit Köpfen zu machen.

Als Mary den Laden verließ, trat ihr ein hünenhafter Mann in den Weg. Erschrocken blickte sie auf und sah in ein Gesicht, das ihr irgendwie bekannt vorkam. Der Mann war mittleren Alters und hatte erdbeerblondes Haar, dazu Augenbrauen, die so hell waren, dass sie wie Tesafilm auf der glänzenden rosigen Haut aussahen. Erst als ihr Blick auf das glänzende Abzeichen an der Brusttasche der Sheriff-Uniform fiel, wusste sie, mit wem sie es zu tun hatte.

»Wade. Wade Jewett«, erinnerte sie sich. »Meine Güte, ist das lange her. Fast hätte ich dich nicht wiedererkannt.« Sie hatte ihn seit der Highschool nicht mehr gesehen, war aber nicht überrascht gewesen, als sie gehört hatte, er wäre Deputy Sheriff geworden.

»Hallo, Mary«, grüßte Wade sie lässig, als wäre es etwas ganz Alltägliches, einer alten Schulkameradin zu begegnen. »Ist 'ne Weile her, was? Schätze, du warst zu beschäftigt, um zum letzten Klassentreffen zu kommen.« Schwang da so etwas wie Ärger in seiner Stimme mit? Oder sollte das ein Seitenhieb sein, eine Anspielung darauf, dass sie nicht zusammen mit dem Rest der Klasse ihren Abschluss gemacht hatte?

Mary sagte sich, dass es sich nicht lohnte, sich zu ärgern. Wade Jewett war damals schon ein Vollidiot gewesen, und daran hatte sich offenbar nichts geändert. »Ich bin beruflich ziemlich eingespannt«, entgegnete sie freundlich. »Ich komme nur noch selten her.«

»Und was hat dich diesmal hergeführt?« Seine leblosen braunen Augen musterten sie mit seltsamer Intensität.

Es war keine Einbildung. *Er weiß genau, weshalb ich hier bin.*

Ihr fiel etwas ein, woran sie Jahre nicht mehr gedacht hatte. Auf der Highschool war Wade Jewett immer ein Tugendbold gewesen, eine echte Unschuld vom Lande, und als der Direktor, Mr Savas, einen Beutel mit Hasch in seinem Spind gefunden hatte, waren sich alle Schüler einig, dass man ihm den Stoff untergeschoben hatte. Trotzdem war eine Untersuchung eingeleitet worden. Erst als Robert Van Doren, ein Schüler, dem gegenüber sich kein Schulbeamter, dem etwas an seiner Stelle lag, mehr herausnahm als einen milden Tadel – es sei denn, er wollte nähere Bekanntschaft mit Coach McBrides Stollenschuhen Größe 12 machen – scherzhaft behauptete, das Zeug gehöre ihm, war Wade aus dem Schneider gewesen. Und das hatte er seinem Mitschüler mit Heldenverehrung gedankt. Mary sah den 15-jährigen Wade wieder vor sich, fett und picklig, wie er Robert hinterhertrottete wie ein etwas zu groß geratener Bernhardinerwelpe.

War Robert immer noch Wades Held? Sie beäugte ihn misstrauisch und sagte sich, dass eine solche Beziehung wohl beiden in den Kram passen würde.

»Familienangelegenheiten.« Sie warf demonstrativ einen Blick auf ihre Armbanduhr. »Uuups, ich muss mich beeilen. War nett, dich zu sehen, Wade«, rief sie noch über die Schulter und war auch schon verschwunden.

Ihr Wagen stand vor der Metzgerei ein paar Läden weiter die Straße runter, und aus der Entfernung sahen die Fleischbrocken in der Auslage aus wie Blutspritzer auf einem weißen Hemd. Den ganzen Weg spürte sie Wade Jewetts kalten Blick zwischen den Schulterblättern.

# Kapitel 6

Auf der Südseite des Platzes vor dem Rathaus stand das Gerichtsgebäude von Burns Lake, ein imposantes Bauwerk im italienischen Stil vom Ende des 19. Jahrhunderts. 1964 war das alte Rathaus niedergebrannt, aber das Feuer hatte gelöscht werden können, bevor es auf das Gericht übergriff, das wie durch ein Wunder neben dem hässlichen modernen neuen Rathaus bis heute erhalten geblieben war. Die aufwändige Backsteinfassade war zu einem großen Teil berankt. Tauben nisteten in Nischen entlang des Dachgesimses, und das Portal war aus massivem Eichenholz, so dick wie die Türen mittelalterlicher Verliese. Als Noelle die breite Granittreppe hinaufstieg, rechnete sie fast damit, das Knarren einer Zugbrücke zu hören, die hochgezogen wurde. Sie hatte noch nie in ihrem ganzen Leben solche Angst gehabt.

Bis jetzt hatte sie das Rechtssystem nie ernsthaft in Frage gestellt. Die von der Verfassung garantierte Freiheit war wie die Luft, die sie atmete, ein geruchloser, farbloser Stoff, den sie als selbstverständlich betrachtete. Ihr wäre nie in den Sinn gekommen, dass man sie eines Tages in ihrer Freiheit beschneiden könnte. Dass man sie ohne jegliche Beweise eines Verbrechens für schuldig befinden und zwingen könnte, den höchsten Preis zu bezahlen, den sie sich vorstellen konnte. Man bestrafte sie dafür, dass sie dafür gekämpft hatte, ihr Kind zu beschützen.

Gleich am Mittwochmorgen war ihr ein richterlicher Beschluss zugestellt worden, der ihr untersagte, sich Roberts Haus und Büro auf mehr als hundert Meter zu nähern. Nichts weiter als ein weiteres Teilchen in dem Komplott, das sie Lacey zufolge vor dem Richter noch negativer erscheinen lassen sollte. Aber es war ein harter Schlag gewesen. Noelles Glaube an die Gerechtigkeit war erschüttert. Unter der ruhigen Oberfläche und dem dezenten marineblauen Leinenkostüm, die sorgfältig einstudierten Antworten in ihrem Kopf, aufgereiht wie Gebetsperlen eines Rosenkranzes, war sie einem Nervenzusammenbruch nah.

Im Inneren des Gerichts, das nach staubigen Nischen und uraltem Holz roch, stieg ihre Furcht mit jedem Schritt, den sie den dunklen Flur hinunterhumpelte. Sie hielt den Blick unverwandt auf ihren Vater gerichtet, der vor ihr herging, seine breiten Schultern und der stolze gerade Rücken ein Bollwerk, das sie vor dem bevorstehenden Sturm schützte. Hinter ihr klapperten rhythmisch Absätze auf dem Marmorboden: ihre Mutter, Tante Trish und ihre Halbschwester Bronwyn.

Im mit Eichenholz getäfelten Gerichtssaal am Ende des Flurs nahmen sie nacheinander ihre Plätze ein. Ihre Mutter drückte ihr im Vorbeigehen etwas in die Hand. »Mein Glücksbringer, ein 50-Cent-Stück«, murmelte sie. »Ich habe es unter der Auskleidung der oberen Schublade meiner Kommode gefunden. Ist das zu glauben? Nach all den Jahren!«

Die Münze fühlte sich warm und schwer an in Noelles Hand. Sie blinzelte und nickte kräftig, wobei sie an sich halten musste, um nicht in Tränen auszubrechen. Mary sah schick und elegant aus in ihrem bis über das Knie reichenden safranfarbenen Rock und der passenden Viskose-Jacke. Zu elegant vielleicht? Würde es für den Richter nach feinem Großstadtpinkel aussehen?

Sie blickte auf ihre Tante, das exakte Gegenteil von modern in ihrem Dirndlrock und der Kurzarmbluse. Tante Trish drückte mitfühlend ihre Hand. Ihre strahlendblauen Augen schwammen in Tränen. »Erzähl Nana nichts davon, aber ich habe gestern in der Kirche eine Kerze für dich angezündet«, sagte sie leise. Noelle wusste, dass Doris tief enttäuscht davon war, dass ihre Töchter nicht mehr in die Kirche gingen. Tante Trish wollte wohl nicht, dass sie sich falsche Hoffnungen machte.

Noelle erinnerte sich noch, wie ihre Tante ihr früher aus Kinderbüchern vorgelesen hatte. Sie musste an eine Figur aus »Die Schatzinsel« denken: Ben Gunn, der alte Eremit, dessen Gedanken ausschließlich von Käse beherrscht wurden. *Genau das muss ich auch tun, sagte sie sich. Mich auf Emma konzentrieren und alles andere abblocken.*

Das dürfte ihr nicht allzu schwer fallen. Sie nahm längst nicht mehr wahr, was um sie herum vorging, ob es draußen regnete oder die Sonne schien. Sie wagte schon nicht mehr, Teewasser aufzusetzen, aus Angst, den Kessel zu vergessen. Auch ob Radio oder Fernseher liefen, registrierte sie kaum. Sie bekam kaum noch einen Bissen herunter. Sie war in gewisser Weise sogar dankbar für ihren verstauchten Knöchel; er erinnerte sie daran, dass sie in der Lage war, zurückzuschlagen. Und er erinnerte sie an Hank Reynolds, an sein bei aller Zurückhaltung deutlich spürbares aufrichtiges Mitgefühl, das sie auf eine Art und Weise, die sie nicht erklären konnte, gestärkt hatte.

Sie begegnete dem Blick ihres Vaters und zwang sich zu einem müden Lächeln. Er zwinkerte ihr zu, aber sein Gesicht wirkte unnatürlich angespannt. Im dumpfen Licht schien sogar sein Haar grauer als sonst, das tiefe glänzende Schwarz stumpf wie staubige Kohle. Sie sah, dass er sich beim Rasieren geschnitten hatte. Eine Welle der Liebe durchströmte sie. Der kleine Schnitt an seinem Kinn zeugte von seiner ehrlichen Sorge um sie.

Bronwyn trat neben sie und ahmte in knurrendem Tonfall einen Gangster nach. »Wenn sich jemand dir gegenüber nicht astrein benimmt, zertrümmere ich ihm beide Kniescheiben.«

Noelle musste lächeln. Mit ihren sechzehn Jahren war ihre Schwester manchmal kindischer als Emma. Und sie war eine wahre Schönheit. Verträumte dunkle Augen und langes dunkles Haar, dazu volle Lippen mit einem geheimnisvollen Zug um den Mund. Eine junge Mona Lisa mit dem Geist eines Huckleberry Finn.

»Danke, aber ich wäre schon mit einer fairen Anhörung zufrieden«, flüsterte sie, gerührt von dem missglückten Versuch ihrer Schwester, sich der Situation entsprechend zu kleiden: dezenter schwarzer Rock gepaart mit klobigen schwarzen Schnürstiefeln und Jeans-Jacke über mädchenhafter durchgeknöpfter Bluse.

Noelle ließ sich am Tisch der Antragsteller auf den Stuhl neben Lacey sinken. Nervös blickte sie zu Everett Beale, Roberts Anwalt, hinüber, der an dem Tisch rechts von ihnen saß, ein hagerer, ernst dreinblickender Mann Ende vierzig, Anfang fünfzig, mit einer auffälligen Narbe an einer Braue und einer Schildpattbrille auf der großen Hakennase. Aber wo war Robert? War das wieder einer seiner Tricks – eine Vertagung, eine Verzögerungstaktik? Ihr Magen zog sich bei diesem Gedanken zusammen.

»Wie stehen die Chancen, dass er sich gar nicht erst blicken lässt?«, fragte sie leise.

»Entspann dich, er wird kommen.« Lacey schenkte ihr ein aufmunterndes Lächeln und griff nach ihrem Aktenkoffer. »Hier, nimm eins.« Sie hielt ihr eine Rolle Life Saver hin. »Damit kannst du dich bis zu seinem Eintreffen beschäftigen.« In ihrem dunkelgrauen Kostüm sah sie zierlich und entschlossen aus, wie eine streunende Katze kurz vor dem Sprung.

Noelle hörte wie die Tür hinter ihr sich knarrend öffnete. Sie drehte sich um und sah ihren Mann eintreten, der flankiert von seinen Eltern den Mittelgang entlangstolzierte wie auf einem roten Teppich. Cole, eine ältere Ausgabe von Robert mit seiner hoheitsvollen Haltung und dem Aussehen eines gealterten

Filmstars, warf ihr im Vorbeigehen einen arroganten Blick zu, während Gertrud es bewusst vermied, sie anzusehen. Noelles Schwiegermutter war ganz in Chanel gehüllt, das hochtoupierte champagnerfarbene Haar mit so viel Spray fixiert, dass die Frisur auch einem Mörserangriff standgehalten hätte. Sie hatte mit einer behandschuhten Hand ihren Sohn untergehakt und hielt das Kinn demonstrativ hoch, als wolle sie so einem üblen Geruch entgehen.

Robert spielte seine Rolle perfekt. In seinem maßgeschneiderten blauen Anzug, braungebrannt und siegessicher, erinnerte er an einen neuen Generaldirektor, der nach einer feindlichen Übernahme den Sitzungssaal des neuerworbenen Unternehmens betrat. Gleichzeitig verliehen sein jungenhaftes Lächeln und die widerspenstige Haarsträhne, die ihm in die Stirn fiel, ein unschuldiges und vertrauenswürdiges Aussehen. Warum sollte irgendjemand an seinem Wort zweifeln? Wie sollte sie es anstellen, ihm die Maske herunterzureißen? Noelle wurde leicht schwindlig, und das Atmen fiel ihr plötzlich schwer. Schweiß sammelte sich zwischen ihren Brüsten und an der Innenseite ihrer Schenkel.

Als ihr Mann mit einer geschmeidigen Bewegung an der Seite seines Anwalts Platz nahm und ihm etwas ins Ohr flüsterte, etwas, das ein Lächeln auf die schmalen blutleeren Lippen des älteren Mannes zauberte, biss sie sich innen in die Wange, um nicht laut auszurufen: *Er ist ein Blender und Lügner! Sehen Sie das denn nicht?*

Robert würdigte sie keines Blickes.

In diesem Moment trat der Gerichtsdiener vor, ein fettleibiger Mann mit drei dünnen Haarsträhnen, die er seitlich über die Glatze gekämmt hatte, sowie unerklärlicherweise einem breiten Kranz weißer Schuppen um den Kragen seiner zu engen Uniform herum. »Erheben Sie sich für den Ehrenwerten Richter Calvin Ripley. Die Verhandlung beginnt«, verkündete er.

Der Richter, eine untersetzte rundliche, ganz in Schwarz gekleidete Gestalt betrat den Saal durch eine Seitentür. Noelle erhob sich zusammen mit allen anderen Anwesenden. Überrascht sah sie, wie der Richter schwungvoll die paar Stufen zum Richtertisch emporstieg. Sie war auf ein Monstrum gefasst gewesen, und jetzt hatte sie einen Elf mit rosigen Wangen vor sich, der der Werkstatt des Weihnachtsmanns entsprungen zu sein schien, mit fröhlichen braunen Augen und buschigem schneeweißem Haar, das ein Gesicht umrahmte, auf dem ein permanenter belustigter Ausdruck lag. Richter Ripley strahlte unwiderstehliche Jovialität aus.

Als die Formalitäten erledigt waren, stützte er die Ellbogen auf und schaute aus wachen, blitzenden Augen mit fast väterlicher Sorge von Noelle zu Robert. »Nun denn. Sie beide machen den Eindruck anständiger Menschen. Ich sehe also keinen Grund, weshalb wir diese Angelegenheit nicht wie zivilisierte Damen und Herren regeln sollten.« Seine hohe, dünne Stimme erinnerte an jene von Barney Fife in der alten »Andy Griffith Show«. »Ich weiß, dass das etwas unorthodox ist, aber ich möchte Mr und Mrs Van Doren nach nebenan in mein Richterzimmer bitten. Bekommen Sie nicht gleich einen Anfall, Mr Beale. Sie und Miss Buxton dürfen Ihre Mandanten selbstverständlich begleiten.« Er drohte den beiden Anwälten mit erhobenem Zeigefinger. »Ich möchte Sie aber beide daran erinnern, dass es sich hier nur um eine *Voruntersuchung* handelt. Sparen Sie sich also theatralische Auftritte für das eigentliche Verfahren.«

In Noelles Kopf schrillte eine Alarmglocke. Sie wusste nicht, warum, aber plötzlich hatte sie das Gefühl, wieder in eine Falle gelockt zu werden. Als sie aufstand, wich das Blut aus ihrem Kopf, und alles um sie herum bekam einen Grauschleier. In diesem Moment kam ihr Richter Calvin Ripley vor wie der Fremde, der sie mit Süßigkeiten lockte, wie der böse Wolf im Schafspelz auf dem Weg zu Großmutters Häuschen.

Auch Lacey machte ein misstrauisches Gesicht. Beim Aufstehen drückte sie in einer ermutigenden Geste Noelles Ellbogen. »Überlassen Sie das Reden mir«, raunte sie ihr zu.

Noelle bildete das Schlusslicht der kleinen Prozession und dachte bei sich, wenn ihr Herz noch ein ganz klein wenig stärker schlug, würde es ein Loch in ihren Brustkorb hämmern. Aber in dem Augenblick, da sie das Richterzimmer betrat, fiel die Furcht von ihr ab. Abgesehen von der beeindruckenden Anzahl von ledergebundenen dicken Gesetzesbüchern an den Wänden sah der Raum aus wie ein gewöhnliches Büro, nur geschmackvoller. Sonnenlicht strömte durch Sprossenfenster herein und warf rautenförmige Schatten auf den edel-verblassten Orientteppich. Eine Lampe mit Milchglasschirm stand an einem Ende des antiken Schreibtisches. Eine alte Uhr tickte laut in einem Alkoven neben einer Einbauvitrine mit verschiedenen Trophäen und Erinnerungsstücken.

Als sie und Lacey auf dem abgewetzten Polstersofa Platz nahmen, warf Noelle einen verstohlenen Blick auf Robert und seinen Anwalt, die ihnen gegenüber in zwei gleichen tiefroten Ledersesseln saßen. Selbstsicher lächelte er sie an. Sie bebte vor Wut und wäre ihm am liebsten ins Gesicht gesprungen. *Für ihn ist das alles nur ein Spiel. Er schert sich nicht darum, was Emma bei alledem fühlt.*

Sie konzentrierte sich auf den Richter und betete, dass er Roberts falsche Fassade durchschauen würde. Mit einem kleinen Hopser rückwärts setzte Ripley sich auf den Rand seines Schreibtischs, die kleinen Füße – in schicken zweifarbigen Slippern – baumelten gut zwanzig Zentimeter über dem Boden. Die Hände, die er in seinem schwarzgewandeten Schoß faltete, erinnerten sie an zwei rosige Ferkel. Ein hysterisches Kichern stieg in ihr auf. *Das geschieht nicht wirklich, dachte sie. Das ist ein Sketsch von Monty Python. Jeden Moment wird der echte Richter hereinkommen.*

»Mrs Van Doren, ich werde gleich zur Sache kommen.« Ripley strahlte sie mit unverminderter guter Laune an. »Mir gegenüber wurde einige Sorge zum Ausdruck gebracht bezüglich Ihrer Gesundheit, Sorge, die ganz offen gesagt Zweifel haben aufkommen lassen an Ihrer Fähigkeit, sich angemessen um Ihre kleine Tochter kümmern zu können. Ich muss gestehen, dass mich diese Behauptungen beunruhigen.«

Lacey beugte sich empört vor. »Euer Ehren, wir sind nicht hier, um den Gesundheitszustand meiner Mandantin zu diskutieren. Ich beantrage, dass ...«

Der fröhliche Elf drohte ihr erneut mit erhobenem Zeigefinger, als hätte er es mit einem unartigen Schulmädchen zu tun. »Aber, aber, Miss Buxton. Sie scheinen vergessen zu haben, dass wir uns hier nicht in einem Gerichtssaal befinden. Ja, ich weiß, dass ich mir diesbezüglich einige Freiheiten herausgenommen habe, aber ich bitte Sie mitzuspielen.« Er richtete seinen väterlichen Blick wieder auf Noelle. »Mrs Van Doren, Ihr Mann hat mir erzählt, dass Sie schon einmal einige Monate zur Entziehung in einem Sanatorium waren. Haben Sie weitere Schritte zur Behandlung Ihres ... Problems ins Auge gefasst?«

Im ersten Moment war Noelle zu schockiert, um zu antworten. Sie saß sprachlos da und wartete, dass der Witz ein Ende nahm, dass der Betrüger in die Hände klatschte und verkündete, dass sie alle nach Hause gehen könnten.

»Nein, ich meine, nein, Sie irren sich ... Es gibt kein ... Problem«, stammelte sie. »Einmal abgesehen davon, dass mein Kind als Geisel festgehalten wird.« Sie funkelte Robert böse an, der jedoch nur mitleidsvoll den Kopf schüttelte.

»Ich verstehe nicht ganz.« Der Richter runzelte die Stirn. »Dann streiten Sie also ab, Alkoholikerin zu sein?«

»Antworte nicht darauf«, warnte Lacey sie.

Aber Noelle konnte nicht anders. Sie musste einfach Klarheit schaffen. »Ich bin geheilte Alkoholikerin«, stellte sie richtig.

»Es stimmt, dass ich in Hazelden war, aber das liegt sechs Jahre zurück. Und ich habe seitdem keinen Tropfen mehr angerührt.«

»Euer Ehren, das ist Schnee von gestern«, beharrte Lacey, deren sommersprossiges jungenhaftes Gesicht sich mit jeder Sekunde dunkler färbte. »Vergangene gesundheitliche Probleme meiner Mandantin sind für den vorliegenden Fall irrelevant.«

Ripley schenkte ihr nicht mehr Beachtung als einer Fliege am Fenster. »Sechs Jahre? Also das ist eine Leistung, Mrs Van Doren. Darf ich davon ausgehen, dass Sie an Treffen der AA teilnehmen?« Er schlug die Beine übereinander und lehnte sich zurück, die prallen rosigen Hände um ein Knie gelegt.

Noelle spürte, wie ihr brennende Röte ins Gesicht stieg. »Ich ... also, ehrlich gesagt war ich lange nicht mehr dort«, musste sie zugeben. »Ich habe nach drei Jahren aufgehört, die Treffen zu besuchen. Ich ... ich hatte das Gefühl, sie nicht mehr zu brauchen.«

»Und Sie haben in all diesen Jahren keinen Alkohol mehr getrunken? Sechs Jahre, sagten Sie?«

»Das ist richtig, Euer Ehren.«

»Also, das stellt mich vor ein Problem.« Seine schneeweißen dicken Brauen zogen sich zu einem ratlosen Ausdruck zusammen. »Ich wollte eigentlich vorschlagen, dass Sie sich freiwillig in Behandlung begeben und wir uns zu einem späteren Zeitpunkt noch einmal zusammensetzen, um zu entscheiden, was für Ihre kleine Tochter das Beste ist. Aber jetzt stellt sich alles plötzlich ganz anders dar.«

Noelle fühlte einen Funken der Hoffnung in ihrem Herzen aufglimmen. »Ich habe ja versucht, es zu erklären, Euer Ehren. Das Ganze ist ...« – sie begegnete Laceys warnendem Blick, ignorierte ihn jedoch – »... ein schrecklicher Irrtum. Ich würde niemals irgendetwas tun, das meiner Tochter schadet. Tatsächlich verhält es sich genau anders h ...«

»Euer Ehren«, fiel Roberts Anwalt ihr ins Wort. »Mein

Mandant will seiner Frau nichts Böses. Er ist nur ehrlich besorgt um sie. Allerdings dürfen wir nicht aus den Augen verlieren, dass Mrs Van Dorens Gesundheitszustand nicht unser Hauptanliegen ist. Wir müssen überlegen, was für das Kind das Beste ist.«

Die Falten in Ripleys Stirn vertieften sich. »Danke, Mr Beale, aber ich glaube nicht, dass mich jemand über meine Pflichten belehren muss«, entgegnete er ärgerlich. Sein Gesichtsausdruck wurde sofort wieder milder, als er sich erneut Noelle zuwandte. »Niemand behauptet, dass Sie willentlich ihrem Kind schaden oder es vernachlässigen würden, Mrs Van Doren. Aber könnte es nicht Zeiten gegeben haben, da Ihnen die Bedürfnisse Ihrer Tochter nicht ganz bewusst waren?«

»Sie meinen eine Art Blackout?« Noelle schlug das Herz bis zum Hals. Es hatte schlecht angefangen, aber sie wusste nicht, wie sie den Kurs korrigieren sollte.

»Exakt.« Ripley führte unter dem Kinn die Finger dachförmig aneinander, als wolle er einem Schüler applaudieren, der ausnahmsweise einmal richtig geantwortet hatte.

Noelle wurde übel. »Aber ich sagte doch bereits, ich habe seit sechs Jahren nicht getrunken ...«

»Herrgott, Noelle!«, fuhr Robert dazwischen. »Jeder im Restaurant hat dich gesehen. Ich musste dich praktisch zum Wagen tragen! Wenn das alles gewesen wäre, würden wir nicht hier sitzen, glaub mir. Aber wenn ich an all die anderen Male denke, daran, was alles hätte passieren können, wenn unser kleines Mädchen auf die Straße gelaufen wäre oder ...« Er brach ab, als wäre allein die Vorstellung zu viel für ihn.

Noelle wurde von Panik ergriffen. Sie hatte auch in ihren Trinkerzeiten keine wirklichen Blackouts gehabt. Sie hatte immer, wenn auch vage, alles mitbekommen, ihr Umfeld wahrgenommen wie die Umrisse fester Gegenstände in dichtem Nebel. Trotzdem hatte sie beim Aufwachen am nächsten Morgen immer als Erstes gedacht: O Gott, was habe ich getan? Dasselbe Gefühl hatte sie jetzt, ein Gefühl der Leere im Bauch, gepaart mit nagendem Unbehagen. Das Ticken der Uhr kam ihr plötzlich unheilvoll vor, als würde ihr letztes Stündlein schlagen.

»Ich war an jenem Abend ebenso wenig betrunken wie an irgendeinem anderen Abend«, beharrte sie, wobei ihre Worte wie schwere Schritte in der Stille widerhallten. »Euer Ehren, ich ... Ich weiß nicht, was an jenem Abend passiert ist.« Sie sprach ihren Verdacht, Robert hätte ihr etwas ins Glas gekippt, nicht aus. »Ich weiß nur, dass ich ohnmächtig geworden bin, und als ich am nächsten Morgen wieder zu mir kam, war meine Tochter weg. Er hatte sie mitgenommen. Nicht etwa, weil ihm ihr Wohlergehen am Herzen gelegen hätte, sondern weil ich ihm meine Scheidungsabsichten eröffnet hatte. Sehen Sie denn nicht, was er tut? Er hat mich in die Falle laufen lassen. Aber nichts von alledem ist wahr. Kein einziges Wort.«

»Sie waren also nicht bei ihrem Ehemann zu Hause – entschuldigen Sie, bei Ihnen beiden zu Hause – am Nachmittag des Siebzehnten und haben versucht, gewaltsam dort einzudringen?« Ripley blickte vielsagend auf ihren verletzten Fuß in der inzwischen etwas schmuddeligen Bandage.

Noelles Gesicht glühte. Schweiß rann ihr unter den Verschluss ihres BHs hindurch den Rücken hinunter. »Das habe ich nicht gesagt.«

»Das ist skandalös«, protestierte Lacey. »Meine Mandantin steht doch hier nicht vor Gericht.«

»Nein, und genau das wollte ich vermeiden«, sagte der Richter schroff, und zum ersten Mal hörte Noelle einen gemeinen Unterton aus seiner Stimme heraus. Als wäre der fröhliche Elf gar kein Elf, sondern ein gemeiner Gnom. »Aber offenbar führt das alles zu nichts. Ich verfüge also, dass die minderjährige Tochter beim Vater bleibt, bis beide Elternteile von einem vom Gericht bestellten Psychologen untersucht wurden!«

»Nein!« Noelle sprang auf, auf Beinen, die sich unnatürlich elastisch anfühlten wie Sprungfedern. »Das dürfen Sie nicht tun! Bitte, Sie verstehen nicht. Sie ist doch erst fünf Jahre alt!« Tränen liefen ihr über die Wangen, aber sie wischte sie nicht fort. »Nur ich weiß, dass sie ihren Saft am liebsten aus einer Tasse trinkt und sie nicht schlafen kann, wenn die Jalousien nicht ganz heruntergelassen werden. Sie liebt Vollkornkekse, mag aber keine mit Zimt. Sie ...« Noelle verstummte abrupt, als ihr bewusst wurde, dass alle sie entgeistert anstarrten, einschließlich Lacey.

Dann wandte der Richter den Blick ab, und seine eben noch väterliche Stimme klang jetzt brüsk und autoritär. »Ich werde Besuche in Anwesenheit Dritter dreimal wöchentlich erlauben: Montags, mittwochs und freitags von eins bis vier. Betreut vom Jugendamt, dessen Büros Sie auf diesem Flur finden. Sprechen Sie mit meiner Sekretärin, um sich über die Einzelheiten zu informieren.«

Die Anhörung, sofern man es überhaupt als solche bezeichnen konnte, war vorbei. Noelle ließ sich ungläubig auf das Sofa zurückfallen. Ihre Knie waren ganz weich geworden, und sie registrierte nur am Rande, dass Lacey ihren Arm tätschelte. Sie war von Robert so hypnotisiert wie ein Kaninchen von der Schlange. Er erwiderte ihren Blick selbstzufrieden.

Glühender Zorn stieg in ihr auf und löschte alles andere aus. Sie bekam keine Luft mehr.

Ihr wurde schummrig, und alles um sie herum verschwamm wie eine schlechte, zerkratzte Kopie eines alten Films. Plötzlich fiel ihr noch ein Detail aus »Die Schatzinsel« ein: dass Ben Gunn nicht nur ein harmloser Exzentriker war. In seiner Einsamkeit, abgeschnitten von allem, das ihm einmal lieb und teuer gewesen war, hatte sein Verstand gelitten.

Und genau dasselbe widerfuhr nun ihr. Als Noelle bebend auf dem Sofa saß, ganz krank vor Wut und Verzweiflung, war der Gedanke, der ihr in den Sinn kam, wie eine Ratte, die es auf Ben Gunns Käse abgesehen hatte: *Was ich jetzt wirklich brauche, ist ein Drink.*

Um Viertel vor eins am Freitag parkte Noelle vor dem Gericht zu ihrem ersten betreuten Treffen mit Emma. Sie hatte in der vergangenen Nacht schlecht geschlafen, war rastlos auf und ab gegangen und hatte sich endlos Vorwürfe gemacht. Aber was hätte sie tun oder sagen können, um den Richter zu einem anderen Entschluss zu bewegen? Dass der Richter auf Roberts Seite war, sah ein Blinder mit Krückstock. Und Robert würde auch den Prozess gewinnen, so wie er immer gewann. Sie steigerte sich derart in ihre Verzweiflung herein, dass sie sich schließlich in den frühen Morgenstunden einen Brandy aus der Kristallkaraffe in Nanas Porzellanschrank einschenkte. Nur damit sie endlich schlafen konnte. Es glaubten doch sowieso alle, sie wäre rückfällig geworden, dann wollte sie wenigstens etwas davon haben. Mehrere Minuten, die ihr endlos vorgekommen waren, hatte sie wie hypnotisiert auf das Glas in ihrer zitternden Hand gestarrt, aus dem vertraute Dämpfe aufstiegen, um sie mit verheißungsvollen Versprechen einzulullen. Dann war sie mit einem Aufschrei in die Küche gelaufen und hatte das Glas in den Ausguss geleert.

Am Morgen war sie mit neuer Hoffnung aufgewacht. Die Erinnerung an ihren Fast-Rückfall am Vorabend hatte sie mit einem Unbehagen erfüllt, das sich nur schwer abschütteln ließ, aber sie schöpfte Trost daraus, dass sie nicht schwach geworden war. Nicht etwa, weil sie so tugendhaft gewesen wäre, sondern weil es in ihrem Leben inzwischen etwas Wichtigeres gab als den Zustand seligen Vergessens: ihr Kind. Sie musste stark und nüchtern sein – ebenso für Emma wie um ihrer selbst willen.

Als sie jetzt wieder die Treppe des Gerichtsgebäudes hinaufstieg, schnürte ihr eine neue Angst die Kehle zu. Robert hatte ihrer Tochter sicher erzählt, sie wäre krank oder verrückt ... oder beides. Zugegebenermaßen hatte sie mit ihrem Verhalten letztens nicht unbedingt dazu beigetragen, diese Behauptungen zu entkräften. Angenommen, er unterzog Emma einer so gründlichen Gehirnwäsche, dass sie bei ihm bleiben wollte? Der Gedanke lähmte sie einen Moment, und so verharrte sie einen Augenblick reglos, eine Hand auf dem schmiedeeisernen Treppengeländer, der Schmerz in ihrem Fuß, von dem sie den Verband abgenommen hatte, vorübergehend vergessend.

Aber solchen Gedanken nachzugeben hieße, Robert in die Hände zu spielen. Einmal hatte er im Streit behauptet, sie besser zu kennen als sie sich selbst kannte, und einen fruchtbaren Moment hatte sie sich gefragt, ob das vielleicht sogar stimmte. Aber heute wusste sie, dass dem nicht so war. Zum einen war sie stärker als er glaubte. Natürlich nicht an Muskelkraft, aber an Zähigkeit. Sie hatte eine Kindheit überstanden, in der sie sich ständig nach ihrer Mutter gesehnt und jeden Abend, wenn sie im Bett lag, darauf gewartet hatte, dass sich ihr Schlüssel im Schloss drehte. Dann war sie den steinigen Weg des Abhängigen in die Nüchternheit gegangen. Jahre hatte sie Roberts eisiges Schweigen, seine beißende Kritik und den Lebensstil ertragen, der ebenso wenig zu ihr gepasst hatte wie ein Arbeitspferd auf die Rennbahn gehörte. Die Märchenfigur, mit der sie sich als Kind am meisten identifiziert hatte, war Schweinchen Schlau aus »Die drei kleinen Schweinchen« gewesen. Jetzt würde sie es ihm nachmachen müssen: Sie musste ein Haus bauen, das der große böse Wolf nicht umpusten konnte.

Robert wäre überrascht gewesen, wenn er gewusst hätte, dass sie das Fundament bereits gelegt hatte. Ihr Vater recherchierte in diversen windigen Geschäften, in die Robert möglicherweise verwickelt war. Auch wenn sie bezweifelte, dass ihr Vater viel finden würde – Robert war ein wahrer Meister darin, seine Spuren zu verwischen –, hatte sie lange genug mit Zeitungsreportern zu tun gehabt, um zu wissen, dass man immer mit dem Unerwarteten rechnen musste.

Bei den Anonymen Alkoholikern hatte es geheißen: Es wird noch mehr ans Licht kommen. Und vielleicht würde sich ja bei Robert doch noch eine Leiche im Keller finden.

Als sie die Treppe ins Obergeschoss hinaufstieg, fühlte Noelle, wie neue Entschlossenheit sie durchströmte. Sie erinnerte sich noch gut an Emmas Geburt, achtundzwanzig Stunden Wehen, die letztlich in einem Kaiserschnitt endeten. Aber in dem Augenblick, da man ihr ihre winzige Tochter in die Arme gelegt hatte, waren alle Schmerzen wie durch Zauberei vergessen gewesen. Nie würde sie das blinde Vertrauen vergessen, mit dem Emma zu ihr aufgeblickt hatte, als wüsste sie, dass sie ihre Mutter war, die sie immer lieben und beschützen würde.

Noelle kämpfte die aufsteigenden Tränen nieder, als sie in einen Flur abbog, der zu einer Glastür führte mit der Aufschrift SCHOHARIE COUNTY JUGENDAMT. Das Herz schlug ihr bis zum Hals. In der rechten Hand hielt sie eine Einkaufstüte mit einer neuen Barbie, einer Rolle Aufkleber und einem Dutzend kleiner irisierender Schmetterlings-Clips, in die Emma derzeit ganz vernarrt war. Sie war zu früh, ein paar Minuten vor eins. Würde Robert pünktlich sein? Oder würde er sich verspäten, nur um sie zu ärgern?

Als sie die Räume des Jugendamtes betrat, sah sie ihre Tochter an einem der Schreibtische auf einem Stuhl knien und konzentriert in einem Malbuch malen, das eine aufmerksame Angestellte ihr gegeben hatte. Noelle ging das Herz auf.

Emma sah auf. Ihre Züge erhellten sich, als wäre plötzlich ein innerer Lichtschalter umgelegt worden. »Mommy!«

Sie trug ein gelbes Rüschenkleid mit einem herzförmigen Latz, und ihr dunkles Haar war zu zwei ordentlichen Zöpfen geflochten, die mit breitem rosa Band zusammengebunden waren – eine persönliche Note von Oma Van Doren. In ihrer Eile, vom Stuhl zu klettern, verfing sich die Schnalle einer ihrer Sandalen im Spitzenrand ihres Kleides, und Emma wäre beinahe kopfüber zu Boden gestürzt. Noelle hechtete vor und konnte sie im letzten Moment auffangen.

Sie drückte ihre Tochter fest an sich. »Oh, Liebes. Weißt du eigentlich, wie sehr Mami dich vermisst hat?«

Emma wand sich aus ihrer Umarmung und hielt die Hände weit auseinander. »So viel«, krähte sie.

Eine ältere vollschlanke Frau mit krauser Dauerwelle und einem dunkelgrünen Hosenanzug erhob sich von einem der Schreibtische und stellte sich als Mrs Scheffert vor. Noelle musste dem Drang widerstehen, der Frau dankbar um den Hals zu fallen, als diese sie in einen Nebenraum führte und dort allein ließ, wobei lediglich die Tür einen Spalt breit geöffnet blieb. Aber sie beherrschte sich. Ihre Dankbarkeit wäre der Frau bestimmt übertrieben erschienen, und sie wollte nicht riskieren, dass Mrs Scheffert berichtete, sie hätte sich in irgendeiner Weise ungewöhnlich verhalten.

Sobald sie allein waren, stürzte Emma sich auf die Einkaufstüte. »Hast du mir etwas mitgebracht, Mommy?«

»Natürlich nicht, wie kommst du denn darauf?«

Emma kicherte nur.

Noelle setzte sich im Schneidersitz auf den mit Teppichware ausgelegten Fußboden, und Emma ließ sich sofort auf ihren Schoß fallen, so heftig, dass Noelle einen Moment die Luft wegblieb. Aber das machte ihr nichts aus. Als sie zusah, wie ihr Töchterchen sich über die Geschenke hermachte und jedes Mitbringsel mit entzückten Ausrufen quittierte, war sie so zufrieden wie noch nie.

Erstaunlicherweise schien Emma völlig unberührt von den Geschehnissen der letzten Tage. Das war mehr, als Noelle sich erhofft hatte. Mehr, als sie für möglich gehalten hätte. Sie ertappte sich dabei, dass sie flüsterte, um den Bann nicht zu brechen.

Anderthalb Stunden später hatte Emma keine Lust mehr, mit den Karten zu spielen, die Noelle mitgebracht hatte, und frisierte stattdessen Barbies langes blondes Haar. Die Puppe, an die sämtliche Schmetterlingsclips geklemmt worden waren, sah aus wie eine Patientin vor dem EKG.

»Mommy, wann gehen wir heim zu Nana?«, fragte Emma schließlich.

Noelle hatte plötzlich einen Kloß im Hals. »O Schatz. Ich fürchte, du kannst nicht mit mir kommen. Noch nicht heute.«

Emma blickte auf, und ein Schatten huschte über ihre klaren vertrauensvollen blauen Augen. »Warum nicht?«

*Weil dein monströser Vater es nicht erlaubt.* Noelle blinzelte mehrmals und zwang sich zu einem Lächeln, das sich anfühlte, als wäre es mit einer Glasscherbe in ihr Gesicht geritzt worden. »Erinnerst du dich noch daran, wie wir ganz am Anfang zu Nana gezogen sind, als sie aus dem Krankenhaus entlassen wurde?«

Emma nickte nachdrücklich. »Wir mussten uns um sie kümmern, weil sie beim Doktor war und *opraiert* worden ist.«

»Genau. Eine Operation. Aber es gab noch einen anderen Grund. Weißt du noch, dass ich dir erklärt habe, dass Daddy und ich nicht länger zusammen leben können?«

»Hm-mm.« Für Emma war es offenbar völlig normal, dass Mommys und Daddys nicht für immer zusammen blieben. Ein Zeichen der Zeit, wie Noelle annahm. In der Montessori-Schule, die ihre Tochter besuchte, waren mindestens ein Drittel der Kinder Scheidungskinder. »Daddy hat gesagt, das war einmal und jetzt wäre alles anders.«

Noelle schluckte hart. »Was hat Daddy dir noch gesagt?« Es kostete sie große Anstrengung, normal zu sprechen.

»Dass ich bei ihm wohnen soll, bis du nach Hause zurückkommst.« Emmas verkniffenes Gesichtchen war fast mehr als Noelle ertragen konnte. »Mommy, wann kommst du denn nach Hause?«

»O Liebes.« Mit einem leisen, erstickten Schluchzen zog Noelle ihre Tochter an sich und drückte sie ganz fest. »Weißt du noch, wie Nana nicht alleine auf die Toilette konnte und ich ihr helfen musste?«

»So wie du mir früher den Popo abgewischt hast?«

Noelle strich ihr mit einer Hand über das Haar. »Nicht ganz, aber so ähnlich. Im Augenblick braucht Nana mich. Ich muss sie pflegen.«

»Ich will auch helfen. Ich kann Nana den Popo abwischen.«

»Du bist eine wirklich große Hilfe«, sagte Noelle, der es das Herz brach.

»Als ich Nanas Medizin unter dem Bett gefunden habe, hat sie mir einen ganzen Dollar gegeben und gesagt, ich wäre die besteste Finderin auf der Welt.«

»Du bist nicht nur die beste Finderin, sondern die Beste in allem.« Noelles Stimme bebte. »Und wir werden uns zwischendurch auch sehen. Sooft ich kann.«

»Ich weiß.« Emma kletterte von ihrem Schoß und widmete sich wieder der Frisur ihrer Barbie, wobei sie unbeschwert vor sich hin summte. Aber Noelle hatte gerade aufgeatmet – Gott, wie erleichtert sie war, dass ihre Tochter die Trennung so gut verkraftete –, als Emma erneut fragte: »Können wir jetzt gehen, Mommy?«

»Du meinst zu Daddy?«

Emma schüttelte energisch den Kopf. »Ich will mit dir gehen«, sagte sie trotzig.

»Es tut mir Leid, Schätzchen, aber das geht nicht. Sobald

es Nana wieder besser geht, komme ich dich holen, versprochen.«

Noelle dachte an Laceys Warnung. Damals hatte sie gedacht, nichts könnte schwerer sein, als sich von ihrer Tochter fern zu halten. Jetzt wusste sie es besser. Noch nie war ihr etwas so schwer gefallen, wie Emma zu verlassen.

»Ich will aber jetzt mit dir gehen.« Emma fing an zu weinen.

Es begann mit leisem Schniefen und steigerte sich rasch zu lautem Schluchzen. Als sie den kleinen bebenden Körper ihrer Tochter in den Armen hielt und in dem vergeblichen Versuch, sie zu beruhigen, vor und zurück wiegte, war Noelle sicher, dass ihr angeknackstes Herz jeden Moment zerbrechen würde.

Stunden später saß sie reglos auf einer Bank auf dem Marktplatz. Irgendwie war der ganze Nachmittag verstrichen. Sie erinnerte sich noch vage daran, wie sie das Gericht verlassen und das Bedürfnis verspürt hatte, etwas für sich allein zu sein, bevor sie heimfuhr. Sie wusste, wenn sie sich diese Zeit nicht nahm, bestand die Gefahr, dass sie zusammenbrach. Jetzt erst fiel ihr auf, dass die Kinder verschwunden und die Klettergerüste verwaist waren. Schatten krochen unter Leitern und Rutschen hervor und über den aufgewühlten Sand darunter. Sogar die umstehenden Bänke waren größtenteils frei.

Als sie die Gerichtsangestellten und Sekretärinnen sah, die die Treppe des Gerichtsgebäudes herunterkamen, warf sie einen Blick auf die Uhr. Ein paar Minuten nach fünf.

*Ob sie es wissen?*, fragte sie sich von dumpfem Schmerz erfüllt. *Die vielen Formulare, die sie stapeln, ordnen und abstempeln, die vielen Durchschläge und Kopien, die sie abheften und verschicken – haben sie auch nur die geringste Ahnung, welch verheerende Auswirkungen sie auf das Leben der Betroffenen haben können?*

Vermutlich nicht. Die Männer und Frauen, die an ihr vorbeihasteten, interessierten sich hauptsächlich dafür, möglichst rasch nach Hause zu kommen. Niemand interessierte sich für ein kleines Mädchen namens Emma. Während sie überlegten, was sie zu Abend essen wollten oder ob im Fernsehen eine neue Folge oder eine Wiederholung ihrer Lieblingsserie gesendet werden würde, hatte Noelle das Gefühl, eines langsamen Todes zu sterben bei der Vorstellung, dass jedes Treffen mit ihrer Tochter so enden würde wie das vergangene, bei dem Emma sich mit aller Macht an sie geklammert hatte, sodass man sie mit sanfter Gewalt von ihrer Mutter hatte lösen müssen. Mrs Scheffert, die ältere Dame, die anfangs einen so netten Eindruck gemacht hatte, hatte ihr über Emmas Kopf hinweg einen vorwurfsvollen Blick zugeworfen, als wäre das alles irgendwie ihre, Noelles, Schuld.

Sie fühlte sich, als wäre ein lebenswichtiger Teil aus ihr herausgerissen worden. Das, wonach sie sich sehnte, war so natürlich, dass schon allein seine Logik grausame Ironie war, wie bei einem Zauberspiegel, der einem eine Tür vorgaukelte, wo gar keine war. Sie wollte ihre Tochter. Nicht mehr und nicht weniger. Sie wollte zu den Müttern gehören, die mit trichterförmig an den Mund gelegten Händen ihren Kindern zugerufen hatten, dass es Zeit wäre, zu gehen. Sie wollte mit Emma den Bürgersteig entlanggehen und die Hand ihrer kleinen Tochter in ihrer fühlen. Sie ...

»Darf ich?«

Erschrocken blickte Noelle auf. Ein Mann stand vor ihr, die Sonne im Rücken, sodass sein Gesicht im Schatten lag. Es dauerte einen Moment, bis sie ihn wiedererkannte. Ohne Arztkittel, in Chinos und einem Kurzarmhemd, hätte Hank Reynolds ein beliebiger Passant sein können, ein Mann mittlerer Größe mit hellbraunem Haar, dessen muskulöse Arme und Schultern von regelmäßigem Krafttraining zeugten. Abgesehen von seinen Augen, die das Sonnenlicht einfingen, als er sich neben ihr auf die Bank setzte – Augen von dunkler Bernsteinfarbe schwarzen Tees mit einem Schuss Brandy.

»Ich fürchte, ich bin derzeit keine sehr angenehme Gesellschaft«, warnte sie.

Hank lächelte warm. »Ich riskiere es trotzdem.«

Er hatte sich eine Zeitung unter den Arm geklemmt, über den er sich außerdem eine Einkaufstüte gehängt hatte. Er stellte die Tüte vor sich ins Gras. »Normalerweise nehme ich den kürzesten Weg heim, aber heute ist ein so schöner Tag, dass ich beschlossen habe, den Umweg über den Marktplatz zu machen.« Er nickte mit Blick auf ihren Fuß. »Sieht schon viel besser aus als das letzte Mal, als ich ihn gesehen habe. Tut es noch weh?«

Noelle zuckte die Achsel. »Das ist meine geringste Sorge.«

Hank schwieg einen Moment und blickte über den Rasen, auf dem zwei Teenager Frisbee spielten. »Wenn Sie mir mehr erzählen möchten, höre ich gerne zu«, sagte er schließlich. »Wenn nicht, können wir auch einfach nur dasitzen. Ich habe es nicht eilig.«

»Ich auch nicht, wie Sie sehen.« Ihre Stimme brach, und plötzlich stand sie dicht davor, in Tränen auszubrechen.

Er musterte sie mitfühlend. »So schlimm, ja?«

»Fragen Sie lieber nicht.«

Hank berührte sacht ihren Arm. »Reden Sie. Das erleichtert.«

*Er will nur nett sein,* dachte sie. *Der nette Dr. Hank, bei Kindern und alten Damen gleichermaßen beliebt.* »Ich fürchte, das gehört nicht zu Ihrem Fachgebiet«, entgegnete sie mit einem kurzen Lachen, das allerdings verdächtig an ein gequältes Schluchzen erinnerte.

»Sie wären überrascht. In meinem Beruf wird man mit so ziemlich allem konfrontiert – auch mit vielen Leiden, die nicht ansteckend sind.« Ein scheues Lächeln umspielte seine Mundwinkel.

In den alten Tagen hätte sie gesagt: *Danke, ich weiß das Angebot zu schätzen, aber es geht schon.* Aber das wäre die alte Noelle gewesen. Die brave Tochter, die sich von ihrem zehnten Lebensjahr an bis zu ihrem achtzehnten Geburtstag durch Partys, Eröffnungen und Premieren gelächelt hatte, zu denen ihre Mutter sie mitgeschleift hatte. Die Frau von Welt, die Zuflucht gefunden hatte inmitten glamouröser Cocktail-Partys, andauernd ein Weinglas in der Hand, das nie ganz leer und auch nie ganz voll war. Aber die Frau, die jetzt die zu eng gewordene Haut ihres alten Ichs abstreifte, schien keine solchen Bedenken zu haben. Noelle brach in Tränen aus.

»Entschuldigen Sie«, krächzte sie, als ihre Stimme ihr wieder einigermaßen gehorchte. »Ich mache mich lächerlich. Sie sollten heimgehen. Ihr Eis wird schmelzen.« Sie deutete auf den Eisbehälter in seiner Einkaufstüte.

»Dann kaufe ich mir neues.«

Noelle war ihm unendlich dankbar dafür, dass er ihr weder auf den Rücken klopfte noch irgendwelche abgedroschene Phrasen des Trostes vorbrachte. Stattdessen reichte er ihr wortlos sein Taschentuch, ein ordentlich gefaltetes Baumwolltuch, dem noch der dezente Duft eines Weichspülers anhaftete.

Sie saßen schweigend beisammen, während Noelle sich das Gesicht abwischte und um Fassung rang. Schließlich sagte sie: »Das ist eine lange Geschichte.«

»Ich bin ein guter Zuhörer.«

Sie musterte ihn aus den Augenwinkeln. Er war kein Mann, der fremde Frauen dazu verleitete, ihm ihre Visitenkarte mit der Privatnummer auf der Rückseite zuzustecken, wie es bei Robert regelmäßig vorgekommen war. Was Frank anziehend machte, war weniger augenfällig. Und doch war es unleugbar vorhanden. Und der leichte Überbiss erinnerte sie an Pete Caswell, einen Messdiener von St. Vincent, in den sie in der fünften Klasse schrecklich verknallt gewesen war. Trotz ihrer Deprimiertheit fühlte sie, wie ihr Herzschlag sich beschleunigte.

»Vielleicht ein anderes Mal.«

»Dann möchte ich Sie wenigstens zu einem kalten Getränk einladen.« Er griff in die Tüte, holte eine Büchse Seven-Up heraus und öffnete sie, bevor er sie ihr reichte.

»Danke.« Sie legte den Kopf in den Nacken und trank gierig. In diesem Augenblick kam es ihr vor, als hätte sie nie zuvor etwas so Köstliches geschmeckt.

Der Himmel am Horizont wies Streifen auf wie orangefarbene und rote Pinselstriche, und die Dächer funkelten in den goldenen Strahlen der untergehenden Sonne. Von dort, wo sie und Hank beisammen saßen wie ein altes verheiratetes Ehepaar, war das ferne Zuschlagen von Autotüren zu einem gelegentlichen dumpfen Geräusch verblasst. Ein leichter Wind war aufgekommen, der die schwüle Luft kühlte und im Laub der Bäume über ihnen raschelte. Noelle registrierte Hanks Hand, die locker auf seinem Knie ruhte. Sie hob sich braun vom Beige seiner Hose ab und wirkte kräftig und kompetent. Unerwartet stieg ein Anflug von Sehnsucht in ihr auf – wonach hätte sie selbst nicht genau sagen können.

Sie zeigte auf den Brunnen in der Mitte des Platzes. Ein häufiges Motiv auf den Postkarten, die in Gleason's Apotheke verkauft wurden. Der Brunnen im Stil des Art Nouveau stellte eine Nymphe dar, umgeben von Wasserspeiern in Form von Teichrosen. »Stellen Sie sich nur vor, was dieses Mädchen alles erzählen könnte.«

Hank lächelte, und außen an seinen warmen teebraunen Augen erschienen Lachfältchen. »Vielleicht weint sie deshalb ständig.«

Sie warf ihm einen scharfen Blick zu. »Weinen ist keine Lösung.«

»Stimmt, aber manchmal tut es einfach gut.«

Sie schaute in Hanks Gesicht und entdeckte dort etwas, das sie bisher nicht bemerkt hatte: eine stille Kraft, die tief aus seinem Inneren aufzusteigen schien. Er erinnerte sie an ihren Vater, an den Ausdruck, der manchmal auf seinem Gesicht lag: als würden ein unverrückbarer Gegenstand und eine unwiderstehliche Kraft aufeinander prallen.

»Meinem Mann wurde das einstweilige Sorgerecht für unsere gemeinsame Tochter zugesprochen«, begann sie, und plötzlich fiel ihr das Reden gar nicht mehr schwer, vielmehr sprudelten die Worte aus ihr heraus wie das Wasser aus den Speiern des Brunnens. »Ich darf sie dreimal die Woche unter Aufsicht besuchen. Heute haben wir uns in einem Raum getroffen bei halb offener Tür, damit eine Sozialarbeiterin mich im Auge behalten konnte, nur für alle Fälle ...« Sie brach ab, starrte auf das Gras und stellte sich das Mitleid auf Hanks Gesicht vor, Mitleid vielleicht gar vermischt mit Distanziertheit. Plötzlich wollte sie sein Mitgefühl nicht mehr. Was sie wollte, brauchte, war, dass der Albtraum endlich ein Ende nahm. »Das Ganze ist so unfassbar, allein die Behauptung, ich würde meine kleine Tochter vernachlässigen ...« Sie räusperte sich. »Als sie noch ein Baby war, bereitete ich ihre Mahlzeiten alle selbst zu. Mir wäre nicht im Traum eingefallen, sie aus dem Glas zu füttern. Das mag zwar paranoid klingen, aber ich bewahrte sogar sämtliche Putzmittel auf einem hohen Regal auf, weil ich den Sicherheitsverschlüssen nicht traute.«

»Ich hatte schon viele Kinder in meiner Praxis, denen das Krankenhaus erspart geblieben wäre, wenn ihre Mütter ebenso paranoid gewesen wären«, bemerkte Hank milde.

»Das Schlimmste ist, dass ich sie jetzt nicht beschützen kann. Sie leidet, und ich kann nicht das Geringste dagegen tun.« Noelle putzte sich die Nase in Hanks wunderbar großem weißen Taschentuch. Als sie den Kopf hob, fühlte sie sich irgendwie befreit. Das schmutzige Grau ihrer Trauer war einer blitzenden Klinge des Zorns gewichen. »Es kommt bestimmt oft vor, dass Frauen sich bei Ihnen über ihre Ehemänner beklagen, aber meiner ist wirklich ein Egozentriker. Ich habe einmal geglaubt, er würde seine Tochter lieben, aber inzwischen bin ich mir da nicht mehr so sicher. Er benutzt sie, um mich fertig zu machen, und das Furchtbare ist, dass er damit Erfolg hat.«

»Für mich sieht das aber nicht so aus.« Als sie Hanks Blick begegnete, sah sie, dass in seinen Augen kein Mitleid stand. Vielmehr war der Ausdruck in ihnen nüchtern-abschätzig, ja sogar ein wenig bewundernd.

»Was ... wie meinen Sie das?«, stammelte sie.

»Ich meine, dass ich eine Frau vor mir habe, die in der Lage ist, jede Tür einzutreten, die ihr den Weg versperrt.«

Noelle musste lächeln, als sie sich selbst flüchtig als Kriegerin Xena sah. »Emma ist fünf«, fuhr sie leise fort. »In einem Alter, in dem jeder zweite Satz eine Frage ist. Ich wünschte nur, ich wüsste alle Antworten.«

»Dann wären Sie wie der Typ da drüben. Man würde Ihnen in irgendeinem Park ein Denkmal setzen.« Er zeigte auf die Statue von Luther Burbank, auf dessen bronzener Schulter ein graues Eichhörnchen hockte.

Noelle lachte, als das possierliche Tierchen blitzschnell an dem Standbild hinabhuschte, um unten im Gras eine Eichel aufzuheben. Mit der Spitze ihres Schuhs tippte sie an einen feuchten Fleck an Hanks Einkaufstüte. »Sieht aus, als wäre das Eis nicht mehr zu retten.«

»Das macht nichts«, sagte er achselzuckend und stand auf. Er klemmte sich die Tüte unter den Arm und bot ihr dann den anderen dar. »Würden Sie einem Weggefährten gestatten, Sie zu Ihrem Wagen zu geleiten?«

Als Noelle diesmal aufstand, drohten ihre Beine nicht mehr, ihr den Dienst zu versagen. Sie ging einigermaßen sicher, eine Hand in Hanks Armbeuge. Ihre Fingerspitzen strichen sacht über die feinen Haare an seinem muskulösen Unterarm, und sie war sich der Wärme seiner Haut nur zu bewusst. Nana und ihre Mutter fragten sich sicher schon, wo sie abgeblieben war. Sie würden sich Sorgen machten. Aber in diesem Moment fühlte Noelle sich zum ersten Mal seit Tagen sicher und stark.

# Kapitel 7

Auch nach all den Jahren hätte Mary den Weg zu Lundquists im Schlaf gefunden. Das alte Farmhaus mit der tiefen Veranda und dem Gemüsegarten stand Ecke Blossom Road und Route 30A. Als sie ihren Wagen hinter einem feuerwehrroten Ford Bronco in der Auffahrt parkte, der niemand anders gehören konnte als Jordy Lundquist, dem jüngsten von Corinnes drei Brüdern, der schon immer eine Schwäche für auffällige Wagen in knalligen Lippenstiftfarben gehabt hatte, verspürte sie einen wehmütigen Stich. Sie hatte gehört, dass Jordy verheiratet war und zwei Kinder hatte. Wieder stimmte es sie traurig, dass Corinne die Chance auf ein glückliches Leben mit Mann und Kindern verwehrt geblieben war. Alles hier war voller Erinnerungen, die wie Schmetterlinge aus dem Gras rechts und links der Auffahrt aufflogen.

Als sie aus ihrem Lexus stieg und in der staubigen Zufahrt stand, konnte Mary beinahe ihre Freundin auf der schattigen obersten Stufe der Verandatreppe sitzen sehen, die Ellbogen auf die Knie gestützt, ein Dutzend dicke Lockenwickler in den Haaren. Beinahe konnte sie Corinne rufen hören *Hey, Ma-ary Ca-a-ather-ine!* Corinne, die nichts übrig gehabt hatte für Spitznamen – nachdem sie endlos von ihren drei älteren Brüdern gehänselt worden war, die auch als das triassische Trio bezeichnet wurden –, war abgesehen von ihren Eltern die Einzige gewesen, die sie bei ihrem vollen Namen genannt hatte.

Mary blieb einen Moment neben ihrem Wagen stehen und atmete den süßen Duft von Klee und frisch gemähtem Heu ein. Ein großer schokoladenbrauner Labrador löste sich aus dem Schatten einer großen Ulme und kam herübergetrottet, um sie zu begrüßen. Er sah aus wie eine ausgewachsene Ausgabe des Welpen, den sie Noelle geschenkt hatte, als sie nach Manhattan gezogen waren. Es war ein liebenswerter Hund gewesen, der ebenso wenig für das Großstadtleben geeignet gewesen war wie ihre Tochter, sodass sie ihn nach einigen Monaten und mehreren hundert Dollar Schäden hatte weggeben müssen. Gott sei Dank hatten die Lundquists ihn nur zu gern genommen, da sie meinten, auf einer Farm könne es gar nicht genug Hunde geben. Mary bückte sich, um seinen Kopf zu tätscheln, wobei eine Staubwolke aufstieg, die sie zum Niesen brachte.

»Hallo, Junge, bist du vielleicht mit Boomer verwandt?«

Sohn von Boomer, wie sie ihn bereits für sich nannte, wuffte und wirbelte schwanzwedelnd noch mehr Staub auf. Mary lächelte. Sie war vor zwanzig Jahren das letzte Mal hier gewesen, aber so wie Corinnes Mutter auf ihren Anruf reagiert hatte, hätte es ebenso gut gestern sein können. »Klopf gar nicht erst an«, hatte Nora gesagt. »Ich höre inzwischen so schlecht, dass ich gar nicht öffnen würde. Ich lasse die Haustür offen – komm einfach rein.«

Sie hatten sich auf Freitagnachmittag geeinigt, da Nora ein paar Tage bei ihrem ältesten Sohn Everett und seiner Frau Cathy verbringen wollte, die kürzlich ihr viertes Kind bekommen hatten, und erst an diesem Tag zurück sein würde. Im Garten wüchsen die Tomaten heran, und sie hätte alle Hände voll zu tun, sie einzumachen. Sie freue sich auf etwas Gesellschaft.

Als sie nun die Treppe hinaufstieg, fragte Mary sich, ob sie Nora gegenüber gleich ehrlich hätte sein sollen, was den Grund für ihren Besuch betraf. Wie würde Nora reagieren, wenn sie erfuhr, dass es kein rein freundschaftlicher war? Es war lange her, sicher, aber über manche Dinge kam man nie hinweg, und der Verlust der Tochter, die Erinnerung an Corinne gehörte ganz sicher dazu.

Aber als Mary das Haus betrat, das ihr so vertraut war wie jenes, in dem sie aufgewachsen war, war sie es, die sich um Jahre zurückversetzt fühlte. Da war die Tür zum Wohnzimmer mit den Kerben, die die Größe der Lundquist-Kinder in verschiedenem Alter anzeigten. Und der Fleck auf dem Läufer, dort wo Everett einmal einen Krug Traubensaft verschüttet hatte. Sogar die Lampe, deren Schirm Corinne damals mit ihrem Cheerleader-Stock beschädigt hatte, war noch da.

In der Küche traf sie auf Corinnes Mutter, die an der Spüle stand, die Arme bis zu den Ellbogen im Seifenwasser. Als Nora sich zu ihr umdrehte, um sie zu begrüßen, fiel Mary das erste Mal auf, wie wenig auch sie sich verändert hatte. Ihr wunderschönes flachsfarbenes Haar war lediglich zu Pergamentfarbe verblasst. Die feinen Runzeln um ihre Augen waren kaum zu sehen neben deren kräftigem Himmelblau von exakt der gleichen Farbe wie das Blue-Willow-Porzellan in den Regalen des alten Kiefernschranks an einer Wand. Nur ihre Hände, die knotig und verformt waren von Arthritis, verrieten ihr Alter.

»Meine Güte, hast du mich erschreckt!«, rief sie aus und wischte sich die Hände an dem Handtuch ab, das im Bund ihres Jeansrockes steckte. Sie schloss Mary in die Arme. »Ich dachte, es wäre Jordy, der sich an mich heranschleicht. Ich habe ihn rausgeschickt, um noch mehr Tomaten zu holen.«

Sie deutete auf das Fenster. Draußen im Garten war von Corinnes Bruder nur der breite Rücken zu sehen, der sich zwischen den hochgebundenen Pflanzen auf und ab bewegte. »Gott segne ihn«, fuhr sie fort. »Er kommt mindestens einmal am Tag vorbei, um nach mir zu sehen. Das ist großartig von ihm, aber unter uns, dieser Bursche isst für drei. Man sollte nicht meinen, dass er zu Hause eine Frau hat, die ihn bekocht.«

Aber Nora strahlte dabei, was verriet, wie gut es ihr tat, sich noch gebraucht zu fühlen.

Mary ließ den Blick durch die geräumige Küche mit den alten Schränken schweifen, die dringend einen neuen Anstrich gebraucht hätten. Der Raum war das genaue Gegenteil von Doris' Resopalschrein der Reinlichkeit und Ordnung. Eine Schale frisch pochierter Tomaten stand zum Abkühlen auf der Anrichte und gleich daneben waren mehrere Einmachgläser aufgereiht. Auf dem altmodischen Emailleherd lagen zwei hausgebackene Brote noch in der Backform. Ihr Duft weckte Erinnerungen daran, wie sie und Corinne damals nach der Schule hereingestürmt waren, hungrig wie die Wölfe.

»Es ist unglaublich. Es ist alles noch genauso wie damals«, staunte sie kopfschüttelnd.

»Das Gleiche könnte ich auch von dir sagen.« Nora trat zurück, um sie zu mustern. »Mein Gott, Mary Quinn, sag bloß nicht, du hast dir das Gesicht liften lassen.«

Mary lachte. »Auch wenn ich es wollte, wüsste ich nicht, wie ich das in meinem Terminkalender unterbringen sollte.«

Nora bedachte sie mit einem eigentümlichen Blick. Leise sagte sie: »Du solltest etwas kürzer treten, Mary. Man lebt nur einmal, und wenn du das Leben nicht festhältst, rinnt es dir wie Sand durch die Finger.«

Noras Tadel traf einen wunden Punkt, und Mary wischte ihn hastig beiseite. »Ich werde daran denken«, entgegnete sie, »auch wenn ich derzeit ziemlich viel am Hals habe.«

Nora zog das Küchenhandtuch aus dem Bund ihres Rocks und breitete es ordentlich über die Arbeitsplatte neben der Spüle. »Komm, setzen wir uns und trinken etwas Limonade, während Jordy draußen den Mehltau erschreckt. Trinkst du deine immer noch mit so viel Zucker, dass der Löffel drin stehen bleibt?«

Mary lächelte. »Ich fürchte, ich bin kein solches Süßmaul

mehr wie damals. Ich nehme dazu lieber eins von deinen Ingwerplätzchen.«

Sie ließ sich auf einen Stuhl fallen und streifte die Espadrilles ab, um die Füße auf den Bodenfliesen zu kühlen, die nach Jahrzehnten so glatt waren wie Glas. Als sie Corinnes Mutter dabei zusah, wie sie Gläser und eine Schale mit Plätzchen zusammensuchte, hatte Mary erneut Gewissensbisse, weil sie Nora den wahren Grund für ihren Besuch verschwiegen hatte. Vielleicht sollte sie die ganze Sache vergessen. Wozu das alles? Die Wahrscheinlichkeit, dass Corinnes Mutter nach all diesen Jahren noch etwas Neues einfiel, war gleich null.

*Ihre Tochter ist tot, aber deine ist es nicht. Du bist es Noelle schuldig, es zumindest zu versuchen,* flüsterte ihr eine strenge innere Stimme zu.

Mary wartete, dass Nora sich gesetzt hatte, ehe sie fragte: »Wie viele Enkel hast du eigentlich inzwischen? Ich habe den Überblick verloren.«

Nora strahlte, als sie ihnen aus einem großen Glaskrug Limonade einschenkte. »Acht ... bis jetzt. Quint und Louise erwarten im November ihr drittes Kind. Weißt du eigentlich, dass meine Jungs sich alle Zeit gelassen haben, bis ich die Hoffnung, dass sie noch heiraten würden, fast aufgegeben hatte? Glücklicherweise haben sie alle Frauen gefunden, die noch jung genug waren, ihnen viele Kinder zu schenken.« Sie senkte den Blick. »Was ist mit dir, Mary? Warum sehe ich an deinem Finger keinen Ehering?«

»Ich denke, einmal war genug«, entgegnete sie, um einen lockeren Tonfall bemüht.

Nora nickte wissend. »Ich kann verstehen, dass du dich schwer tust, jemanden zu finden, der Charlie ersetzen könnte.« Sie griff nach einem Ingwerkeks, und ihre knotigen Finger mussten mehrfach zufassen, bis es ihr gelang, ein Plätzchen zu greifen. »Ich kann mich noch gut daran erinnern, wie verliebt ihr wart. Ich muss sagen, dass ich nicht überrascht war, als du immer rundlicher wurdest.«

Mary blinzelte. »Du wusstest, dass ich schwanger war?«

»Ich habe gute Augen.« Nora tippte sich mit einem Finger, der so krumm und knorrig war wie eine Baumwurzel, an die Schläfe.

Mary nippte an ihrer Limonade. Sie war plötzlich nervös und schwitzte. Sie dachte an den Abend, an dem sie und Charlie im See schwimmen gegangen waren. Er hatte gesagt, sie wäre das Schönste, das er je gesehen hätte. Und in diesem Augenblick hatte sie entschieden, dass es für sie nie einen anderen geben würde als ihn.

Und dabei war es auch geblieben. Zwar hatte es andere Männer gegeben, aber keiner hatte ihr auch nur annähernd so viel bedeutet wie er.

»Corinne hat es schwer getroffen, als du mit Charlie durchgebrannt bist und ihr geheiratet habt«, fuhr Nora fort. »Ich glaube, sie hat darin das Ende eurer Freundschaft gesehen, und du warst für sie immer die Schwester, die sie nicht hatte.«

Mary nickte bedächtig. »Ich habe das gespürt, aber ich glaube, wir haben uns damals beide davor gefürchtet, es uns einzugestehen.« Hierauf entstand ein Moment unbehaglicher Stille, in dem sie Noras strahlendblaue Augen forschend auf sich ruhen fühlte. »Um ehrlich zu sein, hatte ich immer ein schlechtes Gewissen ihr gegenüber. Ich hätte für Corinne da sein müssen. Aber ... aber ich habe sie im Stich gelassen.«

»Keiner von uns war für sie da.« Die schimmernde Intensität von Noras Augen blendete Mary beinahe. »Der arme Ira. Es hat ihm fast das Herz gebrochen, dass sie uns nicht genug vertraut hat, um mit ihren Problemen zu uns zu kommen.«

Mary hatte Corinnes Vater als strengen aber liebevollen Mann in Erinnerung. So stark wie ihr eigener Vater schwach gewesen war. Wenn sie recht darüber nachdachte, hatte Corinne sich tatsächlich mehr als nur ein bisschen eingeschüchtert gefühlt von ihm. »Dann habt ihr nie erfahren, warum sie ... was sie bedrückt hat?«

»Nein. Darum war es ja auch so schwer für uns. Weil sie keinen Abschiedsbrief hinterlassen hat, kein Wort.«

Mary war enttäuscht. Sie hatte gewusst, dass die Chancen gering waren, aber sie hatte trotzdem auf einen winzig kleinen Hinweis gehofft, der ihnen weiterhelfen konnte. Und was jetzt?

»Es tut mir Leid, dass ich alte Wunden aufgerissen habe«, bat sie die alte Frau um Entschuldigung.

»Das braucht es nicht.« Nora wischte sich eine Träne aus dem Auge und tätschelte Mary die Hand. »Es tut gut, sich zu erinnern, auch wenn es schmerzt.«

Mary holte tief Luft und gestand ihr den wahren Grund für ihren Besuch. »Ich fürchte, ich bin nicht ganz ehrlich gewesen dir gegenüber, Nora. Ich bin nicht nur um der alten Zeiten willen gekommen. Ich bin wegen meiner Tochter hier.« Sie schwieg einen Moment und legte beide Hände flach auf den Tisch. »Ich weiß nicht, ob du davon gehört hast, aber Noelle hat inzwischen auch eine kleine Tochter.«

»Ich weiß ... ich habe die Heiratsanzeige gelesen. Ich weiß noch, wie ich bei mir dachte, dass das arme Mädchen nicht weiß, worauf es sich da einlässt.« Nora schüttelte verächtlich den Kopf. »Ausgerechnet diesen Mann musste sie sich aussuchen.«

»Nun, sie hat ihren Fehler eingesehen. Und jetzt versucht Robert, ihr das Kind wegzunehmen.« Mary fühlte neuen Zorn in sich aufsteigen bei der Erinnerung an Roberts selbstgefällige Miene im Gericht.

»Diesem Kerl traue ich alles zu.«

»Warum sagst du das?«

Nora schob abrupt ihr Glas beiseite, als hätte sie genug. »Mir ist nie jemand begegnet, der so gefühllos gewesen wäre. Schon als Junge hatte er etwas an sich, das ... na ja, irgendetwas stimmte nicht mit ihm. Auf der Beerdigung hat er sich benommen, als hätte er Corinne kaum gekannt.« Ihre Hand schoss vor, und ihre Finger schlossen sich um Marys Handgelenk. Ihre Augen brannten wie Flammen im blassen Oval ihres Gesichts. »Wache über deine Tochter, Mary Quinn. Mehr sage ich dazu nicht.«

»Ich werde mein Bestes tun.« Mary schauderte, plötzlich abgestoßen von den knotigen Fingern um ihr Handgelenk. Sobald es ihr möglich war, ohne unhöflich zu erscheinen, entzog sie Nora ihre Hand und fragte: »Kannst du dich noch an etwas anderes aus dieser Zeit erinnern? Irgendwas?«

Die alte Frau überlegte eine Weile und schüttelte dann den Kopf. »Corinne hat mir nicht viel erzählt, schon gar nicht, was Robert anbelangte. Das hätte mich gleich stutzig machen müssen. Sie hat sich ganz anders verhalten als du mit Charlie. Es war, als hätte er Macht über sie ... nur dass ich es nicht Liebe nennen würde.«

»Glaubst du, dass er etwas zu tun hatte mit ...« Mary zögerte, Nora auf Gedanken zu bringen, die sie bis ins Grab verfolgen würden. »... damit, dass Corinne so verzweifelt war?«

Nora fuhr sich mit einer Hand über das Gesicht, als wische sie über eine beschlagene Scheibe. »Ich weiß, dass sie sich gestritten haben. Nach ihrem letzten Rendezvous kam sie ganz aufgelöst heim. Sie hatte geweint. Als ich sie fragte, was passiert sei, wollte sie es mir aber nicht sagen.«

»Ist das alles?«

Nora schüttelte den Kopf. »Es tut mir so Leid, dass ich ihr nicht helfen konnte.«

»Das alles ist sehr lange her. Mir tut es Leid, dass ich die alten Sachen aufgewärmt habe.« Mary griff nach ihrer Limonade, die auch ohne zusätzlichen Zucker zu süß war, und trank sie aus purer Höflichkeit aus. Dann stand sie auf. »Ich sollte jetzt gehen. Ich habe dich schon viel zu lange aufgehalten.«

Corinnes Mutter erhob sich ebenfalls und klopfte dabei die Taschen ihres Rockes ab, als suchte sie etwas. Der bedrückte Ausdruck war aus ihrem Gesicht gewichen, und sie lächelte warm. »Unsinn, es hat mich gefreut, dich wiederzusehen. Warte, ich gebe dir ein paar Plätzchen mit. Du hast ja kein einziges gegessen.«

Sie brachte Mary zur Tür und hielt dann plötzlich inne. »Warte. Ich habe noch etwas für dich. Ich wollte es dir schon vor Jahren geben, bin aber irgendwie nie dazu gekommen. Ich hole es schnell.«

Nora stieg die Treppe hinauf, wobei sie mit einer Hand das Treppengeländer umklammerte. An der Wand am oberen Treppenabsatz hingen zahlreiche gerahmte Fotografien, darunter ein Porträt von Corinne, auf dem sie mit einer Zahnlücke grinste wie ein Honigkuchenpferd. Sie erinnerte sich noch gut an den Tag, an dem dieses Foto entstanden war. Sie waren in der fünften Klasse gewesen, und Corinne war eben zum Kapitän der Volleyballmannschaft der Mädchen gewählt worden. Obwohl Mary die bei weitem schlechteste Spielerin gewesen war, hatte Corinne sie als Erste ausgesucht. Von diesem Tag an waren sie unzertrennlich gewesen.

*Corinne, wenn du irgendwo da oben bist, wache über meine Tochter. Heute ist sie es, die dich braucht,* betete Mary stumm.

Minuten später kehrte Nora mit einem kleinen rechteckigen Gegenstand zurück, der in einen geblümten Schal gewickelt war. Sie überreichte ihn Mary so feierlich wie ein Priester eine Oblate. »Das ist Corinnes Tagebuch. Sie hätte gewollt, dass du es bekommst.«

Marys Herz tat einen Sprung. Sie hatte ganz vergessen, dass Corinne Tagebuch geführt hatte. »Bist du auch ganz sicher?«

»Absolut.«

»Dann werde ich es hüten wie einen Schatz. Danke, Nora ... für alles.« Mary umarmte die alte Frau zum Abschied.

Sie war auf dem Weg zu ihrem Wagen, als ein Mann in staubigen Jeans mit einem Eimer voll reifer Tomaten um die Hausecke bog. Jordy Lundquist war Noras Ebenbild mit den gleichen blauen Augen, dem feinen blonden Haar und der stämmigen Statur. Nur größer war er – einen ganzen Kopf. Er winkte ihr, als hätte sie ihn nicht gesehen – als wäre er zu übersehen. Mary lächelte bei der Erinnerung daran, wie Corinnes pausbäckiger kleiner Bruder ihnen beiden am Rockzipfel gehangen hatte.

Keuchend kam er zu ihr gelaufen. »Mary! Warum hast du nicht gerufen und mich wissen lassen, dass du da bist?«

»Deine Mutter und ich haben uns verquatscht, und dann war es für mich plötzlich Zeit zu gehen. Entschuldige, Jordy. Ein anderes Mal?« Sie hielt ihm die Hand hin.

Er schüttelte sie kraftvoll. »Wenn du das nächste Mal in der Nähe bist, komm doch vorbei. Ich würde dich gerne mit meiner Frau und den Kindern bekannt machen. Ich habe zwei, weißt du ... zwei Mädchen, Jessie und Jillian.«

Sie lächelte über den Stolz des Familienvaters. »Danke, gern. Es hat mich auch sehr gefreut, deine Mutter wiederzusehen.« Nach kurzem Zögern fügte sie hinzu: »Ich hoffe, ich habe sie nicht zu sehr aufgeregt.«

Jordy stellte bedächtig den Eimer ab und musterte sie neugierig. »Sie aufgeregt? Nicht doch, Mary, sie hat sich den ganzen Tag auf deinen Besuch gefreut.«

»Wir haben von Corinne gesprochen.«

In diesem Moment schob sich eine Wolke vor die Sonne, und auch Jordys Augen schienen sich zu verdunkeln. Sie hatte eigentlich erwartet, dass er das als normal abtat – warum hätten sie nicht von Corinne sprechen sollen? –, aber nun musterte er sie mit einem Argwohn, der irgendwie fehl am Platz wirkte an diesem verträumten Sommernachmittag, eingehüllt vom Duft der reifen Tomaten, der aus dem Eimer zu ihren Füßen aufstieg.

»Was ist mit Corinne?«

»Ach, du weißt schon, das Übliche. Alte Zeiten.«

Jordy schien sich wieder zu entspannen. »Die alten Zeiten«, wiederholte er. Ein Lächeln trat auf sein breites Gesicht, und Falten gingen von seinen blauen Augen aus wie ein Kranz Sonnenstrahlen. »Himmel, ich könnte dir da auch einiges erzählen. Immerhin bin ich dir und Rinny nicht umsonst all die Jahre nachgelaufen.«

»Daran zweifle ich nicht eine Minute.« Mary lächelte ihm über die Schulter hinweg zu, als sie in ihren Wagen stieg. Sie kurbelte die Scheibe herunter und winkte. »Bye, Jordy. Es war schön, dich zu sehen.«

Auf der Heimfahrt dachte sie: *Irgendetwas ist passiert.* Jordy hatte komisch reagiert, als sie Corinne erwähnt hatte. Warum? Weil er ihren Tod noch nicht verwunden hatte ... oder steckte mehr dahinter? Sie grübelte mehrere Minuten darüber nach, bevor sie den Gedanken widerwillig verdrängte. Es brachte nichts, Spekulationen anzustellen. Wenn die Zeit gekommen war, würde sie Jordy besuchen und herausfinden, ob er etwas wusste, und wenn ja, was. Erst wollte sie aber Corinnes Tagebuch lesen.

Mary war keine Meile mehr von daheim entfernt, als ihr ihr Handy einfiel. Es klingelte dieser Tage so häufig, dass sie nicht gewagt hatte, es bei den Lundquists eingeschaltet zu lassen. Meist war es ihre Assistentin, die anrief, um sie über den neuesten Stand der Dinge zu informieren, aber ab und an meldete sich auch ein Kunde, dem sie ihre Nummer gegeben hatte. Sie hatte den Apparat eben erst eingeschaltet, als er auch schon läutete.

»Mary, Gott sei Dank. Es ist etwas passiert.« Brittany klang ungewöhnlich atemlos. »Es geht um Leo. Offenbar hat er eine Art Nervenzusammenbruch. Er hat sich in seiner Wohnung verbarrikadiert, und sein *Souschef* steht kurz vor der Meuterei.«

Mary brach der kalte Schweiß aus. *O Gott, was denn noch?*

Leo LeGras war als Küchenchef für das Rene's Room Bankett engagiert worden, und sie hatte ihm bereits einen großzügigen Vorschuss gezahlt. Es würde nicht leicht sein, für ein Event dieser Größenordnung so kurzfristig einen gleichwertigen Ersatz zu finden.

»Kannst du ihn ans Telefon kriegen?«, fragte sie.

»Ich habe ihm bereits an die achtundvierzig Nachrichten auf Band gesprochen. Und am Portier kommt auch keiner vorbei. Mary, ich schaffe das nicht allein. Du musst etwas tun.« Ihre normalerweise sehr fähige selbstständige Assistentin war der Verzweiflung nahe.

»Ich komme nächste Woche in die Stadt«, versprach Mary. »Ich kann allerdings noch nicht sagen, an welchem Tag. Kommst du bis dahin zurecht?«

Hierauf entstand eine kurze Pause. Dann antwortete Brittany: »Das Schlimmste weißt du noch gar nicht. Mr Lazarus hat erfahren, dass du nicht in der Stadt bist, und er war hierüber alles andere als erfreut. Wenn er das hört, möchte ich nicht in deiner Haut stecken.«

»Unter uns: Lazarus ist ein Affenarsch.« Mary hatte den Mann nie leiden können. Einmal abgesehen von Rene's Room scheute er sich nicht, Kapital aus dem Tod seiner Frau zu schlagen, wo er nur konnte.

»Mag sein, aber er war mit einem der beliebtesten Stars aller Zeiten verheiratet.« Brittany brauchte sie nicht erst daran zu erinnern, dass es sie in Schwierigkeiten bringen würde, einen Mann mit Lazarus' Beziehungen zu verärgern.

»Sonst noch etwas, das ich wissen sollte?«, fragte Mary kürzer angebunden als sonst. Die Anrufe ihre Assistentin erinnerten sie immer wieder daran, wie weit sie sich mit ihrem vorübergehenden Umzug nach Burns Lake aus dem Fenster gelehnt hatte.

»Nur das Übliche.« Brittanys Stimme klang nun bereits viel

entspannter. »Die Verhandlungen mit Oprah laufen noch. Und Lucianne Penroses Manager hat wutschnaubend aus Miami angerufen. Offenbar ist das Kamerateam eines Lokalsenders, der über ihre dortigen Dreharbeiten berichten sollte, nicht erschienen.«

Mary stöhnte. Immer wenn Lucianne im Freien einen Werbespot für ihre Diätzentren drehte, versuchte sie, die Lokalpresse zu mobilisieren: Das brachte noch etwas Gratiswerbung. »Und wer hat da geschludert?«

»Niemand, soweit ich das beurteilen kann.« Brittany war aufgrund zunehmender statischer Störungen immer schlechter zu verstehen. »Mit WPLG war alles arrangiert. Es muss sich etwas Interessanteres ergeben haben.«

»Interessanter als Lucianne? Das müsste schon ein Anschlag auf den Präsidenten gewesen sein.« Mary lachte trocken, was allerdings nicht dazu beitrug, ihre wachsende Verzweiflung zu mindern. Oder das Ausmaß der Dankbarkeit, die sie ihrem Team schuldete. »He, Brit, nur für den Fall, dass ich es nicht oft genug sage: Danke, dass du für mich die Stellung hältst.«

»Ist mir ein Vergnügen. Viele Grüße von Mark.« Das Knistern nahm weiter zu. »Wir müssen los ... ich mache besser Schluss.«

Mary schaltete das Handy aus und legte es zurück in ihre Handtasche. Im Augenblick konnte sie nicht noch mehr schlechte Nachrichten brauchen. Die Angst, alles, was sie sich so mühsam aufgebaut hatte, könnte den Bach runtergehen, saß ihr im Nacken.

Als sie zur Seite schaute, lenkte sie der Anblick von Corinnes Tagebuch auf dem Beifahrersitz ab. Enthielt es vielleicht spektakuläre Neuigkeiten über ihren Tod? Unwahrscheinlich. Wenn die Lundquists Grund gehabt hätten, anzunehmen, dass Corinnes Tod kein Selbstmord gewesen war, wären sie zur Polizei gegangen. Nein, sofern es etwas enthielt, stand es zwischen den Zeilen. Und wer konnte besser zwischen den Zeilen lesen als die Freundin, der Corinne mehr vertraut hatte als jedem anderen? Marys Herz schlug schneller bei diesem Gedanken.

*Ich sollte es Charlie zeigen. Das hier geht uns beide an. In guten wie in schlechten Zeiten.* Mit einem wehmütigen Lächeln bog sie in die Straße ein, die in die Stadt führte.

»Du hast doch nicht ernsthaft damit gerechnet, dass wir etwas finden, oder?«

Charlie sprach mit sanfter Stimme und blickte von seiner Veranda, auf der er und Mary es sich bequem gemacht hatten, auf den See. Sie waren vor mehreren Stunden an der Hütte eingetroffen, nachdem sie vor der Hektik der Redaktion geflüchtet waren. Bei der Lektüre des Tagebuchs, gefolgt von einem überraschend guten Abendessen, bei dessen Zubereitung seine Tochter geholfen hatte, hatte sie jedes Zeitgefühl verloren. Jetzt da die Dämmerung angebrochen war, wurde Mary erst bewusst, wie spät es geworden war. Der See hatte die Farbe angelaufenen Silbers angenommen, und die Silhouetten der Bäume hoben sich schwarz vom dunkelroten Himmel ab, an dem erste blasse Sterne standen.

»Ich weiß auch nicht, was ich erwartet habe.« Sie seufzte. »Sylvia Plath, nehme ich an.« Der Vergleich ihrer Freundin mit der manisch-depressiven Dichterin brachte sie zum Lächeln.

Corinnes Tagebuch hatte nicht mehr enthalten als die Hoffnungen und Träume eines ganz normalen sechzehnjährigen Mädchens. Der letzte Eintrag drei Monate vor ihrem Tod war fast schmerzlich banal. *War mit R. auf Lauras Party. Wir haben auf der ganzen Hinfahrt gestritten. Auf der Party hat er kein Wort mit mir gesprochen. Ich war so wütend! Ich habe so getan, als wäre es mir egal, als er ohne mich ging, aber fast hätte ich geweint. J. hat mich nach Hause gefahren. Er ist nett. Mehr dazu später.* Wer immer »J« sein mochte.

»Vielleicht denkst du zu sehr daran, wie es zwischen uns war.«

Charlies Stimme klang ganz beiläufig, aber der schmerzliche Unterton, der in ihr mitschwang, entging ihr nicht. Mary erwiderte seinen Blick eindringlich. Im bernsteinfarbenen Licht der Verandalampe erinnerte sein scharfkantiges Profil sie an jene auf altrömischen Münzen. Und doch hätte er selbst nur darüber gelacht, dass er etwas Würdevolles an sich haben sollte. Hier in seiner Hütte am See war er nur ein Mann in seiner natürlichen Umgebung, so entspannt, wie er nur sein konnte. Er hatte seine Arbeitskleidung gegen alte Jeans und ein verwaschenes Baumwollhemd getauscht. Seine strumpflosen Füße steckten in ausgelatschten Dock-Siders.

Mary fragte sich, was er wohl davon halten würde, wenn er wüsste, wie oft sie im Laufe der Jahre von einem solchen Sommerabend geträumt hatte, an dem sie mit Charlie auf irgendeiner Veranda saß, mit Motten, die die Lampe umschwärmten, und den Schreien von Ziegenmelkern, die aus der Ferne zu ihnen drangen.

Sie zwang sich, sich wieder auf Corinne zu konzentrieren. »Vielleicht haben wir nur etwas übersehen«, sagte sie. »Vielleicht liegt die Antwort nicht bei dem, was dort steht, sondern in dem, was nicht in dem Buch steht. Sofern Corinne Selbstmordgedanken hatte, konnte ich dafür keinerlei Hinweis finden.«

Charlie lächelte ihr zu. »Hat dir schon einmal jemand gesagt, dass du eine gute Reporterin abgeben würdest?«

»Nein, im Ernst, Charlie. Ist es denn so weit hergeholt, zu glauben, dass sie ...« Eine frische Brise war aufgekommen. Mary fröstelte und verschränkte die Arme vor der Brust. »...ermordet wurde?«, beendete sie den Satz leise, fast so, als hätte sie nur laut gedacht.

»Möglich ist alles«, entgegnete er nachdenklich. »Aber wir

müssen uns an die Fakten halten. Was immer wir auch argwöhnen, es gibt nichts, was diese These stützen würde.«

»Aber wenn Robert tatsächlich etwas damit zu tun hatte, ist er noch gefährlicher, als wir ohnehin schon angenommen haben.«

Schweigen senkte sich herab. Sie konnte das leise Plätschern springender Forellen im See hören und die Rufe von Nachtvögeln im Erlen- und Birkendickicht entlang des Ufers. Mary lauschte dem Wasser, das leise an den Anleger schwappte, an dem ein kleines Ruderboot vertäut war. Die Geräusche trugen auch nicht dazu bei, sie zu beruhigen.

Sie wünschte, Noelle wäre bei ihnen, aber sie hatte Charlies Einladung zum Essen mit der Begründung abgelehnt, sie habe Kopfschmerzen. Offenbar war der heutige Besuch bei Emma nicht gut gelaufen. Und Mary hatte das ungute Gefühl, dass es noch viel schlimmer kommen würde. Frust stieg in ihr auf. Sie fühlte sich so hilflos wie vor all diesen Jahren, als Noelle so hohes Fieber hatte und sie nicht wusste, was sie tun sollte.

»Jedenfalls hast du ganz Recht; es besteht durchaus Grund zur Sorge.« Sie sah einen Muskel an seinem Kiefer zucken. »Weißt du was? Als er letztens den Gerichtssaal betreten hat, war ich kurz davor, ihm die Zähne einzuschlagen. Wäre Bron nicht dabei gewesen, ich bin nicht sicher, ob ich mich hätte beherrschen können.«

In diesem Moment ließ Charlies Tochter, die im Haus das Geschirr spülte, etwas fallen, dem Getöse nach zu urteilen einen Topf oder eine Pfanne. Durch die Fliegengittertür war gedämpft ein Fluch zu hören. Mary sah am Wohnzimmer vorbei wie eine schattenhafte Gestalt sich bückte, um etwas vom Boden aufzuheben.

»Soweit ich das beurteilen kann, hätte sie dich noch angefeuert.«

»Bron spielt gern die Starke, aber tatsächlich ist sie viel verletzlicher, als es den Anschein hat.« Charlie schüttelte in einer Mischung aus Zuneigung und Verzweiflung den Kopf. »Bei Noelle ist es genau umgekehrt – sie ist viel stärker als ihr selbst bewusst ist.«

»Haben die beiden sich als Kinder eigentlich nah gestanden?«

Noelle war bei Bronwyns Geburt vierzehn gewesen, und Mary wusste nur wenig über die Weihnachts- und Sommerferien, die sie bei Charlie, seiner zweiten Frau und deren Tochter verbracht hatte. Manchmal hatte sie das Gefühl beschlichen, dass Noelle diese Erinnerungen für sich behielt, weil sie fürchtete, sie könnten getrübt werden dadurch, dass sie sie mit ihr teilte.

Charlie schmunzelte. »Die beiden waren ein Herz und eine Seele. Ich schwöre dir, manchmal hätte ich für immer gehen können, und die beiden hätten erst nach Wochen gemerkt, dass ich nicht mehr da bin.« Er senkte die Stimme. »Aber es ist schon seltsam, wie zwei Schwestern so gegensätzliche Charaktere sein können. Noelle hat mir nie Sorgen gemacht, aber Bron, na ja, sie ist ein richtiger Wildfang. Vielleicht liegt es daran, dass sie ohne Mutter aufgewachsen ist, ich weiß auch nicht.«

Er machte ein so väterlich-betrübtes Gesicht, dass sie gern seine Hand ergriffen hätte. »Wie war deine Frau so?« Mary hätte sich die Zunge abbeißen mögen, aber es war zu spät, die Worte waren heraus.

Sein liebevolles Lächeln bei der Erinnerung an sie schmerzte. »Vicky? Witzig und klug. Etwas verträumt. Sie hat ständig irgendwelche Sachen verlegt, wie Schlüssel oder Regenschirme. Sie schrieb Einkaufslisten, die sie verlor. Die ganze Familie hat sich über ihre Zerstreutheit amüsiert. Und am lautesten hat sie selbst gelacht.« Leise fügte er hinzu: »Du hättest sie gemocht.«

»Es tut mir Leid, dass sich keine Gelegenheit ergeben hat,

sie näher kennen zu lernen.« Sie war Vicky einmal begegnet, auf Noelles Hochzeit, und ihr war nicht entgangen, was für ein netter Mensch sie war. Und hübsch noch dazu. Und doch hatte es sie geschmerzt, sich Charlie und Vicky zusammen vorzustellen. »Nach allem, was du mir von ihr erzählt hast, wäre sie sicher stolz darauf, wie du Bronwyn allein großgezogen hast. Sie ist ein nettes Mädchen, Charlie. Und überhaupt, manchmal ist ein guter Elternteil besser als zwei weniger gute.«

»Da magst du Recht haben.«

»Um ehrlich zu sein, beneide ich dich sogar.«

»Warum denn das?«

»Ich hätte unheimlich gerne noch ein zweites Kind bekommen«, gestand sie, den Blick auf ihre Hände geheftet. Ihr Nagellack war stellenweise abgeblättert, was ihr bis jetzt noch gar nicht aufgefallen war. Stück für Stück legte sie ihre alten Gewohnheiten ab. »Ich habe mich immer gefragt, wie es wohl sein mag, schwanger zu sein und ein Neugeborenes in den Armen zu halten, ohne Todesängste dabei auszustehen.«

Als Charlie hierauf nicht gleich etwas erwiderte, fühlte sie Panik in sich aufsteigen. Hatte sie zu viel verraten? Vielleicht hatte sie Erinnerungen an eine Zeit wachgerufen, mit der er abgeschlossen hatte.

»Ich schätze, manches ist einem einfach nicht bestimmt«, sagte er milde. Sie blickte zu ihm auf. Sein Gesichtsausdruck war unergründlich, und sie fühlte, wie wieder ein kleines Stück ihres Herzens starb. Als er einen Fussel von ihrem Arm strich, zuckte sie zusammen. »Wir sollten reingehen, sonst wirst du bei lebendigem Leibe von den Moskitos aufgefressen.«

Er machte Anstalten aufzustehen, aber Mary winkte ab. »Mir geht es gut, wirklich. Hättest du etwas dagegen, wenn wir stattdessen ein Stück gehen?«

Charlie musterte sie forschend und nickte dann langsam. Als er aufstand, klang das Ächzen seines Stuhls wie ein Stoßseufzer.

»Bron!«, rief er. »Mary und ich gehen runter an den See. Wir sind bald wieder da.«

Gleich darauf tauchte Charlies Tochter wie aus dem Nichts in der Tür auf. Ihre Silhouette hob sich wie ein Ausrufezeichen von dem Fliegengitter ab. »Du brauchst nicht zu schreien, Dad. Ich bin nicht taub, weißt du.« Die Fliegengittertür schwang knarrend auf, und das Mädchen trat hinaus auf die Veranda.

Mary, die auf dem oberen Treppenabsatz stand, lächelte in dem Versuch, die Spannung abzubauen, die sich im Laufe des Abends aufgebaut hatte. »Noch mal vielen Dank für das Abendessen, Bronwyn. Es war köstlich.«

Bronwyn warf ihr einen kühlen Blick zu. »Ich habe nur den Salat gemacht.«

Mary versuchte, die Abneigung des Mädchens nicht persönlich zu nehmen. War Noelle in diesem Alter nicht auch kratzbürstig gewesen? Und dass sie ihren Vater all die Jahre ganz für sich allein gehabt hatte, spielte sicher auch eine Rolle. Bronwyns Eifersucht war greifbar. In einem Punkt hatte Charlie Recht: Seine Jüngste war ein richtiger Wildfang.

*Wenn sie meine Tochter wäre, würde ich mir auch Sorgen um sie machen,* dachte sie. Aber vermutlich sollte sie sich ihr Mitleid sparen für die Jungen, die dem Charme dieser Wildkatze erliegen würden. Auch in Shorts und verknittertem T-Shirt der Red Sox sah sie verführerisch aus, die langen Beine sonnengebräunt und geschmeidig wie die eines Perlentauchers, die schmale Taille von rabenschwarzem Haar umschmeichelt.

»Ich dachte mir, an einem so schönen Abend wäre ein Spaziergang schön.« Eilig fügte Mary hinzu: »Du kannst dich uns gerne anschließen, wenn du möchtest.«

Bronwyn ignorierte sie und wandte sich stattdessen ihrem Vater zu. »Dad, warum nimmst du nicht Rufus mit? Er hat den ganzen Tag im Haus gehockt. Er könnte etwas Bewegung brauchen.«

»Diesmal nicht, Schatz«, sagte Charlie. »Er wird jeder Feldmaus nachjagen, und ich habe keine Lust im Dunkeln durch das Gebüsch zu kriechen. Ich gehe eine kleine Runde mit ihm, wenn wir zurück sind.«

Bronwyn bedachte ihn mit einem langen abschätzigen Blick. Mary fing an, sich unbehaglich zu fühlen, sogar ein wenig verärgert. *Es ist doch nur ein Spaziergang um Himmels willen. Was um alles in der Welt glaubt sie denn, das passieren wird?*

Sie schlenderten den unbefestigten Weg entlang, der sich zum See hinunterschlängelte, als Bron ihnen mürrisch nachrief: »Darf ich den Wagen nehmen, Dad? Ich habe Maxie versprochen, nach dem Essen vorbeizukommen.«

Mary warf über die Schulter einen Blick zurück. Im gelben Schein der Verandalampe wirkte Bronwyn plötzlich kindlich und unsicher, ein Bündel von Emotionen, mit denen sie nichts anzufangen wusste. Spontan flog ihr Marys Herz zu, diesem wilden mutterlosen Mädchen, das seinem Vater wie aus dem Gesicht geschnitten war.

Charlie zögerte. Mary hörte das Widerstreben in seiner Stimme, als er antwortete: »Also gut. Aber ich möchte, dass du bis Mitternacht zurück bist. Und keine Extratouren, klar?«

»Danke, Dad!«, rief Bronwyn scheinbar unbekümmert und lief ins Haus. Die Fliegengittertür fiel krachend hinter ihr zu.

Mary und Charlie schwiegen die ersten Minuten. Der Weg war recht gut zu erkennen, und der Mond, der inzwischen über die Baumwipfel gestiegen war, spendete genügend Licht. Sein Spiegelbild glitt lautlos über die dunkle Wasseroberfläche, als sie am Ufer entlang spazierten. So mochte sie ihn am liebsten, wenn es zu dunkel war, um von den Ferienwohnungen, die am gegenüberliegenden Ufer wie Pilze aus dem Boden geschossen waren, viel mehr zu sehen als die fernen Lichter. Wenn die Grenzenlosigkeit des Sternenhimmels sie die Grenzen ihrer eigenen vier Wände vergessen machte.

Nach einer Weile wandte Charlie sich ihr zu und sagte: »Ich möchte mich für Bronwyns Benehmen entschuldigen. Sie kann manchmal etwas sehr besitzergreifend sein.«

»Das ist doch verständlich. Immerhin hat sie dich all die Jahre ganz für sich gehabt.«

Er seufzte. »Es ist nicht leicht, einen Teenager ganz alleine großzuziehen. Egal, was ich sage, es scheint immer das Falsche zu sein.«

Mary dachte an Noelle. »Vielleicht ist es ja schon genug, dass du dich bemühst«, meinte sie. »Vielleicht ist das alles, was wirklich zählt.«

Der Weg wand sich in einem schmalen Band am Ufer entlang und tauchte nur gelegentlich in dunkles Dickicht ein. Charlie folgte ihm mit schlafwandlerischer Sicherheit, während Mary sich stellenweise vorsichtig ihren Weg über Steinbrocken und herabgefallene Äste suchen musste. Als sie einmal stolperte und fast gestürzt wäre, packte er blitzschnell ihren Arm. Hinterher erschien es ihr sicherer, sich weiter an ihm festzuhalten, auch wenn sie jedes Mal zusammenzuckte, wenn sie beim Gehen gegen ihn stieß.

An einer Stelle dicht am Wasser legten sie eine kurze Pause ein. Charlie zeigte auf die Lichter der Ferienanlagen am anderen Ufer und eine große gerodete Fläche gleich daneben. »Im letzten Sommer hat allein Van Doren & Sons fünfzig neue Wohnungen gebaut. Und offenbar ist noch kein Ende in Sicht«, sagte er voller Abscheu. »Sie haben sogar die Erlaubnis erhalten, den Fluss umzuleiten, weil der ursprüngliche Lauf ihre Baupläne störte. Das Ganze war natürlich nur über Beziehungen möglich, aber unser Schwiegersohn hat sie ja alle in der Tasche.«

»Kann man das nicht irgendwie stoppen?«

»Es ist ja nicht illegal – jedenfalls hat es keine Gesetzesverstöße gegeben, die sich nachweisen ließen.« Im Mondlicht sah Charlies Gesicht aus wie in Granit gemeißelt. »Aber ich arbeite daran, glaub mir. Ab der kommenden Woche starte ich eine Serie, die die Leute zum Reden bringen wird.«

»Klingt riskant. Hast du nicht Angst, verklagt zu werden?«

Er zuckte die Achseln. »Ich werde keine Beschuldigungen erheben. Ich werde nur ein paar Fragen aufwerfen, die etwas Staub aufwirbeln.«

»Wie soll das Noelle helfen?«

Charlie blickte über den See, auf dem schmale glitzernde Streifen Mondlicht funkelten. »Weißt du, wie man Leichen in Gewässern sucht? Man wirft eine Stange Dynamit hinein und schaut sich dann an, was nach der Explosion an der Wasseroberfläche treibt.«

Mary fröstelte in der kühlen Brise, die aufgekommen war. »Hoffen wir, dass es nicht mehr schadet als nützt.«

Charlie legte ihr einen Arm um die Schultern, woraufhin sie nur noch stärker zitterte. »Möchtest du zurück?«

»Gleich. Lass uns noch ein kleines Stück weitergehen.« Sie wollte nicht, dass der Zauber dieses Abends endete.

Charlie empfand offenbar genauso. Sein Arm blieb auf ihren Schultern, und von dort strahlte eine Wärme in ihren ganzen Körper aus, der auch die zunehmende Kälte nichts anhaben konnte. Sie lehnte sich an ihn, das erste Mal seit Tagen richtig glücklich und zufrieden. Hatte auch er davon geträumt? Hatte auch er manche Nacht wach gelegen, dem Klopfen seines eigenen Herzschlages gelauscht und sich gefragt, ob es ihr irgendwo genauso erging? Sie wusste, dass es falsch war, solchen Gedanken nachzuhängen. Falsch und gefährlich.

Trotzdem, die Anziehung war zu groß. Ganz tief im Inneren waren sie und Charlie auf ganz fundamentale Art und Weise miteinander verbunden. Sie hatte es schon gewusst, als sie noch Teenager gewesen waren, und in all den Jahren der Trennung hatte nichts und niemand diesem Gefühl der Zusammengehörigkeit etwas anhaben können. Als sie jetzt so neben ihm herging, den Kopf an seiner Schulter, kam es ihr vor, als würde das Blut, das in seinen Adern strömte, geradewegs in ihre fließen.

Charlie küsste sie auf den Kopf. Eine ganz leichte Berührung seiner Lippen, der warme Hauch seines Atems, eine Liebkosung, die sie vom Scheitel bis zur Sohle durchdrang. Jetzt bestand kein Zweifel mehr daran, wohin es führen würde. Eine innere Stimme riet Mary eindringlich, kehrtzumachen, aber sie ignorierte die Warnung. Die Anziehung, die von Charlie ausging, war stärker, so elementar wie eine Naturgewalt, wie der Mond.

Der Weg schlängelte sich landeinwärts, und auf einer kleinen Lichtung, die von Birken umgeben war, deren schmale Stämme sich blass vom umliegenden dunklen Dickicht abhoben, machten sie erneut Halt. Gänseblümchen sprenkelten das Gras wie winzige Sterne. Das Zirpen der Grillen klang in der Stille unnatürlich laut.

Mary entdeckte einen Felsbrocken, der groß genug war, dass sie beide sich hinsetzen konnten. Ihr Puls raste, aber nicht von der Anstrengung. Sie war aufgeregt und hatte gleichzeitig schreckliche Angst vor dem, was sie hier auf dieser kleinen runden, von Bäumen eingeschlossenen Wiese erwartete, die sie an einen Daumenabdruck Gottes mitten in dieser Landschaft erinnerte.

Sie ließ den Blick um sich schweifen und bemerkte leise: »Warum kann ich mich nicht an diesen Ort erinnern? Ich muss hundert Mal hier vorbeigegangen sein.«

»Im Dunkeln sieht alles völlig anders aus.«

Charlie entfernte eine Kiefernnadel aus ihrem Haar, und seine Fingerspitzen streiften dabei sacht ihre Schläfe. Er war wie ein Fieber, das in ihr glühte und sie schwächte. Ihr wunderschöne Fantasien eingab. Wie hatte sie je, auch nur eine Sekunde lang glauben können, ein anderer Mann könnte seinen Platz einnehmen? Es gab keinen anderen als Charlie. Es hatte nie einen geben und würde nie einen geben.

Im Sitzen kam er ihr aus einem unerfindlichen Grund noch größer vor. Er beugte den stämmigen Oberkörper vor. Sein Schatten zeichnete sich im Gras zu seinen Füßen ab. Als er sich ihr zuwandte und sie in die Arme schloss, kam es ihr so natürlich vor wie das Atmen, so unausweichlich wie das Plätschern des Wassers in der Stille.

»Mary«, sagte er leise. Nur das, ihren Namen. Wie ein Gebet.

Er umfasste ihr Gesicht zärtlich mit beiden Händen und küsste sie. Sein Mund war warm und schmeckte vom Abendessen her noch ein wenig nach Rauch. Mary gab der quälenden Sehnsucht in ihrem Inneren nach. Seit sie ihn am Küchentisch im Haus ihrer Mutter hatte sitzen sehen, hatte sie gewusst, dass es so kommen würde. Sie würden einander lieben, auch das war ihnen so bestimmt. Hier im Gras, unter dem Mond, zum Zirpen der Grillen.

Das Gefühl war so stark, dass es ihr vorkam, als würde sie mit ihm verschmelzen, so wie Zucker auf der Zunge zerging und eine Schneeflocke auf der Wange schmolz. Ganz plötzlich war alles wieder da: wie es sich ganz am Anfang angefühlt hatte, in seinen Armen zu liegen, als sie sechzehn gewesen waren, wie weder die Androhung, bis in alle Ewigkeit in der Hölle zu schmoren, noch der Zorn ihrer Mutter (der damals für sie fast ebenso furchterregend gewesen war) von Charlie hatte fernhalten können.

Mary klammerte sich an ihn und spürte, wie Gefühle, die seit damals tief in ihr schlummerten, eins nach dem anderen aus ihrem langen Schlaf erwachten. Die sanfte Berührung seiner Finger an ihrem Hals löste ein wohliges Ziehen in ihrem Unterleib aus. Sein Mund, der sie mit genau der richtigen Mischung aus Zärtlichkeit und Verlangen küsste. Als er sie vorsichtig ins

Gras gleiten ließ, war sie sicher, dass sie sterben würde, wenn er jetzt aufhörte. Dann hätte er sie ebenso gut daran hindern können, zu atmen.

Aber Charlie hörte nicht auf.

Vielmehr entkleidete er sie langsam und so genussvoll, dass sie allein hiervon aufstöhnte und vor Lust bebte. »Mary, Mary«, flüsterte er wieder und wieder. Er küsste jedes Fleckchen Haut, das er entblößte. Erst als sie vollständig nackt war, unterbrach er seine Liebkosungen, um seine eigenen Kleider abzulegen.

»Beeil dich«, drängte sie. Dann: »Nein, nicht. O Gott, Charlie, ich will, das es nie mehr aufhört.«

Er breitete sein Hemd über das Gras, und als sie sich darauf sinken ließ, fühlte Mary die Grashalme, die sich durch den weichen, abgenutzten Stoff bohrten. Charlie kniete sich über sie, blickte auf sie herab und strich mit den Fingerspitzen über ihren Bauch und den Hügel darunter.

»Du bist wunderschön«, sagte er, als sähe er sie zum ersten Mal, was ja in gewisser Weise auch der Fall war. Er neigte den Kopf und fuhr mit der Zunge über eine ihrer verhärteten Brustwarzen. Die Berührung war wie ein elektrischer Schock, und sofort durchflutete angenehme Wärme ihren ganzen Körper.

Als seine Lippen abwärts wanderten, stöhnte sie leise und fuhr ihm mit den Fingern durch das Haar. Dann legte er sich auf sie. Der Junge, den sie so gut gekannt hatte, war zu einem Mann gereift, und sie konnte es gar nicht erwarten, seinen Körper zu erforschen, jeden klar definierten Muskel, jede Vertiefung. Noch nie hatte sie etwas so genossen wie seine kontrollierten Stöße, die von der Selbstbeherrschung kündeten, die er im Laufe der Jahre gelernt hatte.

»Bin ich zu schnell?«, murmelte er irgendwann.

»Nein, nein, bitte, was immer du tust, mach weiter«, flüsterte sie mit rauer Stimme. Es fühlte sich falsch an und doch gleichzeitig wunderbar richtig. Keine Regeln, keine Verbote. Nur der

Mond ... das liebliche Seufzen des Windes in den Bäumen ... und Charlie.

Als es vorbei war, rollte er sich auf den Rücken. Seite an Seite lagen sie im Gras, ließen ihre erhitzten Körper von der abendlichen Brise kühlen und bemerkten die Mücken kaum, die sich an ihnen gütlich taten. Eine Weile sagte keiner von ihnen ein Wort. Mary sprach als Erste.

»Haben wir wirklich geglaubt, wir würden es dabei bewenden lassen? Angucken aber nicht anfassen?« Atemlos lachte sie über die eigene Naivität. Sie wandte den Kopf und sah, dass er sie sehr ruhig musterte, so als hätte sich nur einer von ihnen etwas vorgemacht, und das war nicht Charlie. Trotzdem wusste sie, dass es verrückt war. Genau das hatte sie damals überhaupt erst in solche Schwierigkeiten gebracht. Allerdings stellte sich ihnen heute, einunddreißig Jahre später, eine völlig neue Herausforderung.

Charlie rollte sich auf die Seite und stützte sich auf einen Ellbogen. »Ich habe mir keine solche Illusionen gemacht.« Er lächelte auf sie herab.

»Wie auch immer. Das gibt Ärger. Ich werde nicht für immer hierbleiben, weißt du.«

»Dann betrachte es als Nostalgie-Trip, wenn du dich dann besser fühlst.«

»Zumindest sicherer.«

Er rupfte einen Grashalm neben ihrem Ohr aus und kaute nachdenklich darauf herum. »Es gibt da nur ein Problem.« Er grinste. Seine Zähne schimmerten hell in der Dunkelheit. Er zog sie in die Arme und küsste sie leidenschaftlich. Dann hob er den Kopf und fragte neckend: »Fühlt sich *das* alt und verstaubt an?«

Sie zögerte, ihre Lippen nur Zentimeter von seinen entfernt. Weder die Vergangenheit noch die Gegenwart beunruhigten sie. Bei Charlie konnte vielmehr die Zukunft viel Leid bringen.

Schon bald, in Tagen, Wochen oder spätestens Monaten würde der Augenblick kommen, da es hieß, Abschied zu nehmen. Und wieder würde eine andere Frau die Scherben aufheben und kitten, wenn sie fort war.

Und dieser Tag würde schon bald kommen, entschied sie. Die heutige Nacht wollte sie genießen. Wollte nur an Charlie denken, an den See, der dunkel durch die Bäume schimmerte, und an das stachelige Gras unter ihnen.

Das war sie ihnen beiden schuldig.

Also schwieg Mary. Wortlos erwiderte sie seinen Kuss und öffnete die Lippen in einem stummen Flehen um Vergebung, und die ganze Sehnsucht ihres Herzens drängte ihm entgegen.

# Kapitel 8

Bronwyn spülte den letzten Kessel und stellte ihn auf das Abtropfgestell. Sie hatte etwas Hähnchen für Rufus gerettet, der wie ein zotteliger orangefarbener Teppich vor ihr lag, aber als sie ihm das Fleisch zuwarf, leckte er nur daran, wie um ihr zu zeigen, dass er ihre aufmerksame Geste zu schätzen wusste, und ließ sich dann wieder auf den abgewetzten Linoleumboden zurücksinken. Armer alter Rufus. Sie war noch ein Baby gewesen, als ihre Eltern ihn angeschafft hatten. Damit war er ... wie alt? Einhundertfünf Hundejahre? Sie nahm an, dass sie auch wählerisch wäre, wenn sie so alt wurde.

Sie bückte sich und kraulte ihn hinter einem zotteligen Ohr. »Hoffst du auf ein noch besseres Geschenk als Bestechung? Tut mir Leid, Ruf, aber etwas anderes gibt es nicht. Ich verlasse mich trotzdem darauf, dass du mich nicht verpetzt.«

Beim Gedanken an ihren gewagten Plan schlug ihr das Herz bis zum Hals. Er hatte im Laufe der vergangenen Tage Gestalt angenommen, seit Noelles Gerichtstermin. Jetzt war der Moment gekommen, ihn in die Tat umzusetzen.

O ja, sie wusste, was die anderen dachten: dass sie zu jung war, um helfen zu können, dass sie nur im Weg war. Als ob die Erwachsenen bisher irgendetwas erreicht hätten. Wenn sie so schlau waren, wie kam es da, dass Noelle Emma immer noch nicht zurückbekommen hatte? Alle taten so, als wäre dieser

Mistkerl Robert unschlagbar. Aber das wollte er sie nur glauben machen.

Bronwyn wusste es besser. Im vergangenen Sommer hatte ihre Schwester ihr einen Job bei Van Doren & Sons besorgt, und da hatte sie das eine oder andere mitbekommen. Beispielsweise wusste sie über den Safe Bescheid, in dem Robert einen zweiten Satz Steuerunterlagen aufbewahrte, für die das Finanzamt sich ganz bestimmt sehr interessieren würde. Und zufällig kannte sie auch die Kombination zu diesem Safe. Aber das war eine andere Geschichte.

Im Augenblick war ihr Hauptproblem, dass ihr Dad keine Peilung hatte, so ungern sie das zugab. In letzter Zeit sah er nicht mehr sie, sondern nur noch ihren Körperschmuck; die drei Ohrringe in jedem Ohr, der gepiercte Nabel und eine Garderobe, die in seinen Augen viel zu unpraktisch war und viel zu viel Haut zeigte. Wahrscheinlich wäre er überrascht, wenn er wüsste, dass sie noch Jungfrau war. Oder dass sie gestern bei Scoops zur Mitarbeiterin des Monats gekürt worden war. Und wer würde heute Abend mit Rufus Gassi gehen? Sie persönlich würde nicht auf den gut aussehenden Mann in Jeans wetten, der so blind war vor Liebe, dass er nicht mehr klar sehen konnte.

Glaubte er denn, sie hätte es nicht bemerkt? Himmel. Es war so offensichtlich, als wäre es auf seine Stirn tätowiert. Schon als ihre Mutter noch gelebt hatte, war ihr aufgefallen, dass ihr Dad nie von seiner ersten Frau erzählte, es sei denn, das Thema ergab sich zufällig – fast so, als fürchte er sich davor. Dann trat dieser seltsame abwesende Ausdruck in seine Augen, als dächte er an etwas, das zu intim war, um es mit anderen zu teilen. Mummy hatte es auch bemerkt. Aber das Großartige an ihr war, dass sie ihn verstanden hatte. Bronwyn glaubte, dass das vielleicht einer der Gründe gewesen war, weshalb er sie geheiratet hatte ... weil sie ihn so genommen hatte, wie er war, mitsamt des ganzen Ballastes aus der Vergangenheit, alter Liebesgeschichten etc.

Aber heute war alles anders. Zum einen war Mummy nicht mehr da, wohl aber Mary. Im Übrigen musste man schon blind sein, um nicht zu sehen, dass sie ebenso verrückt nach ihrem Dad war wie er nach ihr. Bronwyn hatte keine Ahnung, wohin das führen würde; sie wusste nur, dass sie nichts damit zu tun haben wollte. *Niemals nie nicht,* wie Maxie sagen würde. Ihre beste Freundin hatte zu allem den passenden Spruch, und für gewöhnlich enthielt der ein Schimpfwort. Als Bronwyn sich ihr anvertraut hatte, hatte Maxie in der ihr typischen Art die Situation wie folgt zusammengefasst: *Scheiß-Herzschmerz à la Seifenoper.*

Allerdings hatte Bronwyn ihrer Freundin verschwiegen, welche Angst sie hatte. Diese Sache mit Noelle würde ihrer aller Leben drastisch verändern, nicht nur das ihrer Schwester. *Und diesmal werde ich nicht dasitzen und abwarten, dass ein blöder Richter seine Entscheidung fällt.* Maxie hatte eine Tante und einen Onkel, die schon seit Jahren prozessierten. In der Zwischenzeit konnte alles Mögliche passieren. Noelle, die in letzter Zeit aussah wie ein Gespenst, konnte krank werden, wirklich ernsthaft krank ... wie Mummy. Robert konnte die arme kleine Emma einer Gehirnwäsche unterziehen. Und Dad ...

*Dad würde vielleicht wieder heiraten.* Sie schüttelte sich bei dem Gedanken.

Allerdings hatte ihr Plan einen Haken: Sie konnte ihn nicht allein umsetzen. Und es gab nur einen Menschen, der ihr helfen würde.

Trotzdem hielt sie mitten in der Bewegung inne, als sie nach dem Wandtelefon griff und daran dachte, worum sie Dante bitten wollte. Wenn sie erwischt wurden, konnten sie beide im Knast landen! Was ihren Freund betraf, wäre es nicht der erste Gesetzesverstoß. Vor sechs Monaten war er wegen Alkohols am Steuer für eine Nacht hinter Gitter gewandert und war zu hundert Stunden gemeinnütziger Arbeit verdonnert worden. Paradoxerweise hatten sie sich darum überhaupt erst kennen gelernt.

Bronwyn würde nie den Tag vergessen, an dem Dante Lo Presti in ihr Leben getreten war. Sie arbeitete ehrenamtlich zweimal die Woche für One Voice, eine Organisation, die Vorleser an Blinde vermittelte. Und wohin schickte man ausgerechnet Dante, um seine hundert Stunden gemeinnützige Arbeit abzuleisten? Dante sollte sie beim alten Mr Goodman ablösen, der nicht nur blind war, sondern darüber hinaus an Alzheimer litt und sich zuweilen einbildete, man würde ihn bestehlen. Erst in der vergangenen Woche hatte er sie beschuldigt, seine Zahnbürste entwendet zu haben. Ausgerechnet! Sie war nicht die Einzige. Bernie Goodman hatte schon zwei freiwillige Helfer vor ihr rausgeworfen.

Sie wartete also auf ihre Ablöse, und herein kam dieser Typ, der auf einer Skala von eins bis zehn mindestens eine elf einhalb war. Er trug Lederjacke und Motorradstiefel, hatte ein selbstsicheres Lächeln auf den Lippen, einen unwiderstehlichen Schlafzimmerblick und sah aus, als wäre er zu jeder Schandtat bereit. Als Dante ohne Umschweife gefragt hatte, ob sie nicht Lust hätte, sich später mit ihm im Murphy's zu treffen, hatte sie keine Sekunde gezögert.

Das Problem war, dass Dante nicht unbedingt der Traum einer Schwiegermutter – oder eines Schwiegervaters – war. Er war knapp achtzehn, und was ihren Vater anbelangte, stempelte ihn das zum sexbesessenen Perversen. Diesbezüglich war auch nicht eben hilfreich, dass Dante mindestens drei Jahre älter aussah, immer Ringe unter den Augen hatte und Ölränder unter den Fingernägeln vom Herumschrauben in Stans Werkstatt. Wenn Dad ihm nur eine Chance geben würde, würde er bald feststellen, dass Dante hinter der Fassade richtig süß war. Aber wie sollte es dazu kommen, nachdem Dad ihr den Umgang mit Dante verboten hatte?

Und so traf sie sich heimlich mit Dante, wann immer sie konnte. Sie hasste es, ihren Vater anzulügen, aber er hatte ihr keine andere Wahl gelassen. Und in gewisser Weise hatte er seinen Willen bekommen. Mit der Schule, ihren Jobs und den Verrenkungen, die sie anstellen musste, um sich ein Alibi zu verschaffen für die Zeit, die sie tatsächlich mit Dante verbringen wollte, bekamen sie sich kaum noch zu Gesicht.

Sie machten das teilweise dadurch wett, dass sie viel telefonierten, manchmal bis tief in die Nacht, wenn Dad Überstunden machte. Sie lag dann im Dunkeln auf ihrem Bett, den Hörer ans Ohr und ein Kissen gegen den Bauch gedrückt, weil ihr immer ganz schwach wurde beim Klang seiner tiefen männlichen Stimme. So hatte sie noch nie bei einem Jungen empfunden: Ihr wurde abwechselnd heiß und kalt, und die Kapriolen ihres eigenen Körpers waren beängstigend.

Sie wusste, dass Dante genauso empfand. Warum sonst sollte er hinnehmen, dass sie sich nicht öfter sehen konnten? Aber sie zu mögen war eine Sache, für sie ein Verbrechen zu begehen etwas völlig anderes. Vielleicht wurde er wütend, wenn sie ihn darum bat. Es konnte sogar sein, dass er Schluss machte.

Bei dem Gedanken verspürte sie einen schmerzhaften Stich in der Herzgegend. Sie wusste nicht, was sie tun sollte, falls es dazu kam. Vermutlich würde sie sich zusammenrollen und einfach sterben. Oder in die Army eintreten, so wie Maxie es nach der Schule vorhatte.

Hastig, bevor sie es sich anders überlegen konnte, wählte Bronwyn Dantes Nummer. Er teilte sich eine Wohnung mit zwei Freunden, die endlos telefonierten – Maxie vermutete, dass Troy und Mike süchtig waren nach Telefonsex. Sie betete, dass die Leitung frei war und Dante ranging.

»Ja?«

Es war Dante. Diese Stimme würde sie auch dann erkennen, wenn sie unter einem aufgebockten Auto hervorkam, fast übertönt vom Lärm eines Luftkompressors. Ihr Herzschlag beschleunigte sich, ein Reflex wie das Schwanzwedeln eines Hundes. Es fiel ihr schwer, ganz normal zu sprechen.

»Hallo, ich bin's, Bron. Sag mal, hast du morgen nach der Arbeit schon was vor?«

»Was liegt denn an?« Dieses tiefe, kehlige Stimme. Maxie hatte gestöhnt, dass sie aus Asbest sein müsse, um so lange bei einem so sexy Typen standhaft zu bleiben. Und Bronwyn wusste keinen einzigen guten Grund für diese Enthaltsamkeit anzuführen. Eben darum akzeptierte Maxie sie nicht als Begründung.

»Ich dachte, wir könnten vielleicht eine Spritztour unternehmen oder so was«, entgegnete sie, wobei ihr Herz so laut schlug wie Rufus Schwanz, wenn er wedelnd auf den Fußboden klopfte.

Hierauf entstand eine Pause. Sie konnte im Hintergrund den Fernseher hören. Dann sagte Dante: »Ich werde versuchen, etwas früher rauszukommen. Am üblichen Treffpunkt?« Es schmerzte sie, dass sie sich nicht ganz offen treffen konnten, aber bisher hatte er es widerspruchslos akzeptiert.

»Ja. Gegen vier, okay?«

Erst nachdem sie aufgelegt hatte, atmete Bronwyn befreit auf. Sie fror, als wären es im Haus zehn Grad. Minuten später, als sie im klapprigen Chevy Blazer ihres Vaters zu Maxie fuhr, fröstelte sie immer noch.

Am folgenden Nachmittag kam sie erst um Viertel nach vier von der Arbeit los, und das nur wegen einer älteren Kundin, die sich nicht zwischen Erdbeer-Kirsch und Vanille mit Karamellstückchen entscheiden konnte. Als sie aus der Eisdiele hastete, betete Bronwyn, dass Dante noch am Treffpunkt auf sie wartete.

Er war da. Dort, wo sie sich immer trafen, in der schmalen Gasse hinter dem Kino. Er lehnte an der Backsteinmauer und rauchte, ein Meter achtzig gebräunter Muskeln in engen Levi's und einem noch engeren Achselshirt. Er hatte eine Ray Ban in die dunklen Locken geschoben, und an einem seiner trainierten Bizeps prangte eine Tätowierung: das chinesische Symbol für *chai,* Leben. Wie das richtige Leben, nicht das lächerlich behütete Dasein, das sie führte.

Wie gewöhnlich fragte sie sich, bevor er sie bemerkte: *Was findet er eigentlich an mir?* Dante war auf sich allein gestellt, seit er sechzehn war. Er trank, wenngleich er sich nicht mehr betrank. Er rauchte. Und obwohl er sich auf Andeutungen beschränkt hatte, war sie sicher, dass er schon mit vielen Frauen geschlafen hatte. Sie ihrerseits trank keinen Alkohol, rauchte nicht und ihre sexuellen Erfahrungen beschränkten sich auf das eine Mal, das sie ihrem Ex-Freund, Chris Bartolo, erlaubt hatte, sich so lange an ihr zu reiben, bis er gekommen war.

»Entschuldige die Verspätung.« Bronwyn war ganz außer Atem, nachdem sie den ganzen Weg gelaufen war. »Da war diese bescheuerte Frau – ach, ist ja egal. Wartest du schon lange?«

Dante warf seine Zigarette auf den Boden und stieß sich mit einer geschmeidigen Bewegung, die sie an einen Fassadenkletterer erinnerte, von der Mauer ab. »Zehn Minuten oder so, kein Problem.« Er zuckte die Achseln und drückte mit dem Absatz seines Motorradstiefels den glühenden Stummel aus. »Stan hat mich früher gehen lassen, als ich ihn darum gebeten habe.«

»Das war nett von ihm.«

Dantes volle Lippen verzogen sich zu einem verächtlichen grinsen. »Ach ja? Er ist mir noch was schuldig, der Arsch. Er hat mir die Überstunden vom letzten Monat noch nicht bezahlt. Würde ihm nur recht geschehen, wenn ich den ganzen Kram hinschmeißen würde.«

»Und warum tust du das nicht?«

»Und wovon soll ich leben?« Dante musterte sie auf eine Art und Weise, die ihr nicht gefiel. Aus zusammengekniffenen Augen, halb belustigt, als würde er sie nicht ernst nehmen. »In dieser Stadt würde sofort jeder, der auch nur ein bisschen Ahnung von Automechanik hat, sofort meinen Platz einnehmen.«

»Du hast Recht. Vergiss, was ich gesagt habe.« Was für ein Idiot sie doch war! Nicht jeder verkaufte Eis, um sich für das College etwas dazuzuverdienen; viele Menschen mussten für ihren Lebensunterhalt arbeiten.

Dante wölbte den Rücken und vergrub eine Hand in der Tasche seiner Jeans, in die er seine Zigaretten gestopft hatte. Dabei rutschte sein enges Oberteil aus der Hose, und Bronwyn erhaschte einen Blick auf seinen flachen braunen Bauch mit den schwarzen Haaren, die unter dem Hosenbund verschwanden. Sie spürte plötzlich ein seltsames Prickeln im Bauch, wie auf einer Achterbahn.

Er zündete sich eine Zigarette an und tat einen tiefen Zug. Als sie die Gasse verließen, nachdem sie einen vorsichtigen Blick nach rechts und links geworfen hatten, bevor sie auf die Main Street hinaustraten, sagte er. »Vielleicht kündige ich doch eines Tages, wer weiß. Vielleicht ist es an der Zeit, weiterzuziehen, raus aus diesem Kuhdorf.«

Bronwyn unterdrückte die aufsteigende Panik und fragte möglichst beiläufig: »Und was hält dich noch hier?«

Er schenkte ihr ein vielsagendes Lächeln, das ihr durch und durch ging. »Nichts. Gar nichts.« Aber sein Tonfall und sein Blick ließen seine Worte klingen wie eine Liebkosung. »Möchtest du irgendwo speziell hin?« Sie folgte seinem Blick zu dem libellengrünen Camaro, der hinter Hook, Line & Sinker parkte.

Normalerweise fuhren sie raus an den Fluss oder zu den Wanderwegen entlang des Windy Ridge, wo man stundenlang laufen konnte, ohne einer Menschenseele zu begegnen. Aber diese Orte waren auf ihre eigene Art gefährlich, so abgeschieden, dass in der Regel eins zum anderen führte. Ehe sie sich versahen, lagen sie halb ausgezogen in einer Sandgrube oder auf einem Bett aus Kiefernnadeln. Heute wollte sie das nicht. Heute hatte sie etwas Wichtiges zu erledigen.

»Wie wäre es mit dem Friedhof? Da sind wir schon lange nicht mehr gewesen.«

Sie bezog sich auf den alten lutheranischen Friedhof acht oder neun Meilen außerhalb der Stadt. Die Kirche war vor ein paar Jahren bei Hochwasser weggespült worden, und es kam kaum noch jemand dorthin, ob tot oder lebendig. Mit seinen menschenleeren Wegen und den riesigen Schatten spendenden alten Bäumen war es der ideale Ort für einen ungestörten Spaziergang.

Oder für ein Gespräch, das niemand mithören sollte.

Das Flattern im Bauch wurde stärker. *Noch ist es nicht zu spät, um einen Rückzieher zu machen,* flüsterte eine innere Stimme. *Niemand setzt dir die Pistole auf die Brust.* Dann dachte sie an ihre Schwester ... und an Noelles Mutter. Nein, sie konnte es sich nicht leisten zu kneifen. Es war wie auf dem Plakat in Mr Melnicks Klasse: *Carpe diem.* Nutze den Tag.

Minuten später fuhren sie mit offenen Fenstern die Route 30 hinunter, und ihr langes Haar flatterte wie eine Fahne im Wind. Sie warf einen verstohlenen Blick auf Dante, der sich auf die Straße konzentrierte. Zwei Lichtpunkte spiegelten sich in den gewölbten Gläsern seiner Brille. Rauch von der Zigarette, die er zwischen zwei Fingern der linken Hand hielt, zog durch das Seitenfenster ab. Wenn man ihn dabei erwischte, wie er in Roberts Büro einbrach, wer würde da glauben, dass es nicht seine Idee gewesen war? Dante würde hinter Gitter wandern, während sie mit gemeinnütziger Arbeit davonkam.

Aber ohne ihn war sie aufgeschmissen. Das, was sie nur aus dem Fernsehen kannte, kannte Dante aus dem richten Leben. Beispielsweise wie man einen Wagen kurzschloss ... oder ein

Schloss knackte. Ohne Alarmanlage war ein verwaistes Büro bei Nacht für jemanden wie ihn doch ein Kinderspiel.

Kurz darauf machte er in einem schattigen Wendehammer am Friedhof Halt. Ein paar Dutzend Meter zu ihrer Linken stand ein verfallener Holzschuppen, der mit einer rostigen Kette und einem Vorhängeschloss gesichert war. Er war das Einzige, was von den alten Kirchengebäuden noch übrig war. Dahinter führte ein gewundener, von Unkraut überwucherter Weg zu den Grabsteinen oben auf einem Hügel.

Sie machte Anstalten auszusteigen, aber Dante hielt sie zurück. »Warte.«

Er nahm die Sonnenbrille ab und warf sie oben auf das Armaturenbrett. Dann beugte er sich zu ihr, um sie zu küssen. Langsam, zärtlich und aufregend. Sie fühlte, wie sie auf der Achterbahn die erste steile Abfahrt hinunterrauschte. Wenn Dante küsste, war es ganz anders als bei anderen Jungen, er zögerte nicht, bat nicht um Erlaubnis. Er nahm sich, was er wollte ... auf eine so unwiderstehliche Art und Weise, dass sie es auch wollte.

Seine Lippen öffneten sich, und seine Zungenspitze erforschte zärtlich ihren Mund. Er roch leicht nach Nikotin, und obwohl es sie eigentlich störte, dass er rauchte, erregte sie der Geruch seltsamerweise, wenn er sie küsste. Vielleicht, weil er dadurch noch verwegener wirkte. Sie schauderte vor Lust, als er eine Hand auf ihren Nacken legte, die Finger in ihrem Haar vergrub und ihr sanft die Kopfhaut massierte. Als er dann noch mit dem Daumen ihre Wange streichelte, wurde ihr ganz schwach.

Erst zögernd, dann immer mutiger, öffnete Bronwyn den Mund und erwiderte den Kuss, während ihre Hand sich unter sein Shirt schob und seinen Rücken streichelte. Sie fühlte seine Wirbelsäule zwischen den ausgeprägten Muskeln rechts und links davon. Ihre Handfläche klebte an seiner feuchten Haut. Er roch nach Schweiß und Öl und der rosa Seife in dem Glas auf dem schmutzigen Waschbecken in Stans Werkstatt. Sie stellte ihn sich splitternackt unter der Dusche vor, und das flaue Gefühl im Bauch wurde stärker. Plötzlich fiel ihr das Atmen schwer.

Die Hand auf ihrem Oberschenkel erinnerte sie daran, wie Dante einmal den Reißverschluss ihrer Jeans geöffnet und eine Hand unter ihren Slip geschoben hatte. Es war ihr peinlich gewesen, wie feucht sie war. Als er mit einem Finger in sie eingedrungen war, hatte sie sich versteift und nicht gewagt, sich zu rühren, weil sie fühlte, dass sie kurz vor etwas stand, das wirklich richtig peinlich war, wie nachts, wenn sie sich unter der Bettdecke streichelte, bis sie einen Orgasmus bekam.

Jetzt löste er unter ihrem T-Shirt den Verschluss ihres BHs. Bronwyn seufzte leise. Bei ihm schämte sie sich ihrer kleinen Brüste nicht, so wie bei anderen Jungen. Dante bedeckte sie fast ehrfürchtig mit den Händen, und seine schwieligen Fingerspitzen prickelten auf ihrer sonnenverbrannten Haut.

»Deine Haut fühlt sich ganz heiß an«, murmelte er in ihr Haar.

»Ich bin auf dem Anleger in der Sonne eingeschlafen.«

»Zu schade, dass ich nicht dort war, um dich zu wecken.«

»Ach ja? Dann hätte ich mehr riskiert als nur einen Sonnenbrand, das kannst du mir glauben«, sagte sie lachend und knabberte an seinem Ohrläppchen.

Und doch hinterließ der Gedanke an ihren Vater ein gewisses Unbehagen bei ihr. *Was Dad nicht weiß, macht ihn nicht heiß,* sagte sie sich. Aber diesmal funktionierte diese Taktik nicht. Die Schuldgefühle wurden nicht weniger, weil sie es wusste. Und in gewisser Weise betraf es ihn doch. Sie standen sich nicht mehr so nah wie früher; früher hatte sie mit ihrem Vater über alles reden können, aber heute sprachen sie nur noch über albernen Alltagskram.

Abrupt rückte Bronwyn von Dante ab. »Hast du was dagegen, wenn wir ein paar Schritte gehen?«, fragte sie. »Es wird langsam warm hier drin. Ich könnte etwas frische Luft brauchen.«

Dante ließ sofort von ihr ab, aber sie spürte, wie frustriert er war. Als sie ihn einmal gefragt hatte, warum er bei ihren Rückziehern nie wütend wurde, so wie andere Jungen vor ihm, hatte er die Achseln gezuckt und gemeint, das wäre eben der Unterschied zwischen Jungs und Männern. Diesmal glaubte sie aber, flüchtig eine Spur von Verachtung auf seinem Gesicht zu sehen. Wurde er es leid, dass sie sich immer noch zierte? Egal, wie geduldig ein Mann auch sein mochte, erwartete er doch, dass eine Frau *irgendwann* mit ihm schlief.

»Wie du meinst«, sagte er gepresst.

Er lehnte sich über sie, um ihr die Tür zu öffnen, und plötzlich hatte sie Angst, dass er mit quietschenden Reifen davonrasen würde, sobald sie ausgestiegen war. Als sie sah, dass er ihrem Beispiel folgte, wurde ihr richtig schwindlig vor Erleichterung.

Seite an Seite folgten sie dem mit Unkraut überwucherten Weg zum Friedhof. Die Baumwipfel bildeten einen löchrigen Baldachin über ihnen, und im Gras lagen trockene Äste und Eicheln verstreut, die unter ihren Füßen knackten und wegrollten. Ansonsten war nur das Zwitschern der Vögel zu hören, vermischt mit dem fernen Rauschen des Flusses.

Ein Stück weiter den Hang hinauf tauchten die ersten Grabsteine auf. Viele von ihnen waren mit Moos bewachsen und schief, ihre Inschriften kaum noch zu entziffern. Als sie sich bückte und mit dem Daumen über einen mit Flechten überzogenen Stein strich, stieg ein Gefühl inneren Friedens in Bronwyn auf. Sie liebte Friedhöfe, vor allem alte. War das exzentrisch? Wahrscheinlich. Aber irgendwie fühlte sie sich solchen Orten verbunden. Sogar die Namen auf den Grabsteinen waren ihr so vertraut wie jene von Lebenden, die ihr in den

Straßen von Burns begegneten. Adolfo Terrazini, 1934–1978: Er musste mit dem Kunstlehrer, Mr Terrazini, verwandt sein. Und auf dem dort drüben stand: Patience Whittaker 1920–1921, *Erst warst du Engel auf Erden, nun bist du's im Himmel.* Das konnte nur das Erstgeborene von Maxies Urgroßmutter sein, das noch als Säugling gestorben war.

Bronwyn machte vor einem schlichten Grabstein aus Granit Halt, der ihr bei ihren bisherigen Besuchen nicht aufgefallen war. Die Inschrift war weniger verwittert als bei den anderen, sodass sie leichter zu lesen war.

CORINNE ANNE LUNDQUIST
1952–1969
GELIEBTE TOCHTER UND SCHWESTER

Ein leichter Schauer kroch ihr das Rückgrat hinauf. »Mein Vater war mit ihr in der Schule«, sagte sie leise. »Sie war nur zwei Jahre älter als ich heute, als sie starb.«

»Und wie ist sie gestorben?«, fragte Dante.

»Sie hat sich umgebracht. Kannst du dir das vorstellen?«

»Ja, das kann ich.«

Etwas in seinem Tonfall ließ sie herumfahren. Dante starrte mit einem abwesenden, sonderbaren Blick in die Ferne. Dann sah er sie wieder an, beinahe herausfordernd. Im fleckigen Schatten wirkten seine sturmgrauen Augen beinahe schwarz. »Nur weil ich manchmal darüber nachdenke, heißt das nicht, dass ich es je tun werde.«

Bronwyn dachte an ihre Mutter auf dem katholischen Friedhof am anderen Ende der Stadt. Sie hätte sich mehr als alles andere gewünscht, von ihr Abschied nehmen zu können. Sie war neun gewesen, als ihre Mutter gestorben war, und damals hatten Kinder noch keinen Zutritt zu Krankenhauszimmern gehabt. Daran erinnerte sie sich noch besonders deutlich aus dieser Zeit: Zorn, und das Gefühl, um etwas Kostbares betrogen worden zu sein. Wütend auf Ärzte und Schwestern. Wütend auf Dad. Ja sogar auf ihre Mum.

»Nicht jeder betrachtet es als einen Ausweg.« Ihre Hände ballten sich zu Fäusten, während ihre Arme steif herabhingen. »Meine Mutter zum Beispiel. Sie hat bis zuletzt gekämpft.«

Dante schwieg lange und starrte wortlos ins Tal hinunter, wo der Fluss sich wie ein goldenes Band zwischen Trauerweiden wand. Als er schließlich sprach, klang seine Stimme ganz fremd, weich und beinahe gequält. »Ich kann mich nicht an meine Mutter erinnern. Sie starb, als ich zwei war. An einer Überdosis.« Er zuckte die Achseln, aber sie konnte den Schmerz in seinen Augen sehen. »Meine Stiefmutter war auch nicht besser. Sie hat mich jede Minute spüren lassen, dass ich nicht ihr eigen Fleisch und Blut war.«

Bronwyn musste wieder an Mary denken. Als sie sich abwandten und an den Rückweg machten, nahm sie seine Hand. »Dante? Ich habe eine Bitte an dich. Es ist ein ziemlich großer Gefallen, ich könnte also gut verstehen, wenn du Nein sagst.«

Er lächelte. »Du möchtest, dass ich mit deinem Dad über uns spreche, habe ich Recht?« Es klang, als meinte er dies nur halb im Scherz.

»Es geht nicht um uns, sondern um meine Schwester. Na ja, jedenfalls weitestgehend.« Sie konnte ihm plötzlich nicht mehr in die Augen sehen und senkte den Blick.

»Du meinst die Schwester, von der du mir erzählt hast ... die mit dem Kind?«

Sie nickte. »Noelle sitzt in der Klemme. Sie könnte für immer das Sorgerecht an ihrer kleinen Tochter verlieren, wenn nicht etwas Drastisches unternommen wird.«

Er musterte sie unsicher. »Und woran genau hast du da gedacht?«

Bronwyn holte tief Luft. Ihr Herz schlug so heftig, dass sie das Pochen im Gesicht spüren konnte. Jetzt war es soweit: jetzt oder nie. »Ich brauche deine Hilfe, um in das Büro meines Schwagers einzubrechen«, sprudelte es aus ihr hervor. »Dort befindet sich ein Safe, in dem er einen zweiten Satz Steuerunterlagen aufbewahrt. Doppelte Buchführung. Wenn die plötzlich verschwinden würden, wäre er ganz sicher zu allem bereit, um sie wiederzubekommen. Bestimmt würde er sogar den blöden Sorgerechtsprozess dafür sausen lassen.«

Ihre Worte hingen in der Luft wie der Geruch von Ozon nach einem Donnerschlag. Dante antwortete nicht gleich, sondern entzog ihr nur seine Hand und verschränkte die Arme vor der Brust. In der glutheißen Stille war nur das Surren von Insekten zu hören und ein Automotor irgendwo in der Ferne. Schließlich reagierte er so heftig, dass sie zusammenzuckte.

»Bist du verrückt? Ist dir eigentlich klar, was passiert, wenn wir erwischt werden?«

»Ich weiß, dass es riskant ist. Darum brauche ich ja deine Hilfe.«

»Heiland, wofür hältst du mich denn? Ich verdiene meinen Lebensunterhalt als Automechaniker. Ich breche nicht in fremder Leute Büros ein. Dein Problem ist, dass du zu viel fernsiehst.« Er schüttelte ärgerlich den Kopf. »Und auch wenn es gelänge, einzubrechen, glaubst du, es ist so leicht, einen Safe zu knacken?«

»Ein Kinderspiel – wenn man die Kombination kennt.«

Er kniff die Augen zusammen. »Offenbar hast du an alles gedacht.«

»Sie steht auf einem Kärtchen, das in seiner Schreibtischschublade eingeschlossen ist. Aber ich habe sie auswendig gelernt.«

Dante verdrehte die Augen. »Sag nichts. Das eine Mal, als er nicht aufgepasst hat, hast du ihm – rein zufällig, versteht sich – über die Schulter gesehen. Und so wie ich dich kenne, konntest du einfach nicht widerstehen, nachzuschauen, was in dem Safe ist.«

Sie grinste breit. »Woher weißt du das?«

»Ich bin eben ein Genie«, entgegnete er wütend. »Ein Genie, das sich auf seinen Geisteszustand untersuchen lassen sollte.«

»Heißt das, du machst es?«

Dante hob in einer Geste, die sie an einen Verkehrspolizisten erinnerte, eine Hand. »Moment, das habe ich nicht gesagt.«

Sie war trotzdem ganz aufgeregt. »Aber du denkst wenigstens darüber nach?«

»Du hast nicht zufällig auch den Büroschlüssel mitgehen lassen?«

Sie schüttelte den Kopf und wünschte, sie hätte es getan.

»Ist auch egal. Mach das allein«, knurrte er.

Vielleicht war es der nervöse Blick, den er ihr zuwarf, oder es lag daran, wie er sich abrupt abwandte und steif in die Richtung seines Wagens stolzierte: Plötzlich wusste Bronwyn, dass hinter seinem Zorn mehr steckte. Sie eilte ihm nach.

»Dante.« Sie packte seinen Arm. »Was ist denn? Verschweigst du mir etwas?«

Er schüttelte ihre Hand ab und ging weiter. »Vergessen wir's einfach, okay?«

»Wenn es etwas gibt, das ich wissen sollte, sag es mir bitte.«

»Du begreifst es nicht.« Mit blitzenden Augen wirbelte er herum. Das Tattoo an seinem angespannten Arm zuckte wie ein lebendiges Wesen. »Ich arbeite für den Kerl, klar?«

Sie schnappte nach Luft und wich einen Schritt zurück. Die Luft fühlte sich plötzlich dick an wie zäher Brei, an dem sie ersticken würde, wenn sie versuchte, sie einzuatmen. »Du ... was?«

Dante senkte den Blick und kramte seine Zigarettenpackung aus der Hosentasche. »Nichts Illegales. Nur Botengänge, Erledigungen ... Kleinkram. Ein paar Stunden die Woche höchstens.«

Bronwyn fuhr sich mit der Zungenspitze über die plötzlich spröden Lippen. »Was für Erledigungen?«

Er zögerte und warf ihr über die Hand hinweg, mit der er die Zigarette beim Anzünden gegen den Wind schützte, einen Blick zu. »Letztes Mal habe ich einen Umschlag überbracht ... irgendso einem Kerl.«

Das Feuerzeug flammte auf, und die Zigarette glomm wie ein Auge, das sich plötzlich öffnete. In diesem Moment, da sein Gesicht in das teuflische rote Licht getaucht war, sprach Dantes schuldbewusster Blick Bände. Sie brauchte nicht erst zu fragen, ob Geld in dem Umschlag gewesen war.

Ihr Gesicht brannte, als hätte er sie geohrfeigt. Niemals, nicht in einer Million Jahre, hätte sie das für möglich gehalten. Ich kenne diesen Menschen nicht, dachte sie. Eben hatte er sie noch leidenschaftlich geküsst und ihre Brüste gestreichelt, aber sie kannte ihn nicht. Nicht wirklich.

Vielleicht hatte ihr Dad ja Recht, was Dante betraf.

Dann ging ihr durch den Kopf: Er hätte es mir nicht zu sagen brauchen. Vielleicht war das seine Art, mich zu warnen. Aber wovor?

Plötzlich, aus einem unerfindlichen Grund, hatte Bronwyn das Gefühl, sie würden beobachtet. Sie konnte sie beinahe fühlen, die Geister all der Menschen, die auf dem Hügel begraben waren und um sie herum raschelten wie das Laub über ihnen. Gänsehaut überzog ihre Arme.

Aber bevor sie von ihrem Freund Antworten verlangen konnte, wurde das ferne Motorengeräusch lauter. Ein glänzendes weißes Flaggschiff von einem Cadillac fuhr unten auf den Parkplatz. Eine Frau mit Sonnenbrille und einem Tuch um den Kopf stieg aus. Trotz der Hitze an diesem wohl heißesten Tag des Jahres trug sie lange Hosen und eine langärmelige Bluse. Sie bewegte sich sehr langsam, wie eine Invalide, eine Vase mit Blumen an die Brust gedrückt. Weiße Rosen, wie Bronwyn erkannte, als die Frau näher kam. Wie seltsam, dass jemand so teure Blumen auf ein Grab stellte, wo sie in kürzester Zeit verwelken würden. Ein Grab mitten im Nichts, auf einem Friedhof, auf dem seit über zwanzig Jahren niemand mehr beerdigt worden war.

Sie wusste nicht warum, aber ein Instinkt veranlasste sie, Dantes Hand zu nehmen und ihn hinter sich her in den Schutz eines dichten Gestrüpps zu ziehen, wo die Frau sie nicht sehen würde.

# Kapitel 9

Am Montag nach Noelles Anhörung erschien auf Seite 2 des *Register* ein Artikel von Charlie, der die Gemeinde erschütterte. Am späten Vormittag war der Bericht das Tagesgespräch.

INTERESSENKONFLIKT IM RATHAUS?

In alten Zeiten fand niemand etwas dabei, wenn ein dankbarer Bürger einem städtischen Beamten das eine oder andere Hähnchen aus eigener Aufzucht schenkte. Was war schon ein Krug hausgemachter Apfelwein oder ein Sack Kartoffeln unter Freunden? Heutzutage sind die Grenzen nicht mehr so eindeutig. Wie würden Sie es nennen, wenn eine Landentwicklungsfirma beträchtliche Beratungshonorare an einen Rechtsanwalt zahlt, der zufällig auch der zuständige Ressortleiter für Bodenerschließung ist? Illegal? Leider nein. Und doch würde manch einer meinen, dass »unethisch« einem solchen Vorgang nicht gerecht wird.

Von 1992 bis 1995, als Frank Perault, ein ortsansässiger Rechtsanwalt für Steuer- und Immobilienrecht, dieses öffentliche Amt innehatte, stand er auch auf der Gehaltsliste von Van Doren & Sons. »Beratungshonorare« von insgesamt fast 70.000 $ wurden in regelmäßigen Abständen an ihn überwiesen. Van Doren & Sons möchte uns glauben machen, es wäre alles mit rechten Dingen zugegangen. Perault wurde unter anderem engagiert, um »die Abwicklung geschäftlicher Transaktionen zu erleichtern«. Mit anderen Worten, er erleichtert es seinen Freunden aus dem Landentwicklungsgewerbe, unberührtes Land am Seeufer zu roden und auszubeuten. Dabei war es Peraults Aufgabe als städtischer Beamter, diese Ressourcen zu schützen. Aber werfen wir doch einen Blick auf die Fakten. In den drei Jahren seiner Amtszeit wurde eine größere Anzahl von Anträgen zu Gesetzesänderungen bewilligt als je zuvor. Unter anderem wurde der Rodung von 25 Morgen Land am nördlichen Ufer (1994) zugestimmt, und noch im selben Jahr wurden mehrere Fisch- und Wildtierarten von der Liste der schützenswerten Tierarten unserer Gegend gestrichen. Die Umleitung des Mohawk Creek (1993) und die Bewilligung von Zuschüssen für den Bau einer öffentlichen Straße zur Neubausiedlung Mohawk Village (1995) gehen ebenfalls auf Peraults Konto.

Das Ergebnis dieser fragwürdigen »Zusammenarbeit« ist, dass das Land, das Erbe unserer Vorväter, heute Riesenanlagen »zieren« wie Heritage Park und die Fischzuchtanlage und Mohawk Village. Müll häuft sich entlang des noch vor wenigen Jahren praktisch unberührten Seeufers, und Wasser, in dem es einst von Forellen und Barschen wimmelte, wird heute künstlich »aufgestockt« wie die Regale eines Supermarktes.

Wer hat von diesen Machenschaften profitiert? Nicht die Einwohner von Burns Lake. Nicht einmal die Besitzer der neuen Ferienwohnungen, die viel Geld bezahlt haben für unberührte Natur und Stille, die längst nicht mehr existieren. Ich würde also eine Abstimmung vorschlagen. Was meinen Sie? Ist es fair, dass ein Bauträger mit den richtigen Freunden an richtiger Stelle sich auf unser aller Kosten die Taschen füllt?

Kurz vor zwölf Uhr mittags, als Charlie Halperns Friseurladen betrat, um sich wie immer einmal die Woche rasieren und das

Haar schneiden zu lassen, empfing Gus Halpern ihn mit Sarkasmus. »Ich weiß nicht, ob ich es riskieren kann, mich dir mit einem Rasiermesser zu nähern«, scherzte er. »Nicht, dass du es in deiner Zeitung bringst, wenn ich dich beim Rasieren schneide.«

»›Blutrünstiger Barbier nimmt Rache‹«, konterte Charlie. »Falls ich in der Vergangenheit zu geizig war mit dem Trinkgeld, brauchst du es nur zu sagen, Gus.«

Er nahm auf dem Stuhl Platz. Es war gleich Essenszeit, sodass er der einzige Kunde im Salon war. Das Timing war kein Zufall. Nach den zahllosen Anrufen, die den ganzen Tag in der Redaktion eingegangen waren, war er nicht in Stimmung für die schlauen Kommentare der Stammkunden, die gewöhnlich auf der Bank an der einen Wand hockten wie Hühner auf der Stange.

Gus legte ihm den Umhang um – der gleiche beigefarbene Nylonumhang wie schon zu Eisenhowers Zeiten. Das gefiel Charlie an diesem Salon, deshalb war er nie zu einem der neueren Damen- und Herrenfriseure gewechselt, die in den Einkaufszentren außerhalb der Stadt aus dem Boden geschossen waren wie Pilze. Hier änderte sich nie etwas. Der »Barber Shop« hätte Modell stehen können wie Norman Rockwells berühmtes Cover der *Saturday Evening Post* – einmal abgesehen von dem Badeanzug-Kalender von Sports Illustrated an der Wand. Und nach Gus Halpern konnte man die Uhr stellen. Sobald er mit Charlie fertig war, würde er das Schild im Fenster umdrehen, abschließen und ins Murphy's rübergehen, um ein Schinkenbrot und ein Dr. Pepper zu bestellen.

Charlie stieß einen tiefen Seufzer aus, als der Stuhl zurückgekippt wurde. »Was gibt's, Gus? Bereitet man sich im Rathaus darauf vor, mich zu teeren und zu federn?«

Der Barbier überlegte eine Minute, die Falte in seiner fleischigen Stirn war so tief, dass sie einen Penny gehalten hätte. Gus war ein stämmiger Mann Mitte sechzig mit einem Gesicht, das an eine Englische Bulldogge erinnerte. Er hatte sein Handwerk von seinem Vater Pete erlernt, der erst kürzlich im stolzen Alter von neunundachtzig Jahren verstorben war. Charlie verließ sich auf Gus als inoffiziellen Informanten und Stimmungsbarometer. Gus hatte ihm einmal anvertraut, entspannt in einem Barbierstuhl zu sitzen, mit einem heißen Handtuch um das Gesicht, würde nicht nur die Wurzeln der Barthaare eines Mannes aufweichen. Er hatte Geschichten gehört, wie sie normalerweise nur Priestern und Barkeepern gebeichtet wurden. Und obwohl Diskretion zumindest teilweise seine Beliebtheit ausmachte, lieferte Gus doch sehr nützliche, einigermaßen repräsentative Eindrücke.

»Sagen wir, es gibt da ein paar Leute, die sich wünschen, du würdest auf einer Bananenschale ausrutschen«, vertraute er Charlie an. »Aber die meisten stehen hinter dir. Verlange nur von niemandem, dass er sich dazu bekennt. Sind ziemlich große Fische, die du da anpinkelst.«

»Welche Spezies hätte es wohl mehr verdient, dass man sie anpinkelt?«

»Du hast gut reden. Aber vergiss nicht, dass viele Leute hier von diesen Schweinehunden abhängig sind.« Glücklicherweise gehörte Gus zu jenen, die Van Doren & Sons nicht brauchten, um die Miete zu zahlen.

»Ich bekomme langsam einen Eindruck davon, wie groß ihre Macht wirklich ist. Bis jetzt haben schon drei Großkunden ihre Werbung bei uns zurückgezogen.« Charlie lachte bitter. »Und ich will gar nicht erst davon anfangen, wie viele Leser ihr Abo gekündigt haben und noch kündigen werden.«

Tatsächlich machte er sich keine allzu großen Sorgen wegen der Umsatzeinbußen. Die Zeitung hatte in der Vergangenheit schon ähnliche Stürme überstanden. Und auch wenn sie unterging ... Was war das schon, verglichen mit seiner Familie? Nein, was ihn beunruhigte, war das Ausmaß von Roberts Einfluss in dieser Stadt. Charlie hatte immer gewusst, dass sein ehemaliger Klassenkamerad aalglatt war – er war schon Jahre scharf darauf gewesen, den Kerl bloßzustellen, und hatte nur seiner Tochter zuliebe davon abgesehen –, aber viele waren überrascht gewesen, von der Kumpanei zwischen Van Doren & Sons und dem Stadtrat. Mit etwas Glück würden noch ein oder zwei Dynamitstangen mehr reichen, dem Mistkerl den Garaus zu machen.

Charlie schloss die Augen und genoss das Kreisen des Rasierpinsels, der sein Gesicht einseifte. *Das eine zieht das andere mit sich,* dachte er. Im Mittelpunkt stand seine älteste Tochter, die um ihr Kind kämpfte. Dieses Rädchen hatte andere in Bewegung gesetzt. Wie beispielsweise diese Angelegenheit mit Mary – er wagte nicht, von einer Beziehung zu sprechen. Er spürte ein Ziehen in der Brust, als er daran dachte, was sie letztens am See getan hatten und was er vor dreißig Jahren hätte tun sollen.

Eine alte Erinnerung stieg vor seinem geistigen Auge auf. Sein achtzehnter Geburtstag, an dem er und seine Mitbewohner sich mit billigem Wein betrunken hatten. Damals wohnte er mit fünf weiteren Jugendlichen, drei Jungen und zwei Mädchen, in einem heruntergekommenen viktorianischen Altbau. Es war Monate her, dass Mary wieder bei ihren Eltern eingezogen war, aber er hoffte immer noch, dass sie eines Tages zu ihm zurückkehrte. Eine Hoffnung, die wie so viele Hoffnungen zunichte gemacht wurde, nicht von einem dramatischen Ereignis, sondern von einer gedankenlosen Bemerkung. Seine Mitbewohner und er hatten schon ziemlich betrunken im Schneidersitz im Kreis auf dem Wohnzimmerfußboden gesessen, als Sally Garon (ein Mädchen, mit dem er später geschlafen hatte), ihren Pappbecher mit billigem Rotwein gehoben und mit glasigem Blick verkündet hatte: »Auf Charlies Braut – dafür, dass sie ihm die Freiheit geschenkt hat.«

Erst in diesem Moment hatte er begriffen, dass Mary nicht zurückkommen würde.

Die kommenden Jahre waren nicht gekennzeichnet gewesen von den üblichen Meilensteinen wie Geburtstagen und Jubiläen, sondern von harter Arbeit. Nach und nach war Charlie vom Laufburschen zum Layouter, Redakteur und schließlich Chefredakteur aufgestiegen. Sein einziger, wenn auch bittersüßer Trost war es gewesen, zu verfolgen, wie Noelle vom Säugling zu einem ernsten kleinen Mädchen mit seinem rabenschwarzen Haar und den graublauen Augen ihrer Mutter heranwuchs. An dem Tag, als sie in die Stadt gezogen war, war die Welt, die er sich aufgebaut hatte, noch einmal aus den Fugen geraten. Nachdem er seine zehnjährige Tochter zum Abschied geküsst hatte, woraufhin sie ihm feierlich (und ein wenig vorwurfsvoll) einen Kuss auf die Wange gedrückt hatte, war er in seinen Wagen gestiegen und ohne bestimmtes Ziel losgefahren. Er fuhr in nördliche Richtung, mehr wusste er nicht, mehr nahm er nicht wahr. Die ganze Nacht und bis weit in den folgenden Tag hinein war er gefahren und hatte nur zum Tanken gehalten. Schließlich war er an der kanadischen Grenze gestoppt worden, da er nicht daran gedacht hatte, seinen Pass einzustecken – was wohl ganz gut war, weil er sonst noch in Saskatchewan gelandet wäre.

Und so war er auf Umwegen heimgefahren, die bergige, windige Küstenstraße von Neuengland entlang. Knapp oberhalb von Cape Cod, in der Nähe von Ellisville, war er dann lähmender Erschöpfung erlegen und im nächstbesten Gasthaus eingekehrt, das sich als reizendes Bed-and-Breakfast entpuppte, geführt von einer noch reizenderen jungen Waliserin namens Victoria. Er schlief vierundzwanzig Stunden am Stück, und nach dem Aufstehen verwöhnte Vicky ihn mit einem üppigen Frühstück aus Speck, Eiern und Waffeln. Er blieb drei Tage.

Rädchen im Getriebe. Hätte Mary ihn nicht verlassen, hätte sie nicht eine Kette von Ereignissen in Gang gesetzt, die sich seiner Kontrolle entzogen. Dann hätte er Vicky nicht kennen gelernt, und es gäbe Bronwyn nicht. Und wie sollte er etwas anderes als dankbar sein für diese beiden Menschen in seinem Leben? Und nun hatte sich irgendwie der Kreis geschlossen. Die letzte Nacht mit Mary ... Gott, es war genauso gewesen wie früher, als sie noch zwei sexbesessene Teenager gewesen waren, die nicht die Finger voneinander lassen konnten. Nur besser ... vielleicht weil sie jetzt alt genug waren, um dieses Geschenk angemessen zu würdigen. Jede Berührung, die einst für sich allein gestanden hatte, war heute gefärbt von den liebevollen und weniger liebevollen Begegnungen der vergangenen Jahre. Ihr Liebesgeflüster war umso kostbarer, heute, da sie wussten, wie leicht man Dinge und Menschen verlieren kann, die einem etwas bedeuten.

*Sieh den Tatsachen ins Gesicht, Charlie-Boy, dein Glück ist nur geborgt.* Wenn Noelles Scheidungskampf vorüber war, würde sie zu ihrem Leben in der Stadt zurückkehren: zu ihrem Geschäft, Freunden, vielleicht sogar einem Liebhaber. Er durfte nicht von ihr verlangen, das alles aufzugeben; es würde nicht funktionieren, auch wenn sie es versuchte. Genauso wenig, wie er aufgeben konnte, was er unter so großen Anstrengungen aufgebaut hatte. Nein, das Klügste wäre, Schluss zu machen, solange er noch nicht zu tief drinsteckte.

Hatte er nicht schon genug Sorgen? Nicht nur mit Noelle, sondern auch wegen seiner jüngsten Tochter? Bronwyn war in letzter Zeit launisch und distanziert gewesen. Und er wusste auch, warum: Schuld war nur dieser junge Bursche, der um sie herumgeschlichen war, dieser Dante Lo Presti. Charlie hatte ihn überprüfen lassen, und wenngleich er zu dem Schluss gekommen war, dass der Junge trotz seines Tattoos und seines Macho-Gehabes keine große Gefahr darstellte, hatte er begonnen, sich unbehaglich zu fühlen an den Abenden, an denen er Überstunden machte. Wer konnte schon sagen, was seine starrsinnige Tochter ausheckte? Er hatte ihr den Umgang mit Dante verboten, aber hatte Noelle auf ihn gehört, als er sie vor Robert gewarnt hatte?

Charlie erinnerte sich noch gut daran, wie ihm die Galle hochgekommen war an dem Tag, an dem seine Älteste ihm erzählt hatte, sie sei verliebt. Er hatte sich für sie freuen wollen, für dieses ernste Kind, das so oft tat, was man von ihm erwartete. Aber er hatte gewusst, wie es ausgehen würde: Dieser Mann würde ihr das Herz brechen, ja vielleicht sogar das Rückgrat. Er hatte gehofft, dass sie Roberts Charme gegenüber immun werden würde – Gott, der Mann war so alt wie er selbst –, aber seine Gebete waren nicht erhört worden. Als Noelle ihm dann eröffnet hatte, dass sie heiraten wollten, hatte er sich mit ihr zusammengesetzt und sanft versucht, es ihr auszureden – vergeblich. Sechs Monate später hatte er sie zum Altar geführt. Auch bei dieser Gelegenheit hatte er seine Worte mit Bedacht gewählt. Er hatte sie umarmt und ihr ins Ohr geflüstert: »Ich hoffe, er macht dich so glücklich wie du es verdient hast, Schatz.«

Und eine Weile schien es tatsächlich so.

Gus richtete den Stuhl wieder auf und riss Charlie damit aus seinen Gedanken. Der Barbier hatte das Rasiermesser gegen eine Schere getauscht und fing an, Charlie das Haar zu schneiden. Als er in den Spiegel schaute, stellte er verblüfft fest, dass er in das Gesicht seines Vaters starrte: Franks kantiger Kiefer und die eingefallenen Wangen, die gequälten Augen. Es war seinem Vater nicht gelungen, seine Mutter davon abzuhalten, zu trinken, aber Charlie würde sich nicht kampflos geschlagen geben. Nicht, solange er lebte und das Wohl seiner Familie auf dem Spiel stand.

Heute Abend fand die monatliche Ratssitzung statt, deren Höhepunkt die Debatte über die geplante Wohnanlage am Sandy Creek sein würde. Es würde interessant sein zu sehen, wie viele kamen, und noch interessanter, wer – sofern überhaupt – den Mumm haben würde, sich gegen Robert zu stellen. Die Naturschützer, eine kleine aber wild entschlossene Gruppe unter Leitung von Marys Schwester, würde sich zweifellos vehement für die Erhaltung des Lebensraums der Vögel einsetzen. Aber Robert würde ebenso überzeugend argumentieren, dass der Bauboom die Lebensader der lokalen Wirtschaft war.

*Freu dich nur nicht zu früh, du Mistkerl,* drohte er seinem Schwiegersohn stumm. Angesichts der Probleme seiner Tochter würde Charlie das Schicksal der Teichrohrsänger keine schlaflosen Nächte bereiten, aber die heutige Sitzung konnte sich als nützliches Forum erweisen, um Robert als den Tyrannen zu entlarven, der er war. Charlie schwor sich, dass seine Worte nicht ungehört verhallen würden, wenn die morgige Ausgabe des *Registers* ausgeliefert wurde.

Vor dreißig Jahren hatte er an einem wichtigen Kreuzweg gezögert. Er hatte es versäumt, um das zu kämpfen, was sein war; diesen Fehler würde er kein zweites Mal machen.

Als Charlie den Sitzungssaal betrat, war sogar er verblüfft. Der Stadtrat von Burns Lake war nicht unbedingt berühmt für seine Entschlusskraft, und die Vor- und Nachteile diverser Etatkürzungen, Gemeindezuschüsse und Müllbeseitigungsalternativen reizten nicht immer zu reger Teilnahme. Aber an diesem Abend herrschte im Ratszimmer im Erdgeschoss des Justus-R.-Wright-Gebäudes reger Andrang. Er konnte von Glück sagen, wenn er noch einen freien Stuhl fand.

Als er in der letzten Reihe Platz nahm, entdeckte er ziemlich weit vorn Mary an der Seite ihrer Schwester. Er war nicht überrascht, sie hier zu sehen, aber sein Puls beschleunigte sich dennoch. Als er sah, wie sie sich hinüberlehnte und Trish etwas ins Ohr flüsterte, staunte er wieder einmal darüber, wie verschieden die beiden Schwestern waren. Trish, von durchschnittlichem

Aussehen und ernst, mit ihrem schüchternen Lächeln, das flackerte wie eine defekte Glühbirne ... und Mary, schlank und elegant, gelassen und selbstbewusst wie eine erfahrene Politikerin an vorderster Front.

*Gott,* sagte er sich, *sie ist heute sogar noch schöner als mit siebzehn.* Sie war leger gekleidet mit einer hellgelben Hose, einem ärmellosen weißen Baumwollpullunder und mit Sandalen an den Füßen, die vermutlich mehr gekostet hatten, als ihre Schwester in einer ganzen Woche umsetzte. Die Sonne hatte etwas Farbe auf ihre blassen Wangen gezaubert, wie er erfreut feststellte. Oder war das noch ein Rest der Glut ihrer Leidenschaft?

Wieder musste er an ihre Liebesnacht unter freiem Himmel denken. Als er mit Mary im Gras lag und ihre Hüften sich ihm entgegengehoben hatten, hatte ihre Lust ihm alles bestätigt, was sein männliches Ego glauben wollte: dass es Monate, wenn nicht Jahre her war, seit eine Frau ihm gegeben hatte, was er brauchte.

Für Charlie hatte sich eine Tür aufgetan, die ihm einen Blick ermöglicht hatte auf das sehnsuchtsvolle Herz in der Brust dieser selbstsicheren, eleganten Geschäftsfrau. Er hätte beinahe geweint angesichts dieser Verschwendung. Die vielen vergeudeten Jahre. Die Jahre ohne sie, die noch vor ihm lagen. Das Bewusstsein, dass er weder aufhören konnte, sie zu lieben, noch sie davon abhalten, ihn wieder zu verlassen. Aber am schlimmsten war, nicht zu wissen, wann – oder ob – sie sich wieder lieben würden. Nach ihrer leidenschaftlichen Umarmung am Seeufer hatte die Wirklichkeit sie eingeholt, noch bevor sie wieder bei der Hütte gewesen waren. Mary hatte ihm gesagt, sie wolle einen Gang zurückschalten, über alles nachdenken. Sie waren keine Kinder mehr; sie konnten sich nicht einfach in eine Affäre stürzen, ohne die Konsequenzen zu überdenken.

*Wir Kinder hätten es schon geschafft, wenn wir auf unsere Her-*

*zen gehört hätten, anstatt auf andere,* dachte er. Aber er hatte geschwiegen. Was hätte er sagen können? Dass sie abwarten sollten, was geschah? Nein, wenn er aus vergangenen Erfahrungen eins gelernt hatte, dann, dass Entscheidungen, die andere betrafen, sich nicht erzwingen ließen. Mary würde aus eigenem Antrieb zu ihm kommen müssen.

Um fünf nach acht erklärte der Bürgermeister die Sitzung für eröffnet. Grant Iverson, ein ehemaliger Versicherungsvertreter mit gerötetem Gesicht, das aufgedunsen wirkte von zu vielen teuren Mahlzeiten auf Kosten der Steuerzahler, erinnerte Charlie an ein altes Opossum, das dick und fett geworden war von den Abfällen, das es aus Mülltonnen klaute. *Seltsame Genossen,* dachte er.

Plötzlich befiel ihn der unwiderstehliche Drang, dem einen oder anderen mehr als nur auf die Finger zu klopfen. War die Feder wirklich mächtiger als das Schwert? Vielleicht, aber manchmal gab es einfach keine andere Lösung, als seinem Gegner die Faust ins Gesicht zu rammen. Charlie war fast froh, als der erste Punkt der Tagesordnung sich damit befasste, ob entlang der York Avenue Parkuhren aufgestellt werden sollten. Die Langeweile dämpfte seine Wut wieder. Er klappte sein Notizbuch auf und machte sich ein paar Notizen. Er wurde Anne Marie Daugherty, seine Lifestyle-Redakteurin, eine Befragung der Ladeninhaber durchführen lassen, um in Erfahrung zu bringen, wie diese dazu standen.

Die nächsten beiden Punkte auf der Liste waren schnell abgehakt: Der Rat stimmte einstimmig für eine Etaterhöhung der Feuerwehr und die Erneuerung der Abfalleimer auf dem Marktplatz. Es war erst Viertel nach neun, als der Bürgermeister sich räusperte und ins Mikrofon sagte: »Was den letzten Punkt der heutigen Tagesordnung betrifft – diese, äh, Sache mit den Vögeln – möchte ich Sie alle daran erinnern, dass morgen ein Werktag ist, wir sollten die Sache also nicht unnötig in die Länge ziehen.« Er blickte bei diesen Worten geradewegs auf Trish, die so abrupt aufgesprungen war, dass der Stapel Handzettel von ihrem Schoß fiel. Mit vor Verlegenheit hochroten Wangen bückte sie sich, um sie aufzuheben.

Robert nutzte die Gelegenheit und trat ans Podium so geschmeidig wie der geölte Hahn eines Gewehrs einrastet. Die Blicke aller richteten sich auf ihn, als er sich über das Mikrofon beugte.

»Danke, Grant. Wenn wir Glück haben, bekommen wir vielleicht sogar noch das letzte Inning des Red-Sox-Spiels mit.« Er lächelte, und wie jeder geübte Redner wartete er, bis das zustimmende Gelächter sich gelegt hatte, ehe er fortfuhr. »Um diese Angelegenheit für alle Beteiligten zu vereinfachen, war ich so frei, das Gutachten von Professor Farnsworth, dem Leiter der ornithologischen Abteilung der Northwestern University zu verfielfältigen.« Er signalisierte einem seiner Handlanger, einem hageren Burschen mit Bürstenhaarschnitt, der sofort anfing, einen Stapel beeindruckend wirkender Ringbücher zu verteilen. »Im Grunde läuft es darauf hinaus, dass der Teichrohrsänger ein Zugvogel ist, der sich eher zufällig und nur vorübergehend an unserem Seeufer niedergelassen hat. Man könnte ihn mit einer Pfadfinder-Truppe vergleichen, die sich im Wald verlaufen hat.« Wieder verhaltenes, stellenweise sogar lautes Gelächter. »Nicht, dass die kleinen Kerle mir nicht sympathisch wären. Ich meine nur, wir sollten aus einer Mücke keinen Elefanten machen.«

Sein volkstümlicher Vortrag, der einem wohlwollenden Augenzwinkern gleichkam, wurde mit zustimmendem Gemurmel quittiert. Sogar Charlie konnte sich widerwilliger Bewunderung nicht erwehren. Er hatte gewusst, dass Robert gut war, aber nicht so gut. Während er fortfuhr, sich lang und breit darüber auszulassen, welche umfangreichen Maßnahmen Van Doren & Sons zum Schutz der *gesamten* Fauna und Flora ergreifen würden, beobachtete er ebenso entsetzt wie fasziniert, wie er die Anwesenden langsam aber unausweichlich auf seine Seite zog.

Aber es gab auch Ausnahmen. Trish und Mary und ihre treuen Mitstreiter von Green Earth und der Audubon Society musterten ihn mit kalter Verachtung. Als schließlich Trish das Wort ergriff, zeigte sie sich den Anforderungen gewachsen.

»Erinnern Sie alle sich noch an die Zeiten, als wir noch im See schwimmen konnten, ohne Bedenken wegen irgendwelcher lecken Faulbehälter?« Ihre Augen blitzten, und ihre Stimme klang fest und klar. »Oder wie wir in Wäldern wandern konnten, die heute nach der Umleitung des Mohawk Creek überflutet sind? Noch vor wenigen Monaten, bevor das Gelände für die Cranberry Mall gerodet wurde, konnte man dort wilde Himbeeren und Stachelbeeren pflücken.« Sie legte eine Pause ein und ließ den Blick über die Anwesenden schweifen, die ungewöhnlich still geworden waren. »Verstehen Sie mich nicht falsch. Ich bin nicht gegen jeglichen Fortschritt. Wo wäre diese Stadt ohne ihre Straßen und Gebäude, Parks und Monumente? Aber irgendwo müssen wir eine Grenze ziehen. Wir müssen wissen, wann es an der Zeit ist, uns zu erheben und zu sagen, jetzt ist es genug. Ein kleiner, nicht sehr ansehnlicher brauner Vogel mag Ihnen nicht schützenswert erscheinen ...« Sie warf einen Blick auf ihre Schwester. »... aber wussten Sie, dass die Rodung von Sandy Creek mehr zerstören würde als nur ihre Nester? Dutzende von Nesthockern würden den Maschinen zum Opfer fallen. Die Zuflucht einer Spezies, die außerhalb Kaliforniens sehr selten ist, würde mit einem Schlag ausgelöscht werden. Nicht von Gottes Hand oder von Stadtvätern zum Wohl der Bürger, sondern von einer Firma, der es allein um Profit geht.«

Sie zeigte mit dem Finger auf Robert, der erkannt hatte, das der erwartete leichte Sieg ihm zu entgleiten drohte. Er hatte die Stirn gerunzelt und blickte grimmig drein. Sein rechtes Lid zuckte. »Außerdem ist nicht nur der Teichrohrsänger gefährdet«, fuhr Trish fort. »Wir alle sind es. Unsere ganze Lebensweise. Wenn wir uns nicht gegen dieses Vorhaben wehren, was sollen wir dann unseren Kindern sagen, wenn sie uns fragen, wie es war, Elritzen im Fluss zu fangen oder wilde Blumen auf den Wiesen zu pflücken? Wie sollen wir ihnen dann noch in die Augen sehen?«

Schweigen senkte sich herab, und die Menschen tauschten vielsagende Blicke. Mary stand die Verblüffung ins Gesicht geschrieben, als hätte sich ihre Schwester, die sie durch und durch zu kennen geglaubt hatte, in einen Menschen verwandelt, den sie kaum noch wiedererkannte. In eine Frau, die die Macht besaß, ein Publikum zu fesseln, deren leidenschaftliche Worte ein Murmeln ausgelöst hatten, das sich rasch zum Gebrüll steigerte. Hände wurden hochgerissen. Leute, die noch vor Minuten zu schüchtern gewesen waren, etwas zu sagen, konnten es jetzt gar nicht mehr erwarten, ihre Meinung kundzutun.

Die Debatte erreichte bald einen solchen Lärmpegel, dass Herb Pelzer, der Leiter des Umweltamtes, ein rundlicher Mann mit hellbraunem Haarkranz um die glänzende Glatze, sich für ein Referendum aussprach. Donald Richter, der Leiter des Bauamtes, stimmte dem eilig zu, und der Rat entschied, dass ein spezieller Stimmzettel entworfen werden würde. Die Wahl sollte in sechs Wochen stattfinden.

Kurz darauf stieß Charlie draußen auf der Treppe zu Trish und Mary. Mary glühte förmlich vor schwesterlichem Stolz. »O Charlie, war sie nicht großartig?« Sie wandte sich an Trish und fügte hinzu: »Ich schwöre dir, wenn das eine Wahlveranstaltung gewesen wäre, hättest du haushoch gewonnen!«

Charlie schenkte Trish ein warmes Lächeln voll ehrlicher Zuneigung. »Gar keine schlechte Idee. Hast du je erwogen, dich für ein öffentliches Amt zu bewerben?«

»Himmel, nein, das könnte ich niemals.« Sie errötete, und

ganz plötzlich, wie Cinderella Punkt Mitternacht, verwandelte sie sich zurück in Marys farblose jüngere Schwester.

»Das klang aber da drin ganz anders.«

»Ach, das war etwas anderes. Wenn mir etwas wirklich wichtig ist, neige ich dazu, mich hineinzusteigern.« Trish strahlte die kleine Menschenschar an, die sich um sie versammelte, um ihr zu gratulieren.

Charlie verspürte einen Moment lang Panik, als sie in der Schar ihrer Anhänger untertauchte und ihn mit Mary allein ließ. Würde sie ihm eröffnen, dass sie über alles nachgedacht habe und zu dem Schluss gekommen sei, es wäre das Beste, wenn sie Distanz zueinander wahrten? Oder würde sie, was noch schlimmer wäre, gar nichts sagen?

»Ich werde in der morgigen Ausgabe große Abschnitte von Trishs Rede wiedergeben.« Er hob die Hand mit dem Diktiergerät, das er hatte mitlaufen lassen.

»Wenn der Artikel nur annähernd so provokant geschrieben ist wie der heutige, wird es morgen in der ganzen Stadt brodeln. Elaine Richards von der Post hat erzählt, dein Artikel wäre seit dem frühen Morgen Hauptgesprächsthema gewesen.«

»Der Artikel hat mich aber nicht nur über Nacht zur Berühmtheit gemacht.«

»Was meinst du damit?«

»Heute Nachmittag habe ich einen Anruf von Roberts Anwalt erhalten – nicht Beale, sondern dem Rechtsverdreher der Firma, Brett Jordan.« Charlie senkte die Stimme. »Sagen wir, ich wurde gewarnt ... und das ziemlich deutlich.«

Mary machte ein besorgtes Gesicht. »Er hat gedroht, dich zu verklagen?«

»Das und Schlimmeres. Er deutete an, das Ordnungsamt könnte mir wegen Verstößen gegen die Brandschutzverordnungen den Laden dicht machen.«

»Was für Verstöße?«

»In einem so alten Gebäude würden sie ganz sicher etwas finden«, sagte er. »Aber das wäre nur ein Ärgernis am Rande. Viel interessanter finde ich, dass Robert keine Sekunde gezögert hat, zurückzuschlagen, weshalb ich mich frage, ob wir nicht auf einem noch viel größeren Pulverfass sitzen, als wir ohnehin schon angenommen haben.« Sie stiegen die Treppe hinunter, wobei Mary darauf achtete, dass sie einander nicht berührten. »Was ist mit Jordy Lundquist? Bist du bei ihm weitergekommen?« Er hatte Corinnes Bruder bei der Ratssitzung gesehen und sich erinnert, dass sie erwähnt hatte, ihm bei ihrem Besuch bei Nora begegnet zu sein. Sie hatte berichtet, Jordy wäre bei der Erwähnung Corinnes leicht nervös geworden. Mary hatte diesbezüglich nachhaken wollen.

Mary schüttelte bedauernd den Kopf. »Ich war gestern bei ihm. Er und seine Frau hätten nicht netter sein können, aber sofern er im Hinblick auf Corinne etwas verschweigt, bin ich nicht dahintergekommen«, gestand sie. »Ich hatte gehofft, er wüsste zumindest, wer der geheimnisvolle J war, du weißt schon, der Typ, den Corinne in ihrem Tagebuch erwähnt hat. Aber er hatte keinen Schimmer.«

»Wenn du Lust hast, weitere Ideen durchzusprechen, kannst du morgen gerne in der Redaktion vorbeikommen. Ich werde den ganzen Tag dort sein.« Charlie bemühte sich, beiläufig zu klingen, und setzte eine freundlich-neutrale Miene auf.

Mary trat beiseite, um nicht von einer lärmenden Gruppe angerempelt zu werden, die die Treppe herunterkam, und stieß dabei gegen ihn. Charlie stieg ihr Duft in die Nase: kein Parfum, nur Seife und frisch gewaschene Kleidung – Feinwäsche, die man mit der Hand wusch und zum Trocknen über die Stange des Duschvorhangs hängte. Er konnte einen dünnen Schweißfilm auf ihrem Schlüsselbein glänzen sehen, und die Erinnerung daran, wie es sich angefühlt hatte, sie nackt in den Armen zu halten, übermannte ihn. Er dachte an die zahllosen Nächte seiner Jugend, in denen er beim Einschlafen etwas von ihr umklammert gehalten hatte – ein Kleid oder einen Slip, einmal auch ein altes Sweatshirt, das er ganz hinten in einer Schublade gefunden hatte. Sogar ihre Haarbürste mit einigen kastanienbraunen Haaren war ein solches Instrument süßer Folter gewesen.

Sofern sie ahnte, welche Wirkung ihre Nähe in diesem Moment auf ihn ausübte, ließ sie sich hiervon nichts anmerken. Sie blieb auf der untersten Stufe stehen und schenkte ihm ihr professionelles PR-Frau-Lächeln. »Morgen? Ich muss auf einen Sprung in die Stadt. Wenn ich zu einer einigermaßen vernünftigen Zeit zurück bin, rufe ich dich an.«

Charlie zuckte die Achseln. »Du hast ja meine Nummer.«

Mary blickte zu Trish auf, die mit ihren Freunden sprach und der offenbar gar nicht bewusst war, dass sie ihre Schwester warten ließ. »Zu schade, dass ihr sogenannter Verlobter heute Abend nicht kommen konnte. Ich frage mich, ob er überhaupt ahnt, was er versäumt hat.«

Charlie entging die Ironie in ihrer Stimme nicht, und er fragte sich, ob sie ihn näher kannte. Er fühlte einen Stich der Eifersucht bei dem Gedanken an einen alten Liebhaber, wie lange die Beziehung auch zurückliegen mochte. »Wahrscheinlich nicht«, sagte er nur. Er sah keinen Grund, Gary Schmidts Ruf als Schürzenjäger anzusprechen. »Es kann noch eine Weile dauern, bis Trish soweit ist«, sagte er vorsichtig. »Sieht nicht so aus, als würde ihr Fanclub sie so bald gehen lassen. Soll ich dich nach Hause fahren?«

Mary zögerte kurz. »Nein, lieber nicht.« Er hätte sich einreden können, sie wolle Trish nicht hängen lassen, wäre da nicht der bedeutsame Blick unter gesenkten Lidern hervor gewesen. Zumindest dafür war er dankbar. »Wir würden nur etwas tun, von dem ich wünschte, wir hätten es nicht getan.« Sie legte ihm kurz eine Hand auf den Arm. »Nicht, dass die Nacht nicht wunderschön gewesen wäre. Ich brauche nur Zeit, um darüber nachzudenken, bevor wir den Sprung ins kalte Wasser wagen.«

Charlie brauchte keine Bedenkzeit. Ob er wollte oder nicht, für ihn gab es kein Zurück mehr. »Lass dir nur Zeit«, sagte er, wobei die Worte in seinen eigenen Ohren falsch und unaufrichtig klangen.

Sie musterte ihn einen Moment prüfend. »Du warst beim Friseur.«

»Ja, heute. Sieht man, was?«

»Nur wenn man ganz genau hinsieht.« Hierauf folgte ein Moment, in dem er Bedauern in ihren Augen aufflackern sah. Dann stellte sie sich auf die Zehenspitzen, um ihn auf die Wange zu küssen, eine ganze leichte Berührung ihrer Lippen, wie ein Flüstern. Dann ging sie die Treppe hinauf, um Trish zu holen.

Einen Augenblick gestattete er sich seine Lieblingsfantasie und stellte sich vor, wie es wäre, wenn sie die ganzen Jahre zusammen gewesen wären. Wären sie ein Paar, das Arm in Arm durch den Park nach Hause schlenderte, zwei Schatten, die zu einem verschmolzen? Ein Paar von dem die Leute lächelnd sagten: Sind sie nicht süß? Nach all den Jahren immer noch verrückt nacheinander. Er verspürte einen schmerzhaften Stich in der Herzgegend.

Auf dem Parkplatz war es nicht schwer, seinen Blazer auszumachen. Der Parkplatz, der bei seiner Ankunft proppenvoll gewesen war, war jetzt fast verwaist. Zwischen den weit auseinander stehenden Straßenlaternen erstreckten sich tiefe Schatten. Charlie tastete noch nach seinen Wagenschlüsseln, als ihn ein harter Schlag traf. Die Luft entwich seinen Lungen, und er verlor den Boden unter den Füßen. Der Aufprall war hart, und als er auf der rechten Schulter landete, schnappte er nach Luft vor Schmerz.

Eine dunkle Gestalt beugte sich über ihn.

Charlie atmete keuchend ein und schmeckte Blut. »Mann, warum passen Sie nicht auf, wo Sie ...«

Eine heisere Stimme unterbrach ihn: »Das nächste Mal, Schreiberling, denkst du besser zweimal nach, was du druckst.«

Charlie kniff die Augen zusammen, aber es war zu dunkel, als dass er das Gesicht des Mannes hätte erkennen können. Er sah nur das schwache Schimmern eines Ohrrings und die Umrisse eines Kiefers, der zu einem Preisboxer hätte gehören können. In diesem ersten Moment war sein einziger Gedanke: *Verdammt, wird höchste Zeit, dass diese dämlichen Ratsmitglieder für mehr Straßenlaternen optieren.* Dann funktionierte sein Gehirn wieder, und er dachte: *Robert. Den hat Robert geschickt.*

Er öffnete den Mund und krächzte. »Bestellen Sie dem Hurensohn ...«

Aber der Schatten war verschwunden.

Charlie rappelte sich auf. Ein heißer, pochender Schmerz jagte seinen Arm hinunter. Sein Ellbogen brannte, dort wo er sich die Haut abgeschürft hatte. Aber der Schmerz war dumpf, wie etwas, das ihn durch mehrere Lagen Kleidung piekte. Der Adrenalinausstoß wirkte und jagte heiß durch seinen Blutkreislauf.

Er starrte mit zusammengekniffenen Augen in die Richtung, in die der Fremde gelaufen war. Vielleicht konnte er ihn noch einholen. Charlie kam gar nicht in den Sinn, dass er nicht in der Verfassung war, zu laufen, geschweige denn, einen Mann zu überwältigen, der mindestens fünfzig Pfund schwerer war als er. Wut siegte über die Vernunft. Nach einigen Dutzend Metern holte er den blonden Mann tatsächlich ein, als der gerade in einen roten Bronco stieg.

Charlie holte schon zum Schlag aus, als der Mann sich umdrehte und ihm sein verblüfftes Gesicht zuwandte.

»Meine Güte, Charlie.«

Das war nicht sein Angreifer, sondern Jordy. Der hünenhafte, liebenswerte Jordy Lundquist, der, treue Seele, die er war, seine verwitwete Mutter jeden Mittwochnachmittag zum Sho'n'Save fuhr, die Hockey-Mannschaft seiner Tochter trainierte und dazu noch als Diakon der Lutheranischen Kirche fungierte. Jordy war ganz blass geworden und wiederholte mit unnatürlich hoher Stimme: »Himmel, Charlie, hast du mich erschreckt.«

»Und du mich erst«, keuchte Charlie.

Und in diesem Moment holte ihn der Schock ein, ihm wurde schwindlig, und er schwankte gefährlich. Er wäre vielleicht sogar gestürzt, wenn Jordy ihn nicht mit festem Griff am Ellbogen gepackt hätte.

»He, Charlie, du siehst nicht gut aus.« Jordys besorgte Stimme schien irgendwo oberhalb seines linken Ohrs zu schweben. »Was ist los mit dir?«

»Ich wurde eben überfallen«, antwortete Charlie gepresst.

»Groß? Marineblaue Windjacke?« Jordy runzelte die Stirn. »Der ist eben an mir vorbeigelaufen. Sah aus, als hätte er es eilig.«

»Hast du sein Gesicht gesehen?«

Jordy schüttelte den Kopf. »War zu dunkel.«

Charlie ließ sich gegen den Bronco sinken und atmete keuchend aus. »Ich habe ihn auch nicht erkennen können. Tut mir Leid, Jordy, ich wollte dich nicht erschrecken. Ich dachte, du wärst er.« Vorsichtig betastete er seine Schulter, um sich einen Eindruck davon zu verschaffen, wie groß der angerichtete Schaden war.

»Alles okay?«, fragte Jordy.

»Geprellt. Ich werd's überleben.«

Jordy entspannte sich erleichtert. »He, weißt du, was? Ist schon komisch, dass wir uns doch noch über den Weg laufen. Ich habe dich bei der Ratssitzung verpasst.«

»Ich habe ganz hinten gesessen. Der Typ mit dem falschen

Schnurrbart«, scherzte Charlie und bezog sich damit auf seine neue Unbeliebtheit bei manchen Bürgern von Burns Lake. Das Letzte, was er jetzt brauchen konnte, war, dass ihm jemand ein Ohr abkaute mit gut gemeinten, aber sinnlosen Versicherungen, seiner vollen Unterstützung. Trotzdem fragte er: »Und in welcher Angelegenheit wolltest du mich sprechen?«

Jordy griff in die Innentasche seiner Jeansjacke und holte einen braunen Umschlag heraus. »Marys Besuch letztens hat mich nachdenklich gemacht. Dad wollte nicht, dass meine Mom davon erfährt; er hat es kurz vor seinem Tod mir gegeben. Aber als Mary mir von deiner Tochter erzählt hat, habe ich mir gedacht, das Geheimnis wäre lange genug eins gewesen.« Er reichte Charlie den Umschlag.

»Und was ist da drin?« Charlie richtete sich interessiert auf, seine Schmerzen schlagartig vergessend.

»Eine Kopie des Autopsieberichts.« Im grellen Licht der Innenbeleuchtung des Broncos war die bekümmerte Miene des Mannes mit dem flachsfarbenen Haar gut zu erkennen. »Du wirst verstehen, wenn du ihn gelesen hast.«

Anfangs war der Gedanke nur ein vager, konturloser grauer Schatten, aber dann, plötzlich, sah er ihn in strahlendem Technicolor vor sich: Heiland, was, wenn es stimmte? Was, wenn Corinnes Tod tatsächlich kein Selbstmord gewesen war? Das würde auch erklären, warum Robert so viel daran gelegen war, ihn zum Schweigen zu bringen.

Er starrte auf den Umschlag in seiner Hand und dachte: *Was immer da drin steht, eins steht fest, die Büchse der Pandora war nichts dagegen.*

# Kapitel 10

Der Juli neigte sich dem Ende zu, aber Noelle registrierte es kaum. Sie hatte sich angewöhnt, Kalender zu meiden. Sie konnte den Anblick der vielen kleinen Kästchen nicht ertragen, das eine so leer wie das andere. Da war es doch besser, den alten Rat von AA zu befolgen und einen Tag nach dem anderen anzugehen. Das konnte sie schaffen, oder? Ja, wenn sie möglichst nicht daran dachte, was die Zukunft bringen mochte. Wenn sie nicht daran dachte, nicht eine Minute, dass sie das Sorgerecht für ihre Tochter endgültig verlieren könnte.

Stattdessen konzentrierte sie sich auf ihre kostbare gemeinsame Zeit, darauf, Emma zuliebe gute Miene zum bösen Spiel zu machen. Es funktionierte ... meistens. Aber auch Emma tat sich mit der Situation zunehmend schwerer. Gestern hatte sie um ein Eis gebettelt und war untröstlich gewesen, als sie erfuhr, dass Noelle allein gehen musste, um es zu holen. »Ich will aber mit dir gehen, Mommy. Ich kann Mrs Scheffert nicht leiden«, hatte sie gejammert. »Ich will Bronnie sehen. Ich will mein Eis *selbst* aussuchen!« Bei Scoops, als ihre Schwester bunte Schokostreusel über Emmas After-Eight-Eis gegeben hatte, hatte Noelle dann selbst die Fassung verloren.

Bronwyn hatte mit ihr nach hinten gehen müssen, wo sie sich die Tränen weggewischt hatte, mit einem Küchentuch, das so rau gewesen war wie Schmirgelpapier. Ihre kleine Schwester war außer Hank die Einzige, die ihr keine falschen Hoffnungen gemacht hatte. Sie hatte genau das Richtige gesagt: »Ich weiß nicht, wie du das aushältst. Ich würde verrückt werden. Ehrlich.«

Noelle empfand Brons Offenheit als erfrischend. Bei ihr brauchte sie nicht zu lächeln und die Tapfere zu spielen wie bei den anderen. Es tat gut, offen gestehen zu können, dass sie selbst nicht wusste, wie sie es noch länger aushalten sollte, und dass sie tatsächlich langsam aber sicher verrückt wurde. Manchmal fühlte sie sich so wacklig wie eine von Emmas Kindergarten-Basteleien aus zusammengeklebten und mit bunten Wollstückchen verzierten Eisstäbchen.

Heute würde sie etwas mehr Leim verwenden müssen. Denn heute war Dienstag, und die vom Gericht bestellte Psychologin, Linda Hawkins, sollte sie begutachten. Nach einer schlaflosen Nacht war sie mit einer kalten inneren Schwere aufgewacht, die sie wie ein Bleigewicht auf die Matratze drückte. »Sei einfach du selbst«, hatte Dad ihr geraten. Aber Noelle war nicht mehr sie selbst, seit man ihr Emma weggenommen hatte. Heute wohnte eine Fremde in ihrem Körper, die wie ein Pferd bei jedem Geräusch zusammenfuhr und beim geringsten Anlass in Tränen ausbrach. Ein Mensch, der sich gelegentlich ins Bad flüchten musste, wenn ihm alles zu viel wurde. Was, wenn die Psychologin zu dem Schluss kam, sie wäre unfähig, sich um ihre Tochter zu kümmern? Was dann?

Um halb acht, als ihre Mutter kam, um sie zu wecken, hievte sie sich aus dem Bett. Mary, die in die Stadt fahren wollte, war bereits fertig angezogen und sah wie immer umwerfend aus in einem beigefarbenen Kostüm mit cremefarbener Bluse. Als Lacey gestern angerufen und den Besuch der Psychologin angekündigt hatte, wollte Mary ihre Fahrt nach New York verschieben, aber Noelle hatte nichts davon hören wollen. Jetzt fragte sie sich, ob sie aus reiner Gewohnheit heraus so reagiert hatte. Wann hatte sie sich denn in der Vergangenheit auf ihre Mutter verlassen können? Vielleicht hatte sie einfach verinnerlicht, dass der beste Weg, Enttäuschungen zu vermeiden, der war, von vorneherein nicht zu viel zu erwarten.

»Ich wollte dir nur viel Glück wünschen.« Mary kam zu ihr herüber, schloss sie in die Arme und hüllte sie dabei in eine duftende Parfumwolke. »Bist du auch ganz sicher, dass ich nicht bleiben soll? Ich fühle mich ganz elend dabei, dich heute allein zu lassen.«

»Ich bin sicher«, entgegnete Noelle und machte ausnahmsweise einmal aus ihrem Unwillen keinen Hehl. Warum musste sie das entscheiden? Eine normale Mutter würde gar nicht erst fragen.

»Noch kann ich anrufen und meine Termine verschieben.« Mary spielte nervös an der hübschen silbernen Brosche am Revers. »Nichts ist mir wichtiger als du, Liebes. Das weißt du doch, oder?«

»Tatsächlich?« Noelle wandte sich ab und zog einen Morgenmantel über das Nachthemd. »Wann hast du mich denn je an erste Stelle gesetzt, Mom? Wann? Natürlich warst du da, wenn es darauf ankam, bei Schulaufführungen, Elternabenden und Abschlussfeiern, aber ist dir je der Gedanke gekommen, dass ich auch in der übrigen Zeit eine Mutter gebraucht hätte?« Sie konnte nicht fassen, dass sie so mit Mary sprach; die alte Noelle hätte das niemals gewagt. Und doch fühlte sie sich erleichtert; dieses Gespräch war längst überfällig gewesen.

»Ich habe mein Bestes getan. Es war nicht leicht für mich hier bei Nana«, antwortete Mary leise.

»Für mich auch nicht. Ich liebe Nana, aber ich wollte dich, Mom, und keinen Muttterersatz. Und auch nach dem Umzug in die Stadt war der Babysitter mehr bei mir als du.« Noelle war den Tränen nah. Sie trat vor den Schrank und riss die Türen auf, wohl wissend, dass ganz egal, was sie auch anzog, sie nie so modisch aussehen würde wie ihre Mutter. Den Blick auf ihre spärliche Garderobe gerichtet, sagte sie zornig: »Hast du wirklich geglaubt, herzukommen würde daran etwas ändern? Hast du erwartet, ich würde dir voller Dankbarkeit in die Arme fallen, als hätte es die vergangenen dreißig Jahre nicht gegeben?«

»O Schatz, ich weiß auch nicht, was ich erwartet habe.« Mary stieß einen tiefen Seufzer aus, aber anstatt der üblichen Zerknirschung zeigte sie diesmal nur Resignation. »Ich weiß nur, dass mir die Entschuldigungen ausgegangen sind. Ich erwarte gar nicht, dass du mir verzeihst. Ich möchte nur, dass ... dass es von jetzt an anders wird.«

Noelle wandte sich ihr langsam zu. Sie wünschte sich nichts sehnlicher, als ihr glauben zu können, wollte aber nicht riskieren, wieder enttäuscht zu werden. Vorsichtig sagte sie: »So etwas kann man nicht einfach verlangen, das muss man sich *verdienen*.«

»Ich gebe mir Mühe, Schatz.«

Plötzlich und unerwartet flog ihr Noelles Herz zu. »Das weiß ich, Mom«, sagte sie leise und schluckte die aufsteigenden Tränen hinunter. »Du solltest jetzt besser aufbrechen, sonst werden die Straßen zu voll. Ich schaffe das schon. Ich rufe dich später an, um dir zu berichten, wie es gelaufen ist.«

Damit schien Mary zufrieden. »Versprochen? Ich werde mich den ganzen Tag auf nichts anderes konzentrieren können.« Hastig fügte sie hinzu. »Nicht, dass ich auch nur einen Moment daran zweifeln würde, dass du einen guten Eindruck hinterlässt.«

Noelle lachte nervös. »Drück mir trotzdem die Daumen. Wer weiß, vielleicht stempelt sie mich zur Hexe ab.«

»Dann kannst du sie ja in eine Kröte verwandeln.«

Noelle war dankbar, dass Mary ihr keine weiteren Ratschläge erteilte. Stattdessen betrachtete sie Noelle mit Respekt, als vertraue sie darauf, dass sie sehr wohl in der Lage war, diese Situation ganz allein zu meistern. Einen flüchtigen Moment glaubte auch Noelle daran.

Den Rest des Vormittags verwandte sie darauf, das ganze Haus zu putzen. Sie rechnete zwar nicht damit, dass die Psychologin das Haus einem strengen Sauberkeitstest unterziehen würde, aber wie Nana immer sagte, konnte es nicht schaden, sich von seiner besten Seite zu präsentieren. Außerdem war sie viel zu nervös, um stillzusitzen. Wenn sie nicht in Bewegung blieb, würde sie noch durchdrehen. Während sie mit dem altmodischen Hoover-Staubsauger ihrer Großmutter den Wohnzimmerteppich bearbeitete, hämmerte ein einziger Gedanke in ihrem Schädel wie ein Pulsschlag: *Bitte lieber Gott mach, dass Linda Hawkins mich mag.*

Um Viertel nach eins war sie geduscht, frisiert und geschminkt. Die Psychologin hatte sich zwar erst für halb zwei angemeldet, aber Noelle wollte bereit sein, für den Fall, dass sie früher kam. Vielleicht wollte Dr. Hawkins sie ja testen, indem sie sie überraschte, und wenn Noelle in den letzten Wochen eins gelernt hatte, dann, dass sie der Freundlichkeit von Fremden nicht trauen durfte.

Sie zog das Kleid aus, das sie gewählt hatte – ein leichtes Baumwollkleid mit Ringelblumenmuster, das an ihrem abgemagerten Körper schlackerte –, um es gegen ein nüchterneres Modell zu tauschen. Sie stellte sich vor den großen Spiegel in ihrem Schlafzimmer und hielt sich ihr Blusenkleid aus dunkelblauem Leinen vor. Dann schüttelte sie entschieden den Kopf. Nein, das war zu brav. Sie wollte nicht aussehen wie eine Bittstellerin. Wenn sie schon nicht sie selbst sein konnte, wollte sie wenigstens so aussehen.

Noelle entschied sich letztlich für einen hellgrünen ärmellosen Pullover und eierschalenfarbene Hosen, die schick waren, aber nicht übertrieben elegant, ein Outfit, wie sie es zu einer Sitzung des Wohltätigkeitsvereins getragen hätte oder zu einer

Wanderung mit Emmas Kindergarten. Nachdem sie ihr lockiges Haar im Nacken zu einem ordentlichen Knoten geschlungen und goldene Ohrringe angesteckt hatte, trat sie zurück, um das Ergebnis zu begutachten.

Würde sie Hank so gefallen?

Der Gedanke kam scheinbar aus dem Nichts. Stirnrunzelnd wandte sie sich vom Spiegel ab. Wie konnte sie in einem solchen Moment an Hank denken?

*Vielleicht, weil er dich mit anderen Augen sieht als du dich selbst: Er sieht in dir eine starke, ja sogar bewundernswerte Persönlichkeit. Jemanden, der dem bevorstehenden Kampf gewachsen ist, antwortete eine leise innere Stimme. Und sei ehrlich, du bist gerne mit ihm zusammen. In seiner Gegenwart fühlst du dich sicher und entspannt, ganz anders als bei Robert.*

Es spielte keine Rolle, dass sie sich zum denkbar ungünstigsten Zeitpunkt kennen gelernt hatten. Aber auch wenn sie daran interessiert war, herauszufinden, wohin die Freundschaft mit Hank Reynolds noch führen mochte, war das im Augenblick einfach unmöglich. Robert würde Wind davon bekommen. Und alles, was vor Gericht gegen sie verwendet werden konnte, war ein Risiko, das sie nicht eingehen durfte.

Zurzeit galt ihre einzige Sorge Emma. Sie konnte sich keine Fehler mehr leisten; sie musste wie Robert denken und genauso überlegt und taktisch geschickt handeln. Von heute an. Sie musste die Psychologin davon überzeugen, dass Emma zu ihr gehörte. Wie schwer konnte das sein? Dr. Hawkins war eine Frau. Vielleicht sogar Mutter. Sie würde bestimmt Verständnis für sie haben.

Noelle straffte die Schultern und trat hinaus auf den Flur. Auf dem Weg zur Treppe schaute sie noch kurz zu ihrer Großmutter hinein. Nana schlief tief und fest. In letzter Zeit fiel Nanas Mittagsschlaf immer länger aus, dauerte manchmal bis in den Nachmittag hinein. War das ein gutes oder ein schlechtes

Zeichen? Noelle war beunruhigt und schwor sich, beim nächsten Arzttermin ihrer Großmutter mit Hank darüber zu sprechen.

In der blitzblanken Küche mit dem frisch gebohnerten gesprenkelten grünen Linoleum schenkte sie sich ein Glas Limonade ein. Sie konnte sich nicht erinnern, wann sie sich seit Emmas Entführung (jawohl, Entführung) nicht völlig ausgetrocknet gefühlt hätte, aber ganz gleich, wie viel sie auch trank, nichts schien ihren Durst stillen zu können. Die Limonade machte es nur noch schlimmer. Sie trank ein Glas Wasser hinterher, was sie sofort bereute. Was, wenn sie während des Gesprächs mit der Psychologin auf die Toilette musste? Natürlich war das nichts Schlimmes. Aber vielleicht glaubte Linda Hawkins ja, sie würde sich einen Schluck aus einem Flachmann genehmigen, den sie im Bad versteckt hatte.

Noelle fing an zu schwitzen. Sie ging ins Wohnzimmer und schaltete den uralten Deckenventilator ein, der sie daran erinnerte, wie sie als kleines Mädchen am Klavier mit einer Hand Tonleitern geübt und mit der anderen die Seiten ihres Notenbuches festgehalten hatte. Sie ließ sich auf den Schemel sinken und dachte daran, wie schwer ihre kleinen Finger sich mit schwierigen Akkorden getan hatten. Sie hatte Jahre nicht mehr gespielt, aber in Hazelden, während der endlosen Gruppentherapie-Sitzungen, in denen sie sich ständig nach einem Drink verzehrt und geglaubt hatte, langsam aber sicher verrückt zu werden, war seltsamerweise ausgerechnet diese Erinnerung ihr Rettungsanker gewesen. In Gedanken hatte sie die Tonleitern wieder und wieder geübt, bis sie zu einer Art Mantra geworden waren. Sie fühlte die kühle Glätte der vergilbten Tasten und hörte den vibrierenden Klang jeder einzelnen Note. Und nach einiger Zeit ließ der Schmerz im Bauch immer mehr nach, bis er schließlich ganz aufhörte.

Jetzt war ihr, als wäre sie in die schwärzeste Phase ihres Lebens zurückversetzt worden. In eine Zeit, in der sie verzweifelt – und vergeblich – nach einer mentalen Stütze gesucht hatte. Die Anonymen Alkoholiker waren ihr eine große Stütze gewesen, auch wenn sie den Treffen fern geblieben war, sobald sie das Gefühl gehabt hatte, es auch allein zu schaffen. Dann war sie schwanger geworden, und an Alkohol war gar nicht mehr zu denken gewesen. Trotzdem hätte sie weiter zu den Treffen gehen sollen. Vielleicht wäre es heute nicht mehr so schlimm. Sie würde Kraft aus der Unterstützung der anderen Betroffenen schöpfen können, und die Gruppenleiterin würde ihr mit Rat und Tat zur Seite stehen: Gwen Nolan mit ihren zwanzig Jahren Erfahrung bei AA wusste alles über den steinigen Weg zum Alkoholverzicht. Und wenn das Verlangen nach einem Drink wieder übermächtig wurde, so wie letztens, hätte sie jemanden, an den sie sich wenden konnte ...

Das Läuten der Türglocke zerriss die Stille und ließ sie erschrocken aufspringen. Sie warf einen Blick auf ihre Armbanduhr. Viertel nach eins – verdammt, die Frau kam tatsächlich zu früh. Auf dem Weg zur Tür wurde jeder von Noelles Schritten vom lauten Pochen ihres Herzens begleitet. Ihr war etwas flau im Magen, und die Süße der Limonade stieß ihr plötzlich gallebitter auf. *Bitte, lieber Gott, mach, dass sie mich mag,* betete sie noch einmal.

Sie öffnete, und vor ihr stand eine schlanke, nicht unattraktive Frau mittleren Alters in einem altmodischen Kostüm und bequemen Schuhen mit dicker Gummisohle. Unter einem Arm klemmte eine schmale braune Aktentasche. Sie hatte nichts Beängstigendes an sich, und doch war etwas an ihr sonderbar. Es dauerte einen Moment, bis Noelle erkannte, was es war: Linda Hawkins hatte keine Haare. Keine Wimpern und nur nachgezogene Brauen über haselnussbraunen Augen, die Noelle eindringlich musterten. Auf dem Kopf trug sie eine schulterlange Perücke, so braun und glänzend wie Nerz.

Noelle bemühte sich, sie nicht anzustarren.

»Dr. Hawkins? Guten Tag, ich bin Noelle.« Sie kämpfte gegen den Impuls an, ihre verschwitzte Handfläche an der Hose abzuwischen. »Bitte kommen Sie doch herein. Meine Großmutter hat sich hingelegt, wir sind also ganz für uns.«

Die Psychologin drückte ihr kurz und mit festem Druck die Hand, bevor sie eintrat. »Bitte nennen Sie mich doch Linda.« Sie lächelte freundlich, woraufhin Noelles Nervosität sich etwas legte. »Ich habe gehört, dass Ihre Großmutter sich von einer Operation erholt. Ich hoffe, es geht ihr schon wieder besser?«

Noelle erwiderte das Lächeln. Ihr Mund fühlte sich an wie ein Stück Gummiband, das ihr ins Gesicht genäht worden war. »O ja. Viel.«

»Freut mich, das zu hören.«

Im Wohnzimmer deutete Noelle auf das Sofa. Linda wählte stattdessen einen Sessel und stellte die Aktentasche neben sich auf den Boden.

»Kann ich Ihnen etwas zu Trinken anbieten? Etwas kalte Limonade vielleicht?«, fragte Noelle.

»Nein, vielen Dank.« Linda strich sich den Rock über den Knien glatt.

Noelle bemerkte eine kleine Laufmasche in ihrer Strumpfhose, was sie irgendwie beruhigte. Das machte diese seltsam haarlose Frau menschlicher, zu jemandem, der vielleicht selbst einen älteren Verwandten pflegte, Katzenliebhaber war und verrückt nach Schokolade von See's.

*Siehst du, kein Grund zur Sorge,* sagte sie sich. Und doch hatte sie aus einem unerfindlichen Grund Angst. Eisige Panik durchströmte sie wie kalter Regen, der an einer Windschutzscheibe herablief. Es waren diese durchdringenden wimpernlosen Augen, starr wie jene einer Schaufensterpuppe. Sie waren ihr unheimlich. Wie um alles in der Welt sollte sie sich konzentrieren, wenn diese Frau sie so anstarrte?

Sie nahm auf dem Sofa Platz und zwang sich trotz allem, Lindas Blick standzuhalten. »Ich nehme nicht an, dass Sie mir einfach glauben würden, wenn ich Ihnen sage, dass ich ein netter Mensch bin?«, sagte sie in einem lahmen Versuch, das Eis zu brechen.

Zu ihrer Überraschung schmunzelte ihr Gegenüber hierauf. »Sie machen sich völlig falsche Vorstellungen von mir, Noelle. Ich darf doch Noelle sagen? Meine Aufgabe besteht lediglich darin, zu beobachten und dem Gericht eine Empfehlung auszusprechen. Ich habe in dieser Sache keine Entscheidungsgewalt. Und ich beiße nicht, versprochen.« Linda schürzte die Lippen und hob die Aktentasche auf den Schoß. »Also dann ... fangen wir mit ein paar Fragen an.«

»Gut, schießen Sie los. Ich habe nichts zu verbergen.«

Noelle erkannte gleich, dass das eine unglückliche Formulierung war, als Linda ihr einen neugierigen Blick zuwarf, als frage sie sich, ob Noelle nicht doch etwas zu verbergen hatte. Noelle schwitzte so stark, dass der Pullover an ihren Achselhöhlen klebte. Sie stellte sich ein Thermostat vor wie das in der Diele. In Gedanken drehte sie es herunter. *Bleib cool ... du musst ruhig bleiben ...*

»Haben Sie irgendwelche Interessen, Noelle?«

»Wie?«

»Hobbys, so etwas in dieser Art.«

Noelles Gedanken rasten. Sie war auf eine Inquisition vorbereitet gewesen, aber das hier erinnerte mehr an ein Bewerbungsgespräch am College. Sie räusperte sich. »Ich schreibe.«

»Sie führen Tagebuch?«

»Das auch, ja. Aber hauptsächlich Geschichten und Artikel. Ein paar wurden sogar veröffentlicht.«

»Könnte ich etwas von Ihnen gelesen haben?«

Noelle lachte trocken. »Nur wenn Sie den *Baroid News Bulletin* abonniert haben oder den *California Highway Patrolman.*«

Noelle zuckte die Achseln. »Am Anfang nimmt man, was man kriegen kann.«

»Dann ist das mehr als nur ein Hobby. Dann ist es Ihnen ernst damit.«

Noelle, die eine mögliche Falle witterte, machte sofort einen Rückzieher. »Irgendwann würde ich gerne Vollzeit als Autorin arbeiten. Aber im Augenblick ...« Sie dachte an Emma und schenkte der Frau das erste ehrliche Lächeln. »Ich weiß, dass das in der heutigen Zeit etwas altmodisch klingt, aber zurzeit möchte ich mich ganz auf meine Mutterrolle konzentrieren.«

Lindas einzige Reaktion hierauf bestand darin, sich eine Notiz zu machen. Als sie wieder aufblickte, war ihr Gesicht völlig ausdruckslos. »Wo wir gerade beim Thema sind, unterhalten wir uns doch ein wenig über Kindererziehung. Wer passt auf das Kind auf, wenn Sie etwas erledigen müssen oder ... unpässlich sind?«

Noelle versteifte sich. War das eine Anspielung auf ihren angeblichen Rückfall? Lindas Tonfall hatte allerdings nicht danach geklungen. Trotzdem spürte sie, dass sie sich auf sehr dünnem Eis bewegte.

»Meine Großmutter, wenn ihr Gesundheitszustand es erlaubt«, entgegnete sie. »Ansonsten wäre da noch meine Tante Trish, die manchmal abends babysittet. Und dann habe ich noch eine jüngere Schwester, Bronwyn. Emma betet sie förmlich an.«

»Das klingt, als würde ihre Familie eng zusammenhalten.«

»Wir sind füreinander da.«

»Trotzdem muss es schwer gewesen sein, eine kranke Großmutter zu pflegen und dazu noch eine Fünfjährige zu versorgen.«

Noelle war jetzt ernsthaft beunruhigt. Es war keine Einbildung: Das war eine Falle. Vorsichtig sagte sie: »Es ist ja nur für eine kurze Zeit. Wie ich schon sagte, geht es Nana bereits wieder viel besser. Sie wird bald wieder ganz die Alte sein.«

Die Frau richtete den wimpernlosen Blick auf das etwas kitschige Gemälde von der Kreuzigung Jesu über dem Sofa. »Mag sein, aber einmal angenommen, nur rein hypothetisch, dass ihr Gesundheitszustand sich nicht bessert. Würden Sie dann einen professionellen Pflegedienst hinzuziehen?«

Noelle überlegte, wie ihre Großmutter dazu stehen würde. Eine Fremde in ihrer Küche, die in ihrer Wäsche kramte. Jemand in einer weißen Uniform und mit Birkenstock-Sandalen, der Tabletts rauf und runter trug? Nein, das würde Nana niemals zulassen.

»Ich denke, damit würde ich mich näher befassen, wenn es dazu käme«, sagte sie ausweichend.

»Ist das ganz allgemein Ihre Lebenseinstellung?«

»Ehrlich gesagt verstehe ich nicht, was das mit ...« Noelle verstummte und blickte auf das Sofa, wo ein loser Faden förmlich darum bettelte, herausgezupft zu werden. Sie holte tief Luft und sagte: »Hören Sie, Doktor, ich meine Linda, ich zahle meine Rechnungen vor der Fälligkeit. Zweimal im Jahr gehe ich zur Zahnprophylaxe und bringe den Wagen zur Inspektion. Aber was größere Lebenskrisen betrifft, denke ich, dass man, ganz egal, was man tut, nie auf alles vorbereitet sein kann.« *Wenn ich das hier hätte voraussehen können, würden wir jetzt nicht hier sitzen, darauf können Sie Gift nehmen.*

Linda machte wieder einen Eintrag in ihr Notizbuch, wobei ihre seidige Perücke bei jedem schwungvollen Schriftzug heftig wippte. Noelle konnte nur spekulieren hinsichtlich dessen, was sie schrieb. Mangelnde Selbstbeherrschung. In Stresssituationen nicht sehr belastbar. Plötzlich verspürte sie den Drang aufzuspringen und Linda das Notizbuch aus der Hand zu reißen. Wenn sie sowieso fertig gemacht wurde, konnte sie sich doch wenigstens diese Befriedigung gönnen, oder?

»Erzählen Sie mir von Ihrem Mann.« Linda schaute sie mit mildem Interesse an.

»Was möchten Sie denn wissen?«

»Wie würden Sie Ihre Beziehung vor dem Zerwürfnis beschreiben?«

Noelle verkniff sich ein zynisches Lachen. »Wir haben kaum je gestritten, wenn Sie das meinen. Wenn wir unterschiedlicher Meinung waren ... nun ja, sagen wir einfach, dass gewöhnlich Robert seinen Willen durchsetzte.«

»Das klingt, als hätten sie ihm das verübelt.«

Noelle dachte einen Moment darüber nach. »Seltsamerweise war das nicht der Fall ... bis jetzt. Heute erscheint es mir selbst seltsam, dass ich mich nicht gewehrt habe. Vielleicht wäre alles ganz anders gekommen, wenn ich es getan hätte.«

»Wie das?«

»Ich denke, dann hätte ich mich früher von ihm getrennt.«

»Glauben Sie, dass dieses Problem mitverantwortlich war für ihre Alkoholsucht?«

Noelle zwang sich zu einem Lächeln, das jedoch recht grimmig ausfiel. »Wie ich sehe, haben Sie Ihre Hausaufgaben gemacht. Aber die Antwort lautet Nein. Ich bin Alkoholikerin, aber Gott sei Dank seit Jahren trocken. Ich mache für meine Sucht niemand anders als mich selbst verantwortlich. Ich sage nur, dass mein Mann so seine Art hat ...« Sie legte eine kurze Pause ein und wählte ihre Worte mit Bedacht. »... mit Menschen umzugeben, die seinen Unmut erregen.«

Eine von Lindas aufgemalten Brauen wölbte sich zu einem perfekten Bogen. »Dann betrachten Sie das alles als seine Art, Sie zu bestrafen?«

Noelle starrte auf den schreibbereiten Kugelschreiber über dem gelben Papier. Es war ein ganz gewöhnlicher Kugelschreiber, tannengrün mit der Aufschrift »Crossroads Realty« in Goldbuchstaben. Robert arbeitete viel mit diesem Bauunternehmen zusammen. Konnte da eine Verbindung bestehen? Ihre Bauchmuskeln verkrampften sich.

»Ja und nein. Zweifellos liebt mein Mann seine Tochter. Und er hat gerne alles unter Kontrolle. Als ich ihm sagte, ich würde die Scheidung einreichen ...« Sie schauderte bei der Erinnerung, ihr starrer Blick auf die pausbäckigen Hummel-Figuren auf dem Regal über dem Fernseher geheftet, die irgendwie lebendig wirkten. »Nun, er war nicht erfreut. Er wurde sogar sehr wütend. Als ich zwei Tage später morgens wach wurde, war meine Tochter verschwunden.«

»Sicher wissen Sie, dass die Version Ihres Mannes zum Hergang eine etwas andere ist.« Das blasse, irgendwie künstlich wirkende Gesicht der Frau schien losgelöst im schwachen Licht des abgedunkelten Raumes zu schweben.

»Was immer er Ihnen erzählt hat, es war gelogen.«

»Ich verstehe.« Linda tippte abwartend mit dem Kugelschreiber auf das Notizbuch.

Noelle kniff die Augen zu. »Wir waren am Vorabend zusammen essen. Nur um zu reden. Wir hatten noch nicht bestellt, als ich mich plötzlich ... unwohl fühlte. So als würde ich gleich ohnmächtig werden. Und so kam es dann auch. Ich wurde ohnmächtig.« Sie öffnete die Augen wieder, die jetzt zornig funkelten. »Und auf einmal werde ich in der Öffentlichkeit zum Säufer abgestempelt.«

»Hatten Sie denn etwas getrunken?« Linda lächelte entschuldigend. »Sie werden verstehen, dass ich Sie das fragen muss.«

»Nein.« Mehr sagte Noelle nicht. Wozu auch? Die Psychologin hatte sich ja so oder so bereits entschieden. Plötzlich fühlte sie sich sehr allein und verlassen. »Darf ich Sie etwas fragen?«

»Sicher.« Linda lächelte freundlich.

»Glauben Sie, dass immer alles zwei Seiten hat?«

»In der Regel schon.«

»Aber es gibt Ausnahmen?«

»Gelegentlich.«

Noelle beugte sich vor, die Hände fest verschränkt. »Linda, es gibt da etwas, das Sie über mich wissen sollten. Wenn ich glauben würde, ich wäre in irgendeiner Form eine Bedrohung für mein Kind, wäre ich die Erste, die sich mit einem ... vorübergehenden Arrangement einverstanden erklären würde. Egal, wie schmerzlich es für mich wäre. Aber nicht ich bin es, die Emma wehtut.«

»Wollen Sie damit sagen, dass Ihr Mann ihr wehtut?«

Als sie die Unsicherheit in den Augen ihres Gegenübers sah, hakte Noelle nach. »Ich bitte Sie nur darum, mir die Gunst des Zweifels zu erweisen. Treffen Sie keine vorschnellen Schlüsse, ehe Sie nicht alle Fakten kennen. Versprechen Sie mir das? Meiner Tochter zuliebe?«

»Noelle, Liebes, mit wem sprichst du denn?«

Noelle blickte auf und sah ihre Großmutter langsam die Treppe herunterkommen. Ihr sank das Herz. Nana sah furchtbar aus in dem verknitterten Morgenmantel, in dem sie geschlafen hatte, und mit dem gelbweißen Haar, das widerspenstig von ihrem Kopf abstand. Außerdem schwang der übliche meckernde Tonfall in ihrer Stimme mit. Nana war nach ihrem Mittagsschlaf immer schlecht gelaunt. Bitte, lieber Gott, betete Noelle, lass nicht zu, dass sie alles noch schlimmer macht, als es ohnehin schon ist.

Als Nana ins Wohnzimmer schlurfte, stand Noelle hastig auf, um sie vorzustellen. »Linda, das ist meine Großmutter. Nana, erinnerst du dich, dass ich dir von meinem Gespräch mit Dr. Hawkins erzählt habe?«

»Worum geht es denn? Brauchst du Arbeit?« Nana legte den Kopf schräg und musterte die Psychologin misstrauisch. Sie hielt nicht viel von Seelenklempnern; in ihren Augen sorgten sie nur für noch größere Verwirrung.

»Ich werde dem Gericht gegenüber eine Empfehlung hinsichtlich Ihrer Enkelin aussprechen.« Linda erhob sich und schüttelte Nana die Hand. »Es freut mich, dass Sie sich zu uns gesellen können, Mrs Quinn.«

»Hmmm«, grunzte Nana nur.

*Sag nichts, bitte,* flehte Noelle stumm.

Aber das Blitzen in den Augen ihrer Großmutter verhieß nichts Gutes. »Also, ich werde Ihnen mal etwas sagen, Dr. Hodgkin. Sie können in Ihr Gutachten schreiben, dass Noelle die beste Mutter auf der ganzen Welt ist. Sie würde ihr Leben geben für dieses Kind.«

»Daran zweifle ich nicht«, entgegnete Linda, ohne darauf einzugehen, dass Nana sie mit falschem Namen angesprochen hatte.

Nana tippte mit einem gekrümmten Finger auf das Notizbuch. »Los, schreiben Sie das auf.«

»Nana, bitte«, sagte Noelle.

Aber sie war nicht zu bremsen. »Es ist eine schreiende Ungerechtigkeit, wenn ein Gericht, das eigentlich dazu da sein sollte, Recht zu sprechen, zulässt, das unschuldige Menschen durch den Dreck gezogen werden. Ich kenne Calvin Ripley noch aus meiner Schulzeit. Er war damals schon ein elender Wurm und Speichellecker. Was wieder einmal beweist, dass eine schwarze Robe nichts wert ist, wenn nicht ein Rückgrat darunter steckt, das sie aufrechthält.«

Linda kniff die wimpernlosen Augen zusammen.

*Tut mir Leid,* formte Noelle stumm mit den Lippen. Sanft hakte sie ihre Großmutter unter, aber Nana schob sie ungeduldig weg.

»Ich bin noch nicht fertig!«, sagte sie barsch.

»Vielleicht ist es besser, wenn ich ein anderes Mal wiederkomme«, sagte Linda und warf Noelle einen vielsagenden Blick zu.

Einen Moment stand Noelle einfach nur zitternd da, zu aufgewühlt, um sich zu rühren. Sie konnte einfach nicht glauben, dass das passierte. Das war ein Albtraum. *Ich muss sie aufhalten. Ich muss mein letztes bisschen Glaubwürdigkeit retten.* Wie an jenem Tag, als sie Robert ihre Scheidungsabsichten kundgetan hatte, rührte sich etwas in ihrem Inneren. Wie ein starker Wind, der sie voranschob. Entschlossen trat sie vor ihre Großmutter und legte ihr die Hände auf die Schultern. Aber Nana entwand sich stur ihrem Griff. Noelle sah sie schwanken und wollte sie festhalten. Dann fühlte sie zu ihrem namenlosen Entsetzen, wie sie beide das Gleichgewicht verloren. Mit einem heftigen Rumms landete sie auf dem Boden, ihre Großmutter auf ihr.

»Auuu!«, kreischte Nana. Ihr Gewicht raubte Noelle schier den Atem.

Es folgte ein Moment schockierter Stille. Dann wollten sie sich gleichzeitig aufrappeln, was jedoch nur dazu führte, dass sie sich noch mehr verhedderten. Erst als Linda Noelles Hand ergriff, gelang es dieser aufzustehen. Gemeinsam hievten sie Nana auf die Füße und führten sie zum nächsten Sessel.

Nana legte schweratmend eine Hand auf ihren Busen. »Gott Allmächtiger, ich dachte schon, ich hätte dich erdrückt!«

*Ich könnte ebenso gut tot sein,* dachte Noelle deprimiert. Es hätte nicht schlimmer ausgehen können, wenn Robert es inszeniert hätte. Gott allein wusste, was Linda Hawkins in ihren Bericht schreiben würde. *Wahrscheinlich kommt ihr das Haus vor wie eine Art Irrenanstalt ... mit Nana und mir als Kandidaten für die Gummizelle.*

Aber auch wenn Nana alles kaputt gemacht hatte, war es nicht ihre Absicht gewesen, ihr zu schaden. Noelle würde sich nicht für sie entschuldigen.

Trotzdem zögerte die Psychologin an der Tür, als warte sie auf eine Erklärung. »Ihre Großmutter nimmt kein Blatt vor den Mund«, bemerkte sie trocken.

»Dem kann ich nicht widersprechen.« Es brannte Noelle auf der Zunge, eine beschwichtigende Bemerkung zu machen, um eine Situation zu retten, die hoffnungslos verfahren war. Aber als sie den Mund öffnete, war es, als würde jemand anders für sie sprechen, jemand, der bisher noch nicht viel gesagt hatte. »Ich wünschte, ich hätte nicht so lange gebraucht, um den Mut aufzubringen, für *meine* Überzeugungen einzutreten.«

Die Nummer stand auf einem Stück Pflaster, das unten am Telefon klebte. Sie hatte sie vor ein paar Tagen dort angebracht ... nur für alle Fälle. Jetzt, noch ganz benommen vom katastrophalen Verlauf ihres Gesprächs mit der Psychologin, wählte sie sie. Sie wusste nicht, ob ihre alte Gruppenleiterin von AA noch dieselbe Nummer hatte oder welche Ausrede sie dafür vorbringen sollte, dass sie sich nicht früher gemeldet hatte. Sie wusste nur, dass es höchste Zeit war, dass sie aufhörte, darauf zu warten, dass Gott – oder Richter Ripley – über ihr Schicksal entschied.

Es wurde fast sofort abgenommen. »Hallo?«

Noelle hielt den Hörer krampfhaft umklammert. »Gwen, hier ist Noelle Van Doren ... Ich weiß, dass es einige Zeit her ist.«

Gwen Nolan lachte kehlig, und Noelle sah vor sich, wie sie sich auf ihrem Stuhl zurücklehnte und sich eine Zigarette anzündete: eine mit müden Augen, die zu viel Elend gesehen hatten, und einem Lächeln so ansteckend wie das eines Kindes. »Meine Güte, ja, das ist es wirklich, nicht wahr? Wie ist es dir in dieser Zeit denn ergangen?«

»Ich bin trocken geblieben«, sagte Noelle mit einem schüchternen Lachen, das ausdrückte, was unter AA-lern nicht ausgesprochen werden brauchte: dass der Weg zuweilen recht steinig war. »Gwen, ich rufe an, weil ...«

Als sie eine Stunde später auflegte, nachdem sie versprochen hatte, am folgenden Abend am AA-Treffen in der First Baptist

Church teilzunehmen, fühlte Noelle sich irgendwie stärker und erleichtert. Warum hatte sie nur so lange gewartet? Wovor hatte sie sich gefürchtet?

*Das ist nicht alles, was du gemieden hast,* flüsterte eine Stimme.

Da gab es noch jemanden, mit dem sie sprechen musste. Jemanden, der sich in einer einzigartigen Situation befand, etwas Licht ins Dunkel zu bringen. Wer wusste mehr darüber, was in der Ramsey Terrace 36 vorging, als ihre ehemalige Nachbarin Judy Patterson?

Nur Minuten später war Noelle in ihrem Volvo unterwegs zur Ramsey Terrace. *Judy hat selbst Kinder,* sagte sie sich; *sie wird verstehen, was ich durchmache.* Sie standen sich nicht besonders nahe, aber trotz ihrer Feigheit letztens war Judy immer eine gute Nachbarin gewesen. Im vergangenen Winter, als Noelle eine schlimme Grippe gehabt hatte, hatte Judy ihr Hühnersuppe gebracht und sich erboten, nach Emma zu sehen, bis es ihr wieder besser ging. Würde sie nicht auch jetzt helfen wollen?

Als Noelle jedoch kurz nach halb vier vor dem eleganten Ranchhaus der Pattersons hielt, sah es aus, als wäre niemand dort. Sie war enttäuscht, bis ihr einfiel, dass es immer so ausgesehen hatte, als wäre niemand zu Hause. Judy achtete stets darauf, dass der Vorgarten tipptopp war: keine Fahrräder oder Rollerblades, kein Basketballkorb in der Auffahrt. Ihr Mann Blake war Inhaber einer Discount-Drogerie-Kette und mehrere Monate im Jahr unterwegs. Judy verbrachte die Vormittage mit Tennisspielen im Club oder im Fitnessstudio. Und wenn ihre Jungs nicht im Ferienlager oder in der Sommerschule waren, spielten sie hinter dem Haus oder schwammen im Pool.

Judy öffnete sofort, so als hätte sie Besuch erwartet. Sie war wie immer tadellos gekleidet in Bermuda Shorts und blütenweißer Bluse, darüber eine Schürze mit dem Aufdruck »Beste Köchin der Welt«. Mit Noelle hatte sie offensichtlich nicht gerechnet. »Noelle! Was machst du denn ... Himmel, das ist ja eine Überraschung.«

»Entschuldige, dass ich dich so überfalle«, sagte Noelle. »Ist der Zeitpunkt ungünstig?«

Judy zögerte, bevor sie zur Seite trat, um sie hereinzulassen. »Ich backe gerade Muffins für den Basar der Kinder-Baseballliga. Sag nichts. Ich lasse mich immer wieder breitschlagen. Aber komm doch rein. Du kannst mir beim Verzieren helfen.« Ihr Lachen konnte ihre Nervosität nicht ganz verhehlen.

Noelles ehemalige Nachbarin war sehr schlank und blond. Sofern Judy irgendwann einmal eine Anzeige unter der Rubrik »Stellengesuche« aufgeben sollte (allein der Gedanke war lächerlich), würde sie sich wohl selbst so beschreiben. Schlank und blond. Als würde das ausreichen, auch wenn man nicht hübsch war. Allerdings hatte sie schöne Augen. Türkisblau mit langen dichten Wimpern.

»Wofür wird denn diesmal Geld gesammelt?«, fragte Noelle.

»Neue Trikots, was sonst? Sie verschleißen schneller, als die Kinder aus ihnen herauswachsen können.«

»Jungs«, murmelte Noelle höflich und folgte Judy den Flur hinunter in die Küche.

»Da sagst du was. Wirklich, so wie meine beiden mit ihren Sachen umgehen, grenzt es an ein Wunder, dass sie überhaupt noch etwas anzuziehen haben. Sei froh, dass du ein Mädchen hast, die sind viel pflegeleichter.« Judy wirbelte sogleich herum, einen betretenen Ausdruck auf dem Gesicht. »O Noelle, das tut mir Leid. Ich habe nicht nachgedacht.«

Noelle war selbst überrascht davon, wie locker sie hierauf reagieren konnte. »Ist schon okay, Judy. Und ich bin dankbar für Emma.«

In der Küche mit den massiven Eichenschränken und den fröhlichen bunten mexikanischen Fliesen herrschte ein einziges Durcheinander aus Rührschüsseln und Muffin-Backformen. Auf dem Küchenblock in der Mitte des Raumes standen bereits fertig gebackene Muffins zum Abkühlen. Als Noelle sich an den Tisch setzte, fiel ihr Blick auf eine Liste, die mit einem Marienkäfer-Magneten am Kühlschrank befestigt war.

*Das ist das Leben, dem ich den Rücken gekehrt habe,* dachte sie. Ein Leben ständiger Betriebsamkeit, die sie die Leere vergessen machen sollte. Sie wusste nicht, ob Judy genauso empfand – vermutlich nicht –, aber manchmal, wenn sie in der Küche wieder einmal Berge von Kuchen und Plätzchen gebacken hatte für irgendwelche Veranstaltungen, hätte sie die Eier an die Wand schleudern mögen. Einmal, als sie ein Loch in einem Laken bemerkt und den Finger hindurch gesteckt hatte, hatte sie es, ehe sie sich versah, in der Mitte durchgerissen. Hinterher hatte sie das Laken in einer Mülltüte weggeworfen, damit Carmela es nicht sah. Die Haushälterin hätte sie sonst noch für verrückt erklärt.

Das einzig Gute, das aus diesem Leben hervorgegangen war, war Emma. Ihre kleine Tochter. Ihr Baby.

»Judy, ich brauche deine Hilfe.« Noelle hatte eher leise gesprochen, aber so verdattert wie Judy von der Backform aufsah, die sie gerade aus dem Backofen holte, hätte man meinen können, sie hätte geschrien.

Trotzdem setzte sie ein breites Lächeln auf und stellte die Muffins zum Abkühlen auf den Herd. »Sicher. Gern.«

»Du weißt doch, was Robert über mich erzählt. Du weißt, dass nichts davon stimmt.« Noelle sprach mit fester Stimme und ließ keinen Raum für Widerspruch. »Wenn jemand als Leumundszeuge für mich aussagen kann, dann du.«

Judy hatte ein weiteres Blech mit Papiermanschetten bedeckt und hielt jetzt inne. Ihr fetter orangefarbener Kater Tom-Tom setzte sich vor ihre Füße, als rechne er damit, dass etwas für ihn abfiel. Von draußen drangen die Rufe ihrer Söhne herein, die sich im Pool amüsierten.

»Was genau schwebt dir denn vor?«, fragte sie zögernd.

»Würdest du beim Prozess für mich aussagen?«

Ihre Freundin schaute auf das rosa Papier in ihrer Hand, dessen Rand sie bereits plattgedrückt hatte und das sie jetzt zerrupfte. »O Noelle.« Sie blickte auf, rote Flecken auf den blassen Wangen. »Das würde ich wirklich gern. Ehrlich. Aber ... Ich kann nicht.« Von draußen war ein lautes Klatschen zu hören, und sie wandte sich zum offenen Fenster und rief: »Danny, vergiss nicht, was ich gesagt habe: Pass auf deinen kleinen Bruder auf!« Als sie wieder Noelle ansah, hatte sie Tränen in den Augen. »Es tut mir Leid. Ganz ehrlich.«

Noelle bebte vor Wut. War ich nicht vertrauenswürdig genug, auf deine Jungen aufzupassen? Um Junior von der Schule abzuholen? Nur mit Mühe gelang es ihr, sich zu beherrschen und der Frau mit der Schürze nichts ins Gesicht zu schlagen, so fest, dass sie gegen die Wand geschleudert wurde.

Äußerlich ruhig sagte sie: »Ich finde, du bist mir wenigstens eine Erklärung schuldig.«

Judys Züge verhärteten sich. »Hör zu, es tut mir Leid, dass du Probleme hast, aber wir leben noch hier. Robert ist unser Nachbar. Er und Blake spielen zusammen Golf. Du weißt ja gar nicht, was du da von mir verlangst.«

Judy klang zornig, aber da war noch etwas anderes in ihren Augen.

Plötzlich verstand Noelle. »Du hast Angst vor ihm, habe ich Recht?«

Ihre Freundin warf das zerknüllte Papier weg. Im Sonnenlicht, das durch die Glasschiebetür strömte, bemerkte Noelle zum ersten Mal, dass die Härchen auf der Oberlippe gebleicht waren. Der Flaum hob sich leicht orange von der hellen Haut ab.

»Ich denke, du gehst jetzt besser«, sagte Judy leise und etwas zittrig. »Die Jungs werden gleich reinkommen, und ... und ich muss die Muffins noch verzieren.«

Aber es war mehr als nur Angst vor Robert.

Noelle ging ein Licht auf.

»Du warst es, habe ich Recht?« Noelle stand auf. »Dass Jeanine seine Lügen bestätigt hatte, war klar, aber ich konnte mir nicht vorstellen, wer noch so gehässig sein könnte, dem Richter solche Lügen über mich zu erzählen. Du hast seine Lügen bestätigt.«

Judy wandte den Blick ab. »Ich weiß nicht, wovon du sprichst.«

»O doch, das weißt du sehr gut. Er hat dich unter Druck gesetzt, nicht wahr? Er hat dir mit irgendetwas gedroht.«

Unvermittelt brach ihre Freundin in Tränen aus. Sie riss ein Blatt von der Papierrolle ab und drückte es sich auf das Gesicht. »Ich muss mir das nicht anhören«, jammerte sie kindisch. »Ich könnte die Polizei rufen und dich rauswerfen lassen.«

»Aber das wirst du nicht tun.«

Judy hob das tränennasse Gesicht. Ihre Augen flehten um Gnade. Aber hatte Judy sie geschont? »Bitte, Noelle, geh einfach. Jetzt. Bevor die Jungs dich sehen. Wenn Blake erfährt, dass du hier warst ...«

»Was hat denn Blake damit zu tun?«

»Nichts. Nur ...«

»Er und Robert müssen ja ganz dicke Freunde sein, so viel Zeit wie sie zusammen auf dem Golfplatz verbringen.« Noelle trat auf ihre einstige Nachbarin zu. Sie empfand Verachtung, als diese zurückzuckte, allerdings konnte sie sich einer gewissen Befriedigung nicht erwehren.

»Es war nicht Blakes Schuld. Er wollte zuerst nichts damit zu tun haben.« Judy weinte jetzt richtig und drückte das zerknüllte Küchenpapier an die tränenden Augen. »Er hat sich ein bisschen übernommen, das ist alles. Aber es würde alles in Ordnung gehen. Er hatte mit der Bank über eine Neuverhandlung seiner Kredite gesprochen. Der Vorstand wollte den Punkt bei seiner nächsten Sitzung besprechen. Eine reine Formalität, hieß es. Dann gab es plötzlich Probleme.«

Noelle brauchte nicht erst zu fragen, um welche Bank es sich handelte. Robert war im Vorstand von Mercantile Trust. Er musste dafür gesorgt haben, dass man Blake Daumenschrauben anlegte. Sie starrte auf die Muffins auf dem Tisch, hell und weich. Zorn durchdrang sie wie Meerwasser poröses Gestein. Sie fühlte, wie er ihre Adern anschwellen ließ und in ihre Knochen drang.

»Ich verstehe«, sagte sie.

»Wirklich?« Judy musterte sie hoffnungsvoll.

»Ich weiß jetzt, was ich zu tun habe.«

Judy wurde leichenblass. Gut. Soll sie ruhig Angst haben. Es ist höchste Zeit, dass ich aufhöre, das schüchterne Häschen zu spielen und diese Rolle einem anderen überlasse. Sie dachte an diesen Satz aus »Der Pate II«: »Kümmere dich um deine Freunde ... und noch mehr um deine Feinde.«

»Ich werde meine Anwältin anrufen und ihr sagen, dass sie mit einem Anruf von dir rechnen kann.« Sie fuhr in kaltem, autoritärem Tonfall fort. Sie trat an den Kühlschrank und schrieb Laceys Telefonnummer auf die Liste. »Du wirst ihr erzählen, was du gerade mir erzählt hast. Und dann wirst du eine eidesstattliche Erklärung abgeben, in der du deine vorausgegangenen Behauptungen widerrufst.«

Judy wich mit angstvoll geweiteten Augen zurück. Sie stieß gegen ein Backblech, das zu dicht an der Kante der Arbeitsplatte stand, und schien kaum zu registrieren, dass es herunterfiel. Es gab ein lautes Scheppern, und Muffins rollten wie Billardkugeln über die hellen orangefarbenen Fliesen. Eins landete im Wassernapf des Katers, und Tom-Tom lief sofort neugierig hinüber. Ein anderes wurde von Judy zertreten, als sie einen hastigen Schritt zurück machte.

»Das kann ich nicht tun!«, keuchte sie mit rauer Stimme.

»Wir würden alles verlieren! Blakes Läden ... das Haus ... alles.«

»Ihr werdet immer noch eure Kinder haben.«

Noelle bückte sich, um ein Muffin aufzuheben, und warf es ihrer Nachbarin zu, die es ungeschickt auffing. Noelle war selbst verblüfft, dass sie keine Spur von Mitleid mit Judy empfand.

»Mach doch, was du willst, ruf deine Anwältin an!«, kreischte Judy. »Du kannst mich zu nichts zwingen.«

»Ach nein?« Noelle erinnerte sich an etwas, das sie vor Monaten beobachtet hatte: Als sie eines Abends spät an Dannys Karate-Schule vorbeigefahren war, hatte sie Judys dunkelgrünen Suburban in der Seitenstraße stehen sehen. Das war ihr damals seltsam vorgekommen, und jetzt wagte sie einen Schuss ins Blaue. »Wo wir gerade von Ehemännern sprechen, vielleicht würde es deinen ja interessieren, was du hinter seinem Rücken treibst.«

Judy wurde noch eine Spur blasser. »Woher ...« Sie verstummte abrupt. »Das ist eine gemeine Unterstellung. Blake würde dir niemals glauben. Außerdem hast du keine Beweise.«

»Die hattest du auch nicht, als du behauptet hast, ich wäre des Öfteren betrunken gewesen«, erinnerte Noelle sie. »Das ist ja das Komische an Gerüchten, nicht wahr? Sie entwickeln eine Eigendynamik.«

Judy erinnerte sie an einen Tennisschläger, dessen Bespannung gerissen war: Ihre Augen waren weit aufgerissen, und das sonst stets so tadellose Haar stand ihr wild vom Kopf ab, nachdem sie hektisch mit den Händen hindurchgefahren war. Ein zerquetschtes Muffin klebte an ihrem Turnschuh. »Robert hatte ganz Recht«, zischte sie. »Du bist ein Miststück.«

Noelle bedachte sie mit einem langen eisigen Blick. Zum ersten Mal erkannte sie ganz klar, in welchem Punkt sie sich geirrt hatte. Der Fehler war weniger der gewesen, ihrer Nachbarin zu trauen, als jener, dass sie selbst ein in allen Punkten so oberflächliches Dasein geführt hatte. Sie hatte in Ramsey Terrace nie richtige Freunde gehabt. Sie hatte nie hierher gehört.

»Du ahnst ja nicht, wozu ich noch alles fähig bin.« Noelle machte auf dem Absatz kehrt und rief Judy im Gehen über die Schulter hinweg zu: »Ich sage meiner Anwältin, dass du sie anrufst.«

Noelle wusste selbst nicht, was sie veranlasste, auf dem Heimweg bei Hank vorbeizuschauen. Früher wäre sie zu schüchtern gewesen, hätte es nicht gewagt, einen vielbeschäftigten Arzt mitten am Nachmittag in seiner Praxis zu stören. Aber die Frau, die aus der alten Noelle hervorgegangen war, tat es. Sie hatte Glück: Hank wollte gerade gehen. Ein Künstlerfreund aus Schenectady hatte ihn zu einer Vernissage eingeladen, und als er fragte, ob sie ihn begleiten wolle, zögerte sie nicht.

Minuten später folgten sie in seinem Toyota der gewundenen Bergstraße. Noelle schwieg lange und starrte nur durch das Fenster auf die grünen Hügel zu ihrer Rechten und auf die Sträucher, die zunehmend hohen Kiefern wichen, je höher sie kamen. Hank war so klug, ihr Schweigen zu respektieren. Er wartete, bis sie soweit war.

»Ich habe heute mit der vom Gericht bestellten Psychologin gesprochen«, sagte sie schließlich.

»Und wie ist es gelaufen?«

»Furchtbar.« Sie berichtete ihm von Linda Hawkins Besuch und schüttelte sich, als sie von der Szene mit Nana erzählte.

Hank nahm das Gesagte mit der ihm eigenen Gelassenheit auf. »Unter den gegebenen Umständen halten Sie sich wirklich gut.« Trotzdem machte er ein besorgtes Gesicht.

»Ob Sie es glauben oder nicht, langsam habe ich das Gefühl, dass ich es schaffen werde.« Ihre Konfrontation mit Judy erwähnte sie nicht. Er wusste jetzt genug, um gewarnt zu sein.

*Der Gesundheitsminister warnt: Jeder weitere Kontakt zu dieser Frau kann Ihrer Gesundheit schaden.*

»Das überrascht mich nicht.«

Sie kennen mich doch gar nicht, wollte sie protestieren. Aber das war das Seltsame: Es kam ihr vor, als würde sie Hank Reynolds schon ihr ganzes Leben kennen. »Erzählen Sie mir von Ihrer Familie«, sagte sie, um von sich und ihren Problemen abzulenken. »Alles, was ich weiß, ist, dass Sie in Kanada aufgewachsen sind.«

Er lachte leise und schüttelte den Kopf mit einer Mischung aus Zuneigung und Bedauern. »Als Kind dachte ich, der Satz ›Die Majestät der roten Berge‹ wäre ebenso erfunden wie die Smaragdstadt. Wenn man in Baxter Springs den Blick hob, sah man nur Silos.« Sie waren inzwischen so weit oben, dass sie das Tal unter sich sehen konnten, die Häuser so winzig wie Spielzeug um den schimmernden See zwischen zwei Hügeln. »Die Farm gehört meinen Eltern noch, aber sie haben sie verpachtet, nachdem mein Vater in Rente gegangen ist. Bei meinem letzten Besuch war die Rede davon, sie zu verkaufen.«

»Besuchen Sie Ihre Eltern oft?«

»Nicht so oft, wie ich es sollte«, entgegnete er. »Aber ich lasse kein Weihnachtsfest aus.« Ganz selbstverständlich nahm er ihre Hand. Im nachmittäglichen Sonnenlicht, das in Wellen über sie hinweg glitt, sah er so urwüchsig, bodenständig und rechtschaffen aus wie Kansas selbst. »Ich würde sehr gerne eines Tages mit dir hinfahren. Es würde dir gefallen. Wenn es schneit, verwandelt sich das Land in eine Märchenlandschaft. Man kann fast die Schlittenglocken bimmeln hören.«

Noelle war sich seiner warmen Finger überdeutlich bewusst. »Das würde mir gefallen«, sagte sie. Eines Tages ... aber nicht jetzt. Sie dachte an die Weihnachtsfeste ihrer Kindheit, an den künstlichen Baum, den Nana jedes Jahr aufgestellt hatte, mit dem bescheidenen Häufchen Geschenke darunter. Ihre Mutter hatte immer ihr Bestes versucht, dass es ein fröhliches Fest wurde, aber auch sie hatte nicht wettmachen können, dass Noelle ein Einzelkind war und Nana (wie sie selbst behauptete) zu alt war, um Obstkuchen zu backen, die niemand aß, und sich einen Tannenbaum hinzustellen, der nadelte. »Hast du viel von deinen Eltern?«

»Ich würde sagen, ich komme nach meinem Vater«, antwortete Hank nach kurzer Überlegung. »Er ist genauso stur wie ich. Wenn er sich erst in etwas verbissen hat, lässt er so schnell nicht wieder los.« Er schenkte ihr ein Lächeln, das sie an einen unartigen Chorknaben erinnerte. »Mit einer Ausnahme. Dad hat nie verstanden, warum ich Arzt werden wollte.«

»Ich dachte, das wäre der Traum aller Eltern.«

Er zuckte die Achseln. »Ich fürchte, er hat es als Ablehnung seiner ganzen Lebensweise aufgefasst.« Seine Hände schlossen sich fester um das Lenkrad. »Zu meinem zwölften Geburtstag schenkten meine Eltern mir ein Gewehr, ein zweiundzwanziger Browning. Ich habe den ganzen Sommer damit verbracht, Büchsen vom Gartenzaun zu schießen.«

»Warst du ein schlechter Schütze?«

»Nein, genau das war ja das Problem. Ich war sogar ziemlich gut. Dad fand das auch. Im Herbst nahm er mich mit auf die Rehwildjagd. Nach dem Tag, an dem ich meinen ersten und letzten Rehbock geschossen habe, habe ich das Gewehr an den Nagel gehängt. Ich habe es noch; es soll mich immer daran erinnern, dass es Dinge gibt, von denen man besser die Finger lässt.« Er nahm den Fuß vom Gas, als sie an einer besonders malerischen Aussicht vorbeikamen. Auf dem Ausguck war eine Bronzetafel aufgestellt worden zu Ehren des Helden General Louis W. Church, der in der Schlacht am Sandy Creek im Unabhängigkeitskrieg die Briten geschlagen hatte. Wehmütig sagte er: »Ich sagte mir damals, wenn ich eigene Kinder hätte, würde ich ihnen andere Werte beibringen.«

»Jetzt verstehe ich, warum du so unglücklich darüber warst, dass deine Frau keine Kinder haben wollte.« Neugierig fragte sie: »War das der Grund für die Scheidung?«

»Hauptsächlich. Aber es gab noch andere.« Er zögerte kurz, bevor er sich ihr anvertraute. »Ich kam dahinter, dass sie eine Affäre hatte. Mit einem ihrer Studenten.«

»Hat sie ihn geliebt?«

»Die Antwort lautet Ja.« Er warf ihr einen Seitenblick zu. »Aber genau genommen war es kein Er, sondern eine Sie.«

»O Hank.« Noelle war einen Moment sprachlos. »Das muss ein ziemlicher Schock gewesen sein«, sagte sie schließlich; etwas anderes fiel ihr nicht ein.

Sie war überrascht, als Hank darauf lachte. »Es war ein Schock. Ich war in meinem männlichen Stolz getroffen. Es hat eine ganze Weile gedauert, bis ich den Mut aufgebracht habe, wieder mit einer Frau auszugehen. Ich war sicher, dass es mein Fehler gewesen war, dass es nicht nur daran lag, dass ich ein Mann war.«

»Soweit ich weiß, ist es eine Veranlagung, gegen die man nicht ankommt.«

»O ja, das wusste ich auch. Auf rein intellektueller Ebene. Trotzdem fällt es schwer, sich auf das Intellekt zu beschränken, wenn die eigene Frau mit einer anderen Frau schläft.«

»Wäre es denn für dich leichter gewesen, wenn ihr Liebhaber ein Mann gewesen wäre?«

»Wahrscheinlich nicht. Um ehrlich zu sein, denke ich eigentlich gar nicht mehr an Kathryn. Und wenn, dann wünsche ich ihr alles Gute. Sie hat bekommen, was sie wollte. In gewisser Weise haben wir das beide.«

Sie fuhren um eine weite Kurve, und vor ihnen tat sich ein traumhafter Blick auf das Tal auf. Der Anblick war ihr nur zu vertraut und doch drastisch verändert. Ihr Herz zog sich zusammen. »Fahr rechts ran!«, rief sie aus.

Hank verlangsamte das Tempo und lenkte den Wagen auf den Schotterstreifen. Noelle stieg aus dem Wagen und starrte entsetzt auf die riesigen gerodeten Flächen weiter unten, hässliche klaffende Löcher im grünen Teppich des Waldes. Das Gelände, auf dem die Cranberry Mall entstehen sollte, inzwischen längst gerodet und planiert, sah von hier oben noch größer aus als es von unten schon der Fall war. Wenn alles nach Plan lief, würde in einem Jahr eine Minimetropole dort stehen, wo früher Wildtiere gelebt hatten. Edle Boutiquen, Gourmettempel, Sportgeschäfte und Kinos. Sie erinnerte sich, wie Robert ihrem Vater gegenüber argumentiert hatte, dass die Mall dringend benötigte Arbeitsplätze schaffen und der Gemeinde Steuereinkünfte bringen würde. Ihr Vater hatte darauf erwidert, dass der zunehmende Verkehr, die Verteuerung der Immobilienpreise und die unwillkommenen Touristen diese Vorteile aufheben würden.

Sie registrierte nur am Rande, dass Hank neben sie trat und ihr einen Arm um die Schultern legte. »Mea culpa«, sagte er. »Ich habe nicht nachgedacht, als ich diese Route gewählt habe.«

»Als ich noch klein war, ist mein Vater oft zum Picknick mit mir dort gewesen«, erinnerte sie sich wehmütig. »Als Robert anfing, davon zu erzählen, dass er das Gebiet erschließen wolle, war das für mich irgendwie abstrakt. Ich bekam nur die vielen Sitzungen mit, die Pläne und die Martini-Mittagessen mit Grant Iverson.« Das Gefühl des Verlustes schmerzte, als stünde die misshandelte Erde dort unten, die einst dicht bewaldet gewesen war und auf der heute Bagger, Baukräne und Raupenfahrzeuge lärmten, für all das, was sie selbst zu verlieren drohte.

Hank zog sie enger an sich. »Ich hatte von der Mall gehört, aber ich habe nicht geahnt, dass sie solche Ausmaße haben wird.« Er pfiff durch die Zähne. »Das müssen ja fünfzehn oder zwanzig Morgen sein.«

»In etwa.«

Sie entdeckte Robert inmitten der winzigen behelmten Gestalten. Er maßregelte einen der Arbeiter und hatte dabei seine Alfa-Männchen-Pose eingenommen, wie sie es nannte: Kopf vorgeschoben und wild mit erhobener Faust gestikulierend. Obwohl der Mann einen Kopf größer war, duckte er sich eingeschüchtert.

»Das ist sein Vormann, Mike Henshaw.« Auch aus dieser Ferne erkannte sie Mike an seinem dicken Bauch, der über den Gürtel quoll. »Er ist seit über dreißig Jahren bei der Firma, müsste sich also inzwischen an den Umgangston gewöhnt haben. Nach allem, was ich gehört habe, ist Roberts Vater sogar noch ruppiger mit seinen Angestellten umgesprungen.«

»Dann hat der Senior sich aus dem Geschäft zurückgezogen?«

»Mehr oder weniger. Cole verbringt immer noch jeden Tag ein oder zwei Stunden im Büro, aber offiziell ist er ausgeschieden. Es besteht kein Zweifel daran, wer jetzt der Boss ist. Manchmal frage ich mich, was geworden wäre, wenn Roberts Bruder ...«

Noelle brach ab, abgelenkt von einem weißen Cadillac neueren Modells, der der Schotterstraße vom Highway zur Baustelle folgte. Sie erkannte sofort das Auto ihrer Schwiegermutter und hielt die Luft an. Was wollte sie denn auf der Baustelle? Sollte Gertrude nicht daheim sein, bei Emma? Sie sah, wie der Caddy vor dem Wohnwagen stehen blieb, der Robert als Baustellenbüro diente. Eine ältere Frau stieg aus, bemerkenswert schlank für ihr Alter, die Haare von undefinierbarer Farbe irgendwo zwischen Beige und Blond und wie gewöhnlich hochtoupiert. Sie trug ein Kostüm und hochhackige Schuhe und hatte eine Einkaufstüte in der Hand.

Plötzlich flog die Beifahrertür auf, und eine kleine dunkelhaarige Gestalt sprang aus dem Wagen. Hilflos und für ihre

Tochter unsichtbar sah Noelle zu, wie Emma auf ihren Vater zustürmte. Ihr war, als würde sich der Boden unter ihren Füßen auftun.

O Gott, das war zu viel. Das war der berühmte Tropfen, der das Fass zum Überlaufen brachte.

Und doch, seltsamerweise stärkte sie der Anblick. Wie ein Flammenwerfer, der überflüssige Lagen toten Fleisches wegbrannte und die Essenz ihrer selbst freilegte. *Wenn ich ein Gewehr hätte, würde ich ihn erschießen,* dachte sie.

Der Moment war so überwältigend, dass sie mit einem leisen Aufschrei in Hanks Arme sank. Ihr Kopf war von einem schrillen weißen Ton erfüllt, der klang wie Wind, der durch zerklüftete Felsen pfiff. Sie spürte seine Hände – seine feinen heilenden Hände –, die ihren Rücken streichelten und den Schmerz linderten. Sein Atem strich warm über ihre Schläfe. Als er sie küsste, war es, als wäre auch das Teil des Ganzen, irgendwie mit Emma verknüpft. Als wäre die Frau, die sie in Hanks Augen das erste Mal erblickt hatte, eine Frau mit eigenem Willen und Herzen, die sich nicht so leicht geschlagen gab, endlich aus dem Schatten hervorgetreten ins strahlende Sonnenlicht.

# Kapitel 11

Als Mary das Mauthäuschen an der I-87 passierte, war es bereits dunkel. Die ganze Bundesstraße entlang bis auf die Third Avenue Bridge war der Verkehr nur stockend vor sich gegangen. Und sie hatte noch zwei Stunden Fahrt vor sich. Gott, was für ein grässlicher Tag. Angefangen bei der morgendlichen Mitarbeiterkonferenz, bei der Brittany ihr eine lange Liste schlechter Nachrichten vorgetragen hatte: Kunden, die unruhig geworden waren, der Buchhalter, der verdächtigt wurde, Gelder veruntreut zu haben, die täglichen Anrufe von Howard Lazarus wegen des Banketts.

Ihr Gespräch mit Leo LeGras war der Tiefpunkt des Tages gewesen. Sie hatte ihn in seiner Wohnung in SoHo aufgesucht und sturzbetrunken angetroffen. Als eine strenge Erinnerung an seine Verpflichtungen nicht gefruchtet hatte, war sie gezwungen gewesen, eine Entscheidung zu fällen. Den beträchtlichen Vorschuss abschreibend, hatte Mary Leo freundlich aber bestimmt mitgeteilt, dass er gefeuert war.

Gott sei Dank war sie auf diese Eventualität vorbereitet gewesen, und bewaffnet mit einer kurzen Liste von Namen aus ihrer Kartei hatte sie sich auf den Weg gemacht. Der erste Kandidat, »Private Reserve«, auf der East Sixty-fourth hatte sie nicht ganz überzeugen können. Die Blätterteigpastete war nicht so locker gewesen, wie sie hätte sein müssen, und die grünen Bohnen waren eine Spur zu weich gekocht. Der Küchenchef war sehr entgegenkommend, vielleicht eine Spur zu entgegenkommend, sodass sie sich unwillkürlich gefragt hatte, ob seine kurzfristige Verfügbarkeit tatsächlich so überraschend war.

Der Chef des »Mais Oui« in TriBeca war das genaue Gegenteil, eine arrogante eitle Primadonna, die von ihr erwartete, ihr die Füße zu küssen. Die Kostproben, die der Maître ihr auf kleinen Herend-Untertassen gereicht hatte, waren göttlich gewesen, aber sie hatte trotzdem schweren Herzens verzichtet. Nach der Beinahe-Katastrophe mit Leo konnte sie keine weitere Mimose brauchen.

Als sie schließlich Madame Gregoires Penthouse in der West End Avenue aufgesucht hatte, war sie bereits ziemlich entmutigt gewesen. Aber ein Blick auf die stämmige französische Maman mit ihren großen von der Arbeit geröteten Händen und dem grauen Dutt hatten genügt. Madame war so unprätentiös wie ihre Küche superb. Obwohl bereits satt von den vorausgegangenen Kostproben hatte Mary den delikaten Hummer- und Shiitake-Pilze-Salat genossen, ebenso wie die Artischockenterrine und die Wildmedaillons in Pfeffersoße. Sie hatte ihr auf der Stelle einen Scheck ausgestellt.

Und doch fühlte Mary nun auf dem Weg nach Hause nicht die gewohnte Befriedigung, sondern nur nagende Leere. Was war schon ein Bankett verglichen mit ihrer Tochter? Sie hätte auf ihre Instinkte hören und daheim bleiben sollen. Offenbar war das Gespräch mit der Psychologin nicht gut gelaufen. Noelle hatte nicht angerufen und war auch nicht zu Hause gewesen, als Mary versucht hatte, sie zu erreichen. Doris hatte ihr berichtet und gemeint, die Frau sei eine blöde Schnepfe gewesen.

*Arme Noelle,* dachte sie. *Ich hätte da sein sollen.*

Mary dachte zurück an das Gespräch an diesem Morgen. Noelles Worte hatten geschmerzt, aber vieles war unleugbar richtig gewesen. Aber es war auch eine Tatsache, dass sie ihre Tochter liebte. Wie konnte sie Noelle nur davon überzeugen?

War es naiv gewesen, zu glauben, vorübergehend wieder zu Hause einzuziehen, würde etwas ändern?

Zuhause. Sogar das Wort hatte seine Bedeutung verloren. Wo war denn heute ihr Zuhause? Nicht mehr in Burns Lake, auch wenn ihre Heimatstadt zweifellos auch einiges für sich hatte. Abends auf der Veranda zu sitzen, eingelullt vom Quietschen der Schaukel, war nach Jahren in der hektischen Großstadt ein echter Luxus. Tüten voller Gemüse aus dem eigenen Garten, die an der Hintertür deponiert wurden. Beim Aufwachen nur Vogelgezwitscher zu hören und das rhythmische Pfftpfft der Rasensprenger. Und jede Jahreszeit war mit uralten Traditionen behaftet. Die alljährliche Parade am 4. Juli, bei der die frisch gekrönte Miss Mais in einem Cadillac Cabrio die Main Street hinunter chauffiert wurde. Das Krippenspiel an Weihnachten, nach dessen Vorführung heißer Rum getrunken und bei Kerzenschein Weihnachtslieder gesungen wurden. Im Oktober fand der Kürbis-Wettbewerb statt, gesponsert von den Töchtern der Amerikanischen Revolution und begleitet von einer Nachstellung der Schlacht am Sandy Creek, mit Musketen und echten Geschützen.

Ja, es gab vieles, das für Burns Lake sprach. Das Wichtigste, das es zu bieten hatte, war aber Muße. Zeit mit ihrer Tochter und Trish. Und, wenn auch auf einer anderen Ebene, Zeit mit ihrer Mutter, die auch nicht ewig leben würde.

*Und nicht zu vergessen, Charlie.*

Marys Finger schlossen sich fester um das Steuer. *Charlie.* Erinnerungen stiegen in ihr auf, warm wie die Luft, die die Lüftung ihr ins Gesicht blies. Wenn sie mit ihm zusammen war, kam es ihr vor, als würde sie in ein Haus zurückkehren, in dem sie früher einmal gelebt hatte, und sich dort sofort wieder heimisch fühlen. Nur dass ihr Name nicht mehr auf dem Briefkasten stand. Sie war ein gern gesehener Gast, durfte bleiben, so lange sie wollte, aber irgendwann würde sie wieder gehen müssen. Bei diesem Gedanken verspürte sie einen schmerzhaften Stich. Inzwischen wünschte sie, sie wäre nicht eingetreten, denn jetzt würde es ihr um so schwerer fallen, wieder zu gehen.

Sie dachte an ihr Versprechen, ihn anzurufen, und überlegte, das Telefonat auf den morgigen Tag zu verschieben. Charlie aus der Ferne zu vermissen war etwas völlig anderes, als ihm in Person zu widerstehen. Aber als sie anderthalb Stunden später die Ausfahrt nach Burns Lake nahm, griff sie dann doch zum Handy. Zuerst versuchte sie es in der Seehütte, und als sich dort niemand meldete, wählte sie die Büronummer.

Es wurde sofort abgenommen. »Redaktion«, bellte eine Stimme.

Sie erkannte Charlie, auch wenn sie überrascht war von seiner Schroffheit. Das war eine Seite von ihm, die ihr unbekannt war und die sie verunsicherte. »Ich bin's«, sagte sie. »Ich dachte mir schon, dass du noch arbeitest. Ich hoffe, du hast nicht gedacht, ich hätte dich vergessen.«

»Wie spät ist es eigentlich?« Seine Stimme klang heiser. Sie stellte sich vor, wie er auf die Wanduhr sah und sich mit der Hand über das Gesicht fuhr – eine alte Gewohnheit.

»Harter Tag?«

»Ich erzähle dir beim Abendessen davon. Du hast doch noch nicht gegessen, oder?«

Mary zögerte. Immer noch satt von den Kostproben hatte sie das Abendessen eigentlich ausfallen lassen wollen. Aber eine Stunde im Curlycue Café würde ihr sicher nicht schaden. Und im Übrigen war eine Strategiesitzung angesagt. Was Corinne anbetraf, war sie mit ihrem Latein am Ende. Wenn Charlie eine neue Idee hatte, wollte sie sie hören.

»Ich bin gerade am Ortseingang«, sagte sie. »In einer Viertelstunde im Curlycue?«

Charlie antwortete nicht gleich. »Mir wäre ein Ort lieber, an dem wir unter uns sind. Es hat sich etwas ergeben, und ich möchte nicht, dass jemand mithört.«

Ihr Herz tat einen Sprung. »Etwas Wichtiges?«

»Komm zur Hütte, okay? Da können wir reden.«

Mary wurde plötzlich bewusst, wie dicht sie auf den braunen Escort vor ihr aufgefahren war; die Stoßstangen berührten sich fast. Sofort nahm sie den Fuß vom Gas. »Was ist mit Bronwyn?«

»Sie übernachtet bei einer Freundin.« Mary hörte, wie eine Schublade geräuschvoll zugeknallt wurde, gefolgt vom Klirren eines Schlüsselbunds. »Ich hole unterwegs im Curlycue etwas zu essen. Magst du Hirten-Pie?«

Sie stöhnte innerlich bei dem Gedanken daran, überhaupt etwas zu essen. »Ein Salat reicht mir völlig.«

»Wie du willst.« Sie hörte, wie er tief Luft holte. »Mary, ich bin froh, dass du angerufen hast. Gestern Abend ...« Charlie sprach den Satz nicht zu Ende. Er räusperte sich und sagte stattdessen: »Ich stelle den Pie in den Ofen, nur für den Fall, dass du es dir noch anders überlegst.«

Sie schaltete das Handy aus und seufzte. Sie hatte viel an den gestrigen Abend denken müssen. Als sie nach der Sitzung Charlie begegnet war, war sie nicht vorbereitet gewesen auf die Mischung aus Sehnsucht und Bedauern, die sie überwältigt hatte. Ihr Liebesspiel am See ... mein Gott, hatten sie wirklich geglaubt, sie würden damit durchkommen? Sich ein klein wenig verlieben, aber nicht zu sehr. Sie spielten mit dem Feuer, so wie damals als Teenager. Und wenn sie nicht sehr aufpassten, würden sie sich die Finger verbrennen.

Mary war so in ihre Gedanken vertieft, dass sie erst merkte, wie weit sie schon gefahren war, als vor ihr die schmale von Bäumen gesäumte Straße auftauchte, in der Charlie wohnte. Gleich darauf parkte sie den Wagen vor der Hütte und folgte dem Pfad aus in den Boden eingelassenen Zedernholzplatten – Scheiben aus dem ganzen Stamm –, der sich durch dichtes Gestrüpp wand. Charlie hatte ihr erklärt, dass Blumenrabatten unweigerlich von den Rehen abgegrast werden würden. Als sie die Verandastufen hinaufstieg, wurde die Haustür geöffnet, und gelbes Licht fiel nach draußen. Ihr Ex-Mann kam heraus, um sie zu begrüßen, seinen gelben Hund auf den Fersen.

Im bernsteinfarbenen Licht sahen die beiden aus wie aus einem Werbespot für die Freuden des Landlebens. Charlie barfuß in cremeweißer Hose und mit blaukariertem Hemd mit aufgerollten Ärmeln und der Golden Retriever, der mit dem bauschigen Schwanz wedelte. Als Charlie den Kopf neigte, um sie leicht auf die Wange zu küssen, stieg ihr der dezente Mentholduft seiner Rasiercreme in die Nase. Mary widerstand der Verlockung, ihm mit der Hand über die Wange zu streichen. Stattdessen bückte sie sich und streichelte Rufus.

»Das ging aber schnell«, bemerkte Charlie.

»Die letzte halbe Stunde war kaum Verkehr. Auf die ersten zwei hätte ich allerdings verzichten können.« Mary lachte nervös.

*Warum muss er im Alter noch attraktiver werden?*, fluchte sie innerlich. *Warum konnte er nicht so anständig sein, fett zu werden und eine Glatze zu bekommen wie andere Männer?*

»Gott sei Dank musste ich mich nie den Unannehmlichkeiten des Pendelns gewöhnen.« Er lächelte trocken. »Andererseits ist wohl kaum damit zu rechnen, dass ich je für den Pulitzerpreis nominiert werde.«

Mary trat ein und bewunderte wieder einmal den rustikalen Charme der Hütte, bei deren Gestaltung irgendwie die Gratwanderung zwischen heimelig und kitschig gelungen war. Die handgeknüpften Teppiche und das abgewetzte Ledersofa, die bequemen Sessel vor dem großen offenen Kamin. Auf dem Sims stand eine gerahmte Fotografie von Charlies zweiter Frau, eine hübsche dunkelhaarige Frau mit fein geschnittenen Zügen und einem Lächeln, das ihr ganzes Gesicht erstrahlen ließ. Das

Foto war auf dem Steg gemacht worden, mit dem schimmernden See im Hintergrund. Das kurze Haar wehte ihr ins Gesicht. Sie schien glücklich.

Marys Herz zog sich zusammen. Sie stellte sich Charlie und seine Frau aneinander geschmiegt in ihrem großen Holzbett vor. Wie sie in der sonnigen Küche über den Tisch hinweg ausgelassen herumalberten. Es war falsch von ihr, so zu fühlen, das wusste sie, falsch, kleingeistig und dumm. Aber sie kam nicht dagegen an. Sie war eifersüchtig auf Vicky. So eifersüchtig, dass sie am liebsten das Foto genommen und zu Boden geschleudert hätte.

Aber so plötzlich, wie er aufgekommen war, legte sich der Impuls wieder. Aufgewühlt ließ Mary sich in einen Sessel sinken. *Lieber Gott, bin ich wirklich so tief gesunken, dass ich neidisch bin auf eine Tote? Wenn Charlie das wüsste ...*

Charlie war offenbar nicht entgangen, wie angespannt sie war. Er warf ihr einen seltsamen Blick zu und ging dann in die Küche, um ein kaltes Bier zu holen. Tief in dem urgemütlichen Ohrensessel versunken, trank sie gierig. Er hatte sogar daran gedacht, dass sie am liebsten Heineken trank. *Du machst es mir auch nicht leichter,* wollte sie sich beschweren.

»Muss ganz schön anstrengend sein, so hin und her zu hetzen.« Charlie nahm auf dem Sofa Platz und beugte sich zu ihr vor, die Ellbogen locker auf den Knien, die Bierflasche locker in einer Hand.

»Ich komme zurecht«, entgegnete sie achselzuckend.

Charlie hob die Flasche und prostete ihr zu. »Das tust du ja immer.« Sein Blick glitt mit kühler Bewunderung über sie. »Du siehst gut aus, Mary. Du hast etwas Farbe bekommen. Die Bräune steht dir gut.«

Sie musste an sich herabsehen, um sich zu vergegenwärtigen, was sie anhatte: ihr Armani-Kostüm. »Wie sagt man noch so schön? Ich habe mich gut gehalten.« Sie lächelte, und ihr

Blick fiel auf ein erstaunlich gutes Gemälde über dem Kamin: grasende Pferde auf der Weide. »Ehrlich gesagt empfinde ich es inzwischen als lästige Pflicht, mich so herauszuputzen, wenn ich in die Stadt muss«, sagte sie. »Den ganzen Tag in bequemen Shorts und im T-Shirt herumzulaufen, hat mich verwöhnt, fürchte ich. Ich bin sicher, dass ein Mann Nylonstrümpfe erfunden hat; niemand, der es selbst tragen müsste, hätte sich etwas so Unbequemes ausgedacht.«

Charlie lachte. »Wahrscheinlich hast du Recht.« Er stellte das Bier vor sich auf den Tisch, der aus einer dicken Scheibe einer großen Eiche bestand, die auf einem schmiedeeisernen Gestell ruhte. »Du hast bestimmt Hunger. Nur eine Minute, dann ist der Salat fertig.«

Er machte Anstalten aufzustehen, aber Mary beugte sich vor und legte ihm eine Hand auf das Knie. »Charlie? Hättest du etwas dagegen, wenn wir einfach hier sitzen bleiben und uns unterhalten?« Sie hätte bestimmt keinen Bissen herunterbekommen, solange Charlie sie so ansah, mit dem Blick eines Mannes der an ganz andere Dinge denkt als ans Essen. Er ließ sich in die Polster zurücksinken und musterte sie misstrauisch. Die Worte waren heraus, ehe sie sich zurückhalten konnte: »Erinnerst du dich an unser zweites Date? Wie wir versucht haben, so zu tun, als hätte es die Knutscherei beim ersten Mal nicht gegeben?«

Er lächelte bei der Erinnerung, er dachte gerne daran zurück, wenn auch nicht mit Nostalgie. War er zum selben Schluss gekommen wie sie? Dass weitere Intimität letztlich nur mehr schaden als nützen würde? Sie hatte gehofft, dass er es so sehen würde wie sie, aber sie verspürte bei dem Gedanken dennoch einen schmerzhaften Stich des Bedauerns.

»Wenn ich mich recht erinnere, haben wir unsere Artigkeit auf dem Heimweg mehr als wettgemacht«, entgegnete Charlie schmunzelnd.

»Wie konnte ich das nur vergessen?« Die Scheiben des Oldsmobils seiner Eltern waren derart beschlagen gewesen, dass sie bei offenem Fenster mehrmals um den Block gefahren waren, ehe sie es wagten, vor dem Haus zu parken.

Und sie hatte auch die folgenden Nächte nicht vergessen. Die Abende draußen am See, an denen sie sich stundenlang geküsst hatten, bis ihre Lippen geschwollen waren und ihr Körper schmerzte vor Verlangen. Damals hatte Charlie sie auch nicht gedrängt. Sie hatte gewollt, was dann gekommen war. Mit der ganzen Kraft eines Herzens, das sich nach der Liebe sehnte, die ihm bislang verwehrt geblieben war. Es hätte sie nicht überraschen dürfen, dass sie schon kurze Zeit später schwanger geworden war.

»Schau dir an, wohin es uns geführt hat.« Charlie lächelte ironisch. »Hättest du je gedacht, dass wir beide jemals zusammen hier sitzen und besprechen würden, was das Beste ist für unsere erwachsene Tochter?«

»Nicht in meinen wildesten Träumen.« Sie sagte sich, dass es wohl besser war, wenn man manches nicht im Voraus wusste. Hätte sie damals einen Blick in die Zukunft werfen können, hätte dieser sie nur deprimiert. »Wo wir gerade von Noelle sprechen – hast du heute etwas von ihr gehört?«

Charlie nickte. »Ich glaube, das Gespräch mit der Psychologin ist nicht so gut gelaufen. Doris hat wohl ihren Senf dazugegeben. Und du weißt ja, wie direkt sie sein kann.«

»Und ob!«, stöhnte Mary und machte sich wieder Vorwürfe, dass sie nicht geblieben war.

»Es war aber nicht nur das Gespräch«, fuhr Charlie fort. »Offenbar hat Noelle ihrer ehemaligen Nachbarin einen Besuch abgestattet. Erinnerst du dich an die Pattersons? Sie waren bei der Taufe.« Er starrte grimmig in den geschwärzten Kamin. »Es hat sich herausgestellt, dass Judy Patterson diejenige war, die Roberts Märchen von Noelles angeblichen Alkoholexzessen bestätigt hat. Er hat ihren Mann unter Druck gesetzt, und sie sah keinen anderen Weg. Tolle Freunde, was?«

Mary schauderte, als wäre sie in einen kalten Luftzug geraten. Womit hatten sie es eigentlich zu tun? Offensichtlich nicht mit einem gewöhnlichen Gegner, wie immer deutlicher wurde. Wen in dieser Stadt hatte Robert eigentlich nicht in der Hand?

»Du hast erwähnt, dass es Neuigkeiten gibt«, erinnerte sie ihn. »War es das, was du mir erzählen wolltest?«

»Auch.« Charlie genehmigte sich noch einen Schluck Bier. »Aber das war nicht alles. Es gibt da etwas, das nicht einmal Noelle weiß.«

Mary schlug plötzlich das Herz bis zum Hals. Sie sah zu wie er wortlos aufstand und seine Aktentasche vom Dielentisch neben der Tür holte.

»Sieh selbst.« Er nahm einen braunen Umschlag heraus und reichte ihn ihr.

Mary wusste selbst nicht, warum, aber plötzlich hatte sie Angst. Gänsehaut wanderte ihre Arme hinauf wie kalte Finger. Aus einem unerfindlichen Grund wollte sie plötzlich lieber nicht wissen, was dieser Umschlag enthielt.

Charlie, der ihr Zögern spürte, sagte leise: »Das ist Corinnes Autopsiebericht.« Sein Tonfall verriet, dass offenbar mehr hinter dem angeblichen Selbstmord ihrer Freundin steckte.

Marys steife Finger taten sich mit der Umschlaglasche schwer. Es stimmte also, Corinne war tatsächlich umgebracht worden. *Großer Gott, all diese Jahre ...*

Charlie schien ihre Gedanken zu lesen, und was er sagte machte jede Hoffnung zunichte, Robert damit in Verbindung zu bringen. »Nichts deutet auf Mord hin«, sagte er. »Der Drogen- und Alkoholtest war ebenfalls negativ.«

»Das beweist doch nichts«, protestierte sie beharrlich.

»Nicht zweifelsfrei«, sagte er.

»Und warum soll ich mir das dann ansehen?«

»Es gab etwas.« Charlie kam herüber und setzte sich auf die Armlehne ihres Sessels. Er legte ihr eine Hand auf die Schulter. Sie konnte die Wärme seiner Finger durch den Stoff ihres Blazers fühlen. Sie gaben ihr Kraft. »Corinne war schwanger.«

Schockiert blickte sie auf. Obwohl er gleich neben ihr saß, kam es ihr vor, als wäre Charlie weit fort, als stünde er oben auf einer steilen Treppe. »Mein Gott. Warum hat sie nicht ...« Mary schlug eine Hand vor den Mund. Corinne hatte versucht, es ihr zu erzählen. »Wie vielte Woche?«, fragte sie heiser.

»Sechste. Offenbar hatte sie es eben erst erfahren.«

Mary drückte eine Faust auf den Bauch, der sich plötzlich anfühlte, als würde sich dort ein gähnendes Loch auftun. »Sie hat mich angerufen, Charlie. Etwa eine Woche, bevor ...« Sie musste abbrechen und tief Luft holen, ehe sie fortfahren konnte. »Ich hatte zu tun. Ich versprach, sie zurückzurufen, aber irgendwie bin ich nicht dazu gekommen. Wenn ich es getan hätte, hätte ich sie vielleicht davon abhalten können ...«

Er zog sie an sich, und als sie das Gesicht in den weichen Falten seines Hemdes vergrub, kam es ihr vor, als würde die Zeit stehen bleiben. Als hätte es die Jahre zwischen heute und jenem furchtbaren Wintertag nicht gegeben. Sie war wieder siebzehn und klammerte sich an ihren jungen Ehemann, während die wacklige Existenz, die sie sich aufzubauen versuchten, langsam aber unaufhaltsam bröckelte.

»Es war nicht deine Schuld«, sagte er besänftigend. »Sie hatte Angst und war verzweifelt.« Er brauchte nicht hinzuzufügen »So wie wir.«

Sie bog den Kopf zurück und blickte zu ihm auf. »Auch wenn sie Selbstmord begangen hat, spricht das Robert nicht von jeder Schuld frei. Im Gegenteil: Jetzt haben wir das fehlende Glied gefunden, das Motiv.«

»Woher sollen wir wissen, dass sie ihm überhaupt von ihrer Schwangerschaft erzählt hat?«

»Lass uns einfach davon ausgehen, sie hätte es getan. Kannst du dir vorstellen, dass Robert sie geheiratet hätte? Vier Monate vor seinem Abschluss und dem Studienbeginn in Stanford?« Mary überlegte einen Moment und versuchte, sich in Corinne hineinzuversetzen. »Ich glaube auch nicht, dass sie eine Abtreibung in Betracht gezogen hätte. Sie war sehr religiös.«

»Sie weigert sich also abzutreiben, er tötet sie in Rage und tarnt den Mord als Selbstmord?« Charlie schüttelte den Kopf. »Tut mir Leid, auch wenn ich es gerne so hätte, glaube ich nicht daran. Wie ich schon sagte, es gab keine Spuren einer Auseinandersetzung, keine Prellungen oder Ähnliches.«

Mary ließ sich in ihrem Sessel zurücksinken. In einem Punkt hatte Charlie Recht: Egal, von welcher Seite man es betrachtete, sie standen mit leeren Händen da. »Arme Corinne. Wenn sie uns nur hätte erzählen können, was passiert war.« Die Tagebucheinträge brachen abrupt ab, etwa sechs Wochen vor ihrem Tod, also etwa um die Zeit, da sie schwanger geworden sein musste. Aber Mary konnte die Panik ihrer Freundin auch so nachfühlen. Wenn Charlie nicht gewesen wäre ...

»Er könnte ihr so zugesetzt haben, dass sie schließlich keinen Ausweg mehr sah. Er ist schuld. Ich weiß es.« Frust stieg in ihr auf. »Was ist mit der Vergewaltigung, in die er auf dem College verwickelt war?«

Charlie erhob sich abrupt und ging ans Fenster. Er starrte hinaus auf den dunkel glitzernden See. Ein jagender Nachtvogel segelte über die stille Oberfläche hinweg. Dachte er dasselbe wie sie? Dass es sich um denselben Mann handelte, der ihr Enkelkind gezeugt hatte?

»Wieder eine Sackgasse, fürchte ich«, entgegnete er. »Ich habe einen Kollegen in Kalifornien gebeten, etwas nachzuforschen. Es scheint, als wäre an der Geschichte nicht mehr dran gewesen als wir schon wissen. Abgesehen von einer Kleinigkeit. Es hat sich herausgestellt, dass der Junge, der der Vergewaltigung bezichtigt wurde, dieser Justin McPhail, ein Stipendium hatte.«

»Das dürfte nicht von Bedeutung sein.«

Sie blickte einen Moment auf sein gespenstisches Spiegelbild in der Fensterscheibe, bevor er sich zu ihr umdrehte. Er machte ein nachdenkliches Gesicht. »Es kam mir nur seltsam vor, das ist alles. Im Übrigen wurde die Anklage fallen gelassen, weil das Mädchen keine Anzeige erstattet hat. Ich frage mich, ob jemand an sie herangetreten ist. Jemand mit Geld, wovon McPhails Eltern offensichtlich nicht allzu viel hatten.«

»Und was ist mit den Larrabies?« Sie dachte an Roberts Kommilitonen King Larrabie, der später Senator geworden war. »Die sind reicher als Gott.«

»Oder mindestens so reich wie die Van Dorens.« Charlie nahm einen Gegenstand vom Tisch am Fenster, ein hübscher mundgeblasener Briefbeschwerer. Er drehte ihn in der Hand. Auch ein Detail, das seine Frau zur Einrichtung beigetragen hatte? »Die Familien eines der beiden Jungen könnte ihr Schweigen erkauft haben. Vielleicht hat sie es sich aber auch wirklich ganz allein anders überlegt.«

»Glaubst du das?«

»Nein. Andererseits haben wir nicht die Spur eines Beweises.«

»Womit wir wieder ganz am Anfang wären.«

»Ja und nein. Ich habe so das Gefühl, dass wir ganz nah an etwas dran sind, ohne es zu wissen.« Charlie rieb sich das Kinn und starrte blind auf einen Punkt über ihrem Kopf. Sie musste wieder daran denken, wie er vorhin am Telefon geklungen hatte, wie ein gehetzter Reporter, der den Redaktionsschluss nicht verpassen durfte. Dann senkte er den Blick und sah sie an. »Gestern Abend, nachdem wir uns getrennt haben, bin ich auf dem Parkplatz überfallen worden. Ich habe sein Gesicht nicht gesehen, aber ich bin sicher, dass es einer von Roberts Handlangern war. Der Kerl hat mich gewarnt, ich solle meine Nase nicht in Angelegenheiten stecken, die mich nichts angingen. Wenn ich die Warnung nicht beherzigen würde, wäre das sehr ungesund für mich.«

Mary sprang auf. »Charlie! Meine Güte, warum hast du mich nicht angerufen?«

»Ich wollte dich nicht beunruhigen.«

»Beunruhigen? Ich habe schreckliche Angst um dich! Was, wenn er es ernst gemeint hat?«

»Das hat er ganz sicher.« Charlie wog den Briefbeschwerer in der Hand, und sie musste an einen Baseball-Pitcher kurz vor dem Wurf denken. »Aber man kann es auch von einer anderen Seite sehen. Ich finde es sonderbar, dass ein Mann, der angeblich nichts zu verbergen hat, zu solchen Mitteln greift, um sein Saubermann-Image zu bewahren.«

»Du meinst, er will mehr schützen, als nur seinen guten Ruf?«

»Bisher habe ich nur bereits bekannte Einzelheiten zu einem Ganzen zusammengesetzt.« Er schüttelte bedächtig den Kopf. »Nein, mein Instinkt sagt mir, dass mehr dahintersteckt. Ich denke, dass er tatsächlich etwas zu verbergen hat.«

»Fragt sich nur, was.«

Mary war aufgekratzt, als hätte sie einen halben Liter Kaffee auf nüchternen Magen getrunken. Sogar Rufus konnte es fühlen; er hob von seinem Lieblingsplatz auf dem Teppich zu ihren Füßen den Kopf und blickte neugierig zu ihr auf. Vorsichtig, als handle es sich um etwas sehr Zerbrechliches, das jeden Moment kaputt gehen könnte, legte sie den Umschlag vor sich auf den Tisch. Vielleicht würde sie dem Inhalt später gewachsen sein. Aber nicht jetzt. Möglicherweise noch lange nicht.

»Hoffen wir, dass noch mehr ans Licht kommt.« Charlie brauchte nicht auszusprechen, was sie beide dachten: *Bevor jemand zu Schaden kommt.*

»O Charlie.« Er sah so unglücklich aus: ein Mann und Vater, dem die Hände gebunden waren. Genauso hatte er in jenem Winter vor all den Jahren ausgesehen, bevor er kehrtgemacht hatte und gegangen war.

Erst jetzt realisierte sie, dass ihre Eltern sie nicht halb so sehr geliebt hatten wie Charlie. Und wenn sie nicht so jung und verängstigt gewesen wäre, wenn sie kein Baby gehabt hätte, das sie versorgen musste, wäre es ihr wohl damals schon bewusst gewesen. Dann hätte sie sich vielleicht anders entschieden. Aber es war längst zu spät, um diesen Fehler ungeschehen zu machen.

Aber nicht zu spät, etwas von dem zurückzuholen, dessen man sie beraubt hatte.

Wie etwas, das lange unter Wasser gelegen hatte und nun an die Oberfläche stieg, erhob sich Mary und ging zu ihm hinüber. Charlie rührte sich nicht. Er stand nur reglos da, sein blasses Spiegelbild im dunklen Glas hinter ihm. Ohne sich so recht bewusst zu sein, was sie da tat, schlang sie die Arme um seinen Hals. Sie spürte, wie er anfänglich noch widerstand, aber dann legte auch er mit einem erstickten Aufschrei die Arme um sie. Der von seiner Hand gewärmte Briefbeschwerer bohrte sich in ihr Kreuz.

Mary bog den Kopf zurück und fühlte, wie seine Lippen sich auf die ihren legten. Warum hatte nie ein anderer Mann sie so geküsst wie Charlie? Ohne Anfang oder Ende. *Als würde ich fallen,* ging es ihr durch den Kopf, *als würde ich von einem Steg in Wasser stürzen, das so tief ist, dass man den Grund nicht sehen kann.* Sie hörte, wie der Briefbeschwerer mit einem dumpfen Aufprall zu Boden fiel. Dann umfasste Charlie ihr Gesicht mit beiden Händen und zog sie an sich, so gierig wie ein Ertrinkender nach Luft schnappen mochte. Einen Moment spürte sie es ebenfalls: die gleiche Dringlichkeit, das gleiche unwiderstehliche Bedürfnis. Was sollte sie ohne ihn machen? Wie sollte sie ohne ihn weiterleben?

Es war alles so vertraut, so richtig: sein Geschmack und sein einzigartiger Geruch nach Seife und Rasiercreme. Am Kinn, unterhalb der Unterlippe, war eine Stelle, die dem Rasierer entgangen war. Sie fuhr katzenhaft mit der Zunge darüber und hörte, wie er ein kehliges Stöhnen von sich gab. Er hielt sie so fest, dass sie fast keine Luft bekam, aber sie wollte nicht, dass er sie losließ. Noch nicht. Nie mehr.

»Bleib über Nacht«, flüsterte er, die Lippen in ihrem Haar.

Mary hatte sich nie etwas so sehr gewünscht wie das. Dennoch versteifte sie sich und rückte von ihm ab. »O Charlie, was sollte ich Noelle sagen? Ganz zu schweigen von meiner Mutter.«

Er lächelte ein Lächeln, das mehr zu einem schiefen Grinsen geriet. »Falls du es vergessen haben solltest, wir sind über achtzehn.«

»Tatsächlich? Das war mir entfallen.«

Seine Züge wurden wieder ernst, und er musterte sie nüchtern. »Ich werde nicht versuchen, dich zu irgendetwas zu überreden, Mary. Ich wäre nämlich im Moment bereit, alles zu sagen, damit du bleibst, und das wäre uns beiden gegenüber nicht fair.«

»Okay.« Mary trat mit weichen Knien zurück. Ihr Magen folgte einige Sekunden später, schwebte träge zurück an seinen angestammten Platz.

»Okay was?«

»Ich bleibe.« Sie legte ihm einen Finger auf den Mund, ehe er etwas dazu sagen konnte. »Nicht, weil du es willst, sondern weil *ich* es will. Versprich mir nur eins.«

»Was?«

»Dass es zum Frühstück keinen Hirten-Pie gibt.« Sie setzte ein Lächeln auf, das so zittrig war wie ihre Knie. »Ich glaube, das würde mein Magen nicht verkraften.«

»Abgemacht.« Charlie lächelte und legte ihre Hand auf seinen Arm, etwas schüchtern, wie ein altmodischer Verehrer, der einen Abendspaziergang mit seiner Liebsten unternehmen möchte. Sogar Rufus wedelte hechelnd, als hoffte er, sie begleiten zu dürfen.

Es entstand ein Moment, ein ganz flüchtiger Augenblick, an dem sie noch einen Rückzieher hätte machen können. Aber als er ihr mit der freien Hand zärtlich eine Strähne von der Wange strich, wusste sie, dass es kein Zurück gab.

Im Schlafzimmer mit dem großen Fenster mit Blick auf den See ließ Mary sich langsam auf das Bett sinken. Es war mit einem verblassten Quilt bedeckt, der aussah, als befände er sich schon seit vielen Jahren im Besitz einer Familie. Der seiner Frau? *Charlie und Vicky haben auf diesem Quilt miteinander geschlafen,* dachte sie mit einem Anflug von Eifersucht. Wahrscheinlich war auch ihre gemeinsame Tochter in diesem Bett gezeugt worden.

Charlie setzte sich zu ihr, und das alte Kiefernbett ächzte unter seinem Gewicht. »Bist du dir nicht ganz sicher?«

»Doch.« Sie wandte sich ihm zu. Sie wusste jetzt sehr genau, was sie wollte – zumindest in diesem Augenblick. »Halt mich fest, Charlie.«

Ganz egal, was für Zweifel sie noch haben mochte, das hier fühlte sich richtig an. Wie ganz am Anfang. Ihr Kopf an seiner Halsbeuge, das Haar hinter seinem Ohr, das sie am Nasenrücken kitzelte. Der einzige Unterschied zwischen heute und damals lag darin, wie fest er sie hielt, wie ein Mann, der schon einmal gezwungen gewesen war loszulassen.

»Weißt du, was ich am meisten vermisst habe? Deinen Duft.« Er strich ihr mit der Hand über den Hals und sprach leise und mit heiserer Stimme. »Nachdem du gegangen warst, dauerte es fast einen Monat, bis ich es über mich brachte, die Laken zu wechseln. Wohin ich mich auch wandte, erinnerte mich etwas an dich. Ein Haar im Waschbecken, eine Notiz, die du dir gemacht hattest. Aber dein Duft« – er schwieg einen Moment und holte tief Luft – »der war überall. In den ersten Wochen, nachdem ich ausgezogen war, dachte ich ständig, ich hätte etwas verlegt. Aber dem war nicht so. Es lag nur daran, dass ich deinen Duft nicht mehr um mich hatte.«

Sein Geständnis löste etwas tief in ihrem Inneren, etwas, das in mehrere Schichten eingewickelt war, um es auch sicher zu verwahren. Sie lächelte in sich hinein. »Ich habe nachts oft wach gelegen, an dich gedacht und mich gefragt, ob es dir genauso geht«, gestand sie. »Ich hätte dich angerufen, wenn ich ungestört mit dir hätte sprechen können, aber ich wusste, dass meine Mutter es merken würde.«

Er seufzte. »Sie hat es uns jedenfalls nicht leicht gemacht, soviel steht fest.«

Mary wartete darauf, dass sich der inzwischen vertraute Groll in ihr regte, aber er blieb aus. Irgendwann in den letzten Tagen und Wochen musste sie, ohne es zu merken, ihrer Mutter verziehen haben. »Es war nicht allein ihre Schuld«, sagte sie. »Ich hätte trotz allem anrufen sollen. Ich hätte dir sagen müssen, dass ...« Sie beendete den Satz nicht. Es gab Dinge, die einzugestehen einfach zu schwer fielen.

»Dass was?«

Sie hob den Kopf. Durch den Tränenschleier hindurch sah sie sein Gesicht nur verschwommen. »Dass ich einen Fehler gemacht hatte.«

»Ich habe sehr lange darauf gewartet, dich das sagen zu hören.« Er strich sanft mit dem Daumen an ihrem Auge vorbei. Eine Träne quoll hervor und rann ihre Wange hinunter.

Langsam zog Charlie erst sie aus und dann sich selbst. Nackt legten sie sich auf das Bett. Sie fühlte sich genauso wie in der ersten gemeinsamen Nacht nach dreißig Jahren; sie hatte etwas Angst gehabt, aber nicht so große Angst wie sie eigentlich hätte haben sollen. Und dann hatte sie rein gefühlsmäßig gehandelt. Beim ersten Mal hatte es sich ergeben, ohne dass einer von ihnen es geplant hatte, das war diesmal anders. Es würde Konsequenzen haben. Aller Wahrscheinlichkeit nach würde einer von ihnen – oder sie beide – einen hohen Preis für diese Stunden bezahlen müssen. Und auch Dritte konnten verletzt werden.

Aber in diesem Moment spielte nichts von alledem eine Rolle. Nichts existierte außer ihnen. Nur sie beide, die Hitze ihrer Körper, einander wärmend in der zunehmenden Kühle der anbrechenden Nacht.

*Er ist nur Haut und Knochen,* dachte sie. Das hatte Charlies Mutter immer gesagt. Sogar seine Füße waren ungewöhnlich lang, mit Zehen wie Finger. Sie strich mit der Handfläche über die knochigen Erhebungen an seiner Flanke. Sie liebte jeden Zentimeter an ihm. Seine Schlankheit und die ausgeprägten Muskeln wie Facetten eines geschliffenen Edelsteins. Sie liebte es, dass er nicht davor zurückzuckte, sich an ungewöhnlichen Stellen liebkosen zu lassen – in der Kniekehle, einer feuchten Achselhöhle. Für ihn war das ganz natürlich. Er fand sie nicht sonderbar. Er schien es ebenso zu genießen wie sie.

Mary wölbte den Rücken, als er die Lippen zu ihren Brüsten herabsenkte und erst die eine, dann die andere Brustwarze in den Mund nahm. Seine Liebkosungen waren eine süße Qual. Sie wollte ihm sagen, dass sie bereit war. Sie war seit Minuten bereit, seit Stunden ... Jahren. Die Erinnerung daran, wie er sie im Gras am Seeufer genommen hatte, war wie ein wunderbarer Traum, aus dem sie aufgewacht war, um sich in Charlies Armen wiederzufinden. Sie stöhnte, als seine Lippen abwärts wanderten. Unzählige unbeschreibliche Gefühle begleiteten seine Zärtlichkeiten.

Dann kniete er sich rittlings über sie. Sein Gesicht über ihr war in der Dunkelheit nur undeutlich zu erkennen. »Bin ich zu schnell?«, fragte er.

Sie schüttelte den Kopf. Sie konnte nicht mehr sprechen. Sie war so atemlos wie nach einem Marathonlauf. Charlie schien zu verstehen, was in ihr vorging, und ließ sich Zeit. Sie fühlte, wie er in sie eindrang, sie vollständig ausfüllte – ihre Körper wie füreinander geschaffen. Mary schloss die Augen, wie um diesen Moment zu besiegeln. Sie schwitzten beide, klebten aneinander, und ihre Haut machte schmatzende Geräusche, jedes Mal, wenn ihre Körper sich kurz voneinander lösten, um gleich darauf wieder zusammenzukommen. Mary wusste, dass sie das Becken nur ganz leicht zur Seite zu drehen brauchte, um zu kommen. Aber das wollte sie nicht, noch nicht. Sie wollte, dass die unbeschreiblichen Gefühle, die ihren Körper kurz vor der Ekstase durchströmten, noch eine Weile anhielten. Wenn sie gekonnt hätte, hätte sie diesen Moment ein ganzes Leben ausgedehnt.

»Charlie«, flüsterte sie, vergrub die Finger in seinem Haar und legte die Hand um seinen Hinterkopf. Sie wusste selbst nicht genau, was sie sagen wollte. Der Gedanke wankte nur halb fertig am äußeren Rand ihres Bewusstseins. Hätte sie ihn ausformulieren können, hätte sie vielleicht gefragt: *Warum hast du mich an jenem Tag nicht mitgenommen? Warum hast du mich nicht einfach gepackt und wenn nötig gewaltsam nach Hause geschleift?*

Charlie bewegte sich sehr langsam in ihr und schien jede Bewegung zu genießen, die sie zu den Höhen emportrug, die den Bann brechen würden. Der Mond, der sich im Fenster spiegelte, blickte auf sie herab wie ein freundliches Auge. Sogar der See war ungewöhnlich still. Keine Vogelrufe, kein Rascheln in den Bäumen. Als hätte die ganze Welt den Atem angehalten.

Schließlich hielt sie es nicht länger aus und gab sich der Ekstase hin.

Charlie folgte ihr dichtauf und schrie durch zusammengebissene Zähne auf. »Jesus.« Er erbebte, den Kopf weit in den Nacken gelegt, und Schweiß perlte wie warmer Regen auf ihre Wangen und Stirn.

Hinterher lagen sie reglos beisammen, mit jagenden Herzen, ihre Körper noch auf wunderbare Weise vereint. Sie konnte nicht sagen, wo sie endete und er begann. So war es mit Charlie immer gewesen.

Schließlich rollte er sich auf die Seite. »Du bist so still.« Er strich ihr das Haar zurück, dort, wo es an ihrer Schläfe klebte.

»Ich war nur in Gedanken ...«

»Gedanken woran?«

»Äpfel.« Sie blickte lächelnd an die Decke. »Erinnerst du dich noch an den kleinen Obstgarten neben dem Paddock? Daran, wie die Äste, die dem Zaun am nächsten waren, immer kahlgefressen waren?«

Aus den Augenwinkeln sah sie ihn lächeln. »Ja, ich erinnere mich. Die Pferde konnten nicht genug bekommen von den Äpfeln.«

Sie streckte sich und hörte ihre Gelenke knacken. Sogar das tat gut.

Sie lagen Seite an Seite im Dunkeln, hielten sich bei der Hand und schwiegen, um den Zauber nicht zu stören. Die Wirklichkeit würde sie noch früh genug einholen. In ein paar Minuten musste sie aufstehen und zu Hause anrufen. Charlie würde in die Küche gehen und den Ofen abschalten, der den Geruch zu lange gebackenen Hirten-Pies verströmte. Aber noch dauerte der Moment an, in der Schwebe, so wie der Mond im Fenster über ihr.

Mary dachte an jene Äpfel von damals, stellte sich vor, wie ihre Zähne sich in die Frucht gruben. Fast konnte sie das süße Fruchtfleisch schmecken und fühlen, wie ihr der Saft über das Kinn lief. Sie erinnerte sich an den Geruch des gärenden Fallobstes, den der Wind mit sich trug. Und an Charlie, der neben ihr stand, groß und schlank, und mit geröteten Wangen nach den höchsten Ästen hangelte.

Als sie am nächsten Morgen gegen zehn Uhr heimkam, war Mary überrascht, dass Doris gerade erst aufstand – mit der Hilfe Noelles, die sich abmühte, ihr das Nachthemd auszuziehen. Doris half nicht im Geringsten mit, sondern saß mit hängenden Armen da wie eine der Holzapfelpuppen im Fenster des Basket Case.

»Nana, wenn du nicht etwas mithilfst, schaffe ich das nie.« Noelle war es gelungen, einen Arm zu befreien, und jetzt hielt sie den zweiten hoch und kämpfte mit dem Ärmel.

»Du brauchst nicht gleich zu schreien! Ich bin doch nicht taub«, schimpfte Doris, ihre Stimme gedämpft durch das Nachhemd vor ihrem Gesicht.

»Ich schreie nicht«, entgegnete Noelle ruhig. »Ich versuche nur ...«

Mary eilte hinzu. »Komm, lass mich dir helfen.«

Gemeinsam gelang es ihnen, Doris das Nachthemd auszuziehen.

Noelle warf ihr über dem Kopf ihrer Großmutter hinweg einen dankbaren Blick zu. »Okay, Nana, jetzt helfen wir dir ins Bad. Ich habe dir ein schönes warmes Bad einlaufen lassen. Kannst du alleine stehen? So, so ist es gut. Großartig machst du das.«

»Ich bin doch kein Invalide«, protestierte Doris schnippisch, als Mary und Noelle sie rechts und links unterhakten. »Nur ein bisschen steif wegen gestern. Wäre diese grässliche Person nicht gewesen ...« Ihre Augen funkelten grimmig. »Wer sagtest du noch, war das? Emmas Lehrerin? Schulen heutzutage ... jeder Idiot bildet sich ein, er hätte gleich ein Diplom in Kinderpsychologie.«

»Das war eine vom Gericht bestellte Psychologin, erinnerst

du dich, Nana?«, sagte Noelle geduldig, als wiederholte sie dies schon zum x-ten Mal. Sie sah müde und etwas blass aus, wirkte aber irgendwie gefestigter, entschlossener, wie ein Boot, das nach ziellosem Herumtreiben wieder auf Kurs war.

»Was ist passiert?«, fragte Mary.

»Sie hat das Gleichgewicht verloren und ist gestürzt. Gestern, als Dr. Hawkins hier war.« Noelle presste die Lippen zusammen und beließ es dabei.

»Hawkins? Wer ist das denn? Mein Doktor ist Hank Reynolds. Du kannst gerne nachsehen.« Doris zeigte mit einem Finger auf den Sekretär in einer Ecke des Zimmers, auf dem ein abgenutztes Adressbuch mit rotem Ledereinband lag.

Mary sank das Herz. Verlor ihre Mutter jetzt auch noch den Verstand? Sie wollte gar nicht daran denken. Doris wirkte so zerbrechlich in ihrer Nacktheit mit der faltigen Haut und den schlaffen Brüsten, die wie zwei alte Socken herabbaumelten. Mary realisierte plötzlich, dass ihre Mutter nur ein paar Jahre jünger war als die alten Damen von der Kirche, um die Doris sich früher gekümmert hatte, hilflose Damen, die sie pflichtschuldig zweimal die Woche besuchte, um ihnen mit ein paar Handgriffen zu helfen und sich davon zu überzeugen, dass sie auch genug aßen. Mary, die damals noch ein Kind gewesen war, waren sie unglaublich alt erschienen. Heute war ihre Mutter eine von ihnen. Bei diesem Gedanken fühlte sie sich seltsam verloren, als wäre eine vertraute Landmarke, an der sie sich immer orientiert hatte, plötzlich nicht mehr da.

»Ein heißes Bad wird dir gut tun, Mama.« Sie bemühte sich um einen fröhlichen, unbeschwerten Tonfall und hoffte, keine Fragen beantworten zu müssen, wo sie denn die Nacht verbracht habe, als sie Doris in die dampfende Wanne halfen.

Sie sah zu, wie ihre Tochter Doris mit einem Waschlappen den Rücken einseifte und hatte ein Gefühl eines Déjà-vu. In Gedanken sah sie das gleiche Bild mit vertauschten Rollen: Doris, die den tropfnassen Waschlappen hielt, Noelle als kleiner Nackedei vor ihr in der Wanne. Bei der Erinnerung zog sich Marys Herz zusammen.

Als hätte Noelle ihre Gedanken gelesen, lächelte sie auf ihre Großmutter herab. »Das erinnert mich daran, wie du mich gebadet hast, als ich noch klein war.«

»Du warst wie ein kleiner Fisch und genauso glitschig«, sagte Doris.

»Du hast immer gedroht, mir mein Entchen wegzunehmen, wenn ich nicht aufhöre zu zappeln.« Sie kicherte, und überraschenderweise kicherte Doris mit.

Noelle ging in einer so lockeren, entspannten Art mit Doris um, wie Mary sie sich bei sich selbst nicht vorstellen konnte. Plötzlich beneidete sie die beiden um ihre Beziehung und wünschte, sie selbst hätte auch früher solche Nähe erlebt ... nicht nur zu ihrer Tochter, sondern auch zu ihrer Mutter. *Vielleicht ist es noch nicht zu spät,* flüsterte eine innere Stimme.

Als sie Doris fertig gebadet hatten, halfen sie ihr aus der Wanne und trockneten sie ab. Doris stützte sich dabei schwer auf sie, als fürchte sie, zu fallen. Einmal glitt Marys Schuh auf den nassen Bodenfliesen aus, und sie hätte beinahe das Gleichgewicht verloren. Sie sah, dass Noelle ebenfalls Mühe hatte, die Balance zu halten. Aber gemeinsam schafften sie es, Doris ein frisches Nachthemd überzuziehen und sie zum Bett zurückzubringen, auf das Doris sich mit einem erschöpften Seufzer fallen ließ.

»Ich wusste gar nicht, dass Nichtstun so ermüdend sein kann«, krächzte sie.

»Soll ich dir dein Frühstück raufbringen?«, erbot sich Noelle. »Vielleicht etwas Tee und Toast?«

Doris schüttelte den Kopf. »Nein. Ich denke, ich mache die Augen zu und ruhe mich etwas aus.« Die rosige Kopfhaut, die durch ihr nasses Haar schimmerte, ließ sie irgendwie noch zerbrechlicher wirken.

Noelle zögerte einen Moment, bevor sie auf den Flur trat. Mary wollte ihr folgen, als sie ihre Mutter leise rufen hörte: »Mary Catherine, würde es dir etwas ausmachen, mir vorzulesen?«

Mary erstarrte, die Hand schon auf dem gläsernen Türknauf. Abgesehen von ihrer Auseinandersetzung wegen Noelle konnte sie sich nicht erinnern, wann ihre Mutter sie das letzte Mal um etwas gebeten hatte, außer vielleicht darum, ihr das Salz zu reichen oder aus dem Supermarkt Milch mitzubringen. Langsam drehte sie sich um und ging zurück zum Bett. Sie setzte sich auf einen Stuhl und fragte unsicher: »Was soll ich dir denn vorlesen?«

»Die Bibel liegt auf dem Nachttisch.«

*Natürlich,* dachte Mary. *Was sonst? »Lady Chatterley«?* Sie griff nach der alten Bibel mit dem abgewetzten Ledereinband. Im Zimmer ihrer Mutter, das früher auch das ihres Vaters gewesen war – es war mit einer bunten Mischung von Möbeln eingerichtet, die aus verschiedenen anderen Zimmern des Hauses stammten, und überall stand Schnickschnack herum, der nicht mehr in die überquellenden Regale unten gepasst hatte –, fühlte sie sich plötzlich wider Erwarten heimelig. Das Sonnenlicht, das durch die Jalousie hereinströmte, fiel in langen Schrägen auf den abgenutzten blauen Teppich und den Quilt mit Blumenmuster. Aus der Küche drang gedämpftes Klirren herauf, wo Noelle das Frühstück zubereitete.

Als sie die Bibel aufschlug, klappte diese ganz von allein an einer Stelle auseinander, die mit einem roten Band markiert war. Aber bevor Mary mit dem Vorlesen beginnen konnte, sagte ihre Mutter aus heiterem Himmel: »Du kannst mir nichts vormachen, weißt du. Gestern Abend, als du behauptet hast, du würdest die Nacht über in der Stadt bleiben. Ich weiß, wo du warst. Bei Charlie.«

Mary war zu verblüfft, um es abzustreiten. »Woher?«

»Mir ist nicht entgangen, wie ihr beide euch angeschaut habt. Und außerdem hast du dasselbe an wie gestern«, fügte Doris triumphierend hinzu.

Mary war wütend, bei einer Lüge ertappt worden zu sein, zu der sie gar nicht erst hätte gezwungen sein sollen. Sie holte tief Luft. »Charlie und ich sind erwachsen, Mama. Uns braucht niemand zu sagen, was wir zu tun und zu lassen haben.«

»Glaubst du, darum geht es mir? O Schatz ...« Doris nahm ihre Hand. Ihre Haut fühlte sich lose an unter Marys Fingern, wie ein zu großer Handschuh. »In meinem Alter bin ich über diese Dinge hinweg.«

Mary war sprachlos. Wann hatte denn dieser Sinneswandel stattgefunden? Und überhaupt, wann hatte ihre Mutter sie das letzte Mal »Schatz« genannt? Das lag so weit zurück, dass sie sich kaum noch daran erinnern konnte. Wieder fühlte sie sich desorientiert. Ihre alte Beziehung war nicht gut gewesen, aber sie war ihr vertraut gewesen. Was nun?

»Ich wusste nicht, dass es so offensichtlich ist«, sagte sie schließlich.

»Das sieht doch ein Blinder mit Krückstock.« Ihre Mutter gab einen Grunzlaut von sich, der wohl ein Lachen darstellen sollte. »Ist es ernst?«

»Ich weiß nicht.«

»Würdest du es mir sagen, wenn es so wäre?«

»Vermutlich nicht.«

Hierauf senkte sich unbehagliche Stille herab. Dann überraschte Doris sie erneut mit dem Geständnis: »Ich habe es dir und deiner Schwester nicht immer leicht gemacht, nicht wahr?«

*Meiner Schwester schon, nur mir nicht,* konterte Mary in Gedanken. Sie richtete den Blick auf das Fenster und sah draußen ein Eichhörnchen die Eibe hinaufhuschen. Sie hatte in der vergangenen Nacht höchstens vier Stunden geschlafen und auch in dieser kurzen Zeit nur ungern auf das Bewusstsein von Charlies

Umarmung verzichtet, sodass sie selbst noch eine Mütze Schlaf hätte brauchen können. Sie konnte diese Seelenentblößung, die an eine Beichte erinnerte, nicht brauchen. Es war nur ein weiteres von unzähligen Mitteln, mit denen ihre Mutter sich anderen gegenüber in eine überlegene Position brachte.

»Wir haben es überlebt«, sagte Mary also nur.

»So kann man es auch sehen, vermute ich. Ich wünschte nur ...« Doris verstummte, und auf ihr Gesicht trat ein Ausdruck wie ihn Mary noch nie zuvor an ihr gesehen hatte. Bedauern? War ihre Mutter zu einer solchen Empfindung überhaupt fähig? Dann war es vorbei, und sie sagte mit der üblichen Schroffheit: »Egal, du und Charlie, ihr macht das schon.« Die Augen fielen ihr zu, und ihr Kopf schien noch tiefer im blassrosa Kopfkissen zu versinken. Langsam lockerte sich der Griff ihrer Finger um Marys Hand.

Mary schlug die Bibel wieder auf. *Das gehört zu den Pflichten erwachsener Töchter,* dachte sie. *Die Vergangenheit loslassen. Verzeihen. Mit einem Kloß im Hals fing sie an zu lesen.*

Nach wenigen Minuten schlief Doris tief und fest. Mary schlich auf Zehenspitzen aus dem Zimmer und folgte dem Duft frischen Kaffees hinunter in die Küche. Sie sah, dass am Küchentisch für sie eingedeckt war, und setzte sich dankbar.

Noelle stellte einen dampfenden Teller vor sie hin: zwei Spiegeleier mit gebutterten Toast-Dreiecken. »Sieht köstlich aus«, sagte Mary, die plötzlich einen Riesenhunger verspürte.

»Schläft Nana?« Noelle schenkte ihnen beiden Kaffee ein, holte dann ihren eigenen Teller und setzte sich.

Mary nippte an ihrem Kaffee und nickte. »Ich habe ihr einen Abschnitt über Sodom und Gomorrha vorgelesen, um ganz sicher zu gehen. Kein Piep.« Über den Rand ihrer Tasse hinweg begegnete sie dem Blick ihrer Tochter. »Und jetzt erzähl mir von gestern. Ich will alles wissen.«

Noelle seufzte müde. »Das ist eine lange Geschichte. Können wir das auf später verschieben?« Das Licht, das durch das Fenster hereinströmte, fiel auf ihr lockiges dunkles Haar, das rote Funken zu sprühen schien.

Mary lehnte sich zurück, ein wenig pikiert. »Natürlich.«

Noelle griff nach ihrer Hand. »Was ich meine, ist, können wir nicht einfach nur zusammen sein?«

Mary fühlte, wie etwas Warmes aus der geballten Faust in ihre Brust glitt und aufwärts schwebte. Sie dachte an die Szene oben bei ihrer Mutter und fragte sich, wie es wohl vor Jahren gewesen wäre, wenn sie dazu in der Lage gewesen wäre, genau das zu tun: einfach mit ihrer Mutter zu entspannen.

»Warum nicht«, entgegnete sie locker.

Und so unterhielten sie sich beim Essen über andere Dinge: Mrs Inklepaughs Garten gleich nebenan und die neuen Gardinen, die Noelle für die Küche nähen wollte, Alice Henshaws Katzenwelpen und das Sonderangebot an Rindenmulch im Gartencenter – ganz alltägliche Dinge, die keine Gegenleistung forderten. Es dauerte nicht lange, und das Gespräch wandte sich wichtigeren Angelegenheiten zu, und als sie dann mit Essen fertig waren, erzählte Noelle doch vom gestrigen Tag. Sogar das von Judy Patterson.

Mary schüttelte ungläubig den Kopf. »Wenn du mich fragst, ist sie noch viel zu billig davongekommen. Ich hätte sie erwürgt.«

»Komisch, aber auf gewisse Weise hat Judy mir auch geholfen, etwas zu erkennen. Mir ist klar geworden, dass sich etwas ändern muss. Dass *ich* mich ändern muss. Ich darf mich nicht länger in die Opferrolle drängen lassen.« Es war offensichtlich, dass Noelle auch ohne Marys Hilfe die Kraft gefunden hatte, mit ihrer Situation umzugehen.

»Und was passiert jetzt?«

»Wir warten, dass Dr. Hawkins ihren Bericht vorlegt.«

»Wie lange wird das dauern?«

»Zwei Wochen, meint Lacey, hoffentlich nicht mehr. Und bis dahin sehe ich Emma ja regelmäßig. Das ist immerhin etwas.«

Mary war verblüfft von der Veränderung an ihrer Tochter, von der stillen Entschlossenheit, von der jede Geste und jedes Wort kündeten.

Sie warf einen Blick auf die Uhr an der Wand. Erst halb zwölf, und ihr kam es vor, als wäre schon ein ganzer Tag vergangen, seit sie aus Charlies warmem Bett geschlüpft war.

»Hast du heute Nachmittag schon etwas vor?«, fragte sie impulsiv.

»Nein, eigentlich nicht. Warum?«

»Ich möchte jemanden besuchen. Eine alte Freundin. Und ich würde mich sehr freuen, wenn du mitkämst.«

»Kenne ich sie?«

Mary schüttelte den Kopf und lächelte traurig bei den Erinnerungen, die ihr zuflogen wie Schneeflocken in einem Sturm. »Nein, aber du hättest sie gemocht.«

Der Lutheranische Friedhof, auf dem Corinne begraben war, war der älteste in Burns Lake. Er stammte vom Ende des 17. Jahrhunderts, als die ersten holländischen und deutschen Siedler sich in der Gegend niedergelassen hatten. Die alte Kirche war schon vor langer Zeit bei einer Flut weggespült worden und durch eine neue im Ort ersetzt worden. Aber der Friedhof war geblieben. Er befand sich auf einem Hügel oberhalb des Schoharie Creek. Riesige alte Bäume, deren Wurzeln von einem Seitenarm des Flusses gespeist wurden, waren so dicht zusammengewachsen, dass sie einen natürlichen Baldachin über den Grabsteinen weiter unten bildeten, Grabsteinen, die derart verwittert waren, dass man die Inschrift kaum noch entziffern konnte. Für Mary sahen die alten schiefen Steine aus wie alte

Menschen, die zusammenhockten, um sich gegenseitig Trost zu spenden.

Das rostige Eingangstor protestierte quietschend, als sie es aufstießen und eintraten. Es war kurz nach eins, und weit und breit war niemand zu sehen. Mary fragte sich, ob Corinne die Letzte gewesen war, die hier bestattet wurde. Sie erinnerte sich noch, dass Corinnes Eltern sich nur deshalb für diese letzte Ruhestätte entschieden hatten, weil es dort bereits ein Familiengrab gab.

Mary betrachtete die Lichtreflexe auf dem ungepflegten Rasen und die moosbewachsenen Granitsteine. Manche Gräber sahen vernachlässigter aus als andere. Überraschenderweise waren einige mit Blumen geschmückt. Vor einem Grabstein mit der Inschrift »Geliebt auf Erden, betrauert im Tod« stand eine Kaffeekanne mit längst verwelkten Wildblumen.

»Ich kann gar nicht glauben, dass es schon dreißig Jahre her ist«, staunte Mary leise, als sie zwischen den Grabsteinen her schlenderten. »Ich erinnere mich noch an Corinnes Beerdigung, als wäre es gestern gewesen.«

»Ich habe Robert einmal nach ihr gefragt, ganz am Anfang unserer Ehe«, erzählte Noelle. »Du hattest ja erwähnt, dass sie auf der Highschool ein Paar waren. Er behauptete, sich kaum noch an sie zu erinnern. Ich glaube, es hatte etwas mit dem tödlichen Unfall seines Bruders kurze Zeit später zu tun.« Sie wandte sich Mary zu. »Wusstest du, dass Buck Gertrudes Liebling war?«

Mary war nicht überrascht. »Er war allgemein beliebter als sein Bruder«, sagte sie. »Er war viel netter, wenngleich ich zugeben muss, dass ich ihn nicht besonders gut gekannt habe.«

»Das Haus ist voller Fotos von ihm. Es ist richtig unheimlich, wie in einem Schrein.« Noelle schob einen tief hängenden Ast beiseite. »Damals kannte ich sie natürlich nicht besonders gut, aber ich hatte immer das Gefühl, dass mit ihm auch ein Teil von ihr gestorben ist.«

»Das ist eine furchtbare Art, ein Kind zu verlieren.«

»Sie legt immer noch jedes Jahr an seinem Todestag Blumen auf sein Grab«, sagte Noelle und schlang im Gehen die Arme um den Oberkörper, als friere sie. »Ein Dutzend weiße Rosen, mit einem roten Band zusammengebunden. Das muss eine spezielle Bedeutung haben, die ich allerdings nicht kenne.«

»Ich glaube, Corinnes Mutter ist seit der Beerdigung nicht mehr hiergewesen«, meinte Mary. »Ich hatte das Gefühl, sie wollte nicht daran erinnert werden, wie Corinne gestorben ist.«

»Ich habe auch einmal daran gedacht, mich umzubringen.« Noelle machte an einem Grabstein Halt, der von dicken Grasbüscheln fast vollständig verdeckt wurde. »Jeden Tag schwor ich mir von neuem, mit dem Trinken aufzuhören, aber ich schaffte es einfach nicht. Zu sterben schien mir der leichtere Ausweg zu sein.«

»O Schatz ...« Mary hatte das Gefühl, sie hätte es irgendwie wissen müssen.

Aber als Noelle aufblickte, war ihr Gesichtsausdruck gelassen. »Als Emma auf die Welt kam, wurde alles anders. Inzwischen war ich trocken, ja, aber erst als ich sie das erste Mal in den Armen hielt, wusste ich, dass mir nie wieder im Leben etwas so wichtig sein würde.«

Mary dachte an Corinnes ungeborenes Baby und schüttelte sich.

Sie gingen weiter. »Ich glaube, da drüben ist es.« Mary zeigte auf einen fast lebensgroßen Engel mit abgebrochener Flügelspitze am Grab neben Corinnes.

Aber Noelle blickte nicht auf den Engel, sondern starrte verblüfft auf die Blumen auf Corinnes Grab, die eben erst anfingen zu welken: weiße Rosen, zusammengebunden mit einem leuchtendroten Band.

# Kapitel 12

Am selben Tag erschien im *Register* ein Artikel, der in allen Einzelheiten die langen freundschaftlichen Bande zwischen Robert Van Doren und Senator Larrabie durchleuchtete. Während Mary und Noelle auf der Heimfahrt vom Friedhof waren und noch über die mysteriösen Blumen auf Corinnes Grab nachgrübelten, musste Charlie am anderen Ende der Stadt eine Flut wütender Anrufer abwehren. Weitere Unternehmer, darunter der größte Autohändler am Ort, Gideon Ford, zogen ihre Werbeanzeigen zurück. Dutzende aufgebrachter Van Doren-Anhänger machten ihrem Unmut Luft. Es gab eine Morddrohung und eine eindringliche Warnung von Larrabies Anwalt in Albany.

Am nächsten Tag hatte der Sturm sich ein wenig gelegt – zumindest schien es so. Freitagmorgen wurde Charlie um halb sechs von einem Anruf seines Hausmeisters geweckt, der bei seiner Ankunft beim *Register* festgestellt hatte, dass sämtliche Scheiben im Erdgeschoss eingeschlagen worden waren. Als er vor Ort eintraf, war bereits ein Verdächtiger festgenommen worden: ein junger Mann, der schon einmal mit dem Gesetz in Konflikt geraten war, ein gewisser Dante Lo Presti.

Als Bronwyn davon hörte, war ihre erste Reaktion ein Wutanfall. Dante würde so etwas niemals tun! Sie war so überzeugt von seiner Unschuld wie davon, dass ihr Schwager hinter dem Anschlag steckte. Aber schon bald schlichen sich Zweifel ein.

Dante hatte doch selbst gesagt, dass er sich mit dem Gedanken trage, seinen Job zu kündigen und die Stadt zu verlassen. Und dazu hätte er Geld gebraucht. Auch musste sie zugeben, dass Dante eine Aura von Gefahr umgab. War das nicht genau das, was ihn für sie so attraktiv machte? Das Gefühl, immer kurz vor etwas Aufregendem zu stehen, wenn sie mit ihm zusammen war.

Und dann waren da noch die kleinen Jobs, die er für Robert erledigt hatte, die meisten davon fragwürdig, wenn nicht sogar rundweg illegal.

Aber schuldig oder unschuldig, sie musste der Sache auf den Grund gehen.

Um zwei Uhr, eine Stunde nachdem sie von seiner Entlassung auf Kaution erfahren hatte, fuhr Bronwyn mit dem Rad zu seiner Wohnung in der Sashmill Road gegenüber vom Schrottplatz.

Als Dante ihr öffnete, sah er übernächtigt aus, mit blutunterlaufenen Augen und Zwei-Tage-Bart. Er blieb lange schweigend in der Tür stehen und starrte sie nur an, bis sie ganz nervös wurde. Sie hatte ihn seit jenem Tag auf dem Friedhof nicht mehr gesehen. Sie hatten mehrmals telefoniert, aber keiner von beiden hatte zugeben wollen, dass er Unrecht hatte – Bronwyn, weil sie versucht hatte, ihn zu einer Straftat zu überreden, und Dante, weil er ihr nicht schon früher von seiner Verbindung zu Robert erzählt hatte. Jedes Mal war sie beim Auflegen wütend, verwirrt und verletzt gewesen. Und doch stand eins für sie fest: Sie würde ihn nicht aufgrund von Hörensagen vorverurteilen.

»Ich nehme an, du weißt Bescheid.« Dante trat zurück, um sie hereinzulassen. Er war barfuß und trug ein verknittertes graues Achselshirt zu einer marineblauen Jogginghose.

»Ja, ich habe es gehört.«

Bronwyn ließ den Blick durch das schwach erleuchtete Wohnzimmer schweifen; die Vorhänge waren zugezogen, wohl noch vom Vorabend. Wie gewöhnlich herrschte ein schreckliches Durcheinander. Überall waren Zeitschriften verstreut, dazwischen leere Bierdosen und ein überquellender Ascher auf dem Couchtisch. Der Gummibaum neben dem Telefon war vollgeklebt mit Zetteln.

Dante ging an ihr vorbei, ohne sie zu küssen oder sie auch nur eines Blickes zu würdigen. Sie hatte plötzlich einen Kloß im Hals, als hätte sie trocken ein Aspirin geschluckt.

»Willst du ein Bier?«, rief er aus der Küche.

»Nein, danke. Ich trinke keinen Alkohol, schon vergessen?«

Er kam mit einer Dose Coors in der einen und einer Cola in der anderen zurück. »Sorry, habe nicht dran gedacht. Wir wollen doch nicht, dass du Ärger mit Daddy bekommst, nicht wahr? Ist ja schon schlimm genug, dass du dich hinter seinem Rücken mit Abschaum herumtreibst.« Sein bissiger, verächtlicher Tonfall gefiel ihr nicht.

»Das ist nicht fair«, entgegnete sie zornig. »Ich habe dir doch die Bullen nicht auf den Hals geschickt. Und mein Vater hatte auch nichts damit zu tun.« Bronwyn ging zu ihm und nahm ihm die Cola aus der Hand.

»Ach, nein? Dann ist es also reiner Zufall gewesen, dass der Taugenichts, mit dem Daddys kleines Mädchen sich herumtreibt, hochgenommen wurde?« Im körnigen grauen Licht sahen Dantes Augen fast schwarz aus. Seine Stirn glänzte von Schweiß. Vom Schrottplatz gegenüber drang das Geräusch von Metall, das gepresst wurde – es klang, als würde ein Dinosaurier Alufolie kauen.

»He, du brauchst mir nicht an die Gurgel zu gehen. Ich bin auf deiner Seite, schon vergessen?« Sie öffnete ihre Büchse und setzte sich auf die Armlehne des Sofas. »Wenn du sagst, du bist es nicht gewesen, glaube ich dir.«

»Ich war es nicht«, sagte er säuerlich.

Bronwyn musterte ihn forschend. Obwohl alles gegen ihn

sprach, spürte sie, dass er die Wahrheit sagte. Langsam nippte sie an ihrer Cola, um nicht aufstoßen zu müssen.

»Okay, lass uns rekapitulieren. Du arbeitest für Robert, also musst du doch eine Ahnung haben, wer dahinterstecken könnte.«

»Einen Dreck weiß ich. Ich weiß nur, dass ich nichts getan habe und dieses Arschloch Wade Jewett mich aus heiterem Himmel zum Verhör abgeholt hat. Und dann, peng, nimmt man meine Fingerabdrücke, machte Fotos und alles und buchtet mich ein.« Dante setzte die Bierdose an und nahm so abrupt den Kopf zurück, als hätte ihm jemand einen Kinnhaken verpasst.

»Wer hat die Kaution bezahlt?«

»Mein Boss. Ist das zu fassen? Die kleine Ratte hat mich wahrhaftig rausgeholt.«

»Das war aber nett von ihm.«

»Von wegen. Er wird von mir erwarten, dass ich ihm mindestens die nächsten zehn Jahre den Hintern küsse. Bei Stan gibt es nichts geschenkt.«

»Bist du immer so zynisch?«

»Nur wenn ich den Vormittag im Knast verbracht habe und einem Besoffenen dabei zusehen durfte, wie er sich die Seele aus dem Leib kotzt.« Dantes Blick glitt über sie wie kühles Wasser. »Aber von so was hast du ja keine Ahnung, richtig? Ich wette, das Schlimmste, was dir je passiert ist, war, in der Schule nachsitzen zu müssen.«

»Dante, warum tust du das?« Bronwyn war den Tränen nah. Auf dem schwarzen Fernsehschirm ihr gegenüber sah sie ihr verzerrtes Spiegelbild, einen winzigen Kopf auf einem langgezogenen Körper. Die Fäuste an ihren Seiten sahen überdimensional aus wie in einem Cartoon.

Dante ließ die Schultern hängen und gab einen Laut von sich, der halb Seufzer, halb Grunzen war. Er kam zum Sofa, ließ sich darauf fallen und stützte den Kopf in die Hände. Büschel seines braunen Haares stachen zwischen seinen Fingern hervor. »Tut mir Leid«, murmelte er. »Ich habe nicht das Recht, es an dir auszulassen.«

Zögernd streckte sie eine Hand aus und streichelte seinen Rücken. Seine Muskeln waren so angespannt, dass es ihr vorkam als streichle sie eine eiserne Rüstung. Im gedämpften Licht schimmerte das Tattoo an seinem Arm dunkel. »Ist schon gut«, sagte sie. »Ich weiß, dass du es nicht so gemeint hast.«

Hierauf folgte eine lange Pause, in der nur das leicht quietschende Surren eines uralten Ventilators zu hören war und das urzeitliche Getöse von gegenüber. Schließlich hob Dante den Kopf und sah sie müde an. »Fakt ist, dass ich nicht weiß, wer das getan hat. Das habe ich den Cops gesagt, und das werde ich auch dem Richter sagen. Aber unter uns ... das ist nicht die ganze Wahrheit.«

Ihr Magen zog sich zusammen. »Was meinst du damit?«

Er schien mit sich zu ringen. Dann sagte er: »Du weißt das nicht von mir, okay? Ich gebe nämlich gerne zu, dass ich eine Scheißangst habe vor dem Kerl. Ich meine, wenn jemand in einer dunklen Gasse über mich herfällt, schlage ich zurück, kein Problem. Aber dieser Typ ... vor dem habe ich Schiss, okay?«

Bronwyn befeuchtete sich mit der Zungenspitze die Lippen, die plötzlich trocken waren wie Knäckebrot. »Sprechen wir hier von dem Mann, von dem wir, wie ich denke, reden?«

Er nickte und trank noch einen Schluck aus der Dose. »Letztens hat mich einer von seinen Handlangern angesprochen. Mr V. wollte, dass ich den Job mache. Niemand würde verletzt, sagte er. Niemand würde je dahinterkommen, dass ich es war. Ich sage nein, niemals. Kommt nicht in Frage. Ich überbringe Päckchen, aber davon, fremdes Eigentum zu zerstören, will ich nichts wissen. Und da baut sich der Kerl vor mir auf und sagt:

›Leg dich nicht mit dem Boss an. Leg dich mit ihm an, und dein Arsch ist Gras und er der Rasenmäher.‹«

»Und was hast du geantwortet?«, fragte sie atemlos.

»Nichts. Und dann werde ich aus heiterem Himmel verhaftet.« Dante schüttelte angewidert den Kopf.

*Es war also keine Einbildung,* dachte Bron. *Robert ist mehr als nur ein gewöhnlicher Kleinstadttyrann.* Plötzlich kam ihr ein furchtbarer Gedanke. Was, wenn ihrer Schwester drohte, mehr zu verlieren als ihr Kind? Was, wenn Noelles Leben in Gefahr war? Ein kalter Schauer lief ihr über den Rücken und ihre Finger schlossen sich so fest um die Coladose, dass sie sie leicht eindrückten.

»Aber wenn du es doch nicht warst, können die Cops doch auch keine Beweise gegen dich haben.«

»Beweise?« Dante verzog verächtlich den Mund. »Der einzige Beweis, den die brauchen, um einen Typen wie mich hops zu nehmen, ist, dass irgendjemand mit dem Finger auf mich zeigt. Jeder weiß, dass dieser hirnamputierte Jewett nur eine von V.'s Marionetten ist. Dazu muss man kein Genie sein.«

»Der Deputy Sheriff steckt mit Robert unter einer Decke?« Plötzlich kam ihr das Ganze melodramatisch vor, wie eine Folge von »Diagnose: Mord«. Ein Lächeln stahl sich auf ihre Lippen, das bei Dantes folgenden Worten jedoch sofort wieder verschwand.

»Der würde es fertig bringen, einen zu erschießen und zu behaupten, es wäre ein Unfall gewesen, wenn V. es von ihm verlangen würde«, sagte er sachlich-nüchtern. »Als du mich letztens gebeten hast, dir zu helfen, hatte ich keine Angst davor, eingelocht zu werden, sondern vor dem, was er mit uns gemacht hätte, falls er uns erwischte.« Er drehte sich zur Seite und legte eine Hand um ihren Ellbogen. »Versprich mir, dass du dich von diesem Büro fernhältst. Schwöre es, Bron.«

»Also gut, ich schwöre es.« Insgeheim freute sie sich, dass er so besorgt um sie war, aber sie war bereits selbst widerstrebend zum selben Schluss gekommen wie er: Es war viel zu gefährlich, allein in Roberts Büro einzubrechen.

»Ich meine es ernst. Dir könnte etwas zustoßen.«

Sie legte den Kopf schräg und musterte ihn aus zusammengekniffenen Augen. »Du weißt etwas, habe ich Recht? Er hat etwas getan, das schlimmer ist, als nur irgendwelche Leute zu schmieren oder die Verwüstung der Zeitung meines Vaters zu befehlen.« Bronwyn fühlte prickelnde Erregung in sich aufsteigen. Vielleicht gab es ja noch etwas Besseres als die Bilanzen im Safe.

Dante ließ ihren Ellbogen los, der ein wenig schmerzte, nachdem er ziemlich kräftig zugepackt hatte. »Glaub mir, ich wünschte, es wäre so. Aber was immer er auch treiben mag, er wird damit durchkommen. Du kannst darauf wetten, dass er selbst gestern Abend weit weg war vom *Register*.«

»Wie kommst du dann darauf, dass der Sheriff mit drin steckt?«

»Zum einen das Timing.« Dante griff nach der Zigarettenpackung auf dem Couchtisch. Als er sich eine anzündete, sah sie, dass seine Hand zitterte. »Die Bullen wurden um fünf Uhr früh gerufen. Sie sind aber erst um halb sechs vor Ort eingetroffen. Was hat sie so lange aufgehalten?«

»Dad meinte, sie wären am anderen Ende der Stadt gewesen.«

»Fünf diensthabende Deputys alle gleichzeitig an einem Ort? Na klar.« Mit einem verächtlichen Schnauben blies Dante den Rauch aus einem Mundwinkel. »Sie haben nicht so lange gebraucht, um sich auf mich einzuschießen, das kannst du mir glauben.«

»Aber wenn du die Wahrheit sagst«, widersprach sie nicht ganz überzeugt. »Wenn der Sheriff tatsächlich beide Augen zudrückt, wenn es um Robert geht, dann könnte der theoretisch mit allem durchkommen, sogar mit ...«

»Mord«, beendete Dante den Satz für sie.

Bronwyn fühlte, wie ihr das Blut aus dem Gesicht wich. Ein eisiger Schauer jagte ihr über den Rücken, und Gänsehaut rieselte wie Sand über ihre Arme und ihren Nacken. »O mein Gott. Du meinst es ernst, nicht wahr?«

»Todernst.«

»Was ist mit meiner Schwester? Was, wenn er ihr ... wehtut?« Bronwyn fröstelte und legte die Arme um ihren Oberkörper. »O Gott, Dante ... jetzt habe ich richtig Angst.«

Als er ihr einen Arm um die Taille legte und sie zu sich auf das Polster zog, ließ sie es geschehen. Er roch nach Schweiß, so als hätte er noch nicht geduscht. Aber das störte sie nicht. Seltsamerweise vertraute sie ihm, obwohl er den Vormittag im Gefängnis verbracht hatte. Bronwyn lehnte sich an ihn. Seine Nähe erregte sie: Es war ein flatterndes Gefühl im Bauch, wie wenn sie nachts im See badete.

Er drückte seine Zigarette im Aschenbecher aus, und dann küsste er sie. Fordernd. So fest, dass seine Zähne gegen ihre schlugen. Dante hatte sie noch nie so ... so drängend geküsst, so als wäre alles Bisherige nur ein Vorlauf gewesen, der unweigerlich zu dem hier führen musste.

Ehe sie wusste, wie ihr geschah, lag sie auf dem Rücken und Dante auf ihr. So lagen sie mehrere Minuten und küssten sich, bis die Haut um ihre Lippen brannte von seinen Bartstoppeln. Sie spürte ein Ziehen zwischen den Schenkeln, als läge eine schwere warme Hand dort. *Hör auf,* sagte sie sich. Wenn ihr Vater davon erfuhr ... dann wären die paar zerbrochenen Fensterscheiben dagegen nur noch Peanuts. Für Dante würde das bedeuten, auf direktem Weg zurück in den Knast zu kommen: Wenn nicht für Vandalismus, dann wegen Unzucht mit einer Minderjährigen.

Aber sie konnte nicht, wollte nicht aufhören.

Erst als Dante ihr das T-Shirt über die Brüste zog, schob sie ihn von sich. »Was ist mit deinen Zimmergenossen?«, fragte sie atemlos, zog das T-Shirt wieder herunter und setzte sich auf.

»Was soll mit ihnen sein?« Dante rollte sich auf den Rücken und legte den Kopf auf ihren Schoß.

»Es könnte jeden Moment einer von ihnen reinkommen.«

»Kein Problem. Dann gehen wir eben rüber in mein Zimmer.«

»Wenn wir das tun, werden wir ...«

»Vögeln?« Er grinste unverschämt zu ihr auf.

»Ist das für dich alles? Nur ... vögeln?« Sie fühlte sich billig, war wütend und doch auch belustigt.

»So wie du das sagst, klingt es, als wäre das etwas Unanständiges.« Dantes graue Augen, die im schwachen Licht zu ihr aufblickten, vermittelten ihr das Gefühl, als stünde sie am Rand eines tiefen Abgrunds. »Sei ehrlich, Bron, du gehörst nicht zu den Mädchen, die scharf darauf sind, zum Abschlussball zu gehen und es auf die Kohle eines Kerls abgesehen haben. Du bist anders. Du weißt es nur noch nicht. Jeder Mann, der das Glück hat, mit dir vögeln zu dürfen, und ich hoffe bei Gott, dass ich es sein werde, wird mehr bekommen als nur das, glaube mir. Und du auch, darauf kannst du wetten, du auch.«

Sie musterte ihn eindringlich. »Woher soll ich wissen, dass du das nicht nur sagst, um mich rumzukriegen?«

»Entspann dich, und ich zeige es dir.«

Dante hob die Hand und strich mit einem Finger, der noch Spuren von Motorenöl aufwies, über eine Brustwarze, woraufhin sie eine ganze Reihe wohliger Schauer verspürte. Sie schaute auf seinen Mund, auf dem ein wissendes Lächeln lag, und auf sein dunkles Haar auf ihren Knien. Wie von selbst entfuhren ihr die Worte: »Okay, tun wir es. Ich schätze, dieser Zeitpunkt ist so gut wie jeder andere.«

Dante grinste selbstsicher, rollte sich mit einer katzenhaften Bewegung auf die Füße und zog sie mit sich. Als sie ihm den

Flur hinunter folgte, dachte Bron an die vielen Nächte, in denen sie wach gelegen und doch dem Drang widerstanden hatte, unter das Laken zu greifen, um sich Erleichterung zu verschaffen, weil sie meinte, es wäre nicht normal, sich so oft zu befriedigen, wie sie es tat. Aber dann tat sie es doch, weil es ja niemand zu erfahren brauchte, nicht wahr? Nicht einmal Maxie.

Genauso empfand sie auch jetzt. Als hätte sie keine andere Wahl, als müsste sie es einfach tun ... weil sie sonst verrückt werden würde.

Als sie sein Schlafzimmer betraten, stellte Bronwyn angenehm überrascht fest, dass es ordentlicher war als der Rest der Wohnung. Bett und Kleiderschrank waren von der Sorte, die man zerlegt kaufte und selbst zusammenschraubte. An der Wand hing das Autogramm eines Rennwagenfahrers, und auf einem Regal über der Stereoanlage waren CDs untergebracht. Dante legte eine auf, und Sarah McLachlins liebliche klagende Stimme erfüllte den Raum.

»Wird es wehtun?«, fragte sie, plötzlich unsicher, als sie sich auf das Bett setzte.

»Ein bisschen. Aber keine Bange, ich weiß, was zu tun ist.«

Dante setzte sich zu ihr und drückte ihren Oberkörper sanft auf die Matratze. Unerwartet fuhr er mit der Zungenspitze über ihre Schläfe, bis zu ihrem Augenwinkel. Sie erschauerte. Es war, als hätte ihre ganze Körperwärme sich zwischen ihren Schenkeln zusammengezogen – auf Kosten ihres restlichen Körpers.

Sie küssten sich noch eine Weile, und dann fing er an, sie langsam zu entkleiden. Erst als sie völlig nackt war, entledigte er sich seiner eigenen Kleider. Bronwyn lag vor ihm auf dem Rücken, die Beine so fest zusammengepresst, dass die Knie zitterten. »Entspann dich«, murmelte er. Er schob ihre Schenkel gerade so weit auseinander, dass Platz war für eine Hand. Dann schob er unendlich vorsichtig zwei Finger weit in sie hinein. Sie fühlte ein kurzes Stechen und gleich darauf warme Nässe. Als sie an sich herabschaute, sah sie, dass ihre Schenkel mit Blut verschmiert waren.

»Oh«, rief sie leise aus.

Sie hatte immer geglaubt, es wäre etwas Monumentales, die Unschuld zu verlieren. Sie hatte es sich vorgestellt wie im Fernsehen, mit viel Gestöhne und Umsichschlagen, das in einem schmerzhaften Stoß endete, nach dem reichlich Blut floss. Aber das ... das war gewesen, wie wenn man sich selbst einen ohnehin losen Milchzahn zog.

»Und jetzt kommen wir zum angenehmen Teil«, sagte Dante verheißungsvoll.

Er küsste und streichelte sie, bis das unangenehme Pochen zwischen den Beinen sich in Wellen der Lust verlor. Dante muss das schon mit anderen Mädchen gemacht haben, dachte sie, mit vielen Mädchen, aber der Gedanke störte sie nicht mehr so, wie es früher einmal der Fall gewesen wäre. Stattdessen empfand sie es als beruhigend, dass er wusste, was er tat. Mit Dante würde es kein linkisches Gefummel geben, keine peinliche Unentschlossenheit. Ihm brauchte sie nicht zu erklären, weshalb ihr Körper nach den zahlreichen Nächten, in denen sie sich selbst befriedigt hatte, offenbar genau wusste, was er brauchte.

Tatsächlich war sie selbst verblüfft von ihrem Mut. Sie berührte ihn auf so intime Weise wie sie sich selbst berührt hatte, wenn sie allein war. Bis jetzt hatte sie ihn nur von der Taille aufwärts nackt gesehen, und schon dieser Anblick hatte sie erregt – die ausgeprägten harten Muskeln an Armen und Brust, der gebräunte Waschbrettbauch –, aber jetzt wusste sie auch, was sich am Ende der dunklen Spur von Haaren befand, die unter dem Bund seiner Jeans verschwand. Endlich wusste sie, wie ein erigierter Penis aussah. Staunend betrachtete sie das harte Glied mit den Adern, die sie unter ihren Fingern pochen fühlte. Sie streichelte es, bis Dante sanft ihre Hand wegschob. »Nicht«, stöhnte er, »sonst komme ich.«

»Mach nur«, sagte sie, plötzlich auch darauf neugierig. »Das macht mir nichts.«

»Nein, du zuerst.«

Er kramte ein Kondom aus der Nachttischschublade und ließ sie zusehen, wie er die Packung aufriss und sich den Gummi geschickt überstreifte. Als er sich über sie beugte und ihre Schenkel weiter auseinander schob, war sie mehr als bereit. Sie stand selbst kurz vor dem Höhepunkt. Es brannte ein wenig, als er in sie eindrang, aber gleich darauf machten neue Wogen der Lust den Schmerz vergessen. Dante bewegte sich sehr langsam, bemüht, ihr nicht wehzutun. Als sie in sein Gesicht aufblickte, las sie die Sorge in seinen Augen. Wenn sie in diesem Moment hätte sprechen können, hätte sie ihm gesagt, wie es sich anfühlte. Unglaublich. Eine Million Mal besser als wenn sie sich selbst streichelte. Wenn er nicht aufhörte, sich zu bewegen, würde sie ...

Sie kam. Es war wie eine Achterbahnfahrt, wie die letzte steile Abfahrt, umweht vom warmen Fahrtwind. Bronwyn schnappte überwältigt nach Luft. »O Gott ... o Dante.« Sie klammerte sich an ihn. So ist das also, schoss es ihr klar und deutlich durch den Kopf. Wenn sie das geahnt hätte, wenn sie das nur geahnt hätte ...

Sekunden später kam auch er mit einem lauten Schrei. Sie sah, wie seine Züge sich verzerrten, und genoss das Gefühl der Macht, das sie durchströmte, weil sie verantwortlich war für seine Lust. Sie konnte in einem Mann solche Gefühle auslösen, konnte ihn zum Erbeben bringen, konnte machen, dass er keuchte und schrie vor Lust. Sie lächelte und dachte bei sich, dass Kleopatra genauso empfunden haben musste.

»Das war schön«, sagte sie, als es vorbei war.

»Nur schön?« Dante rollte sich auf die Seite und musterte sie neugierig.

»Wenn ich mehr sage, steigt dir das nur zu Kopf. Aber in einem hattest du Recht: Das schlägt den Abschlussball um Längen.«

Dante grinste und ließ den Blick über ihren nackten Körper gleiten, der entspannt auf der zerknitterten Tagesdecke lag. »Ich hätte dir ja eine Blume zum Anstecken besorgt, aber ich wusste nicht, wo ich sie befestigen sollte.«

Sie drehte sich auf die Seite und stützte sich auf einen Ellbogen, das Kinn auf dem Handballen ruhend. »Würdest du das, was wir eben getan haben, als vögeln oder als Liebemachen bezeichnen?«

»Beides«, entgegnete er.

»Ist das nicht wie ein Kapitel mit zwei Überschriften?«

»Mehr wie ein Buch, das man ganz lesen muss, um zu wissen, wie es endet.«

*Und wie wird dieses enden?,* fragte sie sich.

Ihre Gedanken kehrten zurück zu Noelle, und ihr Gewissen regte sich. Hier war sie und aalte sich nackt im Bett, während ihre Schwester möglicherweise in Lebensgefahr schwebte. Sie musste etwas tun, Noelle warnen. Aber wie? Wenn sie ihr erzählte, was sie von Dante wusste, würde ihre Schwester nach der Quelle ihrer Informationen fragen. Damit würde sie Dante gefährden. Ganz zu schweigen davon, dass ihr Vater dann erfahren würde, dass sie sich gegen sein ausdrückliches Verbot weiter mit ihm getroffen hatte, was ihr lebenslänglichen Hausarrest einbringen würde.

»Ich muss gehen«, verkündete sie unvermittelt.

»Wohin?«

»Zu meiner Schwester.«

»Jetzt?«

»Es ist wichtig.« Sie sprang aus dem Bett und hob ihre Jeans vom Boden auf.

Dante machte ein Gesicht, als wollte er versuchen, es ihr auszureden. Vor allem sein Penis, der sich bereits wieder regte, schien diesbezüglich ein Wörtchen mitreden zu wollen. Aber schließlich zuckte Dante die Achseln, setzte sich auf und griff nach den Wagenschlüsseln auf dem Nachttisch. »Ich fahre dich hin.«

Sie hatten eine feste Routine entwickelt. Wenn Noelle in den Räumen des Jugendamtes eintraf, wartete Emma dort bereits stoisch, ihren Plüschhund Bowwie fest an die Brust gedrückt und ihren rosa Barbie-Rucksack auf den schmalen Schultern. Aber sobald sie Noelle erblickte, erstrahlte ihr Gesichtchen wie am Weihnachtsmorgen, sie rannte zur Tür und warf sich in Noelles Arme. Dann, im Aufenthaltsraum, in dem sie für sich waren, verwandten sie mindestens fünf bis zehn Minuten aufs Knuddeln. Emma kuschelte sich auf ihren Schoß und klammerte sich an Noelle, wie sie es als Säugling getan hatte, lutschte manchmal sogar wieder am Daumen. Auch bestand sie darauf, dass Noelle ihr die babyhaftesten Bücher vorlas, die sie mitgebracht hatte. Dr. Seuss' »Grüne Eier mit Speck« war ihr Lieblingsbuch.

»Ich mag keine grünen Eier mit Speck«, plapperte sie Noelle nach. »Ich mag sie nicht, ich will sie nicht, nein, nein!«

Wenn Emma sich dann soweit beruhigt hatte, dass sie wieder von Noelles Schoß krabbelte, setzten oder legten sie sich bäuchlings auf den Teppich und spielten für den Rest ihrer kostbaren gemeinsamen Zeit. Die meiste Zeit waren es Rollenspiele mit den Puppen aus Emmas Rucksack (Barbie spielte immer die Hauptrolle, und die Kleider konnten Emma gar nicht aufwändig genug sein). Wenn sie die Lust an den Puppen verlor, wandten sie sich den Büchern und Spielsachen zu, die Trish ihr geschickt hatte. Zum Anschluss kam dann das Eiscreme-Ritual. Gegen Ende der Besuchszeit holte Noelle die Liste der verschiedenen Eissorten von Scoops heraus, und Emma brütete mehrere Minuten darüber, bevor sie sich dann doch für ihre Lieblingseissorte After-Eight entschied.

Und wenn das Eis dann aufgegessen war, ging es los mit Tränen und Gejammer. Das war der Teil, den Noelle am meisten fürchtete, mehr als die Tränen, die sie selbst auf der Heimfahrt vergießen würde. Mehr als die schlaflose Nacht, die vor ihr lag. Heute war es aus einem unerfindlichen Grund besonders schlimm. Emma, die eben noch zufrieden mit einer Reihe Bauernhoftieren von Play-Skool gespielt hatte, fing plötzlich an zu weinen und steigerte sich in immer lauteres Schluchzen hinein.

»Ich will mit dir gehen«, jammerte sie. »Ich will nicht hier auf Daddy warten.«

»O Liebes, ich wünschte, ich könnte dich mitnehmen«, sagte Noelle, selbst kurz vor dem Zusammenbruch. Sie hielt Emma auf dem Schoß und atmete tief ihren Duft ein, den unverwechselbaren Geruch ihres Kindes, den sie überall mit zugebundenen Augen wiedererkennen würde. »Aber der Richter lässt es nicht zu, noch nicht.«

Bei ihrem letzten Besuch hatte sie Emma in einfachen Worten, damit sie es verstehen konnte, die Situation erklärt. Sie hatte ihr gesagt, dass es Leute gab, darunter ihr Daddy, die der Meinung waren, dass sie bei Nana nicht am besten aufgehoben wäre, und sie ihnen erst das Gegenteil beweisen müsse. Aber alle Vernunft der Welt konnte nichts daran ändern, dass Emma sie vermisste.

»Ich hasse Daddy! Er ist böse!«, schluchzte sie.

Noelle war sofort alarmiert. »Warum ist Daddy denn böse?«

»Er erlaubt mir nicht, dich anzurufen! Ich habe ihm gesagt, dass ich ganz alleine telefonieren kann. Ich weiß die Nummer und alles. Aber er ist böse geworden und hat mich angeschrien.« Emma hob ihr das vom Weinen verquollene und fleckige Gesicht entgegen. Noelle musste an sich halten, um sie nicht auf die Arme zu nehmen und mitzunehmen. Zum Teufel mit dem Richter und dieser dummen Person mit den kleinen Schweinsaugen und ihrem wohlmeinenden Gequatsche.

»Was ist denn mit Oma Gertie? Die ist doch lieb zu dir, oder?« Es erforderte ihre Ganze Willenskraft, um normal zu klingen.

»Sie geht manchmal mit mir auf den Spielplatz.« Das Schluchzen ihrer Tochter ließ etwas nach.

»Und geht sie mit dir auch noch woanders hin?« In Gedanken sah Noelle den weißen Caddy ihrer Schwiegermutter auf dem Weg zur Baustelle der Cranberry Mall.

Emma nickte und ließ einen bestrumpften Fuß vor und zurück schwingen. »Aber auf dem Friedhof hat es mir nicht gefallen.«

Noelle horchte auf. »Sie war mit dir auf dem Friedhof?«

Ihre Tochter nickte, dass ihre Zöpfe wippten. »Dem, auf dem Onkel Buck begraben ist. Grandma sagt, dass tote Menschen dort beerdigt werden, bevor sie in den Himmel kommen.«

Noelle lief ein Schauer über den Rücken. Sie dachte an die welken Rosen auf Corinnes Grab. Nur ein Mensch konnte sie dort hingebracht haben: Gertrude. Aber warum? Corinne konnte für sie nicht mehr sein als ein vager Name aus der Vergangenheit, ein Mädchen, an das sogar Robert sich nach eigenen Angaben kaum noch erinnern konnte.

Ihre Mutter hatte ihr letztens auf der Heimfahrt vom Friedhof erzählt, dass in Corinnes Autopsiebericht gestanden hatte, sie sei schwanger gewesen. Es konnte gut sein, dass Gertrude, der die eigene Familie über alles ging, um ein Enkelkind trauerte, auch wenn dieses nie geboren worden war. Aber warum weiße Rosen wie bei Buck?

»Hat Oma Blumen auf den Friedhof gebracht?«, fragte sie.

»Hm-mm.«

»Rosen?«

»Hm-mm.« Emma lehnte jetzt ruhig an Noelle, das Köpfchen an ihre Schulter geschmiegt. Der Weinkrampf war vorbei, und sie schniefte nur noch gelegentlich. »Daddy hat gesagt, ich darf eine Schildkröte haben.«

Noelle musste darüber lächeln, wie schnell die Laune einer Fünfjährigen umschlagen konnte: wie ein Sommergewitter, das vorbei war, bevor es richtig losgelegt hatte. »Eine Schildkröte? Das wäre doch schön.«

Emma hörte auf, den Fuß schwingen zu lassen. »Mommy, was ist ein Allo-koliker?«

Noelle versteifte sich. Offensichtlich hatten ihr Mann und vermutlich auch seine Eltern in Emmas Gegenwart über sie gesprochen. »Du meinst, ein Alkoholiker«, entgegnete sie möglichst ruhig. »Das ist jemand, der krank ist. Alkoholismus ist so ähnlich wie eine Allergie. Alkohol macht manche Menschen krank.« Sie holte tief Luft. »Mommy ist Alkoholikerin. Darum trinkt Daddy Wein zum Abendessen und ich nicht.«

»Opa sagt, du wärst zu krank, um dich um mich zu kümmern.« Sie blickte aus großen Augen zu Noelle auf. »Stimmt das, Mommy?«

Noelle legte die Wange an Emmas Kopf. Ihre Stimme klang ein wenig gepresst, als sie antwortete: »Nein, Liebes. Nichts auf der Welt könnte mich davon abhalten, mich um dich zu kümmern. Es wird nicht mehr lange dauern. Dann sind wir wieder ständig zusammen. Ich verspreche es.«

Sie nahm Emmas kleine Hand in ihre und führte sie. Sie zeichnete ein unsichtbares X auf ihre Brust. Es erinnerte sie daran, wie sie sich bei den endlosen Sonntagsgottesdiensten bekreuzigt hatte, bevor sie sich zusammen mit Nana in eine Bankreihe gequetscht hatte. Für sie als Kind wäre unvorstellbar gewesen, dass sie eines Tages eine eigene kleine Tochter haben würde, so unvorstellbar wie Gott selbst. Jetzt dachte sie: *Ich weiß, dass es einen Gott gibt, weil ich es sonst nicht ertragen würde. Dann wäre ich schon längst zusammengebrochen.*

Beim Abschied schaffte sie es irgendwie, zu lächeln und zu

winken. Emma an der Hand der Sozialarbeiterin winkte zurück. Ein kleines Mädchen mit glänzenden braunen Zöpfen, die zu Noelle aufblickte wie ein kleiner Soldat im Kreuzfeuer einer Schlacht, deren Sinn und Zweck er nicht recht verstand.

Als Noelle mit gesenktem Kopf die Stufen des Gerichtsgebäudes hinabging, bemerkte sie ihre Schwester nicht gleich. Erst als Bronwyn ihren Namen rief, blickte sie auf. Sie war überrascht, sie unten auf dem Bürgersteig stehen zu sehen, die Augen mit einer Hand gegen die Sonne abgeschirmt.

»Wow, bin ich froh, dass ich dich noch erwische. Ich hatte Angst, du wärst schon weg.« Bronwyn sprang geschmeidig die Stufen hinauf, eine gebräunte Gazelle in weiten Jeans und einem T-Shirt von Tommy Hilfiger.

»Was gibt es denn?«, fragte Noelle, bemüht, sich ihre innere Anspannung nicht anmerken zu lassen.

»Ich muss dich sprechen. Hast du es sehr eilig?«

»Eilig nach Hause zu fahren und Löcher in die Luft zu starren?« Noelle lachte trocken. Ein Gespräch unter Schwestern war das Letzte, wonach ihr der Sinn stand. Andererseits, wozu sollte es gut sein, sich in seinem Elend zu suhlen? Das AA-Treffen, an dem sie nach so langer Zeit teilgenommen hatte, hatte sie an etwas Wichtiges erinnert, das sie beinahe vergessen hatte: dass manchmal der beste Weg, sich selbst zu helfen, darin bestand, anderen zu helfen. »Wir können uns in den Park setzen«, sagte sie.

»Also, ehrlich gesagt dachte ich an einen Ort, an dem wir ungestört reden können.« Bronwyn warf einen verstohlenen Blick über die Schulter, als hielte sie Ausschau nach verdächtigen Gestalten in Trenchcoats.

Noelle musste sich ein Lächeln verkneifen. In der Familie war bekannt, dass Bronwyn aus dem Öffnen eines Briefes ein Drama machen konnte. Vielleicht waren die Nancy-Drew-Krimis Schuld, die sie als Kind verschlungen hatte. Damals hatte

Noelle sich nichts dabei gedacht, die (damals schon) ein wenig angestaubten Bücher an ihre Schwester weiterzugeben, aber jetzt fragte sie sich, ob sie damit nicht Bronwyns melodramatische Ader gefördert hatte.

»Niemand wird uns stören«, sagte Noelle und hakte ihre Schwester unter.

Bronwyn warf erneut einen Blick über die Schulter. Um diese Zeit, bei Temperaturen über dreißig Grad, war im Park nicht viel los – nur ein paar unerschrockene Oldtimer saßen auf den Bänken oder gingen im Schatten spazieren. Später, wenn es kühler geworden war, würden Mütter mit ihren Kindern zum Spielen kommen, und junge Pärchen würden im Gras liegen und sich zwischen verstohlenen Küssen Torheiten ins Ohr flüstern.

Noelle dachte an Hank. Als sie heute Morgen mit Nana bei ihm gewesen war, war sie überzeugt davon gewesen, dass jeder im Wartezimmer in sie hineinsehen konnte und wusste, was sie fühlte. Wie sollte sie sich ganz normal verhalten, wenn sie an nichts anderes denken konnte, als an seine Küsse?

Noelle ließ sich dankbar auf eine freie Bank in der Nähe des Brunnens und im Schatten einer riesigen alten Linde fallen. Die Hitze hatte sie der letzten Energie beraubt; sie war in Schweiß gebadet, obwohl sie nur ein leichtes Sommerkleid und Sandalen trug. Sie betrachtete die bronzene Nymphe im Brunnen, aus dem ein feiner Wassernebel aufstieg, der die Steinplatten zu ihren Füßen befeuchtete, und sagte sich, wie schön es wäre, die Sandalen auszuziehen und barfuß durch das kühle Wasser zu waten.

Die beiden Schwestern schwiegen eine Weile ganz in ihre eigenen, gar nicht so verschiedenen Gedanken vertieft. Schließlich sagte Noelle: »Ich habe dich bei Scoops vermisst.« Heute hatte ihre Schwester ihren freien Tag. »Ich musste um eine Extraportion Schokolinsen für Emmas Eis *bitten.*«

Bronwyn wandte sich ihr lächelnd zu. »Sag nichts ... After-Eight, richtig?«

Noelle erwiderte das Lächeln. Das war der einzige Spaß, den sie an dem ganzen Schlamassel hatten: dass Emma immer dasselbe bestellte. Sie nahm ein gefaltetes Blatt Papier aus ihrer Handtasche; ein Bild, das Emma gemalt hatte. Sie faltete das Blatt auf dem Schoß auseinander. »Das bin ich.« Sie zeigte auf ein Strichmännchen mit schwarzen Korkenzieherlocken auf dem Kopf, eingerahmt von zwei anderen Gestalten. »Siehst du, das ist Nana ... und das meine Mutter. Ich habe ihr erzählt, dass Oma Mary bei uns wohnt.«

Bronwyn hielt sich das lange Haar aus dem Gesicht und betrachtete das Bild aufmerksam. »Du siehst aus wie Pamela Anderson. Was sind das bloß für Riesenbrüste?«

»Meine sind es jedenfalls nicht.« Noelle war selbst überrascht, als sie lachen musste. »Emma ist derzeit im Barbie-Fieber. Mit einer Barbie verglichen zu werden, ist das größte Kompliment ihrerseits.« Seufzend faltete sie das Blatt wieder und steckte es zurück in die Handtasche. »Also, worüber wolltest du mit mir sprechen?«

»Gleich.« Bronwyn drehte nervös eine Haarlocke um den Finger. »Erst musst du versprechen, Daddy nichts zu sagen.«

»Das kann ich nicht, solange ich nicht weiß, worum es geht.«

»Meine Güte, warum musst du nur so korrekt sein.« Bronwyn verdrehte die Augen. Sie wusste, dass es zwecklos war, sich auf eine Debatte mit Noelle einzulassen. Aufgrund des großen Altersunterschieds war Noelle immer mehr eine zweite Mutter gewesen als eine Schwester. »Okay. Also da ist dieser Typ. Sein Name ist Dante.«

Noelle war sichtlich überrascht. »Derselbe Dante, der die Fenster des *Register* eingeworfen hat?«

Ihre Schwester runzelte die Stirn. »He, ist man nicht so

lange unschuldig, bis einem eine Schuld nachgewiesen wurde?«

»Oha, ich rieche Ärger. Das ist derselbe Typ, von dem du dich fernhalten sollst, richtig?« Noelle schüttelte ungläubig den Kopf. »Gott, Bron. Du bringst es immer wieder fertig, dich in Schwierigkeiten zu bringen. Weiß Dad es schon?«

»Das ist ja der Punkt. Er weiß es nicht. Und so soll es auch bleiben. Du wirst ihm doch nichts sagen, oder?«

Noelle musterte das ängstliche Gesicht ihrer Schwester. Dad wäre stinksauer, soviel stand fest. Vor allem aber würde er sich Sorgen machen. Sie selbst war auch ein wenig besorgt. Was dachte Bronwyn sich nur dabei, sich mit einem tätowierten Rocker herumzutreiben? Das konnte ihr mehr Ärger einbringen als den Zorn ihres Vaters. Was, wenn dieser Kerl ihr wehtat oder ihr Leben kaputt machte?

Dann dachte sie daran, dass sie selbst geglaubt hatte, mit Robert Mr Right zu heiraten. Ein älterer, erfolgreicher Mann mit einem dicken Bankkonto, der in einem brandneuen schwarzen Mercedes zur Arbeit fuhr. Die Wahrheit war, dass sie, abgesehen von dem, was Dad ihr über Dante erzählt hatte, nichts über dessen Charakter wusste. Es stand ihr also nicht zu, über ihn zu urteilen.

»Ich werde kein Wort sagen ... bis auf Weiteres«, entgegnete sie. »Versprich du mir nur, vorsichtig zu sein. Ich fürchte, der Kerl bringt nur Ärger.«

»Du solltest dir lieber wegen einem anderen Sorgen machen.« Bronwyn schaute sich erneut um, bevor sie die dunklen Augen wieder auf Noelle richtete. »El, was weißt du über Roberts Geschäfte?«

»Du meinst, abgesehen von dem, was ich bei der Arbeit in seinem Büro aufgeschnappt habe? Ehrlich gesagt ist das so lange her, dass ich mich nicht an viel erinnern kann.«

»Was würdest du sagen, wenn ich dir erzählen würde, dass

Robert hinter der Sache mit den Fensterscheiben steckt?« Bronwyn senkte die Stimme zu einem Flüstern, obwohl niemand in der Nähe war.

»Ich wäre nicht allzu überrascht, wenn du das meinst.« Noelle war bereits zu demselben Schluss gekommen. Das konnte kein Zufall sein.

»Einmal angenommen, er hätte noch mehr Dreck am Stecken.«

Noelle wurde langsam ungeduldig. »Worauf willst du genau hinaus?«

Bronwyn blickte auf ihre langen Schatten auf den Pflastersteinen, miteinander verbunden wie die Figurengirlanden, die Noelle früher für sie ausgeschnitten hatte. Sie begann zögernd. »Also, weißt du, Dante arbeitet gewissermaßen für Robert.« Sie hob abrupt den Kopf. »Nicht, was du denkst. Nur Botengänge, Kleinigkeiten, die so anfallen. Aber, na ja, er weiß einiges, Dinge, die er so nebenbei mitbekommen hat.«

»Was für Dinge?«

»Nichts Konkretes. Ich weiß nur, dass er Angst vor Robert hat.« Bronwyn hatte sich das Haar so fest um den Finger gewickelt, dass dessen Spitze anfing anzuschwellen und sich rot zu verfärben. »Und wenn er Angst vor ihm hat, solltest auch du Angst haben. Angst um dein Leben.«

Noelle wollte ihre Schwester ernst nehmen. Sie hatte weiß Gott Grund genug, das Schlimmste von Robert anzunehmen. Aber das ... also, das erschien ihr denn doch übertrieben. Ihr Mann war ein Unmensch, ja. Er hatte sie betäubt. Er hatte ihr ihr Kind weggenommen. Aber Mord? Nein, das traute sie ihm dann doch nicht zu.

»Bron, meinst du nicht, du übertreibst ein bisschen?«, sagte Noelle sanft. Sie dachte daran, wie sie mit Bronwyn campen gewesen war. Sie selbst war Anfang zwanzig gewesen und ihre Schwester neun oder zehn, das Alter, in dem auf jeder Mitternachtsparty Gruselgeschichten von einarmigen entflohenen Sträflingen und Serienmördern erzählt wurden. Bronwyn war aber noch weiter gegangen und hatte sich eine fantastische Geschichte über den Ranger ausgedacht – zugegebenermaßen eine unheimliche Gestalt. Sie hatte gesponnen, er wäre ein Vampir und würde nachts die Wälder unsicher machen auf der Jagd nach frischem Blut. Als es dann Zeit zum Schlafen gewesen war, hatte ihre Schwester sich selbst solche Angst gemacht, dass sie nicht schlafen konnte.

»He, ich meine es ernst.« Bronwyns Tonfall klang verzweifelt. »Ich weiß, du findest, ich übertreibe manchmal, und vielleicht tue ich das ja sogar. Aber diesmal stimmt es, was ich sage.«

»Gut, einmal angenommen, du hättest Recht. Was soll ich deiner Meinung nach tun?«

»Geh nicht mit ihm allein irgendwo hin oder so was.«

Noelle lachte trocken. »Die Wahrscheinlichkeit, dass es dazu kommt, ist in etwas so groß wie die, dass ich von Terroristen entführt werde.«

»Okay. Dann geh überhaupt nirgendwo alleine hin.«

»Versprochen. Pfadfinderehrenwort.« Sie hielt zwei Finger hoch. »Keine dunklen Seitenstraßen, und keine Blinddates. Vielleicht sollte ich mir einen Dobermann anschaffen, um ganz sicher zu gehen. Was meinst du?« Als Bronwyn keine Miene verzog, legte Noelle ihr einen Arm um die Schultern. »Hör zu, Bron, ich weiß es wirklich zu schätzen, dass du dir Sorgen um mich machst. Und ich werde vorsichtig sein.«

Sie dachte an Bronwyns Geburt. Sie war damals vierzehn gewesen und hatte insgeheim einen Groll gegen ihre Stiefmutter gehegt. Und doch, als sie ihr winziges Schwesterchen gesehen hatte, das in eine flauschige gelbe Decke gewickelt war, war alles anders geworden. Sie hatte Vicky auf der Stelle verziehen. Es war richtig von Dad gewesen, sie zu heiraten, denn wie hätte er ihr sonst dieses wundervolle Geschenk machen können?

»Ich sage das jetzt nicht, um das Thema zu wechseln oder so was, aber wie ernst ist es wirklich zwischen dir und diesem Dante?«

Bronwyn zuckte nur lässig die Achseln – vielleicht zu lässig. »Wir hängen zusammen rum, das ist alles. Nichts Ernstes.«

»Schläfst du mit ihm?«

Ihre Schwester lachte verblüfft, und tiefe Röte überzog ihre Wangen. »Wie kommst du denn darauf?«

»Also ja. Man braucht dich ja bloß anzusehen.«

»Mein Gott, ist es so offensichtlich?«

»Nur für jemanden, der dich so gut kennt wie ich.« Noelle drückte freundschaftlich ihre Schultern. »Ich hoffe nur, dass ihr verhütet.«

»Also ehrlich gesagt haben wir es erst einmal gemacht«, gestand sie.

»Einmal genügt, glaub mir. Ich muss es ja wissen. Immerhin war ich selbst ein Unfall.«

Die Tatsache, dass ihre Eltern nur ein Jahr älter gewesen waren als Bronwyn, nahm für sie plötzlich eine neue Dimension an. Sie hatte ja gewusst, dass sie sehr jung gewesen waren, hatte sich aber nicht klar gemacht, wie jung. Plötzlich hatte sie ein ganz anderes Verständnis dafür, was ihre Mutter durchgemacht haben musste.

»Keine Angst, wir waren vorsichtig«, versicherte Bronwyn ihr.

Noelle dachte an Hank und daran, wie vorsichtig sie würden sein müssen. Heute Abend hatte er sie zum Abendessen zu sich nach Hause eingeladen. Und warum auch nicht? Sie waren Freunde, oder nicht? Solange sie es bei dem Kuss beließen, den er ihr oben auf dem Berg gegeben hatte, konnte niemand Einwände erheben. Trotzdem hatte sie ein ungutes Gefühl.

»War es so schön, wie du es dir erhofft hast?«, fragte sie.

Bronwyn senkte den Kopf und errötete noch tiefer. »Sagen wir einfach, dass es Dinge gibt, die man nicht aus Büchern lernen kann.«

»Mein erstes Mal war mit Robert«, gestand Noelle.

»War es schlimm?«

»Nein, gar nicht. Es war ...« Sie hatte die Erinnerung so erfolgreich verdrängt, dass sie sich jetzt schwer tat, sie aus ihrem Gedächtnis hervorzukramen. »Effizient. So ist es mir im Gedächtnis geblieben. Als würde er einen Zaubertrick vorführen.«

»Ist es mit der Zeit schöner geworden?«

»Ich denke schon, in gewisser Weise. Das Problem war nur, dass ich ihn nach und nach immer weniger liebte und auch an körperlicher Liebe das Interesse verlor. Ich hatte mich also selbst ausgetrickst.«

»Ich weiß nicht, ob ich Dante liebe«, sagte Bronwyn. »Ich bin verrückt nach ihm, aber das ist nicht dasselbe, nicht wahr?«

»Nein, nicht ganz.« Noelle lächelte in sich hinein und musste wieder an Hank denken.

War sie dabei, sich in ihn zu verlieben? Vielleicht, aber in Anbetracht ihrer aktuellen Verfassung traute sie sich nicht zu, den Unterschied zwischen Liebe und Dankbarkeit für seine Freundlichkeit zu erkennen. Allerdings freute sie sich ehrlich auf den heutigen Abend mit ihm, soviel stand fest.

Sie würde nicht daran denken, wie er sie geküsst hatte oder wohin das führen konnte. Und sie wollte auch nicht an ihren Treueeid denken. Sie war sich und Hank einen Abend ohne »Sturm und Drang« schuldig. Das war doch nicht zu viel verlangt, oder?

»Ich bin ein ziemlich guter Koch.« Hank sagte das im Tonfall eines Novizen, der selbst von dieser Tatsache erstaunt war. »Ich hoffe, du magst Pasta?«

Sie standen Ellbogen an Ellbogen in seiner winzigen aber überraschend gut ausgestatteten Junggesellenküche – Noelle schnitt Gurke für den Salat, und Hank hantierte am Herd mit einem Topf herum, in dem Spaghetti kochten in einer Menge, die für eine ganze Armee reichen würde. Sie lächelte ihm zu.

»Ich liebe Nudeln.«

»Gut, etwas anderes kann ich nämlich nicht kochen.«

»Nur Pasta?«

»Pasta mit Meeresfrüchte-Soße. Pasta mit Pesto. Pasta mit Pilzen und Knoblauch. Pasta mit ...«

»Verstehe.« Noelle lachte, und der Klang ihres Gelächters erschien ihr selbst irgendwie magisch, richtig – wie Wasser, das aus verdorrtem Boden sprudelte.

Hank musterte sie mit zärtlicher Belustigung. Sein Gesicht war gerötet vom aufsteigenden Dampf, und das hellbraune Haar kräuselte sich an den Schläfen. Er trug eine Metzgerschürze über einer khakifarbenen Hose und einem hellblauen Baumwollhemd und sie fand, dass er aussah wie ein Fernsehkoch. Jemand, der eine Schau präsentierte. Sie war gerührt von seinem Bestreben, sie zu beeindrucken.

»Jeder mag Pasta«, fuhr er fort. »Man liegt also eigentlich immer richtig. Außerdem ist dieses Talent zuweilen überlebenswichtig.«

»Im Notfall gibt es ja noch Murphy's Diner.«

»Da war ich auch schon, glaube mir.« Er fischte zwei Nudeln aus dem Topf und probierte sie. »Noch nicht ganz gar. Noch ein bis zwei Minuten.« Er warf ihr einen schüchternen Blick zu. »Ein Mann, der jeden Abend allein bei Murphy's isst. Ich hätte ebenso gut eine Kontaktanzeige aufgeben können.«

Noelle verstand sofort. »Lass mich raten. Jede ledige Frau zwischen fünfundzwanzig und fünfzig in Burns Lake hatte plötzlich das Bedürfnis, dich zu bekochen.«

Hank verdrehte die Augen. »In meinem ersten Jahr haben

sie noch Kochtöpfe auf der Treppe abgestellt. Meine Tiefkühltruhe platzte aus allen Nähten. Irgendwann kam mir das Ganze morbide vor, so als wäre jemand gestorben.«

»Vielleicht wollten sie nur gute Nachbarn sein«, neckte sie ihn.

»Jedenfalls bekam ich langsam aber sicher Komplexe. Ich fing an, mich zu fragen, ob an mir etwas Besonderes war. Ich meine, ich fragte mich, ob ich vielleicht unbewusst signalisierte, dass ich eine Frau suchte?« Hank nahm den Topf vom Herd und kippte den Inhalt in ein großes Sieb in der Spüle.

»Die armen Frauen. Ich hoffe, du hast sie wenigstens schonend ihrer Hoffnungen beraubt.«

»Das brauchte ich gar nicht. Ich hörte einfach auf, jeden Abend auswärts zu essen, und fing an, Lebensmittel einzukaufen. Irgendwann haben sie es begriffen, und es kamen keine Tupperdosen mehr.« Er drehte den Kaltwasserhahn auf und schreckte die Nudeln ab.

»Welche Erleichterung.« Noelle trug den Salat zum Tisch und dachte dabei: *Will er mir damit vielleicht etwas zu verstehen geben?*

Jedenfalls gab es in dieser Wohnung in einem viktorianischen Altbau nichts, das auf ein exzessives Junggesellendasein hätte schließen lassen. Wenngleich nur spärlich möbliert, war der Hauptraum, der als Wohn- und Esszimmer diente – mit offener Küche auf der einen Seite – gemütlich und einladend. Hübsche Orientteppiche bedeckten polierte Dielenbretter. Ein Eichen-Sideboard voller Unterlagen und Bücher neben dem Tisch, vor dem sie gerade stand. Es gab sogar einen offenen Kamin mit einem Rattan-Schaukelstuhl davor.

Hank war offensichtlich nicht auf Brautschau, weder unbewusst noch sonstwie. Die einzige Frage, die sich hier stellte, war, warum sie das kümmern sollte. Sie selbst kam ja sowieso nicht als Kandidatin in Frage. Noelles Blick fiel auf ihr Spiegelbild in dem Spiegel über dem Buffet: eine Frau, die sich die Zeit genommen hatte, ihr Haar hochzustecken und ein hübsches Kleid anzuziehen, eine Frau mit geröteten Wangen und einer hölzernen Salatschüssel in der Hand, auf dem Gesicht den gleichen eifrigen, erwartungsvoll-scheuen Blick wie jene Frauen, die Hank gegen seinen Willen bekocht hatten.

*Es ist nur ein Abendessen,* ermahnte sie sich, *mehr nicht.*

Beim Essen beschränkte sie sich auf leichte Konversation. Hank erzählte ihr von den Schwierigkeiten, die Nachfolge eines so beliebten alten Hausarztes anzutreten, wie Doc Matthews es gewesen war. Noelle gestand ihm, dass sie wieder angefangen hatte zu schreiben. Mit dem Tagebuch hatte es angefangen, aber in letzter Zeit hatte sie dann sogar zur Ablenkung einige Kurzgeschichten verfasst. Hank bekundete ehrliches Interesse, und sie versprach, ihn die Geschichte lesen zu lassen, an der sie gerade arbeitete.

Sie waren fast mit dem Essen fertig, als Hank sich räusperte: »Ich möchte nicht taktlos erscheinen, wenn ich dieses unangenehme Thema zur Sprache bringe, aber ich denke, es wäre noch gefühlloser, nicht zu fragen. Gibt es etwas Neues in der Sorgerechtsfrage?«

»Nicht wirklich. Im Moment stagniert die Sache. Robert schindet Zeit. Er vereinbart einen Termin mit der Psychologin und sagt diesen dann in letzter Minute ab. Und meiner Anwältin sind die Hände gebunden, solange der Bericht nicht vorliegt.« Sie bemühte sich, nicht zu deprimiert zu klingen. Hatte sie sich nicht schon genug an Hanks Schulter ausgeweint? »Das schmeckt übrigens köstlich. Du hast nicht übertrieben, du bist tatsächlich ein guter Koch.«

»Danke. Die Zucchini sind von meiner Vermieterin. Im Garten wachsen genug Zucchini, um der weltweiten Hungersnot ein Ende zu machen.« Hank schenkte sich noch ein Glas Wein ein und füllte aufmerksam auch ihr Perrier-Glas auf. »Wo wir gerade von Lacey sprechen. Ich habe sie letztens erst gesehen. Sie war bei mir, um sich ein neues Rezept abzuholen.«

Noelle erinnerte sich, dass Lacey an Heuschnupfen litt. »Du hast ihr doch nichts von uns erzählt, oder?« Die Frage entfuhr ihr wie von selbst. Sofort fühlte sie, wie ihr brennende Röte in die Wangen stieg. *Um Himmels willen, was gibt es denn da zu erzählen?*

Aber Hank schien nichts dabei zu finden. »Nein, das habe ich nicht«, sagte er freundlich. »Das wäre unprofessionell gewesen, findest du nicht auch?«

Sie faltete ihre Serviette ordentlich zusammen und legte sie neben ihren Teller. »Hank, es gibt da etwas, das du wissen solltest. Falls du ... also, für den Fall, dass es zwischen uns soweit kommt, dass ...« Sie brach ab und hob eine Hand an ihre glühenden Wangen. »Das Ganze ist so furchtbar peinlich. Du hast wahrscheinlich keinen Schimmer, worauf ich hinaus will.«

»Ich glaube doch«, entgegnete er. Sein Gesicht schimmerte weich im Kerzenschein, und sein Blick war klar und fest. »Du hast Angst davor, dass sich zwischen uns eine Beziehung entwickeln könnte. Du denkst, das wäre unklug. Zumindest solange du technisch gesehen noch verheiratet bist, weil das vor Gericht ein schlechtes Licht auf dich werfen würde.« Er griff über den Tisch und nahm ihre Hand. »Liege ich so weit richtig?«

Sie nickte und verflocht die Finger mit seinen, nahm ihre beruhigende Wärme in sich auf wie eine Medizin. »O Hank, ich wünschte, wir wären uns in fünf Jahren begegnet.«

»Ich denke, es gibt keinen falschen Zeitpunkt, um den richtigen Menschen kennen zu lernen.«

Er führte ihre Hand an die Lippen und drehte sie herum, um die Innenseite zu küssen. Ein zarter und zurückhaltender Kuss, der dennoch Leidenschaft verhieß. Worte hätten ihr keine größere Zuversicht vermitteln können. Noelle fühlte, wie sich in ihrem Inneren ein Knoten löste. Es würde alles gut werden. Er würde warten.

Widerstrebend ließ er ihre Hand los und stand auf, um den Tisch abzuräumen. »Was ist mit Nachtisch? Ich fürchte, meine Kochkünste reichen zum Backen nicht aus, aber ich habe auf der Heimfahrt bei Scoops einen großen Becher Pfirsicheis geholt.«

»Klingt verlockend«, sagte sie, dankbar für sein Gespür dafür, wann es besser war, ein hochsensibles Thema ruhen zu lassen.

Ein Teil von ihr wünschte sich nichts sehnlicher, als mit Hank zu schlafen, jetzt, sofort ... seine Arme zu fühlen, seinen nackten Körper, der sich an sie presste, eine Intimität zu erleben, wie sie sie bei Robert nicht gekannt hatte. Aber auch das war angenehm: eine Pause vom emotionalen Chaos, eine Gelegenheit, durchzuatmen und einfach nur zu sein.

In der Zwischenzeit würde sie die Augen offen halten, nicht nur wegen der realen und potentiellen Gefahren, die vor ihr lagen, sondern auch im Hinblick auf etwas oder jemanden in ihrem Leben, das der ihr gut tat. Jemanden wie den Mann in Chinos und blauem Hemd, der gerade vor ihr stand.

# Kapitel 13

Wie kommst du darauf, dass sie den Falschen verhaftet haben?« Mary warf einen Blick auf Charlie, der sich über das Steuer seines Blazer gebeugt hatte, um bei dem sintflutartigen Regen die gewundene Bergstraße besser sehen zu können.

»Nichts wäre mir lieber, als daran zu glauben, dass dieser kleine Taugenichts die Scheiben eingeworfen hat.« Charlie starrte stirnrunzelnd durch den Wasserschleier auf der Windschutzscheibe. »Aber was er auch auf dem Kerbholz haben mag – und ich habe so das Gefühl, dass Bronwyn diesbezüglich besser informiert ist als ich –, Dante Lo Presti hat nichts mit der Sache zu tun.«

»Wie kannst du da so sicher sein?«

»Zum einen wäre da seine Schuhgröße. Lo Presti hat Schuhgröße zehn – ich habe mich bei seinem Boss erkundigt –, und die Stiefelabdrücke vor dem Gebäude waren mindestens Größe 12 oder 13.«

»Ich dachte, die Polizei hätte keine Hinweise auf den Täter gefunden.«

»Kein Wunder, nachdem sie selbst alle Spuren niedergetrampelt haben.« Charlie schaltete das Radio an und suchte einen Lokalsender, der zweimal stündlich einen Straßenbericht durchgab.

Als sie den Besuch bei Corinnes ältestem Bruder Everett

vereinbart hatten, der in der Nähe von Albany lebte, war das Wetter ihre geringste Sorge gewesen. Inzwischen war der Regen so heftig, dass sie extrem vorsichtig sein mussten, wenn sie heil ankommen wollten. Mary dachte an die zahlreichen Fenster, die zu vernageln Charlie fast den ganzen vergangenen Tag gebraucht hatte. Es hätte noch schlimmer sein können, dachte sie. Was, wenn es geregnet hätte?

»Willst du damit sagen, Wade hätte absichtlich Spuren zerstört, damit man die Tat nicht zu Robert zurückverfolgen kann?« Nach ihrer Zufallsbegegnung mit Wade Jewett vor dem Laden ihrer Schwester hätte sie ihm so etwas durchaus zugetraut.

Charlie ging noch einen Schritt weiter. »Ich wäre nicht überrascht, wenn der Steinewerfer kein anderer wäre als der gute alte Wade. Seine Füße wären weiß Gott groß genug.«

»Und die entsprechende Charakterschwäche ist auch vorhanden.« Mary blickte aus dem Fenster hinab auf das Tal, von dem nur ein verschwommener grüner Streifen zu sehen war. Nur noch ein paar Meilen bis zur Interstate. Von da ab würden sie besser vorankommen.

Trotzdem fragte sie sich, ob der Besuch bei Everett wirklich eine so gute Idee war. Nicht nur wegen ihrer wachsenden Nervosität in der ganzen Angelegenheit, sondern auch wegen der vielen Zeit allein mit Charlie. Sie hätte blind sein müssen, um nicht zu sehen, dass er sie liebte. Und dass sie denselben holprigen Weg ins Verderben eingeschlagen hatte. Mit einem winzigen Unterschied: Sie hatte in all den Jahren nie wirklich aufgehört, ihren Ex-Mann zu lieben.

»Aber auch wenn es Wade war, ist er nur der Handlanger gewesen«, fuhr Charlie fort. »Und ehrlich gesagt, halte ich es für sehr unwahrscheinlich, dass Robert verhaftet wird. Und das wirft nun die Frage auf: Wovor hat er solche Angst? Was, fürchtet er, könnte ans Licht kommen?«

»Vielleicht kann Everett etwas Licht ins Dunkel bringen«, meinte Mary mit mehr Optimismus als sie tatsächlich empfand. »Er ist der Älteste. Er wird sich an mehr erinnern als Jordy.«

»Einmal vorausgesetzt, Roberts Nervosität hat überhaupt etwas mit Corinne zu tun. Er könnte noch eine andere Leiche im Keller haben, von der wir nichts wissen«, spekulierte Charlie laut. Er warf ihr einen Blick zu und fügte eilig hinzu: »Natürlich nur bildlich gesprochen. Ich vermute eher, dass es um irgendwelche nicht ganz sauberen Geldgeschäfte geht – Bestechung, Schwarzgeld, was auch immer. Ich wäre nicht im mindesten überrascht, wenn es auf den Cayman Inseln ein Bankkonto auf Roberts Namen gäbe.«

»Du glaubst also, wir vergeuden nur unsere Zeit?«

Er zögerte kurz, bevor er antwortete. »Als Reporter denke ich, wir sollten jeder noch so schwachen Spur nachgehen. Und als dein Liebhaber gebe ich unumwunden zu, dass mir jeder Vorwand recht ist, mit dir zusammen zu sein.«

Mary boxte ihn leicht an die Schulter. »Du bist unmöglich.«

»Soll ich dir beweisen, wie unmöglich? Ich könnte rechts ran fahren, bis der Regen nachlässt. Ich bin sicher, wir würden etwas finden, womit wir uns bis dahin die Zeit vertreiben können«, sagte er mit einem anzüglichen Lächeln.

Wenn sie ehrlich war, wäre Mary nichts lieber gewesen als das. Seit ihrer gemeinsamen Nacht in der Hütte hatte sie an nichts anderes mehr denken können. *Wie kommt es, dass das eigene Bett nie wieder richtig warm wird, nachdem man einmal im Bett seines Liebhabers gelegen hat?* Simon hatte am gestrigen Abend aus Seattle angerufen, und sie hatte das Gespräch nicht schnell genug beenden können. Sie hatte die ganze Zeit an Charlie denken müssen. Seine Art, einen Scherz mit todernster Miene vorzubringen, sodass sie einen Moment brauchte, um zu erkennen, dass er nur Spaß gemacht hatte. Wie er morgens früh nach dem Aufwachen aussah: das Haar, das nach allen Seiten von seinem

Kopf abstand, die Stoppeln auf seinen Wangen, in die sich jetzt vereinzelt Grau mischte. Sogar daran, wie er seine Eier am liebsten mochte: Spiegeleier, nicht gewendet.

Als sie angefangen hatte, das Bett zu machen, hatte er sie sanft weggeschoben. »Nein, lass.« Sein Tonfall hatte ihr verraten, dass er nicht wollte, dass die Spuren ihrer Liebe so bald beseitigt wurden. Allein diese kleine Geste hatte sie mehr berührt als alle Worte.

»Die reinste Peepshow für jeden, der zufällig vorbei käme«, entgegnete sie mit gespielter Empörung. Sie warf einen Blick auf die Uhr. Kurz nach elf. »Außerdem erwarten Ev und seine Frau uns zum Mittagessen.«

Charlie zwinkerte ihr zu. »In diesem Fall müssen wir eben warten, bis die Sonne von alleine wieder scheint ... ohne dass wir nachhelfen.«

Eine Dreiviertelstunde später bogen sie in die Auffahrt eines hübschen zweistöckigen Fachwerkhauses in einer Neubausiedlung von Albany ein. Everetts Frau, eine jugendliche Brünette, die bewundernswert schlank war dafür, dass sie gerade erst ein Kind bekommen hatte, öffnete ihnen mit einem neugeborenen Baby auf dem Arm.

»O ihr Armen, ihr müsst ja fast ertrunken sein«, rief sie aus und zog sie ins Haus, sobald sie ihre tropfnassen Regenmäntel abgelegt hatten. »Kommt rein, macht es euch gemütlich. Ich sage Ev, dass ihr da seid. Er ist unten im Keller bei seinen Vogelhäuschen.«

»Vogelhäuschen?« Mary blickte von den durchweichten Schuhen auf, die sie gerade auszog.

Die jüngere Frau lachte und schüttelte mit liebevoller Nachsicht den Kopf. »Hat Nora dir nichts erzählt? Das ist sein Hobby. Er baut Vogelhäuser, die er im örtlichen Handwerksladen verkauft.« Sie hielt ihr die Hand hin. »Ich bin übrigens Cathy. Es kommt mir irgendwie ganz komisch vor, mich erst vorstellen zu müssen. Ev hat so viel von dir erzählt, dass mir fast so ist, als würde ich dich schon eine Ewigkeit kennen.« Lächelnd wandte sie sich Charlie zu. »Und du musst Marys Mann sein.«

Die brennende Röte, die ihr ins Gesicht stieg, ließ Mary ihr nasses Haar und ihre feuchten Füße vergessen. Sie wollte eben Cathys Irrtum korrigieren, als Charlie auch schon die dargebotene Hand drückte und sagte: »Charlie Jeffers, schön, dich kennen zu lernen. Und wer ist diese hübsche junge Dame?« Er beugte sich vor und betrachtete lächelnd den ganz in rosa gekleideten Säugling.

Cathy folgte seinem Blick und strahlte wie jede frischgebackene Mutter. »Cory. Die Kurzfassung von Corinne.«

Mary erstarrte und war dankbar, als Charlie ihr den Arm um die Schultern legte. Gleich darauf betraten sie das Wohnzimmer, dessen Fußboden mit Kinderspielzeug übersät war, und wurden von den drei älteren Kindern der Lundquists umringt, die zwischen zwei und sieben Jahre alt waren. Charlie ging sofort in die Hocke, um dem mittleren der drei Kinder, einem hübschen dunkelhaarigen Mädchen, zu helfen, das Rad ihres Fisher-Price-Einkaufswagens von einem Lampenkabel zu befreien. Mary entging nicht, wie unbefangen er mit dem Mädchen umging. Wie es wohl gewesen wäre, wenn sie Noelle gemeinsam großgezogen hätten? Wäre das Leben ihrer Tochter dann anders verlaufen? Wäre sie selbst eine bessere Mutter gewesen? Bei diesem Gedanken verspürte sie einen leisen bittersüßen Schmerz.

Gleich darauf kehrte Cathy mit Everett im Schlepptau zurück. Er war sehr groß und stämmig wie Jordy, hatte aber das dunkelrote Haar seines Vaters und ein längliches Gesicht, das irgendwie immer traurig aussah. Aber tatsächlich war Ev alles andere als ein Trauerkloß. Fremde brauchten nur eine Weile, um zu erkennen, dass das, was sie für Griesgrämigkeit gehalten hatten, tatsächlich skandinavische Unerschütterlichkeit war.

Er begrüßte sie herzlich. »Mary ... Charlie ... wie schön, euch zu sehen. Nett von euch, die weite Strecke zu fahren, vor allem bei diesem Wetter.« Er warf einen Blick nach draußen, wo der Regen inzwischen etwas nachgelassen hatte. »Bevor du gehst, Charlie, kannst du mir vielleicht helfen, die Leiter die Kellertreppe raufzutragen. Das Dach der Veranda ist undicht, und ich möchte mir das Leck gerne näher ansehen.«

»Klar, kein Problem, ich packe gern mit an«, sagte Charlie sofort. »Wenn du noch Teer und eine Bürste da hast, dürfte das Problem in ein paar Minuten behoben sein.«

Ev nickte. »Wenn der Regen nachlässt, komme ich gerne auf dein Angebot zurück.«

Sie machten es sich in der Küche gemütlich, wo Cathy das Mittagessen servierte und dabei geschickt über Spielsachen hinwegstieg und die quengelnden Kinder mit Keksen ruhigstellte. Mary hielt das Baby, während Evs Frau tiefe Teller mit einer herzhaft aussehenden Suppe auf den Tisch stellte, dazu ein knuspriges Brot und einen riesigen Nizza-Salat sowie eine Schüssel selbst eingelegtes saures Gemüse. Cathy Lundquist war offensichtlich eine Schwiegertochter ganz nach Noras Geschmack.

Mary ihrerseits blickte ganz fasziniert auf das Baby, das in ihren Armen schlief – das Baby, das nach ihrer besten Freundin benannt worden war. Die kleine Cory sah ihrer Namensgeberin sogar ein wenig ähnlich: Sie hatte das gleiche blonde Haar, die gleiche Stupsnase und wie Corinne ein Grübchen am Kinn. Hätte Corinne eine Tochter gehabt, hätte diese vermutlich genauso ausgesehen.

Sie dachte an Noelle und daran, wie verzweifelt sie gewesen war, weil sie fürchtete, sie würden einander nie nahe stehen. Plötzlich sah sie ihre Beziehung in einem völlig neuen Licht. *Wenigstens sind wir noch im Rennen. Und wo Leben ist, ist Hoffnung ...*

Beim Mittagessen, das so köstlich war wie es aussah, unterhielten sie sich über Evs blühende Karriere als beratender Ingenieur und sein Talent als Vogelhausbauer. Sie erfuhren, wie er und Cathy sich kennen gelernt hatten: auf einer Messe, als Cathy noch regionale Vizepräsidentin einer Werkzeugfabrik gewesen war. Und welche Freude ihnen die Kinder machten, trotz aller Schwierigkeiten, der trotzigen Wutanfälle und des Fütterns nachts um zwei.

Als die Kinder ihren Mittagsschlaf hielten, zogen die Erwachsenen sich ins Wohnzimmer zurück, wo Mary und Charlie schließlich auf den eigentlichen Anlass ihres Besuches zu sprechen kamen. Sie klärten Ev und Cathy über Noelles Situation auf und weihten sie in ihre Vorbehalte gegenüber Robert ein. Mary achtete darauf, ihren Verdacht, Corinne sei ermordet worden, für sich zu behalten, und war angenehm überrascht, als Ev sich zum Thema Corinne so frei äußerte wie Jordy verschlossen gewesen war.

»Ich wünschte, ich könnte mehr tun.« Ev saß auf dem Sofa, die kräftigen Hände, die es gewohnt waren, zuzupacken, im Schoß gefaltet. Er schüttelte den Kopf. »Um ehrlich zu sein, kann ich mich nicht mehr an viel erinnern. Ich war damals ja schon auf dem College. Ich weiß nur noch, dass es zum Ende hin in der Beziehung zwischen Corinne und Robert kriselte. Sie war sehr unglücklich.« Abwesend zog er eine Kindersocke unter dem Zierkissen hervor, an dem er lehnte, und strich sie mit den kräftigen Fingern glatt. »Ich kann mich allerdings noch an das letzte Mal, als ich sie gesehen habe, erinnern, als wäre es erst gestern gewesen. Es war Samstagabend, und ich war über das Wochenende zu Hause. Sie und ihr Freund waren im Kino gewesen. Sie mussten einen Riesenstreit gehabt haben, als sie nach Hause kam, war sie nämlich völlig aufgelöst. Ich meine, sie war wirklich am Boden zerstört ... so als wäre jemand gestorben. Natürlich wusste ich damals nicht, dass sie ...« Er brach ab und kaute nervös auf der Unterlippe.

»Schwanger war«, beendete Cathy, die ihr Neugeborenes in einem Schaukelstuhl vor dem Kamin stillte, seinen Satz sanft. »Es ist okay, Ev, du kannst es ruhig aussprechen. Heute wird man dafür nicht mehr gebrandmarkt.«

»Ihr habt es also erst hinterher erfahren?« Charlie, der nachdenklich auf die gerahmten Fotografien auf dem Bücherregal gestarrt hatte, richtete den Blick wieder auf Ev.

»Ja.« Corinnes Bruder schüttelte bedauernd den Kopf. »Ich wünschte, sie hätte sich mir anvertraut. Ich hätte ... na ja, ich weiß auch nicht, was ich getan hätte, aber dann wäre sie nicht allein gewesen mit ihrem Schmerz, soviel steht fest.«

»Glaubst du, sie hat es Robert gesagt?«, fragte Mary. »Ich meine, immerhin war er der Vater.«

»Ich gehe davon aus, obwohl ich es nicht beschwören könnte.« Ev machte ein trauriges Gesicht. »Ich kann nur sagen, dass, worüber sie auch gestritten haben, es etwas Ernstes war. Corinne sah furchtbar aus. Ihr Gesicht war ganz verquollen und fleckig, als wäre sie geschlagen worden. Zuerst dachte ich, er hätte sie misshandelt. Ich wünschte beinahe, es wäre so gewesen. Dann würde heute Robert Van Doren die Radieschen von unten betrachten, das könnt ihr mir glauben.« Seine Züge verdüsterten sich. »Aber sie sah nur vom Weinen so aus.«

»Hat sie erwähnt, weswegen sie gestritten haben?« Charlies Augen verengten sich, und sein Ton war der des erfahrenen Journalisten, den Mary erst kürzlich kennen und bereits respektieren gelernt hatte.

»Nein, nur ...« Ev dämpfte die Stimme, als wollte er nicht, dass die Kinder mithörten. »Ich weiß noch, wie sie immer wieder sagte: ›Das wird er mir nie verzeihen.‹«

Er hatte es also doch gewusst. »Womit sie Robert meinte«, sagte Mary laut.

»Das habe ich damals auch gedacht«, sagte Ev. »Aber rückblickend frage ich mich, ob sie nicht noch größere Angst vor Dad hatte. Ein uneheliches Kind wäre für ihn eine bittere Pille gewesen. Aber irgendwann hätte er sich wieder eingekriegt, da bin ich ganz sicher. Er war kein schlechter Mensch ... nur streng.«

Mary kam noch ein anderer Gedanke. »Weißt zu zufällig, ob sie sich damals noch mit jemand anders getroffen hat?«

Ev war sichtlich überrascht. »Mit jemandem, von dem Robert nichts wusste?« Er brauchte nicht auszusprechen, dass dieser gut daran getan hätte, seine Knochen zu nummerieren, wenn Robert von einem Konkurrenten gewusst hätte.

»Genau.«

Er überlegte einen Moment und schüttelte dann den Kopf. »Möglich ist alles, nehme ich an. Wie ich schon sagte, ich war damals nicht viel zu Hause. Ich glaube es aber nicht. Wie kommst du darauf?«

»Ein Eintrag in ihrem Tagebuch. Sie erwähnt darin, dass jemand sie von einer Party nach Hause gebracht hat, ein Junge, von dem wir nur wissen, dass sein Vorname mit J anfing.«

Ev lehnte sich zurück und rieb sich das Kinn. »Der einzige mit diesem Initial, den ich kenne, ist mein Bruder Jordy. Und der war damals gerade vierzehn, nicht einmal alt genug, um zu fahren.«

»Na ja, wer immer er war, vermutlich waren sie nur gute Freunde.« Aber Mary war immer noch nicht überzeugt. Es gab keine Beweise dafür, dass Corinne sich hinter Roberts Rücken mit einem anderen getroffen hatte, aber Mary hatte so das Gefühl, dass sie etwas übersehen hatten – ein Schlüsselelement, ohne das der Rest keinen Sinn machte. Seufzend stand sie auf. »Ev ... Cathy. Wir haben euch lange genug aufgehalten. Das Essen war toll, und ihr habt uns mehr geholfen, als ihr ahnt.«

»Mein Angebot, dir bei der Dachreparatur zu helfen, steht noch«, sagte Charlie mit einem Blick nach draußen. Es hatte aufgehört zu regnen, und Mary konnte am Himmel, der rasch aufklarte, einen Regenbogen erkennen.

»Danke, Charlie, aber ich warte lieber bis die Dachschindeln trocken sind.«

»Dann lass mich dir wenigstens helfen, die Leiter raufzuholen.«

Ev schüttelte den Kopf. »Ich kümmere mich später darum. Um ehrlich zu sein, bin ich auf einmal schrecklich müde. Das viele Gerede über die Vergangenheit.« Er schwieg eine Weile nachdenklich, dann erhellten seine Züge sich wieder. »Warte einen Moment, ich habe etwas für dich.«

Er ging nach nebenan, und Mary konnte das Poltern seiner Stiefelabsätze auf der Kellertreppe hören. Gleich darauf kam er, mit einem bildhübschen Vogelhäuschen aus Birkenholz zurück. »Das schenke ich euch«, sagte er. »Ihr braucht es nur auf einen Pfahl zu nageln und bekommt im Frühling was zu sehen.«

Mary errötete, aber Charlie blieb ganz gelassen. Er nahm das Häuschen mit einer Freude entgegen, die sie so anrührend fand wie das Geschenk an sich. »Vielen Dank, Ev. Ich weiß jetzt schon, wo ich es aufstelle.«

Einen kurzen Moment lang gestattete Mary sich die Fantasie, dass sie im nächsten Frühjahr da sein und miterleben würde, wie die Vögel das Häuschen bezogen und ihren Kleinen das Fliegen beibrachten. Aber die Seifenblase platzte, so wie der Regenbogen am Himmel verdampfte, der Traum endete, und die Wirklichkeit holte sie wieder ein: Bis dahin würde sie längst wieder weg sein. Dieses Bewusstsein schmerzte sie auf der ganzen Rückfahrt nach Burns Lake.

Wenn Marys Schwester ein Wörtchen mitzureden gehabt hätte, hätte der Teichrohrsänger als Erster Charlies neues Vogelhaus bezogen. Der Volksentscheid zur Erschließung des Geländes am Sandy Creek sollte in drei Wochen durchgeführt werden, und Trish Quinn nutzte jede Minute davon. Sie hatte eine kleine Armee von Freiwilligen mobilisiert, die Flugblätter verteilten.

Bei einer Aktion vor dem Rathaus konnte sie zahlreiche Helfer rekrutieren, die anschließend bei ihr im Laden bei Kaffee und Kuchen über das Thema diskutierten. Professor Lars Thorsen, ein anerkannter Ornithologe und Verfasser eines Buches zu diesem Thema, war eingeladen worden, um einen Vortrag zu halten. Das Resultat war eine Kontroverse, die größere Ausmaße annahm, als sich alle Beteiligten je hätten träumen lassen. Anders als allgemein angenommen, war noch lange nicht jeder in Burns Lake abhängig von Van Doren & Sons.

Als Mary am späten Samstagnachmittag nach ihrem Besuch bei Ev und Cathy den Buchladen ihrer Schwester betrat, war Trish wieder in die Rolle der eifrigen Kämpferin mit blitzenden Augen und roten Wangen geschlüpft. Trish löste sich aus der Schar ihrer Anhänger, um ihre Schwester zu begrüßen.

»Hast du es dabei?«, fragte sie eifrig. Anstatt des üblichen Pullovers trug Trish eine cremefarbene Seidenbluse zu einem schicken blauen Rock. Auch das Haar hatte sie zurückgekämmt und über den Ohren mit zwei Perlmuttkämmen festgesteckt. Die Verwandlung war gelungen.

Mary reichte ihr einen Umschlag mit dem Videoband, das sie ihrer Schwester versprochen hatte. Es handelte sich um eine Aufzeichnung eines noch nicht gesendeten Dokumentarfilms über die Auswirkungen des schleichenden »Fortschritts« auf die Fauna und Flora anhand des Beispiels einer kleinen Stadt in North Carolina. Mary war über ihre Beziehungen zu WNET an eine Kopie gekommen, und Trish hatte an diesem Abend eine Vorführung in der Unitarian Church of the Divine Apostles geplant. Trish hatte ihr erzählt, der dortige Prediger wäre auch ein »Jünger« ... ein überzeugter Anhänger strenger Natur- und Umweltschutzmaßnahmen.

»Es war nicht leicht, da ranzukommen«, gestand Mary. »Ich musste förmlich auf Knien darum betteln. Aber die Produzentin ist eine Freundin von mir und war mir noch etwas schuldig.«

»Danke. Jetzt bin ich dir einen Gefallen schuldig. Einen großen.« Trish blickte strahlend zu ihr auf. »Du kommst doch auch heute Abend, oder?«

»Nach der ganzen Mühe, die ich mir gemacht habe, um das Band zu beschaffen? Das würde ich mir um nichts in der Welt entgehen lassen.«

Was Mary ihrer Schwester allerdings verschwieg, war, dass das Schicksal des Teichrohrsängers die geringste ihrer Sorgen war. Trish würde sich nur Vorwürfe machen, dass sie sich mit ganzer Seele diesem Kampf widmete, anstatt sich rund um die Uhr um Noelle zu sorgen. Mary war froh, dass ihre Schwester abgelenkt war. Sie wusste, wie viel Trish an ihrer Nichte lag, und das war eben ihre Art, mit der Situation fertig zu werden. Wenn sich ihr ein unüberwindliches Problem stellte, ging sie lieber die nächstbeste Hürde an, die sich bewältigen ließ.

»Wir haben noch zusätzliche Stühle angemietet«, erzählte Trish aufgeregt. »Und Reverend Joe ... O Mary, ich kann es gar nicht erwarten, ihn dir vorzustellen, er ist so engagiert –, Joe hat arrangiert, dass der Chor im Anschluss etwas singt. Ich weiß auch nicht, etwas Ergreifendes wie das ›Requiem‹ von Faure beispielsweise.«

»Wie wäre es stattdessen mit ›This Land Is Our Land‹? Du möchtest doch nicht elitär wirken, oder?« Mary sprach als PR-Profi, und es war nicht ihre Absicht, Kritik zu üben, aber Trish fasste es so auf.

»Ach so, ja, natürlich. Sicher hast du Recht. So habe ich es noch gar nicht betrachtet.« Das Strahlen ihrer Schwester hatte abrupt nachgelassen, und der vertraute zögerliche Ausdruck stahl sich auf ihre Züge.

Mary bereute ihre gut gemeinten Worte und wechselte eilig das Thema. »Soll ich dich fahren, oder holt Gary dich ab?«

Offenbar hatte sie wieder das Falsche gesagt. Trish lächelte tapfer. »Er weiß noch nicht, ob er es schafft zu kommen, also habe ich mir anderweitig eine Mitfahrgelegenheit organisiert.« Ihre Schwester fing an, einen Stapel Bücher zum Thema Gartenbau gerade zu rücken, dann spielten ihre kleinen plumpen Hände mit dem lila Usambaraveilchen in einem Korbübertopf gleich daneben. »Er hatte in letzter Zeit so viel zu tun mit der Kinder-Baseballliga und so.« Sie schob das Veilchen mehr in die Mitte des Tisches. »So. Na, was meinst du?«

»Sehr hübsch.« Mary lächelte. Das war typisch ihre Schwester: Sie legte sich krumm, um die Welt schöner zu gestalten, und ignorierte dabei völlig, was in ihrem eigenen Leben hässlich oder nicht in Ordnung war.

Sie wandte sich gerade zum Gehen, als Trish leise fragte: »Wie geht es Noelle? Ich habe seit Tagen nichts mehr von ihr gehört.«

»Besser«, sagte Mary. »Es ist wirklich erstaunlich, wie gut sie sich hält. Sie ist viel stärker, als wir alle geglaubt haben. Und ich habe das Gefühl, dass sie selbst am meisten über ihre Zähigkeit staunt.«

Sie für ihren Teil glaubte zu wissen, dass ein gewisser Dr. Reynolds hieran nicht ganz unschuldig war. Als ihre Tochter letztens spätabends heimgekommen war, waren ihre Wangen gerötet gewesen, und ihr Gang schwungvoll, auch wenn sie nachdrücklich behauptet hatte, sie und Hank wären nur Freunde.

»Bestell ihr liebe Grüße von mir. Und alles Gute«, sagte Trish, ehe Mary sich abwandte und zur Tür ging.

*Sie wird mehr brauchen als Daumendrücken,* dachte Mary, als sie gedankenverloren den Gehweg hinunter schlenderte. Auch wenn Noelle gelernt hatte, es besser zu verbergen, war jeder Besuch bei Emma für sie ebenso quälend wie aufbauend. Das Schlimmste aber war die endlose Warterei ohne Garantie eines positiven Ausgangs. Robert tat weiter alles, um den Prozess hinauszuzögern, während sie immer noch nichts gegen ihn hatten ausgraben können.

Diese Rosen auf Corinnes Grab beispielsweise. Was hatten sie zu bedeuten? Noelle glaubte, dass sie etwas mit Corinnes ungeborenem Kind zu tun hatten.

»Gertrude ist nicht wie du«, hatte sie an jenem Tag auf dem Friedhof gesagt. »Ehefrau und Mutter zu sein ist ihr ganzer Lebensinhalt.« Sie hatten auf einer Steinbank mit Blick auf längst verwilderte Blumenrabatten gesessen. Noelle hatte sie damit nicht beleidigen wollen, aber Mary war dennoch innerlich zusammengezuckt. »Sie hat auf viele Enkel gehofft. Du solltest einmal das Fotoalbum sehen, das sie von Emma angelegt hat. Es ist so schwer, dass die Glasplatte des Couchtischs fast unter der Last zerbricht. Wenn sie weiß, dass Corinne von Robert schwanger war ...«

»Dann hätte sie um das Kind getrauert wie um ihr eigenes?«

»Genau.«

»Auch noch nach dreißig Jahren?«

»In diesem Punkt ist sie eigen. Man glaubt es kaum, wenn man sie anschaut, aber unter dem Eispanzer verbirgt sich eine sehr sentimentale Ader. Gertrude hat uns beispielsweise jedes Jahr an unserem Hochzeitstag ein Blumengesteck geschickt, das exakt meinem Brautstrauß entsprach.«

»Sie muss bei ihrem Floristen sehr beliebt sein«, bemerkte Mary.

*Wenn Gertrude immer noch um ihr Enkelkind trauert, dachte sie jetzt, hat sie entweder nicht alle Tassen im Schrank oder es steckt mehr dahinter.*

Als Mary Punkt halb sieben an diesem Abend vor der Unitarian Church of the Divine Apostles vorfuhr, war der Festsaal bereits rappelvoll. Reverend Joe Wilcox, ein untersetzter übergewichtiger Mann mit lockigem grauen Haar und einem ansteckenden Lächeln, das eine Lücke zwischen seinen Vorderzähnen enthüllte, hieß sie an der Tür herzlich willkommen.

»Ich habe Sie sofort erkannt. Sie sind genauso wie Trish Sie beschrieben hat«, sagte er mit blitzenden Augen und umschloss mit beiden Händen die Finger ihrer rechten Hand.

»Ich fasse das als Kompliment auf«, entgegnete Mary mit einem verlegenen Lächeln.

»Es ist Ihnen wirklich nicht bewusst, nicht wahr?« Der Reverend legte den Kopf schräg und musterte sie eindringlich. »Wenn man Ihre Schwester reden hört, könnte man meinen, dass mit Ihnen die Sonne auf- und untergeht.«

Mary schnitt eine Grimasse. »Ich bin wahrlich keine Heilige.«

»Vielleicht ist es gerade das, was sie so an Ihnen bewundert. Dass Sie auch bereit sind, Risiken einzugehen.«

Sie betrachtete ihn genauer. Reverend Joe war offenbar tiefgründiger als sein Priesterkragen ahnen ließ. »Ich werde es mir merken«, sagte sie und drückte kurz seine Hand, bevor sie sich auf die Suche nach einem freien Platz machte.

Sie ließ sich auf einen Stuhl weiter hinten sinken und sah sich um. Die meisten Gesichter waren ihr fremd, aber sie erkannte auch ein halbes Dutzend alte Bekannte, mit denen sie zur Schule gegangen war und deren Kindergesichter ihr hinter schlaffen Wangen und Doppelkinne, Krähenfüßen und Falten zuzuzwinkern schienen. Helen Haggerty, ehemals Cheerleader und Ballkönigin und heute ziemlich rundlich, entdeckte sie und winkte ihr zu, aber das Lächeln erreichte ihre kleinen Augen, die sie abschätzig musterten, nicht.

Rechts von Mary saß Cara Townsend. Als sie beide im zweiten Studienjahr an der Lafayette High gewesen waren, war Cara in Biologie Mitglied ihrer Arbeitsgruppe gewesen. Heute war sie eine Mutter mit Henna gefärbten Haaren, mit schlechten Zähnen und Raucherhusten, hatte sich aber ihr Herz für Tiere bewahrt. Mary, die sich noch gut an den Widerwillen ihrer ehemaligen Kommilitonin erinnern konnte, als es darum ging, einen Frosch zu sezieren, war nicht überrascht, als diese bemerkte: »Susie, meine vierzehnjährige Tochter, findet keinen

Schlaf mehr, seit sie die Artikel in der Zeitung gelesen hat. Die Vorstellung, dass all diese hilflosen kleinen Vogelbabys brutal abgeschlachtet werden ...« Cara unterbrach sich und hustete rasselnd in ihr Taschentuch.

Betty Pinkerton, Inhaberin der Bäckerei in der Front Street, ließ ihre voluminöse Gestalt auf den freien Stuhl an Caras Seite sinken. Betty sagte immer von sich, sie sei die beste Werbung für ihre eigenen Backwaren, und verströmte wie immer Herzlichkeit und gute Laune.

»Heiland, wenn das nicht Mary Quinn ist!«, rief sie aus. »Ich habe schon gehört, dass du wieder in der Stadt bist. Und bei Gott, sieh sich das einer an: so mager wie eh und je. Ich kann mich noch erinnern, wie du und deine Schwester nach der Schule in der Bäckerei vorbeigeschaut und darum gebettelt habt, gemästet zu werden.« Betty lehnte sich zurück und fächerte sich mit einem Programm, das ihr an der Tür in die Hand gedrückt worden war, Luft zu, dass ihre weißen Korkenzieherlocken ihr rundes Gesicht umwehten.

Mary lächelte bei der Erinnerung. »Ich erinnere mich noch gut an Ihre Zuckerplätzchen. Sie haben die zerbrochenen immer an uns Kinder verteilt.«

»Das tue ich heute noch ... wenn es keiner sieht.« Sie verdrehte die Augen. »Die Eltern heutzutage, ich kann dir sagen. Wenn man sie hört, könnte man meinen, Zucker wäre der leibhaftige Satan.«

Mary zwinkerte ihr zu. »Wenn ich das nächste Mal in Stimmung bin zu sündigen, schaue ich vorbei.«

Betty lachte hierauf so herzlich, dass ihr Doppelkinn bebten und ihr ausladender Busen wogte. »Deine Tochter gönnt ihrer Kleinen noch ab und an einen Keks.« Sie beugte sich über Cara zu Mary herüber und raunte ihr zu: »Das arme Ding. Ich habe gehört, was passiert ist. Wenn ich irgendwie helfen kann, brauchst du es mir nur zu sagen.«

Mary war gerührt. »Danke, Betty, das mache ich.«

In diesem Moment wurde das Licht gedimmt. Auf dem Großbildschirm vorne lief der Vorspann ab. Man sah einen ländlichen kleinen Ort aus der Vogelperspektive, und eine tiefe Männerstimme begann zu erzählen. »Fortschritt. Unsere Vorväter maßen ihn an ihrem Auskommen und manchmal sogar an ihrem Leben. Sie rodeten Wälder und überschritten Grenzen, nicht aus Gier, sondern aus der Notwendigkeit heraus, sich in einem fremden und oft genug feindseligen Land zu behaupten ...«

Mary blickte auf den freien Stuhl zu ihrer Linken. Sie hatte ihn für Charlie frei gehalten, der sich verspätet hatte. Im Schutze der Dunkelheit lächelte sie darüber, wie selbstverständlich sie von ihnen beiden wie von einem alten Ehepaar dachte, das überall nur gemeinsam hinging. Wie sollte sie hiernach zu ihrem Leben mit Einzelportionen und Einzelbetten zurückkehren, einzelnen Eintrittskarten und einzelnen Sitzplätzen am Ende einer Reihe? Mit Simon war alles anders. Unbewusst musste sie ihn aus eben dem Grund ausgewählt haben, den sie an ihm so frustrierend fand: Er war nur selten da. Wenn Simon fort war, hinterließ er keine Lücke im engmaschigen Stoff ihres Lebens.

Sie konzentrierte sich wieder auf den Film und war bald fasziniert von dem intimen Porträt ganz gewöhnlicher Menschen in einer Kleinstadt wie der ihren, die mit den Auswirkungen industrieller Umweltverschmutzung zu kämpfen hatten. Sie war so vertieft, dass sie vor Schreck ihr Programm fallen ließ, als eine vertraute Stimme, die nicht zu Charlie gehörte, ihr zuraunte: »Entschuldigung, ist hier noch frei?«

Robert. Sie blickte beunruhigt auf, aber ehe sie antworten konnte, hatte er bereits Platz genommen. Im gedämpften Licht musterte er sie aufmerksam ... wie eine Katze eine Maus betrachtete, die sie sich einzuverleiben gedachte.

Adrenalin durchströmte ihre Adern, wie wenn ihr Wagen

auf nassem Asphalt ins Schleudern kam oder sie nur knapp von einem Taxi überfahren wurde.

»Tut mir Leid, der Stuhl ist reserviert«, teilte sie ihm eisig mit.

Robert beachtete ihren Einwand gar nicht. »Mary, was für ein Zufall, dich hier anzutreffen.« Seine Stimme troff von Sarkasmus.

»Ich sagte doch ...«

Starke Finger schlossen sich um ihr Handgelenk. »Ich bin nicht taub.« Im Gegensatz zu seinem schraubstockartigen Griff war der freundliche Tonfall beinahe unheimlich. Gerade als es anfing wehzutun, ließ er sie los und lehnte sich auf seinem Stuhl zurück, ein triumphierendes Lächeln auf den Lippen. Aus dem Mundwinkel fragte er leise: »Habe ich viel versäumt?«

Mary dachte zurück an ihr erstes Highschool-Jahr, als Robert sie auf einer Party betrunken angemacht hatte. Als sie ihm unsanft auf die Finger geklopft hatte, war er ausfallend geworden. »Jeder weiß doch, was du für ein Flittchen bist«, hatte er gezischt. »Ich habe gehört, dein Freund ist nicht der Einzige, der es dir besorgt.« Daraufhin war er mit einem Grinsen, kalt wie Eis, spät nachts auf einer verlassenen Straße wieder im Gewühl untergetaucht. Ein paar Minuten später hatte sie ihn im Kreis seiner Anhänger gesehen, einen Arm um Corinne gelegt, die verzückt zu ihm aufblickte.

Sie hatte Corinne nie davon erzählt.

»Der Schluss wird dir gefallen«, flüsterte sie. »Die Stadt gewinnt einen Prozess gegen die Landerschließungsgesellschaft und bekommt zweihundert Millionen Dollar Schadenersatz zugesprochen.«

Befriedigt registrierte sie, wie er sich kaum merklich versteifte. Aber Robert lachte nur leise und sagte: »Ich streite mich gern.«

Mary hatte jedoch keine Lust auf eine Auseinandersetzung.

Nicht hier, wo sie nicht zurückschlagen konnte. Abrupt stand sie auf und steuerte dem Ausgang zu. Sie hatte keine Lust auf derlei Spielchen. Robert versuchte nur, sie einzuschüchtern. Es reichte ihm nicht, dass er Charlie bedroht hatte. Jetzt war sie dran.

Sie stieß die Tür auf und stieg die Treppe hinunter, als Roberts honigsüße Stimme sie einholte. »Eins macht mich doch neugierig, Mary. War es deine Idee zurückzukommen? So wie meine Frau von dir denkt, würde es mich nämlich sehr wundern, wenn sie dich darum gebeten hätte.«

Mary wirbelte herum. Ihre Wangen brannten, als hätte er sie geohrfeigt. »Du Mistkerl«, zischte sie. »Wie kannst du es wagen?«

Robert, der im Schatten am Fuß der Treppe stand, hätte ein Schauspieler in einem alten Schwarzweiß-Film sein können, die attraktiven Züge hervorgehoben vom grellen Licht der Straßenlaterne, die Zähne in einem kalten Lächeln gebleckt. Ein langjähriger Hollywood-Reporter hatte Mary einmal gesagt, dass ein echter Star jemand wäre, der beim Betreten eines Raumes alle Blicke auf sich zog, weil die Anwesenden seine Gegenwart spürten. *Das Gleiche gilt für das Böse,* dachte sie bei sich. *Das Böse in seiner reinsten Form ist die Kehrseite des Ruhms, die dunkle Seite des Mondes, der Tunnel am Ende des Lichts.*

»Du bist weit weg von New York City, Mary«, sagte er leise, wobei sein rechtes Augenlid leicht zuckte. »Du hast ja keine Ahnung, mit wem du dich anlegst.«

Ihr schlug das Herz bis zum Hals. Sie waren allein, und plötzlich schoss ihr durch den Kopf, wie leicht er sie von hinten packen konnte, wenn sie ihm den Rücken kehrte, um zu ihrem Wagen zu gehen. Sie wäre am liebsten weggelaufen, wagte aber nicht, ihn aus den Augen zu lassen.

Sie zwang sich, seinen Blick zu erwidern. »Es gibt da etwas, was ich gerne wüsste«, sagte sie. »Warum sollte jemand, der nichts zu befürchten hat, so besorgt sein um seinen guten Ruf? Oder steckt mehr dahinter? Hast du vielleicht Angst davor, hinter Gittern zu landen?«

Er starrte sie einen Moment schweigend an, sein Blick war so giftig wie der einer Kobra. »Hat deine Mutter dir nicht beigebracht, deine Nase nicht in anderer Leute Angelegenheiten zu stecken? Das kann gefährlich sein.« Sein Tonfall klang milde, wie der eines Vaters, der ein unartiges Kind schalt.

Aber sie hatte nicht zum ersten Mal mit Männern wie ihm zu tun. Sie bauten auf Angst; ließ man sich nicht einschüchtern, nahm man ihnen damit den Wind aus den Segeln. »Willst du mir drohen, Robert?«, fragte sie, so herausfordernd wie möglich, während ihr das Herz bis zum Hals schlug. »Sollte das nämlich der Fall sein, warne ich dich, ich bin nämlich bekannt dafür, zurückzuschlagen.«

Roberts Kopf schoss so blitzartig vor wie eine Faust, und seine blassen Augen glitzerten gefährlich. Er griff nicht nach ihr, bewegte sich keinen Zentimeter auf sie zu, und doch wurde sie von Panik ergriffen, sodass sie kehrtmachte und davonlief.

Schon nach wenigen Metern keuchte sie, als wäre sie eine steile Treppe hinaufgehetzt.

War er ihr gefolgt? Sie blickte sich um, um zu sehen, ob sie jemand hören würde, wenn sie schrie. Aber die Church Street machte ihrem Namen alle Ehre: Es war totenstill, und in keinem der Gebäude ringsum brannte Licht. In ein paar Metern Entfernung schimmerte ein Fahrradständer in der Dunkelheit. Ihr Blick fiel auf ein altes Schwinn-Rad, das – so wie im Übrigen die meisten Räder im Ort – nicht abgeschlossen war. Einen flüchtigen Moment erwog sie, sich in den Sattel zu schwingen und die zwei Blocks bis zu ihrem Wagen zu radeln so schnell sie konnte.

Aber der Augenblick der kopflosen Panik ging vorbei. Sie blickte auf den Schlüsselbund in ihrer Hand und kam sich ziemlich albern vor. Er hat mir nicht gedroht, sagte sie sich, nicht wirklich. Was sie so erschüttert hatte, war die Leichtigkeit, mit der er ihren schwächsten Punkt erkannt hatte. Was wusste er sonst noch?

Mary merkte erst, wie sehr die Begegnung mit Robert sie mitgenommen hatte, als sie beim Ausparken gegen die Stoßstange des vorderen Fahrzeugs stieß. Sie hielt das Lenkrad mit aller Kraft umklammert, als fürchte sie, dass ihre Arme sonst davon schweben könnten. Trish würde sich fragen, warum sie ohne ein Wort verschwunden war. Sie nahm sich vor, ihrer Schwester eine Nachricht auf den Anrufbeantworter zu sprechen, wenn sie zu Hause war.

Sie näherte sich der Kreuzung Main und Bridge Street, als ihr ein dunkelgrauer Volvo auffiel, den sie an einer Beule am vorderen Kotflügel sofort wiedererkannte. Ihre Tochter hatte daheim bei Doris bleiben wollen, die sich nicht wohl fühlte, sodass Mary ziemlich überrascht war, ihren Wagen vor dem 7-Eleven stehen zu sehen, gleich dahinter ein Streifenwagen des Sheriffs.

Noelle stand im grellen Scheinwerferlicht des Polizeifahrzeugs und diskutierte mit einem Cop, einem großen massigen Mann, der Mary den Rücken kehrte, sodass sie sein Gesicht nicht sehen konnte.

Sie trat so abrupt auf die Bremse, dass der Wagen die letzten zwei, drei Meter schlitterte, bevor er – nur Zentimeter hinter der Stoßstange des Streifenwagens – zum Stehen kam. Ohne sich die Mühe zu machen, den Motor auszuschalten, sprang sie aus dem Wagen und eilte ihrer Tochter zur Hilfe.

»Das ist doch lächerlich. Ich bin nicht zu schnell gefahren, und das wissen Sie genau«, hörte sie Noelle verzweifelt argumentieren. »Wenn Sie mich also jetzt entschuldigen würden ...« Sie entdeckte Mary. »Mom!«

Der Sheriff drehte sich schwerfällig um, und Mary hörte den

Splitt unter seinen Stiefelabsätzen knirschen. Wade Jewett. Sie hätte es wissen müssen. »Halt dich da raus, Mary. Das geht dich nichts an.« Er funkelte sie drohend an, ehe er sich wieder Noelle zuwandte. »Ma'am, ich fürchte, ich muss Sie zu einem Alkoholtest auffordern.«

Noelle erstarrte, sichtlich erschüttert. Aber sie erholte sich rasch wieder. »Ich werde nicht blasen. Ich habe nichts getrunken, und das wissen Sie auch.« Sie wollte an Wade vorbei, aber seine fleischige Pranke schloss sich um ihren Arm.

»Wade Jewett, nimm die Finger von meiner Tochter!« Marys Stimme, auf zahllosen Partys und Pressekonferenzen, bei denen es sehr laut zuging, darauf trainiert, sich Gehör zu verschaffen, ließ sie auch jetzt nicht im Stich. Sie erhob sich über das Rauschen des Verkehr. Das Brüllen einer Bärin, die ihr Junges bedroht sieht.

Wade verzog das feiste Gesicht zu einer Grimasse der Verachtung. »Du kommst etwas spät, oder, Mary? Du hättest hier sein sollen, als sie sich den ersten Drink genehmigt hat.«

In einem unwirklichen Moment, in dem sich alles um sie zu drehen schien, registrierte Mary die schweißnassen Halbmonde unter seinen Achseln und etwas, das aussah wie Kleenex zwischen den Handschellen an seinem Gürtel. Sie spürte seine nervöse Erregung, so wie sie instinktiv fühlte, wann es besser war, einen Bogen um einen bestimmten Hund zu machen. Das war keine gewöhnliche Alkoholkontrolle; Wade Jewett hatte auf der Lauer gelegen.

»Du hast dich kein bisschen verändert, nicht wahr? Du hast nur dein Repertoire erweitert.« Mary musterte ihn herablassend. »O ja, wir wussten dass du es warst, als meine Freundinnen und ich in der neunten Klasse mit anonymen Anrufen belästigt wurden.«

Jewetts abstoßendes Frikadellengesicht erbleichte. »Gar nichts weißt du.«

»Dein Bruder hat es uns erzählt. Sogar er fand dich widerwärtig.«

Plötzlich fiel die Maske, und Wade Jewett, der hässliche Außenseiter der Lafayette Highschool, stand in seiner ganzen nackten pubertären Sexbesessenheit vor ihnen. »Skeeter? Der kleine Scheißer hätte nie den Mumm gehabt, mich zu ver ...« Er brach ab, als ihm aufging, dass er sich soeben selbst verraten hatte.

»Ich habe damals nichts gesagt, weil du mir Leid getan hast«, fuhr sie eisig fort. »Du warst ein solcher Widerling, und wenn das für dich die einzige Möglichkeit war, mit einem Mädchen zu sprechen ... Wie erbärmlich du warst. Ich habe damals natürlich nicht geahnt, wie tief du noch sinken würdest.«

»Das reicht jetzt. Halt die Klappe und geh mir aus den Augen, oder ... oder ich verhafte dich wegen Behinderung bei der Ausübung meines Amtes.« Mary sah das hinterhältige Blitzen in seinen Augen, als er sich wieder Noelle zuwandte. »Ma'am, wie ich schon sagte, ich muss Sie bitten ...«

In Marys Kopf hakte etwas aus mit einem Geräusch wie von einem zerbrechenden gefrorenen Ast. Sie sprang vor und versetzte Wade einen harten Schlag mit ihrer Handtasche. Der überraschte Sheriff stolperte vorwärts, und Staub stieg im grellen Scheinwerferlicht auf.

Ehe sie sich versah, wurde Mary gepackt und gegen den Streifenwagen geschleudert. Ihre Arme wurden ihr unsanft auf den Rücken gedreht. Sie hörte Noelle schreien und spürte gleich darauf das kühle Metall von Handschellen um ihre Handgelenke.

»Du siehst aus, als könntest du einen Freund brauchen. Einen Freund oder eine Feile.«

Als Mary aufblickte, sah sie Charlie in Jeans und einem verknitterten marineblauen Blouson, das schon bessere Tage gesehen hatte, den in fluoreszierendes Licht getauchten Flur auf die

Zelle zukommen, in der sie seit fast einer Stunde festsaß. Er lächelte sie an, ein Lächeln, wie man es aufsetzte, wenn Humor die einzige Möglichkeit war, mit einer untragbaren Situation umzugehen. Sie erwiderte das Lächeln nicht.

»Warum hat das so lange gedauert?« Sie erhob sich von der schmalen Kante der Pritsche, auf der sie nicht gewillt gewesen war, es sich gemütlicher zu machen.

Charlie zeigte mit dem Daumen über die Schulter. »Der Deputy draußen hat mir das Leben ziemlich schwer gemacht.«

»Lass mich raten. Wade Jewett, richtig?« Mary warf einen bösen Blick auf die Tür zur Amtsstube.

Charlie nickte, einen Mundwinkel immer noch zu einem schiefen Lächeln verzogen. »Ich habe gehört, jemand hat dem Fettarsch endlich den überfälligen Tritt in den Hintern verpasst.«

Diesmal lächelte Mary doch zurück. »Ich hätte noch viel mehr getan, wenn er mir keine Handschellen angelegt hätte.« Sie sah an ihm vorbei. »Wo ist Noelle? Ich dachte, sie würde mitkommen.« Eigentlich hätte ihre Tochter die Zelle mit ihr teilen müssen, aber im ganzen Durcheinander der Verhaftung war Noelle »vergessen« worden. Offenbar hatte Wade Jewett beschlossen, das ein Familienmitglied hinter Gittern ausreichte; zwei hätten womöglich einen Skandal heraufbeschworen.

»Ich habe ihr gesagt, es könnte eine Weile dauern, und sie wollte Doris nicht so lange allein lassen.« Charlie schwieg eine Weile und sah aus, als wäge er ab, wie viel Mary im Augenblick verkraften konnte. »Anfangs war nicht klar, ob man dich überhaupt auf Kaution rauslassen würde.«

Mary schauderte bei dem Gedanken, die ganze Nacht in diesem Loch verbringen und sich das grunzende Schnarchen Avery Wilkinsons anhören zu müssen, der in der Nebenzelle seinen Rausch ausschlief. »Und, lassen sie mich jetzt raus oder nicht?«, fragte sie brüsk.

»Einer der Deputys erledigt gerade den Papierkram.«

»Wie hast du das hingekriegt?«

»Ich habe mit einem Artikel auf der Titelseite zum Thema Polizeiterror und Amtsanmaßung gedroht. Danach hat Wade schnell einen Rückzieher gemacht.« Charlie grinste und warf dann einen Blick auf seine Armbanduhr. Mit dem ihm eigenen trockenen Humor fügte er hinzu: »Die richtige Zeit für einen Drink im Red Crow.«

Bei der Erwähnung der Red-Crow-Bar hob Avery Wilkinson in der Nebenzelle den Kopf mit dem ungepflegten grauen Haar und lallte: »Bestell mir einen mit, Kumpel«, bevor er auf seine Pritsche zurückfiel. Mary und Charlie wechselten einen belustigten Blick.

Sie wagte nicht zu lachen. Wenn sie sich gestattete zu lachen, würde sie in Tränen ausbrechen, und wer konnte sagen, wohin das führen würde? Das Ganze war so unwirklich. Wie einer dieser LSD-Horrortripps, von denen ihre Kommilitonen auf dem College erzählt hatten, etwas, womit sie als achtzehnjährige Mutter, chronisch übermüdet und mit Babykost-Flecken auf den Kleidern, nichts am Hut gehabt hatte.

»Dringender als einen Drink brauche ich eine Dusche und etwas Sauberes zum Anziehen.« Sie trat vor und ergriff Charlies Hände. »Übrigens, falls ich es vergessen haben sollte: Danke. Was würde ich nur ohne dich machen?«

Charlie zuckte die Achseln. »Du würdest auch alleine zurechtkommen. Das tust du doch immer.« Ihr entging der leicht vorwurfsvolle Unterton nicht.

Minuten später brachte ein pickliger junger Deputy sie zur Tür. Wade Jewett funkelte sie nur machtlos an, als sie an seinem unordentlichen Schreibtisch vorbeigingen.

Auf dem Parkplatz hinter der Wache bemerkte Charlie trocken: »Hast du nicht mal gesagt, in einer Kleinstadt wäre nichts los?«

»Ich gebe zu, dass ich Unrecht hatte.« Mary hakte ihn unter, und sie steuerten seinen Blazer an, ihre Schatten wie Stilettos im Licht einer einzelnen Straßenlaterne. »War Noelle sehr durcheinander, als du mit ihr gesprochen hast?«

»Etwas, aber vor allem war sie wütend, und das deute ich als gutes Zeichen.« Er drehte ihr das Gesicht zu. »Übrigens scheint es ganz schön Eindruck auf unser kleines Mädchen gemacht zu haben, dass du sich so handfest für sie eingesetzt hast.«

Marys Herz tat einen Sprung. Roberts Bemerkung von vorhin war weit weg, kam ihr vor wie aus einem anderen Leben. Davon hatte sie Charlie noch gar nicht erzählt, aber sie wusste, dass es nicht mehr so schmerzen würde, wenn sie es tat. Lächelnd sagte sie: »Ich rufe sie vom Wagen aus an und sage ihr, dass ich unterwegs bin.«

Als sie den Blazer erreichten, zögerte Charlie, die Tür aufzusperren. Stattdessen stand er da und sah sie schweigend an, tiefe Schatten auf seinem schmalen Gesicht und mit Augen, die glitzerten von unausgesprochenen Worte und lange unterdrückten Gefühlen. Sie waren allein, und das einzige Geräusch in der Nacht war Hundegebell irgendwo weit weg.

»Ich weiß nicht, was ich getan hätte, wenn dir etwas zugestoßen wäre.« Er sprach mit einer Intensität, die wirkte, als hätte sie auf nüchternen Magen etwas zu Heißes heruntergeschluckt. »Versprich mir, dass du nie wieder etwas so Dummes tust.«

Mary wollte protestieren und anführen, dass sie nur getan hatte, was jede Mutter in ihrer Situation getan hätte, als er sie abrupt in die Arme nahm. Seufzend kuschelte sie sich in die warme Zuflucht seiner Umarmung. Charlie roch leicht nach Holzrauch und dem ehrlichen Schweiß eines Mannes, der viel in die Menschen investierte, die ihm nahe standen. Sie konnte seinen Atem auf ihrem Haar fühlen und die harten Muskeln seiner Arme im Rücken.

»Ich werde kein Versprechen abgeben, das ich nicht halten kann«, murmelte sie in seinen Kragen. »Ich würde es sofort wieder tun, und das weißt du.«

»Ja, ich weiß. Darum liebe ich dich ja auch.«

Seine Worte hingen in der stillen Nachtluft. Sie ließ sie in ihrem Kopf kreisen, so wie sie einst einen hübschen blauen Stein in der Hand gedreht hatte, den er aus dem Fluss gefischt und ihr geschenkt hatte. Fast konnte sie ihn in der Hand fühlen, ganz glatt und warm. Sollte sie es wagen, ihm auch ihre Gefühle zu gestehen? Sollte sie sich so weit vor wagen?

Sie rückte von ihm ab, ließ die Hände aber auf seinen Schultern ruhen. Sie fuhr mit dem Daumen über sein vorstehendes Schlüsselbein und lächelte in sich hinein bei dem Gedanken an die vielen Frauen, die nichts lieber täten, als ihn zu mästen. Aber ihr gefiel er, so wie er war. Sie konnte sich nichts Schöneres vorstellen, als jeden Abend mit ihm zu Bett zu gehen und am Morgen in seinen sehnigen Armen aufzuwachen.

Unerklärliche Trauer stieg in ihr auf.

»O Charlie, es gibt so viele Versprechungen, die ich gerne machen würde.«

»Ja, auch das weiß ich.« Er klang traurig. Der Hund in der Ferne bellte immer noch. Schließlich, nach einer scheinbar endlosen Stille, räusperte er sich. »Hüpf rein. Ich fahre dich zu deinem Wagen.«

Minuten später waren sie an der Kreuzung Main und Bridge, und Mary war erleichtert, dass ihr Wagen noch an seinem Platz stand, wenn auch ein Zettel unter dem Scheibenwischer klemmte: Sie hatte einen Strafzettel bekommen wegen Falschparkens.

# Kapitel 14

»Es ist weder gut noch schlecht. Eigentlich entspricht es so ziemlich genau dem, was ich erwartet habe.« Lacey blickte von dem psychologischen Gutachten auf ihrem Schreibtisch auf.

Noelle fühlte das inzwischen vertraute flaue Gefühl im Magen. Lacey hatte ihr am Telefon keine Einzelheiten erzählt; darum war sie auch sofort losgefahren, so wie sie war, in Shorts und T-Shirt, das Haar noch feucht vom Duschen. Nachdem sie sich noch nicht ganz von der Begegnung mit Wade Jewett am Vorabend erholt hatte, musste sie sich nun auch noch damit befassen. Aber was auch immer drin stand, alles war besser als die Ungewissheit.

»Was steht denn drin?«, fragte sie und blickte sich nervös in der Kanzlei um – in der obersten Etage eines viktorianischen Gebäudes, in dem auch die Emily T. Cates Memorial Library untergebracht war –, als ließe sich die Antwort irgendwo inmitten des gemütlichen Durcheinanders mit den Polstersesseln finden, die leicht nach Katze rochen.

Lacey blickte durch die schmalen Gläser der Lesebrille auf der Nasenspitze auf den Bericht. »Dr. Hawkins schreibt, du hättest auf sie einen nervösen und etwas fahrigen Eindruck gemacht, aber auch große Sorge um das Wohlergehen deiner Tochter gezeigt. Sie hat jedoch Vorbehalte, was deine Fähigkeit betrifft, den Bedürfnissen eines kleinen Kindes nachzukommen und gleichzeitig deine Großmutter zu pflegen. Kurz, in ihren Augen bist du nicht unbedingt Anwärterin auf den Titel Mutter des Jahres, bist aber auch keine Gefahr für die Allgemeinheit.« Stirnrunzelnd blickte sie auf. »Viel mehr beunruhigt mich ihr Bericht über deinen Mann.«

Noelle fühlte, wie ihre Eingeweide sich verkrampften. Hatte Robert Emma etwas angetan? Hatte er ihr irgendwie wehgetan? Vielleicht musste ich daran glauben, dass er ein guter Vater ist, weil die Alternative undenkbar war.

»Meiner Tochter geht es doch gut, oder?«

Lacey schien einen Moment verwirrt. »Wie? O ja. Ich habe nur gemeint, dass ... nun, sagen wir, wenn es nach ihr ginge, würde Robert heilig gesprochen. Offensichtlich hat er die Hawkins um den Finger gewickelt.« Sie machte keinen Hehl aus ihrer Verachtung.

Komischerweise legte sich Noelles Anspannung wieder. *Seltsam,* dachte sie, *wie etwas, vor dem man sich gefürchtet hat, beinahe eine Erleichterung sein kann, wenn es endlich eintrifft.* Es kam ihr vor, als wäre ein Seil, mit dem sie gefesselt gewesen war und das tief in ihr Fleisch eingeschnitten hatte, plötzlich gerissen und als schwebe sie nun schwerelos in der Luft.

Sekunden später landete sie unsanft auf dem Boden der Tatsachen.

»Und was tun wir jetzt?« Ihre Stimme klang in ihren eigenen Ohren fremd, hohl und blechern wie eine Bandaufnahme eines Anrufbeantworters.

»Der Bericht wurde dem Richter zugestellt. Jetzt geht es nur noch darum, einen Termin für den eigentlichen Prozess festzulegen.« Lacey legte das Dokument beiseite, beugte sich vor und musterte Noelle mit besorgtem Blick. »He, Kleines, alles okay? Du siehst blass aus.«

»Es geht mir gut«, entgegnete Noelle schroff. Sie war es leid, behandelt zu werden wie eine Invalide. Selbstmitleid würde ihr auch nicht helfen. »Lass uns offen reden. Wir wissen beide, dass Robert in dieser Stadt das Sagen hat. Warum sollte es uns da überraschen, dass auch Linda Hawkins auf seiner Seite ist?«

»Übertreib nicht.« Lacey musterte sie streng, die Hände vor der Brust verschränkt wie eine Schulmeisterin. »Ich will ja nicht abstreiten, dass dein Mann in dieser Stadt großen Einfluss hat, aber ich sehe keine Hinweise auf eine Massenverschwörung. Und offen gesagt würde jedes Wort in diese Richtung außerhalb dieses Büros deine Situation nur verschlimmern.«

»Schlimmer kann es doch gar nicht mehr kommen.«

*Sah Lacey denn die Zusammenhänge nicht? Der Anschlag auf den Register, der Zwischenfall mit Wade Jewett. Wenn das keine Verschwörung war, hatte jemand da oben sie auf dem Kieker.*

»Entspann dich. Ich habe kein Wort davon gesagt aufzugeben, oder?« Noelles Anwältin knipste ein welkes Blatt von einem Philodendron im Fenster und schenkte Noelle ihr berühmtes Wir-machen-keine-Gefangenen-Grinsen. »Noch ist mir die Munition nicht ausgegangen. Das ist der zweite Punkt, den ich mit dir besprechen wollte. Ich habe gestern einen Anruf von deiner ehemaligen Nachbarin, Judy Patterson, erhalten. Ehrlich gesagt war ich, nach allem, was du mir über sie erzählt hattest, überrascht, von ihr zu hören.«

»Ich bin auch überrascht.« Trotz ihrer Drohungen hatte Noelle nicht wirklich damit gerechnet, dass Judy sich meldete. Als mehrere Tage nichts passiert war, hatte sie beschlossen, die Angelegenheit auf sich beruhen zu lassen. Jetzt keimte neue Hoffnung in ihr auf. War das die glückliche Wende, um die sie gebetet hatte?

Aber Laceys nächste Worte machten auch diese Hoffnung zunichte. »Sie war nicht sehr hilfreich, fürchte ich. Sie sagte, das, was passiert wäre, täte ihr Leid, und sie wollte wissen, ob sie irgendwie helfen könne ... ohne sich selbst in Schwierigkeiten zu bringen.«

»Wie edelmütig von ihr.« Noelle lachte verächtlich.

»Wir könnten sie zur Aussage zwingen.« Lacey hatte diesen Vorschlag schon einmal gemacht, aber Noelle hatte sich dagegen ausgesprochen. Sicher konnten sie Judy zwingen auszusagen, aber was sollte das bringen? Einer Frau, die vor falschen Behauptungen in einer eidesstattlichen Aussage nicht zurückschreckte, war auch ein Meineid zuzutrauen.

»Nein. Judy würde nur weinen und ein Riesentheater veranstalten, und es würde aussehen, als würden wir die arme Frau grausam quälen.« Die schroffe Autorität in ihrer Stimme erstaunte sogar Noelle selbst. Zu Beginn dieses ganzen Schlamassels hätte sie nicht im Traum daran gedacht, mit solcher Entschlossenheit aufzutreten. Aber die Zeiten hatten sich verändert, und auch sie hatte sich verändert. Wade Jewett war nur der Tropfen gewesen, der das Fass zum Überlaufen brachte. »Ich habe eine bessere Idee.«

Am gestrigen Abend, als ihre Mutter sich auf Wade gestürzt hatte, hatte ein Blick in ihren Augen gelegen, als würde sie ihn notfalls auch umbringen. Und da war Noelle eine überraschende Tatsache bewusst geworden: Sie und ihre Mutter waren sich ähnlicher, als sie bisher geglaubt hatte. Der mütterliche Beschützerinstinkt war bei Mary ebenso ausgeprägt wie bei Noelle.

Verhielt es sich bei ihrer Schwiegermutter anders? Gertrude war sicher zu fast allem bereit, um ihren Sohn zu schützen. Bestimmt würde sie für ihn auch die Polizei belügen.

*Oder ein schwangeres Mädchen töten, das sein Leben ruiniert hätte.*

Noelle wurde richtig schwindlig bei dem Gedanken. Vielleicht hatte sie die Sache die ganze Zeit vom falschen Standpunkt aus betrachtet. Einmal angenommen, Gertrude trauerte nicht um ihr ungeborenes Enkelkind. Angenommen, die Rosen auf Corinnes Grab waren die Opfergabe einer Frau, die das schlechte Gewissen plagte.

»Es gibt da noch jemanden, den wir als Zeugen vorladen könnten.« Sie sprach noch zurückhaltend, selbst noch nicht ganz überzeugt von dieser erstaunlichen neuen Theorie. Erst wollte sie noch ein wenig recherchieren.

»Wen?«, fragte Lacey skeptisch.

»Meine Schwiegermutter. Sie würde natürlich nie etwas sagen, das ihrem Sohn schadet, aber es könnte genügen, den Richter stutzig zu machen. Im Übrigen habe ich so das Gefühl, dass Gertrude Van Doren mehr über die Sache weiß als es den Anschein hat.«

Lacey dachte darüber nach und spielte dabei abwesend mit dem obersten Knopf ihrer Bluse. »Ich bin nicht sicher, ob der Richter das erlauben würde. Lass mich darüber nachdenken, wie wir das angehen könnten. Und bis dahin, tu nichts, ohne dich vorher mit mir abzusprechen.«

»Wie Gertrude alleine zur Rede zu stellen?« Noelle war selbst überrascht von der Kühle, mit der sie Laceys Blick erwiderte.

»Denk nicht einmal daran«, warnte die zierliche Anwältin mit der Stimme eines Hafenarbeiters. »Schon vergessen, was passiert ist, als du das letzte Mal eigenmächtig gehandelt hast?«

»Ja, ich habe mir den Fuß verletzt anstatt Robert den Schädel einzuschlagen.«

»Dein Glück.«

»Soll das heißen, du hättest an meiner Stelle nicht genauso gehandelt?« Wieder überraschte Noelle sich selbst mit ihrer Direktheit. »Komm schon, Lacey, du wärst wie eine Dampflock auf ihn losgegangen, wenn es nur um deinen *Hund* gegangen wäre.«

Ihre Anwältin lachte. »Okay, eins zu null für dich, aber lass mich dich daran erinnern, dass wir von jetzt an sehr, sehr vorsichtig sein müssen. Ich denke, es ist deutlich genug, aus welcher Richtung der Wind weht, aber falls und wenn wir in Berufung gehen, und im Moment sieht es ganz so aus, als würde das notwendig werden, möchte ich es nicht unnötig schwer haben.«

Noelles Magen zog sich zusammen. *Berufung?* Sie hatte von Anfang an gewusst, dass diese Möglichkeit bestand, dass dieser Ausgang vielleicht sogar wahrscheinlich war. Trotzdem war sie nicht vorbereitet auf das betäubende Gefühl der Enttäuschung. Sie hatte schon so lange gewartet. Wie sollte sie noch eine Woche oder einen Monat aushalten ... oder länger?

Sie richtete den Blick auf Lacey und sagte mit einer Offenheit, die ihr mit jeder Lage ihres alten Ichs, die sie ablegte, leichter fiel: »Es ist schon Ironie, denn genau nach dieser Maxime habe ich bisher gelebt: Immer schön leise treten, bloß keine Schwierigkeiten machen. Ich habe immer nach anderer Leute Regeln gespielt, hatte immer Angst, dass der Schuss garantiert nach hinten losgehen würde, wenn ich tat, was ich für richtig hielt. Aber letztlich ist alles schief gelaufen, eben weil ich zu vorsichtig war. Und jetzt muss ich mit der Tatsache leben, dass ich mein kleines Mädchen verloren habe, indem ich das angeblich Richtige getan habe ... indem ich dem einen Mann vertraut habe, vor dem ich mich am meisten hätte in Acht nehmen müssen.«

Lacey stand auf, kam um ihren Schreibtisch herum und setzte sich auf die breite Armlehne des Sessels neben Noelle. In ihrer weißen Bluse und dem karierten Rock sah sie aus wie die Schülerin eines katholischen Internats, die einen Streich ausheckt. Aber ihre Stimme klang sanft und wissend.

»Ich mache dir keinen Vorwurf, dass du frustriert bist, Kleines. Die Mühlen der Gerechtigkeit mahlen langsam, und es stimmt, dass man manchmal das Gefühl hat, zwischen ihnen zerquetscht zu werden. Aber vertrau mir, verzichte auf unüberlegte Kurzschlusshandlungen. Das könnte alles nur noch schlimmer machen.«

»Und was passiert, wenn ich brav dasitze und Däumchen drehe?«

»Ich werde deine Intelligenz nicht mit einem Haufen falscher Versprechungen beleidigen.« Lacey sprach immer aus, was sie dachte; das gefiel Noelle am besten an ihr. »Aber wir müssen uns den Fakten stellen. *Du* stehst in der Schusslinie, nicht Robert. *Du* hast eine Entziehungskur hinter dir. Und er hat in den letzten Wochen bewiesen, dass er in der Lage ist, sich um Emma zu kümmern.« Sie zählte die Punkte an den Fingern ab, einen nach dem anderen, und jeder unwiderlegbare Fakt versetzte Noelle einen Stich mitten ins Herz. »Alles, was du zu Robert oder einem Mitglied seiner Familie sagst, kann und *wird* gegen dich verwendet werden.«

»Glaubst du, das weiß ich nicht? Meinst du, ich hätte versucht, diese Tür einzutreten, wenn ich das Gefühl gehabt hätte, eine andere Wahl zu haben?« Noelle dachte daran, wie Hank vorsichtig ihren verstauchten Knöchel bandagiert hatte, und irgendwie gab ihr das neue Kraft. »Jemand muss für meine Tochter kämpfen. Und wenn ich es nicht tue, wer dann?«

Lacey stand auf und verschränkte die Arme über der Brust. »Ich muss zugeben, dass ich keine geniale Alternative anzubieten habe. Und da ich selbst nicht Mutter bin, kann ich nur versuchen, nachzuempfinden, was du durchmachst. Aber Noelle, ich bin sicher, dass du letztendlich deine Tochter zurückbekommen wirst, wenn wir überlegt handeln. So schwer es auch sein mag, du musst Geduld haben.«

»Geduld«, wiederholte Noelle, und ihre Stimme kam ihr selbst ganz fremd vor. »Das ist möglicherweise ein Luxus, den ich mir nicht leisten kann.«

Lacey wölbte eine Braue. »Kannst du dir denn auch die Konsequenzen leisten, wenn du nicht geduldig bist?«

»Ich weiß es nicht.« Noelle erhob sich und trat rastlos an das Fenster mit Blick auf den Rasen, als gerade eine gestresste junge Mutter ihre Kinderschar auf das Gebäude zu scheuchte.

Das Gelächter der Kinder und das dumpfe Poltern ihrer Füße auf der Veranda hallten in der Stille von Laceys Büro wieder. Noelle vermisste die Dinge, die sie früher mit ihrer Tochter unternommen hatte: Märchenstunde in der Bücherei, Herumtollen auf dem Spielplatz im Zentrum, bei Ben Franklin Blumensamen für Nanas Garten kaufen gehen. Ihre Kehle war plötzlich wie zugeschnürt, aber sie kämpfte entschlossen gegen die Tränen an. Die Zeit der Tränen war vorbei.

Als sie sich umdrehte, sah sie, dass die Rechtsanwältin sie nicht mehr mit Mitleid ansah, sondern mit neuem Respekt. »Wie auch immer es ausgeht, Kleines, du sollst wissen, dass du mehr an mir hast als nur eine Anwältin. In mir hast du eine Freundin gefunden.«

Jeden zweiten Dienstagnachmittag unternahm Gertrude Van Doren als Schatzmeisterin der Burns Lake Historical Society Führungen im Elsbree House hoch oben an der Windy Ridge Road. Sie hatte schon oft und laut vor jedem, der es hören wollte, wiederholt, dass sie alle stolz darauf sein könnten, dass in ihrem Ort eins der ältesten Häuser des Landes stünde, das noch aus der Zeit des Unabhängigkeitskrieges stammte. Das Bauwerk, ein elegantes dreistöckiges Gebäude mit ionischen Säulen und einem wunderschönen Oberlicht war Ende der siebziger Jahre aufwendig saniert worden, nicht zuletzt dank der Bemühungen der Historical Society. Noch stolzer war sie allerdings darauf, dass der ursprüngliche Besitzer, Justus C. Elsbree, ein erfolgreicher Geschäftsmann und Stadtvater, Gertrudes Ur-urgroßvater gewesen war.

Als sie ihren Volvo die steile holprige Straße zum Elsbree House hinauflenkte, erinnerte Noelle sich, dass das leidenschaftliche Interesse an der Restauration des Hauses in etwa mit dem Zeitpunkt zusammenfiel, als Gertrudes ältester Sohn verunglückt war. Jetzt, da sie wusste, was es hieß, ein Kind zu verlieren, überraschte es sie nicht, dass Gertrude sich mit Leib und

Seele in ein solches Projekt gestürzt hatte. Diese Ablenkung musste für sie der einzige Weg gewesen sein, ihren Verlust zu verarbeiten.

Einen Verlust, der den überlebenden Sohn noch kostbarer für sie machte.

Noelle kniff die Augen gegen das grelle Sonnenlicht zusammen, das sich in ihrer staubigen Windschutzscheibe spiegelte. *Was willst du eigentlich erreichen?, raunte ihr eine innere Stimme zu. Sie wird dich einfach rauswerfen lassen.*

Laut murmelte sie entschieden: »Nein, wird sie nicht.« Das würde unschön aussehen vor den Touristen, und Gertrude war schon immer bestrebt gewesen, Szenen zu vermeiden.

Trotzdem schlug ihr das Herz bis zum Hals, als sie sich dem Haus näherte. Das Höchste, was sie sich erhoffen durfte, war, dass ihrer überrumpelten Schwiegermutter etwas entfuhr, das sie eigentlich für sich behalten wollte.

Noelle fand einen schattigen Parkplatz und stieg aus dem Wagen. Die Aussicht war atemberaubend. Elsbree House war am höchsten Punkt des Grats erbaut worden, mit einem weiten Blick auf grüne Hügel, an die sich Maisfelder und frisch gemähte Wiesen mit großen Heuhaufen anschlossen. Sie war wie immer beeindruckt von der Grandeur des Hauses, und neues Selbstvertrauen regte sich in ihr. Emmas Vorfahren hatten sich diesen Platz als neues Zuhause erkämpft, ihre Tochter stammte von zähen Pionieren ab. Sie würde das durchstehen. Das würden sie beide.

Noelle folgte dem Weg zu dem imposanten Bau, der auch ein wenig gespenstisch wirkte. Als sie ein Teenager gewesen war, hatte es unter ihren Freunden geheißen, in dem Haus spuke es. Aber das war vor der Restaurierung gewesen, als auf den Simsen über der Haustür noch Tauben gebrütet hatten und das Oberlicht, aus dem mehrere dreieckige Glaseinsätze fehlten, auf sie herabgeblickt hatte wie eine auf dem Kopf stehende Halloween-Fratze.

Die Touristenattraktion, die aus der Ruine entstanden war, hatte eine gewisse Anlaufzeit gebraucht, wie Schuhe, die erst eingelaufen werden mussten, aber inzwischen wiesen die neuen Backsteine die irdene Patina des Alten auf, und der Efeu reichte bis über die mit Holzläden versehenen Fenster zum Dachgiebel. Trotzdem lief Noelle ein kalter Schauer über den Rücken, als sie die dunkle Eingangshalle betrat. *Es gibt keine Geister,* sagte sie sich, *und doch kann die Vergangenheit einen ebenso verfolgen.* Sie fragte sich, was für Gespenster aus Gertrudes Vergangenheit ihre Schwiegermutter plagten.

Am Fuß der Treppe saß ein hübsches dunkelhaariges Mädchen in originalgetreuer Kolonialtracht an einem Tisch mit einem Stapel Broschüren. Sie feilte sich gerade akribisch die Nägel – schwarz mit verwirbelten rosa und lila Schlieren – und bedachte Noelle mit einem desinteressierten Blick.

»Die Führung ist fast vorbei«, teilte sie ihr gelangweilt mit. »Die nächste beginnt erst um halb fünf. Sie können aber jetzt schon eine Eintrittskarte kaufen und später wiederkommen, wenn Sie wollen.«

»Ich möchte zu Mrs Van Doren«, teilte Noelle ihr knapp mit. »Macht sie die Führung?«

Sie rechnete damit, argwöhnisch gemustert zu werden, aber das Mädchen nickte nur. »Normalerweise bleibt sie nach der Führung noch eine Weile, um Fragen zu beantworten und so. Sie können da drüben warten.« Sie zeigte auf die Kirchenbank an einer Wand.

Noelle nahm steif Platz. Minuten verstrichen. Sie konnte oben Bodendielen knarren hören, als die Gruppe von einem Zimmer zum nächsten ging, begleitet von leisem Stimmengemurmel. Gertrude erzählte ihnen die Geschichte jedes einzelnen Möbelstücks und Kunstwerks, wobei sie Anekdoten zu den zwölf Kindern einflocht, die Lucy Elsbree zur Welt gebracht hatte. Ein wenig Farbe brachte der jahrhundertealte Skandal um

Justus Elsbree II. hinein, der eine sechzehnjährige Irokesin zur Frau genommen hatte. Aber damit ja keine vorschnellen Schlüsse bezüglich der Reinheit ihres Blutes gezogen wurden, fügte Gertrude eilig hinzu, dass das Mädchen gestorben war, bevor es ihm Kinder schenken konnte, und Justus hiernach eine Frau edler Herkunft geehelicht hatte: ihre Urgroßmutter.

Schließlich kamen die Touristen die Treppe herunter. Ein korpulentes grauhaariges Paar, der Mann schwer auf den Arm seiner Frau gestützt, gefolgt von einer vierköpfigen Familie: eine dicke Frau in rosa Shorts, ihr Mann mit angehender Glatze und zwei schmollende Jugendliche, die aussahen, als könnten sie es kaum erwarten, sich davonzustehlen, um eine Zigarette zu rauchen. Gertrude kam als Letzte, in einem korallenroten Blazer über einem geblümten Seidenkleid. Die rosa Schuhe mit den niedrigen Absätzen waren in Stil und Farbe perfekt auf das Kleid abgestimmt, und wie gewöhnlich war jede Strähne ihres beige-blonden Haars an ihrem Platz.

Sie war gerade dabei, zu erklären, warum die Decken so niedrig und die Fenster so klein waren. »Sie müssen sich vergegenwärtigen, dass es damals noch keine Zentralheizung gab. Meine Ururgroßeltern hatten das Glück, ihre Kohle wöchentlich geliefert zu bekommen, aber für jene, die sich keine leisten konnten, wären die Winter ohne entsprechende Isolierung unerträglich gewesen.«

Als Gertrude Noelle erblickte, verstummte sie abrupt und umklammerte das polierte Treppengeländer. Einen Moment schien die Zeit stillzustehen, erstarrt wie auf den alten Fotografien an den Wänden: das blasse, verblüffte Gesicht ihrer Schwiegermutter, die Diamantbrosche an ihrem Revers, die im schwachen Licht des bunten Fensters über der Tür sepiafarben schimmerte. Dann fasste sie sich wieder und trat auf den alten Läufer vor der Treppe.

»Sie können sich gerne das Grundstück ansehen, bevor Sie

gehen. Hinter dem Haus befindet sich ein wunderschöner Garten«, rief sie den Touristen zu, die bereits den Ausgang ansteuerten. Als sie sich umdrehten, um ihr zu danken, setzte sie ein freundliches Lächeln auf und gab ihre Standardantwort. »Glauben Sie mir, das Vergnügen war ganz auf meiner Seite. Geschichte ist ein so wichtiger Teil unseres Lebens. Was wären wir ohne sie?«

Als sie allein waren bis auf das Mädchen am Empfang wandte Gertrude sich wieder Noelle zu. »Lieber Himmel, das ist ja eine Überraschung«, rief sie aus, zwang sich zu einem Lächeln und faltete die Hände vor der Brust. »Du siehst gut aus, meine Liebe.«

Noelle verkniff sich die bissige Bemerkung, dass es – falls dem so war – weder ihr noch ihrem Sohn zu verdanken war. Jeder Muskel in ihrem Körper war gespannt wie eine Feder, bereit, sie vorschnellen zu lassen, um ihrer Schwiegermutter das steife kühle Lächeln aus dem Gesicht zu schlagen. Stattdessen erhob sie sich möglichst würdevoll.

»Hallo, Gertrude. Wie geht es dir so?«

»Ach, wie immer, du weißt schon«, entgegnete Gertrude mit einem Achselzucken, das zum Ausdruck bringen sollte, dass sie mit den üblichen Zipperlein zu kämpfen hatte.

»Und Cole?«

»Gut.« Gertrude spielte geistesabwesend an ihrer Brosche, die die Form eines Korbs voller Blumen hatte. Noelle musste wieder an die Rosen auf Corinnes Grab denken. »Seine Knie machen ihm in letzter Zeit etwas zu schaffen, aber der Arzt meint, es wäre nur eine leichte Arthritis. Und deine Großmutter, was macht die Gesundheit?« Ihr Ausdruck war der eines strahlenden, echten Interesses.

»Es ging ihr nie besser«, log Noelle.

»Freut mich, das zu hören. Bitte richte ihr meine besten Wünsche aus. Wenn du mich jetzt entschuldigen würdest, ich bin in Eile.« Gertrude machte Anstalten, an ihr vorbeizugehen, aber Noelle reagierte sofort und trat ihr blitzschnell in den Weg.

»Ich hatte gehofft, wir könnten reden.«

Gertrudes Wangen röteten sich, und ihre Augen – blassblau wie Roberts – weiteten sich beunruhigt. Ihr Lächeln wirkte unnatürlich und starr. »Ich fürchte, das ist kein guter Zeitpunkt. Die nächste Führung beginnt in einer Stunde, und ich muss bis dahin noch etwas erledigen.« Sie machte einen weiten Bogen um Noelle und hielt auf die Tür zu.

»Kein Problem, dann begleite ich dich eben.« Noelle holte sie mit wenigen Schritten ein und schloss sich ihr an.

Gertrude wartete diskret, bis sie draußen und außer Hörweite waren, ehe sie erwiderte: »Bitte, du musst das verstehen, meine Liebe, das ist nicht persönlich gemeint. Aber wenn uns jemand sieht und ... na ja, es könnte ein falscher Eindruck entstehen.«

»Was für ein Eindruck denn? Dass ich als besorgte Mutter nach Antworten suche?« Ein ätzender Unterton hatte sich in Noelles Stimme geschlichen. »Gott behüte.«

Sie folgten dem gepflasterten Weg, der rechts und links von Blumenbeeten eingefasst war. Die Köpfe des Löwenmauls und des Rittersporns neigten sich in der kräftigen Brise, der Windy Ridge seinen Namen verdankte. Das Gras war noch feucht vom Regen des Vortages, aber Gertrude schien die dunklen Flecken nicht zu bemerken, die von den Sohlen ihrer rosa Pumps aufstiegen, als sie über den Rasen abkürze, um zu ihrem Caddy zu gelangen, der auf einem der Angestelltenparkplätze stand. Als sie das Pflaster erreichte, erinnerte das Klappern der Absätze Noelle an einen alten Kinderreim.

Sie holte ihre Schwiegermutter ein, als diese gerade die Fahrertür aufsperrte. Als Gertrude sich ihr zuwandte, war Noelle überrascht von dem Ausdruck aufrichtigen Mitgefühls auf ihren Zügen.

»Was immer du denken magst, meine Liebe, ich will dir nichts Böses«, sagte sie sanft. »Eine Tante von mir hatte ... na ja, sagen wir, sie hat gepichelt. Aber sie war kein schlechter Mensch. Und du bist keine schlechte Mutter. Wenn du nur einsehen würdest, dass es das Beste ist für ...«

Etwas an Noelles Ausdruck ließ sie mitten im Satz innehalten, und leichte Panik flackerte in ihren Augen auf. Noelle ihrerseits war sich keiner Regung bewusst, abgesehen davon, dass sie plötzlich fror, als hätte sich in ihrem Inneren ein Deckel gelöst und würde Eiswasser in ihre Adern strömen.

»Das Beste für Emma? Komm schon, Gertrude, du glaubst doch nicht wirklich an die Lügen, die Robert dir aufgetischt hat.« Sogar ihre Stimme klang anders, spröde und beherrscht.

Gertrude presste die Lippen zusammen. »In einem Punkt hatte er jedenfalls Recht: Du hast dich verändert. Und das nicht zu deinem Vorteil.« Sie drehte sich abrupt um und streckte die Hand nach dem Türgriff aus.

Diesmal versuchte Noelle nicht, sie aufzuhalten. Stattdessen ging sie wortlos um den Wagen herum zur Beifahrertür und stieg ein. Ihre Schwiegermutter, die erst mit einem Fuß im Wagen war, erstarrte mitten in der Bewegung. Schließlich ließ sie sich mit einem verblüfften Ausruf auf den Sitz fallen.

»Was zum ...« Sie öffnete und schloss mehrmals den Mund wie ein Fisch auf dem Trockenen. »Das ist Privatbesitz. Das ist Hausfriedensbruch.«

»Ich lasse dich in Frieden, sobald du mir ein paar Fragen beantwortet hast.« Noelles Stimme klang ganz ruhig; äußerlich war ihr nichts davon anzumerken, dass ihr Herz dröhnte wie eine Pauke. »Fangen wir mit dem an, was du über Corinne Lundquist weißt.«

»Corinne?« Gertrude schnappte nach Luft und legte reflexartig eine Hand auf die Brust. »Was um alles in der Welt hat denn das arme Mädchen mit der Sache zu tun? Gott, du warst doch noch ein Baby, als sie starb.« Noelle entging nicht, dass Gertrude nicht erst daran hatte erinnert werden müssen, wer Corinne war.

»Zum einen war sie die beste Freundin meiner Mutter.«

»Nun, dann muss deine Mutter dir auch erzählt haben, dass das Ganze eine sinnlose Tragödie war.« Gertrude klang gelassen, aber die Hände, die krampfhaft die eckige Handtasche auf ihrem Schoß umklammert hielten, verrieten ihre Anspannung.

»Ich habe gar nicht danach gefragt, wie sie gestorben ist. Aber da du es von dir aus angesprochen hast, kannst du mir doch erzählen, an welche Einzelheiten du dich noch erinnern kannst.«

Gertrudes Züge erschlafften, und Noelle sah, dass der korallenrote Lippenstift in die feinen Fältchen um ihren Mund herum gekrochen war. Plötzlich sah sie alt aus, so alt wie Nana. »Es war Selbstmord, mehr weiß ich auch nicht.«

»Bist du dir da absolut sicher?«

Gertrude warf ihr einen eigentümlichen Blick zu, aber nichts deutete darauf hin, dass sie etwas Schlimmeres getan haben könnte, als Blumen auf das Grab eines toten Mädchens zu legen. »Ich wüsste nicht, wie es ein Unfall hätte sein sollen.«

»Es gibt noch andere Arten, zu Tode zu kommen.«

»Willst du damit sagen ...«

»Ich sage gar nichts. Ich frage. Hatte Robert etwas mit ihrem Tod zu tun?« Sie verzichtete darauf, hinzuzufügen: *Oder du?*

»Selbstverständlich nicht!«

»Weißt du das mit absoluter Gewissheit?«

Gertrude hob abwehrend eine Hand, obwohl Noelle sich nicht gerührt hatte. Mit zitternder Stimme antwortete sie: »Du hast sie nicht gekannt. Sie war gestört. Ich glaube, ihre Eltern – oder zumindest ihr Vater – waren sehr religiös. Es muss schrecklich für sie gewesen sein ... als sie erfuhr, dass sie schwanger war.«

Noelle merkte auf. »Woher weißt du, dass sie schwanger war?« Ein beharrliches Klopfen gegen die Heckscheibe veranlasste Gertrude, einen panikartigen Blick über die Schulter zu werfen, aber es war nur ein tief hängender Ast im Wind.

Sie blickte wieder nach vorn. Ein ganz feiner Schweißfilm hatte sich auf ihrer Stirn gebildet, wo der Gesichtspuder bereits anfing zu verkleben. »Ich muss es irgendwo gehört haben«, stammelte sie. »Auf der Beerdigung vielleicht.«

»Du warst gar nicht auf der Beerdigung. Ich habe meine Mutter gefragt.« Noelle beugte sich so weit zu ihr herüber, dass der süße Geruch ihres Parfums ihr in die Nase stieg. »Was ist wirklich passiert, Gertrude? Was verheimlichst du?«

»Nichts!« Hektisch versuchte sie, den Schlüssel ins Zündschloss zu stecken, was aber erst nach mehreren Anläufen gelang. Der Motor heulte auf.

»War er wirklich bei dir an dem Abend, an dem Corinne starb? Oder hast du gelogen, um ihn zu decken?«, fragte Noelle unerbittlich.

»Ich weigere mich, diese ... dieses unhaltbare Gespräch fortzusetzen.« Gertrude lehnte sich über sie und stieß die Beifahrertür auf. »Steig aus. Sofort.«

Noelle ignorierte sie. »Du weißt etwas, stimmt's? Genauso, wie du weißt, was er mir antut. Die ganzen Lügen und Intrigen ... nur um den Eindruck zu erwecken, ich wäre nicht in der Lage, mich um mein Kind zu kümmern. Wie kannst du dich für so etwas einspannen lassen? Wie kannst du zulassen, dass er Emma so etwas antut?«

Gertrude starrte blind nach vorn, die Hände immer noch um das Lenkrad gekrallt. Sie hatte die Lippen so fest aufeinander gepresst, dass sie zitterten. »Nein. Robert ist ein guter Mensch. Ein guter *Vater*. Er würde Emma niemals wehtun.«

»Aber das tut er doch bereits.«

»Nein, er beschützt sie. Das ist ein Unterschied.«

Noelle versuchte eine andere Annäherung. »Wusstest du, dass er mich betrogen hat?«

Gertrude blinzelte mehrmals kurz hintereinander, sichtlich überrascht. Aber sie erholte sich rasch wieder. »Das geht nur Robert und dich etwas an«, entgegnete sie brüsk.

»Ich dachte nur, du solltest es wissen, das ist alles. Dein Sohn ist nämlich nicht der anständige Familienmensch, als der er sich gerne präsentiert.«

»Steig aus«, befahl Gertrude erneut, aber diesmal klang es mehr wie eine Bitte.

»Nur noch eins.« Ihre wirkungsvollste Munition hatte Noelle sich bis zuletzt aufgespart. »Warum die Blumen auf Corinnes Grab?«

Gertrudes Kopf fuhr herum und starrte sie entgeistert an.

»Ich habe sie gesehen. Weiße Rosen, zusammengebunden mit einem roten Band.« Noelle sah, wie ein Muskel im Gesicht ihrer Schwiegermutter zuckte. »Die waren für das Baby, nicht wahr? Roberts Baby. Dein Enkelkind.«

Gertrude gab einen erstickten Laut von sich, ein gequältes Quieken wie von einem Tier, dem man auf den Schwanz getreten war. Ihr Blick huschte fieberhaft umher, als suche sie verzweifelt nach einer Fluchtmöglichkeit. Dann, als wüsste sie nicht, was sie sonst tun sollte, griff sie nach dem Gurt, den sie fahrig über Brust und Schoß zog. Aber ihre Hände zitterten derart, dass die Schließe nicht einrasten wollte, sodass sie es nach mehreren vergeblichen Versuchen aufgab.

»Ich muss weg«, sagte sie leise. »Bitte.«

Aber Noelle ließ nicht locker. »Hat er sie unter Druck gesetzt, das Kind abtreiben zu lassen? War das der Grund für ihren Selbstmord? Oder war er so wütend, dass er ihr die Arbeit abgenommen hat?«

Gertrude ließ sich in ihrem Sitz zurücksinken und schloss die Augen, als würde es ihre Kräfte übersteigen, sie noch länger offen zu halten. Als sie schließlich sprach, klang ihre Stimme seltsam hohl.

»Robert war wütend, aber aus einem anderen Grund als dem, den du annimmst. Er war wütend, weil ...« Sie holte gequält Luft. »... das Baby nicht von ihm war.«

Noelle war wie vor den Kopf geschlagen. Damit hatte sie nicht gerechnet. Andererseits, machte das nicht noch mehr Sinn? Außer sich wegen Corinnes Untreue war er ausgerastet ... Und doch gab es da etwas, das nicht ins Bild passte.

Sie wandte sich wieder Gertrude zu. »Das verstehe ich nicht. Wenn das Baby nicht dein Enkel war, warum dann die Rosen?«

Ihre Schwiegermutter ließ kraftlos die Arme sinken, als wären diese plötzlich bleischwer. Mit lebloser Stimme, die Lippen beim Sprechen kaum bewegend, sagte sie: »Es war mein Enkelkind. Es war Bucks Baby.«

# Kapitel 15

An diesem Abend wurde es ungewöhnlich frisch. Es war erst Mitte August, und doch waren die Sommernächte bereits kürzer geworden. Kalter Wind wehte aus den Bergen herab, und in den letzten vier Nächten war ein klammer Nebel über den See gekrochen, sodass die Rufe der Seetaucher noch einsamer geklungen hatten als sonst. In der Hütte, wo Mary mit ihrem Ex-Mann und ihrer Tochter am Küchentisch saß, sagte sie sich zum ersten Mal, dass es vielleicht zu still war. Das Quaken der Frösche und das Klatschen des Wassers am Steg klang unnatürlich nah. Sie glaubte, auch das Eintauchen eines Paddels ins Wasser zu hören, aber das konnte auch Einbildung sein. *Wenn man angespannt ist, hört man schnell Gespenster,* sagte sie sich.

In einem anderen Teil ihres Verstandes staunte sie jedoch über den familiären Anblick, den sie boten, sie, Charlie und Noelle. Wirklich erstaunlich, dass sie so selbstverständlich bei einer Tasse Kakao, die nackten Füße auf den Querstreben ihrer Stühle ruhend, dasitzen konnten, als hätten sie das schon unzählige Male in der Vergangenheit getan. Nicht als drei einzelne Personen, die die Umstände zusammengeführt hatten, sondern als das, was sie immer hatten sein wollen: eine Familie.

»Wenigstens wissen wir jetzt, wer der mysteriöse J war.« Mary blickte auf das schwarze Fenster, in dem ihr von den Sprossen verzerrtes Spiegelbild seltsam gespenstisch aussah. »James

Buchanan Van Doren, kurz Buck. Gott, warum bin ich nicht selbst darauf gekommen? Corinne hat Spitznamen gehasst. Sie war da sehr eigen.«

»Aber warum erwähnt sie ihn in ihrem Tagebuch nur ein einziges Mal?«, wunderte Noelle sich laut.

»Ich nehme an, dass es noch neu war«, meinte Charlie. »In ihrem letzten Eintrag erwähnt Corinne, dass sie sich auf einer Party mit Robert gestritten hat. Als er sie dann einfach dort hat stehen lassen, hat sich jemand ihrer erbarmt und sie nach Hause gefahren – sein Bruder, wie wir jetzt wissen. Sie und Buck sind sich näher gekommen. Immerhin hatten sie etwas gemeinsam. Und dann, plötzlich, waren sie ein Paar. Sie wagte nicht, sich ihrem Tagebuch anzuvertrauen, aus Angst, die Sache würde auffliegen.«

»Aber jemand ist dahinter gekommen«, erinnerte ihn Noelle.

»Die Frage ist, wie konnte sie sicher sein, dass das Baby von Buck war und nicht von Robert?« Charlie rollte die Tasse zwischen den Händen.

»Ganz einfach«, meldete Mary sich zu Wort. »Sie war Jungfrau, bis sie mit Buck geschlafen hat.« Charlie warf ihr einen fragenden Blick zu, woraufhin sie eilig hinzufügte: »Versteht ihr denn nicht? Nur so ergibt alles einen Sinn. Corinne und ich wussten alles voneinander, bis ich zu sehr mit meinem eigenen Leben beschäftigt war, um noch etwas um mich herum wahrzunehmen. Als du mir das erste Mal gesagt hast, dass sie schwanger war, fand ich das merkwürdig. Sie war seit über einem Jahr mit Robert zusammen. Sie hätte es mir erzählt, wenn sie mit ihm geschlafen hätte. Außerdem war ihre Beziehung immer stressig. Ich glaube, sie hatte Angst vor zu großer Nähe zu ihm.« Sie nippte nachdenklich an ihrem Kakao. »Bei Buck wäre das anders gewesen. Er war älter, und wenn ich mich recht erinnere, sah auch er ziemlich gut aus. Eine nettere Version von Robert. Wenn es den beiden ernst war miteinander, musste Robert irgendwann davon erfahren. Ich denke, das Baby hat den Bruch nur beschleunigt.«

»Gehen wir noch einen Schritt weiter«, sagte Charlie. »Einmal angenommen, Robert hat sie wirklich in einem Wutanfall getötet und es als Selbstmord getarnt ... Es gibt hierfür keine Beweise. Dazu müsste ihre Leiche exhumiert werden. Es wäre möglich, nicht wahrscheinlich, versteht mich nicht falsch, aber möglich, dass ein Gerichtsmediziner beim heutigen Stand der Technik in der Lage wäre, etwas festzustellen, das damals übersehen wurde.«

Der abstoßende Gedanke war Mary auch schon gekommen. Trotzdem wies sie ihn sofort von der Hand. »O Gott. Ich will gar nicht daran denken, was das für Nora bedeuten würde. Gibt es keine andere Möglichkeit?«

Die drei verfielen in Schweigen. Der Dampf aus ihren Tassen stieg in die abkühlende Abendluft auf. Mary war selbst überrascht von der Intensität ihrer Trauer nach all den Jahren. Es war, als hätte sie die Trauer um ihre beste Freundin bis zum heutigen Tag aufgeschoben. Die arme Corinne. Der Gedanke an ihre Freundin, die schrecklich allein und verängstigt gewesen war, war ihr unerträglich. Sie wusste aus eigener Erfahrung, was es hieß, in einer solchen Lage auf sich gestellt zu sein. Auch sie hatte den Bruch mit ihren Eltern gefürchtet und sich gefragt, wie um alles in der Welt sie ohne deren Unterstützung zurechtkommen sollte. In ihrem Fall hatte sie die Ängste überwunden. Und Corinne, die schüchterne, leicht zu beeindruckende Corinne, hatte alles aus nächster Nähe miterlebt. Kein Wunder, dass sie so verzweifelt gewesen war.

Mary blickte über den Tisch hinweg auf Charlie, der mit verschränkten Armen und nachdenklichem Gesicht dasaß, ein Mann, den das Schicksal ebenfalls gebeutelt hatte. Und doch las sie auch Optimismus auf seinem Gesicht.

Noelle lehnte sich vor und stützte die Ellbogen auf den

Tisch. »Wir brauchen keine Beweise, um Argwohn zu wecken. Was, wenn wir nur etwas Staub aufwirbeln? So wie du mit deinen Artikeln, nur dass die Gerüchte für *richtig* Wirbel sorgen würden. Kein Rauch ohne Feuer, versteht ihr?«

Mary sah ihre Tochter an, und wieder fiel ihr auf, wie verändert sie war. Die neue Entschlossenheit hatte wieder Farbe auf ihre Wangen gezaubert, und sie hatte auch ein wenig an Gewicht zugelegt. Wie in der Nacht ihrer Verhaftung hatte sie einen unwiderstehlichen Beschützerinstinkt gegenüber ihrer Tochter, den Impuls, sie um jeden Preis zu beschützen. Und dabei war offensichtlich, dass Noelle sehr wohl in der Lage war, sich selbst zu schützen. Mary lehnte sich zur Seite und legte ihr einen Arm um die Schultern. Sie war überrascht und gerührt, als Noelle daraufhin den Kopf an ihre Schulter lehnte.

Charlie machte ein skeptisches Gesicht. »Daran habe ich auch schon gedacht, aber das könnte auch nach hinten losgehen. Robert hat Beziehungen zu höchsten Kreisen in dieser Stadt. Seine Anhänger, ganz zu schweigen von seinen Anwälten, würden zweifellos extreme Maßnahmen ergreifen, wenn man ihn ohne wasserdichte Beweise diskreditieren würde. Und glaubt mir, in Anbetracht der bevorstehenden Wahlen im November wird der Ehrenwerte Richter Ripley die öffentliche Meinung nicht außer Acht lassen.«

»Es gibt noch einen Grund, weshalb wir vorsichtig sein sollten«, bemerkte Mary, die an ihre Begegnung mit Noelles Ehemann am Abend von Trishs Vortrag dachte. »Wir alle wissen, dass Robert nicht der Typ ist, der tatenlos zusieht, wenn man ihm ans Leder will. Wenn wir ihn in die Ecke drängen, könnte er ... nun ja, ich möchte nicht, dass einem von uns etwas zustößt.«

»Noch weiß er gar nicht, was es heißt, wirklich in die Ecke gedrängt zu werden. Ich aber wohl.« Noelle sprach mit einer

Leidenschaft, die Mary noch nie an ihr gehört hatte. »So wie ich das sehe, habe ich nichts mehr zu verlieren. Wenn Corinnes Exhumierung der einzige Weg ist, herauszufinden, ob ...«

Sie verstummte beim Klang von Schritten auf der hinteren Veranda. Bronwyn kehrte von ihrem Spaziergang mit Rufus zurück. Die Tür flog auf, und der große – sehr schmutzige – gelbe Hund kam in die Küche geprescht, dicht gefolgt von Charlies jüngerer Tochter, die einen Schwall kühler Luft und einen Stimmungsumschwung mit sich brachte.

Bronwyn riss die Kühlschranktür auf. »Ist was zu essen da? Ich sterbe vor Hunger.«

»Nur ein Rest Kartoffelsalat vom Abendessen«, sagte Noelle.

Stöhnend schlug das Mädchen die Kühlschranktür wieder zu. »So hungrig bin ich nun auch wieder nicht.«

Charlie blickte abwesend zu ihr auf. »Es ist Eis da.«

Bronwyn wandte sich ihm zu und funkelte ihn wütend an. »Wirklich, Daddy, wenn du den ganzen Tag Berge von Eis verkaufen müsstest, würdest du einen solchen Vorschlag nicht machen.«

Charlie schien ihre schlechte Laune gar nicht zu bemerken. Vielleicht war er sie ja gewöhnt, Mary jedoch nicht. Sie runzelte die Stirn. Wenn einer ihrer Auszubildenden so mit ihr gesprochen hätte, hätte sie ihn gefeuert ... oder ihn zumindest strikt zurechtgewiesen. Noelle war als Teenager nicht so gewesen, oder doch? Mary hatte sie als ruhig, vielleicht sogar zu ruhig, in Erinnerung. Vielleicht hätte sie etwas öfter widersprechen können. Vielleicht wäre das alles nicht passiert, wenn sie in jüngeren Jahren gelernt hätte, sich zu behaupten.

Bronwyns schlechte Laune verflog so schnell wieder, wie sie aufgekommen war. Sie trat hinter Noelle und schlang ihrer Schwester die Arme um den Hals. »Ich weiß. Soll ich Waffeln machen?«, fragte sie lieb. »Mit den Blaubeeren, die wir heute Morgen im Wald gesammelt haben?«

»Es ist schon nach zehn«, sagte Noelle. »Ich sollte heimfahren.«

»Kein Grund zur Eile. Deine Tante Trish hat gesagt, sie bleibt bei Doris«, meinte Mary.

Bronwyn warf ihr einen Blick zu, der in etwa auszudrücken schien: *Bilde dir ja nicht ein, Teil dieser Familie zu sein.* Und doch war der Blick, den sie gleich darauf auf Charlie richtete, beinahe schmollend. »Daddy, was glaubst du, wie ich mich fühle, wenn du aufhörst zu reden, sobald ich hereinkomme? Ich bin nicht blöd, weißt du. Ich weiß, was los ist. Und wenn du mich nicht irgendetwas tun lässt, sei es auch nur etwas so Idiotisches, wie abends um zehn Waffeln zu backen, dann ... dann platze ich oder so was.«

Charlie bedachte sie mit einem säuerlichen Blick. »Touché. Ich wollte dich nicht ausschließen, Kleines, ich halte es nur nicht für fair, dich tiefer in die Sache hineinzuziehen als unbedingt nötig.« Langsam trat ein Lächeln auf sein Gesicht, und in der Küche – mit der verblassten Tapete und den Kiefernschränken, die inzwischen so dunkel waren wie Apfelwein – schien es plötzlich heller zu werden. »Blaubeerwaffeln? Also, ich finde, das klingt verlockend.«

»O Bron.« Seufzend hob Noelle die Hand und tätschelte liebevoll den Arm ihrer Schwester. »Versprich mir bitte, nie Kinder mit einem Mann zu bekommen, dem du nicht traust.«

»Wer sagt denn, dass ich überhaupt Kinder kriege?«

Bronwyn richtete sich auf und ging rüber zur Arbeitsfläche. Sie fing an, Rührschüssel, Messbecher und Zutaten zusammenzusuchen. Als sie den Kühlschrank öffnete, um die Milch herauszunehmen, verharrte sie einen Moment reglos und starrte blind vor sich. Dann schüttelte sie den Kopf, wie um ihn zu klären, und schloss die Tür wieder. Bald darauf war das Klirren von Löffeln in der Rührschüssel zuhören, gefolgt vom Brutzeln der Waffeln im heißen Eisen.

*Daran könnte ich mich gewöhnen,* schoss es Mary durch den Kopf. Abende, die man am Küchentisch verbrachte, dem Konzert der Zirpfrösche und Grillen lauschend. Kein Telefonklingeln und keine blinkenden Lichter am Anrufbeantworter. Keine aufgebrachten Kunden, die von kleinen Flughäfen im Mittleren Westen anriefen und ihr die Ohren vollheulten, dass sie ihren Flug verpasst hätten. Nicht einmal Verkehrslärm. Nur die Stille eines Abends, an dem man sich sogar in Krisenzeiten zurücklehnen konnte, um die kleinen Freuden des Lebens zu genießen.

Sie überraschte sich selbst damit, dass sie drei Waffeln verschlang, die förmlich troffen von Butter und Ahornsirup von einer Farm ein paar Häuser weiter. Als alle Teller leer waren, standen Charlie und Noelle auf, um zu spülen, und scheuchten Mary hinaus auf die Veranda. Sie hatte es sich gerade gemütlich gemacht, als die Fliegengittertür knarrte. Sie drehte den Kopf und war überrascht, Bronwyn zu sehen.

Das Mädchen zögerte, bevor es die Veranda überquerte und sich auf die oberste Stufe der Hintertreppe setzte. In diesem Moment, da sie sich als dunkle Silhouette vom nebelverhangenen silbrigen See abhob, die langen Beine an die Brust gezogen und das hüftlange Haar, das ihr über die Knie fiel, glaubte Mary beinahe, sie hätte Corinne vor sich.

»Die Waffeln waren köstlich«, sagte Mary freundlich. »Ich habe allerdings viel zu viel davon gegessen.«

»Du kannst es dir doch leisten. Du bist ja mager genug.« Es klang nicht wie ein Kompliment.

Nach einigen Minuten unbehaglichen Schweigens unternahm Mary noch einen Versuch der Annäherung. »Ich bin froh, dass es etwas kühler geworden ist. Der Wind ist angenehm, findest du nicht auch?«

Bronwyn zuckte die Achseln. »Der Sommer ist fast vorbei.«

»Dein Vater hat erzählt, dass im Herbst dein letztes Schuljahr beginnt«, fuhr Mary tapfer fort. »Du denkst bestimmt viel darüber nach, auf welches College du gehen willst. Ich kann mich noch gut erinnern, dass Noelle es in deinem Alter gar nicht erwarten konnte, auszuziehen.«

Bronwyn warf ihr einen Blick zu, der zu besagen schien: *Kein Wunder, wenn ich deine Tochter wäre, würde es mir genauso gehen.* Aber sie war nicht ihre Tochter. Und war das nicht im Grunde der Kern des Problems? »Mein Notendurchschnitt ist nicht so besonders«, gestand sie. »Ich kann von Glück sagen, wenn mich überhaupt ein College nimmt.«

Mary schmunzelte wissend. »Mir ging es nicht anders, als ich mich beworben habe. Wer würde schon eine allein erziehende Mutter mit Baby nehmen? Aber sechs Jahre später hatte ich dann doch mein Bakkalaureus.«

»Ich weiß. Noelle hat mir alles darüber erzählt.« Im Mondlicht, das sich einen Weg durch den Nebel gebahnt hatte, schimmerte Bronwyns olivfarbene Haut wie helles Gold. Sie nahm ein Büschel Haarspitzen in die Hand und strich sich damit über den Mund. »Sie hat erzählt, du wärst damals viel weg gewesen.«

Mary verspürte sofort die vertrauten Gewissensbisse. Aber anstatt sich zu rechtfertigen, sagte sie nur: »Sie hat ganz Recht. Das war ich.«

Hierauf entstand wieder eine längere Pause. Dann fragte Bronwyn aus heiterem Himmel: »Hast du meine Mutter gekannt?«

»Ich habe sie nur einmal gesehen. Sie hat auf mich einen sehr netten Eindruck gemacht.«

»Das war sie auch. Und hübsch. Die Leute haben sich immer wieder darüber ausgelassen, wie hübsch meine Mutter war.«

»Du siehst ihr ein wenig ähnlich, weißt du das?«

»Alle sagen, ich sähe aus wie Dad.«

»Na ja, das stimmt auch. Aber du hast ihre Augen. Ich erinnere mich, dass sie wunderschöne Augen hatte.«

Bronwyn musterte sie forschend, als suchte sie nach einer Antwort, die Mary ihr nicht geben konnte. Dann wandte sie den Blick ab und schlug sich auf den Arm. »Die Mücken hier würden einen bei lebendigem Leib auffressen, wenn man sie ließe.«

»Stimmt.«

»Ich wette, da wo du wohnst, gibt es nicht viele.«

»Dafür gibt es andere Dinge, die nerven.« Mary lächelte. »Räuber, Vergewaltiger und weiß Gott, was sonst noch. Und im Sommer ist es aus irgendeinem Grund am schlimmsten.«

»Also, so was passiert hier nie. Du musst Burns Lake sehr langweilig finden.«

»Ach, ich weiß nicht, es hat seine Reize.«

Im Schutz der Dunkelheit gestattete Mary sich ein leises Lächeln. Drinnen war zu hören, wie der Wasserhahn abgedreht wurde und Noelle und Charlie sich unterhielten. Als eine Mücke sich auf ihrem Bein niederließ, schob sie sie nur sachte fort. Bronwyn betrachtete sie neugierig.

»Hast du nie Heimweh? Ich meine, nach der Stadt.«

Im Augenblick verspürte Mary nicht das geringste Heimweh. Aber sie sagte nur: »Manchmal. Es geht aber nicht unbedingt darum, wo du lebst, sondern um das, was dir vertraut ist. Du gewöhnst dich so sehr an eine bestimmte Lebensweise, dass du dir keine andere mehr vorstellen kannst. Dann geschieht etwas, dein Leben gerät aus den Fugen, und dir wird klar, dass es noch viele andere Möglichkeiten gibt, von denen du nur nichts geahnt hast.«

Bronwyn starrte wieder auf den dunklen See mit den hellen Schwaden, die über das Wasser waberten. »Kann sein«, meinte sie grummelnd. Wieder senkte sich Stille herab. Mary wollte eben aufstehen und reingehen, als eine schüchterne Mädchenstimme fragte: »Findest du wirklich, ich sehe ihr ähnlich?«

»Komm hierher, wo ich dich sehen kann.« Mary wartete, dass Bronwyn aufstand und zu ihr kam. Sie musterte das Mädchen einen Moment, ein langbeiniges Wesen wie aus dem »Sommernachtstraum«. Winzige Insekten umkreisten ihren schimmernden Kopf wie Märchenstaub. Sie kam ganz nach Charlie, bis hin zu der steilen Falte in Form eines Ausrufezeichens über der rechten Braue, aber aus plötzlichem Mitgefühl heraus sagte sie: »O ja, absolut, das finde ich.«

Das leise Klappern von Tellern drang zu ihnen heraus. Und ein Geräusch, das wohl von Rufus' Schwanz herrührte, der auf den Boden schlug. Der Bann war gebrochen. Bronwyn senkte den Blick, als schämte sie sich, dabei ertappt worden zu sein, wie sie um Anerkennung bettelte wie ihr alter Hund. Abrupt machte sie kehrt und ging zurück ins Haus. Die Fliegengittertür fiel mit einem dumpfen Knall hinter ihr zu.

Zwei Tage vergingen ohne Zwischenfälle.

Am Mittwoch fuhr Mary in die Stadt, um sich mit ihrer wichtigsten Kundin zu treffen: Diät-Guru Lucianne Penrose, die vom *Ladies' Home Journal* interviewt wurde. Noelle ihrerseits verbrachte nach ihrem Treffen mit Emma den Großteil des Nachmittags damit, mit ihrer Anwältin verschiedene Strategien durchzusprechen. Charlie fuhr zu einem Blitzbesuch nach Albany, um zu versuchen, Senator Larrabie ein Zitat abzuringen. Obwohl die Fensterscheiben des *Register* ersetzt worden waren, hatte sich der Sturm wegen Charlies Negativpresse über Robert noch nicht gelegt.

Am folgenden Tag gab es wieder einen Fall von Vandalismus, diesmal allerdings in einem leerstehenden Lagerhaus am Stadtrand. Fenster wurden eingeworfen und Feuer gelegt. Gott sei Dank konnte der Brand gelöscht werden, bevor größerer Schaden entstand. Charlie schickte dennoch zwei seiner besten und cleversten Leute hin, Trent Robeson und Gina Tomaselli.

Als Gina mit einem Statement zurückkehrte, in dem Robert entschieden leugnete, irgendetwas mit dem Fall zu tun zu haben, brachte Charlie in der Freitagsausgabe einen Artikel unter der Schlagzeile:

LOKALER GESCHÄFTSMANN IN BRANDSACHE BEFRAGT

Zwei Tage später fand ein Prediger der Baptistenkirche diese bei seiner Ankunft zur Sonntagsmesse mit Graffiti beschmiert vor. Aber noch viel schlimmer war die Verwüstung des angrenzenden Friedhofs. Mehrere Grabsteine waren umgestürzt worden, und als besonders grausame Ironie erschien es, dass eine Marmorstatue Johannes des Täufers enthauptet worden war: Der mit Flechten überzogene Kopf starrte aus einem Nest aus Brombeerranken in den Himmel.

Bronwyn hörte über einen lokalen Radiosender davon, als sie mit dem Rad zur Arbeit unterwegs war und dabei den Walkman aufhatte. Sie schauderte. Es wurde kein echter Schaden angerichtet, ja, aber sie hatte so eine Ahnung, dass dieser Fall von Vandalismus nur der Anfang war. Im Scoops angekommen, rief sie sofort bei Dante an.

»Ich bin's.« Sie sprach leise und behielt Mr Norwood im Auge, der im Hinterzimmer über seine Eismaschine gebeugt war. »Hast du schon das Neueste gehört? Sieht ganz so aus, als würde dein Boss wieder zu seinen alten Methoden greifen.«

Im Hintergrund hörte sie einen lauten Knall vom Schrottplatz. Dann knurrte Dante: »Ja, ich habe davon gehört. Und nur der Information halber: Ich arbeite nicht mehr für Mr V. Ich habe vor zwei Wochen gekündigt.« Sie brauchte nicht erst zu fragen, ob er im Zusammenhang mit den neueren Verbrechen verhört worden war; sein Tonfall sprach Bände. Ein wasserdichtes Alibi war offenbar das Einzige, was ihn vor dem Gefängnis bewahrt hatte.

»Es gibt da etwas, das ich nicht verstehe.« Sie senkte die Stimme noch mehr und legte eine Hand um die Sprechmuschel. »Meinem Vater eins auszuwischen war eine Sache, aber was soll es bringen, eine Kirche zu verschandeln?«

»Bin ich Gedankenleser? Woher soll ich das wissen?« Dante klang gereizt, auch wenn sie spürte, dass sein Ärger sich nicht gegen sie richtete. »Hör zu, ich kann nicht am Telefon darüber reden. Kannst du in einer Stunde oder so freimachen?«

»Wenn nötig erzähle ich Mr Norwood, ich hätte Bauchkrämpfe.« Das war die erste Entschuldigung, die ihr einfiel. Vielleicht, weil sie so erleichtert gewesen war, als ihre Periode eingesetzt hatte. Sie hatte zu viele Geschichten über gerissene Kondome gehört.

Sie hatten seit jenem ersten Mal noch weitere drei Male miteinander geschlafen, und mit jedem Mal war es schöner geworden. Dante hatte ihr gezeigt, dass in den erotischen Romanen, die sie verschlungen hatte, ein Haufen Mist stand. Die Wirklichkeit war tausendmal schöner. Allein bei dem Gedanken daran verspürte sie ein Kribbeln im Unterleib.

»Gegen zwölf Uhr bei mir.« Dante legte auf.

Den Rest des Vormittags konnte Bronwyn sich kaum konzentrieren. Sie brachte Bestellungen durcheinander und servierte einer Frau, die ein Zimt-Sahne-Eis bestellt hatte, einen Kaffee-Mandel-Becher. Dann vergaß sie einen Filter in die Kaffeemaschine einzulegen, sodass der nasse Satz durchlief. Die Krönung war eine Gruppe von Kindern, die ihre Eishörnchen mit acht Ein-Dollar-Noten bezahlten und denen sie einen Zehner rausgab. Mr Norwood, der einen pubertären Hormonschub vermutete – er ahnte ja nicht, wie Recht er hatte –, scheuchte sie um die Mittagszeit aus der Eisdiele und meinte, er würde ihr zu seinem eigenen Besten den Rest des Tages freigeben.

Sie radelte so schnell sie konnte die Main Street hinunter und bog an der American Legion Hall links ab. Ein paar Blocks weiter am Agway bog sie dann erneut links ab und fuhr immer weiter, bis sie eine Viertelmeile später den Schrottplatz erreichte. Als sie dort vorbeiradelte, sah Bronwyn flüchtig ein rostzerfressenes Chassis von den Stahlkiefern eines riesigen Krans baumeln. Sie stieg gerade die wacklige Treppe zu Dantes Wohnung hinauf, als ein so lauter Knall von der anderen Straßenseite her die Erde erschütterte, dass die Treppe vibrierte.

Dante begrüßte sie mit einem Kuss, war aber in Gedanken ganz offensichtlich woanders. Er ging gleich ans Fenster, von wo aus er rüber zum Schrottplatz starrte. Er trug seinen Arbeitsoverall, hellblau mit seinem eingestickten Namen über der Brusttasche. Frische Ölspuren überlappten ältere, die bei der Wäsche nicht ganz rausgegangen waren. Mit einer fahrigen Bewegung nahm er seine Zigaretten vom Fernseher.

»Ich sollte eigentlich nicht mit dir darüber reden«, sagte er, zündete sich eine an und blies den Rauch schräg aus dem Mundwinkel. »Du weißt schon zu viel.«

Bronwyn näherte sich ihm stirnrunzelnd. »Dante, wenn du mir etwas verheimlichst ...«

»Sagen wir einfach, ich habe einen Tipp bekommen.«

»Von einem von Roberts Handlangern?«

»Nein. Von einem Freund.« Er warf ihr einen nervösen Blick zu. »Es spielt keine Rolle, von wem. Du brauchst nur zu wissen, dass etwas geplant ist. Etwas Größeres als die Spielereien der letzten Wochen.«

Ihr Magen verkrampfte sich. »Etwas, das Noelle betrifft?«

»Ich weiß es nicht genau. Sagen wir einfach, dass mein Freund Beziehungen hat, trotzdem weiß er nicht alles.«

Furcht durchströmte sie wie heißes Wasser, das sich durch Eis frisst. Man liest ständig in der Zeitung davon, sagte sie sich: *Geschiedener Familienvater dreht durch und bringt Ex-Frau um.* O Gott. An dem Tag, an dem sie versucht hatte, ihre Schwester zu warnen, hatte sie sich nach ihrem Gespräch gesagt, dass Noelle vermutlich Recht hatte: Wahrscheinlich hatte sie tatsächlich überreagiert. Das wäre ja nicht das erste Mal gewesen. Aber jetzt wusste sie es besser.

»Und was soll ich meiner Schwester sagen?«, fragte sie. »Ich kann nicht ohne irgendwelche Fakten zu ihr gehen. Sie findet sowieso schon, dass ich in dieser Sache maßlos übertreibe.«

»Sag ihr einfach, sie soll aus der Stadt verschwinden.«

Bronwyn seufzte frustriert. »Dante, so wird das nichts. Dazu könnte ich sie niemals überreden. Nicht ohne Emma. Außerdem könnte es Monate dauern, bis die Scheidung durch ist.« Sie trat hinter ihn, schlang die Arme um seine Taille und schmiegte die Wange an seinen Rücken. »Wenn du mehr weißt, sag es mir. Bitte.«

Sie fühlte, wie er sich versteifte. Die Muskeln unter dem abgenutzten Segeltuch-Overall fühlten sich steinhart an wie bei einem Standbild. Plötzlich ging ihr auf, dass Dante starr war vor Angst. Nicht um Noelle oder Emma, sondern um sie.

»Zuerst«, knurrte er, »musst du mir versprechen, wegzubleiben. Weit weg.«

»Von was?«

Er wirbelte herum und packte sie bei den Oberarmen. Seine Augen waren dunkel und glommen wie Kohlen. Seine schwieligen Finger gruben sich tief in ihr Fleisch. »Versprich es.«

»Okay, schon gut.« Sie befreite sich aus seinem Griff und rieb sich die Arme. »Versprochen.«

Dante zögerte und musterte sie skeptisch. Dann seufzte er – das Seufzen eines toughen Kerls, dem es lieber wäre, wenn sich nicht herumsprach, dass er eine Schwäche für ein gewisses dunkeläugiges Mädchen hatte, dem der Ärger in das unschuldige Gesicht geschrieben stand. »Morgen Abend ist eine weitere Kirche dran«, sagte er. »Die United Methodist draußen an der Grandview.«

Sie schüttelte verständnislos den Kopf. »Ich verstehe nicht.

Was, sofern überhaupt, erhofft sich Robert denn davon? Tut er das nur so zum Spaß oder steckt ein großer Plan dahinter?«

»Ich weiß es nicht. Und genau das macht mir Angst.«

Bronwyn hatte ebenfalls Angst. Ihre Gedanken rasten, während sie Dante wortlos anstarrte. *Meine Schwester ist in Gefahr,* dachte sie. *In echter Gefahr. Gefahr von der Sorte, die einen in einer dunklen Seitenstraße anfällt. Gnadenlos. Aber was genau hatte dieser Mistkerl von ihrem Ehemann vor?*

Sie würde es herausfinden, so oder so.

# Kapitel 16

Am anderen Ende der Stadt hatte Doris sich gerade zu einem Nachmittagsschläfchen hingelegt. Sie war schon halb eingenickt, als das Klingeln des Telefons unten in der Diele sie aus dem Halbschlaf riss. Noch ganz benommen fragte sie sich, warum niemand ranging, bis ihr einfiel, dass Mary unterwegs war, um etwas zu erledigen, und Noelle nebenan bei Polly Inklepaugh war, die ihr angeboten hatte, sich Zucchini aus ihrem Garten zu holen. Polly pflanzte immer viel zu große Mengen an. Jetzt, da die Kinder erwachsen und in alle vier Winde verstreut waren, waren sie und Harry allein, und wie viele Gläser eingemachtes Gemüse konnten zwei Personen schon essen? Polly hätte ihren Rat befolgen und etwas von ihrem Eingemachten dem Basar spenden sollen, den St. Vincent jedes Jahr an Weihnachten organisierte. Aber ihre Nachbarin hörte nur selten auf sie. Dabei sollte man meinen, dass sie nach vierzig Jahren Tür an Tür ...

Das Telefon läutete immer weiter, ohne Rücksicht auf Doris' geschwächten Zustand, aber sie hatte keine Lust aufzustehen und sich den ganzen Flur hinunter bis ans Telefon zu schleppen, nur damit der Anrufer auflegte, wenn sie den Apparat gerade erreicht hatte. Vielleicht hätte sie doch auf Noelle hören und einen Anrufbeantworter anschaffen sollen. Aber sie hatte hierzu keine Veranlassung gesehen, da sie den ganzen Tag daheim war und nichts Besseres zu tun hatte, als ans Telefon zu gehen, wenn es denn mal klingelte. Aber das war gewesen, als sie noch den ganzen Tag auf gewesen war und noch nicht so viel Zeit im Bett verbracht hatte wie heute. Inzwischen war es schon eine Riesenanstrengung für sie, ihren kranken Körper aus dem Bett zu stemmen. Ihr Körper war ihr fremd geworden, so als passe er nicht mehr richtig, wie ein Kleid in der falschen Größe, das sie irrtümlich gekauft und nie umgetauscht hatte. In letzter Zeit hatte sie sogar Hilfe gebraucht, um die Toilette aufzusuchen.

*Das verschweigt man einem in Bezug auf das Alter, sagte sie sich. Dass es nicht die Zipperlein oder auch die Einsamkeit sind, die einen fertig machen, sondern die Demütigung, sich von jemandem auf die Toilette helfen zu lassen, dem man selbst einmal die Windeln gewechselt hat.*

Wenn doch nur dieses grässliche Klingeln aufhören würde. Hätte Noelle nicht inzwischen zurück sein müssen? Bestimmt kaute Polly ihr ein Ohr ab, ungeachtet der Tatsache, dass Noelle ihre eigenen Probleme hatte, *echte* Probleme, und sicher keine Lust hatte, sich Pollys Gejammer über ihren egoistischen Sohn und seine alljährliche Amnesie an ihrem Geburtstag anzuhören oder über die bislang fruchtlosen Versuche ihrer Tochter, noch weitere beschränkte Inklepaughs in die Welt zu setzen. *Bei Gott,* dachte sie, *diese Frau kann einen in Grund und Boden reden.* Ein hoher Preis für eine Portion Zucchini, die alle Kleingärtner um diese Zeit nicht schnell genug loswerden konnten.

Das Telefon schrillte immer noch. Wer konnte das sein? Diese männermordende Buxton? Der Gedanke versetzte Doris einen kleinen Stoß. Angenommen es war Lacey, mit guten Nachrichten über die kleine Emma? Das wäre doch etwas. Und wie würde es dann aussehen, wenn sie zu faul gewesen war, die zwanzig Schritte bis zum Telefon zu gehen, um die Nachricht entgegenzunehmen. *Schäm dich,* schalt eine Stimme.

Doris stand mühsam auf, wobei jeder Knochen in ihrem

Leib knackend protestierte. Ihr wurde schwindlig, und sie stand einen Moment schwankend da und musste sich haltsuchend an einen Bettpfosten klammern. Wie gerne wäre sie zurück unter die Bettdecke geschlüpft! Sie konnte sich nicht mehr rühren, ohne dass ein Teil von ihr winselte vor Schmerzen. Sie stellte sich ein kleines Tier vor – ein Eichhörnchen oder eine Maus, etwas mit Knopfaugen und scharfen gelben Zähnen –, das an ihren Knochen nagte. Eine Hand an die linke Seite gedrückt, schlurfte sie hinaus auf den Flur und musste sich auf die Lippen beißen, um nicht aufzuschreien vor Schmerzen.

Das Telefon läutete immer noch. Sie konnte es auf dem kleinen Eichentisch auf dem Treppenabsatz am Ende des Flurs stehen sehen. Einem Flur, der sich so endlos lang vor ihr erstreckte wie die Tunnel, die sie auf dem Weg zu ihrer Großmutter Cates in Boston durchqueren mussten, als sie noch ein Kind war. Sie erinnerte sich noch gut, welche Angst sie befallen hatte, wenn der Zug wankend und mit ohrenbetäubendem Geratter abrupt in die Dunkelheit eingetaucht war. Jetzt verspürte sie fast die gleiche Angst, nicht davor, mit Haut und Haaren verschluckt zu werden wie Jonas, sondern zu stürzen und nicht wieder aufstehen zu können.

Doris stützte sich mit einer Hand gegen die Wand, unmittelbar unterhalb der Galerie gerahmter Familienfotos, die im schwachen Licht schimmerten. Da war Mary Catherine mit drei Jahren, dick eingemummt in ihren Schneeanzug, wie sie Daddy beim Freischaufeln des Bürgersteigs half. Und Trish mit acht, die stolz ihre neuen Vorderzähne zeigte. Ted war so geduldig gewesen mit den Mädchen, viel geduldiger als sie selbst. Sie hatte sich bemüht – vielleicht nicht genug –, bevor sie dann zu dem Schluss gekommen war, dass der liebe Gott sie eben nicht mit einem gutmütigen Wesen gesegnet hatte.

Sie zuckte zusammen, als wieder ein stechender Schmerz ihre Seite durchfuhr. Ihr Blick glitt zu einem neueren Foto ihrer ältesten Tochter und Enkelin, das vor neun Jahren auf Noelles Hochzeit aufgenommen worden war. Plötzlich fiel ihr ein, dass heute Noelles Hochzeitstag war, den sie in diesem Jahr ganz sicher nicht feiern würden. Doris betrachtete die Aufnahme genauer: Noelle in ihrem weißen Kleid und dem mädchenhaften Schleier, ein unnatürlich anmutendes Zahnpastalächeln auf dem Gesicht, und daneben Mary Catherine, einen Arm steif um ihre Taille gelegt und mit starrer Miene. Ja, ein schwieriger Tag, vor allem für Charlies Frau, der die verstohlenen Blicke ihres Mannes auf Mary Catherine nicht entgangen sein konnten.

Doris dachte darüber nach, wie viel sich in den Wochen seit der Heimkehr ihrer Tochter verändert hatte. Wie Bäume, die sich in ihrem Streben nach Sonne einander zuneigen, hatten sie sich einander angenähert. Sie gingen entspannter miteinander um, und ironischerweise waren sie auch ruppiger miteinander, so wie es bei Familienmitgliedern der Fall ist, die entspannt miteinander umgingen und nicht meinten, sich mit Samthandschuhen anfassen zu müssen. Mary Catherine war auch in anderer Hinsicht aufgeblüht, nicht nur als Mutter, sondern auch als Frau, wenngleich das zweifellos Charlies Verdienst war.

Als sie langsam den Flur hinunterschlurfte und sich dabei schwer gegen die Wand stützte, dachte Doris mit ehrlichem Bedauern: *Verzeih mir, lieber Gott. Ich weiß, dass ich es ihnen nicht leicht gemacht habe. Sie waren sehr jung, ja, aber das waren Ted und ich auch ... wir waren nur ein paar Jahre älter, als wir geheiratet haben. Ich hätte mehr Verständnis zeigen müssen. Ich hätte ...*

Die plötzlich eintretende Stille ließ sie innehalten. Das Läuten hatte aufgehört. *Teufel auch,* fluchte sie innerlich (sie hatte ihren Kindern immer verschwiegen, dass sie häufig fluchte, wenn auch nie laut). Und wenn der Anruf wirklich für Noelle gewesen war?

Und überhaupt, wo steckte sie nur? Doris kam es vor, als hätte sie das Haus schon vor Stunden verlassen. Dabei wollte sie nur auf einen Sprung nach nebenan. Das Sonnenlicht, das durch das Oberlicht über der Haustür auf die Streben des Treppengeländers fiel, warf eine Leiter aus Schatten auf die Stufen. Im Radio unten in der Küche spielte auf WMYY eine Band einen Song aus Doris' Jugend, der sie daran erinnerte, wie Ted sie kurz nach ihrer Hochzeit mit einem romantischen Wochenende in der Stadt überrascht hatte. Sie hatten im Waldorf Hotel gewohnt und zu Eddie Duchins Orchester Walzer getanzt. Doris richtete den Blick auf eine Aufnahme von ihnen beiden, die viele Jahre später auf ihrer Silberhochzeit gemacht worden war. Beide inzwischen rundlich und ergraut, Ted mit leerem Blick – kurze Zeit später war das Emphysem bei ihm diagnostiziert worden –, in dem nichts an jenen märchenhaften Abend bei Tanz und Sekt erinnerte.

Ihr fiel eine Zeile eines alten Gedichts ein: *Lass die Liebe nicht verkommen wie Fallobst im Spätsommer.* Wenn sie ein wenig sentimentaler veranlagt gewesen wäre, hätte sie ihren Töchtern genau das geraten. Trish mit ihren lächerlichen Hoffnungen, die sie an diesen egoistischen Idioten knüpfte, mit dem sie angeblich verlobt war und der doch ebenso wenig gedachte, sie zu heiraten, wie er beabsichtigte, die Tankstelle zu kaufen, an der er seinen Tank füllte. Und Mary Catherine – Gott, was hätte sie ihrer Ältesten geraten?

*Ich hatte Unrecht, was Charlie betrifft. Er ist ein anständiger guter Mann.*

Doris fuhr erschrocken zusammen, als das Telefon wieder anfing zu läuten. Mit zitternder Hand nahm sie ab. »Hallo?« Ihre Stimme klang dünn und gereizt; der Hörer lag schwer und klobig in ihrer Hand.

»Mrs Quinn? Gott sei Dank! Ich wollte schon aufgeben.« Die mädchenhafte Stimme am anderen Ende der Leitung klang unnatürlich schrill vor Erleichterung. »Habe ich Sie geweckt?«

»Ich hatte mich hingelegt. Nur um meine Augen auszuruhen«, fügte Doris hastig hinzu. »Wer ist denn da?«

»Bronwyn. Bronwyn Jeffers.« Als ob es noch ein Mädchen dieses absonderlichen Namens in ganz Schoharie County gäbe.

Doris war gereizt, dass man sie wegen nichts und wieder nichts aus dem Bett geklingelt hatte. »Falls du mit Noelle sprechen möchtest, muss ich dir leider sagen, dass sie nicht da ist.«

»Wissen Sie, wann sie zurückkommt?«

»Sie müsste jeden Moment zurück sein, denke ich. Sie ist nur nebenan. Versuch es doch in ein paar Minuten noch mal.«

Das Mädchen zögerte. »Ich bitte Sie wirklich nur sehr ungern darum, Mrs Quinn, aber wäre es vielleicht möglich, sie zu holen? Ich würde nicht darum bitten, wenn es nicht ... es ist wirklich wichtig.«

Wie wichtig konnte es schon sein? Bei sechzehnjährigen Mädchen hatte nur eins Vorrang vor allem anderen: Schwierigkeiten mit dem Freund. Doris wurde noch ärgerlicher. »Wie ich schon sagte, sie wird jeden Moment zurück sein. Bis dahin hat es doch sicher Zeit.«

»Also, eigentlich handelt es sich um einen Notfall.« Die Kleine klang nun wirklich verzweifelt.

Doris straffte die Schultern. »Warum hast du das nicht gleich gesagt?«

»Es könnte um Leben und Tod gehen. Bitte, Mrs Quinn«, flehte Bronwyn.

Doris sah Noelles Halbschwester vor sich: ein Mädchen mit honigfarbener Haut, endlos langen Beinen und langem dunklen Haar. Ganz und gar Charlies Tochter. Nein, natürlich würde sie sich so etwas nicht ausdenken. Doris hob eine zitternde Hand an den Hals.

»Bleib dran«, sagte sie. »Ich gehe sie holen ...«

Mit klopfendem Herzen legte Doris den Hörer auf den

Tisch und wandte sich ab, um nach dem Treppengeländer zu greifen. Sie hatte die halbe Treppe geschafft, als die restlichen Stufen plötzlich wegzukippen schienen und es ihr vorkam, als befände sie sich auf einem steilen Schotterhang. Mehr überrascht als verängstigt schrie sie auf und rutschte das letzte halbe Dutzend Stufen auf dem Allerwertesten hinunter, bevor sie mit einem dumpfen Aufprall unten auf dem Fußboden landete. Es gab ein knirschendes Geräusch wie von einem brechenden Knochen, und ein unerträglicher Schmerz durchzuckte sie. Sie wimmerte schwach; zu mehr war sie nicht fähig. Ihr wurde schwarz vor Augen, und in ihren Ohren schrillte ein hoher Ton wie aus dem Fernseher nach Sendeschluss. Das war das Letzte, das sie wahrnahm, bevor sie das Bewusstsein verlor.

Als sie durch die Hintertür hereinkam, spürte Noelle gleich, dass etwas nicht stimmte. Das Haus war still, *zu still.* Sogar die Luft schien um sie herum zu wirbeln wie Staub, nachdem jemand eilig einen Raum verlassen hat. »Nana?«, rief sie und stellte die Einkaufstüte aller frisch geernteten Zucchini auf die Arbeitsfläche in der Küche.

Keine Antwort, nur das leise Radio.

Du wirst langsam paranoid, schalt sie sich. Sie war höchstens eine halbe Stunde nebenan gewesen. Was sollte in dieser kurzen Zeit schon passiert sein? Trotzdem wünschte sie jetzt, sie hätte sich von Mrs Inklepaugh nicht zu Kaffee und Kuchen überreden lassen.

Noelle fragte sich flüchtig, ob ihre Großmutter wohl noch das Rezept für Zucchinibrot hatte. Sie konnte einen Laib für Hank backen. Er würde sich sicher freuen. Andererseits wollte sie ihn nicht an die Kuchen und Töpfe erinnern, die einsame heiratswillige Frauen vor seiner Tür ...

Ein Geräusch ließ sie erstarren. »Nana?«, rief sie erneut. Und wenn es nicht ihre Großmutter war? Wenn Robert ihr auflauerte?

Da war es wieder. Es klang wie ein Stöhnen. Mit klopfendem Herzen hastete Noelle hinaus auf den Flur. Als sie die Diele erreichte, sah sie ihre Großmutter gekrümmt am Fuß der Treppe liegen wie einen achtlos hingeworfenen Mantel.

Noelle ließ sich auf die Knie fallen, die plötzlich weich waren wie Butter. Nana war bewusstlos, das Gesicht war wächsern und aschfahl, aber ihre Lider zuckten. Sie war nicht tot. Noelle atmete erleichtert auf.

»Nana, beweg dich nicht, ich rufe Hank an.« Ihr ruhiger Tonfall überraschte sie selbst. Sie zitterte derart, dass sie nicht wusste, wie sie aufstehen, geschweige denn die Treppe hinauf zum Telefon kommen sollte.

Aber irgendwie brachte sie die Kraft auf. Als sie den oberen Treppenabsatz erreichte, sah sie, dass der Hörer ausgehängt war. Nana musste versucht haben, sie bei Inklepaughs zu erreichen und hatte offenbar vergessen, wieder aufzulegen. Sie war in letzter Zeit sehr vergesslich geworden. Noelle drückte die Gabel und wählte Hanks Nummer.

Seine Sprechstundenhilfe, Diana Blaylock, stellte sie Gott sei Dank sofort zu ihm durch. Als Noelle ihm berichtete, was passiert war – wieder überrascht vom festen Klang ihrer eigenen Stimme, der in krassem Widerspruch stand zum Rasen ihres Herzens –, übernahm er sofort die Führung.

»Versuch nicht, sie zu bewegen«, warnte er sie. »Sie könnte sich etwas gebrochen haben. Warte, bis ich bei euch bin.«

Minuten später traf Hank in Begleitung mehrerer Feuerwehrleute ein. Noelle hatte die Haustür offen stehen lassen, und als er hereinstürmte, noch in seinem weißen Kittel und mit schief sitzender Krawatte, wäre sie vor Erleichterung beinahe in Tränen ausgebrochen. Sofort kniete er nieder, um ihrer Großmutter den Puls zu fühlen und sie auf Knochenbrüche zu untersuchen.

»Das wird wieder, Doris«, murmelte er beruhigend. »Sie sind nur schlimm gestürzt, das ist alles.« Hank zeigte auf die Feuerwehrleute, die mit einer Trage bereitstanden.

Nana stöhnte und kam langsam wieder zu sich. »Nicht ... ins Krankenhaus«, murmelte sie gepresst. »Wollte meine Enkelin ... Noelle? Noelle, Liebes, wo bist du?«

»Ich bin hier, Nana«, rief Noelle ganz aus der Nähe.

»Notfall ...« Nana rollte furchtsam die Augen, und ihre Lider flatterten.

Hank tätschelte beruhigend ihre Hand. »Ja, wir bringen Sie in die Notaufnahme, Doris, aber keine Bange. Ich werde dafür sorgen, dass man Sie nicht länger dort behält als unbedingt nötig.«

»Nein ... bitte ... muss Noelle sagen ...«

Er nahm eine Spritze aus seinem Arztkoffer. »Ich gehe Ihnen jetzt etwas gegen die Schmerzen. Entspannen Sie sich. Gleich werden Sie nichts mehr spüren.«

Noelle sah, wie ihrer Großmutter die Augen zufielen, und grenzenlose Dankbarkeit wallte in ihr auf. Es kam ihr vor, als hätte sie ihr ganzes Erwachsenenleben falsch herum durch ein Teleskop geschaut und als sähe sie erst jetzt den Mann vor sich, mit dem sie verheiratet sein sollte. Ein Mann in verknitterten Chinos und einem karierten Hemd, an dem ein Knopf fehlte, ein Mann, der weder weltgewandt noch modisch und doch zehn Filmstars wert war. Als er aufblickte und sie mit seinen warmen teebraunen Augen anschaute, dachte sie mit Bedauern: Ich würde sofort zugreifen, Hank Reynolds ... wenn meine Welt nur so lange stillstehen würde, dass du aufspringen könntest.

Welche Ironie, dass heute ihr Hochzeitstag war. Erst heute Morgen beim Zähneputzen war ihr wieder eingefallen, dass sie sich vor neun Jahren glücklich auf eine Hochzeit vorbereitet hatte, ohne zu ahnen, worauf sie sich einließ.

Hank bestand darauf, sie nach Schenectady ins Krankenhaus zu fahren. »Tu mir den Gefallen«, sagte er und nahm ihr sanft aber entschieden die Wagenschlüssel aus der Hand.

»Was ist mit deinen anderen Patienten?«

»Diane hält die Stellung, bis ich zurück bin.«

Noelle stieg gerade in ihren Volvo, als sie im Haus das Telefon läuten hörte. Es hatte in der vergangenen Viertelstunde immer wieder geläutet, aber sie war nicht rangegangen. Und sie würde auch jetzt nicht rangehen. Wer immer es war, würde es eben später noch einmal probieren müssen. Sie dachte nicht weiter darüber nach, sondern schloss die Augen und sandte ein Stoßgebet zum Himmel, dass ihre Großmutter bald wieder auf den Beinen war.

Kurz darauf fuhren Hank und sie so schnell, wie unter Einhaltung der Geschwindigkeitsbegrenzung möglich, auf der Interstate in Richtung Norden. Sie erreichten das Krankenhaus, als Nana gerade zum Röntgen gebracht wurde. Sie war noch ganz benommen und murmelte unverständliches Zeug ausgerechnet über Bronwyn. Noelle war erleichtert, dass sie wieder etwas Farbe im Gesicht hatte, und atmete auf, als der Arzt ihr mitteilte, dass ihre Großmutter sich bei dem Sturz »nur« eine leichte Gehirnerschütterung zugezogen und eine Rippe angeknackst hatte.

Hank blieb, bis sie in einem Einzelzimmer untergebracht war, bevor er sich widerstrebend verabschiedete. Montagabends besuchte er immer seine Patienten im Sunshine-Seniorenheim, und wenn er nicht bald aufbrach, würde er sich verspäten.

Noelle bestand darauf, dass er ihren Wagen nahm. Sie würde später mit ihrer Mutter zurückfahren. Aber er wollte nichts davon wissen. Als sein Taxi kam, nahm er sie kurz in die Arme und flüsterte ihr ins Ohr: »Ruf mich an, wenn du zu Hause bist, okay? Ganz egal, wie spät es ist.«

»Versprochen.« Sie küsste ihn auf den Mund. Hier wo sie niemand kannte, brauchten sie sich nicht zu verstecken.

Es war schon lange dunkel, als ihre Mutter und ihre Tante eintrafen. Trish war den ganzen Tag auf einer Buchmesse in Saratoga Springs gewesen, und Mary hatte den Nachmittag damit verbracht, Freunde von Buck Van Doren ausfindig zu machen – offenbar vergeblich. Natürlich hatte ausgerechnet an diesem Tag der Akku ihres Handys den Geist aufgegeben.

Als sie das Zimmer betraten, schlief Nana tief und fest, und Noelle döste in einem Stuhl an ihrer Seite. Gähnend stand sie auf und begrüßte sie.

»Es geht ihr soweit ganz gut, sie ist nur etwas durchgerüttelt. Der Arzt hat gesagt, sie kann morgen schon wieder nach Hause.« Noelle sprach leise, um ihre Großmutter nicht zu wecken.

»Fahr nach Hause und ruh dich aus, Schatz«, sagte Mary. »Wir bleiben noch eine Weile, für den Fall, dass sie aufwacht.«

Noelle sah auf die Uhr und stellte überrascht fest, dass es schon nach zehn war. »Ich sollte noch warten. Nana war wegen irgendetwas sehr aufgeregt. Sie hat ständig gemurmelt, ich müsse Bronwyn anrufen, es sei wichtig.«

»Du weißt ja, wie verwirrt sie in letzter Zeit ist. Bestimmt ist das nur ihrer Fantasie entsprungen.« Tante Trish nahm ihren Arm und führte sie zur Tür. »Wenn sie aufwacht, erklären wir ihr, dass du nicht länger bleiben konntest. Deine Mutter hat Recht; du solltest nach Hause fahren und ausruhen, sonst bist du die Nächste, die ärztlicher Hilfe bedarf.«

Noelle dachte an Hank und fragte sich, ob das so furchtbar wäre.

Mary begleitete sie hinaus auf den Flur. Der Stress der letzten Wochen war auch ihr inzwischen anzusehen. Sie wirkte angespannt, und ihre Augen waren leicht gerötet. Sie hob eine Hand und strich Noelle leicht über das Haar. »Fahr vorsichtig, ja?«

Sie klang genau wie Nana. *Eines Tages werde ich dasselbe zu Emma sagen.* Der Gedanke versetzte Noelle einen Stich.

Es war schon viertel vor elf, als sie den Wagen in die Auffahrt ihrer Mutter lenkte. Wegen eines Unfalls waren auf der Interstate mehrere Fahrspuren gesperrt gewesen, weshalb die Heimfahrt deutlich länger gedauert hatte als normal. Als sie die Verandatreppe hinaufging, war sie so erschöpft, dass sie nur noch ihre verschwitzten Kleider ausziehen und ins Bett fallen wollte. Plötzlich löste sich eine dunkle Gestalt aus den Schatten am anderen Ende der Veranda. Noelle stieß einen erstickten Schrei aus.

»Ich bin's nur.« Bronwyn trat in den schwachen Schein der Außenbeleuchtung.

Noelle ließ sich auf den Rattanstuhl neben der Haustür fallen und drückte eine Hand auf ihr wild hämmerndes Herz. »Du hast mich fast zu Tode erschreckt!«

»Tut mir Leid. Das wollte ich nicht.« Mit einem leicht schüchternen Blick setzte ihre Schwester sich auf den freien Stuhl neben ihrem. »Ich habe versucht, dich anzurufen, aber du warst nicht zu Hause. Ich habe es Stunden versucht.«

»Meine Großmutter ist böse gestürzt. Ich war bei ihr im Krankenhaus.«

»O mein Gott.« Ihre Schwester schaute so betreten, als wäre sie Schuld an dem Unfall. »Ist sie ... ich meine, sie wird doch wieder ganz gesund, oder?«

»Gott sei Dank hat sie sich nur eine Rippe angeknackst. Sie kommt morgen schon wieder nach Hause.« Plötzlich fiel Noelle wieder ein, dass das Telefon ständig geklingelt und Nana ständig von Bronwyn angefangen hatte. »Was ist denn so wichtig, dass es nicht bis morgen warten kann?«

»Erinnerst du dich an Dante, den Typen, von dem ich dir erzählt habe? Der, mit dem ich mich treffe?« Bronwyn beugte sich in ihrer Dringlichkeit vor.

»Du meinst, der Typ, mit dem du dich hinter Dads Rücken triffst«, sagte Noelle.

»Keine Haarspaltereien, bitte«, knurrte Bronwyn unwirsch. »Es ist ernst.«

»Ich hoffe, du kommst mir nicht wieder mit dieser Mantel-und-Degen-Geschichte.« Noelle fühlte trotzdem, wie eisige Kälte ihren Rücken hinaufwanderte. Es war leicht, zu scherzen, aber seit sie von Corinne und Buck wusste, kam sie nicht mehr so leicht gegen die wachsende Furcht an. Sie konnte sich gut vorstellen, wie der junge Robert in einem Anfall rasender Eifersucht gegen seine Freundin handgreiflich wurde ... so wie sie sich auch vorstellen konnte, dass er *ihr* etwas antat.

»Dante weiß einiges«, beharrte Bronwyn.

»Was weiß er?«

Bronwyn beugte sich zu ihr herüber, ihre dunklen Augen lagen im Schatten. »Wer immer Dads Fensterscheiben eingeworfen und die Kirche verunstaltet hat, hat für heute Abend etwas noch Ernsteres geplant.«

»Und warum erzählst du das mir? Warum bist du damit nicht zu Dad gegangen?«

Ihre Schwester ließ die Schultern hängen. »Dann hätte ich ihm alles sagen müssen. Und wenn er erst von Dante erfährt, bekomme ich Hausarrest bis ans Ende meiner Tage.«

»Meinst du nicht, das Risiko ist es wert, falls es stimmt, was dein Freund sagt?«

»Aber genau das ist ja das Problem. Woher soll ich wissen, ob es wirklich stimmt?«

»Und was erwartest du von mir?« Manchmal konnte Noelle einfach nicht glauben, was ihre Schwester von sich gab.

»Zur Polizei können wir nicht gehen«, stellte Bronwyn fest.

»So viel steht fest.« Noelle verdrehte die Augen.

»Ich denke, das Einfachste wäre, wenn wir den Kopf in den Sand stecken und hoffen, dass gar nichts passiert.« Bronwyn fing an, am Daumennagel zu kauen – eine alte Angewohnheit noch aus der Kindheit. Der Ausdruck auf ihrem Gesicht war Noelle ebenfalls vertraut. »Andererseits ... wenn wir den Kerl in flagranti erwischen könnten ...«

»Du meinst Robert? Der wäre sicher nicht so dumm, sich die Hände schmutzig zu machen«, meinte Noelle wegwerfend.

»Dann einen seiner Handlanger.«

»Du hast zu viele Filme gesehen.« Noelle zupfte an einer von Bronwyns langen Haarsträhnen. »Und überhaupt, einmal angenommen, wir würden seinen Mann erwischen – bei was auch immer. Was für Beweise hätten wir? Unser Wort stünde gegen seins.«

»Auch daran habe ich gedacht.« Bronwyn beugte sich vor und kramte etwas aus dem Rucksack, den sie neben ihrem Stuhl abgestellt hatte. *Dads Videokamera,* stellte Noelle fest. »Wir filmen den Kerl und zeigen das Band der Staatspolizei in Albany. Mit einem solchen Beweis werden sie ihn in null Komma nichts zu einem Geständnis bewegen können.«

»Na großartig. Jetzt sind wir also Cagney und Lacey.«

»Wer?«

»Vergiss es. Und wo soll das Ganze überhaupt stattfinden? Weißt du das auch?«

»An der Methodistenkirche in der Grandview.«

Noelle richtete sich auf; ihr Interesse war geweckt. Roberts Eltern gehörten der Methodistenkirche an. Dort hatten sie und Robert geheiratet. Und dort ruhte auch Buck in der Familiengruft.

Zufall? Vielleicht, aber dann war es einer zu viel. Sie wusste, dass ein guter Reporter zumindest Anlass sehen würde, dem nachzugehen. Trotzdem zögerte sie noch. Etwas störte sie allerdings.

»Ist dir auch der Gedanke gekommen, dass man *uns* erwischen könnte?«, fragte sie. »Wenn dieser Typ, wer immer es auch sein mag, für Robert arbeitet, könnten wir uns in eine gefährliche Situation begeben.«

»Du willst doch Emma zurückhaben, stimmt's?«

Glühender Zorn stieg in Noelle auf. »Darauf werde ich nicht einmal antworten.«

»Tut mir Leid, aber verstehst du denn nicht? Das könnte deine einzige Chance sein, ihn dranzukriegen. Denk doch nur daran, wie du dich fühlst, wenn du diese Chance nicht ergreifst.«

Bronwyn hatte Recht. Wie würde sie sich dann fühlen?

Sie legte die Arme um den Oberkörper und blickte auf die erhellten Fenster in der Straße, die ihr wie Leuchttürme der Vernunft in einem Meer aus verrückten Einfällen erschienen. Was würden die Nachbarn denken, wenn sie diese Unterhaltung mithören könnten? Nette, ganz normale Leute, die mitfühlend den Kopf schüttelten beim Anblick der Fotos vermisster Kinder auf Milchkartons, aber ansonsten nicht weiter darüber nachdachten, wie es wäre, einen Angehörigen aus ihrer Mitte zu verlieren. Menschen, die zur Arbeit gingen, heimkamen, vor dem Fernseher zu Abend aßen und über Trockner scherzten, die Socken fraßen, denen es aber an Fantasie mangelte, sich vorzustellen, wie sie sich fühlen würden, wenn plötzlich ein großer Brocken aus ihrem Leben herausgerissen würde.

Abrupt erhob sie sich, von einem Adrenalinschub angetrieben. Sie schnappte sich den Rucksack ihrer Schwester und warf ihn sich über die Schulter. Als Bronwyn hierauf nicht sofort aufsprang – offenbar zu verdattert –, sagte sie unfreundlich: »Was ist, worauf wartest du?«

Die United Methodist Church war unten auf der South Grandview, anderthalb Meilen von dort entfernt, wo die Grandview Avenue endete und die Bergstraße zum Windy Ridge begann. Sie war Ende des 19. Jahrhunderts gebaut worden und ein typisches Beispiel für die Kirchen Neuenglands: schlicht und mit

Holzschindeln verkleidet, mit einem spitzen Turm, von dem aus die Glocke sonntags zu jeder Stunde läutete. Neben einem rot gepflasterten Weg mit gepflegten Rasenflächen rechts und links stand ein erleuchteter Glaskasten, in dem Messen und besondere Veranstaltungen bekannt gemacht wurden. Als die zwei Frauen sich zu Fuß näherten, nachdem sie den Volvo vorsichtshalber eine Viertelmeile vor der Kirche geparkt hatten, fiel Noelles Blick auf die fetten Lettern der spirituellen Botschaft der Woche: BATTERIEN LEER? SCHAUEN SIE VORBEI UND SIE LADEN IHREN AKKU NEU AUF.

Sie lächelte grimmig. Sieht aus, als wäre ich hier genau richtig, lieber Gott, dachte sie. Was immer sich aus dieser nächtlichen Expedition ergab, sie würde nicht mit leeren Händen nach Hause gehen.

Sie dachte an die Gottesdienste, an denen sie und Robert zusammen mit seinen Eltern teilgenommen hatten. In den Jahren ihrer Alkoholsucht war die Kirche der einzige Ort gewesen, an dem sie in aller Ruhe dasitzen und über das Chaos nachdenken konnte, das sie in ihrem Leben angerichtet hatte. Später, als sie dann trocken war, war sie dankbar gewesen für die Gelegenheit, Verstand und Geist ruhen zu lassen nach den endlosen kräftezehrenden Abendessen und Cocktailpartys. Ein weiterer, weniger tröstlicher Gedanke schlich sich ein: *Hat es nicht einem Teil von dir gefallen? Dieses rosarote Bild von dir und deinem gut aussehenden, erfolgreichen Mann neben seinen gesellschaftlich prominenten Eltern?*

Sie musste sich eingestehen, dass Robert nicht allein schuld war am Scheitern ihrer Ehe. Hatte sie sich nicht blenden lassen? Das stille Büro-Aschenbrödel, das von seinem attraktiven, viel älteren Boss aus dem Dunkel ans Licht geholt, über Nacht von einer grauen Maus mit einem ebenso grauen Dasein in eine Märchenprinzessin verwandelt wurde.

Aber nichts von alledem war umsonst gewesen, weil aus dieser Beziehung Emma hervorgegangen war. Darum konnte sie nichts bereuen. Und wenn die heutige Aktion, so verrückt sie auch erscheinen mochte, sie ihrem Kind auch nur einen Schritt näher brachte, dann war es das Risiko wert.

Sie schaute sich um und kam sich vor wie in einer Filmkulisse: die verlassene Kirche, der Vollmond und die Nebelschwaden aus Gottes Spezialeffekte-Repertoire. Wenn Lacey erfuhr, was sie getan hatte, würde sie sie für völlig durchgeknallt halten. Und damit hätte sie wahrscheinlich gar nicht so Unrecht.

Ein schmalerer Pfad führte seitlich an der Kirche vorbei zu einem dahinter liegenden Feld. Im dunstigen Mondschein waren inmitten blasser Grasbüschel noch die Umrisse der ursprünglichen Kirche zu erkennen, die irgendwann Mitte des 19. Jahrhunderts niedergebrannt war. Gelbe Schafgarbe wuchs zwischen den alten moosbedeckten Steinen, und wilde Himbeeren hatten die Überreste des alten Kamins vollständig überwuchert.

Noelle fiel plötzlich der Titel eines Romans von Nancy Drew ein, den sie Bronwyn leichtsinnigerweise geliehen hatte: »Der Hinweis auf der bröckelnden Mauer«. Ja, genau das war es, noch alberner als im Film: wie aus einem Roman von Nancy Drew. Sie unterdrückte ein Kichern. Sie war nicht sicher, ob sie, wenn sie erst anfing zu lachen, wieder würde aufhören können.

Etwa fünfzehn Meter hinter den Ruinen der alten Kirche führte ein gewundener Weg zu einer Lichtung, die von einem niedrigen schmiedeeisernen Zaun umgeben war. Der Friedhof war gepflegt und wäre Noelle normalerweise nicht unheimlich gewesen, aber bisher hatte sie ihn nur bei Tageslicht gesehen. Jetzt im Mondlicht, mit Schatten, die unter Grabsteinen und Obelisken hervorgekrochen waren, wirkte er irgendwie bedrohlich.

Sie fröstelte. Ein leichter Wind, der schwach nach Kiefernnadeln duftete, raschelte im dichten Laub der Bäume über ihnen. Sie erinnerte sich, dass das Kirchengelände an den Staatsforst grenzte. Hier gab es Meilen im Umkreis niemanden, der ihre Rufe gehört hätte.

Sie wandte sich Bronwyn zu und flüsterte. »Irgendwie habe ich plötzlich das Gefühl, das war doch keine so gute Idee.«

Ihre Schwester zuckte die Achseln. »Das Gefühl hat man oft bei den besten Einfällen.«

»Ich hoffe, du hast daran gedacht, ein Band einzulegen.« Sie klopfte auf das Gehäuse der Videokamera in Bronwyns Hand und dachte bei sich: Großartig, ein Heimvideo zweier Frauen, denen die Haare zu Berge stehen.

»Pssst. Sie könnten uns hören.«

Wer sollte sie hören? Hier war es so still wie ... Noelle zog es vor, den Gedanken nicht zu Ende zu denken.

Bronwyn nahm ihre Hand und drückte sie ganz fest. Gemeinsam begannen sie, dem Pfad bergan zu folgen. Grillen zirpten im Mondlicht, das in breiten Streifen zwischen die Berberitzen und niedrigen Büschen fiel. Noelle sah plötzlich ihre Schwester im Alter von neun Jahren steif am frisch ausgehobenen Grab ihrer Mutter stehen: ein mageres kleines Ding mit riesigen Augen, den kleinen dunklen Kopf auf dem blassen dünnen Hals gebeugt.

Aus der Nähe war der Friedhof bei weitem nicht so unheimlich wie aus der Ferne. Vielleicht lag es daran, dass sie weit und breit keinen von Roberts Männern sehen konnten ... wobei sie ehrlich gesagt bezweifelte, dass sie überhaupt kommen würden. Vielleicht lag es auch daran, dass ein Teil von ihr – jener Teil, der bei jedem Geräusch zusammenzuckte und auf dunklen Straßen schneller ging – dicht gemacht hatte wie ein überlasteter Motor. Die Version eines eingeschlafenen Arms oder Beins auf Verstandesebene, wenn nur das unangenehme Kribbeln übrig war, das die Rückkehr des Gefühls ankündigte.

Sie schaute sich um. An den Rändern war der Friedhof in

undurchdringliche Schwärze getaucht, die von den Bäumen ringsum herrührte, dicht und dunkel wie eine Festung. Aber die sichtbaren Grabsteine waren ordentlich gepflegt und die meisten mit Blumen oder Kränzen geschmückt. Noelle ging durch den Kopf, dass ein Grab viel über den Verstorbenen aussagte. Man brauchte sich nur anzusehen, wie sorgfältig sein Grab gepflegt wurde. Vor allem, wenn das Todesdatum auf dem Stein noch recht neu war. Die am liebevollsten gestalteten und auch traurigsten Gräber waren jene von Kindern. Flüchtig ließ sie den Strahl ihrer Taschenlampe über eine Inschrift in einem polierten Granitstein gleiten:

Liebste Tochter, bist von uns gegangen
In abgrundtiefer Trauer sind wir gefangen
Aber Gott, der dich zu sich geholt
Wird auch heilen unsere Not

Ihr fiel das Lied ein, das Nana ihr vorgesungen hatte, als sie noch klein gewesen war. *Morgen früh, so Gott will, wirst du wieder geweckt.* Noelle schauderte. Und das sollte ein Wiegenlied sein? Wie konnte man ein Kind in den Schlaf singen, indem man ihm vor Augen führte, dass es vielleicht nicht wieder aufwachen würde? Kein Wunder, dass sie als Kind so oft Albträume gehabt hatte.

Bronwyn an ihrer Seite stieß einen erstickten Schrei aus. »Hast du das gehört?«

»Was soll ich gehört haben?« Noelle knipste die Taschenlampe aus.

»Es klang, als käme es von da drüben.« Sie zeigte auf das dichte Gestrüpp zu ihrer Rechten. Aber Noelle konnte nichts sehen, und das Einzige, was sie hörte, war das Rufen einer Eule.

Trotzdem sträubten sich ihr die Nackenhaare. »Ich habe genug gesehen«, zischte sie. »Oder ist es vielleicht deine Vorstellung von Spaß, die ganze Nacht im Freien rumzuhängen und sich von den Mücken auffressen zu lassen?«

Ihre kleine Schwester hatte wie in »Peter und der Wolf« einmal zu viel Alarm gegeben. Noelle wusste, dass es keine böse Absicht war. Bronwyns Fantasie war wie das Buch, das sie Emma so oft vorgelesen hatte, dass die einzelnen Seiten sich gelöst hatten: »Wo die wilden Kerle wohnen«. Das Buch handelte von einem Wald, in dem es wimmelte von Ungeheuern und »schwarzen Männern«.

»Ich schwöre, dass ich etwas gehört habe.« Bronwyns Augen waren so schwarz wie die umliegenden Schatten. »Bist du ganz sicher, dass du es nicht gehört hast?«

»Das Einzige, dessen ich mir sicher bin, ist, dass wir uns aufführen wie die Idioten.« Ärgerlicher auf sich selbst als auf ihre Schwester ging Noelle den Weg zurück, den sie gekommen waren.

Das Tor quietschte laut, als sie den Friedhof verließ, und sie musste an die Scheune denken, die, solange sie denken konnte, jedes Jahr an Halloween in ein Gespensterschloss verwandelt wurde. *Es gibt keinen Grund, sich zu fürchten,* hatte sie sich damals gesagt. *Es ist alles nur Theater. Ein paar falsche Skeletts, falsches Blut und Geräusche vom Band.*

Aber dieser Friedhof war echt.

In diesem Moment ließ eine Bewegung am Zaun sie herumfahren. Dann sah sie, dass es nur ein Ast war, der im Wind schaukelte. Etwas darunter erregte ihre Aufmerksamkeit: ein dunkler Erdhügel, der nur von einem frischen Grab stammen konnte. Das Kribbeln in ihrem Kopf wurde stärker, wie wenn die Blutzirkulation in ein taubes Gliedmaß zurückkehrte. *Sie sind alle hier begraben,* dachte sie. *Nicht nur Buck. Ganze Generationen seiner Familie. Da drüben unter diesen Bäumen.*

Als sie den Mund öffnete, um Bronwyn zu rufen, brachte sie nur ein Krächzen zustande. Sie warf einen panikartigen Blick über die Schulter. Aber ihre Schwester, die eben noch direkt hinter ihr gewesen war, war verschwunden. Sie sah nur Grabsteine, die sie gleichgültig anstarrten. Panik sprang sie aus dem Dunkel an wie ein wildes Tier. *Die Schatten narren mich,* sagte sie sich. *Sie ist da; sie muss da sein.*

Ihre sämtlichen Instinkte rieten ihr zu fliehen, aber stattdessen bewegte sie sich wie ein Schlafwandler auf das Familiengrab der Van Dorens zu. Es kam ihr vor, als ginge sie unter Wasser, als wate sie zwischen den versunkenen Ruinen einer untergegangenen Zivilisation her. Im getupften Mondschein glitt sie am schlichten, mit Flechten überzogenen Grabstein von Jacob Van Doren vorbei, der 1775 bis 1850 gelebt hatte. *Er war Steinmetz,* ging es ihr durch den Kopf. Sie registrierte die Gräber von Jacobs Ehefrau und seinen Kindern, bevor sie an einem Marmormonument stehenblieb, das von steinernen Urnen flankiert wurde. Es war viel zu pompös für den einfachen Friedhof und konnte nur zu Thomas Van Doren gehören, Roberts Urgroßvater. Es hieß, er wäre ein kaltherziger Mann gewesen und habe den Tod von sechs Arbeitern verschuldet, die beim Einsturz eines Gerüstes, das nicht einmal die einfachsten Sicherheitsstandards erfüllte, umgekommen waren.

Plötzlich bemerkte sie etwas, das nicht ins Bild passte, etwas, das sie erschütterte. Vereinzelt waren Grabsteine gespalten worden wie mit einem Vorschlaghammer, und im Gras verstreut lagen Granitbrocken, deren Bruchkanten bleich schimmerten wie Knochen. Eine Steinfigur lag umgestürzt auf der Seite, die Statue eines kleinen Mädchens, das die Arme um einen Hund geschlungen hatte: Roberts Großtante Martha, die im Alter von dreizehn Jahren von einem volltrunkenen Bürstenvertreter mit einem Packard überfahren worden war, und ihr geliebter Terrier MacPherson, der nur einen Monat später an gebrochenem Herzen eingegangen war (oder zumindest erzählte man sich das).

Noelle blieb am Rand der frisch ausgehobenen Grube stehen, die sie schon vom Weg aus bemerkt hatte. Wer in Roberts Familie war den kürzlich gestorben? Sein bettlägeriger Onkel Pete aus Providence? Sein kränkelnder Vetter aus New Haven?

Dann fiel ihr Blick auf etwas, das aus der frisch umgegrabenen Erde ragte: die morschen Überreste eines Sarges. Ihr war, als befände sie sich in freiem Fall. Gott, großer Gott. Sie wollte gar nicht wissen, wessen Sarg es war, nein, auf keinen Fall, aber ihr Blick wurde magisch von dem Grabstein angezogen, der schräg daneben stand:

JAMES BUCHANAN VAN DOREN
1948–1969

Ein Schrei blieb in ihrer Luftröhre stecken, als hätte sie sich an einem großen Brocken verschluckt. Sie bekam keine Luft mehr. Sie glaubte zu ersticken.

Und dann hörte sie etwas. Es konnte das Rascheln des Windes in den Baumwipfeln über ihr sein oder eine Feldmaus zwischen den trockenen Ästen, mit denen der Boden übersät war. »Bron?«, krächzte sie. »Bron, bist du das?«

Sie nahm aus den Augenwinkeln eine plötzliche Bewegung wahr. Ein Ast knackte, viel zu laut für eine Maus. Mit wild klopfendem Herzen fuhr sie herum und stieß sich in der Dunkelheit den Kopf an einem tiefhängenden Ast. Es war ein harter Schlag, und ein brennender Schmerz durchzuckte ihren Schädel – gepaart mit Zorn über ihre eigene Ungeschicklichkeit. Träge rote Punkte tanzten vor ihren Augen. Sie registrierte vage, dass sie zusammensackte. Dann sprach der Ast.

Durch das Rauschen in ihrem Ohren hörte Noelle überrascht eine Stimme, die Roberts verblüffend ähnlich war. Freundlich sagte sie: »Alles Gute zum Hochzeitstag, Liebling.«

# Kapitel 17

Fünf Meilen entfernt, in dem zweistöckigen Verlagsgebäude des *Register,* wo viele der neuen Fenster noch streifig waren von Klebeband, blickte Charlie Jeffers von dem Artikel auf, den er gerade redigierte, und stellte überrascht fest, dass es schon Mitternacht war. Er warf sicherheitshalber noch einen Blick auf die Wanduhr, um sicher zu gehen, dass die Uhr auf seinem Schreibtisch auch richtig ging. Wie konnte das sein? Bronwyn fragte sich sicher schon, wo er so lange blieb. Vielleicht hatte sie sogar schon versucht, ihn zu erreichen, aber um diese Zeit lief nur das Band. Er griff eben nach dem Telefonhörer, als Tim Washburn, der neue Wachmann, an die Tür klopfte. Charlie blickte auf und erblickte durch die Glastür den pensionierten County Sheriff, ein Mann mittleren Alters, gebaut wie eine Dampfwalze.

»Entschuldigen Sie die Störung, Mr Jeffers, aber da draußen ist ein junger Kerl, der Sie sprechen möchte. Ich habe ihm gesagt, dass es dafür schon ziemlich spät wäre, aber er lässt sich nicht abwimmeln.« Washburns kleiner Mund, der eingerahmt wurde von einer fleischigen schlaffen Wangenpartie, brachte seine Missbilligung deutlich zum Ausdruck.

Charlie fuhr sich mit der offenen Hand über das Gesicht. Er war müde. Und er war es gewohnt, dass zu den merkwürdigsten Zeiten irgendwelche Spinner in der Redaktion auftauchten und behaupteten, ein Ufo gesehen zu haben oder einen Typen, der genauso aussah wie James Dean (dabei wäre Dean, wenn er denn noch lebte, längst ein alter Mann). Zu den Pflichten der zweiköpfigen Crew, die die Schicht von neun bis Mitternacht innehatte, gehörte es auch, solche »heißen« Tipps zu überprüfen. Er würde den nächtlichen Besucher an Freddy Slater verweisen. Freddy war fast ebenso lange dabei wie Charlie selbst; es gab nichts, was er nicht schon gehört oder gesehen hätte.

»Hat er gesagt, worum es geht?«, fragte Charlie.

»Nein, nur seinen Namen.« Der Wachmann kratzte sich den Stiernacken, der von feinen, pelzartigen Stoppeln bedeckt war. »Dante Lo Presti. Kennen Sie den Kerl?«

Charlie war sofort hellwach. Die Müdigkeit wich schlagartig einer prickelnden Energie. »Ja, ich kenne ihn. Das geht in Ordnung, Tim, Sie können ihn rauflassen.«

Er blickte dem blauuniformierten Wächter nach, der sich mit wiegendem Gang durch die Redaktion entfernte, die verlassen war, abgesehen von den zwei Schreibtischen, an denen Freddys und Gregs Computerschirme glommen. Seine Gedanken überschlugen sich. Bei seiner Verhaftung hatte Dante Lo Presti seine Unschuld beteuert ... und Charlie glaubte ihm. Nicht weil er dem Jungen die Tat nicht zugetraut hatte, sondern weil sein Reporter-Instinkt ihm gesagt hatte, dass das Ganze inszeniert war.

Nicht abstreiten konnte dieser Dante jedoch, dass er um seine Tochter herumscharwenzelte.

Bronwyn hatte ihm versichert, dass sie ihn nicht mehr traf, und er hatte ihr geglaubt. Aber einmal angenommen, sie hatte ihn angelogen. Dann würde er gezwungen sein, Maßnahmen zu ergreifen. Und das würde Dante Lo Presti für Bron nur noch reizvoller machen. Und das konnte dazu führen, dass ... nun ja, zu weiß Gott was. Die Erinnerung daran, was er und Mary in diesem Alter getrieben hatten, ließ sämtliche Alarmglocken in seinem Kopf schrillen. Und keine Androhung einer noch so drakonischen Strafe hätte sie voneinander fernhalten können.

Ein Bild stieg vor seinem inneren Auge auf. Mary mit sechzehn, deren unglücklicher Gesichtsausdruck ihm verriet, dass sie schwanger war, noch bevor sie es aussprach.

Mein Gott, war das vielleicht der Anlass für diesen Besuch? Etwas, das Bronwyn sich nicht traute, ihm zu gestehen? Er betete, dass Dantes Besuch nichts mit Bron zu tun hatte, sondern dass er vielmehr seine Version der Geschichte erzählen oder Informationen über den wahren Schuldigen liefern wollte, der hinter dem Vandalismus der vergangenen Wochen steckte. Sogar ein tätlicher Angriff wäre ihm lieber gewesen.

Aber der junge Bursche, der Minuten später in sein Büro geführt wurde, hatte nichts Bedrohliches an sich. Er war nur nervös. Nein, mehr als das: Er hatte Angst. Dieser muskelbepackte Achtzehnjährige, der mindestens drei Jahre älter aussah, in zu engen Jeans, einem ausgebleichten Jeanshemd mit abgerissenen Ärmeln und einer Tätowierung in Form eines chinesischen Schriftzeichens an einem Oberarm. Er sah Charlie an und ließ dann unruhig den Blick über die gerahmten Auszeichnungen an der Wand gleiten – Charlies bronzene Plakette vom Lions Club neben Zitaten der New York State Press Association aus vier Jahren –, um schließlich an der gerahmten Fotografie von Bronwyn auf seinem Schreibtisch hängen zu bleiben. Charlie fühlte, wie urplötzlich auflodernder unerklärlicher Zorn sich um seine Brust legte wie ein zu enges Korsett.

»Setz dich«, sagte er. Es war weniger eine freundliche Aufforderung als ein Befehl.

Dante, der es ganz offensichtlich nicht für nötig erachtete, sich erst vorzustellen, ließ sich auf den Stuhl gegenüber von Charlies Schreibtisch fallen. »Darf ich rauchen?«

Charlie wollte schon verneinen, aber etwas an der Nervosität des Jungen bewog ihn, seine Meinung zu ändern. »Klar, kein Problem.«

Dante riss ein Streichholz am Absatz eines Stiefels an, der in Höhe des dicken Zehs eine dauerhafte Falte aufwies. Er erinnerte Charlie an jemanden, aber er kam nicht drauf, an wen. Dann beugte der Junge sich abrupt vor und stützte die Ellbogen auf die Knie. Von der Zigarette, die locker zwischen Zeige- und Mittelfinger seiner rechten Hand baumelte, stieg langsam eine dünne Rauchsäule auf.

»Sie werden sich fragen, warum ich hier bin«, sagte er.

»Der Gedanke ist mir durch den Kopf gegangen.« Es klang sarkastischer als es seine Absicht gewesen war, und die Augen seines Gegenübers verengten sich flüchtig.

Aber auf seinen Zügen lag auch ein Ausdruck von Resignation, als wäre Dante Lo Presti es gewohnt, von Männern in Charlies Position vorverurteilt zu werden. »Hören Sie, Mr Jeffers, ich wäre nicht hier, wenn nicht ...« Er verstummte und ließ den Kopf hängen, wobei er den verwundbaren Nacken entblößte. Gott, er ist noch ein Kind, dachte Charlie. Als Dante den Kopf wieder hob, war Charlie richtiggehend schockiert, als er Tränen in seinen Augen sah. »Ich fürchte, Bronwyn steckt möglicherweise in Schwierigkeiten.«

Charlie versteifte sich. »Was für Schwierigkeiten?«

»Ich weiß nicht genau. Ich weiß nur, dass ich sie in den letzten Stunden nicht habe erreichen können.«

»Sie ist zu Hause, so wie immer um diese Zeit.«

Dante schüttelte den Kopf. »Nein. Ich bin sogar vorbeigefahren, um ganz sicher zu gehen.«

Charlie fragte nicht, was das Dante anginge. Stattdessen sagte er: »Wahrscheinlich ist sie bei einer Freundin.«

»Kann sein, aber das glaube ich nicht.«

Charlie wurde wieder wütend angesichts des besitzergreifenden Auftretens des Jungen. »Jetzt hör mir mal zu«, sagte er kalt. »Wenn du Grund hast zu der Annahme, dass mein Kind in Schwierigkeiten ist, dann spuck es aus.«

Dante richtete sich auf und erwiderte seinen Blick fest. Obwohl Charlie etwas in seinen Augen flackern sah, das er nicht zu deuten wusste, erschien ihm der Junge unerklärlicherweise unschuldig. Er zog gierig an seiner Zigarette.

»Das ist eine lange Geschichte, aber ich werde versuchen, mich kurz zu fassen. Ich habe eine Zeit lang gelegentlich für Mr Van Doren gejobbt – Botengänge und dergleichen –, aber worauf es ankommt, ist, dass ich mich mit ein paar von seinen Leuten angefreundet habe. Da ist dieser Typ, der ... Es spielt keine Rolle, wer er ist. Er hat mir gesteckt, dass heute Nacht etwas drüben bei der Methodistenkirche auf der Grandview geplant ist. Irgendein großes Ding, von dem nur der Boss und einer seiner engsten Vertrauten wissen.«

»Was hat das mit Bronwyn zu tun?«, fragte Charlie grimmig.

»Ich habe ihr davon erzählt.«

Das Gefühl der Beklemmung um Charlies Brust verstärkte sich. Sie hatte sich also doch mit ihm getroffen, und das bedeutete, sie hatte ihn angelogen, verdammt. Er war stocksauer und dachte zum ersten Mal daran, seine Tochter übers Knie zu legen.

Aber das Gefühl, hintergangen worden zu sein, wich bald einem ernüchternden Gedanken. Wenn Bronwyn nun tatsächlich in Gefahr war? Er war in letzter Zeit so sehr mit Noelle beschäftigt gewesen, dass ihm gar nicht der Gedanke gekommen war, seine jüngste Tochter könnte ebenfalls bedroht sein.

»Sie musste mir schwören, sich von dort fern zu halten«, fuhr Dante nervös fort. »Aber sie kann verdammt stur sein.«

Die beiden Männer tauschten einen wissenden Blick. Und plötzlich wusste Charlie, an wen Dante ihn erinnerte: an ihn selbst in diesem Alter. Für Marys Eltern war er nur ein dahergelaufener Nichtsnutz gewesen, der ihre Tochter geschwängert hatte. Er dachte an einen Ausdruck, den seine eigene Mutter oft verwendet hatte: Man kann ein Buch nicht nach seinem Einband beurteilen.

Charlie sprang auf. »Komm, wir nehmen deinen Wagen. Du kennst doch den Weg, oder?«

Dante nickte und stand auf. »Ich habe einmal Reverend Cliffords Wagen abgeschleppt. Die Bremsen hatten den Geist aufgegeben. Hatte verdammt großes Glück, der Mann. Er hätte tot sein können.« Er folgte Charlie rüber in die Redaktion, wo das statische Knistern des Polizeifunks eine irgendwie bedrohliche Atmosphäre schuf. Charlie fühlte eine Hand auf seinem Arm, und als er sich umdrehte, begegnete er Dantes fragendem Blick. »He, es macht mir nichts aus, aber ... warum nehmen wir meinen Wagen und nicht Ihren?«

Charlie sagte ihm die Wahrheit. »Meiner war lange nicht mehr in der Inspektion. Der Motor hat ein paar Macken.«

Weiterer Erklärungen bedurfte es nicht. Stans Werkstatt war zwar nicht die einzige in der Stadt, aber die beste, Dante brauchte nicht erst zu fragen, warum Charlie den Wagen nicht früher vorbeigebracht hatte. Er nickte nur und sagte: »Bringen Sie ihn nächste Woche rein, dann sehe ich ihn mir an.«

Die Fahrt zur South Grandview kam ihnen unendlich lang vor, obwohl sie tatsächlich in einer Viertelstunde dort waren. Charlie war beeindruckt von Dantes Fahrweise, nicht rücksichtslos oder angeberisch, aber auch nicht übervorsichtig. Er steuerte seinen Camaro, als hätte er sein halbes Leben nichts anderes getan, und wahrscheinlich traf das sogar zu. Er wusste, dass Kinder wie Dante meist schon sehr früh sich selbst überlassen waren. Eine unangenehme Erinnerung stieg in ihm auf: Er war vierzehn gewesen, und seine Mutter war mit ihm nach Albany gefahren, um Schulkleidung zu besorgen. Auf dem Heimweg hatte sie an einer Bar Halt gemacht, um sich

»nur ein Schlückchen« zu genehmigen«. Natürlich hatte sie sich volllaufen lassen, und Charlie hatte den Wagen heimfahren müssen. Aber das Schlimmste war gewesen, dass er darin geübt war.

Dante parkte den Wagen vor der Kirche, und sie stiegen aus. Die Nacht war sehr still, abgesehen vom Zirpen der Grillen und den unheimlichen Rufen der Nachtvögel. Charlie schaute die Straße hinauf und hinunter, konnte aber weit und breit kein Fahrzeug entdecken. War Bronwyn mit dem Fahrrad hergefahren? Unwahrscheinlich. Das wäre zu weit gewesen, vor allem nachts. Plötzlich kam er sich albern vor, weil er sofort in Panik geraten war. Wäre es nicht vernünftiger gewesen, erst bei Maxie anzurufen? Freundinnen wussten fast immer, was mit der anderen war.

*Nur bei Corinne nicht. Mary hatte nichts von Corinnes Problemen gewusst.*

»Sehen wir uns mal hinten um«, schlug er vor.

Sie überquerten den Rasen, und die Nässe des Grases drang durch die Sohlen seiner durchgetretenen Schnürschuhe. Wenigstens hatte er daran gedacht, eine Taschenlampe mitzunehmen. Auf dem Feld hinter der Kirche erfasste ihr Lichtstrahl den Schwengel einer alten Pumpe. Der Brunnen musste zur alten Kirche gehört haben, die abgebrannt war. Er wusste alles, was es über den Brand zu wissen gab, von alten Artikeln auf Mikrofilm im Zeitungsarchiv. Und solche Aufregung wie in dieser Nacht hatte das alte Gotteshaus in hundert Jahren nicht erlebt. Die Stille war hier so durchdringend, dass sie sich anfühlte wie ein Naturelement, so greifbar und rein wie das Wasser, das einmal aus dem Brunnen geschöpft worden war.

Sein Blick glitt hinüber zu dem kleinen umzäunten Friedhof ein paar Dutzend Meter weiter den Weg hinauf. Er ging auf das Tor zu und kam sich etwas albern vor, als er rief: »Bronwyn! Bist du hier irgendwo? Ich bin's, Daddy.«

Keine Antwort. Charlie wollte schon kehrtmachen, als ein plötzliches Geräusch weiter vorn ihn innehalten ließ. Laub raschelte und Äste knackten, als würde ein verletztes Wildtier durch das Dickicht brechen. Dann löste sich eine Gestalt aus den Schatten und stürzte auf ihn zu. Charlie ließ vor Schreck die Taschenlampe fallen.

In dem Sekundenbruchteil, bevor sie vollständig ins Freie trat, erkannte er die schlanke Gestalt seiner Tochter und ihren etwas eigentümlichen Gang, der daher rührte, dass im Kleinkindalter der zweite Zeh über dem großen Zeh gelegen hatte. Ihr Gesicht schimmerte fahl im Mondlicht, und ihre Arme waren mit blutigen Kratzern bedeckt. Ohne Dante eines Blickes zu würdigen, lief sie geradewegs auf ihren Vater zu. Etwas Hartes in dem Rucksack, den sie über der Schulter trug, stach ihm in die Rippen, als sie sich ihm weinend in die Arme warf. »Daddy, o Daddy!«

»Bron, Schatz, was zum ...«

Sie ließ ihn nicht ausreden. »Ich habe mich vor ihm versteckt. Im Wald. Ich konnte sie nicht mehr warnen.« Sie atmete keuchend, und ihre Stimme glich einem schrillen und doch leisen Kreischen. »Daddy, du musst ihn finden. Er hat Noelle!«

»Bron, was ist hier eigentlich los?« Charlie versuchte, sie von sich zu schieben, aber sie wollte nicht loslassen. Die gleiche Sturheit, die sie veranlasst hatte, mitten in der Nacht herzukommen, ließ sie sich nun an ihn krallen wie eine verstörte Katze. Er fühlte, wie sein Herz sich in Panik verkrampfte. »*Wer* hat Noelle?«

Aber Dante antwortete für sie. Mit ausdrucksloser tonloser Stimme sagte er: »Mr V.«

Als Noelle wieder zu sich kam, lag sie rücklings auf dem Boden, hoch über ihr war das milchige blinde Auge des Mondes. Sie war von undurchdringlicher Schwärze umgeben. Stöhnend drehte sie sich auf den Bauch, wobei prompt ein stechender Schmerz ihren Schädel von einer Schläfe zur anderen durchzuckte. Es war ihr kaum gelungen, sich wacklig wie ein neugeborenes Kalb auf alle viere aufzurichten, als sie sich auch schon übergeben musste.

Als das Würgen verebbte, blickte sie sich in ängstlicher Verwirrung um. Sie befand sich in einer rechteckigen Grube, tief wie ein Swimmingpool, etwa dreieinhalb Meter breit und doppelt so lang. Aber wo war sie?

Die Erinnerung kehrte zurück und traf sie wie ein kalter Regenguss.

Sie sah wieder Bucks geschändetes Grab vor sich: ein furchtbares, klaffendes Loch mit weißlichen Wurzeln, die aus der Erde ragten wie die filigranen Finger einer noch nicht ganz fertigen unheimlichen Kreatur. Und Roberts, die aus dem Dunkel über ihr spöttisch sagte ... »Alles Gute zum Hochzeitstag, Liebling.«

Irgendwie gelang es ihr aufzustehen. Mit einer Hand an die feuchte Wand der Grube gestützt, wartete sie, bis der Boden unter ihren Füßen aufhörte zu schwanken. Sie legte den Kopf schräg und lauschte, aber das einzige Geräusch war das ferne Wispern des Windes in den Bäumen. Sofern ihr Mann irgendwo da draußen war, verhielt er sich still.

Nach und nach gewöhnten ihre Augen sich an die Dunkelheit, und sie erkannte, dass die Seitenwände der Grube nicht gerade waren. Mit etwas Glück und einer geballten Ladung Entschlossenheit würde es ihr vielleicht gelingen, hinauszuklettern. Aber was dann? Lauerte Robert oben auf sie?

Noelle brach der kalte Schweiß aus, und ihr Magen rebellierte wieder. Ihr Schädel pochte bei der geringsten Bewegung. Vorsichtig betastete sie die Beule an ihrem Hinterkopf. Sie zuckte bei der Berührung zusammen. Die Beule war groß wie ein Hühnerei und fühlte sich klebrig an. Sie zog die Hand wieder zurück und starrte entsetzt auf das Blut an ihren Fingern. In der Dunkelheit wirkte es schwarz wie Tusche.

Die Erkenntnis traf sie wie ein Fausthieb in den Magen. Das ist nicht nur eins seiner Psychospielchen. Er meint es ernst. Der Gedanke gab ihr neue Kraft. Noelle streifte die Schuhe ab und wandte sich der glitschigen, lehmigen Erde zu, die vor ihr aufragte wie eine unüberwindbare Mauer. Nach mehreren bangen Minuten fand sie endlich Halt auf einem wenige Zentimeter vorstehenden Stein. Sie streckte die Hand aus und bekam eine Wurzel zu fassen, die sie an einen dicken fleischigen Finger erinnerte. Sie wand sich innerlich und hätte beinahe losgelassen, zwang sich aber, festzuhalten und sich daran hochzuziehen, den anderen Arm auszustrecken und gleichzeitig mit den nackten Zehen Halt zu suchen, bis sie eine weitere Wurzel ertastete. Mühsam kämpfte sie sich Zentimeter für Zentimeter aufwärts, wobei sie die ganze Zeit vor ihrem inneren Auge Bucks ausgehobenes Grab sah.

War diese Grube auch ein Grab? O Gott, lieber Gott, nein. Ihr wurde wieder schummrig, so als würde sie gleich wieder ohnmächtig. Ihr war schwindlig, und ihre Arme und Beine zuckten unkontrolliert.

Mit einer letzten Kraftanstrengung zog sie sich über den Rand und hing dann nach Luft ringend halb in der Grube, halb draußen, wie ein Schwimmer, der sich überlegt, ob er nun aus dem Becken steigen soll oder nicht. Sie atmete mehrmals tief durch, wartete dass das Surren in ihrem Kopf nachließ, und schaute sich dann um.

Im silbrigen Mondschein erstreckte sich eine seltsame Mondlandschaft nach allen Seiten, und hier und da ragten die massigen Umrisse von Baggern in die Nacht. Nach und nach machten ihre Augen einen blassen Streifen unbefestigter Straße aus und eine Baumreihe in der Ferne. Gleich gegenüber von der Straße stand eine große Tafel, die Umrisse leicht erhellt, aber zu weit weg, um zu erkennen, was drauf stand. Aber sie wusste es auch so:

HIER ENTSTEHT DIE CRANBERRY MALL
NEUERÖFFNUNG NOVEMBER 2000

Sie machte noch weitere Landmarken aus. Der Wohnwagen, der Robert als Baustellenbüro diente. Die Umrisse verschiedener Baufahrzeuge. Bagger und Kettenfahrzeuge. Bulldozer und Kräne. Planierraupen, deren Schilder im Mondlicht schimmerten.

Entsetzen schlug wie ein Herz im Mittelpunkt ihrer Benommenheit. *Ich bin nicht allein,* dachte sie. *Er ist irgendwo da draußen.* Sie fühlte es in jedem der Härchen, die sich an ihrem Nacken sträubten, und tief in ihrem Bauch, dem Sitz aller Urinstinkte. Es spielte keine Rolle, dass sie ihn nicht sehen konnte. Genau darum ging es ja, nicht wahr? Sie glauben zu machen, dass sie allein wäre, dass sie nur bis zum Highway laufen und auf einen guten Samariter zu warten brauchte.

*Aber das weißt du nicht sicher,* argumentierte eine innere Stimme. *Du hast dich auch in anderen Punkten geirrt. Vielleicht liegst du auch jetzt falsch.*

Plötzlich kam ihr der Gedanke, dass es noch einen anderen Fluchtweg geben könnte.

Sie betrachtete spekulierend einen Bagger gut zehn Meter entfernt, gleich neben dem großen Haufen Erdaushub aus der Grube. Metallsprossen führten hinauf ins Führerhaus, das auf dem flachen Chassis thronte wie der Ausguck eines Wachtturms. Vor ewigen Zeiten, als sie noch für Van Doren & Sons gearbeitet hatte, hatte es zu ihrem Aufgabenbereich gehört, die Bestellformulare für Ersatzteile auszufüllen. Das meiste von dem, was sie damals gewusst hatte, hatte sie vergessen, und konnte sich nur noch an einzelne Informationen erinnern, die größtenteils wertlos waren. So wusste sie beispielsweise, dass die größten Caterpillars über dreihundert Tonnen wogen und aufgrund der Ölmenge, die nötig war, um diese Ungetüme am Laufen zu halten, die Gefahr eines Motorbrandes sehr hoch war. (Robert hatte einmal gesagt, diese Geräte wären potentielle Brandstiftungsinstrumente.) Aber sie selbst hatte nie einen solchen Bagger bedient. Wozu auch? Hätte ihr seinerzeit ein Wahrsager prophezeit, dass eines Tages ihr Leben davon abhängen würde, hätte sie ihn ausgelacht.

Jetzt war ihr allerdings nicht zum Lachen zumute.

Andererseits, wie schwer konnte es schon sein? Die Schlüssel blieben in der Regel stecken; wer sollte schon so blöd sein zu glauben, er käme mit dem Diebstahl eines Baggers durch? Erst recht, wenn dieser ausgerechnet Robert gehörte. Und was die Schalthebel betraf, würde man schon nicht studiert haben müssen, um dahinterzukommen, wozu sie da waren.

*Glaubst du wirklich, du brauchst nur ein paar Kippschalter umzulegen? Schätzchen, deine Schwester ist offensichtlich nicht die Einzige, die zu viele Filme gesehen hat,* spottete eine zynische innere Stimme. Eine Stimme, die sie als jene ihres Ehemannes wiedererkannte. Robert, der neun Jahre lang alles daran gesetzt hatte, sie klein zu machen, ihr weiszumachen, dass ihre Ambitionen lächerlich seien.

Zorn stieg in ihr auf und verdrängte vorübergehend die Angst. *Ich brauche nicht mehr auf ihn zu hören. Das musste ich nie. Das war mir nur nicht bewusst, bis ...*

Ein Schatten fiel auf sie, und eine Stimme glitt über sie hinweg wie Eiswasser. »Sag mal, Schatz, hast du wirklich geglaubt, du könntest damit durchkommen?« Roberts Stimme, und diesmal nicht in ihrem Kopf.

Noelle war so erschrocken, dass die Ellbogen, auf die sie sich stützte, unter ihr zusammenklappten wie ein wackliger Liegestuhl und sie in einer Erdlawine in die Grube zurückrutschte.

Sie landete mit einem unsanften dumpfen Aufprall und blieb einen Moment atemlos liegen, zu benommen, um sich zu rühren.

*Steh auf,* befahl eine innere Stimme. *Steh auf, solange du es noch kannst.*

Noelle rappelte sich auf. Ihr Kopf dröhnte, aber ihr Rücken war nach dem Sturz Gott sei Dank taub. Desorientiert und gegen den Schwindel ankämpfend, starrte sie zu der dunklen Silhouette vor dem mit Sternen gesprenkelten Himmel auf.

Zorn wallte in ihr auf. Zorn, der so gewaltig war, dass er das Fassungsvermögen ihres zierlichen Körpers überstieg. »Du verfluchter Scheißkerl!«, schrie sie so laut, dass sie das Gefühl hatte, als würden ihre Stimmbänder gleich ihre Kehle sprengen.

Plötzlich verstand sie. Warum er sie hatte herausklettern lassen. Warum er sie nicht gefesselt hatte, bevor sie das Bewusstsein wiedererlangte. Wie eine Katze mit einer Maus spielte, hatte er ihr einen Moment vorgegaukelt, sie könnte im entkommen. Das gehörte zum Spiel. Es machte Robert Spaß, sie zu quälen.

»Welch unschöne Ausdrucksweise.« Sein langer Schatten glitt über den Rand der Grube und bewegte sich von seiner Seite auf die andere, als er vorwurfsvoll den Kopf schüttelte. »Aber eigentlich sollte es mich nicht überraschen. Ich wusste schon bei unserer Heirat, was du bist. Müll, das bist du. Abschaum, wie der Rest deiner Familie.«

Noelle fühlte sich plötzlich sehr klein, wie ein Sandkorn, das verschluckt wurde von der tiefen Baugrube und dem Universum, das sich weit über ihr wölbte. »Warum tust du das?«, rief sie. »Ist es nicht genug, dass du mir mein Kind genommen hast?«

»*Dein* Kind?« Sie sah seine Zähne aufblitzen in einer höllischen Version seines charmanten, beinahe verwegenen Lächelns, das sie einst als naive junge Frau so fasziniert hatte. »Ich fürchte, darum geht es hier nicht. Was mich betrifft, ist dieser Punkt längst erledigt.«

»Glaubst du, ja? Da irrst du dich aber«, widersprach sie heftig, wobei sie derart zitterte, dass sie sich kaum noch auf den Beinen halten konnte. »Mag sein, dass du hier in Burns Lake damit durchkommst, aber es gibt höhergestellte Gerichte. Ich werde dich bekämpfen, Robert. Bis zuletzt. Und wenn es Jahre dauert.«

»Nun, dann sollte ich uns beiden einen Haufen Ärger ersparen. Ganz zu schweigen von den Anwaltskosten«, fügte er schmunzelnd hinzu.

*Er wird mich umbringen.* Der Gedanke durchdrang ihren Zorn, so unausweichlich und klar, als hätte sie es schon immer geahnt. Und vielleicht hatte sie das sogar.

Sie schauderte vor Entsetzen und Angst, weniger um sich selbst, als um ihre Tochter. *Was wird aus Emma, wenn ich nicht mehr da bin, um sie zu beschützen?* »Du bist krank«, sagte sie. Sie hatte es gespürt, ja, aber ihr war bis jetzt nicht bewusst gewesen, wie krank er tatsächlich war. Nicht nur krankhaft in seinem Streben nach Macht und Kontrolle, sondern schlicht verrückt. Ein Irrer, der nicht davor zurückschreckte, seine Freundin zu töten ... oder seine Ehefrau.

Ein tiefes körperloses Lachen. »Und darüber willst ausgerechnet du urteilen, Liebling? Du warst doch nicht umsonst sechs Monate in der Klapsmühle.«

Sie erkannte, wohin das führte, und schluckte den Köder nicht.

»Was hast du heute Nacht auf dem Friedhof gemacht?« Ihre Stimme bebte, und sie hasste sich dafür, dass sie ihm ihre Furcht verriet.

»Dasselbe könnte ich dich fragen.«

»Es gibt in dieser Stadt immer noch Menschen, die nicht auf deiner Seite stehen«, teilte sie ihm mit einer gewissen Befriedigung mit. »Und einer von ihnen hat mir einen Tipp gegeben.«

»Ich könnte dich dazu zwingen, mir zu sagen, wer derjenige

war, aber es spielt keine Rolle. Jetzt nicht mehr.« Robert klang abwesend, fast so, als spräche er zu sich selbst. »Morgen früh, wenn der gute Reverend Clifford seine Runde macht, wird er feststellen, dass die Vandalen, die in letzter Zeit solche Unruhe gestiftet und die Versicherungsprämien in die Höhe getrieben haben, nun auch seinen heiligen Boden entweiht haben. Natürlich wird es einen Polizeibericht geben. Und am Sonntag eine Predigt über den traurigen Verfall moralischer Werte bei der heutigen Jugend. Der brave Reverend muss es ja wissen. Er hat nämlich eine Schwäche für kleine Jungs. Und für einen ganz besonders, einen Siebtklässler, um genau zu sein: den Sohn von Jeff Norword.« Wieder sah sie ihn kalt grinsen, und ihr drehte sich der Magen um. »Du wärst überrascht davon, wie viel ich weiß, Liebling. Nehmen wir beispielsweise deinen Doktorfreund. Ich weiß alles über euch beide. Nur eine Frage: Vögelst du mit ihm?«

»Hör auf damit! Hör auf!« Sie hob die Fäuste an die Ohren und schlug sich an den Kopf, als wollte sie seine Worte aus ihrem Kopf hämmern.

»Ich schätze, ja«, fuhr Robert mit dieser grässlichen körperlosen Stimme fort. »Wer weiß. Vielleicht hast du schon die ganze Zeit mit ihm herumgehurt. Dieses ganze selbstgerechte Gerede über mich und Jeanine, und dabei bist du nicht besser als deine Schwester, dieses Flittchen.«

Noelles Kopf ruckte hoch. »Was hast du mit Bronwyn gemacht?«, fragte sie mit schriller Stimme, die kaum noch als die ihre erkennbar war. »Wenn du ihr etwas getan hast werde ich ...«

»Was? Mich verhaften lassen?« Er lachte höhnisch. »Keine Bange. Es interessiert mich nicht, was sie gesehen hat oder nicht. Wer würde ihr schon glauben? Man würde nur meinen, sie wolle ihren ölverschmierten Schraubendreher schützen.«

Noelle, die sich verzweifelt bemühte, gegen den drohenden

Nervenzusammenbruch anzukämpfen, argumentierte logisch: »Dann brauchst du dir auch meinetwegen keine Sorgen zu machen. Ich bin doch nur eine labile Säuferin, schon vergessen?«

Robert verstummte, und einen flüchtigen Moment glaubte sie, er würde sie tatsächlich gehen lassen, würde ihr gestatten, aus der Grube zu klettern und zur Straße zu gehen. Sie stellte sich vor, wie sie genau das tat und einen Wagen anhielt oder, wenn keiner sie mitnehmen wollte, bis zum nächsten Telefon lief, von dem aus sie Hank anrufen konnte. Sein liebes Gesicht stieg vor ihr auf; seine freundlichen braunen Augen und die Dellen in den sommersprossigen Wangen, die sich zu Grübchen vertieften, wenn er lächelte.

Roberts Stimme holte sie unsanft in die Wirklichkeit zurück. »Bei dir ist es etwas anderes. Bei dir ist es etwas Persönliches.« Seine Stimme klang nun nicht mehr belustigt. Er klang auch weniger wütend als ... kalt. Eine Art von Kälte, die Türschlösser vereiste und Automotoren gefrieren ließ.

Noelle wich instinktiv zurück, und ihr kam eine abgedroschene Phrase in den Sinn: *War schön, mit dir zu plaudern, aber ich muss jetzt wirklich los.* Hysterisches Gelächter stieg in ihr auf, das ihr jedoch sofort wieder verging, als sie gegen die Erdwand stieß.

»Du bist *wirklich* irre«, sagte sie.

Diesmal widersprach er nicht. »Wirklich schade«, sagte er beinahe bedauernd. »Es hätte nicht so weit kommen müssen. Ich hatte dir sogar schon ein Hochzeitstaggeschenk gekauft. Einen Diamantanhänger. Natürlich sündhaft teuer, aber neun Jahre ... Ich wollte, dass du etwas ganz Besonderes hast zur Erinnerung.«

»Ich habe Emma.«

Sofort erkannte sie, dass das ein Fehler gewesen war. Der Schatten über ihr bewegte sich, und plötzlich rückte Roberts Gesicht in ihr Blickfeld. Noelle entfuhr ein leiser Aufschrei. Sie hatte ein Monster erwartet, aber es war nur ihr Mann: das Gesicht völlig entspannt und sogar charmant.

»Auch in diesem Punkt bist du im Irrtum«, sagte er.

In ihrer Verzweiflung ging Noelle aufs Ganze. »Du magst glauben, du hättest gewonnen, Robert, aber kleine Mädchen werden erwachsen. Irgendwann wird sie erkennen, *was* du bist. Und dann wirst *du* im Regen stehen.«

Sie wusste gleich, dass sie einen wunden Punkt getroffen hatte. »Du verlogenes Biest. Du weißt ja nicht, was du redest«, knurrte er. »Warum konntest du nicht Ruhe geben? Es war dir nicht genug, deine eigene Familie in die Sache hineinzuziehen. Du musstest auch noch meine Mutter reinziehen.«

Noelle sah wieder den verfaulten Sarg neben dem offenen Grab seines Bruders. »Eins verstehe ich nicht«, sagte sie, bemüht, ihn am Reden zu halten, um ihn von dem abzulenken, was er ihr noch antun wollte. »Warum Buck?«

Robert stutzte, dann antwortete er schlicht: »Er hatte es verdient.«

Sie war im ersten Moment verwirrt. Dann ging ihr ein Licht auf. Plötzlich ergab alles einen grausamen Sinn. *Er hatte nicht Corinne umgebracht, sondern Buck.* Darum hatte er seinen Bruder ausgegraben, um den Beweis zu vernichten. Und das Lagerhaus und den anderen Friedhof hatte er verwüsten lassen, damit diese Schändung aussah wie ein weiterer willkürlicher Fall von Vandalismus. Robert musste gespürt haben, dass sie ihm auf den Fersen waren, dass ihre Nachforschungen im Fall Corinne und eine eventuelle Exhumierung zu Buck führen würden.

*Sein eigener Bruder.*

Er musste sehr brutal gewesen sein. So brutal, dass eine Autopsie es auch nach all den Jahren an den Tag bringen würde. Sie erinnerte sich noch an das, was ihr Vater erst vor wenigen Tagen gesagt hatte: *Die Gerichtsmedizin hat enorme Fortschritte gemacht. Wer weiß, was noch ans Licht kommt?* Aber er hatte sich auf Corinne bezogen, nicht auf Buck. Ohne es zu ahnen, waren sie über den Grund für Roberts Verfolgungswahn gestolpert.

Noelles Verstand verarbeitete das alles mit der Nüchternheit eines Staatsanwaltes, der den Geschworenen die Fakten vortrug. Gleichzeitig deutete sie ihre mentale Distanziertheit als das, was sie war: die Vorstufe zur Hysterie. *Ein Mann, der fähig ist, seinen eigenen Bruder zu töten, schreckt vor nichts zurück. Vor gar nichts,* ging es ihr durch den Kopf. Schlimmer noch: *Ich war mit diesem Mann verheiratet. Ich habe sein Kind geboren.*

Als sie aufblickte, stellte sie fest, dass Robert nicht mehr zu sehen war. War er fort? So unwahrscheinlich dies auch war, stieg doch Hoffnung in ihr auf, so wie Unkraut, das auch auf kargstem Boden wuchs.

Mit einem Aufschrei stürzte sie sich noch einmal auf die Seitenwand der Grube. Diesmal panisch, sodass Wurzeln zwischen ihren Fingern abbrachen und lehmige Erdklumpen sich unter ihren blind scharrenden Füßen lösten. Trotzdem hatte sie den Aufstieg beinahe geschafft, als sie das tiefe Grummeln hörte, mit dem der Motor des Baggers zum Leben erwachte.

Instinktiv schaute sie nach unten, um zu sehen, wie weit sie gekommen war. Vielleicht war es auch ein sechster Sinn. Und da sah sie ihn halb im Schatten am anderen Ende der Grube verborgen: einen Schädel.

Er grinste sie aus einer schmutzigen Plane an, die sich gelöst hatte. Daneben lagen Knochen von der Farbe alter Lehmziegel. Die schmutzverkrustete Sichel eines Unterkiefers, ein Stück verroteter Stoff, den sie gleich darauf als die Überreste einer Krawatte erkannte.

Die Hysterie, die die ganze Zeit unter der Oberfläche gelauert hatte, brach sich Bahn. Noelle riss den Mund auf und schrie. Aber ehe ein Laut ihrer staubtrockenen Kehle entfahren konnte, ging eine Erdlawine auf sie nieder.

Es war kurz nach Mitternacht, als Mary nach Hause kam. Sie war nicht überrascht, das Haus dunkel vorzufinden. So müde, wie sie ausgesehen hatte, lag Noelle bestimmt schon im Bett und schlief. Mary trat ein, machte Licht und blinzelte in der plötzlichen Helligkeit. Die lange Heimfahrt hatte auch sie ermüdet. Und Doris war natürlich auch nicht kooperativ gewesen. Gerade als sie und Trish gehen wollten, hatte ihre Mutter angefangen, mit der Krankenschwester zu streiten, und es hatte einige Zeit gedauert, bis sie sich wieder beruhigt hatte und eingeschlafen war.

Mary war auf halber Höhe der Treppe, die Schuhe in der Hand, um Noelle nicht zu wecken, als sie ein Klopfen an der Haustür hörte.

Sie erstarrte, und das Herz schlug ihr bis zum Hals. Zuerst dachte sie, es müsse einer von Roberts Männern sein. Sie stellte sich einen Muskelprotz mit Skimaske und Messer oder Pistole vor und sah sich hastig nach etwas um, womit sie sich verteidigen und ihn niederschlagen konnte.

Dann hörte sie Charlies durch die Tür gedämpfte Stimme. »Mary, ich bin's, mach bitte auf.«

Ihr wurde ganz schwach vor Erleichterung, und ihre Knie zitterten leicht, als sie die Stufen wieder hinunterging. Charlie, lieber Charlie. Irgendwie musste er gespürt haben, dass sie ihn brauchte. Er musste draußen in seinem Wagen auf sie gewartet haben, und sie hatte ihn nur nicht bemerkt. War das nicht wieder typisch für ihn? Immer wenn ihre verbitterten alleinstehenden Freundinnen in den vergangenen Jahren geklagt hatten, dass es Ritter in schimmernder Rüstung nur im Märchen gäbe, hatte sie immer wissend in sich hinein gelächelt. Sie hatte es nämlich besser gewusst. Sogar, wenn sie mit anderen Männern zusammen gewesen war, hatte sie an Charlie gedacht. Wie er, wenn sie vom Regen überrascht worden waren, seine Jacke ausgezogen und ihr um die Schultern gelegt hatte ... so selbstverständlich wie er einen Schirm aufgespannt hätte. Und nachts hatte er sich immer auf den Bauch gedreht, um nicht zu schnarchen. Kleinigkeiten, sicher, aber sie hatten ihr unendlich viel bedeutet.

Als sie jedoch die Tür öffnete, war Charlies Gesicht – sein geliebtes Gesicht, das im einen Moment so ernst und im nächsten so strahlend sein konnte, dass es einem den Atem verschlug – blass und angespannt vor Sorge. Und er war auch nicht allein. Bronwyn war bei ihm und sah so verzweifelt aus wie sie selbst verblüfft war.

Charlie warf einen Blick auf die Schuhe in ihrer Hand. »Die solltest du besser anziehen und mitkommen, Mary. Noelle ist verschwunden. Wir glauben, dass Robert sie in seiner Gewalt hat.«

Mary hatte plötzlich das Gefühl, als rase etwas auf sie zu, als stünde sie mitten auf einer dunklen Straße, von den Scheinwerfern eines heranrasenden Wagens geblendet.

Ihr wich alles Blut aus dem Gesicht, und ihr wurde übel. Charlie musste es bemerkt haben, denn er legte ihr einen Arm um die Taille. Vage registrierte ein losgelöster Teil ihres Verstandes, dass er sie genauso hielt wie sie ihre Mutter hielt, wenn sie ihr die Treppe hinaufhalf. Im gedämpften gelben Licht der Veranda flatterte eine Motte dicht an seinem Kopf. Sie sah, wie sie eine rabenschwarze Locke streifte und dann wieder in der Dunkelheit verschwand.

»Nein«, sagte sie einigermaßen ruhig. »Das muss ein Irrtum sein. Noelle liegt in ihrem Bett und schläft.«

Aber Charlies Züge verrieten ihr, dass sie sich irrte. »Mary, denk nach. Wo könnte er sie hingebracht haben?«

Bronwyn kam um ihren Vater herum ins Licht. »Wir waren bei der Methodistenkirche. Ein ... Freund hat mir erzählt, dass Robert für heute Nacht etwas geplant hat. Wir dachten, wir könnten ihn auf frischer Tat ertappen.« Blätter und kleine Äste hatten sich in ihrem langen schwarzen Haar verfangen, und sie hatte blutige Striemen an den nackten Armen, in denen sie eine Videokamera hielt, so vorsichtig, als handle es sich um ein Neugeborenes. Wenn auch etwas schmutzig, sah das Gerät aus, als hätte es keinen größeren Schaden genommen. »Es ist alles hier drauf«, sagte sie und tippte auf die Kamera. »Ich habe mich im Gebüsch versteckt und das meiste gefilmt. Nicht sein Gesicht, dazu war es zu dunkel, aber was er gesagt hat.«

Sie klappte den kleinen Bildschirm aus und drückte die Play-Taste. Dunkelheit, dann eine verschwommene Gestalt, gefolgt von weiteren unruhigen Bildern, als würde die Kamera geschüttelt. Dazu Geräusche. Das Knacken von Ästen, fernes Stimmengemurmel, keuchendes Atmen. Dann ein dumpfer Aufprall, gefolgt von einer Stimme, bei deren Klang Gänsehaut ihre Arme hinaufkroch.

*»Alles Gute zum Hochzeitstag, Liebling.«*

Mary löste sich von Charlie und ließ sich auf die oberste Treppenstufe sinken. »Wir hatten also von Anfang an Recht. Es war keine Einbildung. Er ... o Gott.«

Sie schlug eine Hand über den Mund, um dann so abrupt aufzuspringen wie sie sich hingesetzt hatte. Sie heftete den Blick auf Charlie, der, einen Arm um seine Tochter gelegt, aussah, als trage er eine erdrückende Last auf den Schultern.

»Bei ihm zu Hause wart ihr wahrscheinlich schon.« Sie war selbst überrascht davon, wie ruhig ihre Stimme klang.

»Von dort kommen wir gerade. Keine Menschenseele dort. Seine Eltern wissen auch nicht, wo er steckt. Ich glaube, sie haben die Wahrheit gesagt. Sie sahen ziemlich geschockt aus«, berichtete Charlie grimmig.

»Was ist mit Emma?«

»Es geht ihr gut. Sie ist bei ihnen.«

»Hatten sie denn keine Ahnung, wohin er Noelle gebracht haben könnte?«

Charlie schüttelte den Kopf.

»Dante ... äh, mein Freund ... hört sich um«, sagte Bronwyn. »Er will mit ein paar Typen sprechen, die für Mr ... für Robert arbeiten.«

Mary war noch dabei, sich die Schuhe anzuziehen, als ihr eine Idee kam. »Wartet. Es gibt da jemanden. Es ist zwar ein Schuss ins Blaue, aber vielleicht kann er uns helfen.« Sie rannte nach oben und blätterte fieberhaft im Telefonbuch nach Hanks Nummer, als ihr noch etwas einfiel. »Was ist mit dem Sheriff?«, rief sie nach unten. »Es würde wohl nichts bringen, dort anzurufen, oder?«

Charlie schüttelte den Kopf. »Ich habe aber meinen neuen Wachmann, Tim Washburn, mobilisiert, der seine alten Kollegen von der Staatspolizei in Albany verständigt hat. Sie sind unterwegs.«

Mary wählte Hanks Nummer, und am anderen Ende meldete sich die schläfrige resignierte Stimme eines Mannes, der es gewohnt war, nachts aus dem Bett geholt zu werden. »Hallo?«

»Hank, hier spricht Mary Quinn«, sagte sie. »Noelle ist etwas zugestoßen. Wir glauben ...« Sie zögerte, weil ihr das Ganze schrecklich melodramatisch vorkam, wie aus einem B-Film. »... dass ihr Mann sie entführt hat.«

Es folgte eine kurze Pause. Dann entgegnete Hank heiser: »Jesus, o Scheiße. Ich ziehe mir nur schnell etwas an. Ich bin gleich da.«

»Haben Sie vielleicht eine Idee, wohin er sie gebracht haben könnte?«, fragte sie. »Hat Noelle vielleicht einen speziellen Ort erwähnt?«

»Warten Sie. Lassen Sie mich nachdenken ...« Ein Rascheln drang durch den Hörer, als würde er sich noch am Telefon anziehen. Sie hörte einen Knall wie von einem Schuh, den man auf den Boden fallen ließ. Hank atmete schwer. »Warten Sie. Ja. Letzte Woche haben wir einen Ausflug gemacht und sind am Baugelände der Cranberry Mall vorbeigekommen. Damals ging mir durch den Kopf ...« Er verstummte, als fände er den Gedanken selbst zu weither geholt.

*»Was?«*, drängte Mary. »Hank, auch wenn es verrückt klingt, um Himmels willen sprechen Sie.«

»Heiland, ich glaube einfach nicht, dass ich das auch nur denke ... es ist so makaber. Aber ich weiß noch, dass mir durch den Kopf gegangen ist, dass das der ideale Ort dafür wäre, wenn jemand eine Leiche verschwinden lassen wollte.«

Mary wurde von so überwältigendem Entsetzen gepackt, dass sie im ersten Moment keine Luft bekam. Dann sagt sie gepresst: »Wir treffen uns dort. Und Hank? Wenn Sie eine Waffe besitzen, sollten Sie sie besser mitbringen.«

Noelles Gesicht und Kopfhaut brannten von den Erdklumpen, die wie Schrapnelle auf sie herabregneten. Eine Wolke groben Staubs hüllte sie ein. Auf dem Grund der Grube liegend, bis zur Brust mit loser Erde und Kies bedeckt, hustete und würgte sie und spuckte übelschmeckenden Schleim aus. Sie hatte wieder das Gefühl, als würde ein instabiler Boden unter ihr nachgeben.

*Wag es ja nicht, ohnmächtig zu werden!,* schrie eine innere Stimme. *Dann wachst du nie wieder auf.*

Sich mit aller Kraft ans Bewusstsein klammernd, grub sie sich frei und kroch in die hinterste Ecke der Grube, wobei sie möglichst großen Abstand hielt zu der Plane mit ihrem gespenstischen Inhalt. Sie rappelte sich auf, und als sie nach oben blickte, sah sie die riesige gezahnte Schaufel des Baggers über sich in der Luft hängen wie das Maul eines mythischen Ungeheuers. Noelle duckte sich in Erwartung eines weiteren Erdregens, sah aber dann, dass der Bagger zurücksetzte. Sie konnte das leise Heulen der hydraulischen Ausleger hören, gefolgt von einem scharrenden Geräusch, als die Schaufel eine neue Ladung aufnahm. *Jesus, er wird mich lebendig begraben ...*

Hysterisches Gelächter stieg in ihr auf.

Noelle versetzte sich mental eine Ohrfeige. *Hör auf damit. Reiß dich zusammen. Du kannst dir nicht leisten durchzudrehen.* Sie hatte Angst zu sterben, ja, aber noch mehr sorgte sie sich um Emma.

Hektisch blickte sie sich um. Es gab keinen Ausweg. Sie saß in der Falle. In wenigen Minuten würde sie unter Tonnen von Erde ersticken. Sie hatte kaum zu Ende gedacht, als auch schon die nächste Ladung auf sie niederging. Mit einem Aufschrei ging Noelle in die Hocke und hob die Arme über den Kopf in einem sinnlosen Versuch, sich zu schützen. Faustgroße Klumpen knallten ihr auf Kopf und Rücken. Grelle Lichtpunkte explodierten hinter ihren geschlossenen Lidern. *Er hat gewonnen,* dachte sie. *Er hat es doch noch geschafft, mich zu besiegen.* Auch wenn es ihr gelänge, aus der Grube zu klettern, würde er sie einholen und töten. Sie fing an zu weinen vor Erschöpfung und Verzweiflung.

Eine Erinnerung aus dem vergangenen Sommer ging ihr durch den Kopf: Sie war mit Emma zum Schwimmunterricht beim Roten Kreuz gegangen. Die arme Emma hatte es irgendwie nicht geschafft, sich auf dem Wasser treiben zu lassen. Jedes Mal, wenn die Schwimmlehrerin, ein nettes Mädchen namens Stacey, sie auf den Rücken gedreht hatte, war sie in Panik geraten. Auch als Stacey ihr eine Hand unter den Rücken gelegt und beruhigend auf sie eingeredet hatte, war Emma steif geblieben wie ein Brett. Hinterher, als sie in ein Handtuch gewickelt zitternd auf Noelles Schoß gesessen hatte, hatte sie geschluchzt: »Mommy, ich habe wirklich mein Bestes gegeben, aber es war nicht gut genug.«

Jetzt war es Noelle, die sich diese Worte sagte. *Emma, Baby, ich gebe mein Bestes, aber manchmal können auch Mamis sich nicht über Wasser halten. Aber das hat nichts damit zu tun, dass ich dich nicht lieb hätte. Ganz egal, was auch passiert, eins darfst du nie vergessen: dass ich dich mehr geliebt habe als das Leben selbst ...*

Staub wirbelte um sie herum und löste einen so heftigen Hustenanfall aus, dass sie würgen musste. Der Erdhaufen unten in der Grube hatte sich verdoppelt, und oben dröhnte weiter der Motor des Baggers, der gerade wieder Nachschub holte.

Ganz klar sagte sie sich: *Ich will nicht sterben.* Nicht so. Zu ertrinken wäre nicht so schlimm gewesen. Ertrinken hatte etwas Poetisches an sich, oder? Wie bei Ophelia. Aber so zu sterben, begraben unter einem ... einem Einkaufszentrum, mit unendlichen vielen müden geschwollenen Füßen, die über einen hinwegliefen, kichernde Teenager mit zu viel Make-up, gestresste Mütter, die zappelnde, jammernde Kinder hinter sich herzerrten. *Aber Mami, du hast es doch versprochen ...*

Undenkbar. Schlimmer noch, *würdelos.*

Das Knirschen oben am Grubenrand wurde lauter, als der Bagger sich ein drittes Mal näherte, um eine weitere Ladung Würdelosigkeit auf sie herabzulassen. Sie drückte sich flach an die Grubenwand, aber es gab kein Entrinnen, nicht wirklich.

*Denk nach,* sagte eine eindringliche innere Stimme. *Denke ...*

Ihr fiel Aesops Fabel vom schlauen Affen ein, der das Krokodil dahingehend überlistete, dass es ihn über den Fluss trug. Sie wusste erst selbst nicht, wie sie darauf kam, bis sie nach oben schaute und die Unterseite der Baggerschaufel sah, die sich immer weiter herabsenkte, deutlich zu sehen vor dem helleren Himmel.

Geschickt wie der Affe in der Fabel kletterte sie oben auf den Erdhaufen. Das brachte ihr nur einen geringen Vorteil, vielleicht einen, höchstens anderthalb Meter, aber vielleicht würde das reichen. Als die Schaufel zu kippen begann und ein neuer Regen auf sie niederging, kämpfte sie gegen den Instinkt an, sich zu ducken. Stattdessen streckte sie sich, griff soweit nach oben wie sie nur konnte und zuckte nur zusammen, als ein Stein sie schmerzhaft an der Stirn traf. Sie biss die Zähne zusammen, reckte sich noch weiter und hielt scheinbar eine Ewigkeit die Luft an, bis die ächzende Schaufel vollständig abgekippt war.

In der Sekunde, als die Schaufel den tiefsten Punkt erreichte, stieß Noelle sich ab und bekam den rauen gezahnten Rand zu fassen. Ihre schmutzigen Hände rutschten ab, und beinahe hätte sie loslassen müssen. Dann setzten sich die Ausleger in Bewegung, die Schaufel stieg ruckartig höher, wobei sie sich langsam wieder aufrichtete. *Schnell,* schrie sie in Gedanken, *bevor er dich sieht.* Mit übermenschlicher Kraftanstrengung zog sie sich in die Schaufel, die in etwa die Größe einer Badewanne hatte – gerade so groß, dass sie sich darin vor Robert verstecken konnte.

Dann fuhr sie aufwärts wie in einem Riesenrad, tief gebückt, ein Auge auf den sternenklaren Himmel gerichtet. Sie fühlte, wie ihr Blut von der Stirn ins Auge lief, aber sie achtete nicht darauf. Darum würde sie sich später kümmern. Erst einmal musste sie sich darauf konzentrieren, überhaupt am Leben zu bleiben.

Gleich darauf senkte sich die Schaufel wieder. Sie fühlte das Metall unter sich vibrieren und hörte die Gangschaltung des Baggers knirschen. Die Schaufel neigte sich abrupt nach vorn, und sie fiel auf den Erdaushub neben der Grube. Sie ließ sich den lockeren, rutschigen Hang hinunterrollen und blieb unten so flach liegen wie nur möglich. Sie wagte kaum zu atmen. Hatte er sie gesehen? *Bitte nicht, bitte, bitte nicht.* Sekunden verstrichen quälend langsam, Sekunden, in denen sie hörte wie die Schaufel nur eine Armlänge von ihr entfernt scharrend neue Erde aufnahm. Aus den Augenwinkeln konnte sie das Profil der riesigen Reifen sehen; die einzelnen Vertiefungen waren groß genug, dass Emmas Hand locker hineingepasst hätte. Dann endlich hob sich die Schaufel und wendete sich von ihr ab.

Sie wartete noch einen kleinen Moment, bis sie sicher war, sich nicht mehr direkt in Roberts Blickrichtung zu befinden, ehe sie aufsprang und losrannte. Sie wagte nicht einmal, einen Blick zurückzuwerfen, sondern hielt den Blick unverwandt auf die halbmondförmige etwa einen Morgen große Fläche gerichtet, die sie von der Straße trennte und dem Wald, der gleich dahinter begann.

*Lieber Gott, lass mich bloß nicht stolpern,* betete sie.

Sie musste erhört worden sein, denn plötzlich rannte sie schneller als je zuvor in ihrem Leben, setzte so leichtfüßig über den unebenen Grund wie ein Blatt in einem Herbststurm, ohne die Schmerzen zu registrieren, wenn ihre nackten Fußsohlen auf spitze Steine oder Äste traten. Sie machte einen Bogen um einen Baumstumpf, der aus der Erde ragte wie ein halb gezogener Zahn, und jagte dann an einem Zementmischer vorbei, der neben dem frisch ausgekofferten Fundament des Hauptgebäudes der Mall stand.

Die Straße lockte weiter vorn wie ein märchenhaftes El Dorado.

Die Entfernung wurde rasch weniger, als das Ächzen des Baggers plötzlich lauter wurde. Aufsteigende Panik ließ sie stolpern, und beinahe wäre sie gestürzt. Während sie ihrem Schatten nachjagte, der über den holprigen Boden hinweghetzte wie ein Tier, das noch mehr Angst hatte als sie, konnte Noelle ihre Angst beinahe schmecken – ein Geschmack, der an Blut erinnerte.

In Panik warf sie einen Blick über die Schulter. Der Bagger, der im Mondschein an ein riesiges mythisches Ungeheuer erinnerte, war keine hundert Meter hinter ihr. Sie konnte blinkende Lichter am Armaturenbrett ausmachen sowie eine dunkle Gestalt, die im Führerhaus hockte wie ein rachsüchtiger Gott auf seinem Thron.

*Ich habe ihn ausgetrickst, und das gefällt ihm gar nicht.*

Trotz ihrer Panik und dem Blut, das ihr warm über die Wange rann, verzogen ihre Lippen sich zu einem kalten Lächeln des Triumphes.

Abgesehen vom Mondlicht, das Tigerstreifen auf den Schotter warf, war die Straße zur Baustelle dunkel, als Charlie sie in seinem alten Blazer entlangjagte. Mary saß neben ihm und Bronwyn hinten, die sich an die Vordersitze krallte, als wollte sie ein durchgehendes Pferd durchparieren. Der Schotter prasselte gegen den Unterboden, während sie durch Schlaglöcher holperten und nur knapp einen Waschbären verfehlten, der über die Straße hastete wie ein verspäteter Reisender, der fürchtete, seinen Zug zu verpassen.

Mary konnte das Maschendrahttor weiter vorne sehen – es stand weit offen, als wären sie, Charlie und Bronwyn nicht die Ersten – und gleich dahinter einen Wohnwagen. Und doch wirkte die Baustelle im schmalen Lichtkreis der Scheinwerfer verlassen.

»Ich kann Hank nirgends sehen«, sagte sie laut.

Charlie nahm ihre Hand und drückte sie fest. »Er wird jeden Moment hier sein, ganz sicher.«

»Ob Dante uns findet?«, fragte Bronwyn schrill.

Charlie brachte den Wagen gleich hinter dem Tor zum Stehen, und sie stiegen aus in die laue Sommernacht, die abgekühlt wurde von einer leichten Brise aus den umliegenden Wäldern.

Und da hörten sie es, das Dröhnen eines Motors gar nicht so weit weg. Zweifellos handelte es sich um einen der Bagger, die herumstanden wie überdimensionales Spielzeug. Aber warum lief das Gerät um diese Zeit? Als ihre Augen sich an die Dunkelheit gewöhnt hatten, ließ sie den Blick über die gut fünfzehn Morgen Land schweifen, das durchzogen war von Gräben und Erdwällen. Einige hundert Meter entfernt entdeckte sie einen Bagger, der in einer hellen Staubwolke rasch näher kam.

Und sie sah noch etwas, und bei diesem Anblick blieb ihr fast das Herz stehen: eine kleine Gestalt, die vor ihm flüchtete, die versuchte, ihn abzuhängen, um ihr Leben rannte. *Noelle?* Allmächtiger, es war Noelle! Sofort wurde der Bagger für Mary zu einem bedrohlichen Ungeheuer, einem angreifenden Nashorn mit vorzeitlichen Ausmaßen.

»Charlie, sieh doch!« Sie packte seinen Arm.

Charlie hatte es ebenfalls gesehen. Er wurde aschfahl und gab einen kehligen Laut von sich. Wortlos lief er los, schneller als sie ihm je zugetraut hätte.

Bevor Mary ihm nachsetzen konnte, ließ Motorengeräusch sie herumfahren. Sie konnte den Wagen nicht erkennen, war aber sicher, dass es sich um Hank handelte. Als der Wagen hinter dem Blazer schlitternd zum Stehen kam, stürzte sie auf ihn zu und lehnte sich durch das offene Fenster. Hanks argloses Gesicht war angespannt und wie versteinert, fast nicht wiederzuerkennen.

»Um Himmels willen, Hank, beeilen Sie sich!« Sie zeigte hektisch in die Richtung, in die Charlie losgelaufen war, und erhaschte dabei nur einen flüchtigen Blick auf das Gewehr auf dem Beifahrersitz, als Hank auch schon den Rückwärtsgang einlegte und zurücksetzte. Sie sprang zurück. Spitze Steine spritzten gegen ihre Waden, aber sie merkte es kaum. Denn auch sie rannte, rannte ihrer Tochter entgegen.

Nach Diesel stinkender Staub füllte Noelles Mund und Lungen, und das Seitenstechen war zur unerträglichen Qual geworden. Das Brüllen des Ungeheuers hüllte sie von allen Seiten ein, ein Schlund, der sie verschlingen würde. Und doch liefen ihre Beine wie von selbst immer weiter.

Die Zeit schien irgendwie langsamer zu vergehen. Es kam ihr vor, als verfolge sie das Ganze in einer Zeitlupenwiederholung auf einem Stadion-Monitor. Ihre Füße waren bleischwer, aber ansonsten fühlte sie sich unnatürlich leicht. Beim Laufen, das inzwischen mehr ein Stolpern war, hielt sie den Blick nicht mehr auf den Horizont gerichtet, sondern auf ihren Schatten, der wie durch ein Wunder immer weiter über den harten Boden sprintete, längst nur noch angetrieben von der Gnade Gottes.

Ganz ruhig sagte sie sich: *Ich werde sterben.*

Im Laufen betete sie: *Lieber Gott, wache über Emma ... sie ist erst fünf, und es ist eine harte Welt für ein kleines Mädchen ohne Mutter. Nana ist zu alt und krank, und Daddy, entschuldige, aber er ist ein Mann. Meine Mutter wird ihr alles geben, was sie braucht ...*

Noelle hatte immer an die Altweibergeschichten geglaubt, dass man in seinen letzten Lebenssekunden sein ganzes Leben wie einen Film vor sich ablaufen sah. Aber jetzt erlebte sie aus erster Hand, dass es stimmte. In einer Folge von Momentaufnahmen sah sie sich mit acht Jahren auf einem Campingausflug am Lake George, an ihren Vater geklammert, der sie über eine Hängebrücke trug ... und mit zwölf zusammen mit ihrer Mutter, die ihr den ersten BH kaufte ... und mit sechzehn auf dem Rücksitz von Gordon Hockstedders Chevy Impala, die Jeans bis zu den Knie heruntergezogen.

Und sie sah Hank ...

Noelle sah ihn deutlich auf der Bank auf dem Marktplatz sitzen, die großen Hände auf den Knien. Flüchtig ging ihr durch den Kopf, wie schön es gewesen wäre, wenn sie zu einem jener alten Ehepaare hätten werden können, die Händchen haltend durch den Park schlenderten, wobei jeder von ihnen hoffte, dass Gott ihn zuerst holte, weil er ein Leben ohne den anderen nicht ertragen würde. Wenn sie nicht mehr da war, würde dann Hank ...

Ein neues Geräusch drang in ihr Bewusstsein: das hochtourige Heulen eines PKW-Motors. Während sie sich weiterschleppte, gekrümmt von dem wahnsinnigen Seitenstechen, hob Noelle die glasigen Augen und sah eine Staubwolke auf sich zurasen. Sie blinzelte, und die Wolke verwandelte sich in ein Auto. Würde es sie noch rechtzeitig erreichen? Sie riskierte noch einen Blick über die Schulter: Sie sah einen Chrom-Kühlergrill im Mondlicht schimmern wie gebleckte Zähne – Zähne, die sie bei lebendigem Leib zerreißen würden. Plötzlich war sie zu erschöpft und ausgelaugt, um sich noch darum zu scheren.

Der Wagen kam in einiger Entfernung vor ihr schlitternd zum Stehen und wirbelte dabei eine riesige Staubwolke auf. Durch den Staub hindurch konnte sie die Silhouetten eines Mannes und einer Frau ausmachen, die auf sie zuliefen.

Ein Gewehrschuss knallte.

Im ersten Moment dachte Noelle, der Schuss hätte ihr gegolten. Ihre Knie gaben nach, und sie wäre beinahe gefallen. Beinahe wünschte sie, es wäre vorbei – nur damit ihre Qualen endlich ein Ende hätten.

Kurz hintereinander peitschten zwei weitere Schüsse, und ein noch funktionierender Teil ihres Gehirns registrierte, dass sie nicht auf sie abgefeuert wurden, sondern über sie hinweg. Diese Erkenntnis durchdrang den Panzer, hinter den ihr Verstand sich zurückgezogen hatte. Die Panik, die sie so lange niedergekämpft hatte, stieg wieder in ihr auf, aber da war noch etwas anders, woran sie schon nicht mehr geglaubt hatte: Hoffnung.

Das Getöse hinter ihr schien abzunehmen.

Als sie wieder zurückblickte, sah sie zu ihrer Verblüffung, dass der Bagger abrupt die Richtung änderte und nach Osten fuhr, wo die Grundrisse der zu errichtenden Gebäude mit Stäben und Plastikband abgesteckt waren. Aber irgendetwas stimmte nicht. Der Bagger wirkte orientierungslos wie ein Boot, das ohne Ruder auf dem Meer trieb ...

Und er hielt geradewegs auf einen Lastwagen zu.

Instinktiv krächzte sie: *»Pass auf!«*

In einem tranceartigen Zustand beinahe genüsslichen Entsetzens sah sie, wie der Bagger mit einem ohrenbetäubenden Knall den Truck rammte. Es klang fast so wie damals, als in dem Jahrhundert-Schneesturm die riesige Ulme im Garten durch das Garagendach gekracht war. Einen unwirklichen Moment lang schien es, als wären die beiden schweren Geräte in einer obszönen Umarmung ächzend und bockend ineinander verschlungen. Dann fiel der Lastwagen besiegt auf die Seite, aber der Schaufelbagger ließ nicht von ihm ab, sondern versuchte vergeblich, ihn beiseite zu schieben.

Dieselgestank erfüllte die Luft. Es gab eine Detonation, und plötzlich stieg eine große orangerote Stichflamme auf.

Noelle schrie auf, als das Feuer hoch in den Himmel schoss und einen Moment alles um sie herum in taghelles Licht tauchte: den abgeknickten Arm eines Krans, einen Stapel aufgeschichteter Rohrleitungen neben einem Graben. Schatten tanzten über die rötlich gefärbte Baustelle wie Menschen um ein Freudenfeuer.

»Noelle!« Irgendwo aus dem Chaos rief eine Stimme nach ihr.

Einen schrecklichen Moment lang glaubte sie, ihr Mann habe die Explosion überlebt und wolle jetzt sein grausames Werk vollenden. Dann erkannte sie, dass die Gestalt, die auf sie zulief, nicht Roberts Statur hatte. Dieser Mann war mehrere Zentimeter kleiner, wenn auch ebenso durchtrainiert, und ihr Herz tat einen Sprung, als sie sein liebes Gesicht erkannte. Hank ...

Für einen Augenblick fügten sich alle Puzzleteile zusammen – sein Wagen, das Gewehr in seiner Hand, das brennende Wrack, von dem ein Funkenschauer bis hoch in den Nachthimmel aufstieg –, bevor alles von so überwältigender Erleichterung überlagert wurde, dass sie kraftlos auf die Knie sank.

»Hank«, sagte sie mit erstickter Stimme.

Beinahe grob zog er sie in die Arme, und der Geruch seines Hemdes – Waschpulver vermischt mit Schweiß – stieg ihr in die Nase. Mit einem leisen, erstickten Aufschrei vergrub sie das Gesicht an seiner Halsbeuge, während seine Hände ihren Körper abtasteten, um ganz sicher zu gehen, dass sie noch heil war. Sie glitten über ihre Arme und ihren Brustkorb um schließlich zärtlich ihr Gesicht zu umfassen. »Du blutest ... Jesus ...« Als sie anfing zu weinen, zog er sie wieder an sich und murmelte: »Scht, es ist alles okay. Nur eine kleine Platzwunde. Keine Angst, ich kümmere mich darum.«

»Dein Hemd«, schluchzte sie, das Gesicht an seinen Kragen gedrückt. »Es ist hinüber.«

»Das macht doch nichts«, sagte Hank beschwichtigend, und auch seine Stimme klang irgendwie erstickt. »Ich kaufe mir ein neues. Du kannst mir ja beim Aussuchen helfen.«

Aus einem unerfindlichen Grund musste sie hierauf nur noch mehr weinen.

»Ich konnte nicht – mehr laufen.«

Liebevoll streichelte er ihre Wange. »Ich weiß.«

»Er ist tot, nicht wahr?«

»Ich fürchte, ja.«

»Gut. Okay.« Sie nickte und runzelte die Stirn so konzentriert wie ein begriffsstutziger Schüler, der sich bemüht, etwas zu verstehen. Über Hanks Schulter hinweg sah sie ihre Eltern, die sich ebenfalls in den Armen lagen, und aus einem unerfindlichen Grund fand sie auch das ganz normal.

»Es wird alles wieder gut«, versicherte ihr Hank. »Jetzt gibt es nichts mehr, wovor du weglaufen müsstest.«

Dann brach auch er in Tränen aus.

Gemeinsam wiegten sie sich, als würden sie von einer großen tröstenden unsichtbaren Hand gehalten.

# Kapitel 18

Den restlichen August und bis weit in den September hinein war es das Stadtgespräch. In Murphy's Diner tauschten alte Männer bei einer Tasse Kaffee mit Schuss Geschichten aus. Hausfrauen, die in Lucille's Schönheitssalon ihren monatlichen Termin hatten, tratschten über das Dröhnen der Haartrockner hinweg. Eltern kleiner Kinder unterhielten sich darüber, wenn ihre Sprösslinge schliefen, und auch dann nur leise. In den Geschäften entlang der Main Street war der Umsatz ungewöhnlich rege für diese Jahreszeit. Und an der Grundschule von Burns Lake, an der Trish Quinns Langzeitverlobter Gary Schmidt die Herbst-Wettkämpfe des Football-Teams vorbereitete, tuschelte er nach dem Training in der Ankleide mit Amanda Wright darüber, der Mutter eines seiner Spieler und seine derzeitige Affäre.

Das letzte Mal hatte die Stadt etwas so Aufregendes erlebt, als die Poststellenleiterin Alice Burns im Juni 1985 mit einem Vertreter für Aluminiumverkleidungen durchgebrannt und später erwürgt in einem Graben bei Poughkeepsie gefunden worden war. Aber diesmal war es etwas anderes: Es bereitete den Menschen Unbehagen, dass sie sich so hatten täuschen lassen. Viele fassten es als persönlichen Affront auf. Andere meinten, ein guter Mann sei an der Last seines schlechten Gewissens zerbrochen.

Eine Tatsache, die sie nicht sehen und der sie sich schon gar nicht stellen wollten, war die unangenehme Wahrheit, die dem Ganzen zugrunde lag: All diese Jahre hatten sie Umgang mit einem kaltblütigen Mörder gepflegt. Hatten ihn gewissermaßen ausgebrütet. Der flachshaarige Junge, dem sie voller Zuneigung zugelächelt hatten, wenn er auf den Schultern seines Vaters Cole die Main Street heruntermarschiert war als Großmarschall der Parade am 4. Juli. Der blonde Junge, der so viele zu Tränen gerührt hatte, als er so eloquent die Abschiedsrede auf der Abschlussfeier der Highschool gehalten hatte. *Last but not least* der Mann, den viele, wenn auch nicht alle, als leuchtendes Beispiel dafür betrachtet hatten, was man alles erreichen konnte, ohne dabei zum Charakterschwein zu verkommen. Wenn es in den Jahren ab und an Gerede um Robert Van Doren gegeben hatte, hatte man das auf den Neid eifersüchtiger Ehemänner und Freunde geschoben, deren Frauen sie mit ihm betrogen hatten, oder auf den Groll entlassener Angestellter. Und überhaupt, *nobody is perfect.* Welcher Mann mit einer Schwäche für hübsche Frauen konnte schon widerstehen, wenn diese sich ihm an den Hals warfen?

Aber um einige Fakten, die im Anschluss an jene schreckliche Nacht ans Licht gekommen waren, kam man nicht herum. Monate später, nachdem die County Polizei ihre Ermittlungen im Fall Robert Van Doren abgeschlossen hatte sowie in jenen weiter zurückliegenden Fällen seiner ehemaligen Freundin und seines Bruders, wurde festgestellt, dass Corinne tatsächlich Selbstmord begangen hatte. Buck Van Doren hingegen war durch einen heftigen Schlag auf den Hinterkopf zu Tode gekommen, eine Verletzung, die entgegen der damaligen Annahme nicht von dem angeblichen Autounfall herrühren konnte.

Im Zuge dieser Erkenntnisse erfolgten mehrere Festnahmen. Unter anderem wurde auch ein gewisser Grady Foster verhaftet, ein Rohrverleger, der früher für Robert gearbeitet hatte und inzwischen schwarz in der Red Crow Tavern jobbte. Er war eine massige Erscheinung mit einem Ohrring und gefärbtem blonden Haar, das oben auf dem Kopf ganz kurz geschoren war und hinten lang und zu seinem Pferdeschwanz zusammengebunden. Er war beim Verhör weich geworden und hatte gestanden, für die Verwüstungen am *Register* sowie im Lagerhaus und an der First Baptist Church verantwortlich zu sein. Zu der Schändung von Bucks Grab befragt, behauptete er jedoch, nur Handlanger gewesen zu sein. Er beharrte darauf, nur die Grube bis zum Sargdeckel ausgehoben zu haben, wonach Mr Van Doren ihn heimgeschickt hatte. Sein ehemaliger Boss hatte ihm offenbar nicht restlos vertraut, konnte aber seine Geschichte auch nicht mehr widerlegen. Grady wurde hierauf zu achtzehn Monaten im County Gefängnis von Schoharie verurteilt, die höchstmögliche Strafe für solche Verbrechen.

In der ersten Septemberwoche kamen Hunderte von Menschen zu Roberts Gedenkgottesdienst. Manche kamen aus Neugier, aber die meisten aus Respekt seinen Eltern gegenüber, die seit jener verhängnisvollen Nacht in völliger Abgeschiedenheit lebten, einmal abgesehen davon, dass man gelegentlich ihre blassen, immer noch geschockten Gesichter durch die Scheiben des Cadillac sah (schlagartig um Jahre gealtert, hatten sie kaum noch Ähnlichkeit mit jenen von Cole und Gertrude).

Noelle Van Doren und ihr Töchterchen Emma, die abgesehen von ihrem dunklen Teint das Ebenbild ihres Vaters war, waren unter den Gästen, die kamen, ihm das letzte Geleit zu geben. Sie waren in Begleitung von Noelles Eltern und ihrer jüngeren Schwester ... sowie des Arztes Hank Reynolds. Mit hochgezogener Braue nahm man zur Kenntnis, dass Mary Quinn und Charlie Jeffers, die sich vor Jahrzehnten hatten scheiden lassen, sich offenbar wieder näher gekommen waren. Der Löwenanteil des Tratsches war jedoch Charlies junger, rebellischer Tochter vorbehalten, die Arm in Arm mit diesem nichtsnutzigen Burschen erschien, ganz offen, vor den Augen ihres Vaters. Elmira Cushing raunte Shirley Hemstead zu, die es wiederum Sylvia Hochman im Geschenkartikelladen erzählte, dass wenn sie nicht alles täuschte, Bronwyn Jeffers einen Braten in der Röhre hatte. Das war zwar völlig an den Haaren herbeigezogen, aber man zerriss sich trotzdem das Maul.

Zu denen, die nicht zum Gedenkgottesdienst erschienen, gehörte unter anderem Trish Quinn, die sich erboten hatte, an diesem Tag bei ihrer kranken Mutter zu bleiben. Und wie sich herausstellte, hatte Trish noch einen anderen Grund, für sich zu bleiben. Früher in dieser Woche hatte sie von Gary und Amanda erfahren, hatte sie gewissermaßen in flagranti erwischt. Sie ging so würdevoll damit um wie es einer alleinstehenden Frau in den Vierzigern möglich war, aber wer genau hinsah, erkannte, welche Anstrengung es sie kostete, Haltung zu bewahren. Sie hatte sogar seelischen Beistand bei Joe Wilcox gesucht, dem Pastor der Unitarian Church of Divine Apostles.

Das Fehlen zweier weiterer Personen wurde registriert. Wade Jewett, der vom Dienst suspendiert worden war und dem eine Anklage in verschiedenen Punkten drohte, vornehmlich wegen Behinderung der Justiz. Und Noelles ehemalige Nachbarin Judy Patterson, die Roberts Tod offenbar zu sehr mitgenommen hatte. Offenbar hatte Noelle sich getäuscht, was Judys Affäre mit dem Karatelehrer ihres Sohnes betraf. Es ging das Gerücht um, dass Blake Patterson an jenem Tag, als Roberts Tod bekannt geworden war, spät abends, als er von einer Geschäftsreise zurückkehrte, seine Frau im Schlafzimmer auf dem Fußboden vorgefunden hatte, wo sie sich zusammengerollt hatte und hysterisch weinte. Nach einigem Drängen hatte sie ihm gestanden, dass sie eine Affäre mit Robert gehabt hatte. Am nächsten Tag war Blake ausgezogen und hatte ihre beiden Söhne mitgenommen.

In der zweiten Septemberwoche packte Mary in aller Stille ihre Sachen und kehrte zurück nach New York. Obwohl sie weiterhin regelmäßig an den Wochenenden nach Burns Lake kam und oft mit ihrer Tochter und Enkelin gesehen wurde oder am Arm ihres gut aussehenden Ex-Mannes, wurden die Besuche im Laufe der Zeit weniger.

Dabei hatte es anfangs so ausgesehen, als würden sie es noch einmal miteinander versuchen wollen. Immerhin liebten sie einander. Und wie beim ersten Versuch wollten sie mit aller Macht glauben, dass Liebe stärker war als alles andere. Wenn beide die Trennung unter der Woche schmerzte, was konnte man da schon tun? Sogar Charlie musste – wenn auch widerwillig – zugeben, dass es keine Lösung gab. Dann, im November, bekam Mary eine schwere Grippe und brauchte drei Wochen, um sich davon zu erholen: eine Woche im Bett und zwei, um die liegen gebliebene Arbeit aufzuholen. Kurz darauf erkrankten auch Noelle und Emma, und Hank zog vorübergehend bei ihnen ein, um sie zu pflegen und auch ein Auge auf Doris zu haben, die inzwischen sehr hinfällig war. Und dann blieb er einfach. Noelle behauptete oft vehement – vielleicht zu vehement –, dass sich deshalb in Bezug auf Mary nicht das Geringste ändern würde. Das Haus war groß genug, und auf diese Weise konnten Hank und sie einander richtig kennen lernen. Aber Mary kam nur noch selten und führte die alten höflichen Ausreden an: Noelle und Hank brauchten Zeit für sich und mit Emma. Und mit Doris hatten sie schon genug am Hals.

Natürlich hätte sie bei Charlie übernachten können. Es war kein Geheimnis, dass sie ein Liebespaar waren. Aber bei den beiden denkwürdigen Gelegenheiten, als sie die Nacht bei ihm verbracht hatte, hatte sie sich nicht ganz wohl gefühlt. Zum einen war da Bronwyn. Obwohl Charlies Tochter sich nie in dieser Art äußerte, war offensichtlich, dass sie Mary nicht um sich haben wollte. Und dann war da noch Charlie: der sehnsüchtige Ausdruck, mit dem er ihr bei ihren morgendlichen Ritualen zusah, beim Zähneputzen, beim Abtrocknen nach dem Duschen oder wie sie im Schrank nach einer Kaffeetasse suchte, so, als würde er dieses Szenario in die Zukunft projizieren. Eine Zukunft, in der sie nicht nur ab und an, sondern jeden Morgen gemeinsam aufwachten, sich liebten, anschließend zusammen frühstückten und sich anzogen. Das Problem war nur, dass sie es sich ebenso vorstellen konnte. Manchmal so deutlich, so quälend greifbar, dass es sie ständig schmerzte.

Nach einer Weile wurde es für sie leichter, wenn sie weg blieb.

Stattdessen plante sie an den Wochenenden Unternehmungen mit Freunden, Dinge, die sie in der Stadt festhielten und verhinderten, dass sie in letzter Minute doch noch schwach wurde. Wenn Charlie eigene Pläne hatte, hörte sie stets sehr bald davon. Von Bronwyn natürlich, die natürlich ganz arglos und ohne jeden Hintergedanken erwähnte, dass ihr Vater mit einer Frau essen gewesen war. Mary forderte keine Erklärung, aber Charlie gab sie ihr dennoch. Paula Kent, die clevere neue Maklerin, die die brillante Idee gehabt hatte, Fördermittel des Bundes zu beantragen, um das Sandy Creek Erschließungsprojekt (das Referendum war zehn zu eins gegen die Bebauung ausgefallen) in ein Vogelschutzgebiet zu verwandeln, hatte ihn zum Essen eingeladen, um mit ihm eine Reihe von Anzeigen zu besprechen, die sie in die Zeitung setzen wollte. Mehr hatte er nicht erzählt, und Mary hatte sich auch nicht danach erkundigt, ob weitere Treffen mit dieser Frau geplant waren. Sie hatte kein Anrecht auf Charlie, auch wenn sie selbst längst mit Simon gebrochen hatte. Wenn sie Charlie für sich allein hätte haben wollten, hätte sie ihn sich nur zu nehmen brauchen. Aber ihn am langen Arm verhungern zu lassen, nein, das wäre nicht fair. Sie hatte ihm schon einmal das Herz gebrochen. Das ein zweites Mal zu tun, wäre mehr als grausam. Als sie gerade darüber nachdachte, fiel ihr Doris ein. Ja, es wäre *unchristlich.*

Natürlich regnete es ausgerechnet an dem Wochenende, an

dem Charlie sie besuchte, ohne Unterlass, das Telefon klingelte an einem Stück, und das Essen in dem Restaurant, in das sie ihn ausführte, war zum ersten Mal schlecht und der Service miserabel. Charlie machte gute Miene zum bösen Spiel und meinte scherzhaft, dass er für schlechten Service und eine zerkochte Mahlzeit nicht den ganzen Weg in die Stadt zu fahren brauchte, sondern gleich ins Murphy's gehen konnte. Sie lachten herzhaft, und als die Kinovorstellung, die sie sich hatten ansehen wollen, ausverkauft war, liehen sie stattdessen ein Video aus. Ja, es war trotz allem ein schönes Wochenende gewesen. Das redete sie sich zumindest ein.

Aber aus irgendeinem Grund hatte Charlie sie seither nicht wieder besucht.

Das letzte Mal hatte sie ihn im März gesehen, nach dem Tod ihrer Mutter. Doris' Gesundheitszustand hatte sich stetig verschlechtert, und so war niemand überrascht – schon gar nicht ihre Töchter und Enkelin –, als sie nach einer langwierigen Lungenentzündung eines Morgens nicht mehr aufwachte. Noelle und Trish trauerten ganz offen, und Mary auf ihre eigene Art. Bei der Beerdigung stellte sie ein Hochzeitsfoto ihrer Eltern – sie nahm an, dass das der schönste Tag in Doris' Leben gewesen war – in einem silbernen Rahmen auf den Sarg und sprach ein kurzes Gebet, in dem sie Gott bat, ihre Mutter im Himmel wieder mit ihrem Vater zu vereinen und ihr zu dem Seelenfrieden zu verhelfen, der ihr auf Erden versagt geblieben war.

Es wurde Frühling, und mit dem Schnee verschwanden auch die letzten Gedanken daran, was alles in einer verschlafenen Kleinstadt mit leuchtendweißen mit Holz verkleideten Kirchen passieren kann. Krokusse, Hyazinthen und Schneeglöckchen blühten entlang der Straße, sprossen wie verlorene Andenken an ein längst vergangenes Fest neben dunklen Haufen verrottenden Laubs und im Schatten umgestürzter Baumstämme. Die ersten Päckchen Frühlingssaat tauchten in den

Eisenständern vor dem Supermarkt auf, und Schwalben und Spechtmeisen bauten ihre Nester inmitten der Teichrohrsänger in dem bewaldeten Gebiet südlich von Sandy Creek.

Niemand war sonderlich überrascht, als in der Sonntagsausgabe des *Register* am ersten Wochenende im Mai die Verlobung von Noelle Van Doren (geborene Jeffers) und Dr. Hank Reynolds bekannt gegeben wurde. Obwohl sie und Hank kein großes Aufhebens um ihre Beziehung gemacht hatten, wusste längst jeder über sie Bescheid. Einige der älteren und altmodischeren Bürger der Stadt meinten, dass es etwas früh sei für eine Frau, die erst vor so kurzer Zeit verwitwet war, zumal unter so furchtbaren Umständen, aber die meisten freuten sich aufrichtig für das Paar und verspürten gleichzeitig eine große Erleichterung. Denn tief im Innersten, dort, wo Schuldgefühle im Dunkeln blühten wie Fliegenpilze, wussten jene, die Noelle kannten, dass sie mehr für sie hätten tun können, dass sie etwas zu voreilig bereit gewesen waren, sie zu verurteilen.

Eine Hochzeit im kleinen Kreis wurde für Ende Juni geplant, wenn es in der Regel schön war, aber nicht zu heiß. Reverend Joe Wilcox, ein eingefleischter Junggeselle, der neuerdings selbst ernsthaft darüber nachdachte, den Bund fürs Leben zu schließen, würde die Trauung vornehmen. In den vergangenen Monaten hatten er und Trish Quinn viel Zeit zusammen verbracht, genug für ihn, um zu erkennen, was für eine außergewöhnliche Frau sie war. Er hatte sich weitestgehend dazu entschieden, sie Weihnachten mit einem Verlobungsring zu überraschen, wenn alles gut ging.

Mary plante, die Woche, in der die Hochzeit stattfinden würde, in Burns Lake zu verbringen. Die Geschäfte waren in letzter Zeit gut gelaufen, trotz einer schweren Zeit Ende des vergangenen Jahres, als sie mehrere ihrer Kunden, die sich schmählich vernachlässigt gefühlt hatten, verloren hatte. Die Buchhalterin war ebenfalls gegangen, mit fast dreißigtausend veruntreuten Dollar. Aber dank des Empfangs für Rene's Room, der trotz zahlreicher Pannen ein Riesenerfolg gewesen war, hatte Quinn Communications sich endgültig einen Namen in der Branche gemacht. Mary hatte allein im vergangenen Monat mehrere neue Kunden hinzugewonnen. Sie trug sich sogar mit dem Gedanken, ihre Assistentin Brittany Meehan zu ihrer Partnerin zu machen. Eigentlich gab es nur ein Problem: Charlie.

Sie vermisste ihn. Vor allem vermisste sie die Gespräche mit ihm. Nicht nur am Telefon, sondern nachts, wenn sie aneinander gekuschelt im Bett lagen oder sich am Frühstückstisch gegenüber saßen. Sie vermisste es, mit ihm in der Küche zu plaudern, während sie gemeinsam das Abendessen zubereiteten und anschließend am See spazieren gingen. Sie vermisste das Leben, das sie hätten haben können – und beinahe gehabt hätten. Zweimal.

Jetzt fuhr sie zur Hochzeit ihrer Tochter heim. Als sie auf der Route 23 nach Westen unterwegs war, fühlte Mary prickelnde Vorfreude. Oder war es Furcht? Die Patchworkdecke mit einem Muster aus bewirtschafteten Ackerflächen und grünen Hügeln erinnerte sie an den vergangenen Sommer. So vieles hatte sich seitdem verändert. Ihre Mutter war gestorben ... Noelle würde heiraten. Die Fahrt hierher vor einem Jahr schien eine Ewigkeit zurückzuliegen.

Eine Ader pochte an ihrem Halsansatz und maß die Meilen und Minuten. Gierig nahm sie die vertrauten Landmarken ihrer Kindheit in sich auf: Maisfelder und Reifenhandlungen und Agway-Niederlassungen, verwitterte windschiefe Scheunen, Raststätten an der Autobahn mit Namen wie Bog Bob's, Aunt Susie's und Udderly Delicious (Dairy Queen und McDonald's hatten diese Gegend noch nicht erobert), ein Laden mit einer beeindruckenden Auswahl an Gartenskulpturen draußen vor dem Verkaufsraum.

Ihr wurde bewusst, dass sie im Laufe der Jahre etwas Wichtiges verloren oder vergessen hatte, dass nun hier und da in der vorbeiziehenden Szenerie aufzublitzen schien wie Goldklumpen. Etwas von ihr oder vielleicht auch das Leben, das sie hätte haben können, wenn sie in Burns Lake geblieben wäre. Wäre es so schlimm gewesen, zu bleiben? Lange Zeit hatte sie das geglaubt, aber inzwischen wusste sie, dass das nicht unbedingt der Fall hätte sein müssen. Ihr Leben wäre anders gewesen, das war alles. Weder besser noch schlechter, einfach gemächlicher und schlichter. Und dann war da noch Charlie. Immer wieder Charlie, der an ihr zog wie eine durchsichtige Schnur.

*Ich bin nicht die erste Frau, die sich zwischen ihrer Karriere und dem Mann ihres Herzens entscheiden muss. Aber warum muss es so hart sein? Warum gibt es so etwas wie einen sauberen Bruch nicht?*

Und noch eine andere Frage ließ ihr keine Ruhe. Traf er sich noch mit dieser Paula Kent? Sie fragte sich, ob Paula diese hübsche Person war auf dem Flugblatt, über das sie bei ihrem letzten Besuch rein zufällig gestolpert war. *Wem willst du eigentlich etwas vormachen? Du bist in ziemlich jedem Laden der Stadt gewesen, bis du endlich ein solches Flugblatt gefunden hast.* Mary stellte sich vor, dass sie so keck war wie blond, einer glatten Größe 36 und unzerbrechlichen Nägeln und einem Haar, das auch bei feuchtem Wetter nie kraus wurde. Und während sie Charlie umgarnte, würde Paula auch daran arbeiten, Bronwyn für sich zu gewinnen. Natürlich würde das Mädchen anfangs Widerstand geleistet haben, aber mit Zeit und Beharrlichkeit hatte sie sie sicher bald für sich gewonnen. Denn Paula Kent saß nicht nur an der Quelle, sondern verfügte über noch etwas, das Mary nicht hatte: alle Zeit der Welt.

Mary war so vertieft in ihre imaginären Szenarios von Charlies Liebesleben, dass sie die Abfahrt auf die Route 145 verpasste und über Middleburgh zurückfahren musste. Als sie endlich das Haus ihrer Mutter erreichte, ging die Sonne bereits unter, und der Tisch für das Abendessen war gedeckt.

Hank kochte Spaghetti mit Hackfleischbällchensauce, während Noelle in der Küche herumhantierte, ganz die nervöse Braut. Beim Essen unterhielt Hank sie mit einer Anekdote von einer Patientin in dem Krankenhaus, in dem er als Assistenzarzt gearbeitet hatte. Die alte Dame aus Guatemala litt an einem hartnäckigen Husten, den zu bekämpfen man ihr Penicillin verordnet hatte. Die ärztliche Anweisung lautete: »Dreimal täglich mit Wasser einnehmen.« Aber anstatt die Tabletten zu schlucken, hatte die Frau, die nur wenig Englisch sprach, die Tabletten in Wasser aufgelöst und drei Gläser täglich aus dem Krug getrunken.

»Das Erstaunliche ist, dass ihr Zustand sich trotzdem gebessert hat«, fügte Hank schmunzelnd hinzu, auf den hinteren Beinen seines Stuhls balancierend, die Hände über der Brust verschränkt. Seine fröhlichen braunen Augen richteten sich auf Noelle, und die beiden tauschten ein leises Lächeln, das nur ihnen allein gehörte. Mary sagte sich, dass er sich genauso wohl zu fühlen schien, wie es einem Mann anstand, der im Begriff war zu heiraten.

Schließlich war es Zeit schlafen zu gehen, und Emma bestand darauf, dass Mary sie zu Bett brachte und ihr eine Geschichte nach der anderen vorlas. Als Mary schließlich wieder in die Küche schlich, waren Noelle und Hank zwischenzeitlich ebenfalls zu Bett gegangen. Sie kochte sich eine Tasse Tee und ging zurück nach oben, wobei sie sich im Wohnzimmer wahllos einen Band *Reader's Digest* aus dem Regal nahm, ein todsicheres Mittel gegen Schlaflosigkeit. Sie war eingeschlafen, noch bevor sie die erste Seite umgeblättert hatte.

In dem Zimmer gegenüber liebten Noelle und Hank sich leise. Nach dem Trauma, das sie durchlebt hatte, hatte Noelle festgestellt, dass Hank neben seinen zahlreichen wunderbaren

Eigenschaften auch noch ein großartiger Liebhaber war. Er war all das, wonach sie sich immer gesehnt hatte, ohne es zu wissen: ein Mann, der sich bei allem Zeit ließ und sich nicht an ihren gelegentlichen Anflügen von Unsicherheit störte. In den Monaten seit ihrer ersten Liebesnacht war sie richtig aufgeblüht, und längst gingen die Zärtlichkeiten ebenso oft von ihr aus wie von ihm. Sie hatte sich ihm in einer Art und Weise geöffnet, die sie nie für möglich gehalten hätte. Sie hatten sogar davon gesprochen, noch ein Kind zu bekommen, ein Kind der Liebe, das Emma eine Schwester sein sollte, wie Bronwyn ihr eine war.

Mary verbrachte die nächsten zwei Tage mit ihrer Tochter, kaufte ein und erledigte allerlei Besorgungen für die Hochzeit. Sie fuhren nach Albany, um ein Kleid für Emma zu kaufen, die unbedingt eins haben wollte, das rosa war, mit Glitzer und vielen, vielen Rüschen. Schließlich kauften sie ein weißes Organdykleid mit Puffärmeln und Rüschenkragen, das Emma nach einigem Hin und Her mit einem resignierten Seufzer für akzeptabel erklärte. Hinterher aßen sie bei California Kitchen Pizza und Huhn, bevor sie zu Nordstroms fuhren, um passende Schuhe zu Noelles Kleid zu kaufen.

Mary hatte Noelle noch nie so zufrieden gesehen. Und wenn sie Emma etwas zu sehr betütelte und mit ängstlichen Blicken jede Bewegung des kleinen Mädchens verfolgte, war ihr das nach allem, was sie durchgemacht hatte, nicht zu verdenken. Das würde sich mit der Zeit wieder geben. Nach jener Nacht war Noelle mehrere Monate bei einem Psychologen in Behandlung gewesen. Jetzt war sie so weit, den Albtraum endgültig hinter sich zu lassen, und Mary konnte kein Anzeichen dafür entdecken, dass dem irgendetwas im Wege stand. Noelle lächelte in letzter Zeit viel. Sie hatte sogar ein paar Pfund zugelegt seit Marys letztem Besuch. Sie strahlte von innen heraus. *Wenn Liebe auch nicht alle Wunden heilt, wirkt sie jedenfalls Wunder für den*

*Teint,* dachte Mary bei sich. Betrübt realisierte sie, dass sie mehr als nur ein Quentchen neidisch war. Sie hätte alles darum gegeben, in der Haut ihrer Tochter zu stecken.

»Hank ist die beste Medizin, die man dir verschreiben konnte«, bemerkte Mary, als sie zusah, wie Noelle ein weiteres Paar elfenbeinfarbener Pumps anprobierte. Emma saß etwas abseits auf dem Fußboden, ganz vertieft darin, ihren Fuß mitsamt Schuh in einen fleischfarbenen Nylonstrumpf zu stecken.

Noelle blickte strahlend auf. »Er ist ein echter Schatz, nicht wahr?« Sie legte den Kopf schräg und strich eine Strähne ihres lockigen dunklen Haars zurück. »Weißt du was? Wenn Doris nicht gewesen wäre, hätte ich ihn wohl nie gebeten, zu mir zu ziehen. Es ist schon seltsam, wie die Dinge sich manchmal ergeben, nicht wahr? Wenn man gerade denkt, man hätte alles im Griff, begegnet einem etwas, das noch viel besser ist als alles, das man sich hätte vorstellen können.«

Aus alter Gewohnheit heraus bückte Mary sich und drückte auf die Spitze von Noelles Schuh. »Die scheinen etwas eng zu sein. Wie fühlen sie sich an?«

»Wie Schuhe, die ich nur ein einziges Mal tragen muss«, entgegnete Noelle lachend.

»Ich glaube, mir hat das erste Paar am besten gefallen.«

»Ich neige mehr zu diesem hier.«

Diesmal lachten sie gemeinsam. »Ich schätze, wir werden uns wohl nie einig sein«, seufzte Mary. »Aber nur für den Fall, dass ich es noch nicht ausreichend zum Ausdruck gebracht habe: Ich bin wirklich glücklich, dass du Hank heiratest. Auch wenn ich ihn aus rein egoistischen Gründen nicht anbete, würde ich jedem meinen Segen geben, der dich so glücklich macht.« Sie sprach nicht aus, was sie noch dachte: *Er wird Emma ein guter Vater sein.*

»Danke, Mom.« Noelle sah erfreut und gleichzeitig ein wenig verlegen aus. Sie schlüpfte aus den Pumps und griff nach einer weiteren Schachtel. Marys Blick ausweichend, bemerkte sie beiläufig: »Weißt du, dasselbe könnte ich von dir und Daddy sagen.«

Mary errötete. Über dieses Thema hatten sie und Noelle bisher nie gesprochen. Vielleicht hatte ihre Tochter gespürt, dass es tabu war, aber jetzt wollte sie, dass alle so überschäumend glücklich waren wie sie. Mary seufzte. »Dein Vater und ich sind sehr verschieden ...« Sie verstummte. Nein. Sie musste sich schon etwas Besseres einfallen lassen. »Wir hätten es vielleicht noch einmal miteinander versucht«, gestand sie, bemüht, in ruhigem Tonfall zu sprechen. »Aber ich kann mir ein Leben in Burns Lake einfach nicht vorstellen. Kannst du dir vorstellen, dass ich hier lebe?«

»Ganz ehrlich? Nein.« Noelle warf einen Blick auf Emma, die den Strumpf beiseite gelegt hatte und sich jetzt den Schuhen zuwandte, die Noelle eben ausgezogen hatte. Nichts ahnend von dem Splitter, den sie Mary ins Herz gejagt hatte, warf Noelle einen Blick in den obersten Karton des Stapels an ihrer Seite, bevor sie den Deckel kopfschüttelnd wieder schloss. »Andererseits«, sagte sie etwas abwesend und begutachtete den Inhalt der anderen Kartons, »kommt es meist anders als man denkt. Wer hätte noch vor einem Jahr gedacht, dass ich wieder heiraten würde?«

»Da magst du Recht haben.« Mary zwang sich zu einem Lächeln. »Die aktuelle Frage lautet allerdings, in welchen dieser Schuhe du dir vorstellen kannst zu heiraten?«

Noelle ließ sich in ihrem Stuhl zurücksinken, die Beine weit von sich gestreckt, in einer Pose, die Mary nicht mehr an ihr gesehen hatte, seit sie ein Teenager gewesen war. »O Mom, spielt das wirklich eine Rolle? Es wird sie doch niemand sehen, und Hank ist es egal. Er wird zu sehr damit beschäftigt sein, mich anzusehen.«

Letztendlich entschied Noelle sich für ein paar hochhackige

weiße Leinenschuhe, die unter ihrem Kleid verborgen sein würden und auch zum Tanzen bequem genug waren. Die aufwendigsten Schuhe, die mit Strasssteinchen und einer Schleife geschmückt waren, kaufte sie für Emma, die ganz verzaubert von ihnen war. Ja, sie wisse, dass es viel Geld war nur für einen Tag, gestand sie Mary reuig, als die Kassiererin ihre Einkäufe addierte, aber in letzter Zeit höre sie weniger auf die Stimme der Vernunft als auf das, was sich richtig *anfühle*.

Diese Worte hallten den ganzen Tag über bis in den Abend hinein in Mary wider, bis sie und Charlie sich im Stone Mill zum Abendessen trafen. Sie würden sich am kommenden Abend beim Abendessen sehen und dann am Samstag auf der Hochzeit, wo sie umgeben sein würden von Freunden und Verwandten, aber dieser Abend gehörte nur ihnen, so wie es ganz am Anfang gewesen war. Nur dass ihre gemeinsame Zeit sich nun dem Ende näherte.

Sie entdeckte ihn an einem Fenster mit Blick auf das Wasserrad. Der Bach war von Schmelzwasser aus den Bergen angeschwollen und rauschte schäumend in den tiefer liegenden Teich. Es war noch früh, und nur die Hälfte der Tische im Lokal waren besetzt. Er trug einen dunklen Anzug und Krawatte, was ihm ein distinguiertes und sogar ein wenig feierliches Aussehen verlieh, mehr das eines älteren Politikers als das des Herausgebers eines Lokalblatts. Obwohl sie sich eigentlich inzwischen daran hätte gewöhnen müssen, war sie wieder leicht geschockt von seinen grauen Schläfen. Vielleicht lag es daran, dass sie in letzter Zeit, immer wenn sie ihn anschaute, Charlie als Siebzehnjährigen vor sich sah: groß und mit leicht gebeugten Schultern, als wäre er zu schnell gewachsen, das indianische schwarze Haar immer zerwühlt davon, dass er sich ständig mit den Fingern hindurchfuhr. Und dann, o ja, dann war da sein Lächeln, das in einem Sekundenbruchteil von null auf hundert Watt schalten konnte.

Er sah sie kommen und stand auf, um sie zu begrüßen. Immer Gentleman, dachte sie. Er lächelte, aber auf seinem Gesicht lag auch ein Anflug von Zurückhaltung. Zurückhaltung, die sie perverserweise gerne vertrieben hätte, so wie sie einst im Spaß beim Sonnenbaden ihrer beider Spiegelbild in dem kleinen Bach unterhalb des Hauses mit einer Hand ausgelöscht hatte. Aber sie waren keine Teenager mehr. Vielleicht war ein Teil des Problems, dass sie das nie wirklich gewesen waren.

»Lange nicht gesehen.« Sie küsste ihn auf die Wange und kniff ganz kurz die Augen zusammen, als der vertraute bittersüße Schmerz sie durchzuckte. »Du siehst gut aus, Charlie. Ich glaube, den Anzug habe ich noch nie an dir gesehen. Der muss neu sein.« Sie verkniff es sich zu fragen: *Hat Paula ihn ausgesucht?*

Er zuckte in der ihm eigenen lässigen Art die Schultern. »Du kennst mich doch. Ich mag es eigentlich lieber sportlich-leger. So was trage ich nur bei besonderen Gelegenheiten.«

Mary setzte ihr strahlendstes Lächeln auf. »Wir haben ja auch einiges zu feiern. Immerhin heiratet unsere Tochter.«

»Ja, das tut sie.« Er zog einen Stuhl für sie zurück und rückte ihn ihr anschließend zurecht, ehe er sich wieder an seinen eigenen Platz setzte. »Was möchtest du trinken?«

»Ein Tonic wäre schön.« Als der Ober ihre Bestellung aufgenommen hatte, stöhnte sie. »Wenn ich an die erste Hochzeit zurückdenke ... Ich hatte hinterher noch drei ganze Tage rasende Kopfschmerzen. Und auch wenn ich jetzt daran denke, wie es hätte enden können ...« Sie schüttelte den Kopf. Sie wollte nicht daran denken, dass sie Noelle beinahe verloren hätten.

Charlie griff über den Tisch und drückte ihre Hand. »Jetzt ist sie glücklich, und das ist es doch, was zählt, oder?«

Mary erwiderte den Händedruck und entzog ihm dann eilig ihre Hand. »Es hat mal jemand gesagt, so etwas wie ein glückliches Ende gäbe es nicht, nur glückliche Anfänge.« Ihre Getränke kamen, und sie nippte an ihrem, während sie aus dem Fenster auf das vorbeirauschende Wasser sah, fast so nah, dass sie die Hand hätte hineintauchen können. Um diese Jahreszeit wäre es noch eisigkalt; der Fluss würde nicht vor Mitte Juli warm genug sein zum Baden. Als sie den Blick wieder auf Charlie richtete, zog sich beim Anblick der tiefen Falten an Mund und Nase unerwartet ihre Kehle zusammen. Sie lächelte schief. »Ich schätze, wir beide hatten nie eine echte Chance, oder? Es stand immer wir gegen den Rest der Welt. Und jetzt steht es der Rest der Welt gegen uns.«

»Wenn es wirklich so ist, haben wir dafür gesorgt.« Charlies Stimme klang locker, aber das Lächeln erreichte seine Augen nicht ganz. Seine Hand ruhte neben seinem Weinglas auf der Tischdecke, gebogen wie ein Fragezeichen.

»Vielleicht«, sagte sie. »Aber das lässt sich nicht ungeschehen machen, nicht wahr?«

»Das zu beantworten liegt nicht bei mir.«

Mary fühlte, wie etwas in ihr bröckelte. Ihr Entschluss, es ihm schonend beizubringen, so schonend wie irgend möglich, wich dem Drang, es möglichst schnell hinter sich zu bringen. Es tat zu weh. Und sie tat auch Charlie unnötig weh. »Was erwartest du von mir?«, fragte sie mit leiser, brüchiger Stimme.

Sein Lächeln erlosch, und er betrachtete sie mit einer Trauer, die ihr das Herz gebrochen hätte, wenn dieses nicht bereits ein Scherbenhaufen gewesen wäre. »Ich erwarte gar nichts von dir, Mary. Dazu habe ich ebenso wenig das Recht wie du mich bitten würdest, all das aufzugeben, wofür ich so hart gearbeitet habe.« Er schüttelte resigniert den Kopf. »Als ich noch jung und eitel war, wusste ich es nicht besser, aber im Laufe der Jahre habe ich das eine oder andere gelernt. So weiß ich beispielsweise, wenn man versucht, einen eckigen Stift durch ein rundes Loch zu stecken, dass entweder der Stift bricht, oder aber die Ränder des Lochs dran glauben müssen. Das würde ich dir nicht antun wollen.« Er bedachte sie mit einem selbstironischen Blick. »Auch wenn ich gestehen muss, dass ein Teil von mir egoistisch genug wäre, es trotz allem zu versuchen.«

Mary seufzte. »Du hast Recht. Es würde einfach nicht funktionieren.«

Er hob sein Glas. »Wir können darauf trinken oder unseren Kummer ertränken. Was dir lieber ist.« Trotz seines scherzenden Tonfalls konnte sie den Schmerz sehen, der die Muskeln an seinem Hals spannte. In seinen Augen lag ein trauriger aber ergebener Ausdruck. Und diese resignierte Akzeptanz – so ganz anders als Furcht und Ungewissheit des ersten Mals – taten am meisten weh.

»O Charlie«, sagte sie leise, den Tränen gefährlich nah. »Ich wünschte ...« Sie verstummte und räusperte sich, ehe sie fortfuhr. »Ich wünschte, es wäre anders gelaufen. Nur für den Fall, dass es dir etwas bedeutet: Es gibt keinen anderen. Es hat nie einen anderen gegeben, und ich bezweifle, dass es je einen geben wird.«

Sie wartete, dass er Paula Kent erwähnte, wünschte beinahe, er würde es tun, denn das wäre das eine konkrete Detail, auf das sie sich stützen konnte, um auf Distanz zu gehen. Das alles ging ihr zu nah. Ging ihr an die Substanz.

Aber Charlie entgegnete nur mit etwas heiserer Stimme: »Dann werden wir eben unser Leben weiterleben müssen, so gut es geht. Mach dir um mich keine Sorgen. Ich habe darin reichlich Übung.« Er schenkte ihr ein freudloses Lächeln und nippte an seinem Wein. »Sollen wir bestellen?«

»Ich habe plötzlich gar keinen Hunger mehr«, gestand sie kleinlaut.

»Du solltest trotzdem etwas essen.«

»Du klingst wie meine Mutter«, sagte sie mit einem kurzen Lachen.

»Hör zu.« Charlie beugte sich zu ihr vor, und da sah sie den

Abgrund hinter der Fassade von Selbstbeherrschung und Tapferkeit. »Übermorgen heiratet unsere Tochter. Nach allem, was sie durchgemacht hat, sind wir es Noelle schuldig, das Fest mit so viel guter Laune und Humor durchzustehen, wie wir nur aufbringen können.« Er lehnte sich wieder zurück, und seine Züge wurden weicher. »Sollen wir jetzt einen Blick auf die Karte werfen? Unser Lifestyle-Redakteur hat mir geflüstert, der Teriyaki-Lachs wäre göttlich.«

Sie fühlte sich beschämt von seinem ... es gab kein anderes Wort dafür: seinem Edelmut. Sie schob ihr leeres Glas beiseite und griff nach der Karte. »Du hast Recht, Charlie, ich bin egoistisch.« In einem tapferen Versuch, der auch in ihren eigenen Ohren falsch klang, fügte sie locker hinzu: »Es wäre doch dumm von mir, mir einen wunderschönen Abend mit dem begehrtesten Junggesellen von Burns Lake entgehen zu lassen.« Wieder musste sie an Paula Kent denken.

»So haben wir früher den alten Cuddles genannt, weißt du noch? Der begehrteste Junggeselle von Burns Lake.« Charlie lachte. »Der arme Kerl. Stand den ganzen Tag in seinem Auslauf und hatte nichts anderes zu tun, als die Kühe hinter dem Zaun anzustieren.«

Mary lachte mit, ihre Erinnerung an jene weit zurückliegende Zeit war rosarot gefärbt. Sie erinnerte sich noch daran wie Cuddles, der im Gegensatz zu dem, was sein Name glauben machte, alles andere als knuffig war, eines Tages ausgebrochen und auf die Straße gelaufen war, wo der Preisbulle ein älteres Ehepaar in einem rosa Buick, das gerade auf der Route 30A nach Norden unterwegs war, fast zu Tode erschreckte, als er ihm auf der Mittellinie entgegenkam. Der Mann, ein pensionierter Telefontechniker, der mit seiner Frau unterwegs war zu deren Schwester in Vermont, war in Panik geraten und hatte versucht, an dem Bullen vorbeizufahren, der prompt angegriffen und eine Beule in der Beifahrertür hinterlassen hatte, bei deren

Anblick der Versicherungsvertreter bei der Schadensregulierung große Augen gemacht hatte.

Mary lächelte. »Ich glaube, das alte Ehepaar hat sich von dem Schreck nie erholt.«

»Bei Cuddles bin ich mir da auch nicht so sicher. Er war danach nicht mehr ganz richtig im Kopf.« Charlie lachte leise. »Und nachdem du weggegangen warst aus Burns Lake, war er nicht der Einzige.« Sie sah etwas Dunkles in seinen Augen glitzern, das er mit einem Lächeln überspielte.

»Soweit ich das beurteilen kann, hast du dich bestens davon erholt.« Die Worte waren ihr einfach so herausgerutscht. »Ich habe gehört, du triffst dich in letzter Zeit häufiger mit Paula Kent.«

Zu ihrer Frustration wurde dies von ihm weder geleugnet noch bestätigt. »Ach ja? Du weißt ja wie das ist in einer Kleinstadt. Gerüchte machen schnell die Runde.«

»An manchen Gerüchten ist etwas Wahres dran.«

Aber Charlie zog sich zurück und seine Züge wirkten plötzlich abweisend wie eine verschlossene Tür. »Du kannst nicht beides haben, Mary.« Sein Tonfall war kühl, wenn auch nicht ohne eine Spur von Sanftheit. »Wenn du haben willst, was ich zu geben habe, was nicht viel sein mag, gehört es dir. Das brauche ich nicht erst auszusprechen, das weißt du. Aber du hast dich entschieden, und ich respektiere deine Entscheidung, auch wenn sie mir nicht gefällt. Verlang nicht mehr von mir.«

»Tut mir Leid.« Charlie hatte Recht: Sie konnte nicht alles haben. Auch wenn sie fast erstickte an ihrer Eifersucht auf Paula Kent. »Können wir noch einmal von vorn anfangen?«

Ihre Wortwahl war unglücklich, und Charlie zuckte prompt zusammen. Aber er erholte sich rasch wieder und schenkte ihr sein Standard-Tausend-Watt-Lächeln. »Klar. Was sagst du zu dem Lachs?«

»Klingt gut«, log sie.

Und das war's – so einfach wie von der Leiter zu fallen und doch auch das Schwerste, was sie je getan hatte. Fast so schwer, wie Charlie damals gehen zu sehen. Sie aßen Salat und Lachs und zum Dessert Erdbeer-Rhabarber-Pie, obwohl Mary eigentlich gar keinen Appetit auf Süßes hatte. Zum Abschluss tranken sie Espresso. Vor allem Charlie hatte es offenbar nicht eilig zu gehen; sofern ihn ihre Gegenwart schmerzte, war ihm hiervon nichts anzumerken. Sie plauderten über die Hochzeit und darüber, ob Trish und Pater Joe dem Beispiel ihrer Tochter folgen würden. Mary erkundigte sich nach Bronwyn und erfuhr, dass sie sich häufig mit Dante Lo Presti traf. Offenbar war er doch nicht so übel wie Charlie anfangs gedacht hatte. In der Nacht, von der keiner von ihnen reden wollte, hatte er sich in Charlies Augen bewährt.

Sie trennten sich draußen vor dem Restaurant, bevor sie zu ihren Wagen gingen, nach einem freundschaftlichen Kuss, von dem Marys Lippen noch lange prickelten. Als sie im Rückspiegel beobachtete, wie er aus seiner Parklücke fuhr, stiegen ihr Tränen in die Augen. Sie konnte bereits fühlen, wie er sich auf mehr als nur eine Weise zurückzog. Auf der Hochzeit, umgeben von Freunden und Verwandten, würden sie wenig Gelegenheit haben, sich zu unterhalten oder gar ernsthaft zu reden so wie eben gerade. Anschließend würde sie in die Stadt zurückfahren. Und wenn sie in den kommenden Monaten nach Burns Lake kam, würde sie Charlie wahrscheinlich gar nicht zu Gesicht bekommen. Jetzt da Doris tot war, würden sie sich nur noch bei bestimmten Anlässen begegnen. Schulaufführungen, Emmas Highschool-Abschluss. Und bei Taufen, falls es noch weitere Enkel geben sollte (immerhin war ihre Tochter noch jung). Sie würden die üblichen höflichen Floskeln austauschen. Charlie würde in Begleitung Paula Kents kommen – oder einer anderen Frau, die so schlau war, ihn sich zu angeln –, und es würde hart sein, aber nicht unerträglich. Sie war es gewohnt, gute Miene zum bösen Spiel zu machen.

Aber allein, in der Abgeschiedenheit ihres Wagens, umgeben vom Zirpen der nachtaktiven Insekten und dem Plätschern des Baches, der ihr zuflüsterte, was sie nicht hören wollte, brauchte sie niemandem etwas vorzumachen. Dort konnte sie nach Herzenslust weinen. Weinen um das, was sie verloren hatte, und wegen der Schuld, die sie weiter auf sich laden würde ... ja, und wegen der Verzweiflung, die auch richtige Entscheidungen mit sich bringen konnten.

*O Charlie, ich wollte nicht, dass es endet. Ich weiß nur keinen anderen Weg.*

Mary weinte, bis eine Gruppe alkoholisierter, lärmender Gäste das Restaurant verließ und den Wagen neben ihrem ansteuerte. Da sie fürchtete, jemand könne glauben, sie wäre krank oder hätte den Verstand verloren, straffte sie die Schultern und öffnete das Handschuhfach, um die Packung Kleenex herauszuholen. Die Innenbeleuchtung flammte auf, und sie sah im Rückspiegel ihr Gesicht: verquollene rote Augen und auf der Stirn den Abdruck des Lenkrads. Sie putzte sich die Nase und ließ den Motor an. Auf der Heimfahrt zum Haus ihrer Mutter – das jetzt Noelles und Hanks Haus war – pochten ihre Nebenhöhlen, und ihr Kopf fühlte sich an, als wäre er auf das Doppelte seiner normalen Größe angeschwollen.

Ihr kam eine Redensart ihrer Mutter in den Sinn: Es gibt für jeden Topf einen Deckel. Sie lächelte grimmig. Warum um alles in der Welt musste ihrer nur ein Mann sein, der aus irgendeinem Grund nicht richtig passte?

Der folgende Tag war ein wenig leichter zu ertragen. Sie brachte das Abendessen hinter sich, bei dem nichts Schlimmeres passierte als der Ausfall der altersschwachen Klimaanlage des Restaurants. Dann brach der Sonntag an, der Tag der Hochzeit, und die Luftfeuchtigkeit, die in der letzten Zeit an der Gegend geklebt hatte wie Kondenswasser an den Innenseiten eines Glases, fiel deutlich ab. Die Sonne schien strahlend vom Himmel, und auch wenn jede Kleinigkeit, die schief gehen konnte, auch tatsächlich schief ging, störte sich niemand daran.

Hank wurde in den frühen Morgenstunden gerufen, um Norma Hofstedders Baby auf die Welt zu holen, das eigentlich erst in drei Wochen fällig war. Als er um neun noch nicht zurück war, bewahrte Noelle weiter die Ruhe. »Er wird schon rechtzeitig kommen«, wiederholte sie mehrmals überzeugt.

Emmas Plüschhund Bowwie, der zu diesem feierlichen Anlass frisch gewaschen worden war, hatte, als er aus dem Trockner kam, ein abgerissenes Ohr. Aber nach einigem Weinen und Jammern ließ Emma sich von Oma Mary trösten, die meinte, auf diese Weise könne sie, wenn sie im Herbst in die erste Klasse kam, ein Stück von Bowwie in der Hosentasche mit sich tragen.

Schließlich entdeckte Noelle einen Riss im Spitzensaum ihres Hochzeitskleids, und da wurde sie doch noch nervös, da sie weit weniger Vertrauen in ihre Nähkünste hatte als in die Fähigkeiten ihres Mannes, Kinder auf die Welt zu holen. Gott sei Dank war Tante Trish anwesend, die mit einem Zwinkern erklärte, sie und nicht Mary hätte in ihrer Jugend den ersten Platz auf der Frühjahrsmodenschau gewonnen, und der Schaden wäre schnell behoben.

In Marys ehemaligem Zimmer flickte ihre Schwester vor sich hin summend den Riss in Noelles Kleid. Ihre Wangen waren rosig, und ihre Augen glänzten. Sie hatte nie hübscher ausgesehen. Ein Außenstehender hätte meinen können, sie wäre die glückliche Braut. Unablässig hieß es Joe dies und Joe das.

»Joe sagt, es wäre eine erfrischende Abwechslung von den Paaren, die darauf bestehen, ihr eigenes Ehegelöbnis zu verfassen.« Trish, die auf dem Bett saß, blickte von der Näharbeit auf.

»Nicht, dass er etwas dagegen hätte«, fügte sie hastig hinzu. »Aber der altmodische Text hat etwas Nostalgisches. Was ist falsch an ›Lieben, ehren und gehorchen‹, wenn es beide schwören?«

Mary an der Frisierkommode hörte auf, sich zum x-ten Mal das Haar zu bürsten, und wandte sich lächelnd ihrer Schwester zu. Es gab keinen Grund, nicht zu lächeln. Es war kurz nach zehn, die Trauung war für halb zwölf angesetzt, und Hank war eben zurückgekommen. Vor einer Minute hatte sie die Haustür zuschlagen hören und gleich darauf auch Hanks Stimme. Die leichte Brise, die durch das Fenster hereinwehte, duftete nach Flieder. Sonnenlicht fiel auf das alte Bett aus Walnussholz, auf dem Trish im Schneidersitz hockte, das Satinkleid auf ihrem Schoß wie eine Lache geschmolzenes Silber. Alles war bestens.

Mit einer Ausnahme: Als Brauteltern würden Charlie und sie nebeneinander sitzen, aber nicht zusammen sein. Aus dem einfachen Grund, dass sie ein für alle Mal mit ihm Schluss gemacht hatte. *Worüber du nicht, ich wiederhole, nicht nachdenken wirst an diesem wunderschönen Tag,* ermahnte sie sich streng.

»Die alte Tradition ist wunderbar«, stimmte sie ihrer Schwester freundlich zu.

»Ich meine, selbstverständlich sollen Brautleute selbst entscheiden, wie sie ihre Hochzeit haben möchten«, plapperte Trish weiter. »Erst letztens habe ich in einer Zeitschrift von einem Paar gelesen, beide aktive Taucher, die sich unter Wasser das Jawort gegeben haben. Hast du schon mal so was Seltsames gehört? Aber der Punkt ist, sie haben so geheiratet, wie sie es sich gewünscht haben.« Sie machte eine Pause, um Luft zu holen. »Meine Güte, wo war ich stehen geblieben? Ich habe vergessen, was ich sagen wollte.«

»Dass alles andere unwichtig ist, wenn man liebt«, entgegnete Mary abwesend, den Blick auf ihr Spiegelbild geheftet, auf die emaillierte Bürste in ihrer Hand, die zu einem teuren Frisierset gehörte, das ihre Großmutter ihr geschenkt hatte, als sie sechzehn geworden war.

Im Spiegel sah sie, wie ihre Schwester auf dem Bett entschieden nickte. »Es stimmt. Bei all dem Elend und Schmerz auf dieser Welt – und unsere Familie hat weiß Gott ihren Teil ertragen müssen –, was kann es da Schöneres geben als zwei Menschen zu feiern, die sich lieben und ihr Leben gemeinsam verbringen möchten?« Die Nadel in ihrer Hand fuhr glitzernd durch den silbernen Stoff auf ihrem Schoß. »Nimm beispielsweise mich. Wer hätte noch vor einem halben Jahr gedacht, dass ich heute in Heiratslaune sein würde? Aber weißt du, was? Inzwischen glaube ich, es war ein Segen, dass ich Gary erwischt habe. Wenn ich ihn nicht.. mit dieser ... dieser Frau ...« – sie spie das Wort förmlich aus, – »erwischt hätte, hätte ich Joe nicht näher kennen gelernt.« Sie verstummte, als sie Marys Blick im Spiegel begegnete. »Ach, ich rede und rede. Man könnte meinen, ich würde heiraten.« Sie errötete, ihre Wangen so rot wie die Kletterrosen, die vorwitzig draußen über den Fenstersims lugten.

Mary warf ihr über die Schulter hinweg einen liebevollen Blick zu. »Ich habe so das Gefühl, du bist als Nächste dran«, sagte sie, woraufhin ihre Schwester noch tiefer errötete. »Wie steht Joe zu deinem Buchladen? Ich habe immer geglaubt, Ehefrau eines Geistlichen zu sein, wäre für sich schon ein Vollzeitjob.«

»Mag sein, aber Joe ist anders. Er unterstützt mich sehr.« Trishs selbstbewusste Antwort kündete davon, dass dieses Thema zwischen ihnen beiden ausgiebig diskutiert worden war. »Wenn ich den Laden aufgeben muss, dann wegen dieser blöden Mall. Hast du gewusst, dass Bigelow Books schon angefangen hat, Werbeflyer in der Stadt zu verteilen?«

Sie bezog sich auf die Cranberry Mall, deren Bau Van Doren & Sons nach einer verständlichen Verzögerung vollendet hatte.

Die feierliche Eröffnung sollte Ende Juli stattfinden, in drei Wochen also. Trishs Laden war ebenso gefährdet wie die anderen kleinen Läden in der Innenstadt, aber die Inhaber, deren Existenz bedroht war, wehrten sich nicht, sondern warteten ängstlich ab, was passieren würde. Mary wandte sich in plötzlicher Ungeduld Trish zu. »Warum um alles in der Welt tust du dann nicht etwas dagegen?«

»Was kann ich denn schon tun?«, fragte ihre Schwester mit hängenden Schultern.

Marys professioneller Instinkt regte sich. »Zum einen könntest du eigene Werbung verteilen – du weißt schon, wie damals bei deiner Aktion zur Rettung der Teichrohrsänger. Erinnere deine Stammkunden daran, dass sie bei dir mehr bekommen als nur Bücher.«

»Keine schlechte Idee.« Trish nickte nachdenklich.

»Und dann organisierst du irgendein Event. Einen Kochwettbewerb. Oder du schließt dich mit der Old Rose Society zusammen und machst Werbung für Bücher über Pflanzen und Gartenpflege; die alten Damen können doch keiner Gelegenheit auf einen Kaffeeklatsch widerstehen.« Mary erwärmte sich sichtlich für die Idee. Aufgeregt fügte sie hinzu: »Du könntest dir auch ein regelmäßiges Event ausdenken wie beispielsweise einmal im Monat ein Brunch, bei dem ein bekannter Autor eine Lesung hält.«

»Warum sollte ein bekannter Autor nach Burns Lake kommen?«, fragte Trish skeptisch.

»Um Bücher zu verkaufen natürlich! Und ...«, fuhr sie listig fort, »... weil du es ihren Verlegern als die Idee des Jahrhunderts verkaufen wirst.«

»Werde ich?«

»Das geht so«, erklärte Mary. »Du verkaufst Eintrittskarten für die Lesung, damit du weißt, wie viele Leute kommen werden. Sagen wir, am Anfang fünfzig, mit der Zeit werden es mehr werden, und im Eintrittspreis ist das Buch des Autors ebenso inbegriffen wie Kaffee und Kuchen. Damit hast du schon einmal fünfzig Exemplare garantiert verkauft, und es werden noch weitere nachfolgen. Du hältst die Gewinnspanne gering, damit die Eintrittskarten sich entsprechend gut verkaufen, aber im Gegenzug machst du dir einen Namen und sicherst dir einen regen Publikumsverkehr.«

»Das ist genial.« Trish strahlte. »Das Ganze hat nur einen Haken: Ich würde jemanden mit deiner Erfahrung brauchen, um das Ganze umzusetzen.« Sie hob abwehrend eine Hand, um Mary davon abzuhalten, ihr zu widersprechen. »Hör mir zu, bevor du versuchst, aus mir etwas zu machen, das ich nicht bin. Ich habe ein halbes Leben dazu gebraucht, aber ich habe mich endlich damit abgefunden, dass ich nicht so bin wie du. Sieh mich nicht so an. Ich meine es ernst. Hast du eine Ahnung, wie schwer es war, in deinem Schatten aufzuwachsen? Die Landpomeranze und ihre große elegante Schwester aus der Großstadt.«

Trish hatte Mary den Wind aus den Segeln genommen. »Ich habe nicht immer in der Stadt gelebt.«

»Stimmt, aber auch als du noch hier warst, waren wir verschieden. Du warst eleganter, entschlossener. Und auch klüger. Ganz entschieden klüger.«

»Stell dein Licht nicht unter den Scheffel«, protestierte Mary.

Trish schüttelte stirnrunzelnd den Kopf. »Das tue ich gar nicht. Ich sage es nur, so wie es ist.«

»Sieh doch selbst, was es mir gebracht hat. Ich bin so schlau, dass ich beinahe mein einziges Kind verloren hätte und den einzigen Mann, den ich je geliebt habe.« Eine Welle der Einsamkeit durchströmte sie, und die sonnige Wärme des Zimmers kam ihr plötzlich schwer und klebrig vor wie ein zu süßes Dessert.

»Klug sein heißt nicht zu wissen, wie man glücklich wird«,

bemerkte ihre Schwester im ironischen Tonfall einer Frau, die kostbare Jahre auf den falschen Mann verschwendet hatte.

»Wenn du das Geheimnis ewigen Glücks entdeckt hast, verrate es mir bitte.« Mary zuckte innerlich zusammen beim grimmigen Klang ihrer eigenen Stimme. Wurde sie langsam wie ihre Mutter, vor der sie zeitlebens davongelaufen war?

Trish lachte und griff nach einer Garnspule. Sie schnitt einen Faden von der Länge ihres Armes ab und kniff beim Einfädeln ein Auge zu. »Ein Teil davon ist einfach Glück, aber ich denke, man muss außerdem die Augen öffnen für Möglichkeiten, die man nie erwogen hat.«

»Die da wären?«

»Deine Karriere zum Beispiel.« Trish beugte sich wieder über das Kleid, konzentrierter als nötig, wie es Mary schien. »Ich weiß, dass es nicht dasselbe wäre. Aber du könntest auch außerhalb von New York als PR-Beraterin arbeiten. Sicher müsstest du einige Abstriche machen, und du würdest ganz bestimmt nicht so viel verdienen. Aber rein theoretisch wäre es *möglich.*«

Mary, die wusste, worauf ihre Schwester hinauswollte, erwiderte ein wenig zu barsch: »Also gut, nur rein theoretisch: Wo sollte ich mich denn niederlassen?«

»Du warst es doch, die gesagt hat, ich müsste Werbung machen für meinen Buchladen«, sagte Trish. »Was ist mit den vielen anderen Läden, die es schwer haben werden, wenn erst die Mall eröffnet hat? Wenn wir jemanden mit deiner Erfahrung hätten, der uns den Weg weist, könnten wir es vielleicht schaffen, uns zu halten. Ansonsten ist abzusehen, dass wir alle über kurz oder lang Pleite gehen.«

»Ich finde, das klingt nach Erpressung.« Mary funkelte ihre Schwester böse an.

»Das ist nur vernünftig«, konterte Trish. »Ich lese ständig von verträumten Kleinstädten wie unserer – ›die Stadt, in der die

Zeit stehen geblieben ist‹ heißt es immer –, die ein cleverer Mensch zu einem Anziehungspunkt für Touristen gemacht hat.«

»Du meinst, wie beim Erhalt einer gefährdeten Spezies?«

»Genau!« Trish blickte mit einem so unschuldigen Blick auf, dass ihm schwer zu widerstehen war. Enthusiastisch fuhr sie fort. »Wenn so jemand sich Burns Lakes annehmen würde, was glaubst du, was dann alles passieren könnte.«

»Wie kommt es nur, dass ich das Gefühl habe, einen Job angeboten zu bekommen, für den ich mich nie beworben habe?«

Ihre Schwester sah sie entgeistert an. »Das war doch nur so ein Gedanke. Du brauchst mich ja nicht gleich beim Wort zu nehmen. Ich wollte damit nur sagen, dass man überall dort, wo man sich niederlassen will, ein glückliches und erfülltes Leben führen kann.« Sie machte einen Knoten, biss den Faden ab und hielt das Kleid hoch. »So. Ist das gerade?«

Das Thema war abgeschlossen. Und in der folgenden Hektik kam Mary kaum noch dazu, einen weiteren Gedanken daran zu verschwenden. Erst als sie in der Kirche in der vordersten Bankreihe saß – die Bänke waren aus hellem Holz mit schlichten geschwungenen Linien, viel eleganter als das Äußere der Kirche erahnen ließ – und zusah, wie Noelle an Charlies Arm den Mittelgang herunterkam, musste sie wieder an die Worte ihrer Schwester denken. *Man kann überall dort, wo man sich niederlassen will, ein glückliches und erfülltes Leben führen.*

Aber sie hatte sich nicht für Burns Lake entschieden. Ganz im Gegenteil; sie hatte den Großteil ihres Erwachsenendaseins versucht, ihm zu entfliehen.

*Bist du sicher, dass du nicht nur vor Dingen davongelaufen bist, weil du zu feige warst, dich ihnen zu stellen? Vor Menschen, die dich enttäuscht hatten oder von denen du glaubtest, du hättest sie im Stich gelassen? Wie deine Mutter. Und Noelle. Und auch Charlie, ja.*

Mary schottete ihren Verstand ab gegen solche Gedanken und konzentrierte sich stattdessen auf ihre Tochter.

Noelle bot einen traumhaften Anblick ganz in Spitze und Satin, ihr Kleid war so schlicht und elegant wie die Hochzeit an sich: keine Brautjungfern und Zeremonienmeister, als einzige Dekoration ein Blumengesteck auf dem Altar und ein kleines Bouquet rosafarbener Orchideen in ihrer Hand. Als Charlie und ihre Tochter auf sie zukamen, dachte sie an ihre eigene weit zurückliegende Hochzeit, die völlig anders gewesen war. Charlie war furchtbar nervös gewesen und hatte doch ebenso glücklich gestrahlt, wie er es heute tat. Er hatte einen schlecht sitzenden dunkelblauen Anzug getragen, und sie dasselbe Kleid wie bei ihrer Konfirmation drei Jahre zuvor (sie hatte es mehrere Zentimeter weiter machen lassen müssen wegen ihrer fülligeren Taille). Die Trauung hatte im Rathaus stattgefunden, nur mit Corinne und Charlies Eltern, denen ins Gesicht geschrieben stand, dass sie sich die Schuld gaben an dem Malheur.

Die Einzigen, denen offenbar nicht aufgefallen war, dass Blumen, der Organist und eine Schar ergriffener Verwandter fehlten, waren Braut und Bräutigam gewesen. Und jetzt da sie vorübergehend von ihrem Herzschmerz befreit war, erinnerte Mary sich wieder genau, wie es gewesen war. Was sie empfunden hatte. *Ich war glücklich,* dachte sie staunend. *Ehrlich und wahrhaft glücklich.*

So glücklich wie Noelle jetzt zu sein schien. Marys Augen füllten sich mit Tränen, als sie sah, wie ihre Tochter vor Hank stehen blieb, der aussah wie ein in Ehrfurcht erstarrter Teenager im Angesicht seines Lieblingsstars. Die beiden warteten mit geduldigem Lächeln, bis Emma, die zum Anbeißen aussah in ihrem Rüschenkleidchen mit dem Körbchen über dem Arm, aus dem sie Rosenblüten streute, bei ihnen war. Als Pater Joe mit der Zeremonie begann, blickte Emma, die halb verborgen war von Noelles Kleid, verlegen auf die versammelten Freunde und Angehörigen.

Hanks Eltern waren den weiten Weg aus Kansas angereist.

Beide einfache und bodenständige Menschen, aber als sie sich Hank sen. genauer betrachtete, konnte Mary sehen, woher das Glitzern in den Augen seines Sohnes rührte. Rechts und links von ihnen saßen Hanks Tante Mabel und sein Onkel Ned, begleitet von ihren vier Kindern, zwei Männern und zwei Frauen, alle von schwerer Statur mit hellen Haaren und Sommersprossen. Keiner von Noelles ehemaligen Nachbarn aus Ramsey Terrace war eingeladen worden, aber mehrere alte Schulfreunde waren gekommen. Außerdem Lacey Buxton in einem gepunkteten taillierten Kostüm, das Gesicht unter einem breitkrempigen Hut verborgen. Und Nora Lundquist mit ihren Söhnen Everett und Jordy nebst Ehefrauen. Mary sagte sich, dass es wahrscheinlich besser war, dass ihre Mutter das nicht mehr erlebte; Doris hätte sich sicher den einen oder anderen bissigen Kommentar nicht verkneifen können.

Charlie nahm diskret an Marys Seite Platz. Ohne nachzudenken hakte sie ihn unter. Er warf ihr einen überraschten Blick zu und lächelte dann. *Wir sind wie ganz normale stolze Brauteltern,* dachte sie. Und wenn manche Leute ihnen neugierige Blicke zuwarfen – vor allem Bronwyn –, was ging das sie an? Wenigstens hielt Trish, die auf ihrer anderen Seite saß und deren brav gefaltete Hände in ihrem Schoß ruhten, den Blick nach vorn gerichtet. Allerdings mochte das auch an Pater Joe liegen, der in seinem feierlichen Priestergewand wahrlich würdevoll aussah.

*Ich habe ihn schon einmal verloren. Ich will ihn nicht noch einmal verlieren.* Der Gedanke kam völlig unerwartet und hallte in ihr wieder wie ein Orgelton.

Mary weigerte sich, den Gedanken weiter zu beachten. Hier ging es nicht um sie und Charlie; dieses Kapitel war abgeschlossen. Das war Noelles und Hanks Tag, an dem nur Freudentränen gestattet waren. Jegliches Bedauern, das sie verspüren mochte, war absolut normal. Sie durfte das nicht überbewerten.

Nach einer kurzen Lesung aus dem Buch der Psalmen

tauschten Hank und Noelle ihr Ehegelöbnis aus und steckten sich dann die einfachen Goldringe an, die sie ausgesucht hatten. Als sie sich küssten, schienen alle Anwesenden auf einmal auszuatmen. Louella Carson, die imposante Organistin in einem geblümten Kleid, das ihre Leibesfülle nicht zu kaschieren vermochte, stimmte Händels »Wassermusik« an, die den freudigen Auszug aus der Kirche begleitete.

Mary tupfte sich mit einem Taschentuch die Tränen aus den Augen und flüsterte Charlie zu: »Hättest du gedacht, dass wir das noch erleben?«

»Ich hatte so eine Ahnung«, entgegnete er heiser.

»Erinnere mich daran, dass ich das nächste Mal deine Kristallkugel konsultiere. Meine scheint einen Sprung zu haben.«

»Hoffnung ist nicht dasselbe, wie in die Zukunft sehen zu können«, sagte er leise, wobei er mit unergründlicher Miene starr nach vorn blickte, als sie die Kirche verließen, um zu den Frischvermählten draußen zu stoßen. »Manchmal muss man eben etwas wagen.«

Mary warf einen verstohlenen Blick auf sein strenges Raubvogelprofil und sah das leise Lächeln, das seine Lippen umspielte. Die Wärme, die sie daraufhin durchströmte, war wie eine Strömung, die sie in eine unerwartete Richtung trug. »Ohne Rückfahrschein?«, entfuhr es ihr.

Er blieb in der Eingangshalle stehen und zog sie beiseite, sodass die anderen Gäste an ihnen vorbei konnten. »Ich habe eine etwas lange Leitung. Du weißt ja, wie das bei uns Burschen vom Lande ist«, sagte er und wandte sich ihr zu. Er lächelte, aber der Ausdruck in seinen Augen war ernst. »Würdest du mir bitte sagen, was das alles soll?«

»Ich weiß es auch nicht«, entgegnete Mary aufrichtig und schüttelte den Kopf über ihren plötzlichen Sinneswandel – sofern es einer war. »Ich habe mich nur gefragt, ob ich das alles bisher vielleicht aus der falschen Perspektive betrachtet habe.«

»Du meinst, wie wenn man vor lauter Bäumen den Wald nicht mehr sieht?« Charlie stand mit dem Rücken zu einem Buntglasfenster, das ihn in ein unwirkliches Licht hüllte, sodass sie sich flüchtig fragte, ob sie vielleicht träumte. Der Strom der vorbeiziehenden Gäste verschwamm. Sie hätten ebenso gut ganz allein in der Kirche sein können.

»So etwas in der Art«, sagte sie innerlich zitternd.

Charlie musterte sie eindringlich. »Ich höre.«

Mary holte tief Luft. »Ich weiß immer noch nicht, ob ich für immer zurückkommen kann«, gestand sie, »aber eins weiß ich ganz sicher: Wo immer ich auch lande, ich möchte dort nicht allein sein.«

»Ich bin hier, wo ich immer gewesen bin«, erwiderte Charlie. Er lächelte nicht. »Du brauchst es nur zu sagen.«

Er bat um ein Zeichen, auch wenn es nicht mehr war als ein Lotterielos im Hinblick auf das, was die Zukunft bringen mochte. Er sagte ihr ohne viele Worte, dass eine so tief greifende Veränderung ihre eigene Idee sein musste, zu ihren eigenen Bedingungen. Sonst wäre sie von vorneherein zum Scheitern verurteilt..

Er war seinen Teil des Wegs gegangen; jetzt war sie an der Reihe.

Mary verspürte plötzlich einen völlig neuen Auftrieb. Sie kam sich vor wie ein leeres Glas, das mit etwas Süßem, Frischem gefüllt wurde. Sie erkannte es als eine Art des Loslassens. Endlich lockerte sich der Panzer um ihr Herz.

»Man wartet draußen auf uns«, sagte sie und nickte in Richtung der offen stehenden Doppeltüren, durch die man die sonnigen Stufen draußen sehen konnte, auf denen sich eine Schlange von Gratulanten gebildet hatte. Ihre Kehle war wie zugeschnürt. »Können wir uns nicht später zusammensetzen und darüber sprechen?«

»Du weißt ja, wo du mich findest.«

»Das war nie das Problem.« Sie lächelte schüchtern. »Das Problem ist, dass ich nicht immer wusste, wo ich mich finden sollte.«

»Vielleicht hast du nicht an der richtigen Stelle gesucht.«

»Ich wünschte, ich wüsste, wo die ist. Gott, ja, wie sehr ich das wünschte.«

»In diesem Fall gestatte bitte.« Charlie nahm ihren Arm. Als sie Seite an Seite zur Tür gingen, fühlte sie das Klopfen seines Herzens, das sie zuerst für das ihres eigenen hielt.

Draußen konnte sie Braut und Bräutigam auf den Stufen stehen sehen, umgeben von Freunden und Angehörigen, ganz zu schweigen von Hanks Patienten. Ihre Tochter – ihre gemeinsame Tochter! – sah aus wie ein Engel. In diesem Moment erblickte Noelle sie und schenkte ihnen ein so strahlendes Lächeln, dass alle Umstehenden ebenfalls zu ihnen herüber sahen.

»Halt mich fest«, murmelte Mary in plötzlicher Panik. »Ich glaube, meine Beine tragen mich nicht allein.«

»Ich hab dich«, sagte er und hielt sie so fest an sich gedrückt, dass sie seinen warmen Atem in ihrem Haar spüren konnte. Er roch nach Seife, Rasiercreme und seinem frisch gewaschenen, leicht gestärkten Hemd.

Gemeinsam traten sie aus der Kirche ins Sonnenlicht.

**Der neue Roman der amerikanischen Erfolgsautorin**

Manche Geheimnisse behält man besser für sich, manche enden tödlich. Wenige Tage vor ihrem 40. Hochzeitstag tötet Lydia Seagrave ihren Mann mit einem gezielten Schuss. Über das Motiv schweigt sie. Die drei erwachsenen Töchter sind fassungslos. Was hat ihre Mutter dazu gebracht, ihren geliebten Mann zu erschießen? Nach und nach erfahren sie die bittere Wahrheit über die scheinbar so glückliche Ehe ihrer Eltern …

›Eileen Goudge beherrscht meisterlich die Kunst, mitreißende zu schreiben.‹ KIRKUS REVIEWS

ISBN 3-404-14671-9

**Ein Schmöker mit Sogwirkung!**

Astrids Leben nimmt im Alter von zwölf Jahren eine dramatische Wendung. Ihre Mutter bringt ihren ehemaligen Liebhaber um und kommt ins Gefängnis. Für Astrid beginnt damit eine Odyssee von einer Pflegefamilie zur anderen. Ihr Bedürfnis nach Halt und Geborgenheit wird dabei sträflich vernachlässigt und das Leben des sensiblen und klugen Mädchens gerät mehr und mehr aus den Fugen ...

*»Kraftvolle, geschliffene Prosa, eine gut geschriebene Geschichte, gelungene vielschichtige Charaktere und fein nuancierte Beobachtungen – in der Tat ein eindrucksvoller erster Roman.«* KIRKUS REVIEWS

ISBN 3-404-14743-X

BASTEI LÜBBE